汪国真 诗文全集 II

汪国真 著

汪玉华 主编

作家出版社

汪国真

  祖籍福建厦门，生于北京，毕业于暨南大学中文系。当代诗人、书画家、作曲家，曾任中国艺术研究院文学艺术创作中心主任。逝于 2015 年。汪国真的诗集发行量创有新诗以来诗集发行量之最，并被翻译成多国文字在海外出版发行。他的诗文多次被收入中小学教材。他曾连续三次获得全国图书"金钥匙"奖。2009 年入选中央电视台建国 60 周年百名代表人物之一；同年入选《中国青年》杂志评出建国 60 周年十名代表人物之一。

汪玉华

　　汪国真胞妹，1982年本科毕业于北京建筑大学。职业：教师。

目　录

歌词卷

003 /　我是骆驼我是歌
005 /　人　生
007 /　中华好儿女
008 /　给　你
009 /　独　语
010 /　我爱妈妈（儿歌）
011 /　你就是你
012 /　我不是你的风景
013 /　挥一挥手
014 /　永远的故乡
015 /　我就是我
016 /　昨日的项链
017 /　梦的秘密
018 /　过去了的
019 /　海滩留影
020 /　青春不承认沙漠
021 /　并不在于
022 /　我正年轻
023 /　有一本日记
024 /　挡不住的青春
025 /　永远的风景
026 /　如　果
027 /　小雨滴（儿歌）
028 /　走向苍茫
029 /　六　年
030 /　望云际水流
031 /　你就要从远方回来
032 /　归来的春光
033 /　当冬天告别的时候
034 /　别　后
035 /　相识恨晚
036 /　如果还不晚
037 /　真想有一个朋友
038 /　我喜欢绿色
039 /　青春的风

040 /	我乘着风儿远游		070 /	有一颗心
041 /	寂寞的是心		071 /	我携着色彩而来
042 /	生　日		073 /	向　往
043 /	有几个少年		074 /	毛　衣
044 /	全赖心中有长城		075 /	温暖的家
045 /	永不改变		076 /	祝愿生活
046 /	美丽的季节		077 /	别以为
047 /	世纪的握手		078 /	石缝中的花
048 /	一个季节的变化		079 /	我不怕等得再久
049 /	还有一支春天的歌		080 /	把自己融入自然
050 /	迟到的祝福		081 /	那是一个无法忘怀的情景
052 /	寻找与向往		082 /	慈母意
054 /	去远方		083 /	母　亲
055 /	我希望看到你的笑脸		084 /	一个不凡的故事
056 /	留一颗心给尊严		085 /	记忆的雪地
057 /	你会回来吗		086 /	四月的风
058 /	放飞快乐		087 /	踏进春天风采
059 /	学会等待		088 /	曾经不在意
060 /	不要对我说你爱		089 /	你回来了
061 /	你的身影是我的心跳		090 /	从前的记忆
062 /	为什么你不能像我爱你一样		091 /	酒　鬼
			092 /	人生曾有多少心情
063 /	记忆的门		093 /	为你我付出得最多
064 /	梅花时节		094 /	给我一个答案
065 /	让爱为明天祝福		095 /	问远方
066 /	有点怪的世界也很可爱		096 /	在那个节日的夜晚
067 /	给我一点时间		097 /	春日心语
068 /	不只在梦中		098 /	这就是生活
069 /	只为想问候		099 /	那会是一个永远

100 /	我站在舞台之上	132 /	你知道不知道
101 /	我的心你可懂得	133 /	天上的白云还是那么飘
102 /	有你的日子总是有雨	134 /	天堂就在北武当
103 /	中华儿女	135 /	去看看北武当
104 /	思念是风是云是婵娟	136 /	来吧，来看三峡
105 /	凌空复我旧山河		
106 /	笑在青春年少		**哲思短语卷**
107 /	希望你活得潇洒	139 /	男人·女人·爱情（1）
108 /	深深的心愿	141 /	男人·女人·爱情（2）
109 /	这个世界	143 /	美与人生
110 /	当你生日来临的那天	144 /	美与气质
111 /	我们的心愿	145 /	智慧与幽默
112 /	幸福的名字叫永远	146 /	美与爱情
113 /	黄河千岛湖	148 /	书　韵
114 /	往事如昨	150 /	宽　容
115 /	南　湾	152 /	成功与素质
116 /	青青云台山	154 /	深　刻
117 /	鹤壁情	156 /	男人女人
118 /	老百姓笑啦	158 /	忍　耐
119 /	孩子　别伤妈妈的心	160 /	失　恋
120 /	北武当，梦的家乡	162 /	友　情
122 /	我爱我们的华夏	164 /	真　诚
124 /	啊，北武当山	166 /	美与距离
125 /	三游北武当	168 /	美与动作
126 /	难忘北武当	169 /	美与风度
128 /	踏上那弯弯的山路	171 /	崇　拜
129 /	放下心中的行李	173 /	秘　密
130 /	我们来唱歌	175 /	孤　独
131 /	青春像山	177 /	淡　泊

003

179 /	微笑	
181 /	恋爱	
183 /	思念	
185 /	希望	
187 /	沉默	
189 /	年龄	
191 /	潇洒	
193 /	磨难	
195 /	诗歌	
197 /	时间	
199 /	婚姻	
201 /	乐观	
203 /	宁静	
205 /	勇敢	
207 /	等待	
209 /	拒绝	
211 /	也说嫉妒	
213 /	自信	
215 /	幽默	
217 /	艺术	
219 /	容貌	
221 /	幸福	
223 /	深沉	
225 /	狂妄	
227 /	说爱	
229 /	喜欢	
231 /	谎言	
233 /	青年	
235 /	荣誉	

237 /	哲学	
239 /	服饰	
241 /	痛苦	
243 /	历史	
245 /	人生	
247 /	纯洁	
249 /	格调	
251 /	虚荣	
253 /	魅力	
255 /	感情	
257 /	成材	
259 /	成熟	
261 /	明星	
263 /	欣赏	
265 /	失误	
267 /	评论	
269 /	关于人的断想	
271 /	教育	
273 /	言论	
275 /	远见	
276 /	模仿	
278 /	真实	
280 /	命运	
282 /	品格	
284 /	承诺	
286 /	否定	
288 /	清高	
290 /	态度	
292 /	飘逸（1）	

294 /	飘逸（2）		352 /	思 想	
296 /	给 予		354 /	绘 画	
298 /	才 华		356 /	势 利	
300 /	方 法		358 /	通 俗	
302 /	修 养		360 /	选 择	
304 /	清 醒		362 /	批 评	
306 /	理 论		364 /	机 会	
308 /	逆 境		366 /	失 败	
310 /	流 言		368 /	弱 点	
312 /	偏 激		370 /	生 活	
314 /	坚 强		372 /	健 康	
316 /	必 然		374 /	研 究	
318 /	竞 争		376 /	创 作	
320 /	音 乐		378 /	胆 识	
322 /	理 解		380 /	男 女	
324 /	个 性		382 /	爱 情	
326 /	知 识		386 /	谎言·流言	
328 /	规 律		389 /	聪 明	
330 /	含 蓄		391 /	传 统	
332 /	比 较		393 /	舆 论	
334 /	未 来		395 /	变 革	
336 /	忧 郁		397 /	浅 薄	
338 /	高 雅		399 /	实 际	
340 /	审 时		401 /	经 商	
342 /	谦 虚		403 /	伤 害	
344 /	权 威		405 /	虚 假	
346 /	观 念		407 /	流 行	
348 /	金 钱		409 /	鉴 赏	
350 /	建 筑		411 /	文 学	

413 /	战　争
415 /	容　纳
417 /	思　考
419 /	理　智
421 /	家　教
423 /	参　与
425 /	舞　蹈
427 /	愤　怒
429 /	行　动
431 /	制　胜
433 /	名　声
434 /	气　度
436 /	胸　怀
437 /	经　验
439 /	信　任
441 /	内　耗
443 /	时　髦
445 /	习　惯
446 /	自　杀
448 /	出　版
450 /	错　误
452 /	英　雄
454 /	拖　延
456 /	完　美
458 /	家　庭
460 /	争　辩
462 /	时　尚
464 /	说　美
466 /	音乐与人
468 /	热　情
470 /	处　世
472 /	礼　物
474 /	贪　婪
476 /	现代断想
478 /	目　标
480 /	创　造
482 /	独　白
483 /	变　化
485 /	学　习
486 /	观　点
488 /	善　良
490 /	经　典
492 /	从　容
493 /	无　聊
495 /	赌　博
497 /	自　卑
499 /	社　交
501 /	贫　穷
503 /	委　屈
505 /	烦　恼
507 /	发　现
509 /	劳　动
511 /	风　气
513 /	后　悔
514 /	环　境
516 /	承　认
518 /	文　明
520 /	赞　美

522 /	执　着	
524 /	价　值	
526 /	忠　告	
528 /	报　复	
530 /	亲　情	
532 /	诱　惑	
534 /	愿　望	
536 /	风　险	
538 /	借　鉴	
540 /	天　才	
542 /	眼　光	
544 /	运　筹	
546 /	少　年	
548 /	稳　定	
550 /	沉　着	
552 /	宽　松	
554 /	合　作	
556 /	谋　略	
558 /	权　力	
560 /	电　视	
562 /	相　伴	
564 /	旅　游	
566 /	毁　谤	
568 /	平　庸	
570 /	偏　见	
572 /	装　饰	

散文杂文卷

577 /	侨校生活日记三则
579 /	我们的侨校
582 /	溪　流
592 /	友情与爱情之间
599 /	我爱这一片土地
601 /	塑
607 /	青年女演员吸烟面面观
615 /	青年知识女性婚变扫描
628 /	诗的随笔
630 /	学者・编辑・书迷
632 /	习诗片段
635 /	舞场大世界
642 /	往事如烟
645 /	读书偶拾
647 /	熟悉的地方没有景色
649 /	希望从这里升起
653 /	校园侃诗
655 /	服饰文化录
660 /	走出灰色的王国
671 /	中国诗坛：1989
677 /	我深深地爱你们
680 /	友人ADC（生活随笔）
683 /	我最喜欢的（生活随笔）
684 /	随感录
686 /	对我影响最大的诗人
687 /	一本"手抄本"的诞生
689 /	退　稿
691 /	情感误区
695 /	汪国真独白
697 /	我和年轻的朋友们

704 /	她有一个响亮的名字	772 /	平凡的魅力
706 /	我最初的文学生涯	774 /	雨的随想
711 /	面对春天的期待	776 /	有那么一个日子
713 /	我永远是你们的……	778 /	关于"纯诗"
715 /	自己的素描	780 /	蜀地散记两则
717 /	三言两语话音像	782 /	走向远方
719 /	那个女孩喜欢海	783 /	无法忘却的往事
724 /	我的成名累	786 /	彼此的馈赠
730 /	关于诗的随笔	787 /	也谈高雅
732 /	永远拥有	789 /	不该陨落的青春
736 /	黄昏里的琴声	791 /	结伴同行
738 /	海边的遐思	793 /	勇往直前
740 /	文学需要不懈地探索	795 /	一番感慨
742 /	中州札记	796 /	我在俄罗斯当"倒爷"
744 /	转念一想	800 /	早点回家
745 /	往事如昨	802 /	走出喧嚣
747 /	关于诗歌的随想	803 /	父母心
749 /	向着太阳走	804 /	文学,仍大有可为
753 /	友情是相知	806 /	一起出发
755 /	名人说名牌	807 /	头上是片湛蓝的天
756 /	"写给下个世纪"	808 /	随笔三则
758 /	情在青山绿水间	811 /	批　语
759 /	家,宁静的港湾	812 /	走出孤独
761 /	春天,你慢点走	814 /	读者的力量
763 /	读文学史一得	816 /	文学会大萧条吗?
765 /	我喜欢出发	818 /	买　书
767 /	流行与流传	820 /	感受青春
769 /	有一份孤独	822 /	往事如烟
770 /	生活随笔	825 /	没人比你好

826 /	给少年		858 /	我的人生经历
828 /	我当倒爷儿		887 /	谈谈《我喜欢出发》
830 /	与作曲家有缘		889 /	音乐创作点滴
833 /	新年，你好！		892 /	感激让人哑口无言
835 /	不妨有一个榜样		894 /	图书策划是一门学问
837 /	随感录（1）		896 /	失语时代的"亲密接触"
839 /	开电视还是关电视		898 /	诗人的学养
841 /	随感录（2）		900 /	就这样走上书法路
843 /	随感录（3）		902 /	让爱好使自己更健康
845 /	随感录（4）		905 /	写给祖国母亲的信
846 /	随感录（5）		908 /	大木仓胡同35号大院里的"百鸡宴"
848 /	长恨人心不如水			
850 /	只要努力		911 /	武清漫步
851 /	不能沾			
852 /	少点牢骚			**小说卷**
853 /	怀念军服		917 /	意 外（微型小说）
855 /	我说电脑		919 /	三"吹"（讽刺小说）
856 /	旅游		925 /	丹 樱（小说）

歌词卷

我是骆驼我是歌

如果我的面前是沙漠
我便是沙漠里
顽强跋涉的一只骆驼
如果我的面前是泥泞
我便是泥泞道上
一支壮烈激扬的歌

风沙滚滚
不能使我悲观
风沙里,绿色的希望
才更迷人
迢迢泥泞
不能使我畏缩
泥泞中,我才会更深刻地
认识生活

我执着地向前走着
人生对我来说

艰难而又那样诱人
沉重而又充满欢乐

创作于1985年7月12日,收录于《年轻的季节》(中国人民大学出版社,1991年)

人　生

人生并不轻松
人生很沉重
我们要用伞
遮住淅来的雨
我们要用围巾
挡住袭来的风
我们还要用刀剑
开辟前进的道路
我们还要用眼睛
透视变幻的天空
我们总在急急忙忙赶路
还要背负着不能舍弃的爱情

人生不是四季如春
人生不是鲜花遍地
这不是人生的悲哀
而是人生的魅力
我爱人生

因为她有

春　夏　秋　冬

初次发表于1988年第3期《人生与伴侣》，收录于《年轻的季节》（中国人民大学出版社，1991年）

中华好儿女

过去悠长的岁月有那么多风雨
让今天一切表达都显得软弱无力
当我们走向遥远　走向辉煌
又怎能忘却黄土覆盖着的沉重往昔

多少次倒下
又多少次不屈地站起
多少回痛哭
又多少回拭干面颊上的泪滴

五千年的文明都是先辈用血汗铸成
为的都是国家昌盛　山河壮丽
太阳又一次从东方喷薄升起
那是因为我们举起了坚强的手臂
我们创建的功勋
会告诉历史　也告诉未来
我们是无愧中华的好儿女

初次发表于 1989 年 10 月 24 日《北京日报》，收录于《我心灵的诗韵——汪国真自选最新诗文集》（中国广播电视出版社，1991 年）

给 你

凡是属于我的
你都可以拿去
只留给我一颗心
也是为了等你

只是我不知道
当春风吹绿大地的时候
你是否同样珍惜

只是我不知道
当流星从夜空划过
你是否也在寻找
那闪亮的轨迹

初次发表于1990年3月《爱情四季》，收录于《我心灵的诗韵——汪国真自选最新诗文集》（中国广播电视出版社，1991年）

独 语

时常感觉活得很累
不能细细体验生命的滋味
终日忙忙碌碌
没有精力小心流言
也没有悠闲面对安慰

我不知是否做得很对
也不在乎
举止是否潇洒
言谈是否光辉

我只想清清爽爽做人
该铭记的
我不会遗忘
该遗忘的
我不予理会

创作于1990年8月6日，初次发表于1990年12期《诗刊》，收录于《我心灵的诗韵——汪国真自选最新诗文集》（中国广播电视出版社，1991年）

我爱妈妈（儿歌）

我爱绿叶
我爱红花
我爱比绿叶红花
更美丽的妈妈

我爱蝴蝶
我爱蜜蜂
我爱比蝴蝶蜜蜂
更勤劳的妈妈

我爱春风
我爱彩霞
我爱比春风彩霞
更亲爱的妈妈

初次发表于1991年1期《多来咪》，收录于《我心灵的诗韵——汪国真自选最新诗文集》（中国广播电视出版社，1991年）

你就是你

如果你是大河
何必在乎别人把你说成小溪

如果你是峰峦
何必在乎别人把你当成平地

如果你是春天
何必为一瓣花朵的凋零叹息

如果你是种子
何必为还没有结出果实着急

如果你就是你
那就静静微笑　沉默不语

初次发表于1991年第2期《女友》，收录于《我心灵的诗韵——汪国真自选最新诗文集》（中国广播电视出版社，1991年）

我不是你的风景

我不是你的风景
你也不是我的梦
对你来说
我是自由的空气
不羁的风
对我来说
我是真实　也是幻影

有许多事情
难以解释　也无法解释
容颜熟悉得不能再熟悉
心灵陌生得不能再陌生

初次发表于1991年第2期《明日》，收录于《我心灵的诗韵——汪国真自选最新诗文集》（中国广播电视出版社，1991年）

挥一挥手

挥一挥手
难忘相聚的时候
把憧憬揣在胸口
把梦留在身后

挥一挥手
难忘相聚的时候
怀想已成为过去
春光又绽枝头

挥一挥手
不提离别　只愿再聚首

初次发表于1991年第3期《国际人才交流》,收录于《我心灵的诗韵——汪国真自选最新诗文集》(中国广播电视出版社,1991年)

永远的故乡

你是我美丽的故乡
是故乡芳香的阡陌
是故乡诱人的槟榔

你是我可爱的故乡
是故乡海风在心头吹过
是故乡明月在梦里徜徉

你是我永远的故乡
太阳落的时候心潮也落
星星亮的时候思念也亮

初次发表于 1991 年第 3 期《国际人才交流》,收录于《我心灵的诗韵——汪国真自选最新诗文集》(中国广播电视出版社,1991 年)

我就是我

每一个春天　都是送给花朵
每一个机会　都是送给你我
每一个明天　都靠今天把握
每一个成功　都蕴含着执着
我就是花朵　在春光里开放
我就是我　在追求中显出生命的本色

创作于1991年3月17日，初次发表于1991年第7期《女友》，收录于《我心灵的诗韵——汪国真自选最新诗文集》（中国广播电视出版社，1991年）

昨日的项链

昨日的项链
已不挂在你的颈上
那从前的诺言
早已变得渺茫

不想戴上　也不必还我
只愿你能默默收藏
尽管我们不再有相约的未来
但毕竟曾有过一段往日时光

创作于1991年4月6日，收录于《我心灵的诗韵——汪国真自选最新诗文集》（中国广播电视出版社，1991年）

梦的秘密

我在风中站立
等待着一个盼望已久的消息
那不是关于爱情
也不是关于友谊
那是关于一个梦的秘密

我有许多许多的梦
这只是其中之一
我不想让别人知道
因为我不知道是否有运气
当你什么都明白的时候
我已重新塑造了一个自我

创作于1991年4月6日,收录于《我心灵的诗韵——汪国真自选最新诗文集》(中国广播电视出版社,1991年)

过去了的

过去了的
就让它过去
不必遗憾
不必叹息
未来的路还很长
我们可以加倍努力

虽非英雄少年
还可晚成大器
晨曦璀璨
晚霞壮丽
在你在我
都该十分珍惜

收录于《年轻的季节》(中国人民大学出版社,1991年)

海滩留影

让风撩起你的长发
你会显得更潇洒
让浪拍打你的脚丫
你会显得更无瑕
穿着一件洁白的连衣裙
你真像是一朵海浪花
就这样照一张相吧
海的女儿依偎着妈妈

收录于《年轻的季节》(中国人民大学出版社,1991年)

青春不承认沙漠

真没有想到
你也会有忧伤
也会有一片愁云
罩上你晴朗的脸庞

你恋爱了
爱情很重吗
竟压得你
没了轻盈的模样

往前走吧
青春不承认沙漠
前面一定会有
清流在路旁

收录于《年轻的季节》（中国人民大学出版社，1991年）

并不在于

并不在于荒原
明天就能成为绿洲
并不在于心声
明天就能成为诗行
并不在于憧憬
明天就能灿若霞光

只要有一颗水晶一样的心
和永不泯灭的向往
有谁能够证明
我们只能是星星
永远长不成太阳

初次发表于1991年第5期《时代青年》，收录于《汪国真诗文集·歌词》（内蒙古人民出版社，1996年）

我正年轻

我不喜欢无云的天空
我不欣赏无泪的人生
如果我哭了
那是因为我曾拥有
一份美丽的感情
虽然我为失去它遗憾
虽然我为失去它难过
但人世无常谁能说得清

云朵也是一种风景
眼泪也是一种晶莹
生命的美丽
常常在于过程
我不再总是这样遗憾
我不再总是这样难过
生活的路还很长很长
而我正年轻

初次发表于1991年第5期《词刊》，收录于《我心灵的诗韵——汪国真自选最新诗文集》（中国广播电视出版社，1991年）

有一本日记

有一本日记
记着你我的相遇
在那个人生的岔路口
我们都没有犹豫

有一本日记
记着我的往昔
从前的爱像狂风骤雨
到如今只剩下点点滴滴

有一本日记
已被岁月磨破了封皮
可磨不破的却是那
怀人念远的记忆

初次发表于1991年第5期《词刊》，收录于《我心灵的诗韵——汪国真自选最新诗文集》（中国广播电视出版社，1991年）

挡不住的青春

曾经有过那么多惆怅
想起往事　令人断肠
我不知道
我的追求在何方
道路在何方
问风问雨问大地
却没有一点回响
岁月静静地流淌

可是谁甘心总是这样迷惘
可是谁愿意总是这样惆怅
我要歌唱
哪怕没有人为我鼓掌
我要飞翔
哪怕没有坚硬的翅膀
我用生命和热血铺路
没有一个季节
能把青春阻挡

初次发表于1991年第5期《词刊》，收录于《我心灵的诗韵——汪国真自选最新诗文集》（中国广播电视出版社，1991年）

永远的风景

我不知道是否该付出自己的感情
因为我感觉心灵像雾一样迷蒙不清
我想等雾散了以后看清楚你
却又担心遗失了你的踪影

我渴望爱情那温馨的风
却又担心得而复失的苦痛
有谁能为我点拨迷津
有谁能为我指明航程

不是我缺乏勇气　战战兢兢
而是我愿你我的关系
无论怎样　无论怎样
都是一道永远的风景

初次发表于1991年第5期《词刊》，收录于《我心灵的诗韵——汪国真自选最新诗文集》（中国广播电视出版社，1991年）

如　果

如果忘不掉秋雨
那就暂且把记忆叠起
如果想念那朵落英
那就再栽一片新绿
不必去寻找希望
希望就在你的心里

如果摸不到黎明
那就再一点早起
如果遇不到爱情
那就走向更广阔的天地
不必去呼唤未来
未来就在你的手里

初次发表于 1991 年第 6 期《国际人才交流》，收录于《我心灵的诗韵——汪国真自选最新诗文集》（中国广播电视出版社，1991 年）

小雨滴（儿歌）

我是春天的小雨滴
晶莹又美丽
我是春天的小雨滴
可爱又淘气

小雨滴　小雨滴
落在山谷是小溪
小雨滴　小雨滴
落在大地是欢喜

小雨滴　小雨滴
小雨滴是我也是你

收录于《我心灵的诗韵——汪国真白选最新诗文集》（中国广播电视出版社，1991年）

走向苍茫

我是多么希望
内心能够笑得像
外表那样轻松
可是　仿佛那深秋的景致
无论怎么繁茂丰盈
在那欢乐的背后
总隐含着些许凄清

我不想告诉你
我的苦痛
把一份酸楚
递给无辜的你
我的心　会更沉重
让我就这样走向苍茫
走向天穹
用一颗桀骜的心
去迎接肃杀的冬

收录于《我心灵的诗韵——汪国真自选最新诗文集》(中国广播电视出版社,1991年)

六　年

你没有走近我
却走进了我的记忆

我没有走近你
却走进了你的日记

六年后
我们才明白了彼此的心事

不禁庆幸
那次错过　不是结局

收录于《我心灵的诗韵——汪国真自选最新诗文集》（中国广播电视出版社，1991年）

望云际水流

没有谁能把未来猜透
不然　有时怎么会
自酿一杯苦酒
我不想用虚假的微笑
掩饰心中的失意
请原谅我　皱了眉头

不必用忧虑的目光望我
让我静静地走一走
望一望云际水流
尽管这不能抖尽忧愁
但我却已不再低头

收录于《我心灵的诗韵——汪国真自选最新诗文集》(中国广播电视出版社,1991年)

你就要从远方回来

有消息说
你就要从远方回来
哦,我梦中的女孩

窗外,已是冷露寒霜
在阳光舞蹈的房间里
我的心温暖
墙上的挂钟安详

有许多排队等候的事情
全被搁置在一旁
回忆扯起帆篷
在往事的波涛上远航

原谅我吧
太阳
不是心儿轻狂
等待从来漫长

收录于《我心灵的诗韵——汪国真自选最新诗文集》(中国广播电视出版社,1991年)

归来的春光

春天真的回来了
回来了　却不言不语
当我们拉开房门
明亮的眸子
蓦然盈满了　温馨的惊喜

抬起疲惫的头颅
绿茸茸的心　不由笑了
最亲爱的朋友
你来了　生命
会变得更加有意义

抚摸你那不老的面容
不由发出轻轻的叹息
真是岁月如梭啊　恍惚之间
青春的年轮　又添年纪

收录于《我心灵的诗韵——汪国真自选最新诗文集》（中国广播电视出版社，1991年）

当冬天告别的时候

如果有一天
你我终成陌路
那就请你携走我
所有的祝福
我们之间既然无法
再有一份沁人的欢欣
那就彼此留一份
美丽的痛苦

既然注定要分手
何必再失去风度
当冬天告别的时候
不是常留下皎洁的雪花无数

收录于《我心灵的诗韵——汪国真自选最新诗文集》(中国广播电视出版社,1991年)

别　后

你走了以后
我的心
止不住随你流浪
一种若有所失的感觉
攫住了我
甚至　胜过了忧伤

欢乐仿佛遁去
迷惘不时造访
即便走出门窗
也走不出秋天
眼前　总有送你时的
衰草　与　斜阳

收录于《我心灵的诗韵——汪国真自选最新诗文集》(中国广播电视出版社，1991年)

相识恨晚

得到是痛苦
却又无法失去
喟叹人生多歧路
岁月拉开了
彼此相识的距离

那刻在心头的爱
仿佛影子
抓不住　又抹不掉
瞻望前路
没有隔膜　却又遥遥无期

收录于《我心灵的诗韵——汪国真自选最新诗文集》(中国广播电视出版社，1991年)

如果还不晚

总是在孤独的时候
才后悔当初为什么没有执着
总是在寂寞的时候
才意识到当初那是我的过错
我原想终会有一个人比你出色
可是许多年后我才发现
失去了你便也难找回自我

如果还不晚
真想祈求你原谅我
如果还不晚
真想请你听我诉说
可是我知道　我知道
一切都已成为过去
只有和风不停地吹　秋叶不停地落

收录于《我心灵的诗韵——汪国真自选最新诗文集》(中国广播电视出版社，1991年)

真想有一个朋友

真想有一个朋友
能够听我倾诉快乐
不仅只是忧愁
真想有一个朋友
能够为他祝福
不仅只是在风中
握住他那双冰凉的手

真想有一个朋友
一个好朋友
无论他是
boy 还是 girl
真想有一个朋友
一个真正的朋友

初次发表于 1991 年第 8 期《女友》，收录于《我心灵的诗韵——汪国真自选最新诗文集》（中国广播电视出版社，1991 年）

我喜欢绿色

我不喜欢灰色
我不喜欢故作深沉和冷漠
那不是潇洒　那不是性格
那强硬的外表下
包裹着的常常是软弱
我喜欢绿色
我喜欢生命的坚定和沉着
那是成熟　那是思索
那是不屈不挠　从容不迫的
——英雄本色

初次发表于1991年第8期《女友》，收录于《我心灵的诗韵——汪国真自选最新诗文集》（中国广播电视出版社，1991年）

青春的风

我不在乎多少梦幻已经成空
我不在乎多少追寻都成泡影
在春天的季节里　谁愿意是
醉生梦死　醉死梦生
山峰挡不住我　河流挡不住我
噢　一往无前
我是青春的风

我不满足已经获得的骄傲
我不满足已经赢得的光荣
在年轻的心灵里　谁不愿意
明明白白　清清醒醒
鲜花留不住我　掌声留不住我
噢　一如既往
我是青春的风

初次发表于1991年第8期《女友》，收录于《我心灵的诗韵——汪国真自选最新诗文集》（中国广播电视出版社，1991年）

我乘着风儿远游

我乘着风儿远游
恨不得走到天涯尽头
再好的地方待得太久
也能够让人发愁

我不想在热闹中感受寂寞
我不想在欢乐里生出烦忧
我愿意走向自然
喝风成餐　饮雨如酒
噢，我乘着风儿远游
远游　远游　不回头

初次发表于1991年第8期《女友》，收录于《我心灵的诗韵——汪国真自选最新诗文集》（中国广播电视出版社，1991年）

寂寞的是心

烟雨迷蒙　江南瘦
暂系轻舟
重登高楼
再斟那别恨离愁

寂寞的是心
不寂寞的是歌喉
不想垂泪　不思伴奏
只恨不能喝干那一天风露

初次发表于1991年8期《女友》，收录于《我心灵的诗韵——汪国真自选最新诗文集》（中国广播电视出版社，1991年）

生　日

在这个美好的时刻
我为你送上一首小诗
这里有我衷心的祝福
还凝结着我们相处的
那些难以忘怀的日子

我亲爱的朋友
这里没有千言万语
只有一片纯洁的心愿
愿你的生日像每一天
更愿每一天像你的生日

初次发表于《国际人才交流》1991 年第 6 期

有几个少年

杨柳近
青山远
夕阳去又返
怀抱吉他慢慢弹
黄昏复傍晚

有几个少年
是知心的伙伴
在晚风中诉说着情感
他们说不清
为什么　总愿来到这里
或许是因为
有一个共同的心愿

收录于《我心灵的诗韵——汪国真自选最新诗文集》（中国广播电视出版社，1991年）

全赖心中有长城

日月悄悄运行
时光缓缓流动
走过多少雨雪风霜路
全赖心中有长城

大地上耸立着青峰
青峰上峻立着青松
多少回
想把无尽的憧憬
付与闲云
无奈
望苍山　终不平

收录于《我心灵的诗韵——汪国真自选最新诗文集》(中国广播电视出版社，1991年6月版)

永不改变

开朗和阴郁都曾写在前额
昨天和明天都没有放弃执着
狂风的日子里我是卷起的浪
晴朗的日子里我是闪亮的波
不改的是奔流的本色

成功和失败都镌刻进生活
春履和秋痕都不失为景色
绿色的季节里我是烂漫的花
金色的季节里我是迎风的果
不变的是生命的蓬勃

初次发表于1991年11月30日《中国建材报》，收录于《江国真诗文集·歌词》（内蒙古人民出版社，1996年）

美丽的季节

这是一个美丽的季节
青春似花开遍了原野
风儿吹动着我们的思绪
思绪像飞舞的彩蝶
有过多少回忆和憧憬
蓝天你可像春风一样理解
有过多少故事和情节
飘落大地一片雪白纯洁
美丽的季节是年轻的我们
年轻的我们是美丽的季节

初次发表于1991年11月9日《教育时报》,收录于《汪国真诗文集·歌词》(内蒙古人民出版社,1996年1月)

世纪的握手

挥一挥手
挥去的竟是一千年的沧桑
握一握手
握住的又是一千年的向往
走过的路多么漫长
年年岁岁经历了多少风霜
终于有了一面旗帜
是人类共同的太阳
太阳永放光芒
召唤我们
更快　更高　更强

初次发表于1992年1月2日《大众日报》,收录于《汪国真诗文集·歌词》(内蒙古人民出版社,1996年)

一个季节的变化

你像春天的雨水飘飘洒洒
在我心中溅起涟漪水花
雨过天晴水面如镜平滑
有谁知道我心里已添了多少牵挂

你像秋天的瑟风无边无涯
将我心事漫卷如吹轻纱
风住的时候风景如画
只有枝头高傲的花朵纷纷落下

你像春天的雨水飘飘洒洒
你像秋天的瑟风无边无涯
无论你在哪一个季节走来
带来的都是一个季节的变化

初次发表于1992年第4期《词刊》，收录于《汪国真诗文集·歌词》(内蒙古人民出版社，1996年1月)

还有一支春天的歌

有片草地我们都走过
有朵小花我们都记着
有个愿望我们都曾有过
有段往事我们都珍藏着

有过追求　有过失落
有过平坦　有过挫折
我们有过许多许多
还有一支春天的歌

初次发表于1992年4月17日《大众日报》，收录于《汪国真诗文集·歌词》（内蒙古人民出版社，1996年）

迟到的祝福

也许
这是一份迟到的礼物
可是我不想解释
迟到的缘故

也许
这是一声迟到的祝福
或许因为迟到
你会记得更清楚

也许
这是一束迟到的问候
燕子来时
草已满坡　花已满树

也许
这是一次不能原谅的迟到呵

我失去的岂止是
柳绿枫丹　晨曦霞暮

初次发表于 1993 年 7 月《青年之友》，收录于《汪国真诗文集·歌词》（内蒙古人民出版社，1996 年）

寻找与向往

风可以吹去
人世间的许多忧伤
雨可以洗去
生活中的许多迷惘
可是，对于我们
却有一种痛苦
像挥不去的影子
烙在了心上

我的心，一直
在不停地寻找
不停地走
走过了河流和草原
走过了希望和悲怆
我要找寻的是
一个失落在童年的梦想

曾经哭过
那是因为悲伤
曾经恨过
那是因为爱呵

爱大地、爱海洋、爱太阳

季节带来了变化
年龄在悄悄增长
可是为什么、为什么
那个梦想依然找不到
而印在心头的遗憾
却还像山一样高
水一样长

初次发表于1993年9月18日《海南侨报》，收录于《汪国真诗文集·歌词》（内蒙古人民出版社，1996年）

去远方

我背起行囊默默去远方
转过头　身后的城市已是一片雪茫茫
我不再想过那种单调的日子
我像是一条鱼　生活像鱼缸

我不知道远方有什么等着我
只知道它不会是地狱　也不是天堂
没有人知道我是谁
自己的命运就握在自己的手掌

我不希望远方像一个梦
让我活得舒适　也活得迷惘
我希望远方像一片海
活也活得明白
死也死得悲壮

初次发表于1994年第1期《农村工作通讯》，收录于《汪国真诗文集·歌词》（内蒙古人民出版社，1996年）

我希望看到你的笑脸

我希望看到你的笑脸
依然像从前
朝霞般绚烂
不要像夕阳
躲在了群山后面

我希望看到你的笑脸
依然像从前
泉水般清澈
不要像乌云
在我心头飘游

我希望看到你的笑脸
在昨天今天和明天

初次发表于 1994 年第 1 期《农村工作通讯》

留一颗心给尊严

都市愈来愈繁华
我却不希望高楼遮住天
人心愈来愈难测
我却不希望冰霜盖住脸
脚步越来越急匆
我却不希望那都是为了钱
海风越来越强劲
我却不希望改变你我的容颜

高楼
留一片天空给大地
人心
留一份真诚给朋友
脚步
留一些从容给自然
我们
留一颗心给尊严

初次发表于1994年第2期《辽宁青年》，收录于《汪国真诗文集·歌词》(内蒙古人民出版社，1996年)

你会回来吗

每当再见到这片风景
不由得触景生情
在这里我们踏过小径
在这里我们数过星星
可是今天你在哪里
只留下我孤独的身影
真想也远走高飞
又怕不能与你故地重逢
你会回来吗
同我再踏上这条小径
你会回来吗
同我再数一遍星星

初次发表于1994年第2期《辽宁青年》,收录了《汪国真全新作品集》(作家出版社,2017年8月)

放飞快乐

风筝在天上飘成一朵彩云
牵线的孩子是那么聚精会神
他让快乐飞了起来
那个孩子是放飞快乐的人

快乐更多属于童年时光
长大了会有许多事情牵肚挂肠
真想再做一次放风筝的孩子
像放风筝那样放飞理想

初次发表于1994年第2期《金色年华》，收录于《汪国真全新作品集》(作家出版社，2017年8月)

学会等待

不要因为一次失败就打不起精神
每个成功的人背后都有苦衷
你看即便像太阳那样辉煌
有时也被浮云遮住了光明

你的才华不会永远被埋没
除非你自己想把前途葬送
你要学会等待和安排自己
成功其实不需要太多酒精

要当英雄何妨先当狗熊
怕只怕对什么都无动于衷
河上没有桥还可以等到结冰
走过漫长的黑夜便是黎明

初次发表于1994年第2期《金色年华》,收录于《汪国真全新作品集》(作家出版社,2017年)

不要对我说你爱

是不是只有寂寞的时候
你才会想起我
是不是只有孤独的时候
你才会走进我
如果真是这样
我成了你的什么

是不是只有失去的时候
你才会珍惜我
是不是只有痛苦的时候
你才会忆起我
如果真是这样
我成了你的什么

不要对我说，你爱
其实你不懂爱是什么
不要对我说，你爱
其实你不懂爱是什么

初次发表于1994年第2期《Miss小姐》，收录于《汪国真诗文集·歌词》（内蒙古人民出版社，1996年）

你的身影是我的心跳

你的身影是我的心跳
看你一眼便再难忘掉
漫漫长夜总是在思念中度过
我的心情你知道不知道

你的身影是我的心跳
看你一眼便再难忘掉
迢迢路途总是在寂寞中度过
我的孤独你知道不知道

你的身影是我的心跳
看你一眼便再难忘掉
我把这支歌献给心中的你
希望你能够听见和知道

初次发表于1994年第4期《女友》,收录于《汪国真诗文集·歌词》(内蒙古人民出版社,1996年)

为什么你不能像我爱你一样

为什么你不能像我爱你一样
为什么你总是若有所思目光茫然
为什么你总是在晴天忽然说起雨天
难道你不是在投入而是在思念　思念从前

不见你时想了一遍又一遍
见到了你我觉得爱你爱得很疲倦
我不知道你是否真的爱我
为什么你的爱我总感觉抓不住看不见

为什么你不能像我爱你一样
其实，我不希望你为了我而改变
我只希望一切都是真心和随意
不论那是短暂还是永远

初次发表于1994年第4期《女友》，收录于《汪国真诗文集·歌词》（内蒙古人民出版社，1996年）

记忆的门

当掌声响起的时候
泪水不由冲开了记忆的门
以前的一切苦累
都感觉值得
曾有的失落
仿佛被风吹远了的沙尘
过去的努力本不是
为了今天的掌声
可今天的情景却能够还我自尊
真高兴向世界证明了自己
向东方唱一曲　心中日升月沉

初次发表于1994年第4期《女友》,收录于《汪国真诗文集·歌词》(内蒙古人民出版社,1996年)

梅花时节

雪花飞舞若蝶
一片银色世界
倚窗向外眺望
关山重重叠叠

白雪覆盖了一切
留下了一片纯洁
人心用什么覆盖
真喜欢这梅花时节

初次发表于1994年第4期《女友》,收录于《汪国真诗文集·歌词》(内蒙古人民出版社,1996年)

让爱为明天祝福

爱情开始的地方
友谊悄悄地结束
这是一条往前走的路
不能原地踏步

爱有许多迷人之处
只是不及友谊自如
让友谊为爱祝福
让爱为明天祝福

初次发表于1994年第6期《青春潮》,收录于《汪国真诗文集·歌词》(内蒙古人民出版社,1996年)

有点怪的世界也很可爱

有许多事情都是出于意外
意外的发生叫人目瞪口呆
别老问这究竟是为了什么
这个世界本来就有点儿怪

有点儿怪的世界也很可爱
让那些自以为是的全都晕了菜
老百姓的口味不停地改
不改的是期待过了又期待

初次发表于1994年第6期《青春潮》,收录于《汪国真诗文集·歌词》(内蒙古人民出版社,1996年)

给我一点时间

给我一点时间
让昨天渐渐离我远一点
给我一点空间
让我心灵的翅膀慢慢舒展

给我一点鼓励
让我能像一面帆那样向前
给我一点力量
让我重绽青春灿烂的笑颜

初次发表于1994年第6期《青春潮》，收录于《汪国真诗文集·歌词》（内蒙古人民出版社，1996年）

不只在梦中

你挥手消失在人群中
留下我独自伴秋风
秋风里地下一道长长的身影
和我彼此倾诉着内心的苦衷

你是我很多年的心事
庆幸今天能够与你无意中相逢
为什么分别没让你留下地址
什么时候能再见你亲切的面容

对世人我只有心情和表情
唯独对你才有柔情
祈祷上苍能让我再见到你
不只在梦中

初次发表于1994年第6期《青春潮》，收录于《汪国真全新作品集》（作家出版社，2017年）

只为想问候

我走在夕阳之后
牵来
满天星斗
那闪烁的音符
使沧桑变得玲珑剔透
我向那无边的璀璨
伸出了手
不是要握住
只为想问候

初次发表于1994年8月1日《人民日报》海外版,收录于《汪国真诗文集·歌词》(内蒙古人民出版社,1996年)

有一颗心

有一颗心
很骄傲
骄傲的眼眸
素笔难描
一望是冰
二望是雪飘

有一颗心
很从容
从容的格调
霜里秋枫
初寒微红
再寒色浓

有一颗心
志未消
大地未绿我先绿
草木已凋我未凋

初次发表于 1994 年 8 月 1 日《人民日报》海外版，收录于《汪国真诗文集·歌词》(内蒙古人民出版社，1996 年)

我携着色彩而来

当我走来的时候
这里便多了一处风景

我不是携着蓝色
走向海洋
蓝色
已成不了海洋的风景

我不是携着绿色
走向草原
绿色
已成不了草原的风景

我不是携着红色
走向山丹丹盛开的地方
红色
已成不了山丹丹盛开的地方的风景

我携着色彩而来

来了，便是一片清新

初次发表于1994年10月号《青年之友》，收录于《汪国真诗文集·歌词》(内蒙古人民出版社，1996年)

向　往

我不想看到太多装饰
心向往朴素和自然
生活不能总像舞场
你来我去的都是假面

没有真诚
何苦浪费许多表情
没有真话
何必枉费许多时间

我不想用今日之杯
盛来日的悔憾

初次发表于1994年第12期《分忧》，收录于《汪国真诗文集·歌词》（内蒙古人民出版社，1996年）

毛 衣

妈妈,不要舍不得穿
儿子为你买的那件毛衣
那是儿子的一点心意

妈妈,不要舍不得穿
儿子为你买的那件毛衣
那是儿子的千言万语

妈妈,不要舍不得穿
儿子为你买的那件毛衣
那是儿子的笑声和泪滴

妈妈,不要舍不得
如果你不穿
儿子就一件两件三件
一直买下去
哦,妈妈

收录于《汪国真诗文集·歌词》(内蒙古人民出版社,1996年)

温暖的家

白云蓝天黄沙

远远离开城市的喧哗

这里的空气没有污染

美好得犹如一个遥远的童话

把水扬起来

让它像珍珠一样飘洒

让心情飞起来

海无尽头是心温暖的家

收录于《汪国真诗文集·歌词》(内蒙古人民出版社，1996年)

祝愿生活

每天都会有些新的话题
就像每年都会有些新的流行曲
这个世界已改变了很多很多
没改变的是生活总少不了波折

许多事情没必要烦恼
你担心过的事情发生的很少
不要让你一个人的郁郁寡欢
破坏了这个夜晚的美好情调

茉莉花在星光下面香
月亮船在大地上面摇
举起酒杯互道一个祝愿
祝愿生活一天比一天好

收录于《汪国真诗文集·歌词》(内蒙古人民出版社,1996年)

别以为

别以为
我们不争气
别以为
我们没出息
今天输一次
明天再比高低

别以为
我们不争气
别以为
我们没出息
明天赢一场
今天先唱一曲

收录于《汪国真诗文集·歌词》(内蒙古人民出版社,1996年)

石缝中的花

生存真不容易
不要说有风吹雨打
更有那人为的重重挤压
可是你看那石隙中的花
正是因为有了欺凌
才开得美丽　而且潇洒

收录于《汪国真诗文集·歌词》(内蒙古人民出版社，1996年)

我不怕等得再久

你说过几天就会回来
可是为何到如今还让我苦苦期待
你说要给我带回珊瑚
可我看到的只是雨飘云浮

我不怕等得再久
只是心系一念万事休
哪天才能收获一点鼓舞
从你笔下流淌出的激荡的音符

收录于《汪国真诗文集·歌词》(内蒙古人民出版社,1996年)

把自己融入自然

在漂流了很久很久以后
真想能有一个静谧的港湾
让我枕着波浪轻眠
轻眠
却不是为了收起风帆

在跋涉了很久很久以后
真想能点燃一缕炊烟
围着篝火席地而坐
哑着嗓子唱歌
把悲怆的曲调轻弹

尽管心很累　很疲倦
我却没有理由后退
或滞留在过去与未来之间

就这样　就这样
在身心俱疲的时候
把自己融入自然

收录于《汪国真诗文集·歌词》（内蒙古人民出版社，1996年）

那是一个无法忘怀的情景

那是一个无法忘怀的情景
鸟儿无影　大地无声
一个亲人的远行
令无数颗心雨蒙蒙
夕阳下　大地刮过苍凉的风

大地刮过苍凉的风
把英雄的名字传颂
先辈走过的道路告诉我们
男人可以是一座伟岸的山
女人可以是一道绚丽的虹

一个民族不屈的精神
永远屹立在天地中
一个民族不屈的精神
永远屹立在天地中

收录于《汪国真诗文集·歌词》（内蒙古人民出版社，1996年）

慈母意

一去天涯十万里
天海阔
难隔慈母意
常问何日是归期

梦绕魂萦何是头
秋风啸后冬风吼
不是窗外多凉意
只缘儿远行
常把慈母心吹皱

收录于《汪国真诗文集·歌词》(内蒙古人民出版社，1996年)

母　亲

痛苦的时候
母亲是阳光
失落的时候
母亲是土壤
跋涉的时候
母亲是清泉
欢乐的时候
母亲是海洋

收录于《汪国真诗文集·歌词》(内蒙古人民出版社，1996年)

一个不凡的故事

何处寻昨日家园

哪里望旧日江山

长江能载　载不动这多悲和愁

昆仑能担　担不起这多恨和怨

有谁知　一时抚断多少琴弦

有谁知　一时吹破多少箫管

男儿慷慨赴国难

藐视万里风烟

自古豪杰有红颜

又何惧易水寒

莫道故国已不堪

不屈的英雄儿女千千万

待旌旗指处灭尘烟

看绿遍江北　红遍江南

收录于《汪国真诗文集·歌词》（内蒙古人民出版社，1996年）

记忆的雪地

当世界转瞬间改变
不免有时黯然神伤
不知是该紧紧抓住以往
还是该早一点儿忘掉以往的模样

如果纯真失去了
又怎么能再失去向往
如果向往模糊了
又怎么能不把心灵擦亮

让回忆中的雪地总是很白很白
让感情的潮汐总是连着浩瀚的海洋

收录于《汪国真诗文集·歌词》(内蒙古人民出版社,1996年)

四月的风

拉住你的手
拉住我的手
我们走向春天
搭起的大门口

四月的风
吹过你的脸
吹过我的脸
吹过我们含泪的笑颜

收录于《汪国真诗文集·歌词》(内蒙古人民出版社,1996年)

踏进春天风采

又是春暖花开
蝴蝶展翅飞来
只是不见伊人
剩我独自徘徊

又是春暖花开
黄鹂唱得欢快
只是不见伊人
如何安顿情怀

又是春暖花开
郊外水绿山黛
只盼伊人共我
踏进春天风采

收录于《汪国真诗文集·歌词》(内蒙古人民出版社,1996年)

曾经不在意

曾经不在意
就这样默默地爱上你
爱你的面容和微笑
更爱你纯洁善良的心地

曾经不在意
就这样渐渐地失去你
直到分手我才明白
爱也需要维护和继续

如今真后悔
为什么不挽紧你
竟使爱情像落叶
随水漂流去

收录于《汪国真诗文集·歌词》(内蒙古人民出版社，1996年)

你回来了

心底的苦恼
终于雾散云消
心底的幸福
想让所有人知道

问山是否在听
问水是否在笑
也问自己
往日的矜持哪里去了

难道一切的一切
都是因为你回来了

收录于《汪国真诗文集·歌词》（内蒙古人民出版社，1996年）

从前的记忆

我所做的一切
不需要任何回报
唯一的心愿
就是希望你比以前更好

我走了以后
愿你善自珍重
我会为你祝福
像流云问候小鸟

让从前的记忆像花像草
蓬勃在每一个心灵的清早

收录于《汪国真诗文集·歌词》(内蒙古人民出版社,1996年)

酒　鬼

胡同口住着个酒鬼
整天喝得酩酊大醉
随身总带着个酒瓶
到处惹是非

胡同口住着个酒鬼
整天喝得酩酊大醉
谁见了都往远躲
不愿惹倒霉

胡同口住着个酒鬼
整天喝得酩酊大醉
据说失恋使他这样
不知姑娘是谁

酒鬼　酒鬼
并没有坏心眼
酒鬼　酒鬼
活得太可悲

收录于《汪国真诗文集·歌词》（内蒙古人民出版社，1996年）

人生曾有多少心情

人生曾有多少表情
谁能记得住
人生曾有多少心情
谁能说得清
有过多少残缺
有过多少完整

哪怕风雨如晦
哪怕柳暗花明
记忆是春　忘却
是冬
无法遗失的只有
那一次
把偶然变成了必然
把瞬间写成了永恒

收录于《汪国真诗文集·歌词》(内蒙古人民出版社，1996年)

为你我付出得最多

为你我付出得最多
为什么你始终不让我看清
让我的心像气球一样悬着
在空荡荡的天上飘忽不定

为你我付出得最多
为什么你始终不跟我说清
给我一个答案就这样难吗
我不是什么也不懂的小学生

为你我付出得最多
我不会再这样去爱别人
我不要你这样的回答
说什么爱情像雨像风

收录于《汪国真诗文集·歌词》(内蒙古人民出版社,1996年)

给我一个答案

我不知道这个愿望
是否能够实现
眼前总有一层薄雾
遮住了青山的容颜
青山不老人却会老
薄雾不散任凭我望穿双眼

我不知道这个愿望
是否能够实现
未来多少远大抱负
先要靠清风成全
若是人有情风无情
谁能把心中的风筝送上天

我不知道能否翱翔在蓝天白云间
问飞鸟能否给我一个答案
我不知道能否翱翔在蓝天白云间
问飞鸟能否给我一个答案

收录于《汪国真诗文集·歌词》（内蒙古人民出版社，1996年）

问远方

望天上云卷霞飞
看地上小桥流水
有一件心事不知说与谁听
问远方的人何时回归

走过了春花秋月
经过了冷雨寒霜
有一件心事谁人能懂
问远方的人何时重逢
何时回归　何时重逢
共采西山枫叶红

收录于《汪国真诗文集·歌词》（内蒙古人民出版社，1996年）

在那个节日的夜晚

在那个节日的夜晚
一个孩子忽然长大
他不要求任何礼物
哪怕那只是一支铅笔
或者一小袋爆米花

在那个欢乐的节日夜晚
节日的欢乐没有走进那个孩子的家
节日只在他的梦里
梦里的孩子走天涯

在那个节日的夜晚
星星说着月亮的话

收录于《汪国真诗文集·歌词》(内蒙古人民出版社,1996年)

春日心语

不是你的一切都喜欢
就像最佳的风景
也会留下
一点儿遗憾

或许有一点儿遗憾
你更显得真实
真实的你
在梦与现实的边缘

江水奔流长又卷
夕阳映树红万片
握你的手如握晚风
凭黄昏　任驱遣

收录于《汪国真诗文集·歌词》(内蒙古人民出版社,1996年)

这就是生活

当你屹立天地
便开始经受暴风骤雨
当你出人头地
便开始承受命运打击

有多少好男儿
遭人嫉恨　被人误解
有多少好女儿
被人中伤　遭人算计

这就是生活
在鲜花盛开的地方
有时要竖起樊篱
这就是生活
当果实结满枝头
总有不劳而获的人惦记

收录于《汪国真诗文集·歌词》（内蒙古人民出版社，1996年）

那会是一个永远

想你痛苦
不想你也难
女人的温柔
有时像绞索
有时像项链

不必给我一个诺言
只需给我一点时间
不论走近还是离开你
我的感觉告诉我
那都会是一个永远

收录于《汪国真诗文集·歌词》(内蒙古人民出版社,1996年)

我站在舞台之上

我站在舞台之上
为你献出我的歌唱
歌声里有我千头万绪
旋律里有我坎坷沧桑

我站在舞台之上
为你献出我的歌唱
你是我唯一的爱人
不论你在不在我身旁

我站在舞台之上
为你献出我的歌唱
尽管所有的人都在欣赏
其实你一个人便是全场

收录于《汪国真诗文集·歌词》(内蒙古人民出版社,1996年)

我的心你可懂得

我的心你可懂得
爱上你我却不知怎样诉说
想说的愿望折磨我的心
说不出口让我的心受折磨
爱情真是一道难解的题
怕说错　更怕错过

我的心你可懂得
就像春风理解那满山花朵
我的心你可懂得
就像秋日眺望那遍野田禾
爱情真是一个难解的谜
怕错过　也怕猜错

蓝天上白云轻盈飘过
那里有我深深的寄托
夜空里繁星晶莹闪烁
那里有我心海波光折射
走近你并非因都是天涯行客
数尽缤纷心中只有一道景色

收录于《汪国真诗文集·歌词》(内蒙古人民出版社，1996年)

有你的日子总是有雨

不知是无意还是天意
有你的日子总是有雨
有雨的日子我没有带伞
雨水淋在脸上　湿在心里

一生中有许多相遇
最快乐的相遇是认识了你
一生中有许多过错
最心痛的过错是失去了你

我不想让心哭泣
可又怎么面对这伤心的故事
为什么　为什么
忧伤总是期待的结局

收录于《汪国真诗文集·歌词》(内蒙古人民出版社,1996年)

中华儿女

当夕阳离去的时候总是呈现出悲壮
当河水远去的时候总是表现出向往
当你告别的时候可曾回首眺望
你留恋着的土地和牵挂你的亲爹娘

在最困难的时候总有最优秀的
中华儿女挺起胸膛
像那熊熊的篝火把寒夜照亮
在最危急的时候总有最优秀的
中华儿女耸起脊梁
用生命和热血把祖国的命运承担

昆仑峰相连　黄河涌大浪
中华民族五千年气概何辉煌

收录于《汪国真诗文集·歌词》(内蒙古人民出版社，1996年)

思念是风是云是婵娟

思念的感觉真是难缠
思念的情景真是何堪
地上的水在流　可我的心已断
天上的云不散　可我的神已乱
风雨来时　我牵挂你是否平安

思念的感觉真是难缠
思念的情景真是何堪
月在窗影上走　花在石阶下残
树在星光里摇　泪在烛光中闪
风雨来时　我牵挂你是否平安

为你祝福　面对苍天
流水记得　那个身影总在桥边
夕阳记得　那个时候总是傍晚
啊　水迢迢　山重重　路漫漫
难挡思念是风是云是婵娟

收录于《汪国真诗文集·歌词》（内蒙古人民出版社，1996年）

凌空复我旧山河

凌空复我旧山河
壮士梦中犹奋戈
国土沦丧　心中泣血
谁忍看豺狼横行
乡亲背井离乡　流离失所
江山失却旧日颜色

玉可碎　志不可夺
男儿生来为报国
一声长啸　天地动容
烈士的英名是霞光里的花朵
试看我血肉筑成的新长城
耸立是高山　蜿蜒是人河
千秋万代是一首气势磅礴的歌

收录于《汪国真诗文集·歌词》(内蒙古人民出版社，1996年)

笑在青春年少

总铭记青春时光
更难忘绿意同窗
相逢是笑
相知是妙
笑在青春年少
妙在岁月迢遥

收录于《汪国真诗文集·歌词》(内蒙古人民出版社,1996年)

希望你活得潇洒

希望你活得潇洒
不要走不出从前的篱笆
把目光朝向未来
不要总牵挂明日的黄花
失去的不一定是最好的
是你把它想成了最美的图画
前面的路上还有许多风景
不要耽搁快迈出生活的步伐
把目光朝向未来
不要耽搁快迈出生活的步伐

收录于《汪国真诗文集·歌词》(内蒙古人民出版社,1996年)

深深的心愿

有一个深深的心愿
愿孩子们身体健康
生命像那奔流不息的江河

有一个深深的心愿
愿年轻人心情快乐
生活像那轻盈美丽的云朵

有一个深深的心愿
愿中年强健　老人长寿
回忆美好得像诗也像歌

有一个深深的心愿
愿我献出的不仅是一颗爱心
还是人间一片瑰丽的景色

收录于《汪国真诗文集·歌词》(内蒙古人民出版社,1996年)

这个世界

这个世界有点儿道貌岸然
因此需要来点儿改变
不要说那是祖宗定下的规矩
该背叛的还得背叛

这个世界有点人欲横流
因此需要保留点儿纯洁的温柔
哪能向世界开放一切
不公布配方的是最醇美的酒

这个世界有点儿鱼龙混杂
天才蠢材都敢称孤道寡
时间才是最好的筛子
能筛出哪个是龙哪个是虾

这个世界有点说不清楚
让人有时明白有时糊涂
凭着良心办事不会有错
身后是个道　前面是条路

收录于《汪国真诗文集·歌词》(内蒙古人民出版社，1996年)

当你生日来临的那天

把我的微笑送给你
当你生日来临的那天
愿那是一束迎春花
带给你温馨和喜欢

把我的歌声送给你
当你生日来临的那天
愿那是一缕清新的风
吹在你的心田

把我的祈祷送给你
当你生日来临的那天
愿那是一片天上的云
让你忘却烦恼的人间

把我的祝福送给你
当你生日来临的那天
愿那是一支红蜡烛
带给你记忆的永远

收录于《汪国真诗文集·歌词》（内蒙古人民出版社，1996年）

我们的心愿

蓝天下是我们的家园
我们的家园花朵鲜艳
花朵鲜艳四季常青
四季常青仿佛春天的笑脸
春天的笑脸像我们的心愿
我们的心愿是让友谊永远

收录于《汪国真精品集 上 抒情诗》(青海人民出版社,1998年)

幸福的名字叫永远

在这个难忘的时刻
送给你一个美好祝愿
里面有我万语千言
我们共举生活的杯盏
愿今天伴你的有欢笑
欢笑的名字叫灿烂
愿伴你的还有幸福
幸福的名字叫永远

收录于《汪国真新作选》(新华出版社,2002年6月)

黄河千岛湖

黄河千岛湖，
座座小岛似珍珠。
峡谷百鸟飞，
峰顶看日出。
低头清涧流，
抬眼望飞瀑。
醉人是花香，
晶莹是雨露。

春来秧苗绿，
秋来金浪舞。
山下耕田地，
山上采蘑菇。

风吹小舢裁开绿水，
雨打苍山捧出林木。
啊，这美丽的千岛湖，
这迷人的千岛湖，
这永难忘却的黄河千岛湖。

初次发表于2001年第4期《中国校园文学》，收录于《汪国真新作选》（新华出版社，2002年6月）

往事如昨

生活中总有那么多诱惑，
追求中总有那么多蹉跎，
时光中总有那么多故事，
爱情中总有那么多曲折。
哦，往事如昨，
哦，往事如昨，
那诱惑使生命有了动力火车，
那蹉跎使追求变成难忘的歌，
那故事叫时光变成五颜六色，
那曲折让爱情苦苦甜甜难分难舍。
哎，往事如昨，
往事如昨，往事如昨。

收录于《汪国真新作选》（新华出版社，2002年6月）

南　湾

南湾，南湾，
南湾有水也有山。
水是大山间的水，
山是湖水中的山。
更有那鸟岛上的小鸟，
呼啦啦啦，呼啦啦啦飞起来一大片。

南湾，南湾，
南湾有水也有山。
水是绿莹莹的水，
山是青翠翠的山。
更有那湖水中的小岛，
多呀呀呀，多呀呀呀，
多得数也数不完。
南湾，南湾，南湾，南湾，
南湾，南湾，南湾，南湾。

收录于《汪国真新作选》（新华出版社，2002年6月）

青青云台山

青青云台山，
风景真好看。
温盘峪水蓝蓝，
还有那百家岩。
茱萸峰哟高又高，
小寨沟长又长，
秋秀谷彩蝶飞，
还有一峰十八湾。

青青云台山，
历史有渊源。
王维来赋诗，
唐王曾试剑。
还有那七品芝麻官，
人称唐知县。
看到那点将台，
想起千年烽烟。
啊，啊哈啊哈啊哈哈
云台山。

收录于《汪国真新作选》(新华出版社，2002年6月)

鹤壁情

你可知这里为什么叫作鹤壁,
传说中一群仙鹤生活在南山峭壁。
你可知它们为什么不愿离去,
因为勤劳勇敢的人们在这里生息。
你可知鹤壁有怎样的过去,
云梦山古军校多少将帅所向披靡。

有一个书生写出了《三国演义》,
还有那淇河水流呵流呵流成了天然的太极。
你可知鹤壁今日什么模样,
请你去看山看水看改变了的村庄。
请你去看桥看房看道路多么宽敞,
请你去看草看树看花儿的海洋。

收录于《又见汪国真——汪国真诗文书画歌曲作品选》(中国国际广播出版社,2003年)

老百姓笑啦*

天晴啦

云散啦

太阳出来啦

水绿啦

花开啦

大雁回来啦

翻身啦

解放啦

老百姓笑啦

收录于《又见汪国真——汪国真诗文书画歌曲作品选》(中国国际广播出版社，2003年)

---

* 汪国真作曲。

孩子 别伤妈妈的心

你是妈妈心中的宝贝
你是妈妈的至爱至亲
你脸上的云是妈妈心中的雨
你心中的雨是妈妈脸上的泪痕
妈妈是那么爱你
孩子 别伤妈妈的心

你是妈妈心中的宝贝
你是妈妈的至爱至亲
你脸上的笑是妈妈心中的阳光
你心中的阳光是妈妈脸上的灿烂
妈妈是那么爱你
孩了 别伤妈妈的心

妈妈是那么爱你
孩子 别伤妈妈的心

初次发表于 2005 年第 16 期《工会博览》

北武当，梦的家乡 *

心儿在岁月里流浪
寻觅可以安家的地方
鸟儿在时光中飞翔
找寻哪里是栖息的方向
它们不约而同来到这里
北武当　北武当　北武当
北武当山在吕梁

这里的山峰比天高
这里的草原在天上
这里的人在云中走
这里的瀑布从天降
哎　北武当
北武当就像小西藏

这里的森林像海洋
这里的花草像海浪
这里的牦牛像云朵
这里的风光似天堂

---

* 汪国真作曲。

哎　北武当
北武当就像小西藏

北武当　北武当
北武当山在吕梁
北武当　北武当
北武当是梦的家乡　梦的家乡

收录于《汪国真作品精品欣赏》珍藏版 CD（汪国真文化艺术工作室出品，2005 年 11 月）

我爱我们的华夏 *

曾经很久很久以前照亮生命的火把
曾经很远很远从远方袭来的风沙
曾经灿烂的文明成为永恒的纪念
曾经沉重的苦难让大地的声音喑哑
曾经那么多古圣先贤前赴后继
曾经那么多仁人志士汗流血洒
——因为这是我们的华夏

要让那春风染绿大漠
要让那荒野尽是桑麻
要让那城市变成花园
要让那乡村风景如画
要让那国是强国
要让那家是富家
——因为我爱我们的华夏

要让那国是强国

---

* 汪国真作曲。

要让那家是富家
——因为我爱我们的华夏

收录于《汪国真作品精品欣赏》珍藏版 CD（汪国真文化艺术工作室出品，2005 年 11 月）

啊，北武当山 *

巍巍的山峰　潺潺的小溪
蓝蓝的天空　青青的草地
你是雄伟　你是静谧
你是安详　你是秀丽
啊，北武当山
慕名而来是因为你
啊，北武当山
流连忘返是为了你

古老的庙宇　陡峭的天梯
恢宏的松柏　悠远的画壁
你是深邃　你是险峻
你是苍茫　你是神奇
啊，北武当山
慕名而来是因为你
啊，北武当山
流连忘返是为了你

初次发表于2006年音乐专辑《名家歌颂北武当》，收录于《汪国真经典代表作Ⅱ CD》（作家出版社，2010年4月）

---

* 汪国真作曲。

三游北武当 *

一游游到北武当
彩蝶飞来野花香
不仅风光美如画
还有传说源流长

二游游到北武当
云当被子地当床
嚼根青草味也甜
太阳照我暖洋洋

三游游到北武当
尽情喊来放声唱
我看青山多妩媚
青山看我真豪放

初次发表于2006年音乐专辑《名家歌颂北武当》，收录于《汪国真经典代表作Ⅱ CD》（作家出版社，2010年4月）

---

* 汪国真作曲。

难忘北武当 *

来一回　便难忘
难忘北武当
难忘森林是你的手臂
难忘峰峦是你的脊梁
难忘山路是你的筋脉
难忘白牦牛带来了兴旺

来一回　便难忘
难忘北武当
你是豪放　你是美丽
你的豪放像英雄
你的美丽像新娘　像新娘

来一回　便难忘
难忘北武当
难忘花朵是你的装饰
难忘云朵是你的衣裳
难忘小溪是你的裙带
难忘褐马鸡带来了吉祥

---

*　汪国真作曲。

来一回　便难忘
难忘北武当
你是豪放　你是美丽
你的豪放像英雄
你的美丽像新娘　像新娘

初次发表于2006年音乐专辑《名家歌颂北武当》，收录于《汪国真经典代表作Ⅱ CD》（作家出版社，2010年4月）

踏上那弯弯的山路 *

踏上那弯弯的山路
拂去那淡淡的晨雾
去问候那秋日的林木
去追寻那春天的脚步

吹来吧　那北武当的风
那八月的风
让我们欢欣鼓舞
飘来吧　那北武当的雪
那二月的雪
让群山银装素裹　分外夺目
爱美的心总在那眉眼深处
美丽的景　是漂泊的心的归宿

初次发表于2006年音乐专辑《名家歌颂北武当》

---

* 汪国真作曲。

放下心中的行李 *

这是一个美好的假期
我们在北武当留下了一段记忆
放下心中的行李
放飞手中的希冀

山是那么青
水是那么绿
笑声是那么灿烂
年轻的心不懂得哭泣

来的来　去的去
来去都有了诗意
有时阴　有时晴
眼里都是一片太阳雨　太阳雨

初次发表于2006年音乐专辑《名家歌颂北武当》，收录于《汪国真经典代表作Ⅱ CD》（作家出版社，2010年4月）

---

* 汪国真作曲。

我们来唱歌 *

我们来唱歌
唱一支关于北武当的歌谣
烟霞在天边缓缓流动
吉他在怀里轻摇

我们来唱歌
唱一支关于北武当的歌谣
多少英雄豪杰像星星
在历史的天空闪耀
我们脚下踏着的是
现实的青草

我们来唱歌
唱一支关于北武当的歌谣
我们的思绪在天上飞
我们的歌声在风里飘　风里飘

初次发表于2006年音乐专辑《名家歌颂北武当》

---

* 汪国真作曲。

青春像山*

钟声越响越远
朝霞越来越灿烂
登上北武当的我们
仿佛面临一个新开端

青春像山
郁郁葱葱　无遮无拦
生活像山
有歌有泪　起伏连绵

哦　放眼望
苍茫的北武当
仿佛一个遥远的灵感
哦　放眼望
高高的北武当
好像一个亲切的呼唤

初次发表于2006年音乐专辑《名家歌颂北武当》

---

*　汪国真作曲。

你知道不知道[*]

你知不知道
我的梦　哪里去了
它遗落在北方的一个山坳
她的名字叫北武当
去一次　情未了

你知不知道
我的情　哪里去了
它遗落在北方的一个山坳
她的名字叫北武当
去一次　梦中找

她的名字叫北武当
去一次　情未了
她的名字叫北武当
去一次　梦中找

初次发表于2006年音乐专辑《名家歌颂北武当》

---

[*] 汪国真作曲。

天上的白云还是那么飘 *

天上的白云还是那么飘
树上的鸟儿还是那么叫
我们在北武当的风光里架起心桥
在大自然的怀抱中
忘却了都市的烦恼
在青青的草地上
我们洒下了一串串笑　一串串笑

初次发表于 2006 年音乐专辑《名家歌颂北武当》

---

* 汪国真作曲。

天堂就在北武当 *

让心走上山岗
让梦在风里徜徉
让青春的活力
释放在北武当

你去寻找美丽
美丽就在北武当
你去寻找豪放
豪放就在北武当
你去寻找神奇
神奇就在北武当
你去寻找天堂
天堂就在北武当
哎嗨哟 哎嗨哟
天堂就在北武当

初次发表于 2006 年音乐专辑《名家歌颂北武当》

---

* 汪国真作曲。

去看看北武当 *

城市中太迷茫
常常受些不是伤的伤
只因为心胸不宽广
这时不妨去看看北武当
城市中太痛苦
有钱没钱找不到幸福
这时不妨去看看北武当的雾
咿呀咿呀咿呀喂去看看北武当的雾

城市中太荒唐
常常忙些不该忙的忙
只因为财迷转了向
这时不妨去看看北武当
城市中太孤独
人流滚滚知音在何处
这时不妨去看看北武当的湖
咿呀咿呀咿呀喂去看看北武当的湖

初次发表于 2006 年音乐专辑《名家歌颂北武当》

---

* 汪国真作曲。

来吧，来看三峡

来吧，来吧，来看三峡，
抛开尘世的烦恼，
丢掉名利的虚华。
让眼睛变得清澈，
让纯净在心灵发芽。

眼睛清澈，
心灵纯净。
这里是云淡风轻的三峡。

来吧，来吧，来看三峡，
如果说梦也有家，
这里是梦的老家。
如果说梦能开花。
这里的花香遍天下。

梦的老家，
香遍天下。
这里是如诗如画的三峡。

收录于2009年第13期《黄河之声》

哲思短语卷

男人·女人·爱情（1）

男人的武器是微笑，女人的武器是眼泪。

男人骗人让人感到可怜，女人骗人让人感到可怕。

女人因崇拜而爱一个男人，男人因爱而崇拜一个女人。

使女人爱上一个男人的多是心，使男人爱上一个女人的多是眼睛。

对于一个孤独的男人来说，若想自然地结识一些女人，不妨先结识一些男人，因为每个男人的身旁都会有一些女人；同样，对于一个孤独的女人来说，若想自然地结识一些男人，不妨先结识一些女人，因为每个女人的身旁都会有一些男人。

为了一个女人而奋发，这是一个男人的浮浅，也是一个男人的纯直；为了一个男人而矫饰，这是一个女人的可爱，也是一个女人的无奈。

男人喜欢文学，是因为他想通过文学，让自己走向世界；女人喜欢文学，是因为她想通过文学，让世界走向自己。

好女人是一本优秀的读物，让人越读越有味；

好男人是一棵笔直的大树，让人越想越提神。

爱情，总是使女人变得聪睿，使男人变得愚笨。

爱，而不敢表达，严格地说，那还不能叫爱，最多只能叫喜欢。

爱，是无所畏惧的。

即便是最伟大的人，在爱情上也会表现得很普通。在爱情上表现得很伟大的常常是些平凡的人。

以为失恋对于女人的打击大过男人，这实在是一种误会，或许心理学家能告诉你正确的答案。在男人坚强的外表下，常常包裹着的是一颗脆弱的心。

爱，应该使人变得高尚，使人的情感变得卑微的不是爱，而是情欲。

对于一个长期的孤独者来说，匆匆忙忙结一门姻缘，原本是想摆脱孤独，往往得到的却是双倍的孤独。

用沉默去爱，比用语言去爱更有味儿，而且高了一个层次。

没人爱是一种烦恼，特别是当你爱上别人，而别人却不爱你；有人爱也是一种烦恼，特别是当别人爱上你，而你却不爱别人。

初次发表于1989年第3期《时代青年》

男人·女人·爱情（2）

女人因崇拜而爱一个男人，男人因爱而崇拜一个女人。

使女人爱上一个男人的多是心，使男人爱上一个女人的多是眼睛。

奥斯丁说：没有爱情，可千万不要结婚。她这一句话，仿佛是喊出来的，她或许觉得，与其种一棵缺枝少叶、病病歪歪、让人看了心酸的树，不如干脆不种。

为了一个女人而奋发，这是一个男人的浮浅，也是一个男人的纯真；为了一个男人而矫饰，这是一个女人的可爱，也是一个女人的无奈。

爱，而不敢表达，严格地说，那还不能叫爱，最多只能叫喜欢。

爱，是无所畏惧的。

对于一个长期的孤独者来说，匆匆忙忙结一门姻缘，原本是想摆脱孤独，往往得到的却是双倍的孤独。

没人爱是一种烦恼,特别是当你爱上别人,而别人却不爱你;有人爱也是一种烦恼,特别是当别人爱上你,而你却不爱别人。

爱情的美丽,总是让我们不由想笑,可是最美丽的爱情,却常常使我们不由想流下一掬清泪……

初次发表于1990年5月26日《北京法制报》

美与人生

如果我们还没有水平和能力鉴赏美与创造美，那么，起码我们应该懂得什么是不美的。

什么是延缓衰老、永葆青春的最好方法呢？不是化妆品，不是韵律操，也不是种种宫廷秘方，而是一颗宁静的心灵。

谁也无法使自己永远美丽，但却可以使自己永远年轻。

漂亮的不一定高雅，高雅的不一定深刻；美则是优秀事物的融合。

美是无限的，就像一个人的欲望。

一个人要想活得有价值而且潇洒，就应该学会对自己的欲望有所限制，而对美的追求又没有限制。

沉默，可以代表力量，堂皇，可以代表邪恶；美，也可以代表灾难。

漂亮，可以比喻；美，却无法形容。

但愿这不是一种奢望；当我们读一本美学著作，就像在读我们自己。

初次发表于1989年6月4日《北京晚报》

美与气质

极度的美，让人惊羡；极度的优雅，让人心折。

美，首先征服人的感官，然后才是人心；优雅，首先征服人心，然后才是人的感官。

征服了人的感官者，还不一定能够征服人心；征服了人心者，必定能够征服人的感官。

美是一朵鲜艳的花，气质是一棵常青的树。

时间，是美的敌人，却是气质的朋友。

依靠化妆、整容、华贵的时装和一些训练，可以使一个人的外表，在三天的时间里便焕然一新，让人有判若两人之感。而要改变一个人的气质，三年的时间都未见得够用。

容貌美丽的人，常常是些很幸运的人；气质高雅的人，常常是些很出色的人。

美是一种浅层次的优雅，优雅是一种深刻的美。

我们从美中得到的是愉悦，我们从优雅中得到的是启迪。

初次发表于1989年7月30日《北京晚报》

智慧与幽默

富有智慧的人，不一定幽默；而具有幽默感的人，一定富有智慧。

荀子说：流言止于智者。可是我们日常看到的常常却是"智者"也在散布流言；不知这是"智者"的退化，还是流言的进化？

富有智慧的头颅常常都在沉思；自以为聪明的大脑却爱喋喋不休。

幽默有一种魅力，它在男人心中唤起的常常是敬意，它在女人心中唤起的往往是爱情。

幽默是智慧发出的灵光，它给人带来的总是轻松与愉悦。
一个富有幽默感的人，无疑也是一个十分容易受到公众欢迎的人。

初次发表于1989年第9期《时代青年》

美与爱情

在人的生命中,最宝贵的莫过于自由,最璀璨的莫过于事业,最美丽的莫过于爱情。

爱情使男人变得坚强,使女人变得温柔,使生命变得光彩照人。

爱情的无言,仿佛是湖水的涟漪,无声,却漾着情感的波纹;爱情的低语,仿佛是绵绵的雨丝,在沙沙声里,滋润着心灵的土地。

感伤不是一种美好的情感,因为它太容易使人陷入迷惘或消沉。但大凡在爱情上常常感伤的女子,不是有一张太美丽的脸,就是有一颗太美丽的心。
于是,感伤在我们眼里似乎也有了一种忧郁的美。

奥斯丁说:没有爱情,可千万不要结婚。她这一句话,仿佛是喊出来的,她或许觉得,与其种一棵缺枝少叶、病病歪歪、让人看了心酸的树,不如干脆不种。

爱情有一种无声的力量，它可以使疲沓变得利索，吝啬变得慷慨，委顿变得昂扬。

即便是一首最伟大的爱情诗，给予人的心灵的震动也抵不上发生一次最平凡的爱情。爱情甚至可以再造一个人的灵魂。如果人类都以爱情的方式生活，那么这个世界无疑会变得更可爱，更美好。

内容贫乏的爱情，会使平庸者更加平庸；内容充盈的爱情，会使卓越者更加卓越。

爱情有层次吗？有的。

我们从生活中失去多少，爱情就给我们弥补多少。可以说，这就是高层次的爱情；我们从生活中得到多少，爱情就使我们失去多少。可以说，这就是一种低层次的爱情。

爱情的美丽，总是让我们不由想笑，可是最美丽的爱情，却常常使我们不由想流下一掬清泪……

初次发表于1989年第10期《东方青年》，收录于《汪国真诗文集〔首版〕- 哲思短语》（内蒙古人民出版社，1996年）

书　韵

朋友不是书，书却是朋友。

朋友可能背叛你，书却永远忠实。

怎么办呢？像选择书一样去选择朋友，像热爱朋友一样去热爱书。

文字组成一本书，大自然组成另一本书。

在宁静悠闲的时间，我就去读文字的书，在忧郁沉闷的时候，我就去读大自然的书。当我从文字的书中走出来的时候，我好像成了哲人，当我从大自然的书中走出来的时候，我仿佛成了孩子。

会读书的人和不会读书的人的一个主要区别就是：前者总是"雁过拔毛"，后者却是"一毛不拔"。

对于非常繁忙的人来说，读书是一种休息；对于十分闲暇的人来说，读书是一种工作。

书，是生活中最好的调味酒。

读书有益，也可能有害。

而不读书则是绝对有害。

菲尔丁说：不好的书也像不好的朋友一样，可能会把你戕害。

这话没错。但也不必为此走向另一个极端，夸大书籍对于人的品格的影响。更多的情况是：好人，读了坏书仍是好人，坏人，读了好书仍是坏人。

最优秀的读者，不一定是最优秀的作家；最优秀的作家，却必定是最优秀的读者。

当我读到一本糟糕透顶的书籍的时候，简直愤怒地想打作者的耳光，但更想打的是自己的耳光。我之所以始终不渝地坚持没有这样做，实在是因为这种想法一旦付诸实践，我的脸庞会经常地又红又肿，以至没脸见人。

初次发表于1990年第1期《辽宁青年》，收录于《我心灵的诗韵——汪国真自选最新诗文集》（中国广播电视出版社，1991年）

宽　容

在生活中，一个人不能够不懂得宽容，也不能一味地宽容。一个不懂宽容的人，将失去别人的尊重，一个一味地宽容的人，将失去自己的尊严。

宽容与刻薄相比，我选择宽容。因为宽容失去的只是过去，刻薄失去的却是将来。

对待别人的宽容，我们应该知道自惭；我们宽容地对待别人，应该知道自律。

宽容是长者式的，刻薄是小人式的。让一颗宽容的心变得刻薄不容易，让一颗刻薄的心变得宽容更难。

宽容者让别人愉悦，自己也快乐；刻薄者让别人痛苦，自己也难受。

宽容产生宽容，刻薄产生刻薄，人与人之间的一般情形，大抵如此。由此，宽容不但表现为一种胸怀，也表现为一种睿智；刻薄不但表现为一种狭隘，也表现为一种短视。

宽容者可敬，刻薄者可畏，但这都不失为一种性格。

人生有一种悲哀——无性格。

我想，对于朋友，除了背叛，没有什么过失是不可以宽容的。

有一种人说：我可以宽容所有的人，唯独不宽容你；

另有一种人说：我只宽容你，其余所有人都不宽容。

实际上真的发生了什么，前者并不能宽容"所有的人"，后者连"你"也不宽容。

如果别人已不宽容，就不要去使劲儿乞求宽容，乞求得来的宽容，从来不是真正的宽容；

如果你想宽容别人，就不要等到别人来乞求，记住一句老话：给永远比要，令人愉快。

初次发表于1990年第2期《辽宁青年》，收录于《汪国真哲思短语》（中国友谊出版社，1991年）

成功与素质

所谓失败是成功之母,那是对具有成功的素质的人而言的,对于不具备成功素质的人来说,坚持不懈的努力,不过是失败过程的无限循环。

自古以来,在想建功立业的人群中,兼备许多优秀素质的人是很少的,不具备任何优秀素质的人也是很少的。重要的是,首先要了解自己适合干什么,然后才是怎么干。

能力和素质是两个概念,能力是挥出去的一把锋利的剑,素质则是握住剑柄的手。

面对成功,我们总是发出欣慰的笑,面对巨大的成功,我们却常常是泪流满面。

一个人成功的背后,总是站着许多人,善待那些帮助过你的人,这是一种素质,也是一种品质。

一个素质优秀的人,不一定就能成功,因为他可能没有机会;

一个素质不那么优秀的人,不一定不能成功,因为他可能遇到了机会。

平庸战胜卓越，这就是命运的悲哀和无奈。

不过，由此我们可以知道，那些成功了便得意忘形的人，不一定具有怎样高的才华与素质，他们不过是"撞"上了。他们成功的情形有点像发了财的暴发户，我们没必要对他们毕恭毕敬。

我是这样相信：一个人心中若没有偶像则很难成功；一个人若太崇拜偶像，则根本不能成功。

成功带来的不仅仅是喜悦。

失败会带来苦恼，成功也会带来苦恼。不过这两种苦恼有着根本的区别：前者是在迷惘中苦恼，后者是在清醒中苦恼。

正因为清醒，成功带来的苦恼往往更沉重。

文凭是什么？文凭是一种资历，而不是一种素质。

成功靠什么？成功靠素质，而不是靠资历。

失败并不可怕，因为我们还站在山脚，真正可怕的是成功，因为我们已站在山巅了。

如果我们连成功都不怕，难道还怕失败吗？

初次发表于1990年第2期《追求》，收录于《年轻的风采——专访汪国真》（人民日报出版社，1991年）

深　刻

貌似深刻者，往往浅薄；貌似平凡者，可能深刻。

前者因为浅薄，所以拼命装扮成深刻；后者因为深刻，所以于打扮之道并不经意。

浅薄只能欺骗浅薄。

把浅薄视为深刻，不是因为对方深刻，而是因为自己更浅薄。当然，对于更浅薄者来说，浅薄也是一种深刻。

深刻源于思想和磨难。一个一帆风顺的人，可能博学，却很难深刻。因此，当我们遇到磨难的时候，不妨把它视为生活的一份厚赠，感谢生活。

在表达方式上，深刻喜欢用眼睛和心灵说话，浅薄喜欢用嘴和手说话，两相比较：此时无声胜有声。

倘若知道自己不够深刻，就不要哗众取宠地假作深刻。这样，你不具有深刻，却还具有一份坦诚。"作假"的结果，使你既不能变得深刻，又失去了坦诚。

一个总自认为深刻的人，其实已远离了深刻；一个总自认为还不够深刻的人，这本身已是一种深刻。

深刻者有比常人更多更尖锐的痛苦，也有比常人更顽强的意志。前者是一种不幸，后者是一种幸运。

深刻者，总是在一片生活的废墟上，高举起生命的旗帜。

浅薄者悲观，深刻者达观；

浅薄者喜欢"引用"，深刻者喜欢"独创"；

浅薄不学就会，深刻学也不会。

初次发表于1990年第3期《辽宁青年》，收录于《汪国真哲思短语》（中国友谊出版社，1991年）

男人女人

男人与男人的区别实在很大。

有人说:好女人是一所学校。

优秀的男人可以当这所学校的校长,差劲儿的男人只会使这所学校蒙羞受辱。

高大魁梧,使一个男人更像真正的男人,但并不就是真正的男人。

身材矮小的拿破仑,真称得上是个幽默大师。他总是让那些比他高大得多的男人给他当侍卫或者赶马车。

对于动不动就用拿破仑来说事的矮小男人来说,这真是一种幸运——因为世界上有一个拿破仑;却也真是一种悲哀——因为世界上只有一个拿破仑。

有不少女人,喜欢把男人当作生活中的太阳,渴望过一种处处"亮堂堂"的生活。但是她们忘了,太阳也有照不到的地方,因此,她们常常失望。

有一些男人喜欢模仿:模仿深沉,模仿孤独,模仿超脱。模仿的目的，是为了使自己更像一个男人。问题是：一个真正的男人还需要去模仿吗？不是一个真正的男人，模仿就能成为真正的男人吗？

在生活里，女人喜欢依赖男人，男人也乐于接受这种依赖，这种情形不坏。不过，这种情形应该是有限度的。否则，一个事事依赖于男人的女人，不是把男人变得不像一个男人，就是把自己变得不像一个女人。

女人在被男人欺骗了以后，习惯说的一句话是：男人没有一个好东西。但她似乎疏忽了，自己的父亲也是男人；男人在被女人愚弄了以后，习惯说的一句话是：女人没有一个好货。他也似乎疏忽了，自己的母亲也是女人。

一个伟大男人的愤怒，甚至可以让地球颤抖；一个漂亮女人的冷静，甚至可以左右一个伟大的男人。他们的力量都是巨大的，但表现力量的方式却明显不同。

初次发表于1990年第4期《辽宁青年》，收录于《汪国真哲思短语》（中国友谊出版社，1991年）

忍　耐

命运常常是一种折磨。

不论是谁,在人生中有时总难免身陷逆境。身陷逆境,一时又无力扭转面临的颓势,那么最好的选择就是暂且忍耐。事物总是在不断地运动和变化,在忍耐中等待命运转折的时机。

不能忍耐的结果,往往是不得不更长久地忍耐。

即使面对别人的侮辱和伤害,有时也需要忍耐。何必急急忙忙以一种对抗的方式来证明自己并非软弱可欺呢?

你不是好欺负的,并不能证明你是强大的,当你使自己变得强大起来,你自然就不是好欺负的了。后来,有谁敢轻视曾受过胯下之辱的韩信么?

学会忍耐,就是学会不做蠢事,就是学会不做那些一时痛快,后来又终身懊悔不已的事。

忍耐,不应该成为逃避的托词。

逃避是意志的沉沦和对信念的背叛,忍耐不是。忍耐是意志的升华和为了使追求成为永恒。

两者的区别是：忍耐在心灵上是从容的，逃避在心灵上是仓皇的；忍耐从不忘记责任和使命，逃避早已不知责任和使命为何物了；忍耐并不畏惧死，逃避则是对死的一种恐惧的反应。

忍耐，很容易被人视为怯懦。有些人畏惧人言，所以从来不愿忍耐。殊不知，畏惧人言本身就是一种怯懦。

在军事上，防御和退却就是一种忍耐。一个只知道进攻的指挥官，除了以极大的热忱迅速给进攻打上句号并证明自己是个十足的笨蛋外，并不能更多地说明什么。

从某种意义上讲，人生就是一场战争。

初次发表于1990年第5期《辽宁青年》，收录于《汪国真哲思短语》（中国友谊出版社，1991年）

失 恋

失恋,首先是一种幸运,其次才是不幸。

失恋,证明你真正爱过了,如果没有真正爱过,也就无所谓失恋。要知道,在这个世界上,一辈子也没有真正爱过的人大有人在。同这些人相比,在人生旅途上你已经赢得了值得羡慕的重要一分,尽管后来失去了,那也不过比分是零。但是,你的人生已由此变得丰富,感情已由此变得深沉,气质已由此变得成熟。

你以痛苦为代价,已收获了一笔宝贵的财富。

恋爱是一次已经完成的选择,失恋面对的是即将而来的重新选择。恋爱是对一个人的选择,失恋是对一些人的选择。只要在已经相识或将要相识的人中,有一个能与你彼此心心相印的人,你就可以回过头去对岁月说:谢谢,我庆幸那次失恋。

真的,别那么悲伤,或许那个真正能够使你幸福的人,正在不远的前边等你。

失恋的痛楚源于对往事的沉湎和精神上的一时无所适从。如此,减轻失恋痛苦的方法可以是进行一次短途或长途的旅游,大自然有一种神奇的魅力,她的博大和美丽,可以帮助你从对往事的沉涵中或多或少地解脱出来，可以稀释和淡化你的忧郁；你也可以做自己平时最喜欢做的事，使精神有所寄托。在这个时候，匆匆忙忙再进行一次恋爱，多半是不理智的，由于你急切寻求精神上的安慰和寄托，很容易接受一份在冷静的时候并不乐意接受的感情馈赠。

失恋并不完全是一件坏事。对于作家，它可能会是一部催人泪下的小说；对于诗人，它可能是一些缠绵悱恻的诗篇；对于画家，它可能是一幅真挚深沉的绘画；对于普通人，它可能是一份值得反复咀嚼的忧郁而美丽的深长回忆。

付出了不一定能够得到，无论在什么事情上，你都要有这样的思想准备。这样，得到了是一份欣喜，没有得到，也不至于耿耿难眠，在感情上尤其是如此。

得到了也有可能失去，无论你得到了什么，都不妨时常这样提醒自己。这样，得到的时候会倍加珍惜，失去的时候也不致无所适从，在爱情上尤其是如此。

初次发表于1990年第6期《辽宁青年》，收录于《汪国真哲思短语》（中国友谊出版社，1991年）

友　情

　　友情的基础是互惠。商人之间友情的基础是利益上的互惠，挚友之间友情的基础是心灵上的互惠。

　　人有善恶之分，友情有真诚和虚假之说。

　　真诚的友情，不论在什么时候都是真诚的。虚假的友情，一遇上适当气候，立即就显露其虚假。对于虚假的友情，古罗马哲学家爱比克泰德有一段精彩的描述："你绝不会一看见互相爱抚嬉戏的小狗便说没有比这更友好的了吧？只要在它们之间丢一块肉，你就可以明白它们之间的友谊究竟是什么。"

　　如果想使友情保持久长，重要的一条，是有时要和朋友保持适当的距离。过于亲密的友情，最终很容易走向双方愿望的反面。物极必反，这是一条普遍适用的原则。

　　交际是必要，但应该有所节制。你把太多的时间都给了朋友，还有多少时间属于自己呢？朋友固然能够帮你建功立业，但关键在于本身能否成为伟器。

　　不要做对不起朋友的事，更不要做违背道义的事；道义应该大于友情，朋友应该重于自己。

平素千好万好，遇到事情立即推卸责任，诿过于人，甚至不惜落井下石，这是一种自以为聪明的愚蠢。这无疑是向世人表明，这个人是多么无情，又是多么无耻。

朋友落难的时候，主动伸手去拉他一把；自己倒运的时候，尽量不要去麻烦朋友，这是交友之道，也是为人之道。

初次发表于1990年第7期《辽宁青年》，收录于《汪国真哲思短语》（中国友谊出版社，1991年）

真　诚

真诚不是智慧,但是它常常放射出比智慧更诱人的光泽。有许多凭智慧千方百计也得不到的东西,凭真诚,却轻而易举就得到了。

以真诚待人,并不是为了要别人也以真诚回报。如果动机是以自己的真诚换回别人的真诚,这本身已不够真诚。真诚是晶莹透明的,它不应该含有任何杂质。不错,真诚也是一种高尚。

真诚的反面是虚伪。
真诚,有时会使你的利益受到损害,即便如此,你的心灵深处会是宁静的;虚伪,有时会使你占到便宜,即便如此,你的心灵深处会是不安的。

真诚不与人言。
如果别人理解你那份真诚,你不说别人也知道;如果别人不理解你那份真诚,表白往往会把事情弄得更糟。

有时,我们受到了别人的欺骗,这是生活在告诉我们:什么是不真诚；并不是在告诉我们：应该放弃真诚。

首先是不去骗人，其次是不受人骗，把握住这两点，我们大致就可以堂堂正正地做人了。

永恒的真诚，换回的只会是短暂的虚伪；永恒的虚伪，换回的只会是短暂的真诚。

成为一个真诚的人，你会感到身心都很轻松；而一个虚伪者，他常常会感到精神的疲惫。

轻松下去，你会不断地为一种愉悦的氛围所包裹；疲惫下去，你将被不断袭来的沮丧情绪所笼罩。

真诚犹如一潭幽雅的湖水：宁静、淡泊、美丽。它有时也会遭到泥块和沙石的袭击，但是，它凭借着自身的净化作用，很快会使污秽沉淀，仍旧不改自己光彩的容颜。

让我们永远保持和爱护这泓美好。

初次发表于1990年第8期《辽宁青年》，收录于《汪国真哲思短语》（中国友谊出版社，1991年）

美与距离

没有距离,便没有美。

一弯新月,一簇鲜花,一幅绘画,我们之所以觉得它们很美,都是因为中间隔着距离。

当我们站在月球上,我们会觉得神奇而不是美;当我们贴近鲜花旁,我们会觉得馥郁而不是美;当我们靠一幅绘画太近了,我们甚至只能有一种混沌的感觉而不是美。反之,如若距离太远了,我们得到的只是一片模糊,也不是美。

美,依赖距离来塑。

"一日不见,如隔三秋",距离培育着美的思念;
"君子之交淡如水",距离造就清纯的友谊。
哥们儿义气到了你我不分的程度是美吗?不是,是实惠。
实惠与美无缘。

心理学家认为,恋人或夫妻之间,经常的小别,不但不会影响感情,而且会使感情升华。
小别,就是距离。

由此，凡欲建立美好的人际关系的人，不能不注意人与人之间的距离：太近了，容易彼此厌倦，太远了，容易彼此疏忘，关键在于距离的恰当。

从这个意义上讲，美的艺术，也就是把握距离的艺术。

初次发表于1990年第5期《时代青年》，收录于《汪国真诗文集〔首版〕-哲思短语》（内蒙古出版社，1996年）

美与动作

自然，是美的动作的要旨，否则画虎不成反类犬。男人欲表现潇洒便成了做作，女人欲表现妩媚便成了媚俗。

女人回眸一笑，是一个动人的动作，男人亲昵地给友人一拳，是一个粗犷的动作，它可以使女人显得更柔美，也可以使男人显得更强悍。不过须注意的是，任何美的动作都不适宜过多重复；否则，不但不再是美，反而是一种毛病了。

动作的美，不是随随便便可以模仿的，说明这一点的最好例子，就是那个东施效颦的故事。
与其什么都不是，还不如就是自己。

优雅的动作，依赖于丰富的内心。
这也就是为什么那些受过良好教育的人，往往动作优雅。

初次发表于1990年第5期《时代青年》

美与风度

不论是美,还是风度,都离不开自然。

如果不自然,男人欲表现潇洒,便成了做作;女人欲显示妩媚,便成了媚俗。

极度的美,让我们惊羡,极度的优雅,让我们心折。

美,首先征服人的感官,然后才是人心;优雅,首先征服人心,然后才是人的感官。

征服了人的感官者,还不一定能够征服人心;征服了人心者,必定能够征服人的感官。

优雅的风度,有赖于丰富的内心,这也就是为什么那些受过良好教育的人,往往风度高雅。

美可以哭,梨花一枝春带雨。风度却只能笑,谈笑间,樯橹灰飞烟灭。

美流了泪,还是美;风度一旦呜咽了,便不成其为风度了。

容貌美丽的人,常常是些很幸运的人;风度高雅的人,往往是些很出色的人。

美是一种浅层次的优雅，优雅是一种深刻的美。

美让我们流连忘返，风度让我们若有所思；我们从美中得到的是愉悦，我们从风度中得到的是启迪。

女人回眸一笑，可以是一种生动的美；男人间亲昵地当胸一拳，可以体现一种强悍的风度。不过必须记住，任何能够增强自身美或风度效果的动作，都不宜过多重复；否则，不但不再是一种美或者风度，反而是一种毛病了。

美是一朵鲜艳的花，风度是一棵常青的树；
时间是美的敌人，却是风度的朋友。

一个容貌美好的女孩子，她可能俗气而且愚昧；一个风度飘逸的女孩子，她必定和谐而且聪慧。

美，或者风度，都不是随随便便可以模仿的，说明这一点的最好例子，就是那个东施效颦的故事。

初次发表于1990年第9期《辽宁青年》，收录于《汪国真哲思短语》（中国友谊出版社，1991年）

崇 拜

有一种人，只会崇拜别人；有一种人，只会崇拜自己。只会崇拜别人的人，多是一些资质平凡而又不乏自知的人。只会崇拜自己的人，有两种情形：一是因为太卓绝，一是因为太狂妄。这个世界太卓绝的人不多，太狂妄的人不少。因此，只崇拜自己的人，多是一些稍有技艺，却又不知天高地厚的人。

如果我们把被崇拜者当作榜样，我们可能受益。如果我们把被崇拜者奉为圭臬，我们可能遭灾。

崇拜往往能唤起人类巨大的热情，但崇拜不应该是出于一种从众心理的盲目行为。

崇拜能非常清楚地证明两种东西，对于被崇拜者来说，能证明他有多大的存在价值；对于崇拜者来说，能证明他有什么样的鉴赏力。

崇拜一个根本不值得崇拜的人，这不是出于愚弄，就是出于天真。

崇拜，是人生的一种动力。

这个时代不是不需要崇拜，不需要的只是崇拜的盲目。既崇拜那些值得崇拜的人，诸如真正优秀的科学家、艺术家、教育家、文学家和政治家，又不因崇拜而轻视自己，这可以说是一种崇拜的美好和适度。

人们往往崇拜自己不熟悉的人和远离自己的人，因为这会有一种神秘感，而神秘感一旦消失，崇拜的情绪就可能淡化。

据说，耶稣在外游历了很长时间以后，返回家乡布道。起初，人们为他的学问和智慧所叹服，当大家仔细一瞧，发现眼前这个口若悬河的人，原来不过是本地一个木匠的儿子，诚服钦敬之心顿减，立即变得不恭不敬起来。

耶稣还是刚才的耶稣，乡邻却已不是刚才的乡邻了。

初次发表于1990年第10期《辽宁青年》，收录于《汪国真哲思短语》（中国友谊出版社，1991年）

秘　密

只有完全成熟的人，才有真正的秘密；不太成熟的人，只有暂时的秘密；不成熟的人，则根本没有秘密。

从一定意义上讲，秘密与魅力同在。

秘密存在，魅力也存在，秘密一旦公开，魅力便会荡然无存。为了使自己的魅力保持得更久长，学会适当地保留一些秘密是必要的，这也是一种生活的艺术。

如果你是个铁骨铮铮的好男儿，就应该学会把痛苦作为一种秘密深埋在自己宽厚的胸膛里，永远用你的微笑去面对父母，永远用你的欢颜去感染妻子，永远用你的笑声去浇灌孩子烂漫的心灵。

我一向觉得：一个心中没有秘密的人，不会幸福；一个心中有太多秘密的人，一定痛苦。

秘密，是心灵之花，一束是一种美，太多了便会为其所累。

秘密与坦诚并不矛盾。坦诚用以待人，秘密用来自娱。

以为坦诚就必须是心灵的全部剖白。这不是一种误会，便是一种苛求。

有一种秘密,是欢乐和痛苦孕育的花朵,这枝花朵,既迷人又磨人。因为迷人才磨人,因为磨人而更迷人。

如果别人把内心深处的秘密向你披露,这是一种莫大的信任。即便出自善良的动机把别人的秘密示人,也不够妥当。这既容易伤害友人,也容易伤害友情。

心与心的贴近,情感与情感的交融,往往是从彼此或单方面的倾诉心灵深处的秘密开始的。有一些秘密藏在心头太久了,便成了一团混浊的空气,对自己并无什么益处。当你敞开心扉,阳光便会照射进来,春风更会吹拂入来,心灵便会透亮起来。
真的,不是所有秘密都必须永远属于自己。

> 初次发表于1990年第5期《中国青年》,收录于《我心灵的诗韵——汪国真自选最新诗文集》(中国广播电视出版社,1991年)

孤 独

孤独若不是由于内向，便往往是由于卓绝。太美丽的人感情容易孤独，太优秀的人心灵容易孤独，其中的道理显而易见，因为他们都难以找到合适的伙伴。

太阳是孤独的，月亮是孤独的，星星却难以数计。

人都难以忍受长期的孤独。

意志薄弱的人，为了摆脱孤独，便去寻找安慰和刺激；意志坚强的人，为了摆脱孤独，便去追寻充实和超脱。他们的出发点一样，结局却有天壤之别，前者因为孤独而沉沦，后者因为孤独而升华。

有一种人，宁愿无聊也不愿孤独，因为孤独对他来说，也是无聊；有一种人，宁愿孤独也不愿无聊，因为孤独对他来说，只是寂寞。

孤独而寂寞的人，只是觉得时光冷清，却不会虚度时光；孤独而无聊的人，总觉得日子无滋无味，于是便浪费光阴。

当别人因失意而孤独的时候，你去成为他的朋友，他往往会心存感激；当别人因得意而门庭若市，你想去成为他的座上之宾，常常会遭到轻视。

因此，一个真正聪明的人是不会太势利的，更不待说一个真诚的人了。

有些表面上很幸福的人，实际上是很不幸的人；而有些表面上很不幸的人，实际上是很幸福的人。

感情上的幸与不幸，只有当事者心里最清楚，旁人常常是在妄加猜测。

的确，有的人脸上有太多太多的微笑，是因为心中有太多太多的泪水呵。

初次发表于1990年第5期《中国青年》，收录于《我心灵的诗韵——汪国真自选最新诗文集》（中国广播电视出版社，1991年）

淡　泊

在一个充满诱惑的世界里，欲望是咖啡、是美酒、是可卡因，淡泊是茶。

非分的欲望鼓舞人，也戕害人。淡泊，不是没有欲望。属于我的，当仁不让，不属于我的，千金难动其心。这就是一种淡泊。

不忧淡泊的生活，并能以淡泊的态度对待生活中的繁华和诱惑，让自己的灵魂安然入梦，这样的人，予自己是云朵一样地轻松，予别人是湖泊一样地宁静。

破坏安谧的生活，总是先从破坏淡泊的心境开始的；修补受了损伤的灵魂，总是先从学会淡泊的生活开始的。

诱惑有如莱茵河上的洛雷莱，欲望好比受不住诱惑撞碎在洛雷莱下的舟子，淡泊能使你心常如明镜，免受灾难。

淡泊给予你的或许不多，但是你所必需的东西都给予你了；奢华给予你的可能很多，但是人所必需的一些东西却可能丢掉了。

一个为淡泊的生活感到痛苦难熬的人，他往往会以更大的痛苦为代价，重新认识淡泊。

这个世界有太多的诱惑，因此有太多的欲望，因此有太多欲望满足不了的痛苦。一个人要以清醒的心智和从容的步履走过岁月，他的精神中不能缺少淡泊。

否则，他不是活得太忧郁，就是活得太无聊。

淡泊，不是不思进取，不是无所作为，不是没有追求，而是以一颗纯美的灵魂对待生活与人生。淡泊明志，古人早已对淡泊有过精辟的见解。的确，淡泊犹如美好的天籁。

春天在我们眼里，沙滩在我们脚下，蓝天在我们头上，森林在我们手中，让我们的心境离尘嚣远一点，离自然近一点，淡泊就在其中。

初次发表于1990年第12期《辽宁青年》，收录于《我心灵的诗韵——汪国真自选最新诗文集》（中国广播电视出版社，1991年）

微　笑 *

涟漪，是湖水的微笑；霞光，是清晨的微笑；春风，是大地的微笑。

微笑，是自然的太阳。

微笑，使陌生人感到亲切；使朋友感到安慰；使亲人感到愉悦。

微笑，是人类的春天。

男人的微笑可以如梦，女人的微笑可以似花。

男人的魅力和女人的妩媚，尽可蕴含在不言的微笑之中。

你给别人以微笑，别人回报你以友情。你什么也没付出，却得到了一份珍贵的感情馈赠。

斯提德说得极为精彩：微笑无须成本，却创造出许多价值。微笑使得到它的人们富裕，却并不使献出它的人们变穷。

微笑着面对诽谤，微笑着面对危险，微笑着面对坎坷崎岖的人生。

---

* 作者被《女友》杂志特邀为第一个专栏撰稿人，在该"精品屋"中，汪国真介绍了他的笔名是晓望、晓汪。

当你微笑着走向世界的时候,所有的艰辛和磨难不但不能奈何你,反而更衬托出你那从容不迫的风度。

微笑并不会破坏深沉,只会给深沉注入轻松。

有人以为,一个深沉的人,是不苟言笑的。如果深沉真是这样,那么我宁肯不要深沉。生活已经够沉重的了,为什么要为了一种莫名其妙的深沉活得更累呢?

我喜欢轻松,因此,我喜欢微笑。

微笑与强颜欢笑有着根本的区别。

微笑,是愉悦心灵的折射;强颜欢笑,是悲泣心灵的掩护。

如果笑不出来的时候,最好别笑。

否则,强颜欢笑让别人的感官受刺激,也让自己的心灵更受伤害。

大笑容易使人觉得张狂,浅笑容易使人觉得小气,狂笑极易生出乐极生悲之感,阴笑更是让人不寒而栗,毛骨悚然。

微笑貌似平平淡淡,其实却是恰到好处。它既是一种单纯,也是一种丰富;它既是出于礼貌,更是发自内心。

的确,微笑最美。

初次发表于1990年第7期《女友》,收录于《汪国真哲思短语》(中国友谊出版社,1991年)

恋　爱

在感情上，当你想征服对方的时候，实际上已经在一定程度上被对方征服了。因为首先是对方吸引了你，然后才是你产生征服对方的欲望。

恋人之间，宜小别，不宜长别；朋友之间，宜长别，不宜小别。

爱情是自私的，因为自私就容易产生嫉妒，不论是男人还是女人，有一点嫉妒心是可以理解的，但是若嫉妒心太强，不是使自己变得可怜，便是使自己变得可笑。

男人为痛苦流泪说不上刚强，男人若为幸福流泪，却显得侠骨柔肠。

我觉得过早恋爱或太迟恋爱都不太好。太早恋爱，因为不懂得爱，往往糟蹋了爱；太迟恋爱，则会影响爱的纯洁度。

异性之间：恋人比朋友容易反目，这是恋爱关系不如朋友关系的地方；朋友没有恋人亲近，这是朋友关系不如恋人关系的地方。

如果爱上了，就不要轻易放过机会。

莽撞，可能使你后悔一阵子；怯懦，却可能使你后悔一辈子。

没有经历过爱情的人生是不完整的，没有经历过痛苦的爱情是不深刻的。

爱情使人生丰富，痛苦使爱情升华。

有一句俗话说：男人追女人隔座山，女人追男人隔层纸。

尽管如此，实际生活中男人往往能追到他喜欢的女人，女人却得不到她喜欢的男人。

原因是：男人不怕翻山越岭，女人却怕伤了手指头。

初恋，不一定能够成功，却是幸福的；婚姻，已是一种成功，却不一定幸福。

难忘初恋，珍重婚姻。

初次发表于1990年7月7日《北京法制报》，收录于《汪国真哲思短语》（中国友谊出版社，1991年）

思　念

思念是一种美丽的孤独。

也只有在思念的时候，孤独才显得特别美丽。

思念是一种幸福的忧伤，是一种甜蜜的惆怅，是一种温馨的痛苦。思念是对昨日悠长的沉湎和对未来美好的向往。

正是在不尽的思念中，人的感情得到了净化和升华。

没有距离，便没有思念。当轮船的汽笛拉响，当火车的汽笛长鸣，当汽车的轮子开始转动，当飞机冲出跑道腾空而起，思念便开始了。

也正是因为有了思念，才有了久别重逢的欢畅，才有了意外邂逅的惊喜，才有了亲友相聚时的举杯庆贺。

思念折磨人，也锻炼人，更铸造了人的性格的沉稳和感情的深沉。

思念别人是一种温馨，被别人思念是一种幸福，当然，前提是——彼此思念。

否则，单相思是一种哀愁，只被别人思念是一种负担。

因为思念，月亮被注入了人类浓郁的情感。

月亮弯的时候，思念也弯，月亮圆的时候，思念也圆，不论月亮是弯是圆，思念都是一首皎洁的诗。

思念可以让你流泪，思念也可以让你含笑。

不论你是哭着思念，还是笑着思念，在思念的时候，你都会心无旁骛。

的确。思念也是一种纯净。

思念在朗月下，思念在黄昏里，思念在秋雨中，美丽的景致，更易勾动人思念的情怀。

美丽的景致，也更衬托出思念那有些苍凉的美。

伴随着不尽思念而来的必然是漫长的等待。美国女诗人狄金森说：等待一万年不长，如果终于有爱作为补偿。这真也可以说是一种思念中的忠贞与豁达。

不论怎么说，思念都是一笔巨大的精神财富。

一枚枚凝聚着深情的邮票，一封封散发着温馨的信笺，一张张表达真挚问候的贺卡，都是这笔财富的内容。

岁月尽可以像落叶一样飘逝，但这笔财富永存。在你迢迢的人生旅途上，他会永远陪伴着你，给你绵绵不绝的温暖和取之不竭的力量。

> 初次发表于1990年第13期《辽宁青年》，收录于《我心灵的诗韵——汪国真自选最新诗文集》（中国广播电视出版社，1991年）

希　望

每一个明天都是希望。

无论身陷怎样的逆境，人都不应该绝望，因为前面还有许多个明天。

乐观的人，在绝望中仍然希望；悲观的人，在希望中还是绝望。

希望与幻想不同。希望是很有可能实现的未来，幻想是不大可能实现的希望。

在我们的生活中，常常破灭的不是希望而是幻想。我们常常为实现不了的愿望而痛苦，是因为我们把幻想当成了希望。

倘若一个人不过高希望，他所能获得的就会比他希望的多，倘若一个人获得的比他希望的多，他就会感到愉悦和满足。

显而易见，过高的希望会是自寻烦恼；不过，过低的希望却是浪费才智。

女人把希望寄托在男人身上，男人把希望寄托在孩子身上，孩子把希望寄托在母亲身上。于是，他们既寄希望于别人，自己又成了别人寄予的希望。

家庭之所以美好的原因之一，就在于它充满了希望。

人对于特别希望得到的东西，外表上却往往表现得冷漠；人对于特别想推辞的事情，外表上却常常表现得热情。

这一点，在最纯洁的爱情和最不纯洁的各式交易中，经常都有十分精彩的表现。

希望，是最美好的。

因此，世界上最残酷的事情，莫过于扼杀希望。

现实无论怎样严峻，只要未来有希望，人的意志都不易被摧垮。

现在无论怎样憩适，只要前景一片黯淡，人的情绪都易悲观和消沉。

前途比现实重要，希望比现在重要。

人，不能没有希望。

因此，当人在对一件事情的希望破灭之后，便会把希望转移到另一件事情上。转移的过程，往往是一个既痛苦又无可奈何的过程。因为转移是在无奈的情况下发生的，在情形有了某种改变之后，人往往会在心中重又燃起对以前的希望之火。

花蕾问大地：希望在哪里？

大地回答说：你就是希望！

初次发表于1990年第14期《辽宁青年》，收录于《汪国真哲思短语》（中国友谊出版社，1991年）

沉　默

卡莱尔有一句名言："雄辩是银，沉默是金。"沉默是金，这话真是精彩极了，但必需的前提是：懂得沉默。

就一般情况而言，还是雄辩是金，沉默是银。因为人人都会沉默，却并非人人都可以雄辩。

沉默也是一种语言。

能够用沉默这种语言交谈的人，不是由于聪睿，便是由于默契。

如果说喧嚣属于白天，死寂属于夜晚，那么沉默则属于黄昏。

对于不懂沉默的人来说，沉默什么也不是；对于懂得沉默的人来说，沉默是一道非常富有魅力的风景线。

沉默可以是一种默许，沉默也可以是一种无奈，沉默还可以是一种轻蔑或愤怒。

一个习惯于沉默的人可能是幸运的，一个习惯于沉默的群体或民族多半是不幸的。

对于一件事物，过于精通或过于外行都容易导致沉默。精通者懒得说，外行者不会说。

喜欢滔滔不绝的人，常常是对此事物有一知半解的人，他既有兴致，又不会是一无所知。

沉默常常是感情到了极致的一种表现。

极端的喜悦和极端的愤慨都会造成一时的沉默。

太高兴了，语言便显得苍白；太愤慨了，语言便显得无力。于是，这样的情景出现了：在最不想沉默的时候偏偏却最沉默。

有一些话，是不能够用言语表达的，一经用言语表达，其中的韵味便荡然无存。

学会用沉默的方式表达自己的思想和感情，就是学会悄悄地走入对方的心灵。

当你真的走入了对方的心灵，把你身后的门轻轻关上的很可能不是你，而是对方。

初次发表于1990年第7期《中国青年》，收录于《我心灵的诗韵——汪国真自选最新诗文集》（中国广播电视出版社，1991年）

年　龄

年龄犹如四季。

不能春光永驻是一种遗憾。可是倘若永远生活在春天里，没有机会品味一下夏日的茂盛、秋色的灿烂、冬雪的绮丽，也会是一种遗憾。每当我为将逐渐远离我的青春而感伤的时候，这样一想，我的心境便重新平静和愉快起来。

就气候来说，仅有春天是单调的；就人生而言，仅有青春是不完整的。

真正的友情或爱情，是不会为年龄所阻隔的，有如思念是不会被江河所阻隔一样。

同样的年龄，有的人要比实际年龄苍老许多，有的人要比实际年龄年少许多。

我从一张苍老的脸上，读到的往往是人生；我从一张光洁的脸上，感悟到的常常只是生活。

年轻人在梦，年老的人在回忆。

青年人在梦中醒着,老年人在醒中梦着。

春花何处?春光不再。

凡是美好的东西总嫌太少,凡是美好的光阴总嫌太短。

景物易失,年龄易逝。

我们无法抗拒容颜衰老,却可以抗拒心灵衰老。

只要我们心灵年轻,即便容颜衰老,我们仍然会感觉生活的美好;如果我们心已苍老,即便容光焕发,我们依然会觉得生活黯淡。

这样的内心独白,是愉快和意味深长的——

青年:我敬重您,不仅是因为您那满头银发;

老人:我惊叹你,仅仅因为你的年轻,就足以让我惊叹了。

这真是人生的一种悲哀:年轻的时候能干,却不想干;年老的时候想干,却干不了。

但愿我们不是这悲哀的角色。

初次发表于1990年第7期《中国青年》,收录于《我心灵的诗韵——汪国真自选最新诗文集》(中国广播电视出版社,1991年)

潇　洒

这个世界，真正潇洒的人不多，故作潇洒的人不少。

不过，潇洒是绝对"故作"不出来的，否则，人人都会很潇洒，世间也就没有了潇洒。

可悲复可叹的是，一些故作潇洒的人，往往自我感觉良好，以为自己真的很潇洒。这时，他给人的感受，宛如重温了西方人常说的一句话——我的上帝呵！

内心的潇洒是一种境界，它的极致是无我——脱尘出世；
外表的潇洒是一道风景，它的极致是有我——舍我其谁。

遗失了一件珍贵物品，只在心中懊恼片刻，便弃之脑后，这是一种潇洒。

与恋人分手，在心中惋惜了几天，便平静如初，这却不是潇洒，而是从未真正爱过。

当你刻意模仿潇洒的时候，是你离潇洒最远的时候；当你无意潇洒的时候，是潇洒离你最近的时候。

有人认为，那种一掷千金的派头就很潇洒，这真是对潇洒的误会和嘲弄。摆这种派头，除了证明这钱八成不是他自己辛苦挣来的外，并不能更多地说明什么。

这样的人一旦落难，不要说潇洒，恐怕连自尊都不一定能保得住。有谁见过落难的阔少或暴发户是如何表现潇洒的吗？

潇洒，是一种本色。那些特别潇洒的人，也就是把本色自然表现和发挥到了淋漓尽致程度的人。

失去了本色，也就没有了潇洒。

不畏人言，也是一种潇洒。

畏惧人言，必定常常裹足不前。

一个常常裹足不前、犹豫不决的人，是没有潇洒可言的。

谁不爱潇洒？

谁又能潇洒？

具有博大胸襟的人，才有可能在心灵上潇洒；具有自信和实力的人，才有可能在外表上潇洒。这样的潇洒，才是真正意义上的潇洒。生活当中，那种更多的只是接近于漂亮意义的潇洒，与真正的潇洒比较起来，实在不过是"雕虫小技"，它既无助于一项伟大的事业，也无助于一个崇高的人生。

> 初次发表于1990年第15期《辽宁青年》，收录于《我心灵的诗韵——汪国真自选最新诗文集》（中国广播电视出版社，1991年）

磨　难

磨难有如一种锻炼，一方面消耗了大量体能，一方面却又强身健骨。

对待磨难有两种态度，一种是主动迎接，一种是被动承受。古时的斯巴达青年，迫于风俗的压力，每年都要在神坛上承受笞刑，以增强忍受磨难的耐力。则同时具有主动和被动这两种因素。

主动迎接磨难的人，在忍受磨难的痛苦时，内心多是坦然的，磨难使他好像刀剑愈见锋芒；被动承受磨难的人，在为磨难所煎熬时，内心多充满惶惑，磨难使他仿佛卵石愈见圆滑。

过多的磨难，对一个英雄来说，或许是件幸事，诚如孟子所言："天将降大任于斯人也，必先苦其心志，劳其筋骨，饿其体肤，空乏其身，行拂乱其所为，所以动心忍性，增益其所不能。"而对于一个国家来说，却无论如何是一种不幸，中国的近代史已把这一点昭示得清清楚楚。古人言：多难兴邦。这只是一种狭义上的真理，而不是广义上的真理。

英国作家希尔顿在他的小说《失去的地平线》中，虚构了一个地名——香格里拉。后人多把香格里拉喻为世外桃源。

遗憾的是，人们命运中的香格里拉总成虚幻，而生命中坦塔罗斯式的磨难却是百分之百地真实。

就人生而言，总是从平坦中获得的教益少，从磨难中获得的教益多，从平坦中获得的教益浅，从磨难中获得的教益深……因此，若想做一个非常平凡的人，则是磨难少一些更好，若想做一个出类拔萃的人，则不妨多经历些磨难。

人的容颜往往和磨难成反比，人的魅力往往和磨难成正比。

磨难能使人优秀，也证明着这种优秀。如果既想成为优秀，又想远避磨难，这样的事情几乎是不可能的。

初次发表于1990年第16期《辽宁青年》，收录于《我心灵的诗韵——汪国真自选最新诗文集》（中国广播电视出版社，1991年）

诗 歌

我有一个愿望：在我年轻的时候，我是属于诗的；当我年老的时候，诗是属于我的。

在文学样式中，诗是最不可译的，你可以译出它的意思，却很难译出它的神韵。

表达同一个意思，一般人说三句，小说家说两句，而诗人只说一句。

自古以来，太优秀的诗，往往出自太忧郁的心。先逢绝境，后出绝唱。

对于诗人来说，诗歌是文学中的文学；对于一般人来说，诗歌是文学外的文学。

灵感是风，在它所过之处，总会飘落些许美丽的诗的花瓣。

幸运的诗人，多有不幸的经历。
我从一首首美丽的诗篇中，常常读到的是一个个受着煎熬的灵魂。

如果我的生活是一首诗，我宁肯不写诗。正因为愈是得不到的东西便愈想得到，我才写起诗来。

写诗和为人一样，贵在自然。
故弄玄虚的诗和装腔作势的人一样，令我感到厌恶。

语言，是思想的交流；诗歌，是灵魂的对话。
诗是属于青年的。如果身为青年而不喜欢诗，这真乃人生一大遗憾。

对我来说，读好诗如品香茗，不但解渴，而且惬意。
这个年头，好诗之所以很少的原因之一，或许不是因为诗人太少，而且因为诗人太多。

初次发表于1990年第8期《中国青年》，收录于《汪国真哲思短语》（中国友谊出版社，1991年）

时　间

人似乎不能太忙碌，太忙碌了，便会觉得时光短暂得可怕。人似乎也不能太悠闲，太悠闲了，便会觉得光阴漫长得无聊。

对于生命来说，时间是最无情的；对于历史来说，时间是最有情的。

对于个人的悲哀来说，时间恰似高明的医生；对于民族的创伤而言，时间倒像个庸医。

青春，是生命中最美好的时光；
爱情，是青春中最美好的时光；
初恋，是爱情中最美好的时光。

不论做什么事情，在时间的选择上都有一个最佳点。

把本应昨天做的事情放到今天来做，叫作失时；把应该明天做的事情放到今天来做，叫作失察。

失时的结果往往是坐失良机，失察的结果常常是欲速则不达。

有句名言：时间就是金钱。

然而，长寿者未必富有，短命者未必贫穷。这是有关时间的一个悖论。

即便你一无所有，只要拥有时间就够了，时间能够创造一切。因此，只要拥有时间，无论身陷怎样的逆境，你都没有理由太过悲观。

如果说，空间总是不那么公正，那么，时间总是相当公正的。

我们能够挽留住朋友，却不能够挽留住时间。既然时间如滚滚东流的江水不可挽留，那么最好的选择，就是乘上船儿和时间一起走。

初次发表于1990年第8期《中国青年》，收录于《汪国真哲思短语》（中国友谊出版社，1991年）

婚　姻

结婚当然是件好事，不过因为是件好事，结上瘾就麻烦了。

感觉不到痛苦的爱情，不是真正的爱情；感觉不到幸福的婚姻，必是悲哀的婚姻。

就婚姻而言：婚姻往往并不像人想象的那么好，离婚则常常比人想象的还要糟。

有一些表面富丽堂皇的婚宴，实质是在表明一种交易拍板成交了；倒是那些朴素的婚礼，往往更能证明爱情的果实成熟了。

比较而言，独身是自由的，婚姻是不自由的。放弃自由应该是为了爱，如果没有爱，为什么要放弃自由呢？

婚姻当然可以成为某些人一跃龙门的"跳板"，不过，也许这些人永远搞不明白的是：他本来想跳上天堂，怎么却落进了地狱。

人的高尚或人的卑鄙，都能够在一桩婚姻中淋漓尽致地表现出来。

高尚的婚姻必是爱人本身，卑鄙的婚姻必是爱人以外的东西。

没有有交易的爱情，只有有交易的婚姻。
爱情永远比婚姻圣洁，婚姻永远比爱情实惠。
爱情是花，婚姻是果实。花总是美丽的，果实却不一定都是美好的。

我冷眼旁观：这个年月，当个好丈夫真是够难的，太冷淡了易被指斥为不体恤妻子，太热情了易被讥讽为怕老婆。

女人说："女人难当。"这话，最好还是先听听结了婚的男人怎么说。

蒙田可真够损的，他居然说："一桩完美的婚姻，存在于瞎眼妻子和耳聋丈夫之间。"你听听，这叫什么话？
让人无可奈何的是：这么不中听的话，却又这么透着实在。

初次发表于1990年8月29日《北京法制报》，收录于《汪国真哲思短语》（中国友谊出版社，1991年）

乐　观

悲观是瘟疫，乐观是甘霖；
悲观是一种毁灭，乐观是一种拯救。

悲观，是因为短视和看不清事物的本质；乐观，是因为卓识和对事物的深入了解。

当乌云布满天空之时，悲观的人看到的是"黑云压城城欲摧"，乐观的人看到的是"甲光向日金鳞开"。

欢乐时不要过分炫耀你的欢乐，悲伤时也不要过分夸大你的悲伤。
现实往往并不像你想象的那么好或那么糟。

当你"山穷水尽"的时候，乐观还是一笔巨大的财富，你完全可以依靠这笔财富重整旗鼓。如果你连这笔财富都没有了，那可真是彻头彻尾的"一无所有"了。

在生活中，动不动就垂头丧气的男人，不是男人，只是男性。

悲观的人，先被自己打败，然后才被生活打败；乐观的人，先战胜自己，然后才战胜生活。

悲观的人，所受的痛苦有限，前途也有限；乐观的人，所受的磨难无量，前途也无量。

在悲观的人眼里，原来可能的事也能变成不可能；在乐观的人眼里，原来不可能的事也能变成可能。

《悲惨世界》里的冉·阿让和《简爱》中的罗切斯特无疑是两个具有魅力的人物，然而，他们身上一旦没有了那种顽强乐观的精神，他们的魅力还能剩下多少呢？

悲观只能产生平庸，乐观才能造就卓绝。
从卓绝的人那里，我们不难发现乐观的精神；从平庸的人那里，我们很容易找到阴郁的影子。

初次发表于1990年第9期《中国青年》，收录于《汪国真哲思短语》（中国友谊出版社，1991年）

宁　静

宁静的山是心灵的绘画，宁静的水是灵魂的诗篇，宁静的夜是精神的书籍。

我宁静，是为了让思想活跃；我活泼，是为了让精神宁静。

一颗受了伤害的心灵，有时需要的是安慰，有时需要的是宁静。最不适宜做的事情，就是用安慰去干扰宁静。

达·芬奇的《蒙娜丽莎》问世以来，人们都被告知她的微笑如何富有魅力，而我更欣赏的则是她的那份恬适和宁静。

美妙的音乐在不宁静中使人进入宁静，卓越的雕塑在宁静中使人变得不宁静。

宁静是一种伟大孕育的结果。

有了金钱你就幸福了吗？不见得，你可能为了爱情而苦闷；有了爱情你就舒心了吗？不见得，你可能为了生活的淡泊而忧虑；有了权力你就惬意了吗？不见得，你可能为了上司的脸色而不安。

然而，你如果有了一颗宁静的心灵，就可以比较超脱地看待一切，就能够平心静气地享受生活。

孤独最大的好处是宁静，宁静最大的好处是超然。

宁静是一种境界。

具有这种境界的人，成功的时候他能很快进入安然状态，失败的时候他能很快进入超然状态。

当大家对某一种现象热热闹闹群起仿效的时候，超然物外的一颗宁静的心灵已发出了胜利的微笑。

就是在那个时候，赶热闹者已注定了他的失败，宁静者已奠定了他的成功。

宁静不声不响，却具有一种伟大的力量。

只有心地善良的人才会获得心灵上的宁静，一个罪恶的灵魂是没有宁静可言的。

初次发表于1990年第9期《中国青年》，收录于《汪国真哲思短语》（中国友谊出版社，1991年）

勇　敢

思想勇敢而行动胆怯的人优柔，行动果敢而懒于思想的人鲁莽。富有智慧的勇敢，从来就是一种极为难得的品质。

对于勇士来说：肉体死了，灵魂才会死；对于懦夫来说：灵魂死了，肉体还会活着。莎士比亚借恺撒之口说得一点不错："懦夫在死之前，就已经死过多次，勇士一生只死一次。"

在恶行得以恣肆的地方，缺乏的往往不是正义感，而是勇敢。没有勇敢的正义感，几乎等于零，既不能使恶行收敛，更不能阻止恶行。

进一步说，缺少勇敢的地方，必定缺少正义，因为没有勇敢，正义难以张扬。

勇士，即便在敌人心里，也能唤起敬意；懦夫，即便在同道眼里，也能遭到轻蔑。

有一些人怕生，有一些人怕死。
为了个人的私欲而铤而走险，那不是勇敢是亡命。勇敢，是和正义连在一起的。

以勇士的死亡，换回懦夫的生存，这是一个悲剧；
以勇士的死亡，唤醒麻木的灵魂，这是一种悲壮。

法国思想家蒙田说："懦弱是残忍之母。"
那么，完全可与之相对照的是：勇敢是善行之父。

勇敢对于个人来说，是一种不可或缺的品格，没有勇敢的品质，就不可能坚持正义；勇敢对于社会来说，是一种不可或缺的德行，没有勇敢的精神，就不可能主持公道。

面对恶行，三个人用语言表现出来的勇敢，胜过一个人用行动表现出来的勇敢，三个人用行动表现出来的勇敢，胜过一个人用生命表现出来的勇敢。

有些悲剧的深刻意义，不在于一个勇敢者的生命死了，而在于更多人的灵魂死了。

初次发表于1990年第17期《辽宁青年》，收录于《我心灵的诗韵——汪国真自选最新诗文集》（中国广播电视出版社，1991年）

等　待

人生充满了等待。

小的时候，等待长大；长大以后，等待一份浪漫的爱；有了爱以后，等待一个温馨的家……

等待，给人以憧憬，给人以希望，给人以慰藉。

等待，宛如一个无瑕的梦。

短暂的等待，是一种焦灼；漫长的等待，是一种折磨；落空了的等待，是一种哀伤。

等待，真可说是一份美好的无奈。

有时，我们明明是在等待什么，却又说不清在等待什么。说不清的等待，往往是一种最有诱惑力的等待。

等待，可以在充实中度过，也可以在寂寞中度过，还可以在空虚中度过。

等待，可以使人成为干涸的小溪，可以使人成为丰沛的大江，还可以使人成为无垠的大海。

如果你是男人，但愿你给予你所等待的女人的是博大的浩瀚；
如果你是女人，但愿你给予你所等待的男人的是美丽的蔚蓝。

不要总指望在等待中发生奇迹，这样的等待几近守株待兔，你所要做的是在等待中创造奇迹，这样的等待甚至可以使你反败为胜。

你若是个好儿子，就别忘了父亲的等待；你若是个好父亲，就别忘了孩子的等待。
只为了这些心灵的等待，你也应该使自己成为合格的男人。

等待，有时像岩石，是一种顽强；有时像劲竹，是一种坚定；有时像古藤，是一种柔韧；但更像的是孕育了万物的土地，是一种成熟。
也只有真正成熟的人，才善于等待。

春风，是冰河的等待；收获，是秋天的等待；雨露，是大地的等待；阳光，是大海的等待。
你的爱情，是我的等待。

初次发表于1990年第9期《女友》，收录于《汪国真哲思短语》（中国友谊出版社，1991年）

拒 绝

如果第一次没有拒绝了的事情，第二次则更不容易拒绝；如果第二次还是想拒绝的事情，最好在第一次就坚决拒绝。

不能拒绝诱惑，则很难拒绝灾难。如果心是门槛，诱惑是前脚，灾难便是后脚。

拒绝别人，不可不忍，被别人拒绝，不可不忘。

如果你要拒绝，就不要再让人心存奢望，因为一次是拒绝，十次也是拒绝；如果你被别人拒绝，也不要心存芥蒂，因为你也曾拒绝过别人。

只要理由正当，欣然允诺和坦率拒绝，都是没有任何理由被指责的。

拒绝别人一定要委婉，因为没有人喜欢被拒绝；被别人拒绝一定要大度，因为拒绝你的人总有他的理由。

没有人是从未被拒绝过的。即使貌美妖艳如爱芙姬琵达，也遭到了斯巴达克思的拒绝；即使权倾朝野如曹操，也遭到了徐庶的拒绝。

世事如此，你是没有多少理由为遭到别人拒绝而沮丧的。

一般说来，拒绝你的要求的人，言语和内心是一致的，接受你的要求的人，言语和内心有时却不一定那么一致。

因此，需要提醒自己的是：不要做强人所难之事。

一味地顺从，会失去自我；一味地拒绝，会失去朋友。

就人生而言，一方面应该懂得有容乃大，另一方面也应该明晓不能是来者不拒。

人与人之间，允诺和拒绝的事情是经常发生的。我对待朋友：允诺绝对大于拒绝；朋友对待我：可以拒绝大于允诺。

初次发表于1990年第18期《辽宁青年》，收录于《汪国真哲思短语》（中国友谊出版社，1991年）

也说嫉妒

对于庸人和蠢材，别人不会嫉妒也不屑于嫉妒。

别人的嫉妒，从反面证明了你或是优秀或是卓绝。对此，你应该感到高兴才是，为什么要痛苦呢？

如果别人的嫉妒就能把你打倒，这说明你可能是优秀的，却不是最优秀的，在意志上更远不是最优秀的。

嫉妒不但是一种卑下，也是一种无聊。嫉妒者应该明白：能够被嫉妒毁灭的人，其实根本不太值得嫉妒；而嫉妒无法毁灭的人，嫉妒只能使他更加拔群超绝。

面对嫉妒者的中伤，最容易做出的也是最下策的反应就是反唇相讥。这样，你会因为别人的无聊，自己也变得无聊，甚至有可能陷入一场旷日持久、使心智疲惫又毫无意义的纠葛。拜伦说过，爱我的我报以叹息，恨我的我置之一笑。他的这"一笑"，真是洒脱极了，有味极了。对嫉妒者的中伤，最妙的回答是——让心灵安详地微笑。

嫉妒是一种卑下的情感，但同是嫉妒，情况并不相同。有一种嫉妒完全出自恶意，甚至期盼有一天可以幸灾乐祸，对此我们完全有理由轻蔑；另有一种嫉妒却不同，它同羡慕交织在一起，而嫉妒者本身也能意识到嫉妒的丑恶，只是忍不住偏偏生出嫉妒，对此，我们采取的态度应该不是轻蔑，而是宽容。

嫉妒者给予我们最重要的启示是——不要嫉妒；
对某些嫉妒者最好的回答是——让他更加嫉妒。

初次发表于1990年第5期（总32期）《追求》，收录于《汪国真哲思短语》（中国友谊出版社，1991年）

自　信

没有自信，便没有成功。一个获得了巨大成功的人，首先是因为他自信。

有人说，自信是成功的一半，真是很对。

但自信只是成功的一半，它毕竟还不是成功。如若不充分认识这一点，有一天你会连原来的这一半也丧失。

自信的人依靠自己的力量去实现目标，自卑的人则只有凭借侥幸。

自信者的失败是一种命运的悲壮，自卑者的成功则是一种命运的悲哀。

前者真是虽辱犹荣，后者却是虽荣犹辱。

古往今来，有许多失败者之所以失败，究其原因，不是因为无能，而是因为不自信。

自信，使不可能成为可能，使可能成为现实；

不自信，使可能变成不可能，使不可能变成毫无希望。

一分自信，一分成功；十分自信，十分成功。

自信与不断取得的胜利有关,不自信与接连遭受的挫折有关。

当你不自信的时候,你还难于做好什么,当你什么也做不好的时候,你就更加不自信,这是一种恶性循环。

若想从这种恶性循环中解脱出来,重建自信心,你不妨先从最有把握做好的事情做起,当你不断取得了成功的时候,你的自信心也就逐步重新建立了。

自信悠然的外表下,往往掩藏着一种潜在的危险——狂妄。

自信可以使你从平凡走向辉煌,而狂妄则会使你从峰巅跌入深谷。

当你总是在问自己:我能成功吗?这时,你还难以撷取成功的花枝;当你满怀信心地对自己说:我一定能够成功,这时,收获的季节离你已不太遥远了。

初次发表于1990年第20期《辽宁青年》,收录于《汪国真哲思短语》(中国友谊出版社,1991年)

幽 默

当一个虚伪的人吹嘘他的真诚，或一个吝啬的人夸耀他的豪爽时，我想说的一句话就是：这个人可真"幽默"。

富有智慧的人，不一定幽默；而具有幽默感的人，一定富有智慧。

一个在逆境中仍然保持幽默的人，无疑是个强者。弱者在逆境中连哭都来不及，哪儿还有心思幽默呢。

伟人的幽默，最好只停留在口头上，而不要落实在行动中；凡人的幽默，最好能注入生活中，而不仅仅逗留在口头上。

幽默有一种魅力，它在男人心中唤起的往往是敬意，在女人心中唤起的则常常是爱情。
一个富有幽默感的人，无疑也是一个语言大师。

小人物的幽默，最多只能把大人物逗笑了；大人物的幽默，却能把上帝都逗笑了。

幽默与讽刺不同。一般说来，幽默，是善意的讽刺；讽刺，是恶意的幽默。

一个不善幽默的朋友，是一个我乐于接待的朋友；一个善于幽默的朋友，是一个我乐于上门的朋友。

没有幽默感的将军，仍然不失为一个出色的将军；没有幽默感的政治家，却是一个令人遗憾的政治家。

有人让科学家戴维填表列举他对科学的贡献，你猜他填了什么？他这样写道：最大的贡献——发现法拉第。

幽默，除了蕴含着智慧，还蕴含着对美的向往。

初次发表于 1990 年第 10 期《中国青年》，收录于《汪国真哲思短语》（中国友谊出版社，1991 年）

艺 术

有思想的工匠是艺术家，没有思想的艺术家只是工匠。

艺术家创造艺术，却不四处炫耀艺术；清谈客四处炫耀艺术，却不创造艺术。
你是做艺术家，还是做清谈客？

裸体，一旦成为艺术，便是最圣洁的；道德，一旦沦为虚伪，便是最下流的。

艺术的美有两种价值：一种是观赏价值，一种是收藏价值。
当我们注重观赏价值的时候，留意的是作品本身；当我们注重收藏价值的时候，留意的是这是谁的作品。

凡是美好的事物，都会在艺术中得到表现；但是艺术所表现出来的，却并不一定是美好的事物。
相对而言，美追求的是瞬间，艺术追求的是永恒。
昙花如果常开不败，就不足以显其珍贵；艺术家若只能显赫一时，则很难称得上伟大了。

对于艺术的欣赏是有层次的。法尔孔奈的《调皮的小爱神》，有人说它可爱，有人说它美好，有人却在问：他左手去掏的那支箭，是准备射向谁？

最怪诞的艺术手法背后，潜藏的往往不是深刻而是浅薄；最质朴的语言中，包容的往往不是平凡而是伟大。

艺术家的伟大与渺小，在于他的作品本身，而不在于作品之外的宣传和鼓噪。

历史将会证明：什么人是艺术家，什么人不过是"玩闹"。

当我面对一件不朽的艺术品，便仿佛面对一颗不死的灵魂，它使我清醒地意识到，我是站在了过去与未来的交叉点上……

初次发表于 1990 年第 10 期《中国青年》，收录于《汪国真哲思短语》（中国友谊出版社，1991 年）

容　貌

不论容貌好坏，带给人的烦恼往往是一样多的。

容貌美丽所带来的烦恼，往往是容貌平平的人所体味不到的；容貌平平所带来的烦恼，也是容貌美丽的人所体味不到的。

美好的容貌，可能给你带来幸运，却不一定能带给你幸福。

从一定意义上讲，美好的容貌是一张通行证。不过这张通行证，可以使人上天堂，也可以使人下地狱。

人，大可不必为容貌平平而沮丧。如果你留意的话，就不难发现，在你周围容貌不般配的恋人或夫妻，并不比容貌般配的恋人或夫妻少。由此，你就可以知道，容貌并不像你想象的那么重要。

首先，要相信自己，爱自己，然后才能期望赢得别人的信任、别人的爱。

世界上容貌漂亮的人数也数不清，而"我"只有一个，关键在于使"我"闪烁出光彩来。

有一些容貌出众的人之所以让人感觉愚蠢和俗气，很大程度上都是让"漂亮"二字害的。漂亮给予他（她）许多的同时，也让他

（她）丧失了许多。

　　物质上的极端奢侈和精神上的极端匮乏，在这样的人身上往往惊人地相等。

　　喜欢夸耀自己的容貌是不智的。
　　这等于在向世人昭示：虽然我长得不错，却并不特别漂亮。
　　因为特别漂亮的人，是用不着夸耀自己的。实际上，喜欢夸耀自己容貌的人，往往是那些长得并不那么漂亮的人。

　　美好的容貌，往往成为"故事"的源泉。
　　我想，这样的故事，最好是留在内心，而不要讲给人听。
　　不喜欢讲这样的故事的人，未必深刻；喜欢讲这样的故事的人，一定浅薄。

　　　　初次发表于1990年第11期《女友》，收录于《汪国真哲思短语》（中国友谊出版社，1991年）

幸　福

有许多人都在追求幸福，可是我不知道，有比追求本身还幸福的事吗？

当我望见了太阳，我就感觉到了生命给予的幸福；当我望见了秋天，我就感觉到了耕作给予的幸福；当我望见了你的眼睛，我就感觉到了爱情给予的幸福。

从一定意义上讲，一生幸福，一生平庸；一生不幸，一生无奈；出色的人生，总是既有幸福也有不幸的人生。

人，常常会觉得自己是不幸的，而别人是幸福的；可是在"别人"的眼睛里，你是幸福的，他是不幸的。

我的幸福必是我挣来的，我的不幸必是命运强加的。没有战胜命运，就是我的不幸；战胜了命运，就是我的幸福。

人总是喜欢说自己是不幸的，却不大喜欢说自己是幸福的，因为人的欲望是不容易满足的。

幸福是一杯美酒，它太容易被喝干了。

凡·高是不幸的，他只活了三十七岁，幸福的却是他"种"的《向日葵》，至今仍被人类灵魂的太阳温暖着。

生活何以要苛对凡·高，却钟爱他的《向日葵》？

人类承受幸福的能力要比承受不幸的能力有限得多。

不幸使人痛苦，却不容易把人打倒；幸福使人快乐，却也容易使人晕眩。

开头不幸，结局幸福，仍然称得上幸福；

开头幸福，结局不幸，仍然只能称为不幸。

初次发表于1990年第11期《中国青年》，收录于《汪国真哲思短语》（中国友谊出版社，1991年）

深　沉

一个人如果内心不浮躁，他外表自然就比较深沉，那些在外表上故作深沉的人，恰恰是些内心浮躁得不行的人。

我希望在深沉的人群中，我是轻松的；我希望在轻松的人群中，我是深沉的。

不要刻意去模仿深沉。
如果你是一塘清水，只要秀丽就行，因为你的秀丽是海洋的浩渺不能取代的。
浩渺有一种博大的美，秀丽有一种灵秀的美。
不要妄自尊人，不要妄自菲薄。

我不在乎别人评价我是否够深沉，我只希望我活得自然。
如果有人不觉得故作深沉很累的话，我倒是情愿让出我那不多的深沉。

同池塘相比，湖泊是深沉的，同湖泊相比，海洋是深沉的。
有一些人，连一洼池塘都谈不上，却非要整天一副大海般浩瀚的模样，这不是很滑稽吗？

没有深刻，也就没有深沉。有谁见过浅薄的真正意义上的深沉吗？

巴尔扎克是深沉的，贝多芬是深沉的，罗素也是深沉的，他们的深沉已熔铸于他们深刻的作品之中。

这个世界，真正深刻的人不多，可是仿佛深沉的人却不少，这究竟是怎么回事？

对于那些特别喜欢故作深沉的人，我想告诉他一句话：我这人胆小，请别这么吓唬我好吗？

肤浅的人，想深沉却无法深沉；深沉的人，想轻松也不能轻松。他们都是痛苦的。

前者以苦为荣，后者以苦为乐。

我坐在屋内读书，听见了窗外的蝉鸣，蝉儿并不深沉，但它却是快乐的。

初次发表于1990年第21期《辽宁青年》，收录于《汪国真哲思短语》（中国友谊出版社，1991年）

狂　妄

狂妄，有时是因为太自大，有时却是因为太自卑。

面对一个狂妄而骄横的人，我们无须与之理论，时间自会证明他的实际价值，事实自会惩戒他的可笑无知。

狂妄的人常常在无意中伤人，也常常因为这种无意受伤。

有一些人，并不一定没有才华，他之所以不能施展才华的原因，是因为太狂妄。没有多少人乐意信赖一个言过其实的人，更没有多少人乐意帮助一个出言不逊的人。

狂妄之人，多是无礼之人；无礼之人，多是孤立之人；孤立之人，多是最终失败之人。

先秦的《老子》中有"大音希声，大象无形"之说，到了宋代，苏东坡在《贺欧阳少师致仕启》中又有"大勇若怯，大智若愚"的议论。这些言论，在今天看来仍是充满睿智的。的确，大凡具有大家风度的人，多具有谦逊的品德，而狂妄之人，骨子里实在是透着一股小家子气。

最糟糕的要算是既狂妄又无能之人，狂妄使他什么都敢干，无能使他把什么都弄糟。

狂妄使荣誉受损，成就减半。

从近处来说，狂妄会限制发展；从远处来说，狂妄会断送前程。

在科学上，你若是爱因斯坦，你或许有资本狂妄，而爱因斯坦只有一个；在哲学上，你若是柏拉图，你或许有资本狂妄，而柏拉图只有一个；在音乐上你若是莫扎特，你或许有资本狂妄，而莫扎特只有一个；在文学上，你若是莎士比亚，你或许有资本狂妄，而莎士比亚只有一个；在美术上，你若是米开朗琪罗，你或许有资本狂妄，而米开朗琪罗只有一个……

世界之大，伟人之众，即便一天二十四小时掰着指头不停地数，什么时候才能数到我们头上呢？我们又有多大的本事和成就可以拿来傲世呢？

初次发表于1990年第22期《辽宁青年》，收录于《汪国真哲思短语》（中国友谊出版社，1991年）

说　爱

人在困厄的时候，最容易接受别人的爱，也很容易拿一颗破碎的心去爱别人，但是当情形好转以后，他，更多的是她，很快就会发现，别人是在真爱，自己却不是。于是，新的困厄便产生了。

人在困厄的时候，需要提醒自己注意的是：不要为了摆脱眼前的困厄，又人为地制造了将来的困厄。

即便在爱中，也要保持人格的独立，但独立不是自私；既然在爱中，就要学会迁就对方，但迁就不是一味顺从。

在爱情中，一个自私的人，体验不到爱别人的乐趣；而一个只知顺从的人，将很容易失去对方的爱。

表面上并不般配的爱情，往往和谐，因为产生这样的爱情，往往有比较深刻的内在原因；表面上般配的爱情，往往并不和谐，因为产生这样的爱情的原因，仅仅是因为般配。

在爱情上，经常是愈想得到则愈难以得到，愈怕失去则愈容易失去。

因此，学会把握自己是十分重要的。对自己的感情不加约束，放任自流，结果往往适得其反。

恋爱的时候，不妨多回味过去；失恋的时候，不妨多憧憬未来。

轻易得到的，也轻易失去。

因此，在爱情遇到困难和挫折的时候，你不要因此而沮丧。或许正是这些艰辛的经历，才奠定了爱情的久远和淳美。

不论是男人还是女人，常常容易产生这山望着那山高的感觉，可是真的到了"那山"才发觉还是"这山"高。

为了不使自己追悔，对待爱情一定要慎重。

初次发表于1990年第6期（总33期）《追求》，收录于《汪国真哲思短语》（中国友谊出版社，1991年）

喜 欢

爱是自私的，喜欢是宽容的。

喜欢很容易进而变为爱，爱却很难退而变为喜欢。

喜欢是低层次的欣赏，欣赏是高层次的喜欢。

我敢说，我很喜欢理查德·克莱德曼钢琴下流淌出的每一支曲子；我却不大敢说，我很欣赏理查德·克莱德曼弹奏的每一首乐曲。

我喜欢你，不是因为你也喜欢我；我爱你，是因为你也爱我。

春天的时候，人们爱说：我喜欢秋天；

秋天的时候，人们爱说：我喜欢春天。

没有什么，便更喜欢什么。

孩子喜欢长大，老人渴望年轻。

喜欢热闹的人，常常是因为灵魂寂寞；喜欢孤独的人，往往是因为思想充盈。

喜欢文学而终学理或喜欢理而终学文学，这是命运最初的误会，却不是最终的误会。

严谨中多些想象或想象中多些严谨，这样的人，往往更能成大器。

忧伤的时候，便喜欢小雨的冰凉和清新；失意的时候，便向往大海的浩瀚；孤独的时候，便凝神望月；落寞的时候，便不由自主踏上一条荒芜的小径……

人们可以不喜欢命运，却不能不喜欢自然。

喜欢愈多，得到愈少；喜欢愈少，得到愈多。

可是有些人，只是一个劲地喜欢，却不在乎得到得不到，仔细想想，这真是很奇怪。

如果你不再喜欢我，那不一定是我的错，如果你不再喜欢我，那却一定是命运的折磨；如果你不再喜欢我，我什么也不会说，如果你不再喜欢我，我会很痛苦，却不会祈求你：不要离开我。

我憎恶黑夜，却喜欢星空。

初次发表于1990年第12期《女友》，收录于《汪国真哲思短语》（中国友谊出版社，1991年）

谎　言

撒谎往往是出于虚荣，让一个爱慕虚荣的人不说谎是极为困难的。不过说谎需要有极强的记忆力，否则说谎一百次，由于记忆力方面的差错，恐怕五十次是要穿帮的。

对于总说实话的人，我们好办，信任他就是了；对于一贯说谎的人，我们也好办，信任他说的反面就是了；对于有时说实话有时说谎话的人，我们最难办，我们不知该信任他还是该轻视他。

如此说来，最惹人嫌的既不是说实话的人也不是说谎话的人，而是那些一半说实话一半说谎话的人。

说谎是一种不道德，信谎是一种不明智，传谎是一种不负责。

有许多谎言是不必由我们来揭穿的，让撒谎者最后自己揭穿自己岂不更绝妙？

在人一生中，不说一次谎几乎是不可能的。只要这种谎言只利己，不损人，我们是大可不必深究的。

诋毁别人，需要谎言；谎言多了，必有破绽。只要善于分析，识破谎言常常不是很困难的事。

同时扯谎，做宠臣与做首脑是极为不同的。波将金扯谎，是为了欺瞒叶卡捷琳娜女皇一个人，希特勒撒谎却是为了蒙骗大众。

谎言不与政治沾边，一般都是小谎；谎言如与政治相连，常常是弥天大谎。

说谎是小聪明；诚实是大聪明。说谎先成事后败事，诚实可能先败事，但最后一定能成事。

关于谎言，老林肯说过一段非常精辟的话：你能够在某些时候欺瞒所有的人，你也能够在所有的时候欺瞒某些人，但你却不能在所有的时候欺瞒所有的人。

是的，你骗得了一时，却骗不了历史；你骗得了个人，却骗不了人民。

初次发表于1990年第23期《辽宁青年》，收录于《汪国真哲思短语》（中国友谊出版社，1991年）

青 年

青春是生命中最美好的年华。

青年,不一定非要成功,只要有追求;不一定非要成熟,只要肯学习;不一定非要沉稳,只要善总结。

青年有许多弱点,而青年的可爱,不仅在于他的优点,也在于他的弱点。

童年,更多的属于摇篮;老年,更多的属于庭院;青年,更多的属于自然。

青年,一个令童年向往、老年羡慕的年龄。

青春年华,爱情与事业应该是可以兼得的,就像蔚蓝的天空,伸出左手挽住黄昏,伸出右手拉住黎明。

执着的追求和不断分析,这是走向成功的双翼。不执着,便容易半途而废;不分析,便容易一条道走到黑。

青春时节,会经常有一种无奈和矛盾的感觉萦绕心头,诚所谓:无缘何生斯世,有缘则累此生。美国小说《红菱艳》中芭蕾舞女演员维多利亚·佩奇的经历，颇具典型意义，是这种无奈和矛盾的多重注脚。

为别人着想，为自己而活。
为别人着想，才不失活得高尚；为自己而活，才不失活得洒脱。

好儿女不但要适应顺境，也要禁得起挫折。孩子的肩膀稚嫩，老人的步履蹒跚，未来的担子我们不挑谁挑？
遇到困难，便逃避现实或消极处世，是没有出息的表现。

青年特别需要的是坚定，不论外界怎样变化，自己都应保持一种乐观和向上的精神。

我叹世事多变幻，世事望我却依然。

初次发表于1990年第12期《中国青年》，收录于《汪国真哲思短语》（中国友谊出版社，1991年）

荣　誉

人性中有一个弱点：既想得到荣誉，又想不费力气。

得到荣誉时便狂妄自大，得不到荣誉时便诋毁别人，这往往是同一种人所为。

有许多人把道德视为可有可无的小菜，却把荣誉当作不可或缺的正餐。

所以如此，这是因为道德只能是心灵上的天平，荣誉却可以是市场上的秤杆。道德称不出实惠，荣誉却能提起好处。

真正著名的人，前面是无须加上"著名"二字的，加上前面两个字，显见得还不够著名。我似乎极少见到有"著名"的拿破仑、"著名"的贝多芬、"著名"的托尔斯泰之说，因为这两个字对于真正著名的他们来说，是一种累赘。

哈姆雷特说："尽管你像冰一样坚贞，像雪一样纯洁，你还是逃不过谗言的诽谤。"
因此，荣誉不在别人的嘴上，而在自己的心里。

即使是对物质生活恬淡的人，往往也难抵御荣誉的诱惑。有荣誉感不是什么坏事，关键是：君子爱名，取之有道。不择手段地沽名钓誉，是小人所为。

用最龌龊的手段，获得最堂皇的名声，这样的人不但可耻，而且可怕。

有的荣誉来自实绩，有的荣誉来自机遇。凭实绩获得荣誉的人，多是谦谦君子；靠机遇攫取名声的人，不乏狂妄之徒。

荣誉喜人也累人，那是一种什么感觉——快乐的苦恼？

对于受之无愧的荣誉，我并不谦让；对于取之有愧的声名，我诚惶诚恐。

初次发表于1990年第12期《中国青年》，收录于《汪国真哲思短语》（中国友谊出版社，1991年）

哲　学

哲学具有永恒的性质，因此也就具有永恒的魅力。
如果说灵感是流星，那么哲学则是"恒"星。

哲学需要冷静，诗歌需要热情，融合这两者不是件容易的事，水怎么能融于火呢？可是若把这两者汇合在一起，所产生的魅力一定是巨大的，仿佛大海日出。

哲学家可以解释不幸，却无法回避不幸，如果你痛苦了，可以去找哲学家，如果哲学家痛苦了，只有去找上帝了。

哲学是一种轻松的深刻，玄虚是一种沉重的肤浅。
哲学，举重若轻；玄虚，举轻若重。

科学解决部分问题，哲学解决所有问题；科学解决具体问题，哲学解决原则问题。
在感情上，哲学家的爱，不一定炽烈，却可能恒久；诗人的爱，不一定恒久，却可能炽烈。
或许，这就是人性的优点和弱点。

哲学把宗教当成学说，迷信把学说当成宗教。

哲学，解救人的思想；迷信，束缚人的灵魂。

年轻人本身多具有诗的因素，因此，不妨多研究点哲学；老年人本身多具有哲学的因素，因此，不妨多读点诗。

相对而言：人们用哲学的观点解释世界并不难，难的是用哲学的观点解释自己。就人的一般趋向来说，总是对别人是哲学家，对自己是诗人。

真理是简洁的，哲学是朴素的。

初次发表于1990年第24期《辽宁青年》，收录于《我心灵的诗韵——汪国真自选最新诗文集》（中国广播电视出版社，1991年）

服　饰

如果说，言论是有声的思想，那么服饰则可以说是无声的语言了。一个人穿着的衣装，向社会和人们所叙述的内容是非常丰富的：职业、身份、教养、情趣、审美意识，还有喜怒哀乐的感情等等，真可以说是尽在不言之中。一个社会，人们的穿着向世界所展示的内容也同样丰富：政治是否开明，经济是否发达，文化是否进步，观念是否开化等等。

服饰是一面镜子，从这面镜子里折射出来的是社会和历史。

人一旦走出家门，融入社会，就成了社会的一分子。从某种意义上讲，人的服装意识，也就是人的社会意识。

人们从社会中懂得了用服饰来表达自己的心愿和感情。一个人可以从服饰了解一个社会，社会也可以从服饰认识一个人。

就服饰而言：和谐比奇特重要，自然比名贵重要，流畅比新颖重要。

一种新款式服装的出现，往往不但需要智慧，而且需要勇气。1964年，年轻的英国服装设计师玛丽·奎恩特发明了超短裙，这对素来比较正统的英国时装界不啻是一次严重挑战。1965年春，法国服装师安德烈·库雷热也发明了裙长在膝盖以上5公分的超短裙，这在有着悠久传统的专为上流社会服务的巴黎高级时装界看来，简直是大逆不道，一片反对之声鹊起。不过，这都没有阻止住超短裙的流行。

在那些脱颖而出的服装设计师骨子里边，似乎有一种共同的东西：我行我素。

人类所有服饰的灵感都来自大自然，又回归于大自然。当然，这种回归已是一种浓缩，一种超越，一种升华。

一个气质优雅的女人，即使她佩戴一枚假首饰，人们也容易误以为是真的；一个举止庸俗的女人，即使穿金戴银，人们也容易误以为都是些冒牌货。

气质是金。

在穿着服饰上，懂得TPO原则是重要的，掌握这条原则可以避免不合时宜或闹出笑话。TPO是由英文Time（时间）、Place（地点）、Object（目的）三个单词的第一个字母组成的。

这是一条国际上公认的原则。

初次发表于1991年第1期《女友》，收录于《年轻的季节》（中国人民大学出版社，1991年）

痛　苦

如果你的胸怀是海洋，痛苦是一盆水，那么把这盆水深入海洋中，能给你造成多大痛苦呢？

如果你的心胸是面盆，痛苦是一杯水，那么把这杯水深入面盆中，足以让你感受苦不堪言了。

可见，胸怀博大的人，不太容易为痛苦所缠绕；心胸狭小的人，会常常为痛苦所折磨。

人人都有属于自己的欢乐，也都有属于自己的痛苦。你痛苦的时候，很容易感觉别人的欢乐；你欢乐的时候，却未必感受到别人的痛苦。

其实，痛苦人人都有，只是来临的时辰不同。

有一种人，几乎什么都是虚假的，只有他的痛苦是真实的，而造成这种痛苦的原因，恰恰是他的虚假。

《匹克威克外传》中，那个伪善的助理牧师斯蒂金斯就是这方面的一个典型。

绝大多数有所建树的人，不是从欢乐和顺境中走向成功的，而是从痛苦和逆境中走向成功的。明晓了这种情形，当痛苦降临到我们头上，我们就应该懂得坚忍和奋发。

如果爱情能使你为之痛苦，那么说明你的内心深处还保持着美好的纯真；如果你再也不会为爱情所痛苦，那么情形可能更糟，这或许说明你已经失却纯真，变得玩世不恭了。

有许多痛苦是别人施予的，还有许多痛苦，究其原因，恐怕是出在自己身上。有一些人感情上的痛苦来源于不善于辨别人，有一些人丧失钱财的痛苦来源于轻信和爱占小便宜，有一些人人际关系上的痛苦来源于气量狭小和斤斤计较。如果我们能够变得聪明些、纯洁些、开阔些，有许多痛苦是完全可以避免的。

欢乐从来不是永恒，痛苦只是一个过程；
没有谁能拒绝春天来临，没有谁能永远都做好梦。

初次发表于1991年第1期《辽宁青年》，收录于《年轻的季节》（中国人民大学出版社，1991年）

历 史

历史，应该是完全的真实。

如此，即使是我们现在敌人过去的光荣，或者是现在朋友过去的耻辱，都是不应加以抹杀或粉饰的。历史一经扭曲，那就不再是历史，而是被人随意玩弄于股掌中的面人了。

历史，很像是一个知识渊博的老师。

从某种意义上讲，成功者都是这位老师的好学生，失败者都是因为学得不够好。

个人在历史上的作用无疑是十分巨大的。

如果没有恺撒，古罗马的历史就要重写；如果没有华盛顿，美国的历史就要重写；如果没有丘吉尔，英国在第二次世界大战中的历史就要重写；如果没有毛泽东，现代中国的历史就要重写……

历史，正是因为有了这些伟人，而变得更加波澜壮阔，有声有色。

甚至，一个伟人的经历，就是他所处的那个时代的缩影。

大凡历史悠久的国家，它的光荣是巨大的，负累也容易是巨大的，而历史短暂的国家，它因袭传统的负累较小，光荣却可能是巨大的。

自古以来，历史在当时常常是主观的，在后世却都是客观的。
不论是谁，想要篡改历史，都会是一种徒劳。
历史，从来都是可以封住嘴巴，却蒙不住眼睛的。

没有谁能比时间活得更久长，人民却可以与世共存。因此，古往今来，总是个人写一段历史，人民写整个历史。

社会愈进步，历史就愈不易被扭曲。
如果一段时间的历史被颠倒了，后来愈加进步的时代，便会把这段被颠倒了的历史，重新颠倒过来。
过去悠长的岁月有那么多风雨，
让今天一切表达都显得软弱无力，
当我们走向遥远，走向辉煌，
又怎能忘却黄土覆盖着的沉重往昔。

初次发表于1991年第2期《辽宁青年》，收录于《汪国真哲思妙语精华》（兰州大学出版社，1992年）

人　生

人生不足畏。

世间万物，有幸成为人，这已足够幸运了，人生最大的不幸也比沦为其他物种的不幸强。

人生是跋涉，也是旅行；是等待，也是相逢；是探险，也是寻宝；是眼泪，更是歌声。

人为什么活着？

这是一个古老而又总是富有新意的问题。我不知道别人为什么活着，我活着的目的很简单，不辜负生命。

太阳，是人生的精神支柱，大地，是人生的物质保证。只要有太阳、大地在，我们就没有理由总是叹息人生的沉重与不幸。

你要活得随意些，你就只能活得平凡些；你要活得辉煌些，你就只能活得痛苦些；你要活得长久些，你就只能活得简单些。

一年，仿佛是人生的一个缩影，星期天不算多，逢年过节更少。

从某种意义上讲，在人生中，一个男人最大的成功是有一个好妻子；一个女人最大的成功是有一个好儿子；一个儿子最大的成功是有一个好前程。

这个世界有时就是那么不公平。
有一些人别看不怎么样，活得还挺来劲儿。

你比秀兰·邓波儿漂亮十倍又怎样，你可能永远没有她的可爱；你比拿破仑高二十厘米又怎么样，你可能永远没有他的男子汉味儿十足；你比李白官大五品又怎么样，你可能永远不能青史留名；你比普通人富足一千倍又怎么样，你可能永远得不到那份怡然……
谁也不至活得一无是处，谁也不能活得了无遗憾。

人大可不必为别人的眼光和舌头而活，如果你总是顾忌别人的眼光和舌头，那么，属于自己的生命还有多少呢？

初次发表于1991年第1期《黄金时代》，收录于《汪国真哲思短语》（中国友谊出版社，1991年）

纯　洁

纯洁的优点是无瑕，纯洁的弱点是单纯。纯洁，有时很像个小瓷娃娃，虽不丰富，但很可爱。

不过，纯洁若太不成熟，是一种危险。

生活中的一种遗憾在于：美丽和纯洁常常不可兼得。一个美丽的女孩子，她心灵的纯洁比较容易被庸俗的捧场过早玷污；一个长久保持心灵纯洁的女孩子，往往不够美丽。

既生得美丽，又能长久保持心灵的纯洁，这并不是一件容易的事。

金钱对于一颗纯洁的心灵是无足轻重的。贫穷或富有，在一双纯洁的眼睛里大体被等量齐观。这也就是为什么金钱可以买到一切，却不一定能买到人心的原因。

如果一颗心是欲望制成的，它自然容易被金钱吸引；如果一颗心是金子制成的，它又怎么会被纸钞收买呢。

一颗纯洁的心灵，最易让人欺瞒，也最让人不忍欺瞒。面对一颗纯洁的心灵，是更加自律还是更加放肆，这可以从某种程度上成为区别一个人是善良还是邪恶的分水岭。

纯洁的概念是什么?这恐怕是要因人而异的。就《复活》中的玛丝洛娃而言,说她不洁的,可以强调她失去的贞操;说她纯洁的,可以强调她心灵的拥有。

不过,一个本来纯洁的人,只因无辜遭到了伤害,便被视为不洁,这岂不是太残忍了吗?

纯洁,常把我带入一种境界:如春之碧波,夏之硕荷,秋之蓝天,冬之雪国。

我爱纯洁,如爱自然。

晶莹的心,四处流浪漂泊,这就是折磨;
美丽的花,结出苦涩的果,这也是生活。

初次发表于1991年第1期《知音》,收录于《年轻的风采——专访汪国真》(人民日报出版社,1991年)

格　调

一种怡人的格调的养成，有赖于一种氛围的熏陶。诸如，读最优秀的书籍，听最美好的音乐，交最出色的朋友等等。

这样一种氛围不但是美丽的，而且也是重要的。如果已有这样一种氛围当然很好，如果没有这样一种氛围，不妨去创造一个出来。

如果与名人交往的动机，是为了提高自己的身价，这种想法是可笑的；如果与名人交往的动机，是为了提高自己的格调，这种想法是可爱的。

一个弹着钢琴曲《致爱丽丝》长大的人和一个糊纸盒长大的人，格调显然是不同的，但这并不妨碍他们可以同属于"美好"这一大格调。

同样是在读书，欣赏趣味的高尚或卑下，可以使人的格调有质的区别。

韵味，可以表明一个人的内涵；谈吐可以显示一个人的修养；格调，可以说明一个人的情操。

为什么要读书呢？为什么要听音乐呢？为什么要跳舞呢？为什么要看画展呢？为什么要旅游呢？就我来说，这些不仅是为了丰富、愉悦生活或广见博闻，也是为了提高自己的格调。

据说，名贵的檀香木要顺利长成，它的旁边必得有一棵比它高大的树为它遮风挡雨，这棵树又被称为伴生树。这一自然现象，留给我们的是一种意味深长的格调。

高雅的格调，来自良好的教育。一个怡人格调形成的过程，也就是一个学习的过程。

初次发表于1991年第1期《知音》，收录于《年轻的风采——专访汪国真》（人民日报出版社，1991年）

虚　荣

从近处看，虚荣仿佛是一种聪明；从长远看，虚荣实际是一种愚蠢。

虚荣的人不一定少机敏，却一定缺远见。

虚荣的女人是金钱的俘虏，虚荣的男人是权力的俘虏。

太强的虚荣心，使男人变得虚伪，使女人变得堕落。

古语云："上士忘名，中士立名，下士窃名。"

虚荣，也是一种"窃"。

虚荣者，容易轻浮；轻浮者，容易受骗；受骗者，容易受伤；受伤者，容易沉沦。

许多沉沦，始于虚荣。

虚荣，很像是一个绮丽的梦。

当你在梦中的时候，仿佛拥有了许多，当梦醒来的时候，你会发现原来什么也没有。

如此，与其去拥抱一个空空的梦，还不如去把握一点实实在在的东西。

虚荣者常有小狡黠,却缺乏大智慧,更没有那种所罗门式的智慧。

这种情况屡见不鲜:虚荣的男人成了虚荣的女人的"钱袋";虚荣的女人成了虚荣的男人的"门面"。

在两个互相利用的虚荣者中间,什么都可能有,唯独没有真诚。

不要把名利看得太重,把名利看得太重很容易去拼命钻营。这样,得到名利时会失去品格,得不到名利时会变得痛苦。有这样一句话说得极是:"宠辱不惊,看庭前花开花落;去留无意,望天上云卷云舒。"

初次发表于1991年第2期《知音》,收录于《年轻的风采——专访汪国真》(人民日报出版社,1991年)

魅　力

独特是魅力的佳境。

如果完全跟随流行，也就等于混同于一般。这样，还有多少魅力可言呢？

个性，是具有成熟的魅力的一种标志。

英格丽·褒曼、奥黛丽·赫本、玛丽莲·梦露、吉娜·劳洛勃丽吉达、费雯丽、杰奎琳·安德烈、索菲娅·罗兰等都是非常富有魅力的女人，而她们的个性却截然不同。

一般而言：名著大都能成为畅销书，而畅销书却并不一定成为名著。两者之间一个显著的区别是，名著具有永久的魅力，而畅销书只具有短暂的魅力。

如果你是一个非常富有魅力的人，别人对你魅力的贬低，更证明了你的魅力的巨大，以致有些小心眼的人，不贬损你一番就难以获得心灵上的平衡。所以，大可不必为这些贬损你的话而愤懑不平。

一个太富有魅力的人，他的生活失去了宁静；一个太没有魅力的人，他的生活会过于冷清。

失去宁静者，劳心；过于冷清者，伤神。

男人的魅力在于勇敢，女人的魅力在于含蓄。

距离产生魅力。

有许多事物的魅力，是在我们愈走愈近或愈走愈远的过程中逐渐变大或逐渐变小的。

魅力常在得到与失去之间、希望与绝望之间、稚嫩与成熟之间、现实与未来之间、失败与成功之间、白天与夜晚之间……

初次发表于1991年第2期《知音》，收录于《年轻的风采——专访汪国真》（人民日报出版社，1991年）

感　情

最深沉的感情往往是以最冷漠的方式表现出来的，最轻浮的感情常常是以最热烈的方式表现出来的。

太感情化的人，命运多坎坷；太理智化的人，一生多寂寞。

善不善于驾驭自己的感情，这是一个人是否成熟的一种标志；能不能够承受感情上的打击，这是一个人是否坚强的一种标志。

珍惜自己的感情是一种修养，尊重别人的感情是一种道德。
珍惜自己的感情，会更赢得别人对你的尊重；尊重别人的感情，别人会更珍惜与你的交往。

一个人应该有较多的爱好和较多的朋友。这样，在你感情顺遂的时候，可以丰富你的生活；在你感情遇到麻烦的时候，可以帮助你较快从中解脱出来。

感情是事业的基石。
热爱自然，造就了伟大的科学家；热爱人类，造就了伟大的文学家；热爱祖国，造就了伟大的政治家；热爱生活，造就了伟大的艺术家。

没有一种深厚的感情，就没有一个成功的事业。

感情，常常成为人们生活中的旋涡。怎样从感情的旋涡中解脱出来？想一想在江河湖泊中一旦陷入旋涡应该怎样挣脱，也就应该明了怎样从感情的旋涡中解脱出来。
自然和社会常有许多绝妙的相似之处。

不要太久地拥抱春天，否则你怎能不流连忘返；
不要太久地注视冬天，否则你怎能不憔悴容颜。

初次发表于 1991 年第 2 期《女友》，收录于《年轻的季节》（中国人民大学出版社，1991 年）

成　材

　　大处着眼，小处着手，这是成材的最基本方法。有一些人好高骛远，只热衷于标新立异，不屑于做那些看似微小的事情，这样，他永远只能是一个空想家。

　　环境对于一个人能否成材是重要的，古人云："地薄者大木不产，水浅者大鱼不游。"诚如斯言。

　　别人的嫉妒可以激励我们更加上进；别人的攻讦可以教会我们更加谨慎；别人的贬低可以使我们学得更加从容；别人的中伤可以使我们变得更加超脱。许多看似对自己很不利的事情，只要处置得当，不仅会使我们更加成熟，而且可以加快我们成材的步伐。

　　我喜欢竞争和挑战，这样有助于更大程度地发挥自己的潜能。没有强有力的竞争，赢了也不光彩。
　　即使我们精神的财富像克罗伊斯的物质财富一样富有，也并不表明我们已经成材了。
　　对于精神财富，最重要的不在于贮存了多少，而在于运用了多少。

"怀才不遇"时，常有不为人识之苦恼；"木秀于林"时，常为风来摧之困扰。

成材者前方的旅途，不是大路是小道。

想成材的人，往往喜欢赶时髦；赶时髦的人，往往并不能成材。成材需要独创。

对于一个已经成材的人，最容易把他毁掉的不是别人，而是他自己。

在顺境中成材，只要有足够的天赋和良好的教育就够了。在逆境中成材还需要有意志，对于一个意志坚强的人来说，逆境会使他平添风采，却不容易改变他成材的趋势。

初次发表于1991年第4期《辽宁青年》，收录于《年轻的季节》（中国人民大学出版社，1991年）

成　熟

什么是成熟？

了解过去，认识现在，预见未来。

诚然，成熟是人最富有魅力的时候；然而，也是人开始走向衰老的时候。

成熟应该是：狂热时候的冷静，动荡时候的坚定，挫折时候的奋起，迷惘时候的清醒。

年龄，更多的是生理成熟的标志，却不是思想和智慧成熟的标志。

以担当的重任而论，古时候的甘罗、周瑜、李世民、康熙，初握大权的时候，年龄都显得稚嫩，然而他们的思想和智慧已是很成熟的了。

年幼的人，有时喜欢扮成一副很成熟的样子会让人觉得很可爱；年长的人，非要整天装成一副很天真的样子会让人感觉很恶心。

平素的果断、干练还不足以当得成熟二字，关键时候的从容、镇定才算得上真正的成熟。

不要辜负岁月。

应该成熟的时候就要成熟。不仅有成熟的躯体，更要有成熟的思想、意志和风度。

在孩子的眼里，你是一个大人；在老人的眼里，你却不是一个孩子。

成熟还体现为一种恰到好处的把握。

人云亦云不是成熟，固执己见也不是成熟。

成熟，绝不是指不会发生失误。

如果说不会发生失误才是成熟，那么世界上也就根本不存在成熟。成熟应该是一般极少失误，一旦失误，也能保持镇定，并能较快以恰当的方式扭转面临的不利局面，从而反败为胜。

初次发表于1991年第3期《黄金时代》，收录于《年轻的风采——专访汪国真》（人民日报出版社，1991年）

明　星

明星是什么？

从某种意义上讲，就是那些再也不能活得像从前那样自由自在的人。

有很多的人都有一个明星梦。

明星的生活是诱人的，却不一定是幸福的。在我的记忆中，玛丽莲·梦露似乎从来没有真正幸福过，罗密·施耐德也只是有一阵子很幸福。

因此，能够成为一个明星是一件好事，不能够成为明星不一定是一件坏事。

对待明星，我们在有一份崇敬之外，似乎还要另外准备一份宽容。因为有一些事情发生在普通人身上，我们是可以宽恕的，发生在明星身上，却让我们难以接受。

明星首先是人，其次才是名人。

明星因为耀眼，因此吸引了人们的目光。当一个人的身上覆盖了数不清的目光之后，他会觉得很温暖，也会觉得很沉重。

明星的魅力在于距离。

如果你要保持明星在你心目中的地位,你就不要走得离明星太近。否则,原来那一份完善,很有可能会遭到一些损伤。

明星大都是些很出色的人。不过,也常有例外。有的人能够成为明星,不是因为出色而是因为幸运。那些天的夜晚太黑了。

明星的可爱,不仅在于闪烁的迷人的光彩,也在于安详和宁静。一颗充满欲望的星星,很容易陨落。

我敬重那些明星。
因为他们给生活带来了温馨和憧憬。

初次发表于1991年第3期《时代青年》,收录于《年轻的季节》（中国人民大学出版社,1991年）

欣　赏

有一些东西并不一定要得到，只要能够欣赏到就很好，当你欣赏的时候那是一种完美，一旦得到了，反而会破坏了那种完美。

欣赏和附庸风雅是截然不同的两回事。

欣赏是一种陶冶，一种提高，一种收获；附庸风雅是一种时髦，一场热闹，一个过场。

一般而言，一个善于欣赏别人的人，必是一个丰富的人；一个被别人欣赏的人，必是一个出色的人。

如果不能做一个出色的人，那就做一个丰富的人。

我们的言谈举止应该自然，而不是有意做出来让别人欣赏，否则将会很容易言不由衷，举止做作。

欣赏，使人在潜移默化中汲取和提高，古人云："能读千赋则善赋，能观千剑则晓剑。"正是。

如果我们想成为出色的人，首先就要学会欣赏比自己出色的人。

一个永远也不欣赏别人的人,也就是一个永远也不被别人欣赏的人。

有一种人,他谁都不欣赏,只欣赏他自己,表面上看这似乎是一种清高,实质上这是一种狭隘。

彼此欣赏当然是件好事。彼此不欣赏也无妨,但应做到不因此而排斥别人。

我欣赏名山大川的气势,我欣赏小桥流水的清幽;我欣赏大漠孤烟的粗犷,我欣赏渔舟唱晚的意境。
在欣赏大自然瑰丽的景色中,我时常感到灵魂的净化和升华。

初次发表于1991年第3期《知音》,收录于《年轻的季节》(中国人民大学出版社,1991年)

失　误

不论是谁，都难免有失误。
聪明，不是不犯错误，而是同样的错误不犯两次。
这样，会使我们少犯错误，更加睿智。

如果已经犯了错误，就不要狡辩，狡辩是犯的又一次错误。信任莎士比亚的话："为过失辩解，那么过失就会更醒目。"

在生活中，妻子在感情上的失误，往往有丈夫的责任；丈夫在感情上的失误，往往有妻子的原因。
有时，检讨自己比指责对方更明智。

误解好人和轻信坏人，所犯的错误同样严重。
认错了人，在生活中是一种很严重的失误，它给生活带来的麻烦和困扰可能极大，因此在生活中使自己较快地变得稳重和成熟起来，是非常重要的。

从谏如流之所以重要，是因为它可以减少片面性，也就减少了失误。善于听取和采纳不同意见，这是富有智慧的一种表现。

一个肯干而犯有过错的人,仍能够赢得我的敬重。一个坐享其成却没有什么过失的人,并不能赢得我的敬重,我怎么能够敬重一个懒汉呢?

初次发表于1991年第3期《知音》,收录于《年轻的季节》(中国人民大学出版社,1991年)

评　论

评论最重要的是公正。
如果不公正，要么是诋毁，要么是吹捧。

最权威的评论，不是来自专家，而是出于大众。专家很容易因个人的好恶而产生偏见，大众可以较少这种偏见。

刘勰《文心雕龙·知音》中曾说："操千曲而知音，观千剑而识器。"由此可见，成为一个真正的能"知音"、能"识器"，有真知灼见的评论家，实在不是件简单的事。

在生活中，无论何种评论，最基本的出发点都应是善良。否则，不怀善意的评论，很容易成为攻击和诽谤。

关于评论，一般来说，旁观者比当事者公正，大众比权威公正，历史比现实公正。
对于评论家来说，比反应迟缓还糟糕的是偏见。

评论家首先应该具有的是真诚和良知，而不是匆匆忙忙建立自己的理论体系。一个急功近利的评论家，非常容易远离真诚与良知。

一个投评论家所好的作家，是一个蹩脚的作家；一个为别人的品评而活的人，是一个活得很累的人。

砸评论家饭碗的是作家；砸作家饭碗的是读者。

评论的重要在于正确的引导和由表及里的阐述与分析。一篇好的评论的意义，并不亚于作品本身。

而把自己也没弄懂的晦涩的作品，装腔作势地加以评论，然后塞给读者，这不但是一种可悲，更是一种堕落。

初次发表于1991年第5期《辽宁青年》，收录于《年轻的季节》（中国人民大学出版社，1991年）

关于人的断想

人类一方面创造了许多，一方面也毁灭了许多。什么时候人类才能进步到只创造而不毁灭呢？

面对自然，只有人类能够拯救人类；面对社会，只有自己能够拯救自己。

上帝太忙，他既帮不上人类什么忙，也帮不上某个人什么忙。

马基雅维利说："一个聪明人应该沿着伟大人物开辟的道路前进，永远模仿曾显赫一时的那些人，即使他的能力不及他们，这样做至少可以带有伟大的气味。"

是这样的吗？或许是吧。不过，这样的人恐怕只能成为一个聪明人，而成不了伟人。

就人的基本形态来说，人应该站着而不是跪着，人应该思想而不是盲从，人应该前进而不是倒退。

可是，我们都是这样做人的吗？

你想认识一个优秀的人才吗？

那正在被流言蜚语包围，正在被嫉妒中伤剿杀的人，往往就是。

人人渴慕光荣，有的人靠奋斗赢得光荣，有的人用生命换来光荣，有的人被命运赐予光荣。

一点不错，闪光的并不都是金子。

人生的奋斗有如踏浪，如果你的目标是海岸，自然要抓住涨潮的时候，而不是相反。

人不要随便为潮流或时髦所左右，潮流或时髦可能适合大多数人，却并不一定适合每一个人。如果承认这一点的话，那么首先考虑的恐怕不是不要被落下，而是是否要跟着走。

初次发表于1991年第4期《三月风》

教 育

自然给予了我们空气和土壤,教育则是绿化,是为了使这片土壤蔚然成林。

教育的伟大不仅在于培养了人才,而且还在于防范了犯罪。

一般说来,学校的大门开得愈大,监狱的大门便变得愈小,如果不是这样,则必是教育的失误。

溺爱也是一种教育,一种培训蠢材和犯罪的教育。

中国宋代有个"程门立雪"的故事。它告诉了我们什么是渴求受到教育的至诚,什么又是唤起这种至诚的"至深"。

"说教"是一种不高明的教育,在受教育者心中排斥的感觉会远远大于接受。

这样,教育者不但达不到教育的目的,而且还会损害自身形象。

教育,从来不是件一厢情愿的事。

教育者在传播,受教育者在思考,教育者只有手握真理才能够所向披靡。否则,他常会感觉举步维艰。

教育是一种伟大的开发。

什么是教育者的成功？一个教育者，他教过的学生超过他的愈多，愈表明他的成功。

高明的教师启迪学生思考，平庸的教师限制学生思考。

只要能够激发起学生思考和竞争的意识，教师就能够省很多事，做到事半而功倍。

环境，也是一种潜移默化的教育。孟母三迁，孟母是非常明晓环境的重要教化作用的。

环境不是一种孤立的现象。如此，教育便不仅是一个人的事，而且是大家的事；不仅是学校的事，而且是社会的事了。

初次发表于1991年第7期《辽宁青年》，收录于《汪国真哲思短语》（中国友谊出版社，1991年）

言　论

言论即是形象。

一个人发表言论的时候，实际上也就是在塑造自身形象的时候，你能把自己塑造成什么样，别人是帮不上任何忙的。

言论即是公关。

公关的艺术，在很大程度上不是知道该说什么的艺术，而是知道什么是不能说的艺术。一句不慎的话，足以让十句光彩照人的话黯然失色，而且会给自己留下难以弥补的损失和遗憾。

言论即是监督。

不容许别人说话，即是说明自己想为所欲为。

对于有主见的人，虚心倾听别人的言论，常能避免其片面性；对于没有主见的人，虚心倾听别人的言论，会更增加其片面性。

常发讥诮别人言论的人，即使他可能有罗慕洛一样的口才，但其心胸却多半是王伦式的。

凡是与事实相悖的言论，不论是赞美的话还是嘲讽的话，我都不予重视，更不会放在心上。

言论能够捧人也能够伤人，这是问题的一个方面，捧人过分即成伤人，无端伤人有时反而成了捧人，这是问题的另一个方面，一个容易被忽略了的方面。

当面说批评的话，背后说赞美的话，我们应该养成的是这样一种习惯，而不是相反。养成这样一种习惯，有助于防止我们变得庸俗。

无端贬低和伤害别人的言论，常出自一个自尊心受到伤害的人之口，这是一颗什么样的自尊心呢？别人不能超过自己，是维护这颗自尊心不受伤害的前提。

一个人若把精力放在保护这样一颗脆弱而可怜的自尊心上面，那么，超过他的人就会越来越多，他那可怜的自尊心也就越受伤害。

初次发表于1991年第8期《辽宁青年》，收录于《汪国真哲思短语》(中国友谊出版社，1991年)

远　见

什么是远见？

就是目光为常人所不及，就是睿智为常人所不及，就是冷静为常人所不及。

远见之所以重要，是因为没有远见必犯错误，棋道如此，战争如此，人生亦如此。

一个有远见的人，必是一个少走弯路的人，一个少走弯路的人，自然是一个能够较快成功的人。

看得远，才能走得远；想得远，才能做得远。

看得远，当然是因为站得高；站得高，当然是因为脚下有一座历史的山。

不懂历史的人，没有远见。

没有远见的人，常常会为了眼前利益去损害长远利益，为了局部利益去损害整体利益。

一个鼠目寸光的人，难成大器。

一个有远见的人，是不会轻易狂热和轻易沮丧的，因为他懂得一个基本的道理：世事无常。

初次发表于1991年第5期《黄金时代》，收录于《汪国真哲思妙语精华》（兰州大学出版社，1992年）

模　仿

模仿是创造的初级阶段，也是比较容易的阶段，能否真正跨越这个阶段，是一般和出色的分界线。

喜欢模仿，是一种还不太成熟的表现，模仿成熟，反而更显得幼稚。

平凡的人，总是模仿别人；出色的人，总是被人模仿。

表面上的模仿，甚至可以达到乱真的程度，曾经有一个看谁最像卓别林的比赛，比赛的结果，真正的卓别林竟差点名落孙山。而思想却是无法模仿的，就像腓特烈大帝说的那样：如果不是伏尔泰自己，要想模仿伏尔泰是不可能的。

人云亦云，也是一种模仿，一种很没有意思的模仿。
你可以模仿出举止，却很难模仿出气质；你可以模仿出模样，却很难模仿出神韵；你可以模仿出装束，却很难模仿出风度……

模仿可以使人有某种程度的改变，却无法使人有根本的改变。

根本上的改变有赖于修养和时间。

模仿往往可以成为走向成功的一条捷径,不过,一个必需的前提是:如果不会陷在模仿中拔不出来的话。

一般人模仿优秀的人,所以一般人活得轻松;优秀的人很难再去模仿别人,所以优秀的人活得很累。

开辟一条新路,和走在一条已经开出的路上,感受是截然不同的。

既然生活中不能人人有创造,时时有创新,那么,就不能轻视模仿。模仿毕竟能够帮助我们提高,帮助我们丰富,帮助我们把生活变得更有光彩。

初次发表于1991年第5期《知音》,收录于《我心灵的诗韵——汪国真自选最新诗文集》(中国广播电视出版社,1991年)

真　实

做一个真实的人，这似乎是一个最简单不过的愿望，遗憾的是，生活并不那么简单。实现这最简单不过的愿望，恐怕需要的却是最不简单的决心和意志。

吃亏的常是些活得真实的人，可活得坦然的不也是这些人吗？

受益的常是那些活得虚假的人，可活得忐忑的不也是这些人吗？

鲁比克发明的风靡一时的魔方，变化万千，却是有其真正价值的，因为那是一种真实的创造。

一些故作深奥的作品和艺术，装腔作势，却是没有多少价值可言的，因为那只是一种无聊的做作。

有这样一种人，一生仿佛总在恋爱，而且对他（她）来说，每一次恋爱都不是逢场作戏，而是绝对真实的。我并不怀疑这种真实的诚意。

只是，当他（她）又一次满心欢喜地拥抱新的爱情的时候，我在真心为他（她）祝福的时候，好像总免不了要轻叹一声：唉，世界上又有一位可爱的天使（骑士）快要倒霉了。

我们不必有意显得比真实的自己更深刻，也不必有意显得比真实的自己更潇洒，许多优秀的东西，一经夸张，反而失去了原有的光芒。

初次发表于 1991 年第 5 期《知音》，收录于《我心灵的诗韵——汪国真自选最新诗文集》（中国广播电视出版社，1991 年）

命　运

贝多芬说，他要扼住命运的咽喉。如果我们没有贝多芬扼住命运咽喉的那份勇气，能给命运使个绊儿也是好的。

不论你是站着还是跪着，命运都会不加改变地到来。
以为跪着就矮了一截，命运的风暴就会刮不到，这只能是一种天真。

当我们备受命运折磨的时候，我们会嗟叹命运的不公平。当有一天命运对我们倍加青睐的时候，我们却会安然享受，不再去想命运是否公平。

原来，人们诅咒命运，只是在自己没有受到命运宠幸的时候，如此说来，命运并非像许多人感觉的那么不公平。人们所以常常感觉命运不公，有时是因为我们太不念命运的好，而太记命运的不好。

不要咒骂不幸，不幸耳聋；不要埋怨命运，命运眼花。
经常的咒骂和埋怨等于承认自己的脆弱，能干的事情似乎只剩下喊天骂地了。

在命运面前，强者和弱者的区别仅仅是，前者因为不屈而抗争，后者因为屈服而束手。

在很多情况下，命运与人像是两个势均力敌的对手，胜负的可能各占一半。

这时便用得着中国的一句古话：两军相逢勇者胜。

人生，机会总是有的，不过稍纵即逝，就看你能否把握住。

命运的折磨和命运的恩赐，有时是难说清的，艾柯卡的自传《反败为胜》很多地方都说明了这点……

初次发表于1991年第5期《中国青年》，收录于《汪国真哲思短语〈开朗文库4〉长短人生》（台湾金安出版社，1993年）

品　格

既然世界上没有完人，也就没有绝对完美的品格。世界上有圣洁，却没有圣人。

对上不卑，对下不亢是一种品格，对上像条狗，对下像条狼也是一种品格。毫无疑问，前者是正直和忠厚的品格，后者是邪恶和奸佞的品格。

品格虽然不能当饭吃，但一般来说，尚可保住饭碗，有些人之所以轻易就把饭碗砸了，往往是因为品行不端。

人常常希望什么呢？希望别人都品格高尚。
轮到别人希望自己的时候又怎么办呢？辜负别人的希望。

相对而言：人们用哲学的观点解释世界并不难，难的是用哲学的观点解释自己，就人的一般趋向来说，总是对别人是哲学家，对自己是诗人。

毫无疑问，品格比能力重要。

如果品格不好，能力越强，破坏性越大。

初次发表于1991年第5期《中国青年》，收录于《汪国真哲思妙语精华》（兰州大学出版社，1992年）

承　诺

我真想承诺人们希望我做的一切，可是人们请原谅我，我做不到。

爱情无承诺可言。

如果爱一个人，不承诺也会去爱，如果不再爱一个人，曾经承诺了也迟早会背叛。

承诺那些自己做不到的事情，无疑是自讨苦吃。你最初的愿望是不想让别人失望，可是后来你却让别人更失望。

最喜欢承诺的不是医生，而是江湖术士，能够手到病除的不是江湖术士，而是医生。

你是相信江湖术士，还是相信医生？

我为德莱塞笔下的洛蓓达悲哀，她太相信克莱德对她的承诺，以致酿成了后来的悲剧。遗憾的是，在这个世界上，洛蓓达式的悲剧仍然在不断重演，其中不少女性还看过德莱塞这本著名的小说《美国的悲剧》。

承诺时的心情至少有两种：愉快的承诺；违心的承诺。

你不要使我无奈，我不想使自己尴尬。

我理解并尊重那些不轻易承诺什么的人，这需要勇气，也表明了一种负责精神。

我看不起那些无论在什么情况下都不敢有所承诺的人，那不是由于圆滑，就是因为无能。

别人对我们不履行自己的承诺，会使我们感到气愤，我们气愤什么呢？难道不正是我们自己认错了人吗？

我们应该明白，有些承诺是难以实现的，因为它被岁月风化了。

岁月能够风化许多坚硬的东西，甚至也包括承诺。

初次发表于1991年第10期《辽宁青年》，收录于《汪国真哲思妙语精华》（兰州大学出版社，1992年）

否　定

　　随便用语言否定别人是最简单的，却没有用，没有谁是能够被用言语简单否定的。否定别人，需要证明你比别人正确，或者证明你比别人强。

　　在人际交往中，逐渐懂得了说"不"的重要，轻诺则容易寡信，与其后来失信，还不如当初说"不"。

　　在专制社会里，统治者最喜欢用的是肯定或否定性语言，臣子喜欢用的是游移于肯定和否定之间的语言。
　　前者是为了表明自己至高无上的绝对权威，后者则是为了巧妙地恭维这种权威。

　　交通警手中的指挥棒，表现的是一种肯定和否定的艺术。有一部分车辆被红灯"否定"，不是因为犯了方向性的错误，而是因为来得太早或太迟。
　　人生的情景往往如是。

　　有一种人，生来好像就是为了否定别人而活着。结果，到头来被否定的却不是他想否定的人，而是他自己。

我在生活中遵循的一条原则是：不滥用肯定，慎用否定。

初次发表于1991年第7期《黄金时代》，收录于《汪国真哲思妙语精华》（兰州大学出版社，1992年）

清 高

清高,不是因为优越,而是因为优雅。优越产生的不是清高,而是高傲。

高傲是不能与清高相提并论的,仿佛植物,有的雍容,有的飘逸,是很不相同的。

一个处处想向别人表明自己清高的人,其实并不真正清高,真正的清高是为了保持自身的纯洁,而不是为了做给别人看。

你可以是清高的,但却不能因此把别人视为浊物,否则,这是缺乏良好修养的一种表现。

有一些仿佛清高的人,是因为从来不缺乏牛奶和面包。一旦发生生存危机,他便会斯文扫地,抢得比谁都疯狂。

中国历代文人都不乏清高超拔之士,所缺的是清醒冷静之人,狂热时候的清醒和挫折时候的清醒。

不是什么人都可以清高。

要么吐气若兰，要么气质似竹，要么心净如水，要么才情若海。

一个庸俗苟且之辈，倘若也要做出一副清高状，只能让人觉得滑稽。

有一些时候，沉默也可以用来表明一种清高，但其意义也仅仅限于表明了清高。遗憾之处在于，这种清高往往于时无益，于事无补。因而，往往也就带上了消极的色彩。

有一点清高，可以获得人的好感；太过于清高，却易招致人的反感。这是生活中，我们不能不注意的。

清高，可以用来修身，却不能用来治国，更不能用来平天下。为人所不能为，忍人所不能忍，这常常是大英雄之举。而此类做法，往往与清高相去甚远。

初次发表于1991年第13期《辽宁青年》，收录于《汪国真哲思短语〈开朗文库4〉长短人生》（台湾金安出版社，1993年）

态　度

我不需要你告诉我应该做什么,我只需要你告诉我应该怎样做。

用恶语伤人,这是一种人的嗜好。这种人往往还乐此不疲,如果与之理论,岂非投其所好?

我欣赏你,我便会肯定你;我不欣赏你,我却不会否定你。
每一朵花,都有它自己的香味;每一棵树,都有它自己的价值。

我觉得,一个人成名之后,不应为名所累。他既不要狂妄,也不要谨小慎微维护自己的形象,他应该还是他自己,不断地开拓。如果一个人惧怕失败,那他就再也难以发展了。
我欣赏的态度是:像普通人那样当名人;像名人那样当普通人。
违心地夸奖别人我做不出来,说有损别人的话非我所愿,于是,我干脆缄默不言。
同为孤独,给人的感觉却可以截然不同;有的人的孤独让人怜悯,有的人的孤独让人钦敬。我喜欢海明威《老人与海》中那个孤独的老渔人桑提亚哥的形象,他的孤独,表现了人类的力量。

诅咒一个善良的人，证明了诅咒者的恶；诅咒一个恶的人，证明了诅咒者的无奈。

在感情上，我不怕自己扮演一个追求者的角色，却有点害怕成为一个被追求者的角色。因为弄不好，会生出一种猫捉老鼠的感觉。

我注意的往往不是别人对我的态度好不好，而是别人的内心对我好不好。换句话说，我看重的是内容，而不是形式。

初次发表于1991年第14期《辽宁青年》，收录于《汪国真哲思妙语精华》（兰州大学出版社，1992年）

飘逸（1）

飘逸不一定是漂亮，但必定是悦目；不一定是华丽，但必定是清爽；不一定是雍容，但必定是流畅。

飘逸一定不是有意矫饰，一定是浑然天成。

多愁善感是飘零，蓬勃振奋是飘逸，一个总被愁绪萦怀的人怎么能够飘逸呢？由此，一个总是很飘逸的女孩子，总体上必定是一个很乐观的人。

很多情况下，一个女孩子不是没有飘逸的气质，而是没有潇洒的内心。

让心灵快乐起来，你才能够拥有飘逸。

真惋惜林黛玉，她可能从来就美丽，可她从来就不飘逸。她的心太沉了。

飘逸是一种自然，一种和谐，一种神韵；因此，哗众取宠的人，举止做作的人，缺乏内蕴的人，是难有飘逸可言的。

奢华容易带来欲望，却不是飘逸；喧嚣容易产生厌倦，也不是飘逸；热闹容易带来空虚，更不是飘逸。

从行云流水那里领略到了飘逸，从茂林修竹那里体味到了飘逸，从深山清流那里欣赏到了飘逸。

走入的是自然，走出的是飘逸。

初次发表于1991年7月19日《中国妇女报》

飘逸（2）

老年可以拥有雍容，中年可以拥有美丽，只有青年才能拥有飘逸。

飘逸属于青春。

在室内可以出沉思，在室外可以得悠闲，只有在大自然中才可以显飘逸。

飘逸属于自然。

富贵的可能是做作的，漂亮的可能是俗气的，飘逸的必是可爱的。

飘逸不但是一种举止，更是一种神韵，因此，飘逸是难以模仿的，模仿飘逸，并不能飘逸，反而失去了自然。

就青春女性而言：端庄的不少，美丽的不少，活泼的不少，文静的不少，唯飘逸难得。

飘逸是一种天然，一种熏陶，一种氛围。

如果把女人比作风景的话，那么飘逸的女人则是风景最佳处。

她必拥有自然，又必拥有青春；她必是浑然天成，又必得后天雨露。

如果生活中多了一些飘逸的话，那么生活中无疑多了些风光。

初次发表于1991年第9期《时代青年》，收录于《汪国真哲思短语》（中国友谊出版社，1991年）

给 予

给予及时,胜过给予很多。

寒冷时给予温暖,困境中给予帮助,危险时给予救援。

给予并不难,难的是给予而不求任何回报。期待回报的给予并不能叫给予,而是交换。

爱情的真谛是什么?就我来看两个字:给予。

乐于给予的人,他遗憾的是自己缺少很多东西;而不乐于给予的人,他遗憾的是自己什么东西都缺少。

生活中给予和接受的事每天不知发生多少,细究起来,有许多给予恐怕是在"放长线,钓大鱼"吧。

对于一个生性贪婪的人来说,给予别人一点都是痛苦的,于是人世间便有了许多善算计的"夏洛克"。

是不是给予越多就越好呢?不是的,给予一旦超过需要,给予本身在一定程度上就受到了轻视。

当初慷慨给予，后来追悔莫及。此类事情不论在个人还是在国家都屡见不鲜。

因此，给予应当适度。

从给予多少认识一个人的性格，从什么时候给予认识一个人的品格。

给予不是施舍。

给予是平等的，施舍是不平等的，以施舍的态度给予，对别人是一种侮辱。

如果真有上帝的话，我想对于有权势者最重要的是给予良心，对于贫穷者最重要的是给予智慧，对于愚昧者最重要的是给予文化。

初次发表于1991年9月13日《新民晚报》，收录于《汪国真哲思妙语精华》（兰州大学出版社，1992年）

才 华

有才华的人，比常人更洞明世事而且敏感，因此，他必须还要有坚强的神经。否则，世事的污秽极易使他悲观厌世，个人的挫折极易使他沮丧沉沦。

一位学生问老师：为什么今天的作家里产生不了鲁迅、郭沫若、沈雁冰这样才华横溢的大师呢？

老师思忖了一下回答说：或许那是因为他们还没有老，还没有死。

这是一个耐人寻味的回答。

对于有才华的人来说，敛其锋芒，以避人言，不如我行我素，不畏人言。

敛其锋芒，还有锋芒，终究还是不能避开人言；我行我素，不畏人言，最后人言自敛。

如果你是富有才华的，最忌讳的是再多一个斯腾托尔式的大嗓门，那可真是成事不足，败事有余。

才华战胜才华，无才算计才华。

伴随才华而来的常是诱惑。不是要拒绝一切诱惑，只是要拒绝那不该享用的诱惑；

伴随才华而来的常是非议。若以才华回敬非议，既是一种浪费，更是一种境界；

伴随才华而来的常是压制。对于确有才华者，可以压得了一时，绝难压得了一世。

天才不以为自己是天才，庸才总以为自己是天才。

对于有才华的人来说，没有什么事是不能争取的，并不是一切努力都会有结果的。

初次发表于1991年第18期《辽宁青年》，收录于《汪国真哲思妙语精华》（兰州大学出版社，1992年）

方　法

　　有一些人，他的时间都用来找方法了，找到一种方法，又想找更省事的方法。他总在找更省事的方法，他永远也找不到最省事的方法。

　　成小器，只要方法得当；成大器，还需深邃的思想。

　　"何以解忧？唯有杜康。"曹操这方法可真是够浪漫的，既可以去解烦愁，又可以过酒瘾。

　　方法，不是一种投机取巧，而是一种正确的努力途径。
　　因此，成名的方法不是一味的标新立异，发达的方法不是一再的坑蒙拐骗，克敌制胜的方法不是凭借侥幸和偶然。

　　早在两千多年前的《论语·卫灵公》篇中就已有"工欲善其事，必先利其器"的论述。
　　"善其事"是目的，"利其器"是方法。可见古人早已懂得方法的重要，可一些现代人却总是只欲"善其事"，却不懂"利其器"。
　　方法，在老师的手上，在学生的心里。以心学手上的方法是精髓，以手学心上的方法是皮毛。

希腊神话中，弥拉尼翁终于追求到了拥有众多追求者的阿塔兰忒，不是因为他比其他追求者跑得快，而是他用掷金苹果迫使阿塔兰忒去拾的方法滞留了她的脚步。

很多时候，聪明的方法胜过实力。

敌对，最易产生计谋和方法。在祥和的氛围内没有敌对，则不妨假设。

假设，既出方法，也生动力。

我感觉，法国化学家拉瓦锡并不比和他同一时代的化学家更具有天赋，只是他更善于归纳，也就是说他更善于找到一种成功的方法。

初次发表于1991年9月21日《新民晚报》，收录于《汪国真哲思妙语精华》（兰州大学出版社，1992年）

修　养

行远，必先修其近；登高，必先修其低。近不修，无以行远路；低不修，无以登高山。

苏轼有言："匹夫见辱，拔剑而起，挺身而斗，此不足为勇也。天下有大勇者，卒然临之而不惊，无故加之而不怒。"

是的，以修养对待修养，还不是真正的修养，以修养对待无修养才是真正的修养。

修养，必得历事。

不历事的修养，当事情发生的时候，人或许能够保持外表上的平静，却无法保持内心的平静。历过事的修养，当事情发生的时候，人则可以保持内心的平静，外表自然也是平静的了。

在生活中，从未遭人毁谤的人恐怕并不太多。面对毁谤如何办呢？清人申涵光在《荆园进语》中所言："何以止谤，曰无辩，辩愈力，则谤者愈巧。"或许能够给予我们某种启示。

修养，不是说不会发脾气，而是说不会轻易发脾气。不会发脾气的人不一定是有修养的人，动不动就发脾气的人，则是缺乏修养的人。

修养之所以重要，其中一点，是因为良好的修养可以帮助我们减少人际关系中的紧张与摩擦。难道非要把生命耗费在人际摩擦中吗？

一个在人生中欲有所成的人，必得不断加强自身的修养。否则，他不是毁在鲜花中，便是毁在流言中。

据说，雅典哲学家苏格拉底，是总能够让人心服口服的第一人。他总是先提出一个让对方必须说"是"的问题，然后再提一个让对方仍不能不说"是"的问题，如此继续，当对方领悟到他的用意的时候，原来被自己"否定"的问题，已被自己"肯定"了。

苏格拉底的询问法，被广为流传和运用，这既表现为一种智慧，也表现为一种耐心。而这样的方法，非有修养者难以为。

初次发表于1991年9月21日《新民晚报》，收录于《汪国真哲思妙语精华》（兰州大学出版社，1992年）

清　醒

真正做到清醒并不容易：如果不了解历史，怎么能够对现实清醒；如果不学习理论，怎么能够对实践清醒；如果不研究世界，怎么能够对中国清醒。

我们对历史了解多少？对理论学习多少？对世界研究多少？即便我们在这些方面有颇深造诣，如不善于结合实际运用，仍然不能够做到清醒。如果仅仅是从三两本新潮的外国书本上学了三招两式外加一些新名词，便整天一副"世人皆醉我独醒"的模样，诩自己为精神贵族，视大众为庸碌草民，这恰恰说明这本身便是一种不清醒。

的确，人很难总是那么清醒。以棋圣聂卫平功力之深厚，算度之精密，偶尔也能下出"昏着"来，何况常人。人输一次是难免的，输一生却是难以原谅的。倘若一生或长期一事无成，恐怕很难全诿于客观，主观上"昏着"大概不少。

事物总是不断运动和变化着的，清醒的人能够看到并适应这种变化，迂腐的人则只会墨守成规。如韩非在"郑人买履"中讥讽的那个郑人一样："宁信度，无自信也。"

理想受挫容易使人产生迷惘。理想为什么会受挫？很多时候是由于我们在自以为清醒的情况下，做了实际上并不清醒的事。

有时我糊涂了，是因为我把清醒落在朋友家的茶几上了。他提醒过我，我却忘了带出来。

人在最冷静的时候最清醒。因此，若不是必须马上处理的事情，任何重要的决定都不宜在大喜、大怒、大悲的时候做出。

没有从容难有清醒。生活中遇到些许风浪便乱了方寸的人，是不足与之言清醒的。想春秋时，大敌当前，曹刿从容论战，的确令人钦敬。

初次发表于1991年初秋《感悟人生》，收录于《汪国真哲思妙语精华》（兰州大学出版社，1992年）

理 论

欲想在实践中获胜的人，他必须注意研究理论；欲想在理论上有建树的人，他必须关注实践。

只从实践到实践或只从理论到理论，终极结果往往是一厢情愿，南辕北辙。

理论无法解释过去，常是因为理论的荒谬；理论无法解释现在，常是因为理论的空洞；理论无法解释未来，常是因为理论的局限。

一种具有巨大内涵的理论，关注和研究的人并不一定少。例如尼采、培根、弗洛伊德等等，再例如马克思、毛泽东等等。有一些理论之所以受到世人的冷落，不是因为它的高深，而是因为它的堆砌，不是因为世人水平低，而是因为它自身的无魅力和少价值。

我真怀疑你的理论：因为你虽是戴着眼镜著书立说，却是摘下眼镜观察事物的。

一种新的理论，常常不是一帆风顺为人们接受的。

理论忌空泛，忌教条，忌华而不实，忌夸夸其谈，中国历史上，赵括、马谡、王明等都不是缺乏理论的人，但正是这些自以为很有理论的人，却把本来很有希望的事情搞得一塌糊涂，难以收拾。

空泛的理论不能够服人却能够唬人，如果空泛的理论能够大行其道，则预示着某种事物的衰落或灾难。

一种伟大的理论应该是能够启迪千万人的心智，甚至推动历史前进的，那种只能供极少数人在沙龙中品玩或互相吹捧的理论，不论如何自我标榜，也是与伟大或优秀无缘的。

面对纷纭变化的社会和生活，再优秀的理论有时也难免显得逊色和缺少远见。还是歌德说得精辟：理论是灰色的，生活之树常青。

初次发表于1991年11月20日《新民晚报》，收录于《汪国真哲思妙语精华》（兰州大学出版社，1992年）

逆　境

不少时候，庸才制造逆境，人才扭转逆境。逆境的出现和消失，经常都是人为的。小至厂长、经理，大至军事家、政治家的威信之得以确立，常是从扭转逆境开始的。

逆境，是一幅雄浑的风景。
法国画家库尔贝的一生几乎都是在逆境中度过的。于是，在许多人心目中，他成了像他的震撼人心的作品《浪》一样雄浑的风景。

人生两境况：顺境与逆境。
顺境，可用来发展事业；逆境，可用来磨炼意志。以更坚强的意志去发展事业，以壮大了的事业去迎接严峻的挑战，这样的人生是充实而有意义的。
逆境延续的时间可能短也可能长。
人常常是无从估计逆境时间的短与长的。因此，身逢逆境便消沉，便无聊，便无所事事，消极等待逆境的消失是不智的。消极的态度并不能丝毫改变逆境，反而把无从挽回的光阴又搭了进去。

人生有限。我们应避免这样一种状况：当逆境消失了，人生的时间也白白流逝了很多，甚至耗费得所剩无几了。

真正优秀的人才和作品，常出于逆境。

史学家司马迁在《报任安书》中有一段非常著名的描写："古者富贵而名磨灭，不可胜记，唯倜傥非常之人称焉。盖文王拘而演《周易》；仲尼厄而作《春秋》；屈原放逐，乃赋《离骚》；左丘失明，厥有《国语》……《诗》三百篇，大底圣贤发愤之所为作也。"

这也是对待逆境的一种态度。伟大与渺小，卓绝与平庸，深刻与浮浅，常常在这样的时候泾渭分明。

逆境能使人更快地成熟。对于一种能够促使我们成熟的境况，我们为什么要害怕呢？

逆境有如逆水行舟。当划过了一段最艰难的河道之后，我们常能感到一种放舟千里、直奔大海的气势和喜悦。

初次发表于1991年初秋《感悟人生》，收录于《汪国真哲思妙语精华》（兰州大学出版社，1992年）

流　言

人的一种可悲在于：受到别人流言伤害的人，有时又是听信和传播流言去伤害别人的人。

你是无辜的，又是有罪的。

不必向人过多表示你是多么不在乎流言，多做这种表示，恰恰说明你在乎。还是忙那些自己该忙的事吧。当你已经忙得没有工夫和人谈论你在乎不在乎了，你才真是不在乎了呢。

流言可以杀死阮玲玉，却杀不死鲁迅，这说明流言是可怕的，也是无奈的。

倘若自己的意志如磐石，对流言的鞭子又何惧之有？

你告诉了我一位名人的传闻，问我那是真的吗？

我说，你说的这些传闻，只有当事者才可能知道。而这样的事他又不可能披露给别人，你说这是真的吗？

古人说："流丸止于瓯臾，流言止于智者。"这话没错。不过，这样的智者必是坦诚的。否则，心地褊狭的"智者"制造和传播出的流言，怕是还会高人一筹，传之更远。

　　杀人有罪。流言的卑鄙在于：它也可以杀人，却又难以捉到凶手。

　　流言之所以起作用，是因为生活中有许多听信谗言的奥赛罗式的人物。如果我们不做奥赛罗，流言的作用就很有限了。

　　你可以找到一个流言较少的环境，却难以找到一个不存在任何流言的环境。因此，有时想法改变一下环境是必要的，但更主要的是适应环境。适者生存。

　　把心系于远方，把目光投向海洋，不斤斤计较一事一日之真伪与短长，我们应该有十年之后再笑流言的气度。

　　为流言所烦恼，恰是散布流言者所希望的。让我们的心里和眼里，只充满大地的无垠和海洋的浩荡。

初次发表于1991年初秋《感悟人生》，收录于《汪国真哲思短语〈开朗文库4〉长短人生》（台湾金安出版社，1993年）

偏　激

无论在何种领域,偏激实际上都是在看似漂亮的口号下,为事业的发展和壮大帮倒忙。

偏激常是出于两种原因:一种是由于幼稚,一种是因为投机。幼稚导致把本来复杂的事物看简单了,投机则是想以偏激的方式突出自己从而捞到好处。由于在脱离客观实际这一点上两者是一样的,因此偏激的人在实践中便都不能取胜。

古往今来,以投机心理而表现出偏激的人,其作为仿佛演戏,今天唱红脸,事情一旦起变化,立即演白脸。在顺境的时候,他们不乏慷慨激昂,一遭逢逆境,其首鼠两端之态便昭然若揭,不打自招。互相推诿,彼此落井下石是这些人的拿手好戏。

"天上地下,唯我独尊。"这话原是颂扬佛教教义的,却也总是偏激的人的自我感觉。

有真知灼见的人不会偏激,一般老百姓走不到偏激这一步,总是表现出偏激的人多是一些特别擅长纸上谈兵、画饼充饥的人。

总是那么偏激的人常是孤独的，但这种孤独并不是像伽利略、居里夫妇或卢梭那种走在科学或思想前沿的孤独，而是一种自以为是、妄自尊大的愚蠢的孤独。

总好偏激的人多虚荣。他们无法靠真才实学引起人们的重视和注意，于是只有靠偏激和耸人听闻了。

总好偏激的人大都缺乏胸怀，他们缺乏那种大家平等地讨论问题的胸怀，一切对他们的观点和主张持怀疑和不同态度的人，都为他们所不容。这样的人一旦有权，百姓怕是不好过活了。

偏激是一种自以为成熟的不成熟，自以为清醒的不清醒，自以为明智的不明智。我们无法赞同偏激，是因为我们无法赞同一种不成熟、不清醒、不明智的行为。

初次发表于1991年初秋《感悟人生》，收录于《汪国真哲思短语〈开朗文库4〉长短人生》（台湾金安出版社，1993年）

坚 强

一个真正的男人应该是坚强的,可是有生下来就坚强的男人吗?没有。最坚强的男人和最软弱的男人在刚出生的时候没有什么区别,都没出息,就知道哭。是什么使一个男人后来变得坚强了呢?最经常的原因是挫折与磨难。

是的,总一帆风顺不见得是什么好事,它太容易使人在性格上缺钙。朋友,别那么害怕挫折与磨难好吗?它能使你的骨头硬起来。

在我看来,不坚强的男人比不稳重的女人还要糟糕。因为不稳重的女人还像女人,不坚强的男人则太不像男人了。

比较而言,人最不坚强的时候,不是在生命遭逢冬季的时候,而是在春回大地的时候。

做人殊不易:太平凡了便让人瞧不起,太冒尖了便遭人嫉恨;说话多了便是叽叽喳喳,说话少了便是性格孤僻;喜欢你的人多了便说你有意逢迎,喜欢你的人少了便是你不招人待见……如此,首先让自己待人别这般刻薄无聊。其次,逢着别人对你这般刻薄无聊的时候也应有足够的坚强,我行我素,不为所动。当然,别忘了的是使自己的生活充实。

当我们变得更坚强了以后，应该感谢的倒是那些难为过我们的环境或难为过我们的人。

就绝大多数人来说，坚强是取得成就不可缺少的条件。像实际生活中的西班牙作家塞万提斯、美国作家杰克·伦敦笔下的马丁·伊登等等，莫不是因为性格坚强才取得了巨大的成功。

赞扬唤起我更大的热情，诋毁赠给我更坚强的性格。如此而已，岂有他哉。

让我们笑着对逆境说：来得正好，我们正想使自己变得更坚强，也很想验证一下自己是否够得上坚强。

什么事都可能遇到，这就是生活。什么样的境遇都不能将你打垮，这就是强者。

初次发表于1991年初秋《感悟人生》，收录于《汪国真哲思妙语精华》（兰州大学出版社，1992年）

必 然

对于必然要发生的事情,人们至多只能改变其程度深浅或加快、推迟其发生,却不能避免它的到来。试图避免这种必然是不切实际的。

大至社会进步向更高的方向发展,小至一个人的生命走向衰老和死亡都是如此。

性情急躁者必然鲁莽,心胸狭隘者必然嫉妒,骄傲者必然有所退步,行恶者必然招致惩罚。如果不想有后面的果,则需改善和杜绝前面的因。

对于同一件事,不同的人必然会做出不同的反应。正是从对事物一次次不同的反应中,我们认识和识别人,从中找到真正的朋友与知音。

当一个人利令智昏的时候,愚蠢便是必然的了。

19世纪英国作家狄更斯在小说《艰难世事》中描写的那个不走正道、抢劫雇主金库于前,又诬陷嫁祸他人于后,最终落入法网的汤姆,便是这样的一个典型。类似这样自以为聪明的愚蠢,在生活中不胜枚举。

干一种事业，勤奋是必然的，但成功在很大程度上仍具有偶然性。既然成功在很大程度上是偶然的而不是必然的，为什么还要干？因为不干连偶然都没有。

在北京，对有不断变换男友嗜好的女孩俗称：每周一哥。我想，摊上这个雅号的女孩子中有不少恐怕有两个会是必唱曲目。第一个是笑着唱的，叫"月亮代表我的心"；第二个是哭着唱的，叫"妹妹找哥泪花流"。

婚姻是绝大多数人必然要走的一条人生之路，幸福还是不幸，却不是必然的。

一个聪明人，他不干必然会遭到失败的事情，他只干可能会失败的事情。

初次发表于1991年初秋《感悟人生》，收录于《汪国真哲思妙语精华》（兰州大学出版社，1992年）

竞　争

当人们开始蜂拥着去争做一件事时，在这场竞争中取胜的机会已经少多了。聪明的竞争者总是先行一步。

在竞争激烈的环境中学习，然后在竞争不甚激烈的环境中发展，对于许多人来说这是迅捷成功的一种方法。因为后一种环境会有更多的机会，竞争的对手也较少和较弱。

竞争的对象是对手而不是敌人。竞争更像是一种比赛而不是打仗。竞争以取胜为目的而不是非要对方趴下，而打仗则是不摧垮对方自己便难以取胜。

一个缺少竞争的社会也会是一个缺少活力的社会，一个缺少活力的社会也会是一个发展迟缓的社会。一个社会要加速发展，需要有较合理的竞争机制。

从道理上说，竞争应该是公平的，但社会上的竞争远不会像运动场上的竞争那样公平，为竞争的不公平而怨天尤人一点用也没有。竞争条件差的人，一样可以凭借才干和机会大有作为。英国首相梅杰的身世背景原很一般，但正是他而不是别的什么人成为了今天的英国首相。

竞争也应讲道义。不讲道义、不讲信誉、不择手段的竞争方法是一种短期行为，于长远的发展有害。

竞争可以更大程度地挖掘人的潜能。一个人的潜能究竟有多大，恐怕连他自己都不很清楚。把自己投入到有意义的竞争中去，会更明了这个问题，也会活得更有价值。

竞争不是赌博，它不能依靠侥幸。以赌博的心理参与竞争，赢的机会是少而又少了。

竞争自然有胜有负。胜者何以胜？败者何以败？我们都应大致搞明白，我们存在的意义不应只是成为后来者的借鉴，我们不应盲目。

无论何种竞争，归根到底都是人才的竞争。有学历、有专业、有经验，这是一般意义上的人才。在一个真正睿智的管理者眼里，人才是不拘一格的。

初次发表于1991年初秋《感悟人生》，收录于《汪国真哲思短语〈开朗文库5〉反刍细语》（台湾金安出版社，1993年）

音　乐

语言是有故乡的，音乐的故乡又在哪儿呢？我想，音乐的故乡就在整个人类的心灵之中吧。音乐就在那里生根、开花、结果。

作为一个音乐爱好者，我喜欢古典音乐也喜欢现代音乐。

我喜欢古典音乐所表达的韵味，我喜欢现代音乐所表现的精神。

我太喜欢音乐，又太没音乐细胞，怎么办呢？好在天无绝人之路，我发现我可以写歌词。

一位老人告诉我，他第一次听小提琴协奏曲《梁山伯与祝英台》时竟落了泪。就是这样，我最初是从一位老人的眼泪中感觉到了音乐的不朽和音乐家的伟大。

一首好的乐曲，能让我百听不厌，但是一幅好的绘画，一篇优秀的小说，一部精彩的电影却难以让我百看不厌，是因为在艺术欣赏中，我平日太多使用眼睛而太少使用耳朵了吗？

用音乐传递感情，人类的祖先可真会想，这既动人又含蓄。

音乐家给文学插上了翅膀，让文学飞了起来，令文学以难以想象的速度飞越了千山万水，飞进了千家万户。

有时想想：文学真笨。

被称为神童的孩子不知有多少，但给我印象最深的却是在七岁时就轰动了法兰克福城的莫扎特。为什么偏偏记住他？或许是因为我太缺乏音乐细胞了。

友人对我说，他可以头头是道地说清为什么喜欢一首诗、一尊雕塑、一个舞蹈，却很难说清为什么喜欢一部音乐作品。这是为什么？

我想，说得清或许是因为事物本身具体，说不清或许是因为事物本身抽象。

音乐，一种最喜悦和最悲哀时都不可少的艺术，一种最隆重和最滑稽时都用得着的艺术，一种最圣洁也是最疯狂的艺术，一种最原始也是最现代的艺术。

初次发表于1991年10月9日《新民晚报》，收录于《汪国真哲思妙语精华》（兰州大学出版社，1992年）

理　解

如果你不是一个布道者，何必祈求人人都理解你呢？

如果你是一个布道者，又怎么能奢望人人都成为信徒呢？

在人际交往中，可悲的不是理解，也不是不理解，而是表面上好像什么都理解了，实则什么都没理解。

理解，常常需要时间。

最先阐明血液循环原理的英国医生哈维，最初他的理论因为不被人理解，曾受到过猛烈攻击，只是到了后来，他的理论才为同时代的科学家们完全接受。

理解，是近年来人们常常谈到的一个话题。人们之所以在口头上常常提到它，或许是因为实际生活中的理解太少了。

不要总埋怨别人不理解你的天才和深刻。哥白尼，人们再怎样不理解他，他还是成了不朽的哥白尼；伽利略，人们再怎样不理解他，他还是成了不朽的伽利略。

问题更多的不在于人们是否理解你，而在于你是否真的是哥白尼和伽利略那样的天才。

真理是朴素的。

因为真理太朴素了，人们常常会怀疑道：那是真理吗？

这并不难以理解：有些人不能容纳江河，是因为他不是海。

"酒逢知己千杯少"，是理解；"话不投机半句多"，是不理解。

令人纳闷的是：有好些"半句多"，一旦能让他"千杯少"，不理解转眼之间便成"理解"了。

天才常常不被人理解，于是，有许多故弄玄虚、云山雾罩的人，便都自命为天才了。

初次发表于1991年第10期《福建青年》，收录于《汪国真哲思短语〈开朗文库5〉反刍细语》（台湾金安出版社，1993年）

个　性

一个人没有个性，便失去了自己。生活中一味地模仿之所以不可为，原因之一就在于它抹杀了个性。

同为名山：华山险，泰山雄，黄山奇，峨眉秀。"险""雄""奇""秀"，就是不同的个性。

山如此，人亦然。

生活之中，适当地改变自己的个性不是为了赶"时髦"，而是为了自我的完善。恰恰在这一点上，有一些人常常本末倒置。

钱锺书先生一生淡泊名利是一种美德，而雨果先生生平的一大愿望是要把巴黎改为自己的名字也并非缺德。

画家的个性挥洒在作品的线条里；诗人的个性倾注在作品的感情里，音乐家的个性融会在作品的旋律里。

不过，有为大多数人欣赏的个性，却没有为所有人欣赏的个性。

保持自身的个性和尊重别人的个性同样重要。

不能保持自身的个性是一种"懦弱",不能尊重别人的个性是一种"霸道"。

一般来说,一个人的个性可能不合于"潮流",却合于生活。为了追赶"潮流"而改变自己的个性,那不过是做了一篇虚情假意的"文章"。

"潮流"总是不断地改变,你的"文章"难道也要不断地重写?

没有个性,不是一个好的艺术家;仅有个性,也不是一个好的艺术家。

狭隘的人总是想扼杀别人的个性;
软弱的人随意改变自己的个性;
坚强的人自然袒露真实的个性。

初次发表于1991年10月20日《新民晚报》,收录于《汪国真哲思妙语精华》(兰州大学出版社,1992年)

知　识

死记硬背的知识，仍是别人的知识，大脑不过成了储存器。只有善于运用知识，知识才是自己的。

在竞争中，知识是胜利；在工作中，知识是效率；在经营中，知识是财富；在生活中，知识是指南。

无知而行动是盲动，无知而跟从是盲从。

知识渊博的人不一定深刻，他可能由于记忆力好。一个深刻的人，不但要有丰富的知识，更要有独立的思想。

无知带来不幸。如此，知识已经在无形中帮助我们，把许多不幸避免了。

知识带来信心，无知带来狂妄。狂妄的人不是以为自己行的人，而是以为别人都不行的人。

知识产生预见。

1939年，爱因斯坦写信给美国总统罗斯福，指明了美国在德国之前发展核武器的重要性。回观历史，你不能不佩服知识。

有知识的人很多，成功的人很少，这是怎么回事？很大程度上这在于能否遇到机遇，和有没有及时抓住机遇的本领。

如果不善于归纳和分析，知识越多，思维越混乱，越矛盾。

事情的成败，不仅仅在于书本知识掌握了多少。
历史上的赵括和马谡都是有知识，反而吃败仗的例证。

知识使善与恶都走向了极端。对人类贡献巨大的人，和对人类破坏巨大的人，都是有知识的人。
丘吉尔是有知识的人，希特勒也并非无知。

初次发表于1991年第20期《辽宁青年》，收录于《汪国真哲思短语〈开朗文库5〉反刍细语》（台湾金安出版社，1993年）

规　律

不论是自然还是社会，都是有其规律可循的。

日月星辰的运行，动物、植物的生长，社会的发展和演进莫不如此。

掌握规律，因势利导者胜；违背规律，自以为是者败。

规律是大技巧，技巧是小规律。大家注意规律，小家注意技巧。

要掌握事物的规律，很难离开准确的概括，而准确的概括又很难离开对事物多方面的深入了解，因此，偷懒和掉以轻心是不行的。

了解了事物的发展规律，也就做到了心中有数，也就能够从容地面对纷纭复杂的局面，在心中树立起胜利的旗帜。

人们常说，历史总是惊人地相似。为什么会惊人地相似？其实，相似之处就是"规律"。

成功，并非完全没有捷径可走，注意研究和把握事物的规律，就是一条"捷径"。

客观规律是不可违背的，纵使有雄才大略者一旦违背了事物的客观规律，也会一败涂地。

所谓格言，可以说是规律的一种总结。

"多行不义必自毙"是规律，"木秀于林风必摧之"是规律，"如入芝兰之室，久而不闻其香"也是规律。

凡有大作为者，必都是尊重客观规律者，狂妄自大的人往往恃才傲物，漠视规律，结果到头来一事无成。

从古时雅典娜的胜利到后来法国大革命的胜利，都不是偶然的，两件事情不过印证了一条规律。

初次发表于1991年第21期《辽宁青年》，收录于《江国真哲思妙语精华》（兰州大学出版社，1992年）

含　蓄

含蓄，是一种巧妙和艺术的表达。

在生活中，当我们很想表达一种内心的强烈愿望，却又觉得难以启齿的时候，那么不妨借助于"含蓄"。

含蓄是一种修养，一种情趣，一种韵味。缺乏修养，缺少情趣，没有味道的人，则难有含蓄。

含蓄，可以避免尴尬。

运用巧妙的含蓄，仿佛什么都没说，实际什么都说了。

裸露的岩石，坚实的土地，金色的沙滩，有一种直率的美，但这又多么不够。轻纱似的薄雾，如泣如诉的雨声，朦朦胧胧的黄昏，有一种含蓄的美，她给了我们许多美的记忆。

含蓄是一种魅力。

不论在时装设计上，在戏剧故事里，在随意交谈中，含蓄都是大有讲究的。

甚至可以说，没有含蓄，就没有艺术。

"不要让我把什么都说出来。"艺术家如是说。

"是的,如果你把什么都说出来,我立即就走。"鉴赏家如是说。

"真急死人了,他们这说的是什么啊?"也有人这样说。

我很难忘丘吉尔说过的一句话:英国在许多战役中都是注定要被打败的,除了最后一仗。

这既表明了英国的力量,也表明了含蓄的力量。

在艺术中,音乐的语言差不多是最含蓄的了。即使是最明快的音乐语言,其实,还是含蓄的。

可真难为外交家们了,他们的口语常离不开含蓄,他们的书面语又不能含蓄。一旦谁总把这两点弄颠倒了,黄昏离他也就不远了。

但愿我们都是半个外交家。

初次发表于1991年第11期《知音》,收录于《汪国真哲思妙语精华》(兰州大学出版社,1992年)

比　较

一般来说，比较是无情而又公正的。

很多时候，当我们对一件事物无从判定的时候，比较，是一个简单而有效的方法。孰真孰伪，孰强孰弱，孰优孰劣，孰美孰丑，无须争论，一比便知。

正确的选择，来源于客观的比较，不经认真比较的选择，经常是遗憾的。

比较而自知，自知而省略。

西晋陆机不复作《三都赋》，唐朝李白不复诗黄鹤楼，都是经过自忖，认为自己的作品难出左思、崔颢之右而罢手的。

书太多选精的读，事太多选紧要的做，仗太多选容易的打，这些都是比较。不会比较，难有章法。

没有比较，则难以对事物进行鉴别，没有鉴别，则难以对事物进行正确的评价，没有正确的评价，则容易人云亦云，失去主见。

痛苦时比较比你更痛苦的人，便知道自己的痛苦还属小痛苦。

成功时比较比你更成功的人，便知道自己的成功不是大成功。

比较，发现差异，导致发明。

英国细菌学家亚历山大·弗莱明对青霉素的发现，最初便源于试验中的一次"比较"。

你说，你是武林高手，我不相信。如果你能赢了赵长军，我便相信了。

没有比较，便没有拍卖。遗憾的是，这并不仅仅限于物质方面。

比较可知足与不足，可知胜与不胜。如此，学会比较的方法，也就在一定程度上学会了进步、取胜之道。

初次发表于1991年11月3日《新民晚报》，收录于《汪国真哲思妙语精华》（兰州大学出版社，1992年）

未　来

对于春天来说，秋天便是未来。你是否有一个丰硕的秋天，往往在春天便被大致确定了。因此，珍惜现在，也就是珍重未来。

人生犹如下棋，走一步看一步不是高明的棋手，走一步看两步也不是太高明的棋手，要赢得人生这盘棋，必须着手现在，放眼未来，就像下棋一样，看得越远，取胜的把握就越大。

未来，常系一念之间。

赵孝成王一念之差，便多了长平冤魂。大秦天王一着不慎，便添了淝水新鬼。

战争如此，人生又何尝不是如此。

未来是属于年轻人的。老年人可以影响他们，却难以改变他们。他们注定将按照自己的方式生活。

不要太相信算命先生给你预测的未来。如果他真是如此的大智大慧、先知先觉，怎么可能甘心屈尊去摆地摊呢。

一个藐视现在的人，不是天才便是庸才。天才可以和未来人对话，庸人既不屑和现在的人对话，又不能和未来的人对话，于是便自说自话。

未来的社会是可以在一定程度上预测的，否则，也就不会有未来学。从一定意义上讲，一个优秀的历史学家，往往也就是一个优秀的未来学家，因为历史常常都会重演。

未来不是地球愈变愈小了，而是人愈变愈大了，以至只消一步，便可跨山越海。所以阿尔温·托夫勒先生说："一个事件发生在当年只影响一小群人，若到今天便能波及一大片。比如说，以现代的标准看，伯罗奔尼撒战争，不过是一场小打小闹。"
如果我们要成功地与未来对话，那么是不是现在就需要把"口才"练好呢？

初次发表于1991年11月29日《新民晚报》，收录于《汪国真哲思妙语精华》（兰州大学出版社，1992年）

忧　郁

忧郁是一种极为有损身心健康的使人消沉的情绪。

如何解除忧郁呢？曹操说："何以解忧，唯有杜康。"后人似乎并不同意他的观点。李白的"抽刀断水水更流，举杯消愁愁更愁"的诗句，便是例证。

美国有一位叫戴尔·卡耐基的学者，为了帮助人们消除忧郁，写下了洋洋八万言的《人性的优点》一书，然而，对于一个为忧郁所缠绕的人来说，要耐着性子通读完这八万言，已足以构成新的忧郁了。

一种深切的忧郁，绝不是一本书、一篇文章、一次谈话所能够消除得了的。忧郁多是由于环境的恶劣、命运的多舛、突然遭逢的厄运、感情上出现的危机等原因造成的，迅速摆脱忧郁的唯一途径，就是使情形迅速从根本上扭转，否则，摆脱忧郁则需要时间的淡化或情形的逐渐转变。

人类对于忧郁并非毫无办法。首先，忧郁并不尽是客观因素造成的。同样一件事，放在一个人身上，换来的可能只是淡然一笑，放在另一个人身上，却可能导致忧心忡忡。使自己的胸怀变得健康、开朗、乐观，可以减少忧郁来临的次数。

其次，强者少忧郁。之所以如此，是因为强者往往能够运用自己的力量扭转面临的颓势，许多事情还未发展到可以给他带来忧郁的程度，就已被他用有力的一推给推开了。而弱者却因无力推开降临的不幸，于是只好和忧郁做伴。

成为一个强者，这是减少忧郁来临的又一种方法。

我们尽管可以减少忧郁来临的次数，却无法从根本上杜绝忧郁对我们的造访，这就有如我们有时不得不接待我们并不欢迎的客人到来。想想我们应该怎样对待我们不喜欢的客人，我们就知道该如何对待忧郁了。

初次发表于1991年第23期《辽宁青年》，收录于《汪国真哲思短语》（辽宁人民出版社，1992年）

高　雅

高雅与高贵不同。以为高贵的便是高雅的，这实在是一种误解。其实，高贵的未必都高雅，高雅的也未必都高贵。

薛蟠高贵却不高雅，罗丹高雅却不高贵。

凡是高雅的，也是容易被亵渎的，这就如同凡是圣洁的，也是容易被玷污的一样。

如果不能高雅，自然就成；如果不能深邃，朴素就成；如果不能成功，尽力就成。

高雅的艺术并非完全不能与通俗的艺术抗衡。问题在于：当一些人自诩高雅的时候，又远不是毕加索或茨威格。

谁也不能一下子使自己变得高雅，这需要慢慢来。急于把自己装扮得很高雅，不但成不了高雅，连能否恢复到原来的自然和普通都成问题。

友人告诉我这样一个故事：一个普通的女人应聘教师职务，校长问她：为什么当老师？她回答说："小时候我曾有过一个梦想，那就是我要成为一个伟人。后来这个梦想没有实现。于是我又有了一个新的梦想，那就是我要成为伟人的妻子，然而这个梦想也破灭了。现在，我产生了第三个梦想，那就是我要做伟人的老师。"她当即被录取了。

这女人的回答，真是一种平凡的回答，而这样的平凡又真是一种艺术，而这样的艺术又确是一种高雅。

平凡与高雅，谁能时时说得清？

高雅，可以成为一种托词。

当一件艺术品因没有人青睐而令主人感到难堪的时候，他就可以解释说：这是因为高雅。做这样解释的人，数也数不清。只是天晓得，世界上哪来那么多高雅的艺术品和伟大的艺术家。

高雅不是一种包装，而是一种内涵。经常出入于音乐包厢或高级社交场所，并不能使一个暴发户高雅。

一夜就能成为一个暴发户，而一个人要学会高雅，几十年都未必能够。

初次发表于1991年第12期《福建青年》，收录于《汪国真哲思短语〈开朗文库5〉反刍细语》（台湾全安出版社，1993年）

审　时

应该做的事情和可以做的事情是两回事。世界上应该做的事情很多，却并不是马上都可以做。审时，即是做那些应该做，又可以做的事。

把握大势须审时，不善审时岂自知。

审时，在政治上是远见，在军事上是运筹，在经济上是决断。从古至今，政治上失误、军事上失利、经济上失败，与审时不当有关者极多。

四川成都武侯祠有一历来为许多统治者看重的名联：

　　能攻心则反侧自消　从古知兵非好战
　　不审势即宽严皆误　后来治蜀要深思

由此可见，帅才并不是穷兵黩武的好战者，能臣是善算度而使效果与动机统一的人。

"天时、地利、人和"这句流传甚广的话说明了时机的重要性。

《三国演义》中，周瑜"火烧赤壁"，孔明"草船借箭"，都赖于正确的审时。

时机，几乎是一切成功的大前提。

审时是战略，经营是战术；审时是方向，经营是技巧。

在商战中，善经营不善审时者成不了大家，善审时不善经营者依然不能发达。

审时，还是一种在顺利时已看到了潜伏着的危机，在挫折中已看到了胜利的曙光的能力。为表面现象所惑，也是不善审时。

如果说一个出色的外交家，总是在最恰当的时候说出最恰当的话，那么，一个出色的人，便总是把最应该做的事情，选择在最适宜的时候去做。

时势造英雄。谁也不必叹息自己生不逢时，每个时代必有每个时代的俊杰。

什么是俊杰？有句古话说得一点不错：识时务者为俊杰。

初次发表于1991年12月27日《新民晚报》，收录于《江国真哲思妙语精华》（兰州大学出版社，1992年）

谦　虚

大智者必谦，大勇者必含。

谦，是一种心境；含，是一种境界。

同一个人，在国内总是谦虚，到了国外总是不谦虚。其实，从前他未必真的谦虚，只是因为怕被人说成骄傲；后来他未必真的不谦虚，只是因为怕被人认为无能。

我佩服那些具有真正谦虚品德的人，他的成就让我觉得可敬，他的谦和让我觉得可亲。

口头上说自己不行，心里却觉得自己特别行，大概这也是一种中国式的谦虚吧。

只是到了某种关键时刻，人家说一句："不行，你还指望什么，回去吧。"不行立即变成"能行"，谦虚马上变成"狂妄"了。

千人一面的谦辞，抹杀了多少人的个性。而人不得不将个性抹平，是不是又意味着环境的不够宽容呢。

在很多情况下，一个年轻人不断地表现他的谦虚，说明他已变得世故了。一位老人不断地表现他的谦虚，说明他已真的老了。

谦虚，本是一种宝贵的品质，可是我们不论走到哪儿，人们似乎都很谦虚，于是，谦虚也就变得不那么宝贵了。

"王侯将相，宁有种乎？"这话并不谦虚，却透着一股豪气。今天，我们是不是应该活得再多一点豪气呢？

夹着尾巴做人，不是因为夹着尾巴好受，而是因为被人揪住尾巴更痛。

人是不能不谦虚的，因为人都有弱点。
人是不能不骄傲的，因为人不是只有弱点。
谦虚，不失个性；骄傲，不乏自知。

初次发表于1992年1月16日《新民晚报》，收录于《汪国真哲思妙语精华》（兰州大学出版社，1992年）

权　威

权威是绝对需要的，没有权威便没有秩序。不过，真正的权威是从实践中产生的，而不是人为树立的。

在学术上，我们应该尊重权威，但不是遵从权威。

例如哲学，生活在不同时代的奥古斯丁和笛卡儿都称得上是权威，但他们有的观点就是相悖的。对于理论，笛卡儿认为我们不应该从研究开始而是从怀疑开始，这与奥古斯丁的主张正相反。我们应该遵从谁呢？同为著名的心理学家，荣格和弗洛伊德的理论也大异其趣，我们又应该遵从谁呢？

我们赞同权威，应该是认为他说得有理，而不应该是仅仅因为他是权威，除非我们对他所谈的一无所知。

一般情况下，对于我们完全陌生的领域，我们尊重权威的意见是绝对的，因为我们提不出任何反对的理由。对于我们熟悉的领域，我们尊重权威的意见是相对的，因为我们有可能向权威提出商榷。

尊重权威和勇于向权威提出挑战，这是事物的两个方面。

只有真正尊重权威，我们才能获得人类已经掌握的理论和知识；只有勇于向权威挑战，我们才能或者纠正前人的偏颇，或者超越前人。我们应该意识到：没有不能再发展的理论，也没有什么时候都完全正确的权威。

一个能够容纳和接受不同意见的权威，他的权威地位会更加巩固。一个排斥和压制不同意见的权威，他的权威地位会受到严峻挑战。

作为普通人，能够得到权威的帮助是一件好事，如果得不到，他也无须沮丧，因为并非人人都有得到权威帮助的机缘。不靠权威而靠自己走出来，不是更显得你有力量吗？

初次发表于1992年第2期《辽宁青年》，收录于《汪国真哲思妙语精华》（兰州大学出版社，1992年）

观　念

形成观念需要时间，改变观念也需要时间。

一个历史愈悠久的国家，改变旧的观念就愈不容易。因为它的历史的车轮太沉重、惯性太巨大。

有时候，男人制造观念，女人改变观念，特别是改变那些男人制造的关于女人的观念。

有的女人用权力改变观念，如慈禧；有的女人用意志改变观念，如邓肯。

凡改变旧的观念，首先遇到的多是抵制。

在历史上，既是伟人又是暴君的俄国的彼得大帝，有一阵子曾感到极度的孤单和困惑，因为他发现，他从西欧考察回来以后，推行的一系列变革计划都受到了强烈的抵制，这使他意识到：改变旧有的观念和习俗，是一件非常困难的事。

旧的观念，常常阻碍社会的发展与进步；改变旧的观念，不仅要靠舆论，更重要的是靠建立起打破旧观念的合理机制。舆论只收短效，机制解决根本。

如果没有准备下地狱的决心，你就不要去碰旧的观念，它身上带电，那不是闹着玩儿的。

年轻人的观念与老年人的观念常有不同，其中许多是无所谓对错的，只不过各自带有不同的时代烙印罢了。这样，围绕许多观念的争论也是不会有结果的，明智的做法是相互理解，而不是彼此指斥。

符合社会发展规律的新观念能够给人类带来利益和幸福，但总会有人偏偏为旧的观念殉葬。千百年来，人类历史的舞台上不断上演着大大小小这样的活剧。

你可信奉自己的观念，却不要把自己的观念强加于人，让别人接受你的观念的最好方法是让事实说话。

初次发表于1992年1月30日《新民晚报》，收录于《汪国真哲思妙语精华》（兰州大学出版社，1992年）

金　钱

对一些人来说，金钱的重要并不在于能够换来高质量的生活，而在于能够了却自己的心愿。

金钱是能够使人心理获得平衡的一个砝码。社会上有一些职业是人们不愿干的，为什么不愿干呢？重要的一个原因是钱给得还不够多。

倘若金钱能够唆使一个人去害人，那么更多的金钱则可以使这个人背叛他原来的主子。

许多领域的实践证明，善于待人往往比精明强干更重要。难怪洛克菲勒这样说："我会付更多的薪水给擅长待人，而不是擅长处理事务的人。"洛克菲勒这老头子可真会花钱。

在一个社会中，必得有些金钱无法买到的东西，这样，部分人才不致为所欲为，另一部分人才不致任人摆布。倘若一个地方金钱能够买到一切，便无公理可言了。

法国作家左拉曾写了一部名为《金钱》的长篇小说。我们不难发现，生活中到处都有小说中成立的那家有名无实的"世界银行"股份公司和投机家萨卡尔的影子。

知识分子不应耻于谈钱，就像不应不择手段赚钱一样。使金钱知识化有助于抑制使金钱刺激化。

有了金钱是求发展还是求享受，这是大家和小家的一个分界，有眼光和无眼光的一个分界，有文化和没文化的一个分界。

钱更多的不是靠攒来的而是靠"挣"出来的，有攒出来的富裕户，却没有攒出来的实业家。

所谓分配不公，就是用切割苹果的刀子去切割钱币。

很欣赏李白《将进酒》中"天生我材必有用，千金散尽还复来"的豪放，一个人能对自身和金钱有这等见识，委实不俗。

初次发表于1992年11月1日《新民晚报》，收录于《汪国真哲思短语〈开朗文库5〉反刍细语》（台湾金安出版社，1993年）

建　筑

一个伟大的建筑，总是在折射着一个时代的政治、经济与文化。

它还像一个永生的历史教师，屹立在那里，向子孙后代讲述着流逝的沧桑。

中世纪哥特式的建筑，很容易让人感觉到自身的渺小。于是，许多人便更虔诚地唱赞美诗。

秦建阿房宫，清修圆明园，多少思想智慧、多少民脂民膏，却被两把大火烧成一片废墟，灼得子孙万代的心都在痛。

建筑的兴衰，常常是一个朝代兴衰的缩影。

古老的建筑，总是容易产生迷人的故事和传说，而那些迷人的故事和传说，又给古老的建筑蒙上了一层神秘的光泽。

建筑艺术，由于它的综合性，似乎更容易受到来自方方面面的挑剔。

那幢坐落于澳大利亚悉尼班尼朗岛上、设计新颖别致的悉尼歌剧院，曾给人们留下了美好而深刻的印象。许多人想不到的也许是，这幢由丹麦人耶尔恩·乌特松设计，耗资超过一亿美元，历时十五年，于1973年建成的建筑，会是一件毁誉参半的作品，对它一句很差劲儿的评语，把它说成是"一堆砸扁了的物体"。

建筑可以体现富裕，也可以体现文化。走向中国的一些乡村，人们从许多崭新的建筑上看到了富裕，却没有看到与之相应的文化。不过人们也不必为此忧虑。既然左脚已经迈出去了，还怕右脚跟不上吗？

由于社会的进步和科技的发展，现代建筑更难赢得像古老建筑那样巨大的声誉。因为再辉煌的现代建筑，在人们的眼睛里，也容易被视为理所当然。

歌德说："建筑是凝固的音乐。"那么，我们是流动的音符吗？

初次发表于1992年2月15日《新民晚报》，收录于《汪国真哲思妙语精华》（兰州大学出版社，1992年）

思　想

思想是无形的，但它却可以使社会和生活发生有形而巨大的变化。

思想不止一种，辨别就是非常重要的了。怎样才能更好地辨别呢？这必须借助于深入的思考。《论语·为政》中有一句话："学而不思则罔，思而不学则殆。"这又是有关思考的一句至理名言。

当太多人都急于表现自己见解独特、思想深刻的时候，这往往正是浮夸和肤浅流行，甚至是泛滥的时候。

思想魅力的外烁，足可以迷人。20世纪逻辑学大师维特根斯坦的学生们，都喜欢模仿他的神态与腔调。这种模仿，首先表现出的是一种心悦诚服。

当一个社会把某一种思想奉若神明到迷信程度的时候，便再难出大思想家或大哲学家了，因为迷信必然导致盲从，而不是思想或哲学。

思想是不断发展的，对于一种我们并不熟悉的新思想，盲从、排斥或草率地下结论都是有害的。

思想的力量无所不在。

麦克唐纳食品公司是美国快餐食品业的"龙头"，一个叫克罗的美国人本不过是麦氏快餐馆的小伙计，但他最后居然光明正大地把老板给"炒"了"鱿鱼"，了解这种情形的人都知道，这不但是因为他有勤奋的双手，更重要的是因为他有"脑子"。

深刻的思想是一种真知灼见，并能给人以启迪，它绝不是一堆大而无当的空论。

你想让我改变思想，唯一的方法就是你能证明我错了，否则我将坚持，并请你闪开。

初次发表于1992年2月23日《新民晚报》，收录于《汪国真哲思妙语精华》（兰州大学出版社，1992年）

绘　画

绘画是没有分行的诗，没有动作的舞蹈，没有声音的音乐。

一个画家画得最多的东西，要么是他最喜欢的东西，要么是他想借以扬名的东西。

给达·芬奇的名画《蒙娜丽莎》添上山羊胡子，使马塞尔·迪桑更加出名，尽管马塞尔·迪桑并不靠此出名。不过有才气的迪桑的这种做法却给了某些少才气的后人以启示：原来出名有时是可以靠"毁"名作或名人来取巧的。

仇恨和爱情都可能产生杰作。在不少杰出的绘画作品的色彩下面，覆盖着或惊心动魄或缠绵悱恻的故事。

十分客观地评价一幅作品是困难的，对我来说，看过一眼便再也难以在记忆中泯灭的画便是好画。

从戈雅、凡·高、修拉、高更等许许多多画家的遭遇上我们不难看出，这个世界对画家的作品要比对画家本人温情、公正得多。

以我的经验，看重要的画展最好前边有一个高明的解说，这样看一次的收获比看三次的收获还要大。

前人言画，多有妙论，最欣赏的却是董其昌《画禅室随笔》中的一句话："画家以古人为师，已自上乘；进此当以天地为师。"是的，不仅绘画，写诗、作文甚至习武亦同理，天地造化无穷。

比较而言，画家是很令人羡慕的，在艺术家中，他是最富有的，最长寿的，最斑斓的，与自然贴得最近的，不仅如此，他还有力量把一个世界都钉在墙上。

初次发表于1992年2月1日《新民晚报》，收录于《1994汪国真哲思短语》（时代文艺出版社，1994年）

势　利

对一个人能表现出势利的人，就能对所有的人都表现出势利。当然，也会对你表现出势利。这样，判断一个人，不必看他对待你怎样，只要看他如何对待别人就很清楚了。

一个势利小人，总难免有肠子都悔青了的时候："哎呀，早知道他能有今天，当初，我为什么……"

不论是谁，你都不要指望和一个势利小人能成为像大卫和约拿丹那样荣辱与共的朋友。

在一个势利的人的字典里，是找不到"荣辱与共"这个词的。

一个非常势利的人，很难不趋炎附势；一个趋炎附势的人，很难不丧失良知；一个丧失良知的人，则是什么事情都干得出来的。

只有喜欢恭维的人，才会对势利的人感兴趣。一个人一旦被势利的人所包围，很容易变得庸俗和糊涂。

一个势利的人有如下特点：就人格而言他是卑下的；就目光而言他是短浅的；就感情而言他是虚假的。

《红楼梦》中贾雨村胡乱了结冯渊一案表明：一个人一旦心存势利，便很难再秉公办事而不徇私枉法。

这一点古今皆然。

对于一个势利的人来说，是没有真正的幸福可言的。因为生活中他不得不绞尽脑汁，辨别风向，察言观色。一个人活到这个份儿上，还有什么真正的幸福可言呢？

一个势利的人，总在有意或无意地伤害别人的自尊和感情。一个总是有意或无意伤害别人自尊和感情的人，很难不在将来受到生活的惩罚。

因此，做一个不势利的人，对人对己都会是有益的。

初次发表于1992年3月22日《新民晚报》，收录于《汪国真哲思短语〈开朗文库4〉长短人生》（台湾金安出版社，1993年）

通　俗

如果你的艺术有魅力，何必在乎别人评价你是否通俗，因为你已点缀了生活；如果你的艺术少知音，何必为曲高和寡而苦闷，既然你已提高了自己。

本身高雅的东西，不妨以通俗一些的方式来表现；本身通俗的东西，不妨以高雅一些的方式来表现。雅而又雅，很容易远离大众；俗而又俗，很容易降低格调。

当然，作为一种追求，不论雅而又雅还是俗而又俗，都是应该允许存在的，人应该懂得包容。

通俗易懂的作品不一定是名著，名著一般却都是通俗易懂的。

美国学者莫蒂，曾提出了著名的关于名著的六条标准，其中一条是："名著是通俗易懂的，是面向大众，而不是面向专家、教授。"

既然名著一般都是通俗易懂的，那么莫测高深、晦涩难懂的作品也就基本与名著无缘了。

这是一个有意思的现象：中国近当代学贯中西的作家的作品几乎都是通俗易懂的，而一些既不通今又不博古的人却偏好云遮雾罩。

不是高深不好，只要不是做作；不是通俗都好，而要既通俗又有内涵才好。

我喜欢通俗，因为我普通；我不拒绝深奥，如果它确有内容。

通俗的优势是受众广，高雅的优势是内蕴深。因此，一个值得追求的境界是：雅俗共赏。

欣赏艺术作品时，常会为那个世界的美丽而动心。如果我们能为自己的生活增添一些浪漫色彩，生活一定会更动人，更温馨。

初次发表于1992年第3期《福建青年》，收录于《汪国真哲思短语〈开朗文库5〉反刍细语》（台湾金安出版社，1993年）

选 择

时间有限，精力有限，金钱有限。因此，我们必须学会选择。选择最佳，也就是选择一种高质量的生存方式。

不必顾忌自己的选择是否太从众，也不必担心自己的选择是否太不合群，只要它有益又适合于自己，就是好的选择。

在事业上，一个人一生可以有多次选择。例如法国思想家卢梭，他在不到三十岁时发明了流传至今的简谱，这一发明对世界的音乐做出了重大贡献。后来，他又写出了思想性和艺术性都很强的论文《论艺术与科学》。在他的晚年则写出了在文学史上占有重要地位的《忏悔录》。

事业上的多次或多重选择没有错，我们应避免的只是好高骛远，对什么都浅尝辄止。

许多时候，遇到问题不要急急忙忙就加以处理，不妨冷静地多设想几种解决方案，然后选择最佳者。如果不是这样，常常是旧问题没有解决又派生出许多新问题，而使自己陷入穷于应付的被动局面。

对人生来说，于眼前无益于长远发展有益，仍是可选择的，于眼前有益但于长远发展无益，是不可选择的。所谓目光短浅，就是只顾眼前利益。

走向同一个目标，先到达者不一定是走得最快者，而可能是选择了最佳途径者。如果你既是最有实力者又是最有智慧者，你便可以遥遥领先。

人生总是面临不断的选择，正确的选择不但需要智慧也需要经验。走出书斋，走向生活，会使我们的智慧得到检验，会使我们的经验得到丰富，会使我们在未来的生活中更会选择。

选择什么样的朋友，你就有可能成为什么样的人，你是什么样的人，就会有什么样的前途。因此，选择朋友一定要慎重，这往往不仅关系一时，而且关系一生。

初次发表于1992年第6期《辽宁青年》，收录于《汪国真哲思妙语精华》（兰州大学出版社，1992年）

批　评

批评是一种艺术。善批评者，既可以实现自己的初衷又可使对方欣然接受。战国时，淳于髡、邹忌谏齐威王的故事，可说是这方面两个成功的范例。

即便是恶意的批评，也常包含合理的成分。我们不妨以平静的态度将其中的恶意剔除，而将合理的部分引为借鉴。

客观的批评能使人受益，不那么客观的批评也未必真能伤害到你。这样的情形，唐代诗人杜甫在论及初唐"四杰"的《戏为六绝句》第二首中有很形象的描写："王杨卢骆当时体，轻薄为文哂未休。尔曹身与名俱灭，不废江河万古流。"因此，不论是客观的还是不那么客观的批评，人都不妨泰然处之。

一个聪明人，从赞扬中得到的是热情，从批评中得到的是进步。这样，他会渴望赞扬，也不会拒绝批评。批评完成了赞扬所没能完成的工作。

批评是必要和必需的，它是一种能够使人和社会进步的武器。但批评一旦沦为攻讦或谩骂，便成了一种滑稽或一场闹剧，武器自然也成了道具。

我认为，批评应该是有原则的，这个原则就是：与人为善。注意恪守这样一个原则，有助于避免批评的庸俗和使批评偏离轨道。

批评自有高低之分，高明的批评，能使人茅塞顿开，甚至生出相见恨晚之感；差劲儿的批评，以其昏昏，使人昭昭；让人哭笑不得的批评，先将别人原意曲解，然后加以自以为是的批评。

在我心目中，好的批评家是这样的：第一，评论客观；第二，见解高人一筹；第三，有预见性。

初次发表于1992年4月19日《新民晚报》，收录于《汪国真哲思妙语精华》（兰州大学出版社，1992年）

机　会

实力就是机会。

机会是为才能准备的，才能是为成功准备的。一个人愈有才能，命运降临在他身上的机会就愈多；他得到的机会愈多，他离成功的距离就愈近，增长才干就是增加机会。

在生活中，很多时候人们的机会并不少，少的是勇气和能力。

不能在机会中取胜，也可以在机会中得到锻炼，或许正是这次机会中的失败，奠定了下次机会中的成功。害怕失败，不敢抓住机会，会使许多机会白白流走。

有很多人常常抱怨没有机会，其实，没有机会本身亦是一个机会：一个锻炼自己耐力和充分积蓄自己力量的机会。珍惜这样的机会，往往会收到"蓄之愈久，发之愈速"的效果。

"机不可失，时不再来。"遇到好机会不要错过，犹豫不决，患得患失，往往会失良机。

把握机会,也就是把握人生。这使我们可以少生"恨满长安千古道"的遗憾。

初次发表于1992年第7期《辽宁青年》,收录于《汪国真哲思妙语精华》(兰州大学出版社,1992年)

失 败

成功固然可敬，失败也常令人钦佩。因为不论成功还是失败都说明人在追求，在干事业。只有什么都不干才无所谓成功与失败。甘于平庸比失败更糟。不怕失败的人总有成功的希望，甘于平庸的人固然没有失败，可也永远没有成功。

一般来说，成功的人很少会讥笑失败的人，因为在成功之前他也失败过。无所事事的人才喜欢嘲笑那些失败的人，因为他从来甚至永远不懂得什么叫成功。

谁也不愿意失败。有一则笑话说，某人吃烙饼，一连吃了两个都不饱，直到吃了第三个才饱。饱了以后，他长叹一声说："唉，早知第三个能吃饱，第一、第二个省下不吃该有多好。"其实，没有失败垫底，哪儿来的成功？

历史告诉我们：避免自毁长城，避免内耗，也就是在避免衰落和失败。

不必怕一败再败，只要最后赢了；不必喜一胜再胜，如果最后输了。

我不怕你失败,我只怕你失败后再也站不起来。

初次发表于1992年第8期《辽宁青年》,收录于《汪国真哲思妙语精华》(兰州大学出版社,1992年)

弱　点

无论是谁都会有弱点，人有弱点才真实。当一个人被说成没有任何弱点的时候，便失去了真实。

善良的人常有的一大弱点是轻信，于是结结实实受骗。有时被别人卖了，还帮着人家数钱呢。

真正做到闻过则喜的人能有多少？也时常见有人闻过大喜，但那已不是己之过，而是他人之过了。

齐桓公是个明白人，他懂得人都有弱点，因此，他能不理会谗言，任命有才干的宁戚为卿。人无完人，我们自己也会有弱点，但并非人人都像齐桓公这样明白。

少干事自然少表现出弱点，不干事自然没有什么弱点让人可抓，不过，人往往正是由此变得平庸。

脱离客观实际地坐而论道、纸上谈兵是最容易的，也最没有用。这却历来是相当一部分有知识的人的弱点。毛泽东的出色在于他不仅仅有书本知识，而王明则只会拿空洞的理论唬人和误事。

人在竞争中更容易发现自己的弱点，在竞争中也更容易提高。有的人通过克服自己的弱点而提高，有的人只能靠吹毛求疵，拼命夸大别人的弱点而使自己不致显得太次。

在我看来，感情这东西是非常具有两面性的：作为优点而言，重感情容易赢得人的信赖，作为弱点而言，重感情容易被人利用。于是，感情请理智把门，不过理智似乎经常偷懒。

不让别人了解自己弱点的最简单而有效的方法就是与人保持距离，但这并不表明弱点不存在。

自古以来"有喜谀之上，始有善阿之下"。有些做官的后来倒了霉，实在是怪不得属下的。

初次发表于1992年5月8日《新民晚报》，收录于《汪国真哲思妙语精华》（兰州大学出版社，1992年）

生　活

什么事都可能遇到，这就是生活，什么样的境遇都不能将你打垮，这就是强者。

如果你不想死，你就得生活。乐观、潇洒、向上是一种活法，悲观、无聊、沮丧也是一种活法。既然我们无法躲避生活，为什么不好好选择一下呢？

杰出的人物，对待生活的态度不一定都是杰出的。在对待生活的态度上，我欣赏出身贫寒、后来成为企业家的美国钢铁大王卡内基：少年勤奋，长成坚毅，晚年安详。

活着没劲儿。可是人人都觉得带劲儿的生活，有吗？正是因为生活的艰辛和严峻，人才有了达观和悲观之分，坚强和软弱之分，清醒和迷惘之分，卓绝和短视之分。生活并非处处公正而又合理，处处公正而又合理的是梦，不是生活。

生活如此，我们总是抱怨又有什么用？走在崎岖不平的路上被绊倒了，站起来接着走就是了，难道非要往地上吐两口唾沫，甚或再踹大地两脚?

生活将许多不切实际的幻想打得粉碎,当你不再那么富于幻想的时候,你便失去了很多可爱的纯真,但你却会得到宝贵的成熟。

人都愿意过好日子,这没有错。不过,人一旦太贪婪,便注定没有好日子过。

有一则与达·芬奇有关的轶事:1911年,他的名画《蒙娜丽莎》在巴黎卢浮宫被盗,原来挂画的地方便成了一片空墙,让人难以置信的是,两年之中来看那片空墙的人居然比过去几年中来欣赏作品的人还多一倍。

这是生活的幽默。

关于生活,我想:眼泪里泡过的微笑更晶莹;惆怅里沉淀的歌声更动听;寂寞里凫出的孤独更昂扬;迷惘中走出的灵魂更清醒。

初次发表于1992年第5期《女友》,收录于《汪国真哲思短语〈开朗文库4〉长短人生》(台湾金安出版社,1993年)

健　康

越是损害健康的东西,往往越具有诱惑力。为了不至困于诱惑,重要的是:拒绝第一次诱惑。

为金钱损害健康是英雄所不为,为享受损害健康是志士所不为,为纵情损害健康是智者所不为。

汉景帝刘启常常耽于享受、安乐,时任武骑常待的司马相如劝谏他说:"明者远见于未萌而智者避危于无形。"司马相如的这句话,用之于人的健康也是极为恰当的。

健康是最重要的又是最不重要的。在失去健康的时候健康就是最重要的,在拥有健康的时候健康就是最不重要的,生活中太多人就是这样对待健康的,后来又不约而同吃了一种药叫:后悔。

英国杰出的诗人和政论家弥尔顿因劳累过度而失明,后人称赞他是盲人中的明眼人。对于社会来说他是伟大的,对于自己来说他是苛刻的。从弥尔顿和类似他的人的遭遇上我感觉:劳逸结合是件难为也要为的事。

这也是一种人之常情：爱人希望你有才，亲友希望你发达，父母希望你健康。父母的要求最低也最高。

保持心境的平和与宁静，于健康益莫大焉，在生活中能够"不管风吹浪打，胜似闲庭信步"，抵得过许多养生之道和祖传秘方。

这话听起来有点俗：有什么也别有病，没什么也别没钱。但这话却在相当程度上真实地诠释着生活。

漫漫人生路：若总能与健康结伴同行，这本身便是一种很大的幸运。

初次发表于1992年6月22日《新民晚报》，收录于《汪国真哲思短语〈开朗文库4〉长短人生》（台湾金安出版社，1993年）

研　究

学习不易，研究更不易。学习主要是为了掌握，研究除了掌握还要努力有所创造。就社会科学来说，研究一种思想、文化、现象都不宜带上太强烈的感情色彩。崇拜的情绪易导致看事物什么都好，以至不能发现其弱点；厌恶的情绪易导致看事物什么都不好，以至不能看到其长处。这两种情绪殊途同归，致使研究结果脱离实际本身。

研究既可以产生真知灼见，也可以产生夸夸其谈。真知灼见引导人在实践中取胜，夸夸其谈在实践中不堪一击。如果我们对中国的历史稍加考察和研究，不难发现：中国历史上大大小小的事情，常常误在那些自以为是、坐而论道、纸上谈兵的人手中。要命的是，从古至今这样的人都是层出不穷。

研究是一种事半功倍的工作。

研究三天，胜过盲目行动三个月；研究三个月，胜过盲目行动三年。

研究，需要全身心地投入。

西汉董仲舒研究学问的专心致志是出了名的，他竟然能够做到"三年不窥园"。尽管后来北宋的王安石对他的"痴"所表示的异议很有道理，但他的这种精神仍令人感动。

培根说："青年长于创造而短于思考，长于猛干而短于讨论，长于革新而短于持重。老年人的经验，引导他们熟悉旧事物，却蒙蔽他们无视新情况。青年人易有所发现，但行事轻率却可能毁坏大局。"是的，偏激成为时髦是有害的，安于现状不图进取也是有害的，培根说得一点不错。

一个人能够被后人重视和研究，是因为他充分重视和研究了前人。

初次发表于1992年第11期《辽宁青年》，收录于《汪国真哲思妙语精华》（兰州大学出版社，1992年）

创　作

一般来说，经商需要投入资本，科学需要实验手段，行医需要正规训练。相对而言，创作较少受各种条件限制。许多人走上创作道路是因为热衷，有些人走上创作道路则是出于无奈。

研究一个作家为什么成功，只是研究了一种经验，研究许多个作家为什么成功，却可以探寻到一种规律。凡事只要掌握了规律，就容易办好。

李、杜诗篇若只有极少数圈里人喜欢，怕是早已死了。莎士比亚和托尔斯泰的作品若得不到众多圈外人的认同，估计也沿泛不到今天。

理论上的误导，将导致实践中的失败。战争是这样，创作也是这样。反过来说，战场上的失败或创作上的凋敝，也可以在某种程度上证明理论的脱离实际或荒唐。

创作上的霸气说明气量的狭小。海洋的宽广可以容纳百川，小水沟畏惧的是江河一到，自己便面临灭顶之灾。创作上的霸气：一种小国之君式的蛮横。

福楼拜在创作上的精雕细刻是出了名的，他曾在一封写给友人的信中说:"转折的地方,只有八行……却花了我八天的时间。"福楼拜的这种一丝不苟的创作态度历来为人们敬重和推崇。有人问道:粗糙点的食品会不会更有营养呢?这又是一种颇为值得回味的说法。

博采众家之长,后来才有可能长于众家。想要超越前人,先要潜心向前人学习。

既然生活是创作的源泉,那么在生活中多些荣辱毁誉的波折便不是件坏事而是好事。它可以使人多些体验,多些感悟,从而写出更丰厚和深刻的作品来。一帆风顺是一种欠缺和遗憾,若有机会弥补一下,不坏。

创作的内容和形式,都将随着时光的流逝而有所变化和发展。胡适先生说:"文言是半死的文学。"若他早生一百年,怕是不会说这个话的。

初次发表于1992年第12期《辽宁青年》,收录于《汪国真哲思短语》(辽宁人民出版社,1992年)

胆　识

在一个竞争日趋激烈的社会中，胆识变得愈来愈重要了。在胆识上无法胜过别人，便很难在事业上胜过别人。有胆无识是愚鲁，有识无胆是怯懦。

对于一般人来说，胆识常表现在精明强干和有先见之明上。对于领导者来说，善于用人才可以说是一种更重要的胆识，如萧何追韩信，孙权用陆逊等事例。

胆识亦是财富。决策者的胆识往往胜过发明家的创造。一个有胆识的决策者，他可以使许多发明家人尽其才，有用武之地。

胆识是建立在充分尊重客观实际基础之上的，脱离客观实际的想法和行为，既谈不上胆识，也谈不上明智。靠诋毁别人是无法抬高自己的，靠自己的实力攀登得高，别人自然就比你低。"会当凌绝顶，一览众山小。"这是胆识，也是常识。即便是有胆识者也并不一定就都能赢，倘若他碰到一个亦有胆识的竞争者。有胆识的人赢无胆识的人赢得痛快，有胆识的人赢有胆识的人赢得光彩。

英格兰足球队教练格雷厄姆·泰勒，如此评价优秀的足球运动员加里·莱茵克尔:"有些球员会整场比赛都找机会报复,但莱茵克尔从来不会为个人怨愤而分心。他知道对付敌意的最佳办法就是进球。""进球",妙极了,这真可以说是一种男子汉的胆识。

宋朝潘阆有词云:"弄潮儿向涛头立,手把红旗旗不湿。"有胆识者善弄潮。勇于变革、善于创新的人,可说是时代的"弄潮儿"。

一般来说,随大流总是更稳妥,更少风险,更不易遭人非议,但那还谈得上胆识吗?

有胆识的人必有独立的品格。他们追求真理而不是随波逐流,他们善审时度势而不是总一厢情愿,他们有声有色地生活着,也创造着有声有色的生活。

初次发表于1992年第14期《辽宁青年》,收录于《汪国真哲思短语〈开朗文库4〉长短人生》(台湾金安出版社,1993年)

男 女

有人说：好女人是一所学校。

优秀的男人可以当这所学校的校长，差劲儿的男人只会使这所学校蒙羞受辱。

有不少女人，喜欢把男人当作生活中的太阳，渴望过一种处处"亮堂堂"的生活。但是她们忘了，太阳也有照不到的地方，因此，她们常常失望。

有一些男人喜欢模仿：模仿深沉，模仿孤独，模仿超脱。模仿的目的，是为了使自己更像一个男人。问题是：一个真正的男人还需要去模仿吗？不是一个真正的男人，模仿就能成为真正的男人吗？

在生活里，女人喜欢依赖于男人，男人也乐于接受这种依赖，这种情形不坏。不过，这种情形应该是有限度的。否则，一个事事依赖于男人的女人，不是把男人变得不像一个男人，就是把自己变得不像一个女人。

女人在被男人欺骗了以后，习惯说的一句话是：男人没有一个好东西。但她似乎疏忽了，自己的父亲也是男人；男人在被女人愚弄了以后，习惯说的一句话是：女人没有一个好货。他也似乎疏忽了，自己的母亲也是女人。

男人为痛苦流泪说不上刚强，男人若为幸福流泪，却显得侠骨柔肠。

一个伟大男人的愤怒，甚至可以让地球颤抖；一个漂亮女人的冷静，甚至可以左右一个伟大的男人。他们的力量都是巨大的，但表现力量的方式却明显不同。

*初次收录于《**汪国真哲思妙语精华**》（兰州大学出版社，1992年）*

爱　情

青春，是生命中最美好的时光；
爱情，是青春中最美好的时光；
初恋，是爱情中最美好的时光。

爱情的真谛是什么？就我来看两个字：给予。

没有经历过爱情的人生是不完整的，没有经历过痛苦的爱情是不深刻的。爱情使人生丰富，痛苦使爱情升华。

恋人之间，宜小别，不宜长别；朋友之间，宜长别，不宜小别。

爱情是自私的，因为自私就容易产生嫉妒，不论是男人还是女人，有一点嫉妒心是可以理解的。但是若嫉妒心太强，不是使自己变得可怜，便是使自己变得可笑。

异性之间，恋人比朋友容易反目，这是恋爱关系不如朋友关系的地方；朋友没恋人亲近，这是朋友关系不如恋人关系的地方。

如果爱上了，就不要轻易放过机会。

莽撞，可能使你后悔一阵子；怯懦，却可能使你后悔一辈子。

有一句俗话说：男人追女人隔座山，女人追男人隔层纸。

尽管如此，实际生活中男人往往能追到他喜欢的女人，女人却得不到她喜欢的男人。

原因是，男人不怕翻山越岭，女人却怕伤了手指头。

当我望见了太阳，我就感觉到了生命给予的幸福；当我望见了秋天，我就感觉到了耕作给予的幸福；当我望见了你的眼睛，我就感觉到了爱情给予的幸福。

初恋，不一定能够成功，却是幸福的；婚姻，已是一种成功，却不一定幸福。

难忘初恋，珍重婚姻。

我觉得过早恋爱或过迟恋爱都不太好。过早恋爱，因为不懂得爱，往往糟蹋了爱；过迟恋爱，则会影响爱的纯洁度。

即便在爱中，也要保持人格的独立，但独立不是自私；既然在爱中，就要学会迁就对方，但迁就不是一味顺从。

在爱情中，一个自私的人，体验不到爱别人的乐趣；而一个只知顺从的人，将很容易失去对方的爱。

表面上并不般配的爱情，往往和谐，因为产生这样的爱情，往往有比较深刻的内在原因；表面上般配的爱情，往往并不和谐，因为产生这样的爱情的原因，仅仅是因为般配。

在爱情上，经常是愈想得到则愈难以得到，愈怕失去则愈容易失去。

轻易得到的，也容易轻易失去。

因此，在爱情遇到困难和挫折的时候，你不要因此而沮丧。或许正是这些艰辛的经历，才奠定了爱情的久远和淳美。

学会把握自己是十分重要的。对自己的感情不加约束，放任自流，结果往往适得其反。

恋爱的时候，不妨多回味过去；失恋的时候，不妨多憧憬未来。

失恋，首先是一种幸运，其次才是不幸。

恋爱是一次已经完成的选择，失恋面对的是即将而来的重新选择。恋爱是对一个人的选择，失恋是对一些人的选择。只要在已经相识或将要相识的人中，有一个能与你彼此心心相印的人，你就可以回过头去对岁月说：谢谢，我庆幸那次失恋。

真的，别那么悲伤，或许那个真正能够使你幸福的人，正在不远的前边等你。

失恋的痛楚源于对往事的沉湎和精神上的一时无所适从。如此，减轻失恋痛苦的方法可以是进行一次短途或长途的旅游。大自然有一种神奇的魅力，她的博大和美丽，可以帮助你从对往事的沉涵中或多或少地解脱出来，可以稀释和淡化你的忧郁；你也可以做自己平时最喜欢做的事，便精神有所寄托。在这个时候，匆匆忙忙再进行一次恋爱，多半是不理智的，由于你急切寻求精神上的安慰和寄托，很容易接受一份在冷静的时候并不乐意接受的感情馈赠。

失恋并不完全是一件坏事。对于作家，它可能会是一部催人泪下的小说；对于诗人，它可能是一些缠绵悱恻的诗篇；对于画家，它可能是一幅真挚深沉的绘画；对于普通人，它可能是一个值得反复咀嚼的忧郁而美丽的深长的回忆。

付出了不一定能够得到，无论在什么事情上，你都要有这样的思想准备。这样，得到了是一份欣喜，没有得到，也不至耿耿难眠，这在感情上尤其是如此。

得到了也有可能失去，无论你得到了什么，都不妨时常这样提醒自己。这样，得到的时候会倍加珍惜，失去的时候也不至无从接受，这在爱情上尤其是如此。

不论是男人还是女人，常常容易产生这山望着那山高的感觉，可是真的到了"那山"才发觉还是"这山"高。

为了不使自己追悔，对待爱情一定要慎重。

初次收录于《汪国真哲思妙语精华》（兰州大学出版社，1992年）

谎言·流言

关于谎言，老林肯说过一段非常精辟的话：你能够在某些时候欺瞒所有的人，你也能够在所有的时候欺瞒某些人，但你却不能在所有的时候欺瞒所有的人。

是的，你骗得了一时，却骗不了历史；你骗得了个人，却骗不了人民。

说谎是一种不道德，信谎是一种不明智，传谎是一种不负责。

对于总说实话的人，我们好办，信任他就是了；对于一贯说谎的人，我们也好办，信任他说的反面就是了；对于有时说实话有时说谎话的人，我们最难办，我们不知该信任他还是轻视他。

如此说来，最惹人嫌的既不是说实话的人也不是说谎话的人，而是那些一半说实话一半说谎话的人。

有许多谎言是不必由我们来揭穿的，让撒谎者最后自己揭穿自己岂不更绝妙。

在人一生中，不说一次谎几乎是不可能的。只要这种谎言只利己，不损人，我们是大可不必深究的。

诋毁别人，需要谎言；谎言多了，必有破绽。只要善于分析，识破谎言常常不是很困难的事。

同是扯谎，做宠臣与做首脑是极为不同的。波将金扯谎，是为了欺瞒叶卡捷琳娜女皇一个人，希特勒撒谎却是为了蒙骗大众。

谎言不与政治沾边，一般都是小谎；谎言如与政治相连，常常是弥天大谎。

说谎是小聪明，诚实是大聪明。说谎先成事后败事，诚实可能先败事，但最后一定能成事。

人的一种可悲在于：受到别人流言伤害的人，有时又是听信和传播流言去伤害别人的人。
你是无辜的，又是有罪的。

不必向人过多表示你是多么不在乎流言，多做这种表示，恰恰说明你在乎。还是忙那些自己该忙的事吧。

流言的卑鄙在于：它也可以杀人，却又难以捉到凶手。

流言可以杀死阮玲玉，却杀不死鲁迅，这说明流言是可怕的，也是无奈的。
倘若自己的意志如磐石，对流言的鞭子又何惧之有？

流言之所以起作用，是因为生活中有许多听信逸言的奥赛罗式的人物。如果我们不做奥赛罗，流言的作用就很有限了。

你可以找到一个流言较少的环境，却难以找到一个不存在任何流言的环境。因此，有时想法改变一下环境是必要的，但更主要的是适应环境。适者生存。

为流言所烦恼，恰是散布流言者所希望的。让我们的心里和眼里，只充满大地的无限和海洋的浩荡。

把心系于远方，把目光投向海洋，不斤斤计较一事一日之真伪与短长，我们应该有十年之后再笑流言的气度。

初次收录于《汪国真哲思妙语精华》（兰州大学出版社，1992年）

聪 明

总是事后表现出聪明的人，事前必都不大聪明。因为如果他事前总是很聪明，又怎么还会有事后表现聪明的机会？

在武大郎开的店铺里干活，表现得比武大郎聪明这本身恐怕就不够聪明。

人在年轻的时候干的一些冒失或荒唐事，经常不是因为没有足够的聪明预见其危害，而是因为心境修炼得还不够火候。

"吃一堑，长一智。"生活中的聪明大抵都是摔打磕碰出来的，获得一份聪明，有时真不知得付出多少代价。

人若锋芒毕露恐怕不够聪明，含而不露的更聪明。不过倘若人人学得含而不露，城府很深，聪明固然聪明，却也多少有点可怕。

聪明有大聪明和小聪明之分。古时齐国晏子"不出尊俎而折冲千里"是大聪明。"平原君贪冯亭邪说"却是小聪明。

聪明人领导笨人，难受的是聪明人。笨人领导聪明人，难受的还是聪明人。

"三日入厨下，洗手做羹汤。未谙姑食性，先遣小姑尝。"唐朝的这首小诗，可说把一种女性的聪明描写得十分传神。

一个总嫌自己不够聪明和精明的人，实际上他往往是一个过于聪明和精明的人。

聪明人常在诱惑面前变得糊涂，说糊涂话，办糊涂事。诱惑能使聪明变成愚蠢。抗拒诱惑，亦是不失去聪明。

聪明不仅是知道什么是应该争取的，而且知道什么是不能要的。要得太多反而连自己原有的也失去，这怕是不聪明。

发表于1992年8月9日《新民晚报》，收录于《汪国真哲思短语〈开朗文库4〉长短人生》（台湾金安出版社，1993年）

传　统

维护传统与反传统这是事物的两个方面。当然，要维护的不是一切传统，要反对的也不是一切传统。

在对待传统问题上，所谓保守，就是顽固地维护已经落后于时代的传统，所谓过激，就是把仍有积极意义的传统也列入决裂和打倒之列。

摈弃旧的传统需要一个过程，企图一蹴而就是不现实的。例如某些旧传统窒息人性，但这只是对具有新思想和意识的人来说才是这样。对于没有意识到这一点的人来说是谈不上窒息不窒息的。而使人们都意识到这一点则需要时间——过程。

最出色的变革者，不会是对传统一无所知或知之甚少者，而是对传统有深刻了解者。

即便是致力于反传统的人们，在反传统的思维和方式中也仍难免有传统的影子。

法国人文主义思想家蒙田已经够有首创精神的了，但后人对他的评价是:"并没有真正摆脱传统文化束缚。"改变传统既是一个漫长的过程也是一个渐进的过程,一下子摆脱传统是不大可能的。

传统是一条从远方流下来的河,我们饮用的是这条河里的水。我们的生存离不开这条河,为了健康生长的缘故,我们又要对河水做些诸如过滤、煮沸的工作。这可说是我们与传统的一种关系吧。

初次发表于1992年第17期《辽宁青年》,收录于《1994汪国真哲思短语》(时代文艺出版社,1994年)

舆　论

有什么样的立场，就有什么样的舆论。

舆论常为两种人说话：特别强的人和特别弱的人。

舆论是强大的有时也是无力的。几乎没有什么人不畏惧舆论，足可以表明它的强大，有时舆论却解决不了一个不算太大的实际问题，又说明它的无力。

我们应该重视舆论，却并不一定要什么时候都和舆论保持一致，就像我们应该注意大多数人的意见，却不一定要什么时候都和大多数人的意见保持一致一样。我们不妨看一看法国著名作家让·拉古都乐所著《戴高乐全传》中的一段话："当90%的法国人在忍受德法亲善的时候，他领导了国外抵抗运动；当3/4的法国人仍然维护法属阿尔及利亚的时候，他开创了非殖民主义化的最大胆的行动阶段……"历史证明：戴高乐的某些做法是更有远见的。

不仅如此，如果对舆论不加分析和判断，有时还会上当受骗。西汉人邹阳曾为逸言所害，被囚于狱中，他写了《狱中上梁王书》，其中说道："昔者鲁听季孙之说而逐孔子，宋信子罕之计而囚墨翟。夫以孔墨之辩，不能自免于谗谀，而二国以危。何则？众口铄金，积毁销骨也。"梁王见书，才把邹阳放了。可见，对于舆论，的确是不能不加以思考的。

对于许多有创造意识和锐意进取的人来说，他们所惧怕的并不是面临的困难和挫折，而是舆论。他们怕舆论误解其初衷，笑其行为，嘲弄其失败。若舆论能对这些人多些理解，多些同情，多些帮助，社会和生活中便会多些创造，多些情致，多些色彩，人与人之间也便会多些和睦与宽容。

舆论令人信服才有力量。历史上对于一个行将覆灭的政权来说，武力若救不了它的命，舆论也不能。

一个蔑视世俗舆论的人，称得上是一个勇敢的人，但是他为此付出的代价常常也是昂贵的。

初次发表于1992年第18期《辽宁青年》，收录于《1994汪国真哲思短语》（时代文艺出版社，1994年）

变　革

穷则思变。在一个贫穷的国家让普通的人们赞同变革往往并不是件很困难的事，甚至是很得人心的事。一无所有，使人一无所惧，虽有不多，人们顾忌的心理也不会太强。变革的阻力主要来自既得利益和因循守旧者。成功的变革会使大多数人过得更好，却可能使这部分人过得不如从前好，至少不如从前悠闲和滋润。

愈是历史悠久的国家愈需要变革，因为陈旧的东西太多，愈是历史悠久的国家愈是难以变革，因为习惯的力量太强。这样，不变革国家会因为缺乏新鲜的活力而变得衰弱，而太剧烈的变革又易同强大的习惯力量发生强烈对抗而使变革的前景变得扑朔迷离甚至夭折。这是一门极难把握的艺术，它需要大的艺术家。

有强有力的人物支持变革，这是变革成功的极有利条件。这样，变革没有大的失误局面而会健康发展，纵有一些失误局面也不至失控。变革一旦发生控制不了局面的情形，将会危及社会。因此，有强有力的权威支持变革，步子可以大一些，否则变革首先是稳而不是快，稳是变革得以继续和深入的前提。不论怎么说，顺应历史潮流的变革是一种必然。关于这一点，培根说过一句很精辟的话:"若不能因时变事,而顽固恪守旧俗,这本身就是致乱之源。"

就绝大多数老百姓来说,他们支持变革是希望从变革中得到实惠。如果变革长期不能给他们带来实惠反而是损失,那么变革的支持者后来就可能成为观望者甚至是反对者。这也就是说,变革不是不能犯错误,而是不能接连不断犯错误特别是大的错误。从老百姓对待变革的态度上,便能在很大程度上看出变革的成败。

历史上著名的亚历山大大帝临终之际,属下问他谁可以成为他的继承者时,他说了一句很简短又很耐人寻味的话:"最强者。"变革时代,会是一个英杰辈出的时代。能在这个时代在各个领域崭露锋芒、大有作为的,势必也将会是一批"最强者"。

初次发表于1992年9月5日《新民晚报》,收录于《汪国真哲思短语〈开朗文5〉反刍细语》(台湾金安出版社,1993年)

浅　薄

从浅薄到深刻需要一个过程，这既是一个学习的过程，更是一个实践和思考的过程。这里不妨套用苏联作家西蒙诺夫的一部长篇小说的名字：《军人不是天生的》。

如果你想证明自己不浅薄，最好的方法不是夸夸其谈或故作深刻，而是有所建树，因为不论在哪一个领域要有所建树，都需要知识或经验，需要真才实学。

《论语·八佾》中道："子入太庙，每事问。或曰：'孰谓鄹人之子知礼乎？入太庙，每事问。'子闻之，曰'是礼也'。"从上面的情形我们可以看出，不真正了解或懂得一个人，会得出这个人不知礼、浅薄的印象。当然，也可能会得出相反的印象。随便轻率地下结论，这本身也可说是浅薄的一种表现。

常议论别人浅薄的人，意在表明自己深刻，而一个深刻的人，是不会常去说别人浅薄的。由此，反证出常议论别人浅薄的人与深刻无缘，倒与浅薄结缘了。

就文学作品而言，浅显不是浅薄，浅薄往往并不浅显。

纵观中外文学历史，名小说、名诗歌、名散文，大都是浅显易懂，并不拒人于千里之外的，倒是一些貌似深奥和晦涩的东西从骨子里透出了浅薄和一副小家子气。它在当时引不起人的兴趣，在后世则更被人遗忘。

浅薄的人在行动上常表现为张狂，在理论上常表现为轻狂，在追名逐利上常表现为疯狂。

没有多少自己的见解和建树，却又睥睨一切，自以为是，这是浅薄的一种经常表现。

浅薄并不很可悲，如果知道自己浅薄的话。可悲的是本身浅薄，还以为自己特别深刻。

初次发表于1992年第20期《辽宁青年》，收录于《汪国真哲思短语〈开朗文5〉反刍细语》（台湾金安出版社，1993年）

实　际

　　艺术是浪漫的，实际的生活并不那么浪漫。因为生活并不那么浪漫，我们向往艺术；因为艺术的浪漫，我们更珍惜生活。

　　从实际出发，在政治上无疑应该注意从国情出发，在经济上无疑应该注意从市场出发，在军事上无疑应该注意从了解敌我的情形出发，在文学上无疑应该注意从生活出发。不充分考虑国情的主张，不充分把握市场的生产，不充分了解敌我情形的运筹，不充分体验生活的创作，注定都是没有前途的。

　　实际一点，不是说世俗一点，而是说客观一点。只有充分尊重客观，我们才能取胜。

　　坚持从实际出发，常常并不是件容易的事，这一点从本世纪早期德国出色的外交家斯特莱斯曼的外交生涯中便可看出。他坚持从实际出发的外交决断给国家带来了利益，却常不为世人理解并遭到非议。

　　理论不是教条，如果尽信书还不如无书。在商品经济的大潮中，许多文化素质并不太高的人竟然能够尽领风骚，而相当多文化人"下海"却一败涂地，其重要原因之一，是前者更懂得从实际出发，而后者往往只擅长脱离实际地高谈阔论。

《韩非子·说林上》中说："鲁穆公使众公子或宦于晋，或宦于荆。犁锄曰：'假人于越而救溺子，越人虽善游，子必不生矣。失火而取水于海，海水虽多，火必不灭矣，远水不救近火也。'"脱离实际的道理，就仿佛救不了近火的远水，不解决任何问题。

注重实际、注重理论和实际的结合，不为一些似是而非的玄妙理论所误导，可使我们快出成果，早出成果。

一个人的才华或才干必须在实际中才能得到检验。一个真正有才华或有才干的人，不是那种整天口若悬河、故作深刻的人，而是那些在各个领域做出了实实在在业绩的人。

初次发表于1992年第24期《辽宁青年》，收录于《汪国真诗文集〔首版〕- 哲思短语》（内蒙古人民出版社，1996年）

经　商

对于很多人来说，他们从商的兴趣仿佛买奖券，几次徒劳无功，其兴趣便会顿减。

既然商场犹如战场，那么商人们喜读《孙子兵法》也就是顺理成章的事了。《孙子兵法》十三篇中，最能在商战中派上用场的当数《计篇》《谋攻篇》和《势篇》。

为了事业上的发展，人们常常需要合作。为长远计，合作伙伴彼此不要指望将来在利益面前人人谦让，而是事先就把利益分配方面的问题说清楚。这是一个人人皆知却不是人人遵循的问题。

今天，当各行各业的大量人员改道去经商时，商场上的竞争便变得分外激烈。竞争说到底是人才的竞争，在大家彼此都有了相当多的优秀专业人才时，谁还有明显的优势可言？最难得的并不是专业人才，而是具有一定专业知识的运筹人才。运筹人才至少要具备两点：第一，能够通观全局，然后善于出奇制胜；第二，具有远见卓识，擅长做"下一篇文章"。具有专业知识的运筹型人才不仅会为公司或企业带来眼前利益，还会带来长远利益。

有不少人太愿意成为一个成功的商人或企业家了,可是却太不愿意去忍受甚至去想成功之前几乎是必须要经历的那些艰辛和磨难。这些人一般都会半途而废。

三十岁、四十岁或者五十岁才致力于经商晚吗?美国有位叫玫琳·凯的女性,她在退休后才开始创办自己的公司,后来,她成了一位拥有二十万员工的非常著名的企业家,人称"祖母级企业家"。由此可见,五十岁经商不算太晚,何况四十或三十岁了。

初次发表于1992年12月29日《新民晚报》,收录于《1994汪国真哲思短语》(时代文艺出版社,1994年)

伤　害

许多人都曾有这样共同的经历：他为社会做出贡献的回报是自己受到伤害。当人们为了保护自己，不得不时时小心翼翼甚至甘居下游的时候，受损害的则是整个社会。

如果说真话总是受到伤害，许多人就会学着说假话；如果有棱角总是受到伤害，许多人就会学着变圆滑；如果太出色总是受到伤害，许多人就会学着甘于平庸。当生存环境客观上鼓励诸如假话、圆滑、平庸等现象的时候，有才志者常做两种选择：一是离开这个环境，二是任凭自己湮没。因无论哪一种选择，都是社会的一种损失。

轻信容易受到伤害也容易伤害别人。生活中有的人几乎不信任任何人，多是因为他从前过于轻信。

最难说清和了断的是感情上的伤害和受伤，很多时候像水和乳，交融在一起了。

对于一个心胸狭小、嫉贤妒能的人来说，仅仅是别人比他强，对他便既成为一种威胁也成为一种伤害。威胁的是他的地位，伤害的是他的自尊。

最大的伤害不是肉体上的伤害，而是心灵上的伤害，因为它更难以愈合。如果这种伤害来自亲人，来自同胞，则更是一种悲哀。一位在美国的中国女作家写道："在外国，你比我强，我向你学，同你竞争，努力赶上你。在中国，你比我强，我就搞你，搞得你完蛋，趴下为止。"这难道不是道出了一种太普遍又太可悲的现象吗？

伤害总是在冠冕堂皇的理由下进行的，就像阴影总是在阳光之下。

如何面对伤害呢？塞内加如是说："伤害你的人有强有弱。若是弱者，饶恕之；若是强者，避开之。"不是一切时候，但在很多时候这可以说是一种明智之举。

初次发表于1992年第4期《检查与廉政》，收录于《汪国真哲思短语〈开朗文5〉反刍细语》（台湾金安出版社，1993年）

虚　假

社会上之所以有那么多假烟、假酒、假药，归根结底是因为人假。

如果在某一领域太多的人都在弄虚作假，那么原因可能主要有两个：或者是对其要求太苛，逼得人们去弄虚作假；或者是对其处罚太轻，客观上怂恿人们去弄虚作假。

在经济上，弄虚作假无疑是一种短期行为，这样的行为可以造就暴发户，却造就不了真正的实业家。

在感情上，一个人若太多情，必然导致弄假，否则他（她）无法掌握平衡。

感情的力量甚至可以改变一个已经变得虚假的人。英国作家克罗宁的《城堡》中的主人公安德鲁·曼逊经不起金钱的诱惑，最后甚至以弄虚作假蒙骗病人的方法牟利，后来在妻子克里丝婷的帮助下弃旧图新。小说的故事是美好的，遗憾的却是，我们在生活中开始比较多的看到的是与之相反的故事。

没有什么虚假是能够禁得起时间和推敲的，若推敲不能够证明其虚假，那么时间将能够证明。

在一个明察秋毫的领导手下，有多少人敢弄虚作假？当一个地方弄虚作假的行为成风，则可以反证出这个地方的领导某种程度上的昏聩，或者干脆是与之同流合污了。

虚假伪劣的东西，不受打击便成召唤和旗帜。

不要因为害怕虚假把真诚也拒绝了。因为世界上并不是只有你一个人是真诚的。凡事只要悠着点儿，自己就容易立于不败之地。

收录于《汪国真哲思短语〈开朗文 5〉反刍细语》（台湾金安出版社，1993 年）

流　行

一度流行的东西，可能是时代的产物，在经过了相当长时期（不是三五年），曾经流行的东西再度流行，则必然是价值的产物了。某种服饰、作品、语言，一般都只是在青少年中流行，这说明青少年对新鲜的事物抱有一种天然的敏感和喜好。

唐代诗人崔护在《题都城南庄》诗中写道："去年今日此门中，人面桃花相映红。人面不知何处去，桃花依旧笑春风。"流行的事物中有些将很快被时间淘汰，有些则有永久存在的价值，是可以"桃花依旧笑春风"的。

一般来说，凡是流行的东西都具有鲜明的个性，没有鲜明个性的东西，难以流行。独特产生魅力，流行因为独特。

以不屑的态度拒绝流行，并不能表明拒绝者的高超。很多时候是因为拒绝者没有使自己的东西流行得高超，于是只有以拒绝流行来表明自己的"高超"了。

流行的事物不是生活中必不可少的事物，却多是富有时代气息的事物。很多人不愿被人视为孤陋寡闻的落伍者，因此，一种东西开始流行，很快便有更多的人为其推波助澜。

作品的流行与否同作品的品位高低没有必然的联系。流行的作品未必就是俗的、品位低的；不流行的作品未必就是雅的、品位高的。反之亦然。法国作家拉伯雷的小说《巨人传》出版后，立即被抢购一空，"两个月销去的册数比《圣经》九年卖得还多"，但其并不俗，品位也不低。而不流行的作品中平庸浮华之作不是比比皆是吗？

流行既可以是因为对公众的迎合，也可以是因为对公众的引导。迎合性的东西其生命力一般是短暂的，引导性的东西其生命力一般则较久远。所谓引导是把握了未来的一种趋势，所谓迎合则是抓住了公众一个时期内的情绪。

初次发表于1993年第1期《大时代》，收录于《汪国真精品集 下 小语》（青海人民出版社，1998年）

鉴　赏

　　学会鉴赏，就是学会发现和理解被鉴赏事物的真正价值所在，这需要知识和经验，也需要敏锐和远见。

　　以善相马著称的春秋时代的伯乐，真名叫作孙阳，因为善相马，人们以掌天马的星名"伯乐"相称。西汉刘向《战国策·燕策二》中道："人有卖骏马者，比三旦立市，人莫之知。往见伯乐，曰：'臣有骏马，欲卖之，比三旦立于市，人莫与言，愿子还而视之，去而顾之，臣请献一朝之贾。'伯乐乃还而视之，去而顾之，一旦而马价十倍。"这个故事，充分说明了生活中鉴赏的重要性。

　　懂得了鉴赏，也就懂得了汲取。懂得了哪些是有价值的瑰宝，哪些是金玉其外、败絮其中的赝品，也就懂得了收藏。

　　对于有争议的鉴赏对象，不必匆忙下结论，过若干年回过头来看，会更准确，更客观。

　　历史上的齐桓公可说是个人才的鉴赏大家，他充分信任和重用管仲即是证明之一。他的明智使得屡进谗言的竖貂和易牙等小人无可奈何，使齐国得到大治。《东周列国志》第十七回中的一首小诗，生动地描写了这一情形，即便今天读来，仍颇堪回味："疑人勿用用无疑，仲父当年独制齐。都似桓公能信任，貂巫百口亦何为？"有了像齐桓公这样的眼力，何愁珍珠蒙尘？

人们对文学和艺术鉴赏力的普遍提高，使得人们逐步变得不盲目而会选择，这将使靠故弄玄虚、虚张声势，习惯玩弄雕虫小技的人难以施其技。他们的失落，正是表明了社会的进步。

对于同样的事物，公众和专家的评价往往不一样。因为前者更多的是凭感觉，后者更多的是凭经验。这里常没有绝对的谁对谁错。这是因为感觉常因缺少理性而需要提高，经验常因落后于时代而需要修正。

"不怕不识货，就怕货比货。"对被鉴赏的事物做出评价，常是可以通过比较来完成的。比较可说是最常用的一种鉴赏方法。

初次发表于 1993 年 1 月 10 日《北京青年报》，收录于《1994 汪国真哲思短语》（时代文艺出版社，1994 年）

文　学

一个文学大家，首先应是一个社会或人性的解剖大家，就像医学上的盖伦和维萨里。

文学是可以有流派却忌门户之见的，各种文学流派的产生可以使文学更繁荣，而门户之见却很容易使文学误入歧途。

事物都是有规律的。如果我们认真研究一下曾经传播和流传下来的都是些什么样的文学作品，我们大致就可以知道今天什么样的文学作品可以传播和流传。如果我们大致知道今天什么样的文学作品可以传播和流传，我们在创作和研究上就会比较清醒而不致太盲目。

根雕艺术是很忌过多雕琢的，太过雕琢反而会损害作品的价值，文学作品也是。

文学作品的价值主要取决于自身，而不是由主要的受众是谁来决定。安徒生和格林的作品主要是写给谁的？

当我们喜欢文学的时候，我们可能是单纯的，当文学青睐上我们的时候，我们便再也难以单纯了。

在文学实践中，名家的帮助和提携固然重要，但更靠得住的是自己的实力。"草不谢荣于春风，木不怨落于秋天"，若我们能以这样的态度对待文学，则个人幸甚、文学幸甚。

文学创作需要激情也需要悟性，缺少悟性的人创作出来的作品总是缺乏灵气和震撼力。一般来说，凡成大家，悟性必高。

在一个有着悠久文化传统和拥有十一亿人口的大国，文学的繁荣固然不那么容易，文学的凋敝也不是那么容易，即便在商品大潮的冲击下也是如此。只要文学创作不囿于一些陈腐的理论和观念，我们对文学的前景就没有必要太过悲观。

初次发表于1993年1月31日《北京青年报》，收录于《1994汪国真哲思短语》（时代文艺出版社，1994年）

战　争

人类的和平时期真是太短暂了，这使得历史上最杰出的政治家往往也是最杰出的军队统帅。

谁若想发动战争，是不难找到借口的。没有借口，也可以制造一个，就像制造武器那样容易。

现代战争进行的方式是先进的，起因却是古老的。

战争首先剥夺的是一个国家或民族中最年轻的一部分人的生命，所以意大利诗人贺拉斯说："所有的母亲都憎恨战争。"

人类的进步，使得人类不仅有了更先进的武器，也有了更理性的战争观。先进的武器可以把地球毁灭许多次，而理性的战争规则对这种能力加以了限制。

谁都会说自己的军队和武器是用来防卫的，大家都这样说。如果大家都这样说又这样做就不会有战争了。可是我们看到的是这个世界上战火连绵不断。

医治战争给心灵带来的创伤比战争本身需要更长时间，那不是来点儿杜冷丁、可卡因之类的药品，就能很快奏效的。

战争是最大的新闻。即便是一场与己关系不大的战争，人们对其的关注程度，也会胜过关注周围发生的事件。

大概只有在战争中，诡计多端才不是个贬义词而是个褒义词。如古希腊人的木马计，"二次大战"中盟军在诺曼底的登陆，1976年"十月战争"中埃军对以军的突袭等，都是善用诡计的成功范例。

这么多年来，与其说战争是和平的间歇，倒不如说和平是战争的间歇。

初次发表于1993年第2期《大时代》，收录于《1994汪国真哲思短语》（时代文艺出版社，1994年）

容　纳

容纳是借鉴也是汲取，借鉴使人明智，汲取使人强大。

对于有价值的东西，不一定要什么都喜欢，却应什么都容纳。喜欢与否是兴趣问题，容纳与否是气度问题。

宋朝欧阳修在《与梅圣俞书》中说："读（苏）轼书，不觉汗出，快哉快哉！'老夫当避路，放他出一头地也。'"显然，欧阳修是有着容纳别人的胸怀的，欧阳修的胸怀不仅成全了曾巩、王安石、苏洵和苏轼，也完善了自己。

不能容纳不同意见、风格和流派的人，在无权的时候表现为狭隘，在有权的时候表现为专制。

许多时候，容纳应是循序渐进的，这就好比营养价值再高的食品，也得一口一口吃，否则不但嗓子受不了，胃也受不了。

容纳是一种自信和有力量的表现。有容纳吞吐胸怀的人，他不怕容纳了别人便辱没了自己，而觉着这对自己的提高和强大有利。

而不自信和缺少力量的人，则多缺乏容纳吞吐的胸怀。于是，便想方设法排斥和打击外来事物和新生事物。

一个富裕的社会，并不会轻易真正容纳来自贫穷社会的人，它容纳你的条件是：要么你卓越，要么你堕落。否则，它常常会让你觉得比生存在原来的那个环境还难受。当然，卓越还须是那个社会需要的卓越，如果不需要，卓越和普通也就没多大区别了。

容纳别人与被别人容纳，虽仅是一字之差，二者心境却相差甚远，所幸的是任何事物都不是一成不变的。

容纳可以弥补我们的某些薄弱也可以弥补个人的才情不足。谁是完美无缺的呢？谁又敢说自己是才华盖世的呢？

初次发表于1993年3月22日《新民晚报》，收录于《1994汪国真哲思短语》（时代文艺出版社，1994年）

思　考

读书多的人不一定是善于思考的人，只读书而不善于思考的人，是很难有真知灼见的。

正确的思考有赖于对事物的客观把握。否则，对有权者来说很容易"专听生奸"，对普通人来说很容易"偏信则暗"。

思考能使行动明智。

西晋时候，"竹林七贤"中的王戎是个从小就善思考的人。一次，他同小伙伴看到大路边的李子树上果实累累，其他儿童都去攀摘，只有王戎站立不动。有人问他为何不摘，他说如果路边树上的果子很甜，早被人摘光了。有的孩子尝了一下，的确如此。这是小事，如果是大事，则有可能对一生前途产生影响。

为了引起人们的注意和否定旧的观念，一种新思维的倡导者，往往书生气地把其主张推向极端。思考，就是汲取其中合理的成分，而把过于偏激的部分关在门外。

学会思考可以避免盲从，避免人云亦云。只会人云亦云，不但是没有主见的表现，也是没有出息的表现。

思考能给人以自信和力量。"给我一个支点，我可以撬动地球。"这样振聋发聩的话语不是出自科学昌明的今天，而是出自远在公元前二百多年的古希腊大科学家阿基米德之口，我们怎能不感叹人类的气魄与伟大？

只有放开眼界，敞开胸怀，才能更好地思考。否则，总是思考一些别人早已思考过了的东西的人，是难有大作为的。

初次发表于1993年第4期《人生与伴侣》，收录于《1994汪国真哲思短语》（时代文艺出版社，1994年）

理　智

　　一个理智的人，即使面对羞辱也能保持冷静，而不会一触即跳或走极端，使自己在愤怒中迷失方向。

　　一个人失去了理智，就得准备接受打击和惩罚。因为理智不许做的事，都是在寻常状态下不应该做或不能够做的事。

　　理智有时确是很脆弱的，甚至不堪一击。特别是在面对强烈感情时候，人是很难保持理智的。这个时候，不使理智的城堡陷落的有效办法，就是及时回避。

　　一个理智的人会更懂得审时度势、扬长避短，让自己走向成功。而一个好冲动的人，却较少考虑自身条件，凭着一时的冲动去行动，到头来一事无成，枉费了许多精力和时间。

　　除了白痴，没有一个人是在什么情况下都能保持理智的。我们不一定非要似"诸葛一生唯谨慎"，却应努力像"吕端大事不糊涂"。

　　太优越的条件，太娇纵的教育，对年轻人委实没多大好处，它很容易使人变得任性而少理智。像美国电视连续剧《浮华世家》中的迈尔斯那样总爱捅娄子，给生活带来麻烦。

理智不但是一种明智，更是一种胸怀，没有胸怀的人，总是缺少理智。而一个没有胸怀和缺乏理智的人则难成大器。"所取者远，则必有所待；所就者大，则必有所忍。"古往今来，大抵如此。

失去理智，会使一个人的行为变得愚蠢或者可笑。为了不使自己陷入愚蠢或者可笑的境地，我们应尽量克制冲动，保持理智。

初次发表于1993年第4期《中国妇女》，收录于《1994汪国真哲思短语》（时代文艺出版社，1994年）

家　教

习惯的力量是强大的，家教就是培养习惯。仅此而言，家教也是太重要了。

从《傅雷家书》中，我们看到了一位父亲对孩子的大爱。大爱教会孩子做人成才，而小爱或者叫溺爱常会使孩子误入歧途。

孩子有时是需要重责的，轻描淡写的批评很容易流于形式。当然，重责并不是打骂，而是严厉，而是严肃，而是语重心长。

父母教孩子似应有分工，一个担当严厉些的角色，一个担当仁慈些的角色。严厉使孩子有所忌，不致打小就任性胡为；仁慈使孩子心智茁壮成长，不致使性格压抑、扭曲。双方互为补允，相得益彰。

"骏马能历险，力田不如牛。坚车能载重，渡河不如舟。舍长以就短，智者难为谋。生才贵适用，慎勿当苛求。"清代顾嗣协的这首《杂兴》诗，是说用才当扬长避短，而培养孩子成才又何尝不该因势利导呢？

至少在表面上,教育子女时父母的意见应是一致的。否则,不要指望孩子会更听其中一个的话。弄不好,两人的话孩子都不听。一旦如此,教育也就难以进行了。

在人们的印象中,孩子似乎更乐意听教师的话而不是父母的话。实际上给予孩子影响更深的还是家长而不是教师。赫伯特说:"一个父亲胜过一百个老师。"此话虽有些夸张,大致意思却是不错的。

当孩子们在一起的时候,从他们的言谈举止中不难判断出其中的优劣。从表面上看这是孩子与孩子的比较,实际在很大程度上这是父母与父母的比较,或者说是家教与家教的比较。

初次发表于1993年第5期《中华家教》,收录于《1994汪国真哲思短语》(时代文艺出版社,1994年)

参 与

参与，是对自己和生活的一种挑战，一个人只有不断地对自己和生活提出挑战，他才能够发展。一个人一旦停止了新的挑战，他的发展也就基本到头了。

参与是不能太计较成败和形象的，一个人若太计较成败和形象，他还有多少勇气参与呢？

参与的成功是人生的一种纪念，失败也是一种纪念，积极地参与各种有意义的活动，构筑了丰富的人生。不仅如此，参与后失败了的遗憾，可以用以后的成功来弥补，而稍纵即逝的机会若失去了，又靠什么来弥补呢？

参与之所以重要，是因为只有参与才能增长才干，才能开阔眼界，才能丰富生活。

参与，有时能够创造出自己也意想不到的奇迹。文艺复兴时期意大利著名的雕刻家米开朗琪罗，因出众的才华而遭到了一些人的忌恨，这些人怂恿教皇尤利乌斯命令对绘画还没有深厚功力的米开朗琪罗去画西斯廷教堂天顶的壁画，以使他难堪。米开朗琪罗虽曾拒绝，但终为专横的教皇所迫拿起了画笔，于1508年5月10日参与、投入了创作，后来他赶走了所有助手，用了四年半的时间，创作出了举世公认的艺术珍品——西斯廷壁画《创世纪》。

不要指望凡参与都能获胜，获胜者常常只有一个，幸运儿不是人人都可以当的。

从一定意义上说，参与意识就是一种当代意识，一种自己起来掌握自己命运的意识。

重要的在于参与而不在于获胜，这是一个全人类都适用的口号，这个口号的重要意义在于它鼓励人们以积极的态度投入生活。

初次发表于1993年7月《现代人》，收录于《1994汪国真哲思短语》（时代文艺出版社，1994年）

舞　蹈

舞蹈艺术是美的又是残酷的。美的是它的表现过程，残酷的是它的训练过程。

舞蹈是青春的语言，失去青春的舞蹈，总让人感觉有点词不达意。

舞蹈在其发展过程中发生的一些事件，今天听来简直有点像天方夜谭。曾有人设计了一种"莉莉公主腰带"，上面有一特制的钢质围腰上铆了三颗大金属钉，以保持双方的"距离"，这个设计者真是太了解又太不了解这个世界了。

一般来说，有音乐的地方不一定会有舞蹈，有舞蹈的地方则会有音乐。舞蹈，真是一种美妙的艺术，在愉悦了我们的视觉的时候，总是又令我们的听觉同样愉悦。

《天鹅湖》《睡美人》和《胡桃夹子》，被称为古典芭蕾舞的三个里程碑，这三部芭蕾舞剧的作曲都是柴可夫斯基一人。这使我有一种感觉：往往是一部杰出的艺术品造就艺术家，许多部杰出的艺术品造就艺术大师。

舞厅舞之所以长盛不衰,除了它自身和其氛围构成的魅力外,恐怕还因为它是一个容易产生各种各样的故事的所在。

舞蹈是相当能够表现人的性格的。从一个民族的舞蹈风格和一个人所热衷的舞蹈类型上,便能够在一定程度上认识一个民族或一个人的性格。

剑是刚,舞是柔,把剑与舞融为一体,真是名副其实的刚柔相济了,难怪杜甫的《观公孙大娘弟子舞剑器行》能写得如此神采飞扬:"昔有佳人公孙氏,一舞剑器动四方。观者如山色沮丧,天地为之久低昂。㸌如羿射九日落,矫如群帝骖龙翔。来如雷霆收震怒,罢如江海凝清光。"这真是情到手方到,手到起波涛。

初次发表于1993年7月12日《江南晚报》,收录于《1994汪国真哲思短语》(时代文艺出版社,1994年)

愤　怒

愤怒中容易失去理智，虽然失去理智的宣泄很痛快，但也易留下隐患。

一个人在平时可能会说假话，愤怒时却会说真话，除非那愤怒也是假的。

人在愤怒平息之后，常常是悔意便来。既然后来生悔，当初，为何不尽量克制一下呢？

愤怒可以出诗人，却难出大政治家和军事家。政治家和军事家若易怒，恰恰是他的对手希望的。所谓"激将法"，大抵是为莽汉准备的。

易怒者伤身，殒命。

据《晋书·王逊传》载：晋惠帝时为南夷校尉的王逊，外讨内治，颇有政绩。当时有成汉将领李骧来犯，王逊派将军姚崇出战，大败李骧于堂狼。姚崇追至泸水。敌军落水而逃，死千余人。姚崇因远离大本营，不敢穷追，未尽全功而返。王逊知道后，谓此乃放虎归山。把全部军官关押，并令鞭打姚崇。王逊自己痛惜失去良机，越想越怒，半夜，竟在愤恨中死掉。若论王逊气量，比之韩信相差太远。

受了委屈，人发脾气太容易了。不容易的是受了委屈仍能处之泰然。有时候，修养就表现在这里，境界就表现在这里。

常见有人家中挂的条幅是个"忍"字。的确，日常生活和人际交往中，有多少事情真的是忍无可忍的呢？

愤怒时极易出口伤人，后来导致两败俱伤。杰弗逊说："愤怒时，心里数十下再开口，非常愤怒时，数一百下。"生活中，我们不妨试试。

初次发表于1993年7月15日《羊城晚报》，收录于《1994汪国真哲思短语》（时代文艺出版社，1994年）

行　动

先于别人思考，先于别人行动，也就先于别人成功。后于别人思考，后于别人行动，却很难后于别人成功。因为你所要面临的是太激烈的竞争和少得多的机会。

在一个竞争的社会中，别人行动的失误，往往为智者采取行动创造了机会。努力减少自己的失误，又善于果断地填补别人因失误造成的空白，我们便有可能后来居上，成为赢家。

采取重大的行动之前，应有充分的调查和准备。因为凡属重大的行动，都不宜或不易在中途改变或放弃。《礼记·中庸》中说："言前定则不跲。事前定则不困。行前定则不疚。道前定则不穷。"是非常有道理的。

好的动机并不一定有好的效果。明智的行动就是把二者有机地统一起来。这就是生活的艺术。

行动与动机并不都是统一的。不妥当的行动可能出自善良的动机，看似正当的行动背后却可能隐藏着险恶的目的。人应能够不为表面现象所惑，善于通过分析和判断还事物的本来面目，便是睿智。

草率或盲目的行动会造成危害或损失，因此，思而后行，不但应该成为准则，而且应该成为习惯。

在生活中，更重要的不在于说得好听，而在于做得好看。书本上的东西很多人都能讲得头头是道，行动起来却有胜与负的区别。我们是不能够赞赏那种在实际中总吃败仗的人的，尽管他能说得天花乱坠。

演讲也是一种行动，一种把自己置于众目睽睽之下的行动。它所树立的虽不是一个人的全部形象，却也是一个人最重要的侧面形象。不过，这种行动的全部目的却不是单纯地勾勒自己的形象，而是另一种行动：完善整个人类。

初次发表于1993年7月《演讲与口才》，收录于《汪国真诗文集〔首版〕－哲思短语》（内蒙古人民出版社，1996年）

制　胜

一般来说，一个人的天赋总是在某一个方面最为突出。倘若追求的事业和自己的天赋相一致，是最容易出成果的，反之则是最不容易出成果的，甚至是永远没有大的成就的。

制胜需要机会。塞万提斯在其名著《堂吉诃德》中说过一句耐人寻味的名言："有关着的门就会有开着的门。"是的，一个人只要有实力，是不愁没有成功的机会的。

一个人要赶时代的大潮流，却不一定要赶各种各样的小潮流，因为凡已成潮流，机会必少。最善制胜者，经常是那种能够做到潮流由我而始的人。

善制胜的人心像是火，头脑却像是冰。生活中有的人总也不能成功，往往是因为头脑和心温度一样了。

《韩非子·外储说左上》中讲了一个故事：战国时期郑国有一个叫卜子的人，他让妻子给他做一条裤子。"新裤子做成什么样呢？"他的妻子问。"像我的旧裤子一样就成了。"他回答说。于是他的妻子做好一条新裤子后又故意剪坏了几处，使之和过去破旧的裤子一样。

韩非子的这个故事，意在讽刺那些只知"法先王"却不懂变通的人。如果客观形势已发生了重大变化，而政治上的主张，经济上的主张，或者文学上的主张，却恪守老一套，丝毫不懂变通，显然是没有前途的，也是无法在实际中获得成功的。

制胜需要开阔的眼界和宽广的思路，当思维陷入一种单一的模式，便难出新出奇了。因此，经常跨出自己所从事的领域，从另一个角度考虑问题，是大有裨益的。

制胜首先要禁得起失败。嘲笑别人的失败或因失败了便沮丧，是没有多少道理的。试问世界上凡成大气候者，有多少人是从未失败过的呢？

初次发表于1993年第8期《时代青年》，收录于《汪国真精品集　下　小语》（青海人民出版社，1998年）

名　声

跨越了一定空间和时间的名声将会永存，它是历史的一部分。

有时，名声是可以被"炒"起来的，不过炒起来的名声将很难大跨度地超越时间和空间。因为在另一个环境中，它已失去了曾得以生存和壮大的条件与基础。

淡泊或欲望都能使人轻视名声，往往后者更甚。宋有谏议大夫程松寿，为了讨好权贵韩侂胄，买一美女进献，并为此女取名松寿。韩侂胄问他："为何此女的名字同你一样？"程松寿回答说："为使贱名常达钧听耳。"此人真是把马屁拍到家了，此时名声于他不过是一碟小菜。

当人追求名声的时候，得到的常是鄙视；当人获得名声的时候，得到的是羡慕和嫉恨；当人名声显赫的时候，得到的却是赞美。这究竟是谁之错？我以诗观名声：若求名声先受累，求得名声累双倍。无欲无求也有伪，取舍有道少是非。

初次发表于1993年9月2日《羊城晚报》，收录于《1994汪国真哲思短语》（时代文艺出版社，1994年）

气　度

气度便是不争。不是一切不争，而是不为小事而争，不为一时而争。

生活中有一些事本可避免，可后来却搞成了两败俱伤的官司，究其原因，常是因为双方或一方缺少气度。

有气度方能使自身精力总是得以集中，总能使自己精力集中方能成就事业。如若不然，总是为些不大不小的琐事争来斗去，为些不咸不淡的流言费心劳神，干正事的精力就少多了，也就难以干成正事了。

在生活中，有大气度者常可"不战而屈人之兵"。对于明事理的人是这样，对不明事理的人也不失为一种明智。

气度也是一种力量，这种力量常用后发制人的方式表现出来。法国作家大仲马的小说《基度山伯爵》，便描述了这样一种力量。

一个人在平时能容忍别人的成功，在自己成功时面对别人攻讦也能从容应对，这是有气度的表现，反之则是缺少气度的表现。

有气度于人于己都会有利，缺少气度的人常会干那种搬起石头砸自己的脚的蠢事，这一点时间越长越清楚。

海洋是大有气度的。一个人的心胸若如海洋般宽广，个把河流的浊水是无损于她的美丽与湛蓝的。

初次发表于1993年9月9日《羊城晚报》，收录于《1994汪国真哲思短语》（时代文艺出版社，1994年）

胸　怀

心胸宽广者如海，心胸平常者似河，心胸狭小者若沟渠。

心胸狭小的人多烦恼，别人不能公正地对待他，会使其烦恼；自己的机遇不如人，也会使其烦恼。在生活中遇到些许不顺的事情，便会叫苦连天，仿若安徒生童话中那个豌豆上的公主。

一个人有了宽广的胸怀，他在生活中便多了理解，多了宽容，多了温和，多了宠辱不惊的气度。那些经常表现出咄咄逼人、尖酸刻薄的人，面对别人的成就不是赞赏而是诋毁。

有胸怀者能荐贤，如春秋时齐国鲍叔牙力荐管仲，自己甘居其下；如塞内加尔第一任总统桑戈尔让位于迪乌夫，自己乐于隐退。这样的胸怀，对国家的繁荣发展和长治久安都是十分有益的。

成大事业者有大胸怀。这样的人不会成日计较于鸡毛蒜皮，整天着眼于蝇头小利，枉费了许多时间和精力。

初次发表于1993年9月《三月风》，收录于《汪国真诗文集〔首版〕-哲思短语》（内蒙古人民出版社，1996年）

经　验

经验是一种向导，它指引我们趋利避害。而获得经验，则是一个欢乐和痛苦交织的过程。

人更容易相信的是自己的经验，而太过相信自己的经验则容易以偏概全。受了一次骗，便以为世人都是骗子；得了一次周济，便以为世人都是善家。这样，使自己眼里的世界同世界本来的面目相差甚远。

汲取别人的经验是为了有所借鉴而不是要画地为牢，就好像学习书法，临与摹都是重要的方法和阶段，最终却贵在突破。

凭经验办事，对一般情形是可以的，对比较特殊的人或事则不适宜。孔子可谓有大智者，但他凭经验断事也曾弄错。《吕氏春秋·任数》中曾记载了孔子误会颜回的事情："孔子穷乎陈蔡之间，藜羹不斟，七日不尝粒。昼寝。颜回索米，得而爨之，几熟，孔子望见颜回攫其甑中而食之。孔子佯为不见之。少顷，食熟，谒孔子而进食。孔子起曰：'今者梦见先君，食洁而后馈。'颜回对曰：'不可！向者煤炱入甑中，弃食不祥，回攫而饭之。'"这里，孔子错在以一时感受和寻常经验断事了。

经验是一笔财富，这笔财富有时也会随着时间的变迁而贬值。许多新问题是老经验无法解释和无法解决的。在一个日新月异的时代，按老经验办事很容易出错。

失败的原因常有两种：一种是因经验不足而失败，一种是因根本不具备成功的条件和素质而失败。前者是可以补救的，后者是难以补救的，清楚这种情形，对自己或他人都是重要的。

富有经验的人不一定是能出类拔萃的人，在各个领域里，很多富有经验的人成就都很一般。能出类拔萃的人，是善于对待和处理经验的人。

理论能使人高瞻远瞩，经验使人更接近于实际。一个既能高瞻远瞩又不脱离实际的人，较之一般人更有可能获得他所期望的成功。

收录于《1994汪国真哲思短语》（时代文艺出版社，1994年）

信　任

信任源于了解。信任一个根本不值得信任的人，是因为对他了解得还不够。

信任是可以变的，因为人是可以变的。有这样一种情形：从前信任一个人没错，后来不再信任他也没错。

有一种习惯的看法是：疑人不用，用人不疑。这大体没错，但也有例外。《三国演义》中，诸葛亮用魏延便是。由此看来，疑人不用，不能一概而论。关键在于驾驭得了，处置得当。

一个社会的风气愈好，人与人之间的信任程度就愈高，反之亦然。

建立起人们对你的信任是一件长期的事，而要毁灭这种信任往往只需一天。信任有时真是很脆弱，我们不得不加以呵护。

中国历史上能够得到君王信任和失去君王信任的文臣武将们，结局真是大不一样。齐国管仲得到桓公信任，燕国乐毅得到昭王信任，西汉冯异得到汉武帝信任，他们的聪明才智得到了充分的施展，演出了一幕幕有声有色的话剧。而齐国田单，西汉陈汤，三国邓艾，晋朝王浚，后燕慕容垂，隋朝史万岁，唐代李靖，宋代岳飞，明代袁崇焕等，虽曾立下汗马功劳，由于后来遭到君王猜忌，结局都令人扼腕。

旧时的君臣关系，信任不仅关系荣辱，而且关系生死。

彼此提防是一件很累的事，彼此信任是一件很愉快的事，愿生活中，人与人之间的信任多些再多些。

初次发表于1993年10月5日《皖江晚报》，收录于《1994汪国真哲思短语》（时代文艺出版社，1994年）

内　耗

内耗的结果是两败俱伤。它既使自身变得羸弱，也使外人瞧不起。既瞧不起这种羸弱，更瞧不起这种所为。

内耗中的失败者也是生活的失败者，内耗中的胜利者依然是生活中的失败者。在内耗之中，产生不了真正意义上的胜利者。

内耗的局面必是由双方或多方形成的，失去对立面也就形不成内耗。这是聪明人说的话：我们不做这样的对立面。

"我不行，让你也不行"，这是许多内耗的起因。这样，一个"行"的人不但要有能力还要有气度。他应该学会适当地克制、忍让和不斤斤计较，而把注意力放到更有益的事情上去。否则，他很容易把自己卷入内耗。最终受损害大的也是有能力者。因为"不行"者本就不行，一旦卷入内耗，"行"者很快也会变得不行了。注意，不要因自己的气度把自己的能力毁了。

战国时，赵国的上卿蔺相如礼让大将廉颇，留下负荆请罪的故事成为千古美谈。可悲的是现实中我们常常见到的是另外一种情形：外人还没有想着当曹操，有一些人却迫不及待地当起袁谭与袁尚了。

对于内耗，不介入比介入明智，早摆脱比晚摆脱明智。只有狭隘的人才会乐此不疲，只有一点不肯吃亏且短视的人，才会有兴致陪着别人玩这种浪费生命的游戏。

内耗把智慧变成愚蠢，把生活过成荒唐，把精力置于无益，内耗损害生命的价值。反对内耗，也是在呵护生命之树。

愿我们的胸怀和睿智能够帮助我们避免和摆脱内耗。有时，我们的胸怀和睿智也不能使我们摆脱内耗，这便是我们的悲哀。但愿这种悲哀能少些再少些。

初次发表于1993年10月13日《齐鲁晚报》，收录于《1994汪国真哲思短语》（时代文艺出版社，1994年）

时　髦

时髦的东西不一定是从未出现过的最新的东西。时间能使时髦的东西变得不时髦，也能使不时髦的东西重新变得时髦。

一般来说，能成为时髦的东西都是富有特点的东西。因此，大多数时髦的东西，是从上流社会或下层社会产生的，而较少产生于中间阶层。

时髦的就一定是短命的吗？不，不一定。时髦的东西中有一些是短命的，有一些则不是。这一点，稍微了解一点人类发展史的人，都能从各方面举出适当的例子加以证明。

深刻和时髦是根本不同的两回事，满口的时髦言词只能证明新潮却不能说明深刻，也不能说明无畏和执着。屠格涅夫笔下的罗亭式的人物在今天并无太大实际意义，更不待说普希金笔下的奥涅金和莱蒙托夫笔下的毕巧林式的人物了。

年轻人更喜欢赶时髦，这除了说明他们的热情中往往缺乏理性色彩外，也说明了他们接受新事物是多么地迅捷。

时髦是一种风尚。对于喜欢赶时髦的人没有必要多加指责。尽管有时他们会犯那种类似于孔夫子说的"以言取人失之宰予,以貌取人失之子羽"的过错。

喜欢赶时髦的人,有时是为了向社会证明自己的身份和实力。其实,特别有身份和实力的人,大都是不赶时髦的。因为他们本身不经意间往往就成了被称为"时髦"的那种东西的发源地。

时髦的东西,总是在突出的个性之中包含了相当广泛的共性,了解时髦,也就在一定程度上了解了一个社会和时代。

初次发表于1993年10月22日《劳动报》,收录于《1994汪国真哲思短语》(时代文艺出版社,1994年)

习　惯

习惯是看似小事的大事。它能在很大程度上决定一个人事业的成败，成就的大小，身体的好坏，生命的长短，了解了一个人的习惯，也就在一定程度上知道了一个人的现在和未来。

去掉一种坏的习惯，最好的就是用一种好的习惯来代替。

在个人生活中，没有意志的人是难以改变长期来形成的习惯的。例如戒烟，有人能一次就把烟戒了，有人戒了许多次都不行。显然，这不是认识问题，而是意志问题。

两个生活习惯截然不同，彼此又不愿有所改变的人，更适宜做朋友而不是做夫妻。

养成或改变一种习惯，需要有一定的耐心。只要有足够的耐心，想养成或改变一种习惯便是可以办到的事。

初次发表于1993年10月23日《湖南日报》

自　杀

有人说，自杀是一种懦弱行为。可是，连死都不怕，怎么能说是懦弱呢？有人说，自杀是一种勇敢行为。可是，连生的勇气都没有，怎么能说是勇敢呢？看来，自杀究竟是一种懦弱还是勇敢，是不能一概而论的。

自杀，多是因为生活不幸。可是，有多少人的不幸能超过美国女作家和教育家海伦·凯勒？在她出生十九个月时，一场疾病使她成了集盲、聋、哑于一身的人，她够不幸的了。但是她却顽强地在这个世界上生存了八十八年，并且以积极的态度投入生活和学习，使自己成了一个对社会有很大贡献的人。以至作家马克·吐温感动地写下了如下话语："19世纪出现了两个伟人。一个是拿破仑，另一个是海伦·凯勒。"

智者当然也有自杀的。智者自杀是因为他一时糊涂了吗？不，是因为他过于聪明了。

自杀即使不是一种懦弱，也多少是一种自私。自杀者永久地脱离了痛苦，却把痛苦永久地给了家人。值得鼓励的想法应是这样：

不为自己，为了自己的家人也要顽强地活下去。

《新约全书·马太福音》中写道：出卖耶稣的犹大看到耶稣被处死刑，就感到后悔了，因而又把那三十块银币退还给祭司长和长老。他说："我出卖了纯洁的血，我有罪。"于是，他把那些银币丢在殿堂里后，就去上吊自杀了。

犹大的自杀，是合情合理的一种。

初次发表于1993年10月28日《羊城晚报》，收录于《汪国真精品集 下 小语》（青海人民出版社，1998年）

出　版

一本书被不断地重版,这不仅是作者的成功,也是出版者的成功。

威柏说:"没有读两遍价值的书,就一遍也不值得看。"这话有些夸张却并非没有一点儿道理,换句话说,没有再版价值的书,就没有初版的价值。当然,这话也是有些夸张却并非没有一点儿道理。

今天,电视具有最广泛的受众,注意电视在未来一个时期的节目和动向,于出版者来说是有益的,倘能准确组稿,精心运作,有时电视可以不花钱为你做广告。

当整个图书市场都不大景气的时候,出书便更不在多而在精。并非严加选择的出书,不仅于出版者不利,还会加剧整个图书市场的不景气。

《庄子·外篇》中讲了一个故事:一只巨大的海鸟,停于鲁国城外,鲁王以为这是只神鸟,命人将它捉住,用最隆重的仪式欢迎它,演奏最高雅的音乐给它听,安排最丰盛的筵席给它吃,可这样做却吓坏了鸟。它一点东西不敢吃,不敢喝,不到三天就死了。这个故事,说明主观愿望不能脱离客观实际,否则便不会有好的结果。就出版而言也是这样,不切实了解读者和市场,出版者的热情最终便会陷入一厢情愿的窘地。

就图书而言,旧的内容可以用新的形式出版,深的内容可以用浅的形式出版,浩繁的内容可以用简洁的形式出版,不少时候,这既容易使人接受,又令人耳目一新。

即使未来能成大气候的作者,最初也是需要被人发现的。当出版者找不出这样的作者的时候,不妨多问问青年、多问问学生,他们的感觉总是比较敏锐的。

宋代欧阳修曾作一首《采桑子》,其中道:"行云却在行舟下。"若出版者真能似"行舟",何愁没有好的书稿若"行云"?

初次发表于 1993 年 10 月 10 日《中国青年报》,收录于《1994 汪国真哲思短语》(时代文艺出版社,1994 年)

错　误

一种事业愈具有开创性，便愈难免出错，因为没有借鉴。不过，难能正可图大功。

比较而言，年轻人犯的错误容易是阶段性的，因为他还有足够的时间来弥补过失。老年人犯的错误容易是结论性的，因为他已没有多少时间了。这也是为什么年轻人易趋向于革新，老年人易趋向于保守的原因之一。

事物有一般和特殊之分，不注意事物的特殊性，便容易出错。例如，树木的年轮一般一年只有一圈，我们根据树木的年轮就可以知道树木的年龄了，但柑橘却不符合这种规律，它一年可以有节奏地生长三次，形成三轮，我们是不能把这些当成三年来计算的。

一个人所犯的过错，是不该以这个人一生的代价来偿还的，否则，这既不利于个人彻底改过，也不利于周围环境的祥和。

有时，对犯有过错的人，不是责备而是谅解他，会使他更难过，更不易重蹈覆辙。

仗义执言，常是纠正错误的前提。"袁盎解去绛侯罪，冯唐诉除魏尚冤。"没有袁盎、冯唐直言敢谏于前，便没有汉文帝知错改错于后。

感情，是一种很容易使女人疯狂、男人出错的东西，这一点，三十岁以后便更明白。

"人非圣贤，孰能无过"，聪明人和蠢人的区别不在于聪明人不犯错误，而在于聪明人知错就改。

一个社会不能因怕出错而不变革，一个人也不能因怕出错而只会跟在别人身后亦步亦趋。因怕出错而抱残守缺的社会和个人，都是没有远大前途的。

初次发表于1993年第21期《辽宁青年》，收录于《汪国真精品集 下 小语》（青海人民出版社，1998年）

英　雄

什么时候成为英雄是偶然的,什么人成为英雄则是必然的。时势能把英才造就成英雄,却不会把庸才造就成英雄。

古希腊神话中,安泰是英雄,赫克里斯也是英雄,并且赫克里斯是掐死了安泰的英雄。但在人们印象中,记忆更深的却是安泰而不是赫克里斯。这是因为,安泰和大地之间的关系给人们的印象太深了。站在大地上的安泰力大无穷,一旦离开大地他就变得虚弱了。这是关于英雄的一个极好和极形象的说明。

在艰苦卓绝的环境中,更易显出英雄本色,也更易产生对英雄的崇拜。

英雄并不是好当的。即使已经成了英雄,许多时候,他得到的屈辱也能和赞美一样多。

古往今来,许许多多英雄不仅能使同事和属下钦佩,还能令敌人敬服。春秋时,晋国和燕国侵犯齐国。齐国拜司马穰苴为大将军,此人极擅带兵,与士兵同甘共苦,士兵都愿为他死战。晋国军队了解了司马穰苴带兵的情况后，匆匆从齐国的阿城、甄城退兵，燕国闻讯也很快撤了回去，齐军收复了全部失地。唐代大将薛仁贵，在唐高宗时领兵闪击在天山的九姓突厥，当时九姓突厥有十余万之众。临战时，敌方派骁勇者数十人前来挑战，被薛仁贵连发三箭杀三人，余者皆降。薛复领兵挺进漠北，擒了敌方为首兄弟三人，凯旋，从此九姓突厥势衰，不再构成边患。当时唐军中唱道："将军三箭定天山，战士长歌入汉关。"

俗话说，英雄难过美人关。这或许可以理解为，英雄是更具雄性气质的男人，因此对异性就具有更强烈的渴望，也就较易屈服于女性的似水柔情。

人们看到的一般都是鲜花和人群簇拥着的英雄。可是，多少人能够理解英雄内心深处的孤独，一种常常使之身心俱疲的孤独呢？

初次发表于1993年11月19日《青年时报》，收录于《1994汪国真哲思短语》（时代文艺出版社，1994年）

拖　延

拖延，实际上是在用无尽的惰性对待有限的时间和机会。

对于不想答应又不便马上拒绝的事情，拖延可说是一个较为实用的办法。它给当事者双方都留下了余地。

凡属重要而又正确的决策，都应抓紧实行，不宜拖延迟疑。迟则生变，甚至酿成大祸。中国历史上南朝宋文帝刘义隆曾立刘劭为太子，并且很宠信他。后见刘劭无道，便想废掉他另立太子，但又下不了决心，事情便拖延下来。曾有谏官王僧卓力劝文帝早下决心废掉太子，以免后患，但文帝仍是迟疑犹豫，使事情一拖再拖。后来，事情泄露出去，刘劭便先下了手，于公元453年弑了文帝，杀了王僧卓。这便是拖延造成的危害。

只有针对鲁莽而言，拖延才可以成为不立即行动的理由。否则，拖延便是一种罪过。

在很多时候，拖延实际上是一种消极对抗。它足以使决策无法实施，意图无法实现，计划成为泡影。

面对纷繁的事物，一个真正优异的人物应该能够举重若轻，而不是拖延草率。

对于个人来说，拖延的理由应该是有更重要的事情去办。否则，不应办事拖延，更不应该使之成为一种习惯。

拖延可以失去机会，迅捷却可以创造优势。著名的英国路透社的创始者路透夫妇能把一个"新闻夫妻店"发展成一个很有影响的通讯社，最初主要靠的就是动作迅捷。

迅捷可以创造奇迹。

初次发表于1993年11月19日《劳动报》，收录于《1994汪国真哲思短语》（时代文艺出版社，1994年）

完　美

世界上没有绝对完美的人，也没有绝对完美的艺术品。因此，善于发现和欣赏别人的优点，便是一种聪明，它对提高自己有利。

过于追求完美，常常会束缚自己，结果还不如一般人生活得美好。

我们渴望生活完美，实际上生活并不能尽善尽美。不但普通老百姓是这样，即便贵为君王，他们的生活也不会是完美无缺的。把梦幻带到现实生活中的人，经常会感到失望和沮丧。

对于完美的人或事物，常常都是人们想象的，实际上并不如此，甚至完全相反。法国喜剧大师莫里哀的讽刺喜剧《伪君子》中的富商奥尔恭，受了愚弄，把伪君子答尔丢夫当成完善的"道德君子"来供奉。其实，正是这个答尔丢夫，此刻正在盘算着怎样夺取奥尔恭的财产，霸占他的妻子呢。

不要说人做不到尽善尽美，就是上帝也做不到。如果全能的上帝是尽善尽美的，世界上怎么会有这么多不公平的事?

我们的古人都懂得"水至清则无鱼，人至察则无徒"的道理。可是，今天生活中有些人却总是对别人求全责备，或攻其一点，不及其余。这不是显得太没风度和太不明事理了吗？

所谓尽善尽美，就是不能再改进和发展了。世界上有什么东西是真已好到了尽头，无法再改进和发展了呢？

追求完美，实际上就是追求好一点，再好一点，仅此而已。完美是永远也追求不到的。因此，人才需要永远地追求。

初次发表于1993年12月24日《劳动报》，收录于《汪国真诗文集〔首版〕- 哲思短语》（内蒙古人民出版社，1996年）

家　庭

家庭是孩子的第一所学校，在这所学校里形成的意识，是很难在以后的生活中完全泯灭的，它潜藏在孩子心灵的最深处。

选择伴侣人们喜欢选择与自己般配的，组成家庭更需要的是彼此适合的。很多家庭之所以解体，不是因为双方不般配，而是因为彼此不适合。

对于注定要解体的家庭来说，家庭的解体是一件幸事，不幸的只是当时组成了这个家庭。

家庭可以是港湾也可以是拖累。当一个男子把家庭视为港湾的时候，他身旁一定有一个贤能的妻子；倘若他把家庭视为拖累，不是他是一个不称职的丈夫，就是他身旁有一个不称职的妻子。

《宋史·杜太后传》中曾记叙了这样一件事：宋太祖赵匡胤称帝，群臣前往恭贺。其时太后却闷闷不乐，有近侍问太后为何不乐？太后回答说：天子身在万民之上，若治理得法，当然尊贵，若有失控，想当一般老百姓都办不到。能够如此居安思危，杜太后的确见识不凡。历来后辈能成大气候者，多与家教渊源关系甚大。

父母对子女是用生命在尽义务，子女对父母是在用感情尽义务，两者虽都在尽义务，其中却有相当差别。

宋代女词人朱淑真为封建礼教所迫，嫁给了一个市井庸人，她曾有词曰："春已半，触目此情无限。十二阑干闲倚遍，愁来天不管。"她的这种"愁来天不管"的无奈心绪，对许多现代女性来说如天方夜谭。随着社会的发展，同为女性，却有着两种心境。

在一个变得愈来愈实惠的社会里，家庭的组成和破裂也会愈来愈多不是因为感情因素而是由于利益关系。说家庭是社会的一个细胞，真是一点不错。

初次发表于1993年第12期《知音》，收录于《汪国真诗文集〔首版〕－哲思短语》（内蒙古人民出版社，1996年）

争　辩

使争辩有意义的前提是：双方水平大致相当。不然，即使是外交家的雄辩，也是无法对付泼妇骂街的。

不要与心怀叵测的人争辩，他不是要明辨是非，而是要找空子下手。

在争辩中，即便有理，也宜见好就收，不然，这一次你使对方理屈词穷，下一回可能就会轮到你"哑巴吃黄连"。

读史时，常为一些名臣或名臣之后被处死或处死时连争辩的权利都没有而叹息。汉朝霍光是大破匈奴的名将霍去病的弟弟。汉武帝驾崩之前，托孤给他，辅佐年仅八岁的幼王汉昭帝。霍光辅佐汉昭帝十余年，大抵国泰民安。昭帝驾崩后又立昌邑王刘贺。因刘贺淫乱不堪，废刘贺改立汉宣帝刘询。此事为人称道。《汉书》称此举为"匡国家，安社稷"。然而这却使汉宣帝惶恐不已，霍光在时虽然礼遇，但他死后不到三年，却落得个满门抄斩的下场。类似情形，史书上多有记载。

争辩之时，不仅能看出一个人的口才和敏捷程度，还能看出一个人的修养和胸怀。争辩之中，一旦加入人身攻击的色彩，便变得有些下流甚至无赖了。

同征服比起来，争辩是显得多么软弱无力呵。

初次发表于1993年第12期《检查与廉政》，收录于《汪国真精品集　下　小语》（青海人民出版社，1998年）

时　尚

不合时尚的人有两种：一种是跟不上时尚，一种是在建立未来的时尚。

时尚，有时就像古代埃及女王克莉奥佩屈拉的鼻子。法国哲学家巴斯噶是这样形容她的鼻子的："如果克莉奥佩屈拉的鼻子短一点的话，整个地球的面貌将为之逊色。"

若在一个时期内时尚不明显，往往说明这个时期公众心目中没有特别富有魅力的人或东西。

作为一个艺术家或企业家，有为与无为的区别常常是这样表现出来的：有为的引导时尚，无为的跟随时尚。

聪明人可以嘲笑时尚，却不能轻视时尚。嘲笑时尚是因为眼光超越了时尚，轻视时尚你将难有作为。

时尚与其说是爱好问题，不如说是心理问题。公众心理形成时尚，爱好倒成了其次。

时尚是可以制造的，若不能在所有人群中制造时尚，也能在一个特定的人群中制造时尚。

一个社会高层人物的言行，往往对形成某种时尚起着至关重要的作用。唐朝杨绾，为人清廉，车服俭朴。他担任宰相才数月，风气大变。当时的御史中丞崔宽，非常有钱，在皇城南边有座别墅，听说杨绾拜相，立即私下叫人把别墅拆了。中书令郭子仪，听说杨绾拜相，即将厅内乐舞减少了五分之四。京兆尹黎干承朝廷恩宠，每次外出，前呼后拥，骑侍达百余名，听说杨绾拜相，当天就锐减侍从。其他望风改奢为俭之人，更是数不胜数了。

历史上社会的剧烈变动之后，带来的不仅是思想、制度、政权的变化，同时也将会带来时尚的大变。

初次发表于1994年第1期《消费指南》，收录于《汪国真精品集　下　小语》（青海人民出版社，1998年）

说　美

美好的容貌，常使人的命运走向两端：幸运与不幸。幸运，包括爱、机会等等；不幸，包括嫉恨、灾难等等。

美产生于富有创造意识的头脑和经过训练的双手，这样的头脑和双手，甚至能够化腐朽为神奇。

不同的人对美会有不同的见解。罗丹以一个美术家的口吻说：世界上不是缺少美，而是缺少发现。悲观的社会学家则说：世界上不是缺少发现，而是缺少美。

在我心目中，所谓"至美"，就是这种美可以嘲笑人类语言的无能，而不是被人类的语言所嘲笑。

美并不简单。例如，过分地修饰，可能有损自然，而显得做作；过分地雕琢，可能有损个性，而显得俗气；过分地夸张，可能有损和谐，而显得不伦不类。爱美，又能美得恰到好处，这便是艺术。

一颗宁静而博大的心灵，是最好的化妆品，它是无价的，一切最高级的化妆品的功效，在它面前都显得逊色。不错，一颗憔悴的心灵，是难有一个振奋人心的外表的。

年长者具有成熟的美，年轻人具有朝气的美，只要你是健康向上的，你就可能拥有美。不论何人，失去健康也就失去了美。

健康是美。

初次发表于1994年1月1日《今晚报》，收录于《汪国真精品集 下 小语》（青海人民出版社，1998年）

音乐与人

当一个人沉浸在音乐之中,他可以获得这样一种东西:单纯之中的丰富和丰富之中的单纯。

音乐是一个太高明的指挥,它用丰富的旋律而不是枯燥的口令来调动人的情绪,支配人的行动:军队可以步调一致,演员可以配合默契,观众可以如醉如痴。

音乐与诗歌有一种天然的联系。吕克特、米勒等小诗人便是因奥地利作曲家舒伯特而声名永垂。

为不高明的歌星发狂而不是为音乐发狂,这很容易使人想起那个"买椟还珠"的故事。

音乐对人的感染力的强弱和两种东西关系极大:一是年纪,二是文化程度。

终身未娶的德国作曲家勃拉姆斯却写出了极富爱心并且脍炙人口的《摇篮曲》:"安睡吧,小宝贝,你甜蜜地睡吧,你睡在那绣着玫瑰花的被里，愿上帝保佑你，一直睡到天明……"我想，这支曲子除了是对他从前的恋人阿加特第二个孩子的出生表示了一份祝贺外，潜意识中，恐怕还另有一份深深的寄托吧。

创作流行音乐或高雅音乐都需要才气。写流行音乐的人很多，能让自己的音乐流行的却极少；写高雅音乐的人很多，但真正能让人为他的音乐陶醉其中的亦很少。

理解音乐的人沉思或者陶醉，感觉音乐的人疯狂或者亢奋。
理解音乐需要阅历或文化，感觉音乐需要热情或缘分。

初次发表于1994年第1期《音乐生活》，收录于《汪国真诗文集〔首版〕- 哲思短语》（内蒙古人民出版社，1996年）

热　情

伟大的业绩总是产生于满怀热情地追求和坚持不懈地努力。用对世界的冷漠来表示自己的脱俗或深刻，其实所证明的恰是自身的脆弱和肤浅。

遇顺境便狂热和冒失，逢逆境便消沉和颓丧，这是不成熟的一种表现。之所以会出现逆境，很多时候恰是由狂热和冒失造成的。

热情和冲动不同。热情并不妨碍理智的思考，冲动则是丧失理智的意气用事。法国数学家伽罗瓦极富天才，他的研究成果被称为"20 世纪数学的巨流"。他被人唤作懦夫时，便勃然大怒，与人家决斗，被打死时年仅二十一岁。

平时多想想冲动的危害，有助于遇事的时候理智些。

在局外人看来，盲目的热情是可笑的；在当事者看来，自己那热情并不盲目。其实两者都没错，差异是由年龄和经历造成的。

凡事只能保持三天的热情，这样的人不论在哪个领域都难有建树。改变这种状况的一个方法是：努力把凭热情去做的事，变成凭习惯去做。

一个自己对生活充满热情，而且，能够唤起别人生活热情的人，是特别值得敬重的，英国护理学的先驱南丁格尔，就是这样一个人。

李白《行路难》诗句："长风破浪会有时，直挂云帆济沧海。"那充溢的热情和气势令人感动。这样的诗句写在"大道如青天，我独不得出"的情形下，尤为可贵。

初次发表于1994年1月7日《今晚报》，收录于《汪国真诗文集〔首版〕-哲思短语》（内蒙古人民出版社，1996年）

处　世

处世的重要性，一点不亚于才干的重要性。有才干而不善处世，能令英雄无用武之地。

大抵心地坦诚、办事周到的人都会有一个良好的人际关系，而为人虚假、办事圆滑的人也会有一个不算坏的人际关系。从表面上看，两者没有什么不同，不同的地方在人心里。

把好奇心放到打探别人的隐私上，对自己并无好处，一则易招致别人反感，二则降低了自己。

尽量不要向别人借钱，除非你已有完全的把握在说好的期限内还给人家；也不要太热心借钱给别人，除非你已有了人家不还也无所谓的心理准备。

生活中的误解时常难免，没有必要事事斤斤计较。这一点，不妨学南朝齐人沈麟士，此人品学都很为当时的人称道。一次，沈的邻居丢了鞋子，看到沈穿的鞋子与自己丢的一样，便向他索要，后来邻居的鞋子找到了，难为情地将沈的鞋子送还，沈说："非卿履耶?"笑着把鞋子接了过来,没有丝毫不快。

事后追悔的时间要大大多于事前考虑的时间,这是生活中常见的情形。减少这种情形的方法也简单,与其长时间追悔,不如事前多花点时间调查和思考。

初次发表于1994年1月13日《今晚报》,收录于《汪国真精品集 下 小语》(青海人民出版社,1998年)

礼　物

最好的礼物不一定是最贵重的，而是别人急需，却又一时无法获得的。伟人或恋人们所送的微不足道的礼物，也有永久保存的价值。由此看来，礼物本身不是最重要的，最重要的是送礼物的人是谁。

世界上极少有不指望回报的厚礼。送厚礼，必有所图；受厚礼，便有所短。既有所短，便很难不为人所用。没权力的人，常是通过送礼来间接使用权力的。从表面上看，礼物是一种奉送，实质上经常是以奉送的形式索取，是在索取比礼物本身更有价值的东西。

馈赠礼物，是报恩的一种方式。出于报恩目的而送礼物，送礼人此时一般都是极为真诚和单纯的。

礼物有可受和不可受之分。受不可受之礼为贪，拒不可受之礼是廉。《晋书·列女传》中说，晋代名将陶侃的母亲湛氏，就曾拒受儿子送来的鲊鱼，因为这是陶侃在监督捕鱼时利用职务之便弄来的。陶母说：拿这样的礼物送我，非但对我没有好处，反而增加我的忧虑。陶母真可谓深明事理。

初次发表于1994年1月20日《羊城晚报》，收录于《汪国真精品集 下 小语》（青海人民出版社，1998年）

贪 婪

想要的东西太多,又没有能力用正当的途径获得,于是便铤而走险,结果连原本属于自己的那份也丧失。贪婪使人变得愚蠢。

贪婪的人大都禁不起诱惑,而禁不起诱惑是要付出代价的。

心本贪婪,又要装成正人君子,就只好拿生活当舞台,拿自己当演员了。不过,时间长了,难免穿帮。这种情形,唐代李肇的小说《崔昭行贿事》中,有非常传神的描写。

贪婪可以导致合作,也可以导致残害。前者是在攫取财物的时候,后者是在分赃的时候。

一般来说,贪婪在为民是个人问题,在为官则是风气问题。所谓上行下效,历来如此。

欲望是没有止境的,无止境的欲望甚至能招来杀身之祸。曾为希特勒立下汗马功劳的罗姆和他的冲锋队之所以在1934年被希特勒清洗,重要原因之一就是罗姆那不断膨胀的权力欲。三国时,诸葛亮留下计策杀掉魏延,也有类似的原因。

人若不贪，所受的困苦只是暂时性质；人若贪婪，所受的煎熬则具有永久性质。

俗话说，知足者常乐，而贪婪者则很少有真正快乐的时候。

初次发表于1994年1月21日《劳动报》，收录于《汪国真精品集 下 小语》（青海人民出版社，1998年）

现代断想

真正的"现代意识"应是宽容的，富有个性又尊重别人个性的。倘若一个人只知道张扬自己的个性，却不懂得尊重别人的个性，甚至肆意抹杀和诋毁别人的个性，那不过是证明了他自己标榜的这种"现代意识"是多么地虚伪罢了。

在艺术上，一个具有现代意识的人，绝不是一个对传统不甚了了的人。恰恰相反，他会是一个对传统有着广泛深入了解的人。他正是在传统的误区中，高扬起自己的旗帜。例如，当年在绘画领域中的毕加索，在雕塑领域中的马蒂斯，在舞蹈领域中的邓肯，在建筑领域中的格罗皮乌斯和柯布西，在音乐领域的德彪西和勋伯格等，莫不是如此。

在文学艺术上，所谓现代意识，可以说是对传统有道理地背叛、变革和发展，而不是毫无理由地随意玩弄和堆砌一些艺术或文字符号。因为这样的玩弄和堆砌，粗通文学艺术的人都会。请不要硬把这说成是"现代意识"，这常常只是说明了一些人无法靠真才实学赢得人们的承认，只有靠"蒙"和"唬"了。

一般来说，有价值的现代派作品，多是在充分了解和把握传统的东西之后，又比别人向前多走了一步或几步；对传统仅是一知半解的人，是极少可能创作出杰出的有现代意识的作品的。

把众人看不懂或不欣赏的东西，随随便便美其名为"深刻"或"现代"，这和皇帝的新衣那则故事里的皇帝的作为，有异曲同工之妙。

现代意识，也可以说是一种注重探索的意识，这种探索是极艰辛的，因而也是应该得到人们的充分尊重的；但这和急功近利、故弄玄虚、哗众取宠，是根本不同的两回事。

初次发表于1994年1月22日《湖南日报》，收录于《汪国真诗文集〔首版〕- 哲思短语》（内蒙古人民出版社，1996年）

目　标

有了目标，容易产生奋斗的力量。没有目标的人，常会感到生活的空虚和茫然。

世上有种种诱惑，可以使人一次又一次偏离自己原来的目标；有些人并非没有能力实现定下的目标，而是因为禁不起那种种诱惑，到头来一事无成。

同一个目标，常会有许多人追求，不同肯定无法胜过的对手竞争，而改变目标，有时比坚持更明智。在这个领域你或许排不上号，在另一个领域你却有可能拿第一。

能够实现远大目标的人，有个共同的品质：勤奋和百折不挠。人类历史上第一个航行世界一周的葡萄牙航海学家麦哲伦，发现后来被称为"麦哲伦海峡"的那个海峡的艰辛曲折的经历，以及他不屈不挠的顽强意志，让今天的我们肃然起敬。

并不是付出的努力越大，走的路越长，离目标越近。如果偏离了方向，甚至会更远地离开目标。首先是找准了方向，其次才是干劲儿和韧劲儿。

即便一时实现不了自己的目标，也不必烦闷和无聊，不要像元人赵禹圭所描写的那样："怨东风不到小窗纱……凝眸处数暮鸦。"

初次发表于1994年1月23日《今晚报》，收录于《汪国真诗文集〔首版〕－哲思短语》（内蒙古人民出版社，1996年）

创　造

创造和发明，是改变人类文明进程的巨大动力，而人类文明程度的提高，又加快了人类的创造和发明。

创造是件艰难的事。这种艰难不仅来自创造本身，而且常常来自人们对旧事物的适应和对新事物的排斥。

希望在某一个领域有所创造的人，对其他领域的事情也有必要关心。这样有助于打开思路。

习惯于人云亦云的人是难以有什么创造的，因为创造离不开独立的思考。

创造有复杂和简单两种。复杂的创造基本上是属于专家的事，而简单的创造，只要是有心人便可为。美国一个叫李卜曼的技艺平平的穷画家，平时做事丢三落四，绘画时也不例外，常常是刚刚找到铅笔，又忘了橡皮放在哪儿了，后来为了方便，他就把橡皮用铁片固定在铅笔上，于是带橡皮的铅笔诞生了。在办了专利手续后，这项发明被一家铅笔公司用五十五万美元买走。这件事说明的是：普通人与创造。

创造大都不是一帆风顺的。嘲笑创造者的失败,并不能证明嘲笑者的高明,常常证明的是嘲笑者的平庸和缺乏想象力。

初次发表于1994年1月26日《今晚报》,收录于《汪国真诗文集〔首版〕- 哲思短语》(内蒙古人民出版社,1996年)

独　白

　　文学创作于我来说，是思想和感情的一种宣泄。我喜欢那种自然的返璞归真的艺术。如果一部作品没有思想和感情，让人看到的只是一大堆所谓"技巧"，那么这无疑是一种失败。大海、高山、草原，没有雕琢，却有着至深的感染力。池塘、花坛的那种人为的风景是根本不能与之相比的。向往自然、走向自然，这是我的追求。

初次发表于 1994 年 1 月 26 日《青年时报》

变　化

　　人的一切努力都是为了变化：从贫穷到富裕的变化，从浅薄到深刻的变化，从生涩到熟练的变化，从卑微到显赫的变化等等。在人追求变化的过程中和结果里，我们分出了人的才智的高低，品质的优劣，机遇的好坏，命运的幸与不幸。

　　当周围环境发生剧烈变化的时候，更容易看出一个人素质的高低，当一个人际遇发生剧烈变化的时候，更容易看出友情的真假和世态的炎凉。

　　变化最能磨炼人，当一个人在生活中经历了许多变故之后，他遇事便会比较地镇定自若而不会惊慌失措，"曾经沧海难为水"，这句话很好地说明了这种情形。

　　东晋陶渊明写了一篇《桃花源记》：一个渔夫在一长满桃花的溪中划船，后顺流划进一个出口，发现这里居住着一些秦代时逃乱者的后代，他们过着富足而安乐的生活，全然不知秦代之后有个汉朝，更不知汉代后面的魏晋朝代。今天，在不少领域中也有这样一些人，他们恪守老习惯和观念，不懂得世界和社会已发生了剧烈的变化，跟不上时代的潮流，结果在新的局面下一筹莫展、无所作为。

事物的不变是相对的，变化则是绝对的。既然如此，一个人在顺境的时候便没必要趾高气扬，处逆境的时候，便没必要萎靡不振。

物极必反，事物往往是在走到极端的时候，开始向其反面转化。果实在最成熟的时候便将走向腐烂，气候在最冷的时候便将开始转暖，人在最有魅力的时候便将通向衰老。深切地了解这种情形，有助于保持头脑的清醒。

军事家孙子在《九地篇》中说："用兵之法，有散地，有轻地，有争地，有交地，有衢地，有重地，有圮地，有围地，有死地……是故散地则无战，轻地则无止，争地则无攻，交地则无绝，衢地则合交，重地则掠，圮地则行，围地则谋，死地则战。"在人的生活和事业中，也会遇到不同的情况，根据不同的境况，变化不同的处置方法，便是明智。

初次发表于1994年1月26日《青年时报》，收录于《1994汪国真哲思短语》（时代文艺出版社，1994年）

学　习

勤于学习而不善于将所学运用到实际中去的人，很像是一个仓库守卫，守着的东西很多，却没有一样是真正属于自己的。

把学习用来装饰自己的人，尽管也可以口若悬河，但是却不会有多少自己的见解，更不要说真知灼见了。

集理学之大成的南宋哲学家朱熹，曾经说过这样一段话："读书无疑者，须教有疑，有疑者却要无疑，到这里才是长进。"朱熹的"有疑""无疑"说，是关于学习的一个十分精辟的见解。

学有三失：贪多则不精，贪快则不解，贪广则不牢。

自学也可成大器。一代大发明家爱迪生只受过三个月的学校教育，却在五十余年间获得一千零三十三项发明专利。

学习可以改变人的性格。有针对性地学习，既可以增长本领，又可以完善性格。

<small>初次发表于 1994 年 1 月 27 日《今晚报》，收录于《汪国真诗文集〔首版〕- 哲思短语》(内蒙古人民出版社，1996 年)</small>

观　点

人们常常以为不符合自己观点的观点便是错误的观点，其实，错了的恰恰是自己。自负的表现之一，就是总以为自己的观点正确。

要改变人们对一件事物的观点不是件容易的事。这常有赖于事物本身产生巨大的发展和变化。电影在19世纪末诞生后的二十多年里，在大多数人眼中都受到了鄙视，只是到了美国著名导演大卫·格里菲斯制作了《党同伐异》这个片子后，才使人们逐渐意识到了电影有着巨大的艺术表现力，后来不再把它当作一件新奇的玩意儿，而看成一门独立的艺术。抱着僵化观点不放的人，总爱以正确正宗自居。他们的可悲之处在于：已经被时代抛下一大截了，还自以为是地美滋滋呢。这样，在实践中他们便只能总是扮演失败者的角色。

观点不仅是由智慧和经验形成的，也是由胸怀形成的。胸怀博大者必宽容，常能从积极的方面去解释事物；心胸狭小者必刻薄，其表现便是偏好鸡蛋里挑骨头了。

清人吴楚材等人辑的《纲鉴易知录》卷四十二上记载的一件事是很有意思的：唐太宗李世民令尚书右仆射封德彝荐贤，过了很长时间封德彝都未把人举荐上来，唐太宗不高兴了。封德彝解释说，不是我不用心，而是现在实在未有奇才呀。唐太宗说，君子用人如器，各取所长罢了。古人治理天下，难道是向别的朝代借人才吗？封德彝闻言，愧然退下。这个故事里包含了关于人才的相悖的两种观点，哪一种更有道理呢？比较和分析一下便不难知道。今天的很多事情，何尝不是如此。

如果只注重如果本身，不注重对现实社会的研究和把握，即便是很有知识的人，其观点也常是以是为非的，不能真正派上用场的。

一个成功或成材的人的业绩，往往是他的观点的最好注脚。如果一个失败者或平庸者偏好喋喋不休地大谈自己的理论和观点如何正确，便显得有些可笑了。人们有理由问一句：既然你的理论和观点是如此的正确，为什么偏偏在实践中吃败仗呢？

初次发表于1994年第1期《演讲与口才》，收录于《汪国真精品集　下　小语》（青海人民出版社，1998年）

善　良

绵羊是无法对付豺狼的,大象却可以对付豺狼。如此,与人为善,应该为的是大象之善而不是绵羊之善。

对某些人来说,行善是忏悔的最好的一种方式。这种方式通过对一些人的帮助来弥补对另一些人的过失,使心灵获得平衡。

善者少忧。不伤害别人,就不必处处提防别人的伤害;你乐意看到别人的成功,就不会因为别人取得成就而不快乐;你以善待人,绝大多数情形下便会善有善报。

这便是伪善和狡诈了:行善是为了更方便地作恶,行善是作恶的掩护。

《伊索寓言》中有一个故事:一个农夫看见了一条冻僵的蛇,农夫可怜它,便把这条蛇放到了自己的怀中,那条蛇受了人的热气,渐渐苏醒过来,恢复了它的本性,咬了农夫一口,农夫临终时说:"我可怜这忘恩负义的家伙,应该受到报应。"这个农夫是善良吗?不,是愚蠢。

有一些人，因为最初的和善，受到欺凌，便错误地吸取教训，变善为恶。恶，使他改变了受欺凌的处境，可是他很快又得到了另外一种东西：惩罚。

一般来说，与人为善，对别人有益，于自己也不吃亏。与人为恶，既伤别人，也害自己。唐朝武则天时的酷吏周兴，设计种种酷刑，杀死大小官吏数千人，其中多有冤死者，后因被人告其串通大将军丘神勣谋反，被另一个酷吏来俊臣审问后判了死刑。武则天饶了他，命将他流放岭南，却在途中被仇家杀死。"多行不义必自毙"，这可说是总结之谈。

善，不是迂腐。不允许虐待动物可以说是一种善。走路的时候生怕踩死一只蚂蚁，这便是迂腐了。

初次发表于1994年第1期《清风月刊》，收录于《汪国真诗文集〔首版〕－哲思短语》（内蒙古人民出版社，1996年）

经　典

有那么多地方可以游览，当然最好能去名胜；有那么多教师可以受教，当然最好能投名师；有那么多图书可以阅读，当然最好能读经典。

读经典如听名师教诲，听名师教诲如沐春风。

读经典不是说一般的书不要读，而是说要特别注意培养阅读经典作品的兴趣和习惯。

读书是一种潜移默化的熏陶，读经典是一种更高层次的潜移默化的熏陶。长期注意阅读经典，可以产生一种近似于生物学中"拟态"的作用。所不同的是，生物学中的拟态，是表现在动物的外表和色泽上；长期阅读经典后的拟态，是表现在人的思想和感情上。读经典的重要意义之一，也在这里。

吹捧和起哄可以推销伪劣产品，却无法造就经典。经典首先要禁得起人心的筛选，其次要禁得起时间的筛选。

"落尽梨花春又了。满地残阳，翠色和烟老。"不少人希望自己的业绩和作品能如经典一样流传,遗憾的是,有梅圣俞这般心境者多,有梅圣俞这般才情者寡。

人生在世,有的人可以成为经典,有的人可以成为著作。有的人可以成为手稿,有的人只是纸篓里的废纸罢了。

一个时代的文学是否繁荣,不但要看它出了多少作家、作品,还要看它是否出了经典作品,出了多少经典作品。

《伊索寓言》中有一则故事:一只狗衔着一块肉路过一座桥,它看见水里另一只狗衔着一块比自己更大的肉。于是,它扔掉自己的那一块去夺另一块。其实水里那条狗只是自己的影子,结果它把两块肉都丢了。这个故事不只对生活是一种警示,对阅读经典也是一种提醒。

初次发表于1994年第3期《辽宁青年》,收录于《汪国真诗文集〔首版〕-哲思短语》(内蒙古人民出版社,1996年)

从 容

在危急关头，仍能保持从容、镇定的气度，这是干大事情的人所必需的品质。

一个具有远见卓识的人，能更好地设计和安排未来，也能较从容地面对这个变幻不定的世界。而只会随波逐流的人，常会陷入欲进不是、欲退不能的窘境。从一定意义上说，从容需要远见。

在遇到危险的时候，仍能保持沉着；在受到羞辱的时候，仍能保持冷静；在受到误解的时候，仍能保持镇定，这种从容来自胆识、经历和胸怀。

元代戏剧家关汉卿《单刀会》中的几句词，非常精彩地描写了关羽从容赴会的情景："大江东去浪千叠，引着这数十人驾着这小舟一叶。又不必九重龙凤阙，可正是千丈虎狼穴。大丈夫心烈，我觑这单刀会似赛村社。"自古以来，唯有"大丈夫心烈"，才有这种一往无前的从容气概。

初次发表于1994年2月12日《今晚报》，收录于《汪国真诗文集〔首版〕-哲思短语》（内蒙古人民出版社，1996年）

无　聊

感觉无聊，经常是因为生活失意或前途渺茫。从无聊中走出，需要的是看到希望，从而唤起热情。

无聊的情绪是可以蔓延和传染的，这就像奋发向上的情绪可以使人受到感染一样。在自身思想不成熟、情绪不稳定的情形下，经常接触什么人便显得更重要。

有时无聊也可以成为一种时髦。优秀的人才可能会受到这种情绪的影响，但却不会因此放下手中要做的事情。庸才可能完全被笼罩在这种情绪之下，魂不守舍，整日无所事事。

十八岁的年龄，却恨不得有八十岁的心境，这多是因为以消极的眼光看世界。北宋王安石《登飞来峰》诗："不畏浮云遮望眼，自缘身在最高层。"有这种境界和眼光的人，是不会感到无聊的。一段时间的无聊，可以是心绪上的一种调整；让无聊的情绪长时间伴随自己，就会贻误青春。

生活中，像威尼斯画派的代表人物提香那样出身名门，生活顺遂，事业辉煌，健康长寿的幸运儿是不多的。因为生活不如意，便以无聊的态度对待生活，实际上损害的是自己。

一个人会有缺点，会犯错误，一个社会也同样。但并非这个人或这个社会因此就没有前途了。但不论是谁，让无聊这种情绪缠上了又摆脱不开，则注定没有前途。

初次发表于1994年2月22日《今晚报》，收录于《1994汪国真哲思短语》（时代文艺出版社，1994年）

赌　博

赌博是为了得到而失去。

赌博失去的不仅有金钱和时间，还有亲情、家庭和尊重。

赌博有一时的赢家，却没有永远的赢家，如此，到头来赌徒都是输家。

赌博又不丧失理智，赌博的危害也就有限了。问题在于，赌博恰是一种很容易让人失去理智的行为。输得越多，越易失去理智。而我们知道，人一旦失去理智，是什么都可能干出来的。

战国时，齐国的大将田忌与人赛马赌输赢，结果总是输。后来军事家孙膑给田忌出主意，让他用自己的下等马与别人的上等马比，再用自己的上等马与别人的中等马比，最后用自己的中等马与别人的下等马比，结果田忌输了一场赢了两场。这件事说明，一个聪明人偶涉"旁门"，依然不失其聪明。同理，倘若一个技艺高超的赌徒能"弃恶从善"，也是很有可能成为一把好手的。

事实说明，对赌徒而言，赌赢了自身安全受到威胁，赌输了自己家庭受到牵累。不论输赢，实在都没什么好处。

从广义上来说，赌是人类一种相当普遍存在的心理：赌高低，赌输赢，赌对错等等。即便贵为王侯，也不例外。北宋初期，南汉国主刘晟为了炫耀岭南的富足，派人捎了一束茉莉花到汴京，并称此花名叫"小南强"。

后来北宋将南汉灭了，刘晟的儿子刘铱被带到汴京，见到了富贵妖娆的牡丹，大吃一惊，他从未见过这么富丽气派的花，便问这花叫什么名字，一个大官说叫"大北胜"。

"大北胜"要压"小南强"，赌的便是一口气。

气是可赌的，钱却不好赌。赌气，人可自强；赌钱，人易自伤。当然，这里说的赌气，也不是指意气用事。

初次发表于1994年2月28日《劳动报》，收录于《汪国真精品集 下 小语》（青海人民出版社，1998年）

自　卑

身体的残疾，相貌的丑陋，以往的罪错，都可能导致人心理上的自卑。自卑像一块压在心灵上的石头，只有搬开它，才有可能不那样沉重地生活。

自卑，常是因为自己处于劣势，不过，战争中有"哀兵必胜"一说，生活中也是这样。

如果一个人有某种缺陷，却能胸怀大志，自强不息，谁人能不敬重？汉末邓艾，其人口吃，但这却并不妨碍他成为一个能征善战的军队统帅。邓艾说话，一急便是"艾艾"，晋文帝开他的玩笑道："卿云艾艾，定是几艾。"邓艾回答说："凤兮，凤兮，故是一凤。"这时，在人们眼里已不是口吃的邓艾，而是机敏的邓艾了。

人一旦自卑，常会把许多原本属于自己的机会丧失掉。其实，虽然你不是命运的宠儿，但也远不是景况最差的那一个。

为自身不够仪表堂堂而自卑真是没有多少必要。身材瘦小的日本前首相海部俊树的侍从人员个个都比他高大强悍，但不论走到哪儿，都是海部俊树为主角。

　　一个瞧不起自己的人，便很难被别人瞧得起。自卑，会使本非瞧不起你的人瞧不起你。

初次发表于1994年2月28日《今晚报》，收录于《1994汪国真哲思短语》（时代文艺出版社，1994年）

社　交

社交可以带来益处也可以带来害处,问题全在于你交往的是些什么人。

社交可以交流信息,结识朋友,助益事业。当然,对于有心人来说才是这样。对于无所用心的人来说,则不过是在热闹的场合中走了一回。

从一个人社交面宽窄的变化,常能看出一个人事业的兴衰。战国时齐国孟尝君为齐湣王相时,门下食客多达数千人,一俟其失势,食客很快如鸟兽散。汉代卫青为大将时,门下食客如云,后来卫青失势,骠骑将军霍去病日渐显贵,卫青门下食客多去投了霍去病。由此看来,社交还是一面镜子,既可照主人兴衰,也可以照朋友真假。

在社交场合中,最受欢迎的是幽默的人,最引人注意的是落落寡欢的人,最让人难受的是故作深沉的人。

平等是社交中的一条准则,自负或自卑都不会在社交中找到自己适宜的位置。

初次发表于1994年3月14日《今晚报》,收录于《1994汪国真哲思短语》(时代文艺出版社,1994年)

贫　穷

贫穷是不值得赞美的，值得赞美的是俭朴。俭朴是一种甘于淡泊的行为，贫穷则是一种无奈的处境。两者在精神状态上是根本不同的。

贫穷限制人的自由，却不剥夺人的自由。聪明人通过正当的努力减少这种限制。蠢人则冒被根本剥夺自由的风险试图解除这种限制。

一个贫穷的人，若同时又是一个十分虚荣的人就比较麻烦了。这样的人往往不甘于通过一步一个脚印的努力去改变贫穷的处境，而是拿青春或者生命去赌。赌赢了，他的虚荣心会得到某种程度的满足。赌输了，输掉的可能不仅是机会，还有青春或者生命。

对于相当多的人来说，他的向往富裕，不是因为厌恶清贫，而是因为他们向往得到人们承认、尊重，甚至是羡慕。这些是目的，致富只是达到目的的手段。

贫穷可治吗？试看清朝陆长春《香饮楼宾谈》中的一段叙述：

清代名医叶天士一次外出，有一乡人请求看病。乡人说，您是名医，疑难病症自然了解得很清楚，我所要医治的贫病，你能医治吗？叶天士回答说，贫病我也能医，晚上你来拿药方吧。晚上乡人如约而至，叶天士要他捡城中橄榄核种植，乡人照办。不久橄榄苗长势很好，乡人跑来告诉叶天士。叶天士说，即日有来买橄榄苗的，不要便宜出售。第二天起，叶天士所开药方药引用橄榄苗，病人争相求购，乡人大发。这则故事虽短，却提供了脱贫致富的一种成功的思路或步骤：虚心咨询，独辟蹊径，把握市场，辛勤耕耘。今天读来，仍有教益。

看到别人大富大贵，对于某些贫穷的人来说，可以聊以自慰的是他能活得平安。他不用雇保镖，不但是雇不起，更是没必要。

初次发表于1994年第3期《女友》，收录于《1994汪国真哲思短语》（时代文艺出版社，1994年）

委　屈

善意被人误解，才华不被承认，热情受到冷遇，成就遭到贬低，都会使人感到委屈。委屈令人难过，却也并非无益。委屈能令我们更深切地认识社会，更清楚地识别人。

一个优秀的人不见得比常人受的委屈少，反而因其优秀可能会受更多的委屈。萧统的《昭明文选·运命论》中说："故木秀于林，风必摧之；堆出于岸，流必湍之；行高于人，众必非之。"即便如此，人又怎么能因为怕受委屈，而不争取优秀呢？

一个人习惯于从大处着眼，从全局着眼，从未来着眼，他就能较快地化解委屈，不使自己长时间陷入沮丧之中。

受了一些委屈便消沉，便愤懑，便灰心，甚至以死来表明自己的清白都是不可取的，委屈应该使我们变得聪明而不是消极。

委屈并不一定能使人失去什么。东汉刘宽，向以宽厚待人著称，嘉平年间拜太尉后，一次逢朝会，一位官员的夫人想试试刘宽究竟有怎样的雅量，便指使婢女将肉羹泼到刘宽的朝服上，刘宽坦然自若,问婢女:"羹汤烫了你的手吗?"刘宽所为,为他赢得了更多的钦敬。这件事记载在《龙文鞭影》一书上。

这或许都是些不坏的选择:孤独的时候便走向自然;寂寞的时候便走向音乐;挫折的时候便走向憧憬;委屈的时候便走向创造和友情。

初次发表于1994年3月3日《今晚报》,收录于《汪国真诗文集〔首版〕- 哲思短语》(内蒙古人民出版社,1996年)

烦　恼

如果没有不愉快的事情，你能知道什么叫愉快吗？

烦恼的事情本来没这么多，有时候是我们自己把不大的事情加以想象、夸大了。将想象力用在造成烦恼上，实在是用错了地方。

人一旦醉心于功名，烦恼就多。唐代诗人孟浩然，年轻时没少为怀才不遇而烦愁，后来感到仕途绝望，抛开了功名，也就无欲一身轻，甚至能够"白首卧松云"了。

忘掉烦恼。这话说起来容易做起来难。如果烦恼能够随随便便被忘掉，世间也就没了烦恼。在我看来，减轻烦恼的方法，一是向适合的人倾诉，二是将注意力转移。前者可以减轻烦恼，后者可以分散烦恼。

不幸的婚姻能使烦恼如影随形。不要稀里糊涂地把烦恼娶进门或嫁给烦恼，这真是件马虎不得的事。

学习遇到困难，使人烦恼。有人用抛弃学习的办法来抛弃烦恼，殊不知，这时抛弃了烦恼，却给将来降临更大的烦恼埋下了伏笔。实际上烦恼并没有真正地被抛弃掉，不过是用将来的大烦恼置换了眼下的小烦恼。

长时间的烦恼，经常与思维的狭隘和目光的短视有关，把思路放开阔一点，眼光放长远一点，有时烦恼也就解脱了。

初次发表于1994年3月5日《今晚报》，收录于《汪国真精品集　下　小语》（青海人民出版社，1998年）

发 现

有两种发现，一种是自己发现自己的潜能，一种是别人发现你的才华，就绝大多数情形而言：首先是自己发现自己，然后才谈得上被别人发现。

发现人才需要眼光，一个杰出人才长期被埋没，历史将会嘲笑那些完全有能力把他挖掘出来，使之一展才华的人。

倘若有求贤若渴之心，人才是不难被发现的。唐太宗时的武将常何，学识原本一般。一次太宗召文武百官议论国事，常何不知该如何是好，便请寄宿在他家中的客人马周代他作疏。太宗看罢十分欣喜，问常何学问怎得如此突飞猛进？常何据实以告，唐太宗急令召见马周，并先后派了四名使者催促。太宗与马周父谈后，十分赏识他的才华，当即拜他为监察御史。此事记载在《新唐书·马周传》上。

如果自己的才华长期不能被人发现，有时像古时的毛遂那样自荐一下也是必要的。时间不老，生命会老。人生真是耽搁不起。

发现或发明之所以是层出不穷的,一个极为重要的原因是:每一个发现或发明,都使人类站在了一个更高点上,从而便有了更多的发现或发明。

发现,却不懂得被发现事物的真正价值,会使重要的发现擦肩而过。

卓越的发现或发明有可能不为当时的人们所理解,这是发现者个人的悲哀,也是人类的悲哀。

初次发表于1994年3月24日《文学报》,收录于《汪国真精品集 下 小语》(青海人民出版社,1998年)

劳　动

人对劳动的态度有很大不同，在好逸恶劳的人眼里，劳动无疑是件苦差事，对热爱劳动的人来说，劳动使生活变得有意义，而在元人卢挚笔下，劳动简直充满了诗情画意："雨过分畦种瓜，旱时引水浇麻。共几个田舍翁，说几句庄家话，瓦盆边浊酒生涯，醉里乾坤大，任他高柳清风睡煞。"诗词中的人们活得可真滋润。

在分配面前，付出劳动的人时常感到困惑，有人想：我的劳动竟然这么值钱？更多的人想的恰恰与之相反。

现代化的劳动，离不开长远的考虑和周密的计划，否则，不是付出无益的劳动，就是把事情搞得一团糟。

不劳而获的人，通常会以另一种方式付出代价。

大抵衣食来得太容易，便有人不懂得珍惜劳动果实，要改变这种不良习气，有时恐怕还真得恶治。历史上北周王罴任河东镇守时，曾请一台使在家中吃饭，该官员吃饼时，只吃中间部分，把饼边都丢掉了，王罴见状愤然，说："耕种收获，辛苦万分；舂捣做饭，又用力不少：你如此择食，定是不饿。"言毕，命仆人端走饭菜，台使一时愣住，呆若木鸡。今天，此类"台使"甚多，或许是因为王罴太少的缘故吧。

劳动能使体能得到锻炼，而有一个好的体魄的人，比较容易保持心情的美好。既有强健的体魄，又有一个好的心情，劳动的好处是长期远离劳动的人难以体会到的。

初次发表于1994年3月29日《劳动报》，收录于《汪国真精品集 下 小语》（青海人民出版社，1998年）

风　气

奢靡成风，俭朴就会受到嘲笑；浮夸成风，务实就会受到嘲笑；利己成风，为人就会受到嘲笑，如此等等。不正常成为正常，正常就会成为不正常。美化生活，首先是匡正风气，其余还在其次。

风气不好，虽有锦衣美食，内心也会常觉惴惴不安；风气若好，虽粗茶淡饭，亦能活得坦然自若。

富足，只能让人过得舒适，却不一定能让人过得舒畅。有了一个良好的社会风气，人们才能心情舒畅地工作和生活。

建立良好的社会风气，首先在于认真实行法制。西汉刘向《战国策·秦策一》论及商鞅变法的成效时说："道不拾遗，民不妄取，兵革大强，诸侯畏惧。"

商鞅变法期间，曾有秦孝公太子犯法，为了维护法律的尊严，决定惩处太子，由于太子为国君后嗣，不能施刑，于是杀了太子傅公子虔和公孙贾。如此执法，谁不畏惧？

建立良好的社会风气，还在于大力的倡导，这种倡导不是一时的心血来潮，而是坚持不懈的长久努力。

建立良好的风气，还有赖于教育的普及和人们文化程度的提高，只有这样，人们才能更清楚地知法，也才能更好地守法。知法、守法的人多了，违法、犯法的人少了，社会风气就会大大改观。

风气不好，人与人之间的关系便会淡漠、紧张。人们也会常常发出如唐代诗人刘禹锡所写的"长恨人心不如水，等闲平地起波澜"的感叹。良好的风气，是人们深深期盼的。

初次发表于1994年第3期《美化生活》，收录于《汪国真诗文集〔首版〕-哲思短语》（内蒙古人民出版社，1996年）

后　悔

谁都会有令自己后悔的往事。过去了的事就当是一次教训，重要的是向前看。如果一味沉浸在对往事的追悔中拔不出来，难免将来又会为这一个时期的消沉、沮丧和虚掷光阴而后悔。人不能在为从前的事情后悔的同时，又让将来为今天后悔。

明知要做的事情会使自己追悔，却凭着一时的冲动硬要去做，这是大不智。这实际上是为了一时断送长远，为了局部损害全局，弄不好还会"一着不慎，满盘皆输"，连扳回来的机会都没有。

重要的事情不能指望侥幸，把希望寄托在侥幸上去做重要的事情，后来很少有不后悔的。

后悔是醒悟的一种表现，它比执迷不悟已进了一大步。只要醒悟得早，纠正及时，大的悲剧或不幸，往往是可以避免的。

后悔是不分年龄的。年长者有令年长者后悔的事，年少者有令年少者后悔的事。不论是谁，都没法对生活掉以轻心。

初次发表于1994年3月23日《今晚报》

环　境

生态学中有一个专业术语叫作"塑造",它是指环境变化导致生物形态结构和功能上的变化。塑造的结果是,生物或适应或被淘汰。这让我们想到了——环境与人。

一个人愈有才干,他选择适合自己的环境的余地便愈大。总是抱怨工作环境不好的人,他既是好人,又是能力一般的人,由于能力一般,难以改善环境,于是只好抱怨。

能力一般的人是大多数。让这大多数人能在一个心情舒畅的环境中工作,这是领导者的责任,也是领导者的艺术。

一个人的际遇、环境发生起伏变化是常有的事,以势利的眼光待人,既不厚道,也不聪明。西汉有个叫韩安国的官员,因犯事被关。狱吏田甲侮辱他,韩安国说:你就断定我不能东山再起吗?田甲说:你要燃起来,我就撒尿浇灭你。后来韩安国被释放,并又做了高官。田甲闻讯躲起来。韩安国四处扬言:"甲不就官,我灭尔族。"田甲只好以"肉袒谢"。韩安国对他说:现在你可以撒尿了。田甲闻言,吓得磕头如捣蒜。要论田甲所为,真是自取其辱。关于韩安国其人，《史记》和《汉书》都有记载。

在商业活动中，对于自己不熟悉和不了解的环境和人，谨慎从事是特别必要的。有人投下诱饵，那是为了捉鱼。

培根曾说过一句很精辟的话："顺境中的美德是自制，逆境中的美德是不屈不挠。"许多人生的经验和道理，都在这句话中了。

初次发表于1994年4月1日《今晚报》，收录于《汪国真精品集　下　小语》（青海人民出版社，1998年）

承　认

夜晚，群星闪烁。人们仰望天穹，可能会忽略那些亮度不够的星星，却不大会忽略那些特别璀璨的星星，更不会忽略比星星亮得多的月亮。除非它们被浮云遮住了光芒。

有的人的成就不被承认，不是因为其成就太一般了，而是因为太杰出了，杰出到了使当时的权威的意识都跟不上，看不出其成就的重要性。发现了遗传学基本原理的奥地利科学家孟德尔，生前曾把一份很重要的论文交给了当时的遗传学权威卡尔·纳基里，论文虽获肯定，但纳基里却未意识到这份论文的重要性。这致使此项成果被埋没将近一百年，直到1960年，才被其他科学家发现并引起重视。

再杰出的创造，也有可能被找出弱点和不足，对嫉贤妒能的人来说，他们虽处在不同的领域，采取的方法却总惊人地一致，这就是吹毛求疵、极力夸大别人的弱点和不足，然后貌似公正地不予承认和贬抑。

不承认别人的成功，往往是由于别人的成功衬托出自己的无能和黯然。对于这种人来说，可悲之处在于，想方设法贬抑别人，既不能丝毫提高自身的价值，又不能阻挡别人成功的趋势，倒是送给别人一样珍贵的礼物：坚强。而这恰恰是成功者迎接更大挑战，取得更大成功所必需的。

宋代词人辛弃疾曾有词云："怕上层楼，十日九风雨。"这也是不少有作为的人走向高处时的感觉。当一个人的成就最终被人们承认的时候，他的身上定曾飘洒过风雨，脚上定有着泥泞。

初次发表于1994年4月16日《今晚报》，收录于《汪国真精品集　下　小语》（青海人民出版社，1998年）

文　明

文明这一概念是不断发展的，有一些过去被称为文明的东西，到后来则可能被视为不文明。

一个民族或国家的文明程度，有赖于传统更有赖于教育，一个有着悠久历史的民族或国家所表现出的文明程度，未见得比得上一个历史比它短，而教育更为普及的民族或国家。

文明对于内部世界来说是法律和秩序，对外部世界来说是风气和教养，当法律和秩序受到严重破坏时，文明的外部形象也会得到极大损害。

倘若今人胜古人，我们可以为古代的灿烂文明而骄傲；倘若今人输古人，大谈古代的灿烂文明非但不能为自己挽回面子，反而多少衬托出我们的不肖。

文明程度显然和教养有关。不文明的行为，告诉世人的无非是此人缺少教养。

人类总是向往生活在一个更文明的社会中，任何对人类文明做出重大贡献的人都会是永生的，这里不妨截取奥裔美籍法律哲学家凯尔逊晚年时候和一个年轻人的对话——

凯尔逊："现在我好像连自己的名字都记不住了。"

年轻人："先生，您即使忘记了您自己的名字，世界史也不会把您的大名遗忘的。"

初次发表于1994年4月25日《劳动报》，收录于《汪国真诗文集〔首版〕－哲思短语》（内蒙古人民出版社，1996年）

赞　美

赞美有可能是出于客气，诋毁有可能由于嫉妒，对于别人不论好的或坏的评价，都没必要太往心里去。人贵自知。

鹤立鸡群，不要指望得到群鸡的赞美，赞美存在于它们相互之间。

对于新生事物，更多时候应该给予鼓励和赞美，这有助于建立起人的自信心，当人有了自信心，便容易把事情做得更好。

过头的赞美对被赞美者并无好处，它既容易使被赞美者看不清自己，也容易招致旁人的反感。就赞美而言，有十分说到七八分比说到十二三分，会有更好的效果。

附庸风雅地赞美自己根本不理解的东西，或许好像很深刻，其实很浅薄。因为，这里没有一点自己的见解，更甭说是远见卓识了。

无声的赞美往往显得更加真实和诚恳。当一个收藏家花高价买了一幅作品的时候，对这幅作品他不需要再说什么了。

　　当我们无法得到我们赞美的东西时，不妨好好欣赏它；当我们无法欣赏到我们赞美的东西时，不妨静静地憧憬它。有美好的事物在心中，心灵便常存一块绿地。

　　　　初次发表于1994年4月28日《今晚报》，收录于《汪国真精品集　下　小语》（青海人民出版社，1998年）

执　着

只有在选择的大方向正确的前提下，执着的努力才有意义，否则，执着便成了一种愚。

一般来说，不论做什么事情，在经过了比较长的一个时期的努力之后，就应该有所收获了。如果不是这样，恐怕就不是不执着的问题，而是自己是否适宜做这件事情的问题。执着于一件根本不适合自己做的事情是不会有什么结果的。明代医药学家李时珍花二十七年时间完成了巨著《本草纲目》，有些人花同样的时间却写不出一篇精彩的文章。

成功者常常都是些什么人呢？他们既是聪明的，又是执着的。不成功者往往都是些什么样的人呢？有的是因为不够聪明，有的是因为不够执着，有的则是既不聪明也不执着。

人的潜能仿佛是一座还没有挖掘的庞贝古城，需要执着地挖掘才能使之放射出光彩。

在做一件事情的时候，可以适当地为要做的第二件事情做些准备，并对第三件要做什么事情有所考虑。执着和远见结合起来，便容易无往而不利。

在人心浮躁的时候，执着和宁静会更容易导致成功；当人心宁静甚至保守的时候，振聋发聩会更容易导致成功。机会常在人们忽略处。

初次发表于1994年4月29日《今晚报》，收录于《汪国真精品集 下 小语》（青海人民出版社，1998年）

价　值

不论什么东西，只要太多了，价值自然就会降低。有一些本不十分出色的东西，因为稀少，也就有了昂贵的价值。

一个人的价值，只有在了解和懂得他的人心里，才有恰如其分的重量。三国时，庞统在刘备心目中，连当个县令都不够格，但在诸葛亮和鲁肃心中，此人却是天才。也正是在诸葛亮和鲁肃的举荐下，庞统才得到了重用，能够一展平生的才学。

对于艺术创作来说，往往是太少了形不成气候，太滥了便会自贬身价。掌握高的质量和适宜的数量，这本身也是一种艺术。

时间，会使有价值的东西愈显示其价值，使没有多少价值的东西，愈发没了价值。

收藏是一件很有意思的事。收藏的乐趣不仅在于收藏到那些大家都认为有意义的东西，更在于收藏到那些当时看不出有多大价值，到后来愈来愈显得珍贵的东西。这些东西，赞美着收藏家的智慧和眼光。

价值需要挖掘和发现。1911年，荷兰莱顿大学物理学教授卡末林·昂内斯用水银作为实验材料，进行导电性能随温度变化的研究，实验的结果使他们有了惊人的发现：当温度低到4.2K（−269℃左右）时，水银的电阻忽然消失了，这是人类首次发现的超导现象。以后又陆续发现了许多金属、合金、化合物，甚至有机化合物，在一定的温度下都会突然进入一种特殊状态，它的电阻为零。可以想见的是，许多事物的价值都有待人类进一步地发现、认识和掌握，其中也包括人类自身。

有一点缺憾的创新，要比无缺点的模仿更有价值。创新，不但说明这是自己的东西，而且说明这是独特和发展了的东西。而模仿只是一种重复。

初次发表于1994年第4期《女友》，收录于《汪国真诗文集〔首版〕－哲思短语》（内蒙古人民出版社，1996年）

忠　告

　　有时,一条有真知灼见的忠告,会对一个人的未来产生极为重要的有利影响,不要因为忠告不是看得见的物质,便看轻了它的价值。

　　不同的人提出的忠告可以互相矛盾,因此,对于忠告必须分析和判断。不过,凡属忠告,不一定照着去做,听听却是没有什么坏处的。

　　能够向上级提出有见识的忠告者,是应该得到褒奖的,因为提出忠告多是需要胆识的,而自古以来,提出忠告的人往往结局都不好。轻者意见不被采纳,人遭冷落,重者则被贬官甚至杀头。安禄山叛唐时,名士肖颖士曾向河南采访使郭纳提出守城方略,结果不被采纳;白居易因宰相武元衡被暗杀一事,向朝廷上书,结果被贬为江州司马;春秋时,吴国名将伍子胥,因多次向吴王夫差直谏,结果却被赐剑自杀。这类的事情,大抵每个朝代都有,可见提出忠告是要担风险的,非忧国忧民之士难以为。

　　擅长哗众取宠、投机取巧的人也可能会提出有益的建议,对此，意见可以被采纳，人却不能因而得到重视。

人在后悔的时候，才能深刻地体会到忠告的价值。从后悔中认识了忠告，这也算得上醒悟了。

忠告对谁来说都不是多余的，对于聪明人更不是多余的。聪明人有时更易铸成大错，因为他太相信自己的聪明了。

唐代诗人李商隐《隋宫》诗中云："地下若逢陈后主，岂宜重问《后庭花》。"其实，忠告不一定非都要人提出来，前车之鉴，便是最好的忠告。

初次发表于1994年第4期《知音》，收录于《汪国真精品集下 小语》（青海人民出版社，1998年）

报　复

自强是最好的报复。

今天你向别人报复，难保明天别人不再向你报复。这样，何时是个头呢？逢大的伤害，最好让法律去管；逢小的伤害，最好用理智去管。

向个人报复，将会导致积怨更深；向社会报复，将会导致犯罪。凡报复者，自身很难有好的结果。从一定意义上说，报复是一种伤害或毁灭自己的行动。

私心愈重，心胸愈狭隘的人，报复心愈强。凡事出以公心或心胸开阔的人则不履报复之道。明代金忠为兵部尚书时，有个乡人来京师找事做，此人从前曾多次侮辱金忠，因此很担心金忠容不下他，不料金忠非但没有挟嫌报复他，反而尽力举荐他。有人问金忠：这个人不是曾对你很不好吗？金忠回答说："顾其才可用，奈何以私故掩人之长？"而英国哲学家培根则是这样论及报复的："报复的目的无非只是为了同冒犯你的人扯平。然而有度量宽谅别人的冒犯，就使你比冒犯者的品质更好。这种大度容人是创业君王所必具的英雄气概。"如果说大度容人是一种英雄气概，那很强的报复欲则是一种小家子气了。

同恶行进行有理、有力、有节的斗争，这同报复是根本不同的两回事。前者是理性和聪慧的，后者是鲁莽和愚蠢的。

报复实际上是把眼光和精力留给了过去。一个总把眼光和精力留给过去的人，怎么可能不影响和损害到自己的未来呢？

宽恕比报复让人难以做到。但从长远来看，宽恕确是棋高一招。

因为报复而受到惩处，因为受到惩处而感到后悔，这是太多的人走过的人生轨迹。这里用得着一句中国的老话：早知今日，何必当初。

初次发表于1994年第7期《辽宁青年》，收录于《汪国真诗文集〔首版〕－哲思短语》（内蒙古人民出版社，1996年）

亲　情

家人的感情是否融洽，影响着家庭成员，特别是孩子的性格。我们知道，性格经常又是决定一个人命运的。

一千位母亲，便会有一千种爱；一千种爱，却都是一种情怀。

在小事情上，亲情面前无是非；在大事情上，亲情面前无原则，这是我们经常见到的一种情形，这种情形表明：人们一方面很看重亲情，一方面又不大能够明智地对待亲情。

一位母亲，她无法确切预知，她能否得到回报，能够得到多少回报。她能够确切知道的是：从她成为母亲那一天起，便将终生付出。

亲情能够鼓励人也能够戕害人。唐时李侃任项城令时，适逢叛将李希烈在河南一带攻城略地，周围县城多有陷落。李侃自觉城小，想弃城而逃，后来是在其妻杨氏鼓励下，率军民死守城池，最后将城池保存下来的。而宋代三朝元老杨士奇，娇惯其子，其子则仗着其父权势，横行霸道，害人不少。事情捅到上面，朝廷看在杨士奇的面子上，不忍将其子杨稷治罪。一俟杨士奇病死，有司很快按律将杨稷杀了。杨士奇本心爱子，实则害子。其实，此类事又岂止是古代独有？

亲情并不是什么时候都靠得住，当人把金钱和权势看得很重的时候，亲情便显得脆弱了。在法国作家巴尔扎克的《高老头》中，我们常常可以感觉到在金钱面前，亲情显得多么微不足道。而在《红楼梦》里，贾探春不承认自己的生母赵姨娘，则与赵姨娘只是贾政的小老婆这个地位有关。

美好的亲情能够使人感受生活的温馨和生命的美好。小时候，能够得到父母的爱；长大了，能够得到恋人的爱；老年时，能够得到子女的爱，即便在外面经受了些风雨挫折，这一生也够得上幸运了。

如果没有过这样温馨的亲情，即便事业上的成就再辉煌，人生也是有重大缺憾的。

初次发表于1994年6月《家庭》，收录于《汪国真诗文集〔首版〕－哲思短语》（内蒙古人民出版社，1996年）

诱　惑

一般来说，凡是法律禁止的，都是对人有诱惑力的；凡是被法律制裁的人，都是禁不起诱惑的。

诱惑的力量是巨大的，它能使许多看似活得很明白的人误入歧途，到后来自己都搞不清生活中为什么会有那么多"黑色的星期五"。

人无法拒绝一切诱惑。
聪明人会在最该拒绝的时候拒绝诱惑，蠢人则恰恰在这个时候禁不起诱惑。

既不想拒绝诱惑，又想逃避法律的制裁，于是就只有凭借所谓"关系"和侥幸了。不过，关系总有靠不住的时候，侥幸就更加不可靠了。

明末清初张潮所著《幽梦影》一书中有"人须求可入诗，物须求可入画"的短语，这颇有点远离诱惑、远离凡尘的味道，今天读来颇有点陌生的感觉，真不知是当时人太清高，还是时人物欲太强。

当一个人诱惑力太强的时候,别人就要当心了,不要为其迷惑,以至于干出傻事来;他自己也要当心了,不要为自己所迷,以至玩火。

初次发表于1994年6月4日《今晚报》,收录于《汪国真精品集 下 小语》(青海人民出版社,1998年)

愿　望

愿望，分为可能实现的和不可能实现的两种，把精力和时间都耗费在追求不可能实现的愿望上，不仅实现不了自己的愿望，还会贻误实现那原本可能实现的愿望。

愿望愈美好，实现这个愿望所付出的脚踏实地的努力便愈大，这就像收获和耕耘一样。

对于志大而才疏的人来说，愿望可说是水中月、镜中花，可望不可即。

完全不是由于主观原因，而是由于客观条件限制，使人们无法实现自己的愿望，这便形成一种遗憾。人生是有遗憾的。

如果一个人把根本实现不了的愿望当成自己唯一的愿望，那就可悲了。其情形就像爱尔兰作家贝克特的名剧《等待戈多》中的流浪汉一样。

对于可能实现的愿望不懈地去追求，从为不可能实现的愿望的努力中及早抽身,这都是生活的艺术,这需要自身的经验和智慧,有时也需要旁人的鼓励或提醒。

初次发表于1994年6月6日《今晚报》

风　险

在经济活动中，对于睿智的人来说，风险就是机会，对于寻常人来说，风险就是危险。在他们眼里，风险的意义不同，采取的对策不同，结局也大不相同。

利用别人的智慧和专长干事情，当然会有风险，但选对了人，较之自己亲为的风险要小。事事亲为的人可以当连长，却无法当司令，更甭说是三军司令了。

许多有知识的人在经济领域中长期无所作为，一筹莫展，不是因为他们缺少智慧，而是缺少魄力，或者说是缺少哪怕承担一点点风险的勇气。

许多时候，低调处理一些事情，可以避免不必要的麻烦和风险。像西晋石崇那样飞扬跋扈，喜欢炫耀的人，岂止是不明智，简直可以说是愚蠢。

同样是冒风险，走险棋和撞大运却有着根本的不同。"空城计"不是赌博，赌博更不是"空城计"。

输小赢大是可冒之风险，输大赢小是不可冒之风险，对要么大输要么大赢的风险，须慎之又慎。

初次发表于1994年7月29日《今晚报》，收录于《汪国真诗文集〔首版〕-哲思短语》（内蒙古人民出版社，1996年）

借　鉴

注重和懂得借鉴的人与不注重和不懂得借鉴的人，在他们还未以成果比高低时，已见输赢了。

无论在何种领域，凡成功者必有可取之处，善于借鉴成功者的经验，可以缩短自己摸索的过程，更快地走向成功。

自以为是深刻是崇高是庄严是历史是永恒，以为别人什么都不是，视别人为草芥，更无从谈起从别人那里借鉴什么的人，其结果永远只能是孤芳自赏、顾影自怜，使自己成为马伏里奥式的可笑人物。

借鉴的意义除了取长补短、吸取教训外，还是摆脱固定模式和思维的重要途径。

南宋文学批评家严羽在《沧浪诗话》中说过一句名言："学其上，仅得其中，学其中，斯为下矣。"这是经验之谈，这句话生动地说明了借鉴中，学"上"的重要性。

以学习代替排斥，以借鉴代替拒绝，这是一种聪明，反之则是不智。当然，学习是辨别前提下的学习，借鉴也是分析基础上的借鉴。

一个善于借鉴的人，一个善于把别人的长处都变成自己的长处的人，很容易脱颖而出。因为别人只有他身上的一种长处，而他一个人身上却具备了别人的许多长处。

如果说文学艺术是树，那么传统文化则好比土地，外来的文化则好比养料。只有土壤肥沃、养料充足，树木才容易根深叶茂地茁壮成长。

借鉴是明智也是胸怀。史传宋代词人秦观曾改过苏轼的《六月二十七日望湖楼醉书》，苏轼不仅不以为忤，而且连称"改得好"，这真可说是胸襟更胜才情了。

初次发表于1994年第5—6期《良友》，收录于《1994汪国真哲思短语》（时代文艺出版社，1994年）

天　才

从某种意义上来说，环境造就人才，遗传成就天才。当然，仅凭环境或遗传也是不能造就人才，成就天才的。

据说，不修边幅是天才的一种表现。于是，一些无法在思想或技艺方面表明自己是天才的人，只好通过不修边幅来显得自己好像是天才了。

天才的作品绝不是前人或他人作品的幂。它可能也有与别人雷同的时候，但更多的是突破和创造，甚至是对传统理论和观念的质的突破和借鉴基础上的崭新的创造。

天才也有不如意的时候。天才不如意的时候，有时连凡俗都不如。想古时虞国人百里奚拜相之前，年已七旬，仍不过是一饲牛牧马之人，但当他一展抱负之际，"从此西秦名显赫"。

天才和普通人的距离，往往看似只有一步之遥，而这一步却是难以追赶和超越的，就仿佛望山跑死马。

从性格上来说，西方的天才比东方的天才更锋芒毕露得多。在德国音乐家瓦格纳眼里，除了被称为"乐圣"的贝多芬外，其余音乐家简直都不在话下，而当瓦格纳风靡一时之际，法国音乐家德彪西却讥讽他道："此公的音乐犹如披着沉重的铁甲，迈着一摇一摆的鹅步。"而在类似的情形下，一般东方的艺术大师们会显得含蓄许多，温文尔雅许多。这或许便是文化的同流不同源所致。

有一些总是自以为是的人，常有一种怀才不遇的失落感。其实，他所以"不遇"的原因很简单：他自以为很是个才，实际上却不是；既不是天才，甚至也称不上是人才。

文艺复兴时期，是一个天才辈出的时期。由此看来，天才的大批产生是离不开使其发育、成长的土壤——时代这一大背景的。

收录于《1994汪国真哲思短语》（时代文艺出版社，1994年）

眼　光

眼光是否敏锐、远大、准确，常常决定事情的成败。看错人，便会用错人，用错人则会把事情弄糟。把事物的情形、前景看错也会导致失败。

独到而远大的眼光，有赖于知识、经验、聪睿。有眼光的人，可以用比别人少的投入获得比别人大的收益；用比别人短的时间成就比别人大的事业；用比别人小的力量赢得比别人大的成功。因此，人不必总担忧自己底子薄、出道晚、力量小，如果有敏锐而独到的眼光，机会总是可以捕捉的，也是有可能闯出一番天地的。

有眼光的人，会用发展的眼光看待人和事物，而不是只看眼前。据报载：美国有一位叫埃尔斯沃思的画商，1984年曾在中国的一家画店收购了被称为"长安画派"代表人物的石鲁的七十幅精品，每幅的价格是一百余元人民币，其时，石鲁的中等水平的作品在美国拍卖价已达五万至六万美元。如果说，当时这位美国商人是得利于信息灵通的话，那么当今天许多著名的拍卖行频频找他，希望他拿石鲁几幅作品去拍卖，而这位美国人对此却不屑一顾，认为价格还远远未到位的态度和想法，便不能不说是出于一种眼光。从外国人买画这件事情，我们可以看出，生活中并不一定缺少机会，缺少的是一种独到而长远的眼光。

有眼光的人做标新立异之举都是有道理的，没有眼光的人做标新立异之举不过是在撞大运罢了。两者的立足点不同，前景也不同。

有眼光的人善用人，没有眼光的人则会使人才白白流走。战国时，魏惠王没有眼光识商鞅，不采纳魏相公叔痤的荐言，致使后来商鞅事秦，说服秦孝公变法图强，使秦一跃而霸诸侯。

中国有句老话：荐人于无名之时，助人于落寞之刻。这不但表现为一种美德，很多时候更表现为一种眼光。

变革时代，是一个机会特别多的时代，也是一个特别需要眼光的时代。能成大气候者和不能成大气候者，初时的基础、能力等往往并无太大差异，差就差在有眼光和没有眼光了。

收录于《1994汪国真哲思短语》（时代文艺出版社，1994年）

运　筹

　　人生不但应该是有理想和志向的，而且也是需要和可以运筹的。善于打仗的将军，可以运筹帷幄，决胜千里；善于把握人生的人，则可以运筹现在，决胜未来。运筹人生，就是使人生之路走得更科学，尽量减少盲目性。或者说，是在人生这盘棋上，多走几步"妙着"，少走几步"臭棋"。

　　一个人下棋至少要看三步，一个人对于未来要走的路至少要思三年。知道三年后自己准备干什么，也就更知道自己眼下该怎么干。特别是在一个竞争激烈的环境中，这一点就更为重要。走一步看一步的人，怎么可能赢走一步看两步的人呢？走一步看两步的人，当然会输给走一步看三步的人。

　　善运筹者，经常不以常人所识度事。东汉初年，叛将高峻据守高平，汉军攻而"一岁不拔"。光武帝亲自征讨亦无济于事，于是便派寇恂去招降。高峻派军师皇甫文出谒，其人辞礼不屈，寇恂大怒，便要杀他。诸将劝道：今天我们欲让高峻投降反而杀了他的来使，恐怕不可以吧。寇恂不听，斩了皇甫文。然后，遣其副使归告峻曰："军师无礼，已戮之矣。欲降，急降；不欲，固守。"高峻惶恐，即日便投降了。诸将皆贺，不解地问道，你杀了高峻的来使却能使他投降，这是什么缘故呢？寇恂说，高峻的主意都是皇甫文出的。此次皇甫文来，我看他无归降的意思。不杀他，高峻仍会听他的主张不投降；杀了他，高峻就会害怕，所以投降了。诸将都十分佩服寇恂的胆略。此事记载在《后汉书·寇恂传》上。

即便是再好用的脑袋，也有不够使的时候。善运筹者，既要善于独立思考，也要善于集思广益。把最好的、最科学的想法付诸实践，便会无往而不利。

在今天，一些文化程度高的人，不要小觑了一些文化程度不及自己的企业家。这些人中有的虽无张良、萧何、韩信之才，却有刘邦之才。书生气地做一简单对比，以为自己一旦介入某一领域便可大显身手，那些人都不在话下的想法是天真和不切实际的。

再善于运筹的人，也可能会有失误的时候。何况"既生瑜，何生亮"，强中更有强中手。不断增强自己的运筹能力，又能禁得起失败和挫折，这样的人，便有可能赢得一个成功的人生。

初次发表于 2005 年第 1 期《中国边防警察》，收录于《1994 汪国真哲思短语》（时代文艺出版社，1994 年）

少 年

我真羡慕少年,学什么都来得及,不像我们,总是感觉在被时间的鞭子抽打着走。

少年不要怕失败,没有多少人会讥笑一个少年的幼稚和失败。当你长大了,失败的滋味会比少年时代难受得多。

习惯的力量是非常强大的,所以凡事一旦养成了习惯是很难改的。少年时期,在很多事上正是养成习惯的时期。与其后来吃力地改变一种坏的习惯,不如在少年时代就养成一种好的习惯。

少年时代学东西,容易着急,容易改变兴趣,若能在长辈的指导并在一些伙伴之间展开竞赛,将有助于改变这种情况。

少年成才,固然是件可喜可贺之事,却并不特别值得骄傲。当时南朝齐梁之际的才子江淹,六岁便能写诗,成名也很早。遗憾的是晚年没有取得什么成就。《梁书·江淹传》中说他"晚年才思微退,时人皆谓之才尽"。江郎才尽的故事是发人深省的。

除在某一方面确有特别杰出、超常的天赋者外,少年时期偏科是不大适宜的,未来的创造和发展需要思想开阔,过早偏科则会限制自己的思路,也限制了自己的发展。

少年时期虽应以学习为主,却也应逐渐养成分析和判断的习惯。有许多时候能够提出新的问题比解决问题还重要。

少年时代,人的记忆力特别好,能够在这个时期多背诵一些文学中的精华,不仅对当时有益,对未来也是很有益处的。

少年,既是长知识也是长身体的时期,学习和娱乐不可偏废。在我看来,首先是身体好,其次才是学习好。俗话说,身体是本钱,一个人连本钱都没有了,还能干成什么事呢?

收录于《1994汪国真哲思短语》(时代文艺出版社,1994年)

稳　定

稳定是社会发展的保障。一个社会如果不稳定，怎么能够向前发展呢？不过，另一方面，一个社会如果不注意发展，又怎么能够真正稳定呢？

稳定必然要强调法制，强调法制必然要强调法律面前人人平等。真正做到这一点是不容易的，能够在多大程度上做到法律面前人人平等，也就能够在多大程度上实行法制；能够在多大程度上实行法制，也就能够在多大程度上保证社会的稳定。

稳定得利于善于用人。如唐太宗用魏徵，宋太宗用吕端等，都对促成稳定的局面起了很大的作用。

内部团结一致，即便有较大的外部威胁，局面也容易稳定。内部不团结，即便没有来自外部的威胁，局面也不容易稳定。

团结就是稳定。如此，一个有能力或专长而好是非的人，是需要慎重使用和拔擢的。

稳定就是不使矛盾激化，不使矛盾激化就需要疏导。春秋时，郑国大臣子产不毁乡校，就是因为他懂得疏导的重要性。

中外历史上，都有杰出的政治家和过渡性政治家之说。前者是斗争实践的产物，后者常是各派妥协的产物。前者是因为服从而使局面稳定，后者是为了稳定而需要各派达成妥协。

事情有大小之分，紧要和不紧要之分。稳定无疑属于大事和紧要之事。这样，为了保持稳定，国与国之间，民族与民族之间，政治力量与政治力量之间，企事业内部的人与人之间，彼此达成某种让步和妥协便成为经常和必然的了。

把天下安危系于一人，一人安则天下安，一人危则天下危，是不妥当的。这说明一个社会离建立和健全民主与法制还有一段距离要走。但脱离历史实际地想一蹴而就缩短这段路程也是不切实际的。这是一个目标。

收录于《1994汪国真哲思短语》（时代文艺出版社，1994年）

沉　着

冲动是艺术家的品质，沉着是政治家的品质，果断是军事家的品质。历史上杰出的领袖人物往往能集三者于一身。

无勇气的人自然没有沉着，有勇气的人也未必就有沉着。沉着需要智勇双全。不过，即使是智勇双全的人，也会有乱了方寸的时候。西晋陈寿《三国志》中说，曹操将刘备手下的谋士徐庶的母亲捉了，徐庶为了救母，便向刘备告辞："今已失老母，方寸乱矣。"失去了沉着，也就失去了清醒，徐庶也不能免。

沉着与磨炼有关，也与实力有关。实力强大的人比较容易表现得沉着，因为心中有所倚恃。

凡事不能把结果想得太好，否则，一旦出现不利的局面，就容易举止失措，会使已经糟糕的情形变得更加糟糕。事先把困难和不利因素考虑得多一些，有助于保持沉着，而沉着又有助于扭转不利的局面。

一有风吹草动就惊慌失措的人，要么是太怕死，要么是太怕输。怕输的人或许还能保持表面的镇定，怕死的人则连表面文章都顾不上了。

宋代词人蒋捷有词云："白鸥问我泊孤舟，是身留，是心留？心若留时，何事锁眉头？"不仅沉思可以成为一种风景，沉着也可以。

初次发表于1994年8月17日《今晚报》，收录于《汪国真精品集　下　小语》（青海人民出版社，1998年）

宽　松

宽松的环境，是一个有利于大家干事情的环境，搬弄是非，嫉贤妒能，指桑骂槐，摔盆打碗，人为地制造紧张气氛和局面，对别人无益，对自己也没有什么好处，更糟糕的是对空气起了一种毒化作用。

疏松的土质能使植物更茁壮地成长，宽松的环境能使心灵更好地生长，造就一个宽松和谐的环境，有利于造就更多颗健康明朗的心灵。

那种小肚鸡肠，见不得别人比自己强，时不时想给别人制造一些麻烦和障碍的人是应该受到鄙视的，如果大家都鄙视这种行为，这种人的市场和作用就会小得多。

造就一个宽松的环境，不仅是明智的表现，也是有力量的表现。唐代计有二十一位皇帝，被史家特别称道的却是"唐羡三宗"，即唐太宗李世民，唐玄宗李隆基，唐宪宗李纯。这三位主政之时，政治大抵开明，朝上气氛亦较宽松，国家也富强，到了宪宗之后，宦官专权，国势便逐渐衰落。

造就一个宽松的环境，有赖于人与人之间彼此的谦让和大度，就每个人来说，其实并没损失什么，却换来一个和谐的环境，真是何乐而不为呢？

有了一个宽松的环境，人生便多了几处风景，多了几分唐代诗人王维《终南别业》诗中说的"行到水穷处，坐看云起时"那样的意境和恬适。

人际关系的紧张，会使人感到压抑和窒息，宽松的环境才能使人心情舒畅地工作。有时候，人际关系的紧张只是由个别人造成的，就像俗话说的，一只耗子坏了一锅汤，但愿我们都别去做这样的"耗子"。

如果我们需要一个宽松的环境，那就让人与人之间多一点爱少一点恨，多一点宽松少一点刻薄，多一点祝愿少一点诅咒……

初次发表于1994年8月号《廉政之声》，收录于《汪国真诗文集〔首版〕－哲思短语》（内蒙古人民出版社，1996年）

合　作

没有一定的规模，就没有最好的效益。合作是形成规模的主要途径之一。

不要以为自己能包打天下，没有这样的事。自古以来，善于和能够干大事情的人，都是善于和能够与别人合作的人。

合作很重要，选择错了合作伙伴却很糟糕。饥不择食地选择合作伙伴，常常自讨苦吃。

合作有长期的，也有短期的。能否合作，以及合作时间的长短，根本原因在于利益。

春秋左丘明《国语》中有"言之太甘，其中必苦"之句。意思是说得太悦耳动听的话，内里必定有祸患。对于善良之人、真诚想与别人合作的人来说，这是一个忠告。

现代社会较之以往更需要合作。守着小作坊式的思想和经营方式，不可能有大的发展和灿烂的前途。

从前的敌人后来可以成为盟友,从前的合作者后来也可以成为敌人。当合作成为主流,这个世界就比较安宁,反之,就不安宁。

初次发表于1994年9月6日《今晚报》,收录于《汪国真精品集 下 小语》(青海人民出版社,1998年)

谋　略

从实际着眼，从全局着眼，从长远着眼，这是产生谋略的基本前提。

天时、地利、人和，大抵包含了成功的全部重要因素。谋略，就是在没有这些因素的时候，争取到这些因素；在有了这些因素的时候，充分发挥和协调这些因素。

历史上孙膑减灶、虞诩增灶都是善用谋略的范例。由此可知，谋略不是一成不变的，它须远离教条。诚如岳飞所言："运用之妙存乎一心。"

谋略是实现意志的手段，意志是落实谋略的保障。

即便是大谋略家，也不能违背历史发展趋势和客观规律行事，否则，非栽跟头不可。

谋而后动，这应该成为做事的一个准则。古人说，多算胜，少算不胜。少算不胜，何况不算了。

初次发表于1994年9月24日《今晚报》，收录于《汪国真精品集 下 小语》（青海人民出版社，1998年）

权　力

权力是应该受到制约的，诚如孟德斯鸠所言：不受约束的权力将会导致腐败。

手握重权，会使人起这样的变化：有人更像自己了，有人变得连自己都不认得自己了。

用漂亮的足以蛊惑人心的口号，来掩盖自己争权夺利的欲望，这是一切有野心的人都惯用的伎俩。人们应该小心，不要被这样的人骗了。

权力运用得好坏，老百姓心中自有一本账。明朝曹县主簿刘郁，因事被抓，即有当地乡民委托耆老杨德等上朝，为其求情。明太祖朱元璋见刘郁如此受老百姓拥戴，不由大喜，当即让刘郁官复原职，并向廷臣们说了段发人深省的话："自古人君所患者，惟忧泽不下流，情不上达。今民以主簿之贤，来言于朕，朕宽宥之，仍与治其民，上下之情无所蔽矣。"

许多时候，权力不在于职位，而在于威望，有职位而缺少威望的人，更应该清楚这一点，否则，很容易把自己弄得被动。

无真才实学者，丢掉权力会像得到权力一样容易。

权力能使人疯狂。古罗马皇帝尼禄的母亲为了让儿子登上帝位，便把后夫——罗马皇帝克劳第亚斯毒杀了。尼禄称帝后，因与母亲对立，又派人把母亲杀了。此后，他又杀了他的老婆、仆从和政敌等。公元65年，尼禄因发生政变而自尽。翻开中外历史，类似这样为了争夺权力而互相残杀的例子，不胜枚举。

有权时门庭若市，无权时门可罗雀，从权力的得与失，不难看出人情的真与假。

初次发表于1994年第12期《青春潮》

电　视

城市的夜晚是电视的夜晚。

从 1936 年 11 月，英国广播公司在伦敦的亚历山大宫建成第一座公共电视台到今天还不足六十年，夜晚的城市已被电视的海洋淹没了。海洋中还有多少小岛呢？

电视的"霸道"，简直是要电影去自杀，不过电影不会自杀，没有电视，恐怕还显不出来电影的"高贵"。

电视可以使你得到很多，也可以使你失去很多。前者叫会看电视，后者叫看电视。

主张关掉电视和观看电视的人，都可以为自己的主张列举出一大堆说得过去的理由，我想说的是：有自制力的人为什么要关掉电视呢？没自制力的人为什么愿打开电视呢？

今天，可以说每一个时期人们议论的话题、关注的焦点、流行的服饰都与电视有着千丝万缕的联系。电视是个"贼"，偷走了人们的心。

如果把看电视的时间都用来做事情，不要说一件事情，二三件事情恐怕也做得成。如果既想做事情，又不想放弃看电视怎么办呢？那就少做一件事。

电视主持人应该具有很高的文化素质的思路是对的，不过让大学教授去主持娱乐节目，这很可能弄成"大正确"下的"小错误"。

听音乐，我喜欢听名曲，这样既愉悦了心灵又了解了经典；学艺术，我喜欢练书法，这样既学到一门本领又锻炼了身体；看电视，我喜欢看历史剧，这样既得到了休息又增长了历史方面的知识。

收录于《汪国真诗文集〔首版〕－哲思短语》（内蒙古人民出版社，1996年）

相 伴

有人说,能相伴一生的婚姻是幸福的。不,我觉得相伴一生彼此又觉得美好的婚姻才是幸福的。婚姻的幸福与否不取决于时间长短,而在于彼此是否心心相印。这个世界上同床异梦的夫妻难道是个别吗?

草率成婚,经常是因为从前挑得太狠。是从一个极端跨向了另一个极端。在处理问题上,走极端的结果大都不好,婚姻也是。

18世纪时的美国外交家富兰克林说过一句很具概括力的话:"哪里有没有爱情的婚姻,哪里就有不结婚的爱情。"两种情形,各有所得和所失,这常表现为一种人生的无奈。

希望婚姻尽善尽美的想法大都是不现实的。这种尽善尽美小说里很多,现实生活中却极少。倘若一个人总是把感觉沉浸在小说里,对现实生活就会特别失望。

一桩成功的婚姻,重要的在于知人。隋朝末年,时任定州总管的窦毅有一才貌出众的女儿,不轻易许人。他曾令人在门上画了两只孔雀,凡来求婚的贵族子弟需用两箭射中两只孔雀的各一眼他才允婚。先后有数十人试过均未如愿。后来唐国公李渊连发两箭皆中,窦毅高兴地把女儿嫁给了李渊。李渊后来建立唐朝,为唐高祖,窦毅的女儿便是后来的窦皇后。此事在《旧唐书·高祖窦皇后传》中曾有记述。此虽为帝王家中事,但对今天某些在婚姻问题上只重钱不重人的人来说,仍不失有一种启示。

从怎样对待结婚的问题上,往往无助于人们更清楚地了解一个人。但在怎样处理离婚问题上,常常能使人们更深刻地认识一个人。

若仅仅为了子女不受伤害而维系一桩已没有爱情的婚姻,或许并不明智。离婚对孩子固然是一种伤害,不离未必就没有伤害。一种压抑的家庭氛围对孩子并无好处。何况付出的还有自己的未来。

收录于《汪国真诗文集〔首版〕-哲思短语》(内蒙古人民出版社,1996年)

旅　游

旅游，就是一个地方的人心甘情愿地把钱送到另一个地方。

到外地去旅游，可以更了解自己，不但了解自己的优点，也了解自己的不足。到国外去旅游，可以更了解自己的祖国，不但了解她的可爱，也了解她的缺憾。

旅游的意义之一在于：像巴比伦和庞贝古城这样的地方，能使人们更深地了解到什么叫历史，而像黄金海岸和美国航天博物馆这样的地方，能使人们更进一步地知道什么叫未来。而一个对历史和未来有更深层把握的人，也会更好地把握人生。

对普通人来说，在最适宜的时间去最适宜的旅游地点，未必有最宜人的效果。二者只取其一，往往更明智。一次处处不顺、疲惫不堪的旅游，真可说是糟糕透顶，与其说是旅游，不如说更像逃难。

从旅游学的角度来说，金钱、时间和体力是构成旅游的三大要素。可是很明显的是：一般来说，有充足的金钱和时间的人，往往没有体力，有体力的人，往往缺乏足够的时间和金钱。由此看来，远程旅游是很受条件限制的，近程旅游则会有更广阔的前景。

从一个地方出去旅游的人的多少，可以在某种程度上看出来这个地方的富裕程度和观念的开放程度。贫穷的地方的人因为贫穷，没有能力出去旅游，而富裕但观念保守的地方，出去旅游的人也不会太多。

在旅游中出现些有惊无险的事是别有一番滋味的，这既增添了戏剧性，也颇堪回味。

古人多有出游或羁旅时而作的诗作，在这类作品中，最喜欢的是唐朝孟郊的《长安羁旅行》："十日一理发，每梳飞旅尘。三旬九过饮，每食唯旧贫。万物皆及时，独余不觉春。失名谁肯访？得意争相亲……潜歌归去来，事外风景真。"这真可说是因羁旅而得诗，因诗而一吐心中块垒。

收录于《汪国真诗文集〔首版〕-哲思短语》（内蒙古人民出版社，1996年）

毁　谤

古人说："事修而谤兴，德高而毁来。"由此可知，生活中遭人毁谤的人常是些事业有成威信颇高的人。

只要对你的毁谤还没有严重到触犯法律的程度，遭人毁谤便不必太过认真，也不必非要与毁谤者理论清楚。既然毁谤是小人所为，同小人怎能够理论得清楚呢？争取更大的成功，成就更大的事业，这不但是对毁谤最有力的回答，也是最高明的回答。不要因为一时的不忿而影响了长远的追求。"小不忍则乱大谋"，是为至理。

对于毁谤可以有两种态度：一是辩白，二是不理。更多的事实证明，使毁谤销声匿迹，最为明智的选择不是辩白，而是不理。误会是可以解释的，毁谤却难以解释。何况若有人存心毁谤，解释旧的谤言又有新的谤言产生。从长远的观点来看，没有什么人是能够靠毁谤建功立业的，也没有什么人的清白是毁谤玷污得了的。

不断加强自身修养，不但有助于更明智地面对毁谤，也有助于减少别人的毁谤。

春秋时楚庄王的令尹（宰相）孙叔敖曾经先后三次为楚相，都做到了"任而无以攻，去而无所毁"。有人问他这是什么缘故，他回答道："吾三相楚而心愈卑，每益禄而施愈博，位滋尊而礼愈恭，是以不得罪于楚之士民也。"孙叔敖的故事是令人深思的。

不干事的讥讽干事的，平庸的毁谤出色的，这是我们这个社会存在的一种相当普遍的现象，在各个领域引进或加强竞争机制，将会有效地逐步改变这一现象。

船在海上航行，我们知道，船上的救生衣、救生圈，一般都是橘黄色的，因为橘黄色是海中凶猛的鲨鱼畏惧的颜色，良好的修养也可说是一层生命的保护色。

人生在世，遭人毁谤的情形在所难免，如此，在走向事业成功的漫长道路中，别人的嘲讽和毁谤正可为孤独的跋涉增添几分色彩，成为纪念。

毁誉由人，还是赶路要紧。

收录于《汪国真精品集　下　小语》（青海人民出版社，1998年）

平　庸

时势造英雄。成不了英雄就责怪时势，即使发出这种怨言的人不平庸，这种无所作为的想法也是平庸的。

有一些平庸的人，没有能力创造业绩，只好整天大言不惭地以评说别人如何平庸来表现自己不平庸；这就像有一些浅薄的人没有本事有所建树，只有成日毫不脸红地以妄谈别人如何浅薄来证明自己不浅薄一样。

庸才并非什么时候都表现得很平庸，在如何算计诋毁别人方面，他们经常是非常能干的。

甘于平庸的最大好处，大概就是不承担什么风险。但弄不好很容易沦为俄国作家冈察洛夫笔下的奥勃洛摩夫那样的，是个"多余的人"。

有一些平庸的人，总以为自己就是上帝，当真正的"上帝"不买他的账的时候，他才多少有点明白，世界上其实只有一个"上帝"，而他自己并不是。

有一种叫金鸽的鸟，可以连续飞行三十多个小时，是鸟类中长时间飞行的翘楚。倘若一个人对事业有像金鸽一样的韧劲儿，即使没做出什么惊天动地的事，只这种精神已使他远离平庸了。

志大而才疏，孤傲而狭隘，这样的人多不能以丰富而精彩的实际内容来证明自己不平庸，只能靠在形式上弄些玄虚，玩些把戏来蒙混过关，在这个世界上混了。

就大方面而言：有疲软的产品，却没有疲软的市场；有愚笨的先生，却没有愚笨的学生；有平庸的作家，却没有平庸的读者。

如果一个社会或环境能够比较多地鼓励一种"敢为天下先"的精神，而不总是"枪打出头鸟"，那么出类拔萃的人会越来越多，而甘于平庸的人则越来越少，整个社会也就会进步得更快。

收录于《汪国真精品集　下　小语》（青海人民出版社，1998年）

偏　见

自私或自负的人都容易产生偏见。换句话说，经常抱有偏见的人，常常都是些要么自私要么自负的人。

自以为比一般人都聪明，其实连一般人的认识都不及，这是经常抱着偏见的人所处的位置。

抱有偏见的人，经常都是非常固执的。偏见使其固执，固执又加深了偏见。因此，倘若别人对你抱有偏见，最好不要多加解释。最好的解释是时间和行动。

世人中常有为别人对自己的偏见感到压抑和愤懑的，此时不妨学学唐代的刘禹锡。刘禹锡曾被贬谪长达二十三年之久，但他还是能够比较地振作和豁达。"沉舟侧畔千帆过，病树前头万木春"，"种桃道士归何处，前度刘郎今又来"等诗句，便真实地表现了他的胸襟和乐观。

一个普通的人对事物怀有偏见，还没有什么要紧。倘若一个握有重权的人对事物有深的偏见就比较麻烦了。权力加偏见，严重的足可以为害一时或一方。

明代人萧良有编撰的《龙文鞭影》一书中曾讲了这样一件事：秦始皇死后，赵高、李斯矫诏杀了太子扶苏，立小儿胡亥为秦二世。胡亥在位时，横征暴敛较之乃父更甚，引发了陈胜、吴广领导的农民起义，秦遂灭。当初，秦始皇因卢生奏录图书，说过"亡秦者，胡也"。以为"胡"是胡人，于是派大将蒙恬率兵三十万，修筑长城，自甘肃临洮至辽宁辽东，绵延达万里，以镇匈奴。却没料到此"胡"原来是指胡亥。大概，这也算得上是一种偏见吧。

收录于《汪国真精品集 下 小语》（青海人民出版社，1998年）

装　饰

就装饰来说，豪华容易，简洁也容易，难的是匠心独运。

装饰仿佛给房屋穿衣服，质地固然重要，搭配同样重要。

装饰是无声的语言，它告诉人们的是爱好，是品位，当然，还有状况。

装饰大约是很怕过时的。最不容易过时的是独特，最容易过时的是流行。

豪华而俗气的装饰，还不如简洁而雅致的装饰。前者让人仿佛面对一个俗不可耐的暴发户，后者则仿佛面对春天清新的花朵。

在我看来，墙上的绘画或书法，那是装饰中的装饰，如同美女中的美女一样。

装饰为我们打开了一个世界。这个世界什么都可以没有,唯独不能没有文化;这个世界什么都可以有,唯独不能有了庸俗。

收录于《国真私语——京城四大怪才丛书》(北岳文艺出版社,2004年)

散文杂文卷

侨校生活日记三则

一九七九年×月×日

时间过得真快呀，半年前，我和同学们都还分布在世界的各个角落，现在却亲密无间地在一起学习、生活了，我们六十多人的中文系，可以说是个小小的外语学院。启光是个印尼归侨，讲得一口顶呱呱的印尼语；朝鲜来的小管，会写一手漂亮的朝鲜文；几个从加拿大和港澳来的同学，还当过英语教师呢。生活在这样一个大集体里，真有意思！

一九七九年×月×日

新闻系的同学不愧是行家里手，办的墙报吸引了那样多的观众。顶有趣的是一篇《青年发福并非福》的小短文，短文中说，入学以来，同学们都普遍发胖了，但青年时期发胖并不是件好事。文章建议大家加强身体锻炼，来个"降肥运动"。我记得刚入校时，听海外同学讲，父母怕他们不习惯国内生活，会把身体弄瘦了。他们哪里知道，眼下自己的孩子正为如何"降肥"发愁呢！

一九七九年×月×日

看了今年第一期《电影新作》里的剧本《琴童》。剧本描写了一个名叫晶晶的孩子，拉得一手出色的小提琴，但是在"四人帮"时期，因有海外关系，几次都未被音乐学院录取。看了真令人愤愤不平。系里有些同学的经历和晶晶差不多，读完掩卷深思，更加感谢我们的党落实了侨务政策，把我们这些"海外游子"和有所谓"海外关系"的人从"四人帮"的桎梏下解放出来，我们要在祖国母亲的怀抱里刻苦学习。

创作于1979年5月6日，初次发表于1979年6月14日《中国青年报》

我们的侨校

星期天,我拿出最近收到的一沓厚厚的海外来信,取出小剪刀,细心地从信封上剪下那些我喜爱的五颜六色的邮票。这些信,有居住在马来西亚的姥姥来的,有居住在加拿大的叔叔来的,还有正在美国加利福尼亚州上学的惠妮表姐来的。亲人们的信尽管来自远隔千山万水的不同国度,却有着相同的要求:来信谈谈吧,侨校的情况怎么样?我知道,这个要求包含了海外亲人对祖国的多少思念,对侨校的多少关切呵!于是,我提起笔来,回答亲人——

是的,我们的学校——暨南大学是美丽的。她位于花城广州的东郊。校园里,人工建造的明湖波光潋滟,躯干挺拔的木棉树上花儿火红鲜艳。每天,当晨曦升起在东方,草坪上、湖水旁便传来了琅琅书声;夜晚,当天空挂起黑色的幔帐,教学楼、宿舍里便闪烁着繁星似的灯光……呵,这就是我们的暨南园:美丽,充满着勃勃生机;静谧,蕴藏着无限活力。

我们的校园是美丽的,但最美丽的还是祖国的老师、祖国的亲人的心。他们爱侨校胜过爱自己的家,待侨生如同自己的亲儿女。

一次,一位从英国归来读书的同学病了,他们系里一位年逾七旬的老教授亲自去为他买药、煎药,还把煮好的药用暖瓶装好,亲自送到这位同学的床边。老教授送来的何止是一碗药,他分明是捧出了祖国亲人对海外儿女慈爱的心啊!

为了使同学们更好地掌握文化知识,尊敬的教授和教师们总是认真地讲好每一节课,课后,又经常来到学生宿舍给同学们做辅导。望着老教授头上的斑斑白发,怎能不叫人心绪如潮!一位来自樱花盛开的富士山下的日本侨生用也许还不太娴熟的中文写了这样一首诗:

月牙已挂上了树梢,
老师还在灯下给同学辅导。
眼望着老师丝丝如银的鬓发,
侨生心里不禁荡起滚滚春潮。

心中的话似激流涌向闸门,
感激的情意却不知怎样表。
千言万语凝成一句深情的话:
祖国的老师,真好!

是呵,祖国的老师真好,祖国的亲人真好!一天,《中国青年报》的记者来学校采访,把一个同学写的三篇侨校生活的日记拿回去,登在《中国青年报》"学校生活"一栏上。这七八百字的日记一发表,这个同学在短短的十几天内,就收到了祖国各地的上百封来信。这些来信,对我们侨生表示了美好的祝愿,还请这位同学转达祖国亲人对海外侨胞的问候。这真是:三篇日记报刊载,祖国各地情谊来。祖国人民和海外侨胞真是心连心哪!

侨校,在祖国温暖的怀抱中;祖国,无微不至关怀着侨校。在祖国生活是甜蜜的,在侨校学习是幸福的。

呵,祖国,愿您青春常在!

呵,侨校,愿您春光永驻!

初次发表于1980年6月5日《广东侨报》

溪　流

一

要一个漂亮的女孩子真正爱上一个人是不容易的。赵薇薇已经在人生的道路上走过了二十五个年头，她还没有真正爱过谁。追求过她的人确实不少，最早有被称为领导阶级的工人，后来有令不少姑娘羡慕的中旅社翻译；前不久，还有目前在社会上最值得骄傲的大学生。可赵薇薇却谁也瞧不上，常来薇薇家的伯伯、阿姨都说，薇薇这孩子太傲。以前和薇薇一个歌舞团的女伴悄悄议论，说真不知薇薇要找一个什么样的男朋友。

是呵，找个什么样的男朋友呢？薇薇自己似乎也不大清楚。当然，薇薇并不是没有想过这个问题。女孩子到了年龄不想这个问题才见鬼呢。薇薇朦胧地觉得：他应该是能干的，懂得生活的。呵，对了，就像法国大作家福楼拜曾说过的那样：他应该是无所不知、无所不能的，是能够启发你领会热情的力量、生命的奥妙和一切秘密的。

近来，对于赵薇薇来讲，就像俄国伟大诗人普希金在《给黛利亚》一诗中写到的："爱情的金色的星辰，已经出现在天空啦。"也就是说，在薇薇的心中已经有了一个"他"。

二

他也许说不上漂亮,如果按照一般女孩子的眼光给他打分,他可能顶多值三分半——及格多一点的分数。他没有许多女孩子所喜欢的魁梧的身躯,明亮的大眼,高挺的鼻梁,宽阔的前额。他瘦瘦高高,一张虽不漂亮但线条相当分明的脸上,长着一双显得深沉而智睿的眼睛。他的名字如同他的长相:杜平凡。

几个月前,薇薇从部队歌舞团转到了市仪表局的一家大工厂,她和平凡是在车间团支部举办的一次舞会上认识的。

舞会,对于精力充沛的青年人来讲,无疑是个充满魅力的字眼。下班后,薇薇所在车间的年轻人差不多全留下来了。其他车间也来了不少人。但是当小伙子和姑娘们合着录音机播放的音乐翩翩起舞的时候,薇薇才发现,大家的热情很高,但跳舞的水平太一般了。干脆说,大多数人还没入门呢。好多平时活蹦乱跳的小伙子跳起舞来竟是这样笨拙,眼睛直望脚尖。

哎哟,这是多么乱七八糟呀。一对对舞伴常常不按着音乐节奏跳,而是在那里随心所欲地胡乱蹭来蹭去,一点也不合拍。当然,也有跳得好的。其中一个小伙子跳得就不错,不论他和哪个舞伴一起跳,都可以把对方带起来,即使你一点不会,也很快就可以入门。"快三""慢四"他都会跳。特别是他的"探戈"跳得真美,颀长的腿一张一弛,一转一甩,都极为漂亮潇洒。瞧,许多小伙子和姑娘都在模仿他的舞步呢。当他和一个舞伴滑过薇薇这边来的时候,薇薇向同一个车间的小姐妹刘丽问道:

"那个人是谁?"

"杜平凡。"

"干什么的?"

"厂团委的。"

"干事？"

"不，团委书记。"

"团委书记也跳舞？"

"团委书记就不跳舞吗？"刘丽觉得薇薇问得有点怪。

"呵，不……"薇薇沉默了。

在薇薇心目中，"书记"，是个庄严的字眼，总是跟一本正经的举止、一副公事公办的面孔、一身深蓝或者浅灰的中山服联系在一起的。"书记"这个字眼，还常常让人联想到宽阔的会场、明亮的会议室、侃侃而谈的报告什么的，不管怎么说，"书记"这个字眼反正让人联想不到蹦蹦跳跳的舞会。常来她家玩的妹妹的一个朋友不就是什么车间的团支部书记吗，听说她从来不跳舞、不烫发，甚至连花一点的连衣裙都不穿，而眼下这个团委书记……

"薇薇。"刘丽在一旁叫她。

"嗯。"

"你去和杜平凡跳一个，这里跳舞的只有你和他配得上。"

"我不去。"

"怕什么？"

"你以为我害怕吗？"

"不怕为什么不去？"

"我还从来没主动邀请过别人。"薇薇坐在靠墙的一张长凳上一动不动。

"你是新来的吧，请你跳个舞可以吗？"薇薇一抬头，不知什么时候杜平凡已经站到了她的眼前，一双深沉的眼睛正望着她。

"当然可以。"薇薇站了起来，两个人向中间旋转过去。

"你是歌舞团来的？"他问。

"你怎么知道？"

"看得出来。"

"你是个团委书记,我没想到。"

"那为什么?"

"团委书记还这么喜欢跳舞?"

"年轻人喜欢的我为什么就不能喜欢?"

"呵,对不起,我失言了。"

"你跳得很好,以后可以多教教厂里的青年人。"

"你请我跳舞,就是为了跟我说这个?"薇薇有点不高兴。以往小伙子邀她跳舞,她明白是因为她漂亮。和漂亮的女孩子跳舞,这是许多男孩子都很愿意而且渴望的,而他,她在心里希望他回答说"不是",或"不完全是",那她也就十分满足了。但是他没有马上回答,沉默了一会儿,才说:

"是的。"

在那一瞬间,薇薇真的愤怒了。如果不是因为礼貌关系,她真想再不跟他跳了。这个人真坏,人家和他一起跳舞,他却向人家开展工作,这算什么呀。但是他那几秒钟的沉默,又使她朦朦胧胧地感觉到,他心里想的,也许并不完全像他嘴上说的那样,他是故意这样对她说的。对,没错。她从他那智睿的眼睛中看出,他完全明白她想从他嘴里听到什么样的回答,可是他偏不这样回答。呵,这个人太傲了,根本就不把我放在眼里。她一边旋转一边这样想。不过,她开始觉得杜平凡对她有了一点特殊的吸引力。究竟是为什么,她也说不清楚。也许,正因为他不像有些男孩子那样喜欢恭维她、奉承她、专拣她爱听的话说。

后来,他们分手了。她对他开玩笑道:"希望你下次邀我跳舞的时候,不再是为了跟我说这个。"

他笑了,向她点了点头。

外面,星星在夜空中闪烁。在回家的路上,杜平凡那双明亮的眼睛不停地在薇薇眼前晃动。呵，这个团委书记，可真有意思。

三

在目前的社会上，共青团干部这几个字在青年人心目中，简直就像冬天的马路一样平板、僵硬，叫人提不起兴趣。

薇薇清楚地记得，在歌舞团的时候，一个星期天，她在街上排了好长的队，好不容易买了一双乳白色的高跟皮鞋，那双皮鞋新颖的样式，柔和的光泽，素雅的颜色，真叫人喜欢。可是，回到歌舞团，她刚把它拿出来，天哪，没想到却遭到那些团干部令人战栗的鄙夷的眼光。为此，那个脸上平时很少露出笑容的团小组长还一本正经地和她谈了一次话：

"薇薇同志，我觉得穿高跟皮鞋并不是不可以，也无可厚非，但你为什么非要买一双乳白色的呢？这样太显眼了吧。你是个团员，要注意影响。"薇薇嘴上虽然不好说什么，心里却不服气。心想，算了吧，别气得我肝痛肺痒了。

哦，对了，还有。薇薇曾经向那几个团干部建议，为了丰富生活，活跃气氛，可以利用周末的时间举办个小舞会什么的。可是那些团干部，有的觉得不合时宜，有的犹犹豫豫，反正没有一个人对她的建议作出热烈的反应。

薇薇就不相信，对于那些美丽的颜色、新颖的服装、活泼的舞会，那些团干部就不欣赏，就不喜欢，就不渴望，干吗非要掩饰自己的喜爱以显示自己的清高呢。干吗非要在外表上、志趣上有意和一般青年人画一道线以显示自己的与众不同呢。薇薇觉得，在她和那些团干部中间存在着一条无形的沟壑。

自从薇薇认识杜平凡以后，她发现他和自己所接触过的许多团干部不同。就以他们第一次相识来说吧。一个团员和自己所到的新单位的团委书记相识的第一面,既不是在沸腾的车间,也不是在庄严的会场;既不是在夜校的课室,也不在团课的讲坛上,而是在滑来滑去的舞会上。这种事情,薇薇相信真能够让那些个别的团干部听后目瞪口呆。但是,这又有什么稀奇呢?天上的彩虹有赤橙黄绿青蓝紫七种颜色,生活不也该像天上的彩虹那样多姿多彩吗?难道说生活应该像一杯白开水,或者像一块不加任何作料的豆腐干?

舞会后不久,工厂团委组织厂里的团员和青年去郊游。郊游的那天,薇薇着意修饰了一番。她穿了一件浅黄色的镶着银白色花边的连衣裙,脚下穿的就是那双她特别喜欢的乳白色的高跟鞋。

舞蹈演员的身材是苗条窈窕的,舞蹈演员的容貌是光彩照人的,再经过一番细心地修饰,薇薇在那些花团锦簇的姑娘中更显得亭亭玉立,秀逸超群。在厂门口上车的时候,薇薇遇见了平凡。他正准备去了解各个车间到的人数情况。在他们相遇的时候,薇薇注意到杜平凡的目光在她那双招人惹眼的乳白色高跟皮鞋上停留了一下,她不禁心跳,脸上泛起一阵绯红。

"这……这是不是有点过分了?"她嗫嚅着对他说,好像干了一件什么见不得人的亏心事,气也有些喘不匀了。

杜平凡那双清澈的眼睛平静地望了望她,然后微微一笑:"美好的东西人人都会喜欢,特别是青年人。"这句话本身是朴素的,平常的,它既不是什么名言警句,也不包含着什么深奥的哲理,但是薇薇听来却是那么美妙,悦耳动听。就像一个在荒山密林中迷失了方向又饥又渴的人听到了淙淙作响的泉声,就像一个如痴如醉的爱上音乐的人听到了委婉清新的琴音。她的心里不禁掀起一股热浪,眼泪差点落了下来。她竟在那里愣住了。望着平凡那扎实的背影,她的心头起了一种强烈的愿望,一种人遇知音都会有的依依不舍、想多谈一谈的愿望，这种愿望是薇薇以前在和团干部的接触中从来没有产生过的。

四

由于薇薇擅长文艺，习得一手好字画，不久，薇薇被调到厂宣传科工作，工作的关系使她和平凡的接触多了起来。

一天，薇薇正在宣传科创作一幅参加市工人绘画创作展览的画。她画的是一片青翠欲滴的竹林。杜平凡走了进来。他站在薇薇那幅接近完成的画前端详了一阵，然后向薇薇问道：

"小赵，你很喜欢竹子吗？"

"当然喜欢。"

"你喜欢竹子什么呢？"

"我喜欢它孤傲，不俗气……怎么，难道你不喜欢？"

"不，我也非常喜欢，清代画家郑板桥还有一首称颂竹子的诗：'咬定青山不放松，立根原在破岩中。千磨万击还坚劲，任尔东西南北风。'我很欣赏竹子的这种坚强和节操。"

"哦，诗人。可是生活中像你说的这种坚强和有节操的人并不多呵。"

"但总是有的。"

"我碰到的很少。"薇薇摊开拿着画笔的手，耸了耸肩膀说。

"只要在生活中留意观察，你总会发现的。"

"但愿如此。"

"嗬，对了。欣欣文具商店新到了一批安徽产的画笔，两块三一支，听说质量不错，你可以抽空去看看。"

"谢谢。"薇薇一边说一边想：这个团委书记可真有意思，不但会跳舞，能吟诗，连文具店新到了一批画笔也这么清楚，简直

588

神了!

通过接触,薇薇还发现平凡的知识非常广博。比如,薇薇从新华书店买了一本《高老头》,平凡就可以从这本书向她谈起《神曲》对巴尔扎克的影响。有一段时间,薇薇在看《鲁滨孙漂流记》,平凡又可以告诉她笛福写《鲁滨孙漂流记》的故事。当他们欣赏音乐会的时候,平凡还可以向她讲起音乐奇才莫扎特怎样在七岁就轰动了法兰克福城的轶闻。他平稳的语调,有条不紊的叙述,简直把薇薇给迷住了,天晓得,他怎么知道得这么多。

同平凡的接触,使薇薇日甚一日地感到,在平凡那双深沉的眼睛中,包含着一种坚定的信念;在他那高高瘦瘦的身体里,蕴藏着一股巨大的力量;在他的头脑里,有着对生活独特的却是深刻的理解。她觉得,平凡身上体现出来的一种气质越来越紧地把她吸引住了:一方面,他似乎和一般的青年人没有什么不同,凡是青年喜欢的似乎他都喜欢,凡是青年人爱好的好像他也爱好。另一方面,他却比一般的青年人有更深邃的头脑,更广博的知识,更顽强的毅力,更成熟的思想。前一个方面使人感到他是可亲的,后一个方面又使人感到他是可敬的。正是平凡身上体现出来的这种气质越来越让薇薇着迷,使她愈是接近他便愈想接近他,愈感到离不开他。现在,她常常想见到他的眼睛,听到他的声音,感受到他的灵魂。同平凡的接触使她心里产生一种甜甜的有时又是那样激动不安的心情。这种心情捉摸不定,云一般变幻,风一样旋转。她发现自己在不知不觉中爱上他了。呵,爱情,这神奇的东西,它就是这样像一朵云一样悄悄地飘到了女孩子的心间。她想向他表达自己的爱慕,但是怎么出口呢?她缺乏字句也缺乏机会。

近来,薇薇常常在寻觅一个合适的机会,想跟平凡好好谈一谈,她在等待着。

五

机会来了,年终的一个夜晚,为了布置第二天的总结授奖大会的会场,宣传科和团委的几个人一直忙到晚上九点多钟。忙完了以后,薇薇匆匆洗了洗手,擦一把脸,就约了平凡一起走。

他们俩并肩走在马路旁的行人便道上,柔和的晚风轻轻地掀动着他们的衣角。皎洁的月光给小方格的水泥砖铺成的路面上洒上了一层淡淡的清辉。路旁高大的白杨树的树叶在夜风中簌簌作响。夜有些凉了。薇薇把自己的身体向平凡身边靠了靠。

"平凡。"薇薇柔声叫道。

"嗯。"

"想问你个问题可以吗?"

"你说吧。"

"你……你喜欢我吗?"薇薇停住了脚步,转过头颅,勇敢地抬起一双妩媚的眼睛望着平凡。

平凡也停住了脚步,用那双深沉的眼睛望着薇薇,沉默着没有马上回答。

"你说呀。"微微娇嗔地催促道。

明白了薇薇的意思后,平凡有些忐忑不安地回答道:"我已经有朋友了。"

"你有朋友了?"薇薇喃喃地说着,声音轻得连自己都听不见。她轻轻用牙齿咬嘴唇,心里涌起了一股苦涩和酸楚。

"她是谁?"薇薇明知不该这样刨根问底,但她还是忍不住这样问了。"她是一个干部?大学生?还是和自己一样是个美丽的女演员。"在那一瞬间她这样想。

"她是一个售货员,一个在文具商店工作的售货员,我很爱她。"平凡轻轻地说,两只明亮的眼睛凝视着远方。停了一会儿,他低下头望了望变得有些木然了的薇薇,轻轻地对她说:"薇薇,再见吧。"接着他转身走了。

他走了,渐渐走远了。凝视着他那远去的背影,薇薇感到了一种空虚的和茫然若失的感觉。两行热泪禁不住从她那双美丽的眼睛中静静淌落下来……

初次发表于1982年第3期《花地》

友情与爱情之间

当初,我和她交往,不过是一种友谊,可是大家都说我们是在谈恋爱,后来,我和她交往,已经是在谈恋爱了,可是大家反而说我们那不过是一种友谊。话都让别人给说了,我还说什么呢?看来,我只有写了……

——摘自日记

"凌峰,昨天你到经济系一位女同学家去了?"

"是的。"

"你妈妈怎么嘱咐你来着?"

"大学期间不许谈恋爱。"

"很好,看来你记得很清楚。你妈妈的要求和学校的规定完全一致,但你为什么不照着做呢?你年龄还很小嘛……"

"李阿姨,我没有谈恋爱。"

"没谈?中文系八二级男生有三十一个人,她为什么偏偏请你?你可以给我解释一下吗?"

"……"

舒欣为什么要请我,难道这也要向老师汇报吗?可李老师不同于别人,她是妈妈上大学时最要好的同学。这次我来妈妈的母校上大学，妈妈来信要她"管"着我。就这，我不是生硬地叫她老师，而是亲切地叫她"阿姨"。我似乎有向她"坦白"的义务。

但是，我缄默。

前两天，第三节课后，同学们三三两两地在走廊里聊天，舒欣问我：

"凌峰，'十一'放假准备去哪儿？"

"北京该去的地方我都去过了。"

"你没事，就到我们家去玩吧。"她很爽朗地对我说，嗓门挺大，一点也不忌讳别人听见。

"可我不知贵府在哪儿呀？"

"这好办，我给你画张'联络图'。"

我和舒欣的对话，无疑是被人"窃听"了。可我没想到，李老师消息竟这么灵。我该怎么向她解释呢？咳，这种事，越解释越糟糕，就当她在对牛弹琴算了。

我认识舒欣，纯属巧遇。

上个学期末的一天，下午没课，我钻到学校阅览室去看杂志。阴沉沉的天空突然电闪雷鸣，窗外顿时挂起了一眼望不到边的雨幕。糟了，我蓦地想起，答应了"小排骨"晚上帮他打病号饭的。雨这么大，我可怎么出去哟。

怎么办？看来雨势短时间不会减弱，我准备豁出去了。就在我准备像离弦的箭一样射出去的一刹那，有人喊："等一下！"我一回头，看见一个亭亭玉立的姑娘站在我身后，手里拿着一把素花的折叠伞。

"我带你出去。"

嚯，好大的口气！你听听，她要"带"我出去。我是什么人，流鼻涕的孩子？她是谁，幼儿园的阿姨？

"那太谢谢你了。"怎么，说出来的话软得没有一点弹性……是了，在人雨伞前，哪能不低头。

"嘭"，她把伞张开了。我的眼前出现了一朵好看的花蘑菇。

"走吧。"她朝我莞尔一笑。

我和她共用一把雨伞走出阅览室，雨水砸得雨伞嘭嘭响。这么大的雨，这把玩具似的小花伞一个人用还嫌太小，两个人用就更挤了。即使这样，我也不敢挨她太近，唯恐人家怀疑我有什么不良居心，任凭半个身子让雨水淋着。

"你靠过来点儿。"她倒是若无其事。

我们冒着一路疾雨，涉着一路水花，赶到中文系饭堂，我一步跳上台阶，回过头来对她说：

"谢谢你。"

"不客气。"她冲我笑了笑，转身走了。

从此，我记住了她，也记住了那邂逅的雨天……

过完暑假，我们中文系临时增设了一门新课——"外国文学名著赏析"。

这消息一传出，立即在校园里荡起了一个不大不小的涟漪。不少外语系的同学碰到中文系的同学就问："喂，你们那个'赏析'课星期几上？谁主讲？"

"赏析"课开课的那天。外语系来听课的同学果然是络绎不绝。第二节课后，我到楼下舒筋展骨回来。嗬，好家伙！教室里空着的位置已全被外系的同学所占据。有些来晚了的同学正从邻近的教室向我们教室搬椅子。毫无例外，我旁边那个空着的位子也坐上了一个女同学。我不由打量了她一下。

"哟，是你。"坐在前面的正是那天帮我打伞的姑娘。

"你在这个教室上课？"明亮的眸子闪烁了一下。

"是呀。"看到我们系的课吸引了这么多听众，我不禁有些扬扬得意，"怎么，你也对这个课感兴趣？"

她点了点头。

"你是哪个系的?"

"经济系八二级……"

第四节课的下课铃响了,她朝我粲然一笑:"下次帮我占一个位置好吗?"

"行,那没问题。"我爽快地答应道。对于她那天抽伞相助,我早就想"报之以李"了。

"我叫舒欣。"她自我介绍道。

"我叫凌峰。"

我们俩一起走出了教室,和这么一个漂亮少女走在一起,无疑是惬意的。

走出教学大楼,是两排通向饭堂的郁郁葱葱的白杨树,微风吹得树叶簌簌地响。

"我们系的老师课讲得怎么样?"

"不错,今天挺有收获。"她非常满意地说。

"那以后没事就来听。"

"没事我会来的。"她又淡淡一笑。

树荫道走到头了,我们互相道过"再见"就分了手。她向左,我向右,进了各自的饭堂。

"凌兄,今天怎么姗姗来迟呀?"已经啃上花卷的"小排骨"意味深长地向我投来诡谲的一笑。

"去去去,你这小子光长心眼不长个儿,我就知道你又在憋坏水儿。"我拿起桌上的饭碗,顺手用饭勺在他脑袋上敲了一下。

"哎……你别走呀。"他一把拽住了我,把嘴凑到了我跟前,"……Very beautiful……哈哈……"

"你这家伙,没正经的。"我顺手又在他的额头上加了个"小扑棱",撇下他打饭去了。

595

唉，人啊。都那样，青年男女的接触总是让人那么敏感……

有一天，舒欣来我们系听课，适逢我们系一个女同学把借去的几本文学杂志还我。那个女同学走了以后，舒欣蓦地问我：

"凌峰，你和你们系的女同学交情怎么样？"

"一般……舒欣，你和你们班男生关系如何？"

"没话。"

"为什么？"

"不为什么。"

"舒欣，你总是一个人，看来一般人很难和你接近。"说这句话的时候，我不禁有点得意。

"这么说，你是不一般的人了？"

"知道吗，我喜欢跟性格爽朗而又反应敏捷的人在一起。"

"这倒真是知人之言！"我的反应敏捷，这是全中文系公认的。

我和舒欣无疑是谈得来的，她的机变、睿智、豪爽都深深吸引了我，上课的时候，我们坐在一起，课间十分钟，我们旁若无人地坐在椅子上谈笑风生。舒欣很爱笑，当谈到什么可笑的事情的时候，她常常会爽朗地放声大笑，即便使得周围的同学对她行"注目礼"，她也不在乎。渐渐的，当我们坐在一起的时候，班里的女同学开始交换起意味深长的目光，男同学则公开地开起了玩笑。

"哎呀，今天这两节'赏析'课听得我真叫舒心哪！"吃完午饭，"小排骨"一边伸着懒腰，一边向同宿舍的其他几个同学挤眉弄眼地说道。

"就是，就是……我今天听得也特别舒心。"睡在我上铺的"老蔫"居然也不紧不慢地拱出一句。

中国的语言文字就这么绝，谐音、同义、歇后语，随便来上一句，那个中滋味就够你品半天的，我知道他们今天合伙算计我，捂着耳朵装傻。

"小排骨"终于忍不住了,坐在床沿上对我说:"凌峰,你今天听得舒心不舒心啦?"

"我……舒心……"趁"小排骨"不备,我一抖腕子,刚刚脱下的一只臭烘烘的凉鞋"吻"在了"小排骨"的嘴上。

"哈哈哈……这回舒心了吧?"

"小排骨"霍地站了起来,吐了一口唾沫,咬牙切齿地叫道:"凌峰,上次在饭堂你敲了我两下,还没找你算账呢。今天又来搞突然袭击。我今天是忍无可忍了!"说着,我的一只塑料凉鞋飞了回来,他的两只拖鞋也飞了过来。

"哎,别闹了,别闹了。"班长拎着暖瓶进来,制止了我们之间将要爆发的一场大战。

我从李老师家出来,心里一个劲儿翻腾。

我开始为我蒙受的"不白之冤"感到愤愤不平。大学期间交女朋友?我从来没有这样打算过,我不是不想,而是不能。第一,我已经答应过妈妈了,男子汉说话怎么能不算数?第二,我是准备大学毕业后荣归故里的,根据前几届毕业班分配情况来看,毕业分配尽可能照顾回原籍,而绝不照顾朋友关系。大学期间交了女朋友,毕业分配怎么办?

我该如何洗刷掉这不白之冤呢?最简单的办法莫过于和舒欣一刀两断,不再来往,如果拖泥带水一点,慢慢和她疏远也就成了,这样,过一段时间就不会再有人议论了……可是,真的和舒欣不再来往了吗?凭什么?就为了老师找我谈了一次话?就为了不再让人家在背后叽叽喳喳?笑话!蓦地,我的脑海里冒出一个念头,与其徒负虚名,不如……

两个月后,李老师又找我谈了一次话。

"凌峰,听说你和经济系的那个女同学已很少来往了,这很好。我很高兴,我想你妈妈知道了也会高兴的。"李老师的脸上泛着慈

597

祥的微笑。

我沉默着。

"凌峰，你最近的功课下降得很厉害呀。你能听阿姨的话，不过早谈恋爱这很好，可是功课一定不能落在别人的后面，懂吗？"

我无言地点了点头。李老师的话使我很伤心。这两个月，我和舒欣的关系，已经从一般的交往发展成了恋爱关系。只不过转入了"地下"罢了。热烈的早恋使我的学习成绩直线下降……

我发现我已开始失去我身上最宝贵的东西了。究竟从什么时候开始，我竟学会了在生活中给人以假象，而将真相隐蔽着了呢……

初次发表于1985年第8期《年轻人》

我爱这一片土地

一

我爱这一片土地,这不但是因为我出生在这片土地上,生长在这片土地上,还因为这是一片充满了希望的土地。

在这片古老而富饶的土地上:山川秀丽多姿,江河气势澎湃,人民勤劳淳朴。在这块土地上,不但有源远流长的灿烂文化,有光耀千秋的圣人先贤,更有许许多多可歌可泣、为民族解放、为国家昌盛而前赴后继英勇献身的志士仁人。这片土地以她丰腴的泥土滋养了我们,以她美丽的江湖哺育了我们,以她悠久的文化陶冶了我们……

这是一片神圣的土地。

我爱这一片土地。我自豪,我是这片土地的儿子。

二

虽然,在这块土地上,曾有过冰雪寒霜,曾有过狂风暴雨,也曾有过这样或那样的灾难和不幸。

但是,当春天到来了,太阳出来了,在这块土地上,熬过严冬的牛羊依然肥壮，经历了风雨的草木依然繁茂，历经磨难的人民也变得更加成熟和坚强。

这是一片不屈的土地。

我爱这一片土地。我骄傲，我是这片土地的儿子。

三

今天，在这一片土地上，到处是一派生机勃勃的景象。不论你漫步在城市的街头，还是置身在机器轰鸣的厂房，或者是走在乡间的小路上，你都会感到有一股清新的空气迎面扑来……

那一架架忙碌的塔吊，那一座座繁忙的厂房，那一块块充满生机的田野，向人们昭示：经历了千难万险的中华民族，正在这片古老的土地上崛起、腾飞。

这是一片充满希望的土地。

我爱这一片土地。我愿永远做这片土地忠实的儿子。

四

我爱这一片神圣、不屈、充满了无限希望的土地。

祝愿这母亲土地繁花似锦，

祝愿伟大的祖国昌盛富强。

初次发表于 1985 年 9 月 29 日《工人日报》

塑

她是个山村小镇上来的姑娘。在那个遥远偏僻的地方,她是唯一考入这所全国著名大学的考生。镇上的人称她是:"山窝里飞出的'金凤凰'。"

当"金凤凰"飞进这所著名的北京大学后,她觉得一切都异常新鲜、美好。可她又有点自卑。她周围的同学们大都是大城市生、大城市长,见过大世面的青年人。光从服装上就可看出她们之间的差别来。

但几个月之后,她就让同学们刮目相看了。几个调皮的男同学还悄悄地议论说:"真看不出来,这山里的小姐还真俊呢。"

这话传到她的耳朵里,她感觉受到了深深的伤害。从"山里小姐"这几个字眼里,她分明听出了轻蔑和讥笑。

她决心要改变自己在别人眼中的形象。

她开始学着别的女同学的样子,用卷发器在额前烫出几朵浪花;选购衣服时,她也不再买家乡的姑娘们都爱穿的那种碎花图案的衣裳,即是学着买那种图案不那么"俗"气,质地也更高级一些的衣服。还有……说起来真有点羞人:刚来学校的时候,她看见夏天城里的姑娘胸前就围那么一条布带子,外边也只穿一件能看得见肌肤的的确良衬衫，她会不知不觉羞红了脸。尽管同宿舍几个年龄稍大点的女同学，好心地对她进行了一番启蒙教育，可是，她却缺少足够的勇气。

现在，她决定要试一试了。

当她第一次在穿衣镜前系上胸罩，低下头端详自己那高高耸起的胸脯时，她一下子把头埋在双手里，半天不敢抬起头来。

在那几天，不论是去教室听课，还是去饭堂吃饭，她常常会莫名其妙地羞红了脸，眼睛只敢望脚尖前那么一丁点地方，真是难为情死了。

好在不久以后，这一切都成为习惯了。

她本来长得不错，经过稍加修饰，她真是"旧貌变新颜"了。

尤其当她从同学们的言谈和眼神中感受到这一点时，她的心头还产生一种浅醉的眩晕呢。

没过多久，她也学会了摆出一副若有所思的样子和别人谈话，也会在交谈时恰到好处地插入"对，是这样。"或"不，不是吧？"这类表示自己在认真听，并鼓励对方继续谈下去的比较讲究的用语，她还学会了在异性向她投来钦羡和爱慕的眼光时，像一切高傲的姑娘那样：目不斜视，昂首挺胸地在别人注视中走过。

然而，她并没自得自满。她知道，真的和城市姑娘们相比，她只做到了形似，还并没有做到神似。不过，她是完全有信心做到"形神皆似"的。到了那个时候，她就可以完全封住别人的嘴巴了。

要做到这一点并不容易。

一天，几个和她住同一间宿舍，对学校的伙食早已心怀不满的女同学，决定去外边打一次牙祭。具体点说，就是去西郊那家颇有名气的餐厅吃一顿西餐。考虑到她经济上的拮据，几位女同学商量了一下，决定慷慨解囊，让她只带一张嘴巴就成了。

当她听到这个决定后，用细白的牙齿轻轻咬住小巧的嘴唇："不，这样不好。"

"这有什么不好，大家都是同学呀……"那位女同学笑着向她解释。

"不，我不愿意接受别人的……施舍。"她坚决地说。

听到她用了"施舍"这个词，同学们感到不好再说什么了。

她狠了狠心，从抽屉里翻出十元钱——她一个学期零花钱的二分之一——入了伙。

西郊的这幢餐厅，匍匐在一片葱郁的木槿树丛之中。建筑的结构样式是典型的俄罗斯式：高大恢宏，富丽堂皇。屋顶上悬挂着造型美观、晶莹闪亮的枝形吊灯，四周的墙壁镶嵌着做工考究、大方典雅的壁灯，一张张拾掇得干干净净的餐桌上，覆盖着如白雪般洁净的台布，当她走进这座舒适、豪华的餐厅时，一种远离尘世的感觉不禁油然而生。

这家餐厅和她们家乡小镇那些又脏又小又乱的饭馆相比，真有天壤之别呢。

望着面前闪闪发亮的刀子、叉子等西餐具，她不觉怔住了。

她原来认为，西餐和中餐只是菜肴、风味上的不同，完全没有想到吃西餐使用的竟会是另一套家什。

面对这些熠熠闪光，漂亮而又陌生的家伙，她不觉有些惴惴不安，手足无措起来……这时，她旁边的一位女同学拈起那张呈三角形状的白纸，轻轻擦拭起面前的餐具。仿佛受了感染，又一个女同学也拣起那张白纸擦拭起来，当第三个女同学也把那张白纸抓起来时，她觉得不能再等了。她也学着她们的样子，拿出一副早已经历过不下一百次这样场面的从容姿态，把那张薄纸拈了起来……她暗暗庆幸，幸亏刚才没有莽莽撞撞，把这张三角纸派了别的用场，如果拿它……那还不知会闹出什么笑话来呢。

603

逢到快要过节的日子，正是女孩子们大显身手的时候。她的上铺——一位心灵手巧的上海姑娘，不知从哪儿弄来一些暗红色的废胶片，剪剪拼拼地做了两个蛮雅致的小灯笼挂在床头。她的对铺——一位"电影迷"，特意跑到街上买了两张自己崇拜的影星照片贴在墙上。还有另外几位则在书桌上摆上一两件比较别致的工艺品。正当她思忖该怎样装扮自己的小天地时，一位平素和她很要好的女同学给她送来了一张精美的日历。日历的画面是一位颇有些名气的影坛新秀。

当那位女同学把日历展开时，宿舍里的同学都围了上去。这样的场合，大家免不了要指指点点地品评一番。蓦地，一位女同学对她说："呀，你长得蛮像这位女演员嘛。"

经那位同学一提醒，大家不禁好奇地打量起来，先看看日历，再看看她；看看她，再看看日历。"真的蛮像呢。""是很像。"大家评论起来。接着，女同胞们又蛮有兴致地比较和评价了两人眼、耳、口、鼻、眉之间的异同，最后竟不约而同地得出这样一个结论：她比那位大影星还更具风韵。

她一脸羞赧，一边假装生气娇嗔地说："你们尽拿我取笑，净拿我取笑……"一边又欢天喜地地立即找来图钉，把那张日历端端正正地钉在书桌上方的墙壁上。

正当她对这位女影星的感情与日俱增的时候，学校放映的一部电影却大大扫了她的兴致。

一个星期六的晚上，学校宣传部在大操场放映一部由这位影坛新秀主演的片子。

电影散场以后，大家聚集在宿舍里开始发表宏论。

"嘿，她演农村姑娘还真像，简直绝了。"这是那位上海姑娘的声音。

"那是了,她本来就是个农村姑娘呀,这叫本色演员……""电影迷"这样回答。

"真的?"

"那还有错,她原来是……""电影迷"有根有据地讲起来了。

她仿佛被人一下从快乐的峰巅推了下来,心一个劲儿往下坠。她怎么也没有想到,自己与她除了面貌相像外,还有这样的共同点。

一连几天,她都郁郁寡欢,闷闷不乐。她觉得,人们只要看到那张日历,就会立即联想到她也是个乡下来的姑娘,而这正是她试图从人们的脑海中抹掉的呵。

她踌躇,犹豫了几日,最后终于鼓起勇气,趁同学们都不在宿舍的时候,把那张日历摘了下来。

但过了几天,她的桌上又突然出现了一尊维纳斯塑像。这若是在以前,她是想也不敢想的,现在她不但这样想了,而且这样做了。

维纳斯以纯洁、美丽、高雅著称。她希望当人们看到书桌上那尊塑像时,能够引起美好的联想。

一个从农村来的女同学,书桌上摆了这样一个洋玩意儿,不免在同学中引出一些微词。那位平素和她很要好的女同学似乎从这"一取一放"上悟到了什么。

有一天,她诚恳而直率地对她说:"……真的,我觉得对你来说,那张日历要比这尊塑像自然得多,协调得多,合适得多。"

"我……我现在很喜欢研究西方美学,因此对有关这方面的塑像、绘画、历史也很偏爱……"她嗫嗫嚅嚅地这样解释。

"追求美是好的,但不要太盲目……"

"真的,我确实是因为喜欢西方美学才……"她骄矜地搂住了那个女同学的脖颈。

"你呀……"那位女同学觉得不好再多说什么了。

日复一日,这尊维纳斯塑像渐渐成了她心目中新的偶像。当她以仰慕的心情凝视它时,不禁暗暗祈祷上苍,愿自己也变得这般纯洁、高雅。

一天,轮到她值日。她从锅炉房打开水回来,听见几位女同学正在宿舍里议论着什么,从她们嘴里不时蹦出……阿芙洛……维纳斯……阿芙洛狄忒等字眼。

"阿芙洛狄忒是谁呢?为什么大家在谈论维纳斯时总提她呢?"她不禁想把这个问题搞搞清楚。她放下暖水瓶,有些冒冒失失地问:"你们说的那个阿芙洛狄忒是谁呀?"

"怎么,你不知道阿芙洛狄忒是谁?"隔壁房间的一位女同学惊诧地望着她。

她有点不好意思地说:"我的确不知道……"

"你天天桌上摆着它,会不知道?"那位女同学更惊异了。眼睛睁得不能再大。

"你一定是搞错了。"宿舍里有好几个同学桌上都摆着些小玩意儿,她想那位女同学一定是搞错了。

当又一位同学告诉她:阿芙洛狄忒就是维纳斯,维纳斯又叫阿芙洛狄忒时,她的脸倏地变得绯红绯红……很快绯红褪尽,又成了一片苍白,如同桌上的那尊塑像一样……

初次发表于1988年第1期《当代青年》

青年女演员吸烟面面观

采访外的采访

我到某演员剧团采访一位颇有影响的青年女电影演员,进剧团大门的时候,正碰上她和别人谈话,十分显眼的是,她手中很优雅地夹着一支过滤嘴香烟,淡蓝色的烟雾袅袅升腾。

这一幕,给了我极深的印象。

采访完,我记起刚进门时的情景,对她说:"刚才你真叫我大吃了一惊。"

"怎么呢?"她奇怪地问。

我指了指她手中的香烟,在我们刚才约一个小时的谈话里,这是她吸的第二支。

"怎么,女人抽烟不好吗?"她问。

"那倒不是……因为你在银幕上给我的印象是个极文静、极秀气、极内向的女孩子,如果换个泼辣点的女演员,我就不会奇怪了。"

她笑了,说:"其实女演员抽烟的人很多,只不过大都不公开抽就是了。"

"据你所知,会抽烟的青年女演员能占青年女演员的多大比例?"我随便问道。

她告诉了我一个令人瞠目结舌的数字：在从事电影、电视、话剧职业的青年女演员中，吸烟的占 90% 左右，保守点地估计，也不会低于 80%。当然，这还不包括出于好奇，偶尔抽一支"玩玩儿"的在内。

90%，这绝不是个小数字，它甚至超过了许多单位男性吸烟公民的比例。

她的回答，引起了我的兴趣。

"抽烟对人体有害是众所周知的，许多男人都开始戒烟了，怎么青年女演员中抽烟的人反而多了起来呢？"

她思忖了一下："别人我不知道。我抽烟的时候，很多人都说我显得比平常'帅'，'有味儿'，另外，还有一点是我们女人之间的秘密，绝对不能和男人讲。"

她非常神秘地卖了一个关子。

我知道，从事演员职业的人是十分重视自己外部形象的，既然通过吸烟能使自己更"帅"，更"有味儿"，这其中的奥妙，无疑是具有很大诱惑力的。

但是，她只谈出了产生这一现象的部分原因，还有更广泛、更深刻的原因没有谈。

一天，我和几个朋友在莫斯科餐厅就餐。我留意到，就在这儿的人当中抽烟的女性不少。有一个桌子坐了六个姑娘，每人手里都夹着一根过滤嘴儿。如果仔细观察，你会发现，到这种地方吃饭抽烟的女生，大都具有如下特征：年轻、漂亮、时髦。

我的一个刚从大学毕业不久的朋友说，现在大学里女生吸烟的人数也有上升的趋势……

于是，我就这一社会现象，在我所熟悉的文艺界做了一番调查……

烟，人际关系的砝码

当今的社会，女性依附于男人的状况已大为改观。女性的独立意识加强，"女强人""铁女人"之类的名词出现了。——她们自己找事做，自己跑调动，自己成事业。总之，在越来越大的程度上自己把握自己的命运，而不是做男人的附庸。

在"关系学"盛行的今天，她们完全懂得关系的重要……

话剧演员小 A 说："漂亮女人抽烟是不是更有女人味，我不清楚，不过更引人注目倒是真的，因为女人抽烟的少呵。我并不十分欣赏抽烟的女人，尽管我自己也抽烟。不过有一点我是太清楚了，两个素不相识的人，一根烟递上去，彼此马上就产生一种亲切感，事情也就好办了。

"我们当演员的，求人的时候也不少，谁都愿意顺顺利利办成一件事，既然抽烟有这么大好处，抽抽也无伤大雅，所以我学会了，闲得无聊时也抽一根，但我没什么瘾，并且在不适宜的场合绝对不抽。比如，马路上，三流饭馆，电影院的休息室等等，我可不想让别人像看耍猴似的看我……"

小 B，舞蹈演员："过去不会吸烟时，也没觉得什么，自从学会后，就有这样一种体会：如果别人很适时地递给我一支香烟，我对那个人就好像多了一层好感，说来也怪，其实一支香烟有什么呢，两毛钱撑死了，糖葫芦五毛钱一根，这要递过来就有点不伦不类了。香烟作为人际交往的一种媒介，我觉得从这个角度讲，烟是个好东西。"

有人形容香烟的威力是"小白棍扭转乾坤"，看来并非完全夸大，要不这些年轻的女演员怎么会有此体会呢？

可以这样说，对于一部分青年女演员和其他青年女性来说，吸烟更大程度地不是一种癖好，而是疏通人际关系的一个砝码。

烟，解除苦闷的麻醉剂

> 你的脸上从来没有那么多笑容那是因为你的心里从来没有那么多泪水呵

她最近特别爱笑，只是有时笑到后来那声音便有点变了调。了解内情的人，知道她的内心深处在哭，为了掩饰内心深处的痛苦和悲哀她才这么笑。

小 C，报幕员，今年二十八岁，有了这个职业，似乎对她的外表就不必再形容了。

四年前，她和一个比自己小四岁的男孩交上了朋友。

那个男孩没什么特别本事，就是长得特别帅：高个，宽肩，长腿，脸部轮廓也颇富雕塑感。另外，还有一个算不上什么特长的特长，会吹口哨，学起鸟叫来，几乎可以乱真。

刚开始，是他追她。她的眼光一直蛮高，尽管身后的追求者，总是不低于一个加强班，可她轻易是看不上什么人的。

可是天晓得是怎么回事，在那个男孩的穷追不舍之下，她居然招架不住了，除了那个男孩子长得好以外，她说不清为什么特别喜欢听他吹口哨，有什么烦恼事，听他吹吹口哨，那烦恼就烟消云散了。

后来，她和那个男孩子好上了，一直发展到未婚同居。

在此期间，有的女伴劝她：你可得当心，交这么个男朋友太不牢靠了，他可比你小四岁哪！

她不听。她相信自己的魅力。

就这样，俩人好了四年。当她在一个偶然的机会，看到那个小伙子和一个比她年轻漂亮的姑娘挎着胳膊轧马路时，差点没晕过去。

她和那个小伙子吵了，打了，觅死寻活了。她从乐观的顶峰，一下跌入了痛苦的深渊。

她不知该怎么排遣自己的苦闷，她想过用酒精来麻醉自己痛苦的神经，可是那玩意儿太辣，她受不了。

她拍过电影，在拍电影的时候，由于角色需要，她学会了吸烟，电影拍完了，她也和香烟结了缘。

时下，为了摆脱这种半死不活的精神状态，她抽起了香烟。当然，不是像有些人那样悠着劲儿慢慢品，而是狠抽，有时恨不得三两口就把一根烟吸完。

她说："在这种晕晕乎乎的麻醉里，我忘记了忧愁、痛苦和恨……"

小D，是个话剧、电影、电视三栖演员，歌也唱得挺好，她今年三十出头，事业心极强。

以前，在话剧舞台上和屏幕上，她很红了一阵。有时，同时要接好几部戏。

随着年龄的增大，随着一拨又一拨新星的升起，她的光彩变得黯淡了。

找她的导演开始少了，即便找到她，也开始安排她饰演一些不那么重要的角色。好汉不提当年勇，她感到自己已是明日黄花了。

她是个闲不住的人，过去忙得恨不能有分身术，可如今大把大把时间都成自己的了。她除了演戏，没有什么业余爱好。寂寞中，她有一种失落感。

于是，她也学起了抽烟，而且很快有了瘾。

有人劝她："小D，你别抽了，抽烟有损于你的美好形象。"

她苦笑着说："干吗不抽？烟可是我最好的伴侣，解心烦，解忧愁。"

她的好朋友说："环境真是太能改变人了，我简直不相信这是从她嘴里说出来的话，她以前可不是这样的。"

社会的进步，使人们对精神生活有了更高层次的追求，人们更不易为现状所满足。孤独、寂寞、空虚、苦闷的感觉开始萦绕在更多人的心头。于是，有一部分人，开始用吸烟这一方式，来摆脱自己尴尬的处境。

烟，时髦的一种标志

有人这样评价青年女性吸烟这一现象："男人抽烟是一种习惯，女人抽烟是一种时髦。"

据调查，在吸烟的青年女演员中，为了交际，为了摆脱心中的苦闷的只是少数，多数人吸烟是出于一种从众心理，或者说是为了赶时髦。

流行歌曲热、吉他热、健美热、摩托热、交谊舞热、西服热、桥牌热，还有时下的女演员、女青年吸烟现象等等，都可以归结在"时髦"这个字眼的麾下。

青年女演员，包括一些时髦的青年女性吸烟，确实给她们增添了某种魅力，使她们的举止显得更优雅、更别致。

为什么会有这种效果？除了时下吸烟的女性大都有年轻、漂亮、时髦等特点外，还因为青年女演员们吸烟另有如下讲究：

一、吸好烟、吸外烟。同男性比较起来，青年女演员以及许多青年女性吸烟是很讲究牌子的，要么不抽，只要一出手一般都是"三五""希尔顿""健牌"等外国名烟，次一等的也得是"中华""凤凰"。由于这些烟的包装精致、考究，即使不抽，摆放在那儿也不失为一件小工艺品。所以，吸这种香烟对衬托优雅的环境和洒脱的风度是有帮助的。

二、讲究姿势。同男性比较起来,青年女性吸烟是更讲究姿势的,这和许多青年女性吸烟时的心理状态有很大关系。男性吸烟主要是为了解乏,为了帮助思考,为了摆脱寂寞等等。而青年女性吸烟主要是为了"美",这样姿势就显得很重要了。

一些青年女演员之间,还就香烟怎么拿、怎么夹、怎么吸、怎么吐、怎么掐灭烟头进行切磋和探讨。如果你留意的话,她们的这些动作是很得体、很优雅、很美的。

三、注意场合。青年女演员和时髦女性吸烟的现象,一般场合是不容易看到的,但在一些大饭店或者是比较考究的场合很容易看到,这和她们要表现"美"的心理状态有很大关系。

某歌舞团一位女提琴手说:有一次,她和几个朋友去一家豪华饭店吃饭。席间,别人递给她一支香烟,她以前从未抽过,为了不扫大家的兴,她也就接了。不过她不敢吸进喉咙里,怕出洋相,只是吸到嘴里又吐出来,摆摆样子而已。

她的手形很漂亮,纤细修长,平时也没人注意,一吸烟,这个优点就露了出来,同伴们都说她的手长得漂亮。这下提高了她吸烟的兴致。

她说:"人都有表现美的欲望,吸烟对我来说就是为了满足这种欲望。"

评价:众说纷纭

从生理角度上讲,吸烟对人体是有害的。不但如此,近年来科学研究结果表明:吸过滤嘴香烟还有害于人的面容,使皮肤失去弹性、光泽,导致皮肤干燥,脸色灰暗。

这种后果,也许是许多喜欢抽烟的青年女性所始料不及的。

由于传统习惯,人们评价青年女性吸烟,往往很少是从生理健康方面考虑，而首先考虑的是社会角度，姑娘家吸烟给人的印象好不好。

仅凭吸不吸烟，来对一个青年女性的品性下结论，无疑是太偏颇、太荒唐了。

很长一个时期来，在我们的影视和文学作品中，只有女特务、女流氓、女骗子等"坏"女人才吸烟，几乎是千篇一律。

但这不是对生活的合理解释，而是扭曲。

某演员剧团，曾规定青年女演员不得吸烟。

结果是这些女演员公开不抽，背后抽；团里不抽团外抽，规定无形中成了一张废纸。

更多一些人认为：对于青年女性吸烟这一现象没有必要提倡，似乎也不宜反对。

对于这一现象的评价，可以说是众说纷纭，莫衷一是。

人们已在越来越大的程度上，在不妨碍别人的情况下，按照自己喜欢的方式生活，并以宽容的态度评价别人。

这无疑是一种值得庆幸的进步。

初次发表于1988年第4期《追求》

青年知识女性婚变扫描

"寻找男子汉！"这是 80 年代中国女性提出的口号，其亮度、硬度、振聋发聩的程度，都堪称一流。

难道中国的男人们都死绝了吗？竟要让中国的女孩子们这么满心焦灼地苦苦寻觅！

是今天的中国女性更具独立意识？是今天的中国男性缺少一代雄风？还是两者兼而有之？

在爱情上，年轻的中国女性们似乎从来没有表现得像今天这样勇敢和刻薄：她们对向往的东西表现了惊人的勇气，甚至为此赴汤蹈火；对于她们不欣赏的东西，表现出了从未有过的尖酸，"奶油小生""半残废""土老帽""四肢发达，头脑简单"，一顶顶毫无怜悯之意的帽子，像一个个五彩缤纷的飞盘，从她们的眼里、口里、手里转了出来。

在家庭关系上，许多年轻的中国女性表现出了从未有过的果敢。北京几个法院的离婚案件中表明：由女方率先提出离婚的比例为 66% 至 72% 不等。在封建社会里，男人有休妻权，女人只能听凭男人摆布。今天不同了，女人们把自己不中意的男人"辞"了，已司空见惯。尽管这样做的代价是惨重的，她们必须拿出殉难者一样的勇气……

一

张小雅今年二十八岁了，依然漂亮，楚楚动人。

生活中，不知有多少二十八岁的姑娘还从未尝过爱与被爱的滋味，而张小雅却已离了两次婚了。

有人总结说，漂亮的女人要么出嫁特早，要么出嫁特迟。出嫁早是因为漂亮，追求的人多，找个比较称心的丈夫不算难；出嫁迟也是因为漂亮，挑来挑去都不满意，于是就拖着，有恃无恐。

张小雅是出嫁早的，二十二岁结第一次婚，二十四岁离第二次婚。

张小雅毕业于音乐学院，拉一手出色的小提琴，毕业后分配到一家颇有名气的歌舞团。

上音乐学院之前，她有一个青梅竹马的恋人，两家是近邻，她和那个男孩子从小玩到大，两小无猜。这样的经历，使她没恋就爱上了。

也许由于彼此太了解，太熟悉了，那个男孩子从未使她感到过亢奋，也从未使她感到过沮丧；从没给她带来什么希望，也不曾使她感到失望；从未令她欣喜若狂，也从未令她痛苦不堪；俩人像君子之交。

考上音乐学院之后，事情发生了变化。在音乐学院她迷上了个安泰式的人物，那是个高年级的学生，他的粗犷、魁梧、浑厚的嗓音，甚至那满脸的络腮胡子和胳膊上粗重的汗毛都让她着迷，他那狂飙式的追求更是让她手忙脚乱。后来，在一个晚上，张小雅心甘情愿地让那个"安泰"吻了自己。

张小雅心里明白，真正吸引她的、她真正爱的是"这一个"。

此事之后，她感到深深地自责，她觉得太对不起青梅竹马的恋人了……

在接受了那个男人吻的第二天，她坚决地拒绝了那个男人的爱。气得那个高年级男生差点要揍她，他觉得自己被"耍"了。

一掬清泪，是张小雅无言的回答。

毕业不久，张小雅就和青梅竹马的男孩子结了婚。这是一枚青果，爱着另一个男人的妻子，是无法对丈夫表现出柔情的。

俩人貌合神离地过了十个月，以感情不和为由离了婚。离婚是张小雅提出来的，她说："我不爱他，又要装作爱，这太虚伪太痛苦，我忍受不了这种生活。"

她早点明白这点就好了，友情、好感、儿时的情谊都代替不了爱。

离婚后，很长一段时间她把自己封闭起来。她渴望幸福，又对生活战战兢兢，离过婚的女人，那种对爱情既想又怕的心情，不是常人能够体会的。

她想先过一段平静的生活，但生活却不让她平静。漂亮的女人招事，漂亮的离了婚的女人更是不容易得到安宁，她身后开始聚集起勇气可嘉的已婚男子，赌咒发誓的未婚情种，还有言辞闪烁，心怀叵测，男不男女不女只想着占便宜、揩油的"混子"，张小雅无法安定地生活下去，只好第二次结婚。

第二个丈夫对她的风度、气质、容貌简直欣赏得五体投地，年龄比张小雅还小三岁。

婚前，他对张小雅几乎百依百顺。终于，她被征服了，和他结成秦晋之好，当时张小雅二十四岁。

婚后，俩人曾有过一段十分甜蜜、幸福的时光，遗憾的是好景不长。

新婚的丈夫像换了一个人，往日的温柔和体贴都跑到爪哇国去了，他开始对张小雅颐指气使起来。

她要练琴，丈夫却要她给织毛衣。

她说，我们并不缺钱花，我给你买一件好吗？

"不行，买来的毛衣和你亲手织出来的感觉能一样吗？"丈夫满脸不悦。

于是，她不情愿地拿起了毛衣针。

不管她情绪好坏，身体是否合适，丈夫一来情绪，就不管不顾地要"办事"。

推托，委婉地拒绝，换回来的是呵斥："你是我妻子，就得履行义务。"

为了"义务"，丈夫俨然成了"首长"，张小雅成了以服从命令为天职的"志愿兵"。

当这样的"志愿兵"，张小雅感到苦不堪言。于是，她坚决要求"复员"。

这又是一次短命的婚姻，仅维系了六个月。

不难看出，张小雅在爱情上的表现是幼稚的，她还不太懂得怎样爱人和被人爱。在事业上表现得精明，在生活中显得愚钝，这是一部分青年知识女性的通病。

从二十四岁第二次离婚，到今天整整又过去了四个年头。四年中，张小雅完全有机会再组织一个家庭，但离婚已让她离怕了，她再也不敢轻举妄动。

她说："对我来说，生活好艰难，人生好艰难，我并不是个坏女人，可生活对我太不公平。我承认，他们两个人不是坏人。对于过去短暂的欢乐，我不想惋惜，对于男人表现出来的自私我不想诅咒，即便生活把我碰得头破血流，我也要找到一个真正能理解我的人，可是他在哪？"

有主见，有个性这是 80 年代青年知识女性比较普遍具有的一个重要特点。她们不再把自己的命运依附于某一个男人，即所谓

"嫁鸡随鸡，嫁狗随狗"。

当她们发现婚姻不能带来幸福时，她们失去了忍耐，她们要和自己的命运抗争，用自己的努力去解脱这种羁绊，让自己重新拥有一角自由的蓝天。

尽管生活有时会把她们撕得遍体鳞伤，但她们并不回头，而是舔着自己的伤口前进。

二

陆雯和李军上了一次"洞天"餐厅，就明白自己喜欢上李军了。

结婚快三年了，她什么时候这么开心过呢？

陆雯出生于医生世家，自己也是医生。她喜欢潇洒型的男人，李军就是。他反应机敏，谈吐幽默。

这次来"洞天"，是俩人第一次约会。陆雯一边品着饮料，一边听李军侃。

后来，陆雯也来了兴致，两个人对着侃。陆雯发现，她说上句，李军就知道她下句要表达什么。这真让陆雯既惊讶又兴奋，长这么大，还没有人能这么理解自己呢。

李军是某科研所的博士研究生，两年前离的婚。他觉得妻子别的还好，就是两人总谈不到一起，他娶她是因为她漂亮，可一旦朝夕相处，他感到了精神生活的重要，"花瓶"变得不可爱了。

李军是去某机关找一个同学时认识陆雯的。那天陆雯也是去那个机关找人，说来也巧，她要找的人恰好和他要找的人在一个办公室。

两个人从那办公室出来时又是前后脚。

李军一见着陆雯就喜欢上了，她有股让人喜欢的高雅劲儿。

李军上去搭讪，刚才在办公室见过面，陆雯没介意，两人走了一段路。分手时,他要陆雯的电话号码,她不想让别人觉得自己太小气,就告诉他了。

隔了两天,陆雯接到了他的电话,她模模糊糊觉得,李军在打自己的主意了。

找个理由拒绝赴约,当然容易,那么以后他还会打来电话,干脆趁见面时候暗示自己已经结婚了。陆雯这么想着,就答应了他的约会。

天地良心,李军没有一点邪念,他喜欢陆雯,是想瞅准机会和她正正经经谈朋友,因为从外表上看,陆雯实在一点不像已经结了婚的女人。

两个人打着各自的算盘,来到"洞天"。

陆雯原想用一杯咖啡的工夫就把事情了结,谁知一坐下去就不想起来了,两个人竟然不挪窝地侃了整整一个下午。

分别时,俩人都有点依依不舍了。

来的时候她想把话"吐"出来,走的时候却把话"咽"下去了。她实在太喜欢和李军这样在一起侃了。

他们又聚了两次,陆雯觉得再不把真相告诉李军,自己简直成了一个卑鄙的骗子。

她告诉他自己已经结婚了,同时表达了想和他永远做好朋友的愿望。

此刻,李军真不是滋味。但有一点两个人是共同的,谁也不愿意离开谁,两人的感情,已像一辆从山坡上滑下来的车,理智的缰绳已驾驭不住感情的奔突了。

都知道这样发展下去是危险的,但谁也不想停下脚步,俩人还是不断地约会。

两个月后,陆雯对李军说了一句至少在当时让他热血沸腾的话:假如当初,我明天要和我现在的丈夫登记结婚,而在今天认识了你，我也会毫不犹豫地离开他走向你。

这样说，陆雯是不是太坏了，你不爱人家为什么和人家结婚。

但是，现在成千上万的家庭中，有多少是因为真正的爱情而组成的呢？

陆雯的丈夫叫张和平，是某机关的干部，他的家境不错，为人老实厚道，对她也不坏。

在刚谈恋爱的时候，她心里有一个绮丽的梦，但是她接触的一个个男人都让她失望。她说，有气质的没风度，有风度的没才，有才的长得又太丑，好不容易碰上个各方面条件都比较好的人，又谈不拢，就这样晃到了二十七岁。

父母急得不得了，周围一些好心人也帮忙，陆雯熬不住了，她倒不是怕"熬"，可熬到何时是个头呢？

挑来选去，于是和张和平结了婚。

当陆雯披上洁白的婚纱的时候，她没有感到丝毫的幸福和羞涩，而是在心里默默地对自己说："我——完了。"

如果你据此认为陆雯软弱，不敢和父母的压力及世俗的观念抗争，那就错了。

他俩有这样一次果敢的对话：

陆雯：你爱我吗？

李军：是的。

陆雯：如果我现在是一个人，你想和我结婚吗？

李军：当然。

陆雯：那么好，我去离婚。

这一段对话，你能看出陆雯有一丝一毫柔弱的影子吗？

陆雯和张和平离了婚。她把一切和盘托出。

离婚手续办得很顺，俩人客客气气地分了手。

张和平说：她不爱我，不离也没意思。尽管我扮演了个可悲的角色，但我还要谢谢她，她毕竟没有欺骗我，这总比瞒着我，去和别人鬼混强得多。

没有爱情的婚姻，由于所谓"第三者"插足而解体，这在青年知识女性离婚案中占相当大的比例。

从理论上讲，没有爱情就不该结婚。但实际上这办得到吗？

作为一个女性来讲，二十六岁还没找到一个值得爱的人，可以不结婚；三十岁还没找到，还不结婚吗？到了三十四岁还找不到，又该怎么办？独身当然可以，但这并不是解决问题的好办法。到了一定年龄，许多女性只好降格以求。生活有时就是这么捉弄人，你寻觅了半天也没有，可你刚结婚不久，那个人就出现了。

在此情况下怎么办？离婚吗？对自己当然有利，那么对对方呢？对社会呢？人应该是有责任心的。可是如果维持现状，两个人又有什么幸福可言？谁又能保证不出现另外一些问题呢？

三

现代社会，使人们的观念开放，人际交往增多，一个保守地把自己围在一个小圈子里的人，是不大容易干得出轰轰烈烈的事业的。

放在二十年前，一个青年女性有两三个异性朋友就很不简单了，可是现在的青年女性，有七八个异性朋友是常事。

狄菲是个漂亮的少妇，她的通信录上的年轻异性多得以百计，这没办法，狄菲是记者，工作关系，认识的人多，通信录上还净是一些出类拔萃的人物。

丈夫杨明森到今天才发觉，娶狄菲这么个媳妇是大大的失策。太累。他要时刻提防别人把她拐跑了。

他有时甚至想，还真不如娶个同事们开玩笑说的"三心"媳妇：

看着恶心，想着伤心，搁在家里放心。这样，他就可以踏踏实实干事业了。

要说狄菲对杨明森是真够"铁"的，想勾搭她的男人不少，但她根本不上钩，她没那么"随便"。

狄菲和杨明森是大学同学，上大学时狄菲是新闻系的皇后，娉娉婷婷，光艳照人。

有一次她和一个女生外出，走到校门口的时候，看到外系一些男生正帮助工友从卡车上往下卸西瓜。有个卡车上的男生看狄菲看愣了神，竟把西瓜掷到了一个骑车人的车把上，把那人一件雪白的衬衣弄得像个"迷彩服"。

这事传开了，一个女生对狄菲说："狄菲，你就把咱们学校的男生往傻里教吧。"逗得大家哈哈大笑。

杨明森是靠自己的才气把狄菲征服的，狄菲喜欢有才气的男人。

彼一时，此一时，杨明森尽可以在学校里显赫，出了校门又能算老几？

狄菲采访的不乏些青年厂长、青年作家、青年演员之类，都不是一般人物。

杨明森想，这年头，你不招人家，难保别人不招你呀，只要有一个人对狄菲有觊觎之心，就够自己受的。他盯狄菲盯得很紧，私下里和哥们儿美其名曰"防盗"。

如果哪天狄菲回来晚了，杨明森心里就发毛，拐弯抹角地要套出她干吗去了。

对丈夫的"关心"，狄菲早就"明戏"，尽管这样使狄菲心里很不舒服，但想到丈夫是因为爱自己才这样的，心中也就释然了。

她就把为什么回来晚了，都干什么什么去了告诉杨明森。

但时间久了，她就不耐烦了，有时采访一天回来累得要命，还得东解释、西解释，这简直让她受不了。

她对杨明森说："你以后别问了，我要真是有了外心，骗你你也不知道。"

杨明森一想，是那么回事。

可待不了几天，老毛病又犯了……

为此，她忍不住和他绊了两次嘴，杨明森更狐疑了：她以前不是这样的呀，是不是又在外边认识了什么人？

狄菲从上中学起，就有记日记的习惯，而且从不给别人看。她和杨明森恋爱、结婚以后，仍保持着这么一种习惯，习惯成自然，杨明森也不以为怪。狄菲的日记锁在她的抽屉里。

有一天，狄菲在上班的路上发现钥匙落在家里了，就匆匆忙忙往家赶，当她推开房门的时候，看见杨明森正慌慌张张地往她抽屉里塞日记本。狄菲走过去，很平静地拉开抽屉，把日记本放在杨明森面前：

"先生，请你仔细检查一下，看看是否有什么见不得人的东西。"

狄菲不让他看的时候，杨明森偷着都想看，一摞日记本放到他面前，他却不好意思看了。

"我不看了还不成？"杨明森一脸尴尬。

"不看了就完了？……咱们离婚。"泪水一下从狄菲的眼睛里涌了出来。

狄菲说："爱情都交出来了，难道信任还要留着吗？你可以不信任我，但不能不尊重我的人格和尊严。"

信任是爱情的基础，破坏了信任的基础，爱情的大厦就摇摇欲坠。

在现代信息社会里，人际交往愈来愈多，夫妻间的信任就更显得重要。社会已经变化了，人们的观念也必须随之变化。传统的狭隘的观念适应不了新型的开放的社会。

四

把"命运的宠儿",这顶桂冠戴在韩晓萍头上真是再合适没有了。韩晓萍人生的每一级台阶,顺得都好像是上帝事先安排好了的。

她出生在一个条件优越的家庭,大学毕业后被分配到一个令人羡慕的外事部门当翻译,她唯一的缺憾是形象一般了点儿,好在年轻,身条又不错,薄施脂粉,看上去还是蛮动人的。

由于工作关系,韩晓萍常和"老外"打交道,出入的都是诸如长城、建国、昆仑等大饭店,眼里看、耳里听的都是些西方的生活方式,她常常有自惭形秽的感觉。

那些"老外"一个晚上的房费,就够她东跑西颠干两个月的,这世界太不公平,都是人,我为什么就不能享受那样的生活?她要奋斗。

她明白,靠自己那点工资,一辈子也甭想享受现代化的生活。唯一的办法就是嫁人,这是她作为一个女人的唯一出路。当然,要达到自己的目的,找个中国丈夫根本没戏,要嫁,只能嫁"老外"。

找年轻的,韩晓萍怕靠不住,那些"老外"性生活上太随便,今天可以好得和你上床,明天就能和你"拜拜"了,她要找个年岁大点的。

终于,她把某国一位年近六旬,年岁卜足以做她父亲的商人B先生作为进攻目标,B前不久刚和生活了十二年的老婆离婚,这对韩晓萍来说正是天赐良机。

靠着女人的狡黠和小手腕,她很快就把B糊弄得晕晕乎乎的了。

俩人从相识到举行婚礼,近乎是闪电式的,总共只用了不到半年时间。

B先生有得是钱,韩晓萍结婚以后,从上到下焕然一新,华美的大衣、名贵的钻戒、富丽堂皇的住房都有了,走在街上,她俨然像个贵妇人。

似乎一切都有了,只有她自己知道,她不幸福,没有幸福,一切都等于零。

物质虽丰富,生活习惯不同;语言虽相通,精神追求迥异;满身珠光宝气,遮掩不了实际生活内容的一贫如洗。

更要命的是那位大腹便便的B先生,中看不中用,在"那方面"是个无能儿。

到了这份上,她只想早点出国。

商人的精明不是一般人可以比的,韩晓萍那点心思,全在"老外"兜里装着呢。

给你从上到下"武装"好了,出了国瞅准机会就开溜,我才不做这个冤大头呢。B先生迟迟不给她办理出国手续,但这并不妨碍B先生今天在这儿,明天在那儿做生意,他把韩晓萍像养猴子似的养起来了。

吃别人的,穿别人的,拿别人的,又有一张合法的婚姻契约,晚上她只好任凭人家摆布。

韩晓萍到了这份儿上,才回过味来,这哪是人过的日子,简直是屈辱的生活。她可是真的把自己给卖了。

当她明白了荣华富贵是怎么回事之后,她开始渴望过一种淡泊、宁静、温馨、充实的生活。

当那个五彩缤纷的梦破灭了之后,她要重新回到现实中来。她提出了离婚。

对外开放,使许多青年女性眼界大开,心眼也活泛起来,非"老外"不嫁,这是某些青年女性的信条,其中也不乏青年知识女性。她们一旦进行这种有点冒险的追求时,心灵的平静往往便被破坏殆尽。

其实,同获得财富比较起来,保持心灵的宁静显得更为重要。

保持心灵的宁静本身就是一种超然，一种幸福。

在日本、在美国、在联邦德国、在香港，腰缠万贯家财殷丰的歌星、影星、商人，非经济原因自杀的常有所闻，可见财富并不能保证使人获得幸福。

更不要因为追求自己还没有的东西，而把已有的又十分宝贵的东西丢掉了，比如人的尊严、品格、真诚等等。

请记住一位哲人的话吧：用金钱换取心灵的宁静的是聪明人，用心灵的宁静去换取金钱的是愚人。

托夫勒在《未来的冲击》一书的"破裂的家庭"一章的开场白写道："行将冲击我们的新奇事物的洪流，将从大学和研究中心蔓延到工厂和办公室，从市场和大众传播媒介，蔓延到我们的社会关系，从社会蔓延到家庭。由于它深深地渗透到我们的私生活中，也将使家庭本身空前紧张起来。"

离婚率增高，这是发达国家和许多发展中国家面临的一个严峻的社会问题。我们很难简单地评判这一现象在整个人类进程中的是与非，功与过。

需要指出的是，以离婚率增高来证明"世风日下"，是不科学的。

离婚率增高，在更大程度上是表明了社会的进步、个性的解放，以及人们特别是妇女对自我价值的肯定。

离婚，在人生中毕竟不是一件幸事。值得庆幸的是，大多数离了婚的青年知识女性并没有因此而沉湎在痛苦之中，她们仍坚信生活和未来的美好。

不幸的大门在身后关闭了，希望的大门就会在前边洞开，让我们鼓起勇气，走向光明。

初次发表于1988年第5期《追求》

诗的随笔

一
历史：
最不幸的时代
总是产生最伟大的诗句

诗歌：
历史已经够不幸的了
我宁愿平淡无奇

二
诗人：
不高雅的，不是诗

诗歌：
太高雅了，不是诗人

三
功利：
你能永远记住我吗？

时间：
你刚才说什么来着？

四

晦涩：
不如此，怎能证明我的高深

明朗：
由于浅薄，怎么能不如此

五

表象：
我什么技巧都有了

内涵：
唯独没有真诚

初次发表于1988年第11期《星星诗刊》

学者·编辑·书迷

我是一个挑剔的读者，对于纯理论性的文章更是如此。然而，我喜欢读白烨的评论文章，他的文章总是那么自然而流畅，清新而深邃，像高山流水，如空谷琴音。有人说，同一个智者交谈，如沐春风，读白烨的文章，我就有春风在吹拂心灵的感觉。在一种亲切的氛围中，思想得到了启迪，感情得到了升华，心灵得到了一种愉悦和满足。

他喜欢书，不是一般地喜欢，而是如痴如狂。他的妻子对他说："对你来说，第一是书，第二是儿子，第三才是我。"

几年前，一次他陪妻子去王府井买东西，像往常一样，他总是先要到新华书店去转转。其实，两口子上街顺便买两本书也是常理中的事，可您倒是悠着点劲呵，他不。随身带的五十块钱，竟在书店被他花得只剩下四分，东西买不成是不用说了，连回家乘车的路费都成了问题。最后，俩人只好一人抱着一捆书，步行回了家。

白烨告诉我说，他曾有过一个规划，一年要为三个"一"奋斗：写一十万字的文章，编一百万字的书稿，添一千本书。乖乖，一千本书？一个月就要添近百本！

白烨不但是一个出色的学者和令人咋舌的书迷，更是一个尽职的编辑。他说，他喜欢编辑工作，当一部粗糙的稿子经过编辑的劳动最终成为一本装帧漂亮的书籍,就感到了一种欣慰和幸福。

这些年来,他编辑了许多优秀的书籍,一位中年学者的《马克思美学思想论稿》经他编辑出版后,西德有关专家评价道,仅凭这本书,作者就有资格被西德的大学聘为终身教授。后来,这位学者果然被西德聘请去了。白烨把扶持中青年作者,当成了自己义不容辞的职责。他的真诚和理解,赢得了许多中青年学者、作者的友谊和信赖。人们相信,白烨——这位三十六岁的社会科学出版社文学室主任,以他的勤奋和聪敏,将在他所追求的道路上,取得更令人瞩目的成就。

初次发表于1988年12月11日《北京晚报》

习诗片段

《辽宁青年》的编辑约我为"我的故事"专栏写一篇文章,细想起来,一些印象颇深的事情都是和诗有关的,于是,信笔写下几个片段……

一

1988年10月下旬的一天,我认识的一个女孩给我打了个电话,告诉我她看了1988年第10期《读者文摘》卷首语上转载的我的那首《热爱生命》的诗,她好感动。她说,她非常喜欢这首诗。在不久以后的一次朋友聚会中,仍是那个女孩子让我即席朗诵一首自己创作的诗。为了活跃这次聚会的气氛,我沉思了一下,给他们念了一首题为《过马路》的诗:"这路只有几步/他却心里发怵/马杆敲得嘚嘚响/欲行还是却步/远处飘来几朵红云/声声唤着叔叔/股股暖流润心田/畏途变成通路"。当我绘声绘色地念完了,朋友们哈哈大笑,他们觉得我是在跟他们开个玩笑。

"你从哪儿捡来这么个顺口溜来糊弄我们了。"一位朋友说。

我说:"这的确是我写的一首诗,只不过写这首诗的时间是在几年前,那时我刚刚开始学习写诗。"他们仍然不信,他们认为这首诗和我现在写的诗距离太大了。直到我认真地告诉他们，这确实是我在1984年写的一首诗时，他们才相信。

回首往事，使我愧怍不已的是，我搞不清楚当初我怎么还有胆量拿这样一首诗去投稿。或许，人总有做蠢事的时候，不过我想最蠢的倒不是做蠢事，而是根本不做事。

二

"您一定有夫人了，她是一个好漂亮的女人吧？愿她幸福。"这是一位喜欢我的诗的中学生寄给我的信中的一句话。

我真不知道该怎样回答这个问题。我不知道这位可爱的中学生凭什么断定我"有夫人"了。而且还"好漂亮"，这真够叫我惭愧的了，虽说我现在的年龄离人到中年还有一截子，但绝对已经属于大龄青年了。

那天晚上，遥想一种可遇而不可求的爱情，不由写下了一首题为《你来》的小诗。

我曾对友人说过：写诗，就要努力写出最好的诗，找朋友就要争取找到最合适的。大概这都是诗人的浪漫，恐怕终是难以实现。

我想，也许诗会抬举我，也会害了我。

三

这真是一件叫我忧喜参半的事。1988年11月6日《北京晚报》刊登了一篇介绍我的文章后，北京一家音像出版社的同志根据晚报上提供的地址找到了我，他们向我描绘了一幅那么令我心潮澎湃的蓝图：请一些作曲家为我的诗谱曲，出版两盒全部由我作词的磁带，还有……

即便我自认为自己属于颇有自制力的那种人，这会儿也不免有点晕晕乎乎的了，好在事情很快转到实质性的问题上来了，要实现这么一个规划，必须搞到一笔数目相当可观的赞助费。这后面的一段话，终于使我从微晕的感觉中清醒过来，搞这样一笔赞助，对我这个不谙此道的人来说，几乎是不可能的，而那家音像出版社对此也没有绝对把握。为了不使这个美好的设想落空，我只好开始在另一条我毫不熟悉的战线上作战……

当读者见到这篇文章的时候，这个设想或许已经部分或全部实现了，或许已经部分或全部落空了。对于我来说，这些都没有什么，因为今天办不成的事情还有明天，人只要不断地努力，生命就会有意义……

初次发表于1989年第2期《辽宁青年》

舞场大世界

在中国人的业余生活极为枯燥、单调的情况下，舞会差不多是能够发泄人们过剩精力的最佳场所了。

在经过了数不清的周折之后，舞会终于允许开放了，并逐渐发展为经常性的营业性质，有一句话说，社会大舞台，舞台小社会，其实，不仅仅是舞台，舞会又何尝不是社会的一个缩影呢……

"关于中国人不准跟外国人跳舞"，"有关饭店举办舞会的规定，是北京市有关部门共同制定的……"

前门饭店是北京目前仅有的一家对社会公众开放的涉外饭店。自今年3月19日起，举行每周两个晚上的营业舞会，专为中国群众开放。该饭店人士介绍说："住店的外宾一听见舞曲，就挤着想进去。他们在门口听了解释后保证：我们看看，不跳。一进去就都坐在墙边椅子上看，他们觉得新鲜。但放他们进去，是违反规定的。硬是不让进呢，好像也不大合适。我们真为难。"

国旅北京分社一位负责人说，涉外宾馆饭店提供的设备那么好，不重视营业，能不赔本？对来华旅游的外国人，不允许混跳，怎么跳？外国旅客普遍反映夜生活单调。如果怕跳舞引动一些人出国，那么不跳舞就不能够出国吗？

你责怪有关方面限制中外混跳的这一规定是多此一举吗？似乎

又不尽然。

改革开放以来,中国人和外国人的接触,无论是"质"上还是"量"上,都在突飞猛涨。人们的道德观、人生观、价值观无不受到猛烈地撞击,向来挺文静、挺纯洁的中国姑娘从舞会蹦到老外床上的事件屡见不鲜:

北京某大学学生,在一次舞会上结识了一位老外,跳完舞后,坐上老外的车子就去了老外住的外交人员公寓,为了避开门卫的视线,那个没有什么廉耻的姑娘是躺在老外的脚底下混进去的,在那儿混了一夜,日上三竿以后,被中国的服务员偶然发现,事情始得败露。

广州某大学毕业生被分配到一个重要部门工作。他小时候的一个入了外国籍的邻居回国探亲,先是请他在高级饭店撮了一顿,后来又拉他上了舞厅,在舞厅上结识了两个专干此道的姑娘,百无聊赖之际,由那位入了外籍的邻居"请客",一人拽了一个姑娘,在宾馆里开了房间,结果被查出,那位中国种的"老外"被罚款了事,这个揩油的仁兄就没那么简单了,他原来还是个"预备党员",东窗事发,立即受到了取消预备党员资格、调离市政府部门的处分。

北京某歌舞团的两位女演员,晚上打扮得花枝招展到某宾馆外和老外"套瓷",结果被宾馆保卫部门怀疑有什么不良企图而被叫去询问动机。

她们不承认有什么不良动机,只是觉得这儿条件设备好,想上这儿过舞瘾,宾馆保卫部门问不出个所以然,最后规劝了她们几句,把她们放了。不过,他们认为,这俩人一旦和外宾进入舞场,事情发展的结局怕就没那么简单了。

在北京、上海、广州等大城市和沿海城市,以出卖肉体为代价以达到出国目的的中国姑娘是有的。限制中外"混跳",保卫部门已经忙得很了,这个口子一开,那还不乱了套?如此说来,这一规定并非全是杞人忧天。

可是这方面的问题减少了,另外的问题又出现了。外宾希望来中国能多和普通的中国人接触,晚间的生活能安排得丰富多彩一点,这样的愿望和要求并不过分,舞会是满足外宾这一要求的很恰当的一个形式。

我去前门饭店采访,那儿的一位经理告诉我,不允许我们搞"混跳"的舞会,我们试着专为外宾办了一次舞会,结果舞场中只有两对在那儿跳。尽管如此,乐队照样要伴奏,灯光照样要用,服务员照样要值班,可照这样办舞会,不要说外宾没情绪,我们也一点情绪都没有,光请一个乐队,至少要支出几百元钱,四张舞票能值多少钱?这办法,还不亏老鼻子了。

再说,不允许中外混跳,你尽可以谢绝那些蓝眼睛、高鼻梁的欧美人,而日本客人你怎么限制?他们从外表上和中国人有什么区别?无非是穿着讲究罢了。可到这儿来跳舞的男士、女士,哪个不是打扮得衣冠楚楚、光彩照人。从气质上鉴别又能有多大把握?大家是跳舞来的,你像看什么稀有动物似的盯着来客使劲儿看,这合适吗?

据了解,由于日本客人肯花钱,掏的又是兑换券,许多饭店对日本客人来跳舞是睁一眼闭一眼,可来华的日本外宾特别多,这样,不允许中外混跳的规定在很大程度上成了自欺欺人的一纸空文。

我们陷入了一个两难的境地,兴办旅游业的主要目的之一是赚取国家建设急需的外汇,不能提供尽可能周全的服务,就不能很好地吸引客人,就不利于发展旅游业和赚取外汇。可是像"混跳"这样的口子一开,许多我们不愿意看到的现象就可能接踵而至。

怎么办?实际上这还是一个开放和封闭的问题,北京市有关部门有识于此,已准备在加强管理的前提下,允许在北京的部分饭店举办中外宾客混跳的舞会,从未来发展的大趋势看,应该说这是明智之举。

现在只要肯花钱,找个地方跳舞应该说不太难了。低档的舞会,五元、三元、两元,甚至还有一点五元、一元一场的;中档的舞会,价格则在八至十五元左右;高档的舞会一般则要在十八至二十五元左右了,这还仅仅是指北京地区而言,广州、深圳等地的舞会,有的票价要比这儿贵得多。对于那些发了财的个体户和倒爷来说,出入高档舞会那不过是平蹚,有的不那么会跳舞的倒爷,有时也愿意去高档舞场坐坐,听听音乐,松弛松弛神经……另外也无形中显示了自己的身份:爷们儿有钱。有些舞迷,想去高档的舞场跳舞,可又不愿出"血",或者说根本就出不起那么多"血",于是便有了下边的故事:

舞迷小A,男,二十四岁,×××公司职员,月收入二百至三百元。他说,现在干什么都有学问,跳舞也有,咱没什么别的爱好,就是喜欢跳舞,低档的舞场咱不爱去,高档的舞场咱去不起,好在咱脑子活泛,跳几场舞就看出这舞会是有空子可钻的。这晚场的舞会一般怎么着也得那么个两个半、三钟头的,其实跳一场舞三个钟头要一直不歇每场音乐都跳,还真够累的。咱们"集中"了,就跳前边那四十五分钟到一个钟头的,跳完咱马上就走,到门口咱就说去外边接个人,跟门卫把票要回来,出去就按原价卖了。准有人买,我跳了一个钟头,不还有俩钟头可以跳吗?特别是那些正谈恋爱的,男的都想在女的面前表现出一副忠心耿耿的样子,我退票,有的小伙子还直谢我呢。你还甭说,没准一场舞会下来,人家这对姻缘就成了,咱们这是办好事呵,你看,这不咱舞也跳了,钱也省了,也办了好事了,皆大欢喜呵。

据了解,目前这样的"蹭舞专业户"不少,有单个男青年,也有正谈恋爱的男女青年一起去"蹭舞"的,甚至还有已结了婚的年轻夫妇去"蹭舞"的。如果说，上述几种"蹭舞"主要是靠"技巧"的话，那么有些单独的女青年则靠的是自己的本钱——姿色。

舞迷小F，女，二十一岁，待业青年。她有一个漂亮的脸蛋和健美的身材，或许因为有了些阅历，她的言谈举止要比她的岁数显得老练一些。她说，我喜欢跳舞，可是没钱，吃饭还得伸手管家里要钱呢，怎么好意思向家里要钱出来跳舞。我的舞跳得不错，像个经常跳舞的主。我是经常跳，却从来也不花钱，想花钱请我跳舞的小伙子有的是，还得看我有没有这份雅兴呢。

第一次"蹭舞"，纯属偶然。那天晚上我去办事，从一家餐厅路过，里面正举办舞会，有个小伙子拦住我，问我想不想跳舞，他说他那张舞票还可以带一位女士进去。我瞥了他一眼，他人挺斯文的，心想大庭广众之下，他又能把我怎么样，再说，我也确实喜欢跳舞，就跟他进去了。

后来，舞也跳了，冷饮也喝了，他曾提出想和我交朋友，我拒绝了。凭一张舞会票就想收买我，我也太贱了。

有这么一次经历，想跳舞的时候就不由自主地想去舞场门口转悠转悠。或许因为我长得漂亮，每次都有人请我跳。刚开始有点怕，也有些想对我动手动脚的，碰到这种情况，我甩头就走，后来，我也摸出了点经验，凡是和陌生人跳舞，不能跳到最后一个曲子，否则麻烦事就来了，我总是借故中途告辞。我并不认为这样"蹭舞"有什么不好，别人愿意请，我愿意跳，就是这么回事，我既不出卖自己的人格，又没有欺骗别人，不就是跳一场舞吗？

"蹭舞"，是为了省钱。在商品经济日趋强烈地冲击社会各个领域的今天，人们一方面想方设法捞钱，一方面又绞尽脑汁省钱。但在人们日益光鲜的外表下，我们不能不警惕一种危险倾向：文明的衰落。

跳舞，不仅青年人喜欢，中老年也常常跻身舞场；工商业人员上舞场较多,知识分子也不乏其人,目前喜欢跳舞的老中青知识分子基本只能去中档以下的舞场,而高档舞场基本为个体户和一些从事"官倒"的人以及部分"影视歌星"所垄断。由于这部分人中的少数人素质较差,于是出现了如下画面:

——在音乐悠扬、舞步轻盈、灯光闪烁的某舞场上,一对对舞伴在随着音乐旋转、旋转……突然传来一位女士有点凄厉的叫声,当人们把视线转向发出叫声的地方的时候,一位浓妆艳抹的青年女子满面羞愤地从人群中跑了出去。后来人们终于弄明白了,原来她沉湎于跳舞,胸罩不知道什么时候让人隔着衣服给挑开了,待她发现,便出现了上面一幕。后经有关方面一系列调查,干这事的是一个专门倒腾香烟的"倒爷",对于他来说,这已不是第一次了,据他说,由于女方精神都集中在音乐和舞步上,他的动作又很小,很难被对方察觉,即便有所察觉碍于面子也不敢张扬。问他为什么要这样做,他说就为了寻刺激……

——在许多舞场上,都明确地规定不许吸烟,某饭店服务人员却在舞场上闻到了极浓的香烟味。经过观察,原来是几位常来此地跳舞的个体户把易拉罐里的饮料喝完后,把加长过滤嘴权当吸管,正往易拉罐里吞云吐雾呢……

——某高档舞会上,突然发生了一阵骚乱,俩小伙子在这里演开了全武行,待被人们拉开,一个已是鼻青脸肿,另一个也已是两眼乌青,究其原因,原来是为了争夺一个颇有姿色的舞伴……

——某个小有名气的歌星,近几年靠着走南闯北地"走穴"发了点小财,于是成了舞场的常客,除了跳舞,在舞场上还有另外的副业——勾搭小妞,据知情者说,近几年,光在舞场上他勾搭上的小姑娘已不下五六个了。

舞场应该是个健康、文明、礼貌的场所,以上的种种现象都是和这种精神相悖的,尽管这些现象在舞会中始终是少数,有的甚至是极个别的，但它毕竟反映了舞会的一个侧面，同时也折射出了整个社会的文明程度。舞场，确实是一个大世界。

80年代的舞会，出现了许多从前年代的舞会所没有出现过的内容和形式，除了上面提到的"片段"外，舞会还是许多个体和集体以及国营企业的人们联络感情和谈买卖的好场所，在悠扬的舞曲和清凉饮料的撞击声中，许多价值几千、几万、十几万、几十万的买卖就在这里成交了。这里还是许多争强好胜的年轻人一显自己才华的竞技场所。在改革开放的年代，舞会已经逐渐改变了过去那种比较单一的娱乐功能，而是开始满足各个阶层人们各个层次的多元化需要。

初次发表于1989年第1期《追求》

往事如烟
——心中的憾事

在我工作的文化部文学艺术研究院,我大概是信件最多的人之一。这些来信,除了少部分是我熟悉的朋友和一些报刊的编辑写来的外,大部分都是素不相识的喜欢诗歌的青年朋友写来的。这些陌生的朋友的来信,总是能给我带来一股温暖、一缕欣喜、一份慰藉。同时,在与他们交往中,也时常让我生出些许愧疚、些许遗憾……

在读了我的一些作品后,天津一位十七岁的女中学生给我来了一封信,她在信中表达了对我的诗的诚挚的喜爱后,十分恳切地希望我能给她回封信。我照着她的期望做了,很快又收到了她以喜悦的心情写来的第二封信。我由于工作忙,很长时间都没有给她复第二封信。大约又过了一个多月以后,我收到了她的第三封信,信中告诉我,她前一段时期心情非常不好,因为前不久,十分疼爱她的姥姥病故了。她说,她希望能再看到我的信,因为她觉得从我的诗和信中,能够感到人与人之间的一种真诚和理解。于是,我很快给她回了一封表示安慰的信,并向她解释说,由于我非常忙,不大可能经常给她复信,甚至很有可能常常是她给我写两封信,我才能腾出时间给她回一封信,我希望她能原谅和理解。

过了相当长一段时间后,我收到了她的来信,她说,这可能是给我的最后一封来信了,因为她们全家很快就要出国了。在表示了对周围许多事情的失望后,她对我那封信也表示了一种深深的失望,她在信中写的一句话至今我仍记得很清楚:"多么不公平的2:1啊。"

这封信给我的震动是巨大的,我不由感叹,这个时代人们要求人与人之间完全平等的意识是多么强烈啊,哪怕只是一个十几岁的小女孩。我不由在心底产生了一种懊悔和遗憾:我原想给她一份安慰,谁想无意中竟给了她一种伤害……

这是一个二十多岁的小伙子,他现在是陕西一个地区工厂厂报的记者,也是一个业余文学社团的主编。他给我来过两封信,希望我能为他们的刊物写点什么。由于手头一些很熟悉的朋友的约稿都搞不完,因此我一直未能满足他的要求。后来,他给我寄来了一本油印的他自己的诗集,我翻了、看了,并被其中的一些作品打动了。为了他的作品,也为了前一段时间我的失礼,我写了一封推荐信,连同他的那本诗集,一起寄给了我所熟悉的一家在全国颇有影响的诗刊主编。不久以后,那位主编给我回了一封信,告诉我已从他的那本诗集中选了些诗,准备在刊物上发表。我长长舒了口气,觉得为这个陌生的小伙子干了件漂亮活儿,我以一种愉悦的心情写了封信给他,同时没有忘记附上那位主编给我的信。很快我收到了这个小伙子的复信,信中除了表示对我的感激之外,他还热切地希望我能把他的一些诗作推荐给中央的一家大报。我不由为难了,因为我并非像他想象的那么神通广大。这一次,恐怕我递给他的是一份失望,而他留给我的却是一份歉疚。

近两年,我陆续收到的陌生朋友来信已有一千多封了。从心底讲,我希望给每位读者回信,因为这是一种责任,也是起码的礼貌。尽管我在努力这样做,却常常感到力不从心,谨以一首小诗,送给我年轻的朋友们,以表达我的感激和愧疚……

致
——给陌生的朋友们

当你向我敞开了心扉

我的心便含满了泪水

我那颗疲惫不堪的灵魂

便体验到了一股温暖　一缕欣慰

成熟的友情像浆果

陌生的呼唤如新蕊

当我遥想你

远方的橄榄树

我的胸膛顿时充溢着

天空般　莹澈的喜悦

和海洋般　深深的忏悔

初次发表于1989年第10期《辽宁青年》

读书偶拾

伟人的形象之所以高大，那是因为他的脚下垫着书呢。

记忆的窍门，实际上就是遗忘。你遗忘得越多，你记忆得就越清楚。会读书的人，知道哪些内容应该铭记，哪些内容无须记住，不会读书的人，却总是"囫囵吞枣"。

喜欢读书的人，不一定能成大器；而能成大器的人，一定喜欢读书。

在礼品中，书是最高雅也是最经济的。对于一个有知识的人，当你想馈赠他一份礼物却又不知馈赠什么好的时候，最好的选择就是为他选择一套书。

读书是一种美。

在生活中，大概只有读书的美是不受姿势限制的。

站着读书，让我们感到一种沉思的美；坐着读书，让我们感到一种宁静的美；甚至躺卧读书，也能让我们感到一种安详的美。

世界上，最没有力量的是读书人，最有力量的也是读书人。

读书人，在生活中或许连只鸡都杀不了，可他却能把航天飞机送上太空。

读书，会使人精神上变得富有，精神上富有的人，往往安然于物质上的贫寒。

在中国，许多伟业源于这种"安然"，许多悲剧也源于这种"安然"。

买书最多的人，往往是读书最少的人。这并没有什么奇怪，储蓄最多的人，往往是花钱最省的人。

一部好书，常常需要重复读；使用却是最好的重复。

初次发表于1989年第7期《今天》

熟悉的地方没有景色

友人住在风景秀丽的西子湖畔。

去年，我应邀参加了他们在杭州举办的一次笔会。那是我第一次到了"上有天堂，下有苏杭"的杭州。

一天，友人陪我游西湖。那天细雨潇潇，水天一色，风景宜人的西湖尽在潆潆细雨之中。放眼望去，烟波浩渺，如诗如画，不由感叹：西湖风光，名不虚传。

不料，友人淡淡一笑："西湖虽秀，见得多了，不足为奇。"

友人的话，使我缄默良久。

不由想起，前些年在广东上学，暑假回家陪外地的同学游京都，瞧他们到了故宫、长城、颐和园，一个个欣欣然、奋奋然的样子，不由觉得好笑。

几天下来，他们游兴不减，我却已感到精神怠倦。每每在他们玩得兴高采烈之际，颇生打道回府之念，只是怕扫了同学兴致，方才一忍再忍，舍命陪君子。

大凡再好的地方，若被自己的步履蹚平了，也就会觉得兴味索然，诚所谓：熟悉的地方没有景色。

记得第一次发表作品的时候，尽管脸上还装模作样一副镇静漠然的样子，心中却早已乐得快不知姓什么好了。最后，毕竟按捺不住心头的狂喜，终于撕下"假面具"，吆喝上三五好友，去学校附近的馆子结结实实撮了一顿。

及至作品发表多了，那份"漠然"才弄假成真。大概，这也是因为：熟悉的地方没有景色。

熟悉的地方没有景色，这是一种青春的活泼，这是一种不满现状的感觉，这是一种向更高远目标跋涉的动力。

在人生中，长久保持这种感觉并非易事。特别是对于那些走过了许多名山大川和在事业上取得了辉煌成就的人来说，更是这样。

对于这样的人，很容易产生的是"黄山归来不看岳，五岳归来不看山"的感慨和"会当凌绝顶，一览众山小"的踌躇满志。

应该说，能在一片"景色"中沉湎，在满堂"喝彩"中陶醉，是人生的一种幸运，因为毕竟没有多少人能有"景色"可以回味，能有"喝彩"声可以慰藉；但这更是人生的一种不幸，因为这无疑是生命和才智的巨大浪费。

漫漫人生之路，自然的风光没有穷尽，人类的事业没有顶点。

我想对自己和友人说的是：凡是遥远的地方／对我们都有一种诱惑／不是诱惑于美丽／就是诱惑于传说／即便远方的风景／并不尽如人意／我们也无须在乎／因为这实在是一个／迷人的错／到远方去　到远方去／熟悉的地方没有景色。

是的，快乐永远存于追求的过程中：到远方去，熟悉的地方没有景色。

初次发表于1989年第18期《辽宁青年》，收录于《汪国真诗文集〔首版〕—散文》（内蒙古人民出版社，1996年）

希望从这里升起

1. 1989年7月16日,在北京市东城区内务部街20号一幢楼房里,"希望热线"正式开通了。

每天晚上6点至12点,在电话机旁,都有由康华健美康复研究所心理咨询中心聘请来的我国一些颇有名望的心理专家轮流值班,解答一些在生活中寻求帮助的人提出的各式各样的心理问题。

统计资料显示,从7月16日到记者前去采访到8月21日的不到四十天的时间里,已有七百六十人拨通了这个号码为552236的电话。打电话的人,主要是居住在北京地区的居民,但也有不少是从河南、四川、辽宁、广东等地打来的长途。

打"希望热线"电话的人,从事什么工作的都有,如教师、出租汽车司机、学生、家庭妇女、退休教授、军人、服务员等。

人们苦恼的原因是各种各样的,但主要集中在两类:一是恋爱方面遇到问题了,二是婚姻家庭及性生活方面遇到问题了。另外,因人际关系不好而苦闷的人也占有相当大的比例。

年轻人,是"希望热线"的主要"客户"。

心理咨询,近两年才在我国出现,尚属"新生事物",用电话进行心理咨询,北京这个"希望热线"在我国尚属首次。

2. 现代化,使人们的生活节奏日益加快,细心的人们甚至可以观察到，在繁华的大城市里，比之十年前以稍快的步履行走的人多了，而悠然闲逛的人少了。生活的重负常常压得人透不过气来。

改革开放，在给人们带来了巨大的利益和实惠的同时，也使许多传统的观念和意识受到了强烈地冲击，对此，不少人感到迷惘和困惑，心理产生严重的倾斜。

不少人希望有个地方，无忧无虑地倾诉自己的心事，宣泄忧郁的情绪，聆听别人对自己的慰藉。可是，一些难以启齿的隐私，又使得这部分人畏首畏尾，不敢轻易开启心灵的闸门，只好把忧愁闷在心里，终日与忧愁和惆怅做伴，过着压抑而毫无光彩的日子。

"希望热线"，无疑是这些人生命夜色中的曙光。

由于"希望热线"具有极强的保密性，甚至连解答问题的专家、教授也不知道对方的姓名、单位、年龄、住址。这样，打电话的人可以毫无顾忌地把内心的苦闷倒出来，寻求帮助和指导。同时，"希望热线"又是义务服务，这对经济拮据而又心情沉闷的人更是一大福音。

因此，希望电话开通后，成了名副其实的"热线"。

"希望热线"开通以后，效果如何呢？据康复研究所所长孙玉昆和副所长秦淳教授介绍，在一个多月的时间里，仅防止重大事故（企图自杀或杀人）的发生，就达十一起。缓解和扭转"客户"心理危机和忧郁情绪的情况就更多了。以至北京朝阳区一位派出所所长在详细了解了"希望热线"的工作情况后，感慨地说：你们做了许多本来应该我们做的工作。

有一个二十三岁的小伙子和女朋友恋爱了三年，在付出了大量钱财和真挚的感情后，女方突然提出和他终止关系。女方的行动并得到了家里人的支持。女方突然提出绝交，使这位小伙子的精神受到了巨大的打击，并由此产生了报复杀人的念头，他准备杀了女方和她的全家，然后自杀。

在情绪极度低落，并准备铤而走险实施杀人计划的时候，在一种相当复杂的心理支配下，他给"希望热线"打了个电话，像嘱托后事一般悲痛地诉说了自己的苦闷和绝望，以及决心杀人的想法。这天值班的，恰是一位经验丰富的老教授。这位老教授在耐心地听完了他的倾诉后，运用心理疗法，及时做了缓解和疏导的工作，而那个年轻人在把内心的痛苦痛痛快快地宣泄了一番后，心情也好多了，在教授的劝导下改变了要去杀人和轻生的想法。一次恶性事情避免了。

有一位轻音乐团的团长，业务能力很强，只是在生活上过于"浪漫"，风流韵事不断。前不久，他爱人在上班时间回家取东西，发现他和一个女人睡在一起。见到事情败露，那个团长恼羞成怒，天天扬言要杀了他的妻子，表现出一种近乎疯狂的歇斯底里。他的妻子跑来向"希望热线"求援。

于是，"希望热线"的专家，乔装打扮成他妻子的同事——一个音乐爱好者，前去登门拜访。话题先从音乐谈起，渐渐投机后，又逐渐引上正题，劝导那位团长珍视自己的家庭和夫妻感情。后来，这位团长的行为有很大收敛，对妻子也比以前好多了。为此，这位女同志还专程登门感谢"希望热线"的专家和工作人员。

3. 在北京，"希望热线"已赢得了越来越多的人的信任。同时，也出现了一些问题……

有的人，对"希望热线"的含义和服务范围并没有搞清楚，以为无论遇到什么不顺心的事，"希望"电话都能给人带来"希望"。

有一个三十多岁的男同志，年纪轻轻头发就开始发白了，为此他整日闷闷不乐，他给"希望热线"打了个电话，寻求能医治这种病的新方法。这显然已超出了"希望热线"的服务范围。

有个别心理晦暗的年轻人，则在给"希望热线"打电话的时候，搞一些下作的"恶作剧"。比如，当"希望热线"的值班人员拿起电话时，打电话的人就用很遗憾的口气说："哟，怎么是个男的，能不能给我找个小妞来，我的心病只有小妞才能治好。"然后，电话里就传来一阵无聊的狂笑。

这种情况虽属个别，但给"希望热线"正常工作带来干扰和给工作人员带来的不快是显而易见的。

由于打电话的人太多，而"希望热线"只有一部专用电话，使得很多人要长时间不断地拨号才会有机会拨通，有的人在给"希望热线"打通了电话后幽默地说：这样长时间才拨通电话，"希望"都快变成"失望"了。

康复研究所也曾试图增添几部供"希望热线"专用的电话，但是由于北京的电话"号"非常紧张，要实现这个愿望，仅仅依靠自身的力量，显然是无能为力的，还必须得到有关部门的合作和支持。

1960年美国洛杉矶首先出现的"希望热线"，至今已走过了近三十年的历程。在美国之后，苏联、瑞士等许多国家也都有了这样的电话。

人生，不能没有希望。当你的生活被夜色笼罩住了的时候，你不妨也去寻找那条"希望热线"。或许，它会帮助你重新建立起生活的信念。

希望，从这里升起。

初次发表于1989年第21期《辽宁青年》

校园侃诗

跨出大学校门已有几年了。而近几年来,也很少有机会再跨入大学校园。

最近,我应北京第二外国语学院明羽文学社和北京工业大学枫林诗社的邀请,去为他们开了两次诗歌讲座。尽管我并不是个笨嘴拙舌的人,但于讲课之道实在外行,真怕扫了大学生们的兴致。另外,近年来,诗坛的状况似乎一直不景气,诗歌远不如流行歌曲那样拥有大众。记得一位老诗人曾经说过:天上有三颗星,一颗是青春,一颗是爱情,还有一颗是诗歌。当青春和爱情的星座春风得意,在天空熠熠生辉的时候,诗歌这颗星星实在有点黯淡得都不知脸该往哪儿搁了。我真不知道,今天的大学生里会有多少人乐意听一个不过是发表过一些作品的所谓"青年诗人"跟他们侃。

但出乎我意料的是,在这两所院校,有很多不是文学社和诗社的同学也闻讯来听讲。这不由使我感到,我国人民最喜爱的文学样式之一的诗歌,在青年中仍具有很大的魅力。

诗歌是一种美,爱美是人类的天性,更是青年的天性。讲座中宁静而活跃的气氛,使我出来时,那种忐忑不安的心情很快烟消云散。在二外,两个小时的讲座里,我收到了十几张问及生活与创作、诗歌流派,以及我的一些作品的创作过程的条子。在北工大,同学们递上来的条子丝毫也不比学文科的二外的同学少。通过诗歌这一媒介,我很快和同学们形成了思想和感情上的交流,这使我仿佛又回到了几年前那令人神往的大学时代。

特别使我难忘的是,在北京工业大学,当讲座快要结束时,我看了一下表,对同学们说:"呀,时间不多了,剩下的问题我抓紧讲。"很快,下边递上来一张纸条,上边简单地写道:"汪老师,慢慢讲,没关系。"我把条子念了,并征询同学们的意见:"有关系吗?"这时,许多同学异口同声地说:"没关系。"我被这种情景深深地感动了。

讲座结束了,北工大诗社社长谢劭常,一个给了我极好印象的小伙子代表同学们对我说:"汪老师,谢谢你。"而我在这里想说的却是:谢谢北工大和二外的同学们,因为你们给了我两个充实难忘的美好夜晚。

初次发表于1990年2月11日《北京晚报》

服饰文化录

1.人们经常说的"衣食住行",把"衣"放在第一位,不是没有道理的。在现实生活中,没有合适的衣装,真是令人寸步难行。服饰与人类结下了不解之缘,它与人类的生活息息相关。

在烈日炎炎的夏季,人们在汗流浃背的时候,总是希望穿得越少越好,小伙子们干脆穿起了背心、短裤,甚至干脆打起了赤膊。姑娘们则没有那么方便了,哪怕天气再热,对于身上的服饰,她们总是一丝不苟,不敢有一点马虎。

于是,人们追溯起服装的起源,常以羞耻学说作为依据。人类所以要穿服装,是因为人类有天生的羞耻心。

秋季,是服装市场最繁忙的季节。世界许许多多的服装公司和企业都在这个时候推出各色各样的秋冬季服装。在这个季节里,也是时装模特儿们最繁忙、生意最好的时候。现代人类如果没有服装,已经无法度过寒冷的冬天。据此,谈到服饰的起源,又有了气候适应说。

除此之外,关于服饰起源还有人体保护说——强调服饰对人体的保护;审美说——强调美给人带来的愉悦,等等。

但上述所有关于人类服饰起源的每一个独立的学说,似乎都不能尽释人类服饰起源中的疑窦。因为,人类服饰起源是由于多方面的原因,而不是单一的原因。这似乎是目前最能说服人的结论。

2. 如果说,言论是有声的思想,那么服装则可以说是无声语言了。一个人穿着的衣装,向社会和人们所叙述的内容是非常丰富的:职业、身份、教养、情趣、审美意识,还有喜怒哀乐的情感等等,真可以说是尽在不言之中。

一个社会通过人们穿着的衣装,向世界所展示的内容也同样丰富:政治是否开明,经济是否发达,文化是否进步,观念是否开化等等。服装是一面镜子,从这面镜子里面,折射出来的则是社会和历史。

1989年,在北京中国大剧院举办了法国巴黎时装表演;从法国来的十三名模特儿在这里进行为期两天的精彩表演,每场的最高票价达到一百元人民币。对于收入并非丰厚的中国人来说,这不是一个小数目。一位靠工资来生活的年轻姑娘,她花了七十元钱从一个陌生人手里买到了一张位置非常好的"赠券",她竟高兴得不得了。当我们从这位姑娘愉悦的笑容上,回想起当年那些穿着军装、扎着小辫的姑娘横眉冷对、横扫一切所谓"奇装异服"的场景时,简直恍若隔世。

从某种意义上讲,人的服装意识,也就是人的社会意识。人们从社会中懂得了用服饰来表达自己的心愿和感情。为了表示对别人的尊敬,衣装要穿得端庄、整洁;为了希望和周围的人们协调,衣装就要和周围的人们类似;为了表现抵抗和叛逆的心理,衣装就要和周围的环境格格不入,具有挑战性;为了表示祝贺,衣装的色彩则要柔和、明快;为了表示哀悼,衣装的色彩则要灰暗,以衬托沉重的心情。

为了使庞大的社会更富有秩序,为了使复杂的社会更有效地运转,为了适应战争、治安、消防、救护、邮政等情况的特殊需要,人类又制造了各色各样的制服。这些特定的服装种类、样式以及附属件，诸如徽章、肩章、领章等，都有效地发挥着标识的作用，使得在一般情况下，人们能够更有效地工作，在特殊的情况下，人们能够凭借这种标识及时地团结、组织和调动起来，投入一场共同的事业。

在社会与服饰之间，时装模特儿可以说是一个中介，是重要的一环。她们传播服饰文化，推动和引导时装潮流，提高人们的欣赏文化，提高人们的欣赏水平，称她们为"美的使者"，真是再恰当不过了。

一个社会的文化观念和经济发展程度，在服装特别是妇女和儿童的服装上往往能够得到充分的反映。

儿童的服装在反映社会对他们的态度的同时，也往往反映了社会经济发展的程度。当儿童的社会地位远远低于大人，或者是在一些经济贫穷落后的地区，他们往往光着身子跑来跑去，或者是穿大人剩下来的根本不合比例的衣装。而在经济比较繁荣的地区，这种现象基本上是看不到的。这些地方的儿童，除了拥有各色各样具有儿童特点的衣服外，有些服装的样式甚至就是按父母的式样复制。

在一定的历史时期，除了劳动妇女外，稍微有些地位的妇女都很少活动，长裙、高跟鞋、紧身衣和装饰复杂的发型，都无声地证明了她们悠闲而安逸的生活方式。

而现在，这种情况早已发生了根本性的变化。随着时代的进步、妇女社会地位的提高，以及各种体育运动的蓬勃发展，女性的服装已经有了很大的改进，她们的服装越来越趋向简单化和自由化。

谈到服饰与社会，不能不说到 T（Time 时间）、P（Place 地点）、O（Object 目的）原则。由于我们都生活在社会中，在一定的空间和时间的范围从事有目的的活动，因此，我们的穿着除了要适合自身的情况外，还要适合 TPO 的原则，这是目前国际上公认的一条

657

原则。

是否注意遵循这条原则，这不仅表现了一个人的社会意识，也表现了一个人的修养。

3. 人们总是希望使自己生活得幸福愉快，希望自己穿戴的服饰能够令人赏心悦目。从服饰美学的普遍意义上讲，穿着舒适得体、款式新颖的服装，既是为了愉己，更是为了悦人，以形式美来突出和完善自己，这是人们喜欢穿着新颖时装的心理基础。另一方面，大多数人又想顺从于一般倾向，使自己不至于过分醒目。因此人们又会自然地趋向于某一特定的服装造型，并对这些造型产生兴趣，这样，就形成了一个时期服装的流行趋势。

服装的"超前量"是个很难掌握的未知数，它应该是流行预测与消费环境的最佳结合。几年前，曾有人多次预测旗袍将会流行，结果并不尽其然。也有人预测西装将会是中国人日常穿着的主要服饰，实际上，也是言过其实。看来，准确地预测未来服装的样式还真不是件容易的事。

电影和电视愈来愈大量地渗透到人们的日常生活中，不仅影响着人们的文化观念、娱乐观念，也影响着人们的服饰观念。令服装专家和设计者有时感到尴尬和困惑的一个问题是，有时，自己辛辛苦苦，花了大量精力研究出来的新颖款式，并没有多少人问津，而一部轰动一时的影视片中男女主人公穿戴的服饰，往往成了热门货。这使他们既愤愤不平，又无能为力。这种情况正应了中国的一句老话：有心栽花花不开，无意插柳柳成荫。

一部拥有观众的影视片对服饰流行的影响也是巨大的。1985年，《街上流行红裙子》上映后，红色的衣裙很快流行全国，"红衣少女"们如一朵朵盛开的玫瑰，在大街小巷竞相绽放。1987年，日本电视连续剧《血疑》播出后，"幸子"衫也颇受少女的青睐。电影和电视事业的发展，使服装的预测变得复杂化了，但就总体来说，这毕竟还是一种比较特殊的文化现象。一般来说，服装的预测不但是可能的，也是可行的。

我国从1986年开始预测和发布工作，比美国、日本、法国落后了将近三十年。经过几年来的努力，我国已初步建成了一支服装预测队伍。

就大范畴而言，服装是社会发展的产物。政治开明，服装观念便开明；经济兴盛，服装业便兴盛；文化繁荣，服装业便繁荣；科技发达，服装业便发达。

4.服饰的流行与未来，由当今的社会和未来的社会从总体上加以确定，并随着社会的变化而变化。但有一点是确定无疑的，不论在什么时候，青年人总会是时装的领袖，每一项新时装的出现，最先接受的都是青年。他们按最新的款式装饰自己：发型、衣装、鞋帽，还有与之相配套的装饰。如果没有新的时装的出现，他们就会把前一段的衣装加以修改和修整，以便再流行一段时间。仅就女青年的鞋子来讲，这些年来在我国就曾流行过高跟鞋、坡跟鞋、矮跟鞋，还有前不久流行的旅游鞋和盖鞋等等。真是各领风骚，令人有目不暇接之感。

青年从来不会满足对美的追求、对新颖时装的追求。因此，服饰总是处在流行和不断变化的循环中，把握时装的流行趋势和未来，从一定意义上讲，也就是把握青年对时装的心理，他们就是明天。

初次发表于1990年第2期《妇女之友》，收录于《汪国真诗文集〔首版〕－散文》（内蒙古人民出版社，1996年）

走出灰色的王国

一

成年和童年的一个显著区别是，我们不再像孩提时那样天真、烂漫，无忧无虑。我们有了忧虑、苦闷、绝望等"灰色的情感"。

为了摆脱"灰色的情感"，生活中，有的人靠吸烟麻痹自己，有的靠酗酒遗忘自己，有的甚至靠自杀来永久地解脱自己。

现代医学认为，一个健康人的标志是：不但要有强壮的体魄，还要有健康的心理。最近，据对一些大学的调查，患有不同程度心理障碍的人占被调查人数的20%以上。

怎样使人类的内心情感从一个灰色的王国回到一个透明的世界中来？心理学在一定程度上担负起了这一崇高的使命。心理咨询，则可以说是这一学说在一个方面实践中的应用。

1988年初夏，北京繁华的西单大街东北角多了一个去处。在一幢二层小楼的门上方，醒目地挂着一块"心理行为健康指导中心"的牌子。在小楼门旁的墙上和地上还立着几块"简介""说明"之类的木板。

从"中心"开张的那天起，就不断地引来行人好奇的目光。

1989年仲夏，在北京市东城区内务部街20号一幢楼房里，"希望热线"又正式开通了。

每晚六点至十二点,在电话机旁,都有由康华健美研究所心理咨询中心聘请来的我国一些颇有名望的心理专家轮流值班,解答一些在生活中寻找帮助的人提出的各式各样的心理问题。

统计资料显示,从7月16日"热线"开通,到记者前去采访的8月21日的不到四十天的时间里,已有七百六十人拨通了这个号码为"552236"的电话。打电话的人,主要是住在北京地区的居民,但也有一些是从河南、四川、辽宁、广东等地打来的长途。

寻求"希望热线"帮助的人和到"心理行为健康指导中心"看门诊的,从事什么工作的都有,教师、出租汽车司机、学生、家庭妇女、退休教授、军人、服务员……

他们苦恼的原因是多种多样的,但主要集中在两类:一是恋爱方面遇到问题了;二是婚姻家庭及性生活方面遇到问题了。另外,因人际关系不好而苦闷的人也占有相当大的比例。

年轻人,是寻求心理帮助和指导的主要"客户"。

在我国,对心理咨询的系统研究和临床应用只是近几年的事。据了解,目前专门从事心理咨询的专家和医务工作者,全国仅有数百人左右。

当我们至今还对心理咨询感到陌生和神秘的时候,在一些发达国家,到心理咨询所看门诊和打"希望热线"电话已成为家常便饭了。

不过人类的文明的传播毕竟是没有国界的。

二

现代化,使人们的生活节奏日益加快,细心的人们甚至可以观察到,在繁华的大城市里,比之十年前以稍快的步履行走的人多了，而悠然闲逛的人少了。生活的重负常常压得人透不过气来。

改革开放在给人们带来了巨大的利益和实惠的同时，也使许多传统的观念和意识受到了强烈地撞击。对此，不少人感到迷茫和困惑，心理产生严重的倾斜。

不少人希望有个地方，无忧无虑地倾诉自己的心事，宣泄忧郁的情绪，聆听别人对自己的慰藉。可是，一些难以启齿的隐私，又使得这部分人畏首畏尾，不敢轻易开启心灵的闸门。

"心理行为健康指导中心"和"希望热线"，无疑是这些人生命夜色中的曙光。

据专家介绍，看过心理门诊或通过打"希望热线"电话寻求帮助的患者，大约有80%的人病情有不同程度的缓解或得到了根治，也有少量的患者治疗效果不理想。这也好理解，因为心理疾病比生理疾病复杂得多。不过，因为心理门诊主要是解决病人的心理问题，一般很少药物配合治疗，因此，一般不会产生副作用。

我采访了部分心理疾病患者，其中认为治疗效果很好的约占30%，较好的约占20%。有一定效果但不明显的约占30%，基本不起什么作用的约占20%，和专家提供的数字基本一致。

我的一个朋友得知我正在采写这样一篇文章，好奇地向我了解有关心理咨询的一些基本情况。

友人：你注意了看心理门诊的主要是哪些类型的人了吗？

我：注意了，看病的人主要是这样两多两少，年轻人多，老人少；知识层次高的人多，知识层次低的少。

友人：这倒是个有意思的现象，为什么会出现这"两多两少"呢？

我：我想，年轻人多，是因为他们的思想不成熟、不稳定，且爱情、生活、工作等许多人生的重要问题还处在一种非常动荡的阶段，这样就容易因情场失意、长期待业、高考落榜等原因产生心理障碍。

老年人各方面情况相对稳定,产生心理障碍的原因较青年人少,另外,老年人思想较成熟,见多识广,正所谓"曾经沧海难为水"。

知识层次高的人多,是因为这些人更易理解和接受新鲜事物,相对来说,他们对事物的反应要敏感得多,考虑的问题也多,这样产生心理障碍的机会也就多……

三

病例之一:

不论从哪个角度看,他都不失为一个很好的小伙子。外表高大、结实,人看上去也显得很朴实。

当他告诉医生,他曾被判过三年刑,我简直惊诧极了。

他是河北一个小火车站的搬运工,为人不坏,和女孩子说起话来脸还红。他主要的毛病就是性子急,别人一旦欺负他或他家里人,他动不动就跟人"玩命"。上小学二年级的时候,有一次一个块头比他大得多的四年级学生欺负他,他抄起砖头就把人家脑袋开了,对方缝了四针。从此,他在班里成了"大王",在学校里也出了名,好在他这个大王从不欺侮人;自然,也不能受人欺侮。

把他送进监狱,是由于这么一件事;前几年的一天,他的父亲在离家门不远的巷子口让一个骑自行车的小伙子撞了,本来小伙子没理,老老实实说声对不起,也就没事了,偏偏小伙子不是盏省油的灯,撞了人还骂:"你个老丫挺的,走路也不看着点道?"

这下他父亲不干了,离家门又不远,胆儿也壮,一把将小伙子从车上捋了下来,要和他评理。

小伙子下来二话没说,给老人家表演了一通"少林拳",一下让老头子见了血。偏巧这一幕让他的一个邻居，外号"长舌妇"的看见了。那长舌妇一看势头不好，撒开丫子跑来报信了，本来就生个"死马能说活了"的嘴，再加上一副气喘吁吁的样子，好像晚一点出去就见不着老爹最后一面似的。

他一听，抄了把菜刀跑出来，一看父亲满脸是血，一下红了眼，抡着菜刀就上去了……结果锒铛入狱。那一年，他正好十八岁。

他出来也不过两年，前不久，由于工作上的事和"头儿"吵了起来，一怒之下，顺手把铁锹抄了起来。"头儿"对他的过去是了解的，一见这阵势，吓得屁滚尿流差点儿创了百米跑世界纪录。

他自己冷静下来，也觉着后怕，可是犯急的毛病好像总也改不了似的。为此，他近来常做噩梦。还伴有恶心、失眠等症状，体质明显下降，人瘦了一圈。他觉着这么活着太累，甚至怀疑自己是不是精神上有什么毛病，于是他找心理医生来了……

病例之二：

这是一个二十三岁的小伙子，他和女朋友整整恋爱了三年，在付出了大量钱财和真挚的感情之后，女方突然提出和他终止关系。女方的家里居然也支持。这位小伙子的精神受到了巨大的打击，并由此产生了报复杀人的念头，他准备杀了女方和她的全家后自杀。

在情绪极度低落，并准备铤而走险实施杀人计划的时候，在一种相当复杂的心理支配下，他给"希望热线"打了个电话，像嘱托后事一般地悲痛地诉说了自己的苦闷和绝望，以及决心杀人的想法。这天值班的，恰是一位经验丰富的老教授。这位老教授在耐心地听完了他的倾诉之后，运用心理疗法，及时做了缓解和疏导的工作，而那个年轻人在把内心的痛苦痛痛快快地渲泄了一番后，心情也好多了，在教授的劝导下改变了要去杀人和轻生的想法。一次恶性事故避免了。

在面临突如其来的人为制造的痛苦的时候，人类产生的反应主要有三种：第一种是能够很快把这种痛苦的感觉升华，使之成为人生前进中的动力和力量，这种情形和一般所说"化悲痛为力量"近似；第二种则是把痛苦埋在心里，压抑自己，整日愁眉苦脸或强作笑颜地过日子；第三种则是部分或全部丧失自制能力，要么堕落，要么铤而走险。

第三种反应，对社会的危害最大。专家们认为，如果这部分人能及时得到心理治疗，情况一般都会大大好转，恶性事件的隐患一般都能消除。因此，从这个意义上讲，心理咨询也是一项值得发展和不容忽视的事业。

病例之三：

"医生，您救救我吧。"一个二十七八岁的女人对医生小陆说。

"怎么？"小陆医生虽只有二十几岁，但人显得很沉稳，说起话来给人一种可靠的感觉，他是一所名牌大学心理学专业的毕业生。

"我也不知道怎么搞的，这一年多会变成这样，整天失魂落魄的，饭也吃不香，觉也睡不好，老是胃痉挛，这会儿胃还痛着呢。"少妇用手压着胃，一副痛苦不堪的样子。

"你和家里人关系怎么样？"小陆问。

"挺好的。"

"结婚了吗？"

"结了。"

"夫妻感情怎么样？"

"感情好极了，我对我丈夫简直太满意了。"一提起自己的爱人，少妇眼睛也亮了，精神也来了，胃好像也不痛了。

"也许就因为我觉得他太好了，我才惶惶不可终日呢。"

她的话，把医生和旁听的我都逗笑了。

她今年二十八岁，是某科技研究所的干部，她有一个长得体面的当外科医生的丈夫。据她讲，她和她的丈夫是通过别人介绍认识的，初谈恋爱的时候，她并没怎么把他放在心上，熟悉点儿以后，还经常拿他取笑什么的，因为她觉得自己的条件不"软"，经过一段时间接触，她发现自己越来越喜欢他，他的气质、才华、事业心越来越深地吸引着她。不知不觉中，在俩人的交往中，她变得低声下气起来，几乎事事顺着他。

结婚以后，刚开始还好。不久，她的丈夫给一个漂亮的女大学生动了外科手术，那位漂亮妞出了医院就给丈夫寄来了一封温度烫得可以的情书。从此，她心里就像搁了一块大石头。尽管她的丈夫仍对她一如既往，但她还是整天神思恍惚，打不起精神来，一种自卑感深深袭扰着她。

"有时，我简直想去找一个第三者，否则不行呵，我丈夫要哪天甩了我，我非得精神病不可，要是有了个第三者，将来也好有个安慰。"她很认真地说，一点也没有开玩笑的意思。

她想"留一手"，可她的想法简直就是这个时代的怪胎，一方面她保留了中国女人的某些传统心理：依附于男人；另一方面又开化到了想去找一个"第三者"。说到底，还是脱不了依附的实质。

而我想到的却是另外一个问题：原来，爱也能使人的心理产生异常。

病例之四：

一位乐团的团长，业务能力很强，只是在生活上过于"浪漫"，风流韵事不断。前不久，他爱人在上班时间回家取东西，发现他和一个女人睡在一起。事情败露后，那个团长恼羞成怒，天天扬言要杀了他的妻子，表现了一种近乎疯狂的歇斯底里。他的妻子跑来向"希望热线"求援。

于是"希望热线"的专家，乔装打扮成他妻子的同事——一个音乐爱好者，前去登门拜访。话题先从音乐谈起，渐渐投机后，又逐渐引上正题，劝导那位团长珍视自己的家庭和夫妻感情。后来，这位团长的行为有很大收敛，对妻子也比以前好多了。为此，这位女同志还专程登门感谢"希望热线"的专家和工作人员。

严格地说，这对夫妻双方都还没有产生心理障碍，双方只是因男方感情不专而发生了"纠纷"，但是这种"纠纷"已严重地影响了夫妻感情和家庭生活，继续发展下去，必将对双方的心理健康产生影响，因此，及时地寻求心理医生的帮助，不失为明智之举。

病例之五：

也许由于太紧张了，还没有说话，他的额头上已沁出细细的汗珠。

他说："我是下了很大的决心才到这里来的，我的病再不治，简直没有勇气工作和生活了……"

他是唐山一所技校的教师，今年二十六岁，有一个感情不错的妻子。

"说起来简直难以启齿，可是不说这病怎么治得好……"他反复地唠叨着，"我近一二年来，染上了一个毛病，不知怎么回事，总喜欢盯着女同志的敏感部位看。胳膊、大腿、乳房等等，一到夏天这毛病就更厉害，自己也知道这样做不好，可就是改不了。

"一次，我坐公共汽车，有一个长得很漂亮的姑娘坐在我的面前，那是夏天，她的衣服胸也开得比较大，我就偷偷盯着她的胸看，后来被她发现了，狠狠地瞪了我一眼，说了声'流氓'，然后气愤地起身走了。当时我被她骂得简直无地自容，真恨不能地上有条缝钻下去。我是当老师的，班上女生不少，而且那些女生正处在女性的妙龄。一到夏天我简直不知该怎么办好，既要讲课，又要时时提醒自己不要在课上犯毛病,讲台下众目睽睽的好几十个人,要让学生们看出来,我简直得去跳河了。有时,我就想是不是自己意识不好,可又觉得不是,对爱人我也是这样,弄得没办法。我现在一到公共场合都要戴一副茶镜,甚至天都黑了也不敢摘,可上课总不能戴茶镜吧,我真不知该怎么办好了……"

专家告诉我,这是一种"病态人格",简单地说,就是心理和行为的变态,这种变态有时很严重,但又不是精神病,这种病的表现形式还有:喜欢收藏女人的内衣、内裤等,有的还有其他不轨行为。

专家特别指出,具有病态人格的人有些做法从表面上看已构成犯罪,但对这类人要和常人的不轨、犯罪行为加以区别,病态人格患者的行为和正常人的不轨或犯罪行为主要有如下区别:正常人的犯罪一般总是有计划和有预谋的,而病态人格常常是无预谋的;正常人犯罪一般都有明确的动机和目的,而病态人格的犯罪一般来说动机和目的都比较模糊;正常人的犯罪在作案时往往手法隐蔽,并有目的地进行销赃灭迹,以逃避罪责。而病态人格没有这种明确的意识,他们往往同时害人害己,而且对自己危害更甚;病态人格患者很少造成复杂而严重的犯罪案件,如凶杀案等。

专家认为,不能随便地把道德败坏和违法犯罪的罪犯都诊断为病态人格,但是也应该看到,在各种违法犯罪者中确实有一部分是病态人格患者。

病例之六:

她近来常偷偷地喝酒,因为她总是觉得心里堵得慌,让酒精刺激一下,她觉得舒服多了。

她在一家合资企业当打字员,人长得很有风韵,她在两年前结的婚,丈夫是中央某机关的一位一般干部。结婚前,她的追求者不少,但一直没有满意的,后来矬子里拔将军,挑上了现在的丈夫。

她的丈夫各方面条件不错，就是窝囊了点，到了关键时刻，缺乏男子汉的果敢和勇气。

有一次，夫妇俩乘车去王府井，她的丈夫不小心踩了一个小伙子的脚，那个小伙子当时像训孙子一样训了她丈夫一顿，她的丈夫却连吭一声都不敢。这让她火透了，觉得丈夫把自己的脸都丢尽了，他的肩膀挺宽，可她总觉得那是堵快塌了的墙，没法靠。

后来，她在工作中认识了某外事部门的翻译，那人有个感情不好的妻子，整天借酒浇愁。也许是由于同病相怜，也许是确实谈得来，俩人偷偷好上了。

俩人曾商量过各自离婚重组家庭的事，但是一到要动真的，俩人都犹豫，下不了决心。男方犹豫是因为膝下有个挺可爱的儿子，离了婚孩子肯定得判给女方，他舍不得。另外，她的丈夫虽说平庸了点，但对她是好得不能再好了，她不愿意让丈夫伤心。她处在一种离婚也不是，不离婚也不是的两难境地。

长期的郁郁寡欢，心情苦闷，使她的健康大受影响，经常出现头晕、耳鸣、冒虚汗等症状。与其说是看病，倒不如说是让人出主意来了，因为真实的情况一旦泄露出去，就会出现一种很尴尬的局面。而到心理门诊来，彼此谁也不认识谁，她感到比较放心，即便只把心里话吐出来，她也觉得心里舒服多了……

在北京，"心理咨询门诊"和"希望热线"已赢得越来越多的人们的信任，同时，也出现了一些问题……

四

在一些发达国家，成年人之中看过心理门诊的大约有40%—50%，而在我国，这个数字则要低得多。

除了政治、经济、文化等因素外，还因为人们还没有像看身体疾病一样养成看心理门诊的意识，同时，这也和我国的心理咨询事业还刚刚起步，还很不发达有关。

目前，还有许多人对心理门诊和"希望热线"的含义及服务范围搞不清楚，甚至有相当多的人根本就不知道有这么一回事。

有的人以为无论是什么事情，心理门诊和"希望热线"都能解决，都能给人带来福音和希望。

有一个三十多岁的男同志，年纪轻轻头发就开始发白了，为此他整日闷闷不乐。他给"希望热线"打了个电话，寻求能医治这种病的新方法，这显然已超出了"希望热线"的服务范围。

还有个别心理晦暗的年轻人，则在给"希望热线"打电话的时候，搞一些下作的恶作剧。比如，当"希望热线"的值班人员拿起电话时，打电话的人就用很遗憾的口气说："哟，怎么是个男的，能不能给我找个小妞来，我的心病只有小妞才能治好。"然后，电话里就传来一阵无聊的狂笑。

这种情况虽属个别，但给"希望热线"正常工作带来的干扰和给工作人员带来的不快是显而易见的。

另外，在从事心理咨询的医生当中，也有个别道德败坏者，当详细地了解了对方的个人隐私之后，寻找可乘之机，以满足自己的一己私欲。

心理咨询在我国还是一个年轻的事业，正因为年轻，她必然会有着广阔的前景和远大的前途。随着社会的进步和心理咨询事业的发展，一定会有更多的人跨进心理门诊的大门，当他们从一个灰色的王国里走出来的时候，展现在他们面前的将是一个绿色的生机勃勃的世界。

初次发表于1990年第3期《大学生》

中国诗坛：1989

1989年的中国诗坛，既无高崖飞瀑之势，也不似小桥流水，只是一味地潺湲。她像一条汩汩流淌的大江，自有一股内蕴的磅礴和气势。

从1989年的中国诗坛，略略回首十年前的中国诗坛，我们看到一个明显的变化：中青年诗人在当今诗坛极为活跃，而老诗人较之十年前则沉寂了许多，既少见到作品，更少见到有影响的力作，这不免使我们感到一缕惘然。

1989年中国诗坛一个明显的趋向，就是前几年一哄而起、自我标榜的许多诗歌流派和各种"主义"，在同时间这把利刃的较量中，已经大势已去，甚至难觅踪影。"呼吸派"业已窒息；"撒娇派"尽遭白眼；"超低派"由于其哗众取宠的自我贬损，更是少人青睐……诸如此类，不一而足。代之而起的是诗人们深刻的自省，并以更加严肃和认真的态度进行探索和创作。

一

1989年，诗歌在贴近时代、贴近生活、抒发诗人真挚的情感方面有了长足的进步。

诗人西彤的《一个追求者的咏叹调》(《作品》1989年10期)具有强烈的时代精神和浓郁的生活气息。诗人虽已中年，但是诗行中却充满了蓬勃的朝气和执着的追求，在这组诗中，诗人直抒胸臆：

> 我追求诗的真挚，
> 我追求爱的真诚，
> 我追求生活的真谛。
> 不为着索取，
> 只为着理解。
> 即使我的追求
> 得不到回报，
> 即使我两手空空收获贫瘠，
> 依然初衷不改始终如一。

诗行中所体现出来的这种执着不悔的追求精神，正是我们整个民族精神的真实写照。诗人李瑛的《戈壁海》(《人民文学》1989年11期)以凝练、传神的笔触，深切地抒发了对祖国土地的一片炽热情怀。刘益善的《大平原》(《诗刊》1989年10期)语言质朴，富有张力，为大平原描绘出了一幅生动的风情画。贺羡泉的《神话组成的谣曲——中国人口问题咏叹调》(《当代诗歌》1989年9期)用诗的语言提示了超生超育给我们这个古老的前进中的民族所带来的巨大困扰，诗中充满了对现实的深刻思考和对未来的深切关注。晓梅的《信天游》(《星星》1989年3期)语言简洁、生动，散发着淳厚的乡土气息："把信天游唱得红得发紫／唯有陕北女子／苦菜花上逮过蚂蚱／山丹丹上捕过蝴蝶／红高粱里喊来黄土风／金荞麦里呼走老白雨／人生酸辣苦甜／这回味的信天游／令硬汉夺泪而出／旱烟锅出神了／无火星"。邓万鹏的《单独行动》(《诗歌报》1989年10月21日）平中见奇，在看似漫不经心的诗句中，蕴含着对人生的深沉思索。敬晓东的《月光下的回忆》(《星星》1989年3期）通过对极平常生活的摹写，表达了对美好生活的追忆和向往。芦萍的《悠悠的拖船》(《诗刊》1989年12期）把诗的触角伸向最基层的生活，读来亲切自然，诗的语言既有独到的意韵又富思辨色彩，给人留下了难忘的印象。

近几年来，军旅诗人一直比较活跃。1989年，描写军旅生活的诗作有了进一步的发展和提高。部队诗人朱增泉、屈塬、厉云等人，在这一年中都写出了不少优秀诗作。

在诗歌的现实主义进一步回归、影响进一步扩大的情况下，一些诗人，特别是一些青年诗人依然在顽强地对诗歌的艺术手法进行实验和探索。发表在1989年8期《星星》诗刊上的《周亚平自选实验诗》和陆健的《某一夜晚的心理历程》就是这种实验和探索的颇具代表意义的具体反映。我以为，不论这种实验和探索成功与否，是否能够赢得广大读者的承认和共鸣，只要这种探索是严肃、认真和较少功利主义色彩的，就是值得称道的，就应该采取一种宽容和支持的态度。

可喜的是，1989年发表的对先锋派和实验诗这类诗歌的评论文章，较之前几年已客观和审慎了许多，不负责任、故弄玄虚和胡吹乱捧的评论文章日见减少，这对于诗歌的发展和诗人的健康成长都是有利的。

二

不论在什么时代，青年都是诗歌这一文学形式的主要创作者和阅读者。对于诗歌，一位老诗人曾说过一段非常精彩的话。他说：

天上有三颗星，一颗是青春，一颗是爱情，还有一颗是诗歌。

1989年，一批已有影响的青年诗人继续创作出许多优秀的诗篇，同时也涌现出不少诗歌新秀。青年诗人李琦的诗作清新、淡雅，自成风格，闪烁着理想主义的光彩。她的《最初的天空》(《人民文学》1989年11期)依然保留并进一步拓展了以往的风格。西篱的《谁在窗外》(《星星》1989年7期)写得亲切动人，读后令人悠然神往：

听这初秋的细雨

就听见了故乡

父亲的皮鞋在泥泞中踏响

当我们读到这样的诗句，我们感到了一种不言而喻的诗意的美。青年诗人曲近的组诗《圣土之忧》(《绿风》1989年2期)中的《岳飞墓》一首，结尾处的"跪着的历史/最能突出站立的人生"颇具警句意味，令人警醒。这组诗用富有特色的语言，表达了一种深切的忧患意识。青年诗人彭俐是近两年涌现出来的颇具实力的诗坛新秀。他的诗作凝练潇洒，意象优美。《黑眼睛》(《诗人》1989年11—12期)颇能代表他的诗歌创作风格："不知为什么/我喜欢忧郁的黑眼睛/仿佛一泓寂寞深潭/曾使我心旌摇动//孤帆在碧海上漂泊/孤雁在黄昏里哀鸣/孤星在天边闪烁/总使我无限钟情/泪零并不都是伤感/高山凝望殷红的夕阳/怀抱着多少美丽的憧憬//我相信世间确有不朽的魂灵/一朵秋菊开放在小河边/这也是我的归宿吗/当我回到祖母的身旁/变成不醒的梦"。青年诗人马新朝在1989年创作颇丰，他的诗作自然地流露出时代气息；在表达丰厚的内涵时，诗中具有一种朦胧的美。他的组诗《流浪意识》(《大河》1989年2期)就是这种风格的体现。陕西阿眉的《阿眉的情诗》(《星星》1989年6期)虽为处女作,但写得清丽洒脱,意境柔美,这是一位值得诗界注意的新人。

在1989年,引人注目的青年诗人和诗坛新秀,有如熠熠闪烁的星斗,难以一一评述,除上面提及的外,如陆地、徐鲁、彭国梁、鲁萍、梁芒、张国民、王长安、彭小梅、易殿选、朱鸿宾、杨松霖、于耀江、舟恒划、刘希全、潞潞、席永君等人,都是其中的佼佼者。

通观1989年青年诗人们的诗歌创作,我们可以大致概括出几个主要的基本特点:①对西方现代派诗歌有选择地借鉴批判之风日盛,盲目模仿之风减弱,这表明青年诗人们主体意识的增强和诗歌观念的成熟;②极大程度地改变了前几年用空洞的宣言和"主义"代替作品的不良倾向,许多诗人意识到没有厚实的生活支撑起来的诗歌殿堂只是一种海市蜃楼式的虚幻;③踏实稳重的探索之风基本取代了一味的标新立异和哗众取宠,诗坛风气得到进一步匡正……

以上几个特点,在1988年就已初步显露并得到发展,1989年则已基本形成青年诗歌创作的主流。

三

1989年的中国诗坛,是在呈多元化的情势下平缓而沉稳地向前发展的。尽管其间并未取得太引人注目的成就,但是艺术上的积淀和理性的思索,或许正是将来诗歌有一个较大突破的准备和前奏……

但我们也应该看到,在扶持诗歌新人方面,诗坛还存在着不尽如人意的地方。据笔者所知,1989年进而包括近些年来在诗坛崭露头角的新人,大多生活在大、中城市特别是大城市,而小城市及广大偏远地区出现的诗坛新秀如凤毛麟角，而在这些地方大量的诗歌爱好者中，是不乏极有才情的。诗坛应有更平等的竞争，应该给予生活在偏远地区、确有才华的诗作者以更多的关注和扶持。

毋庸置疑，我们应该支持和鼓励诗人们对诗歌艺术手法进行创新的探索，但这种创新和探索绝不是漫无边际，也绝不应该成为钻牛角尖或是借以吓唬老百姓来表现自己的玄妙和高深莫测的东西。有一位青年诗人在《星星》1989年7期发表了一首题为《马呢？作于十一点五十四分》的诗作，如果也能算得上是一种探索的话，那么，这种探索究竟有多大意义是很值得怀疑的。由于原诗较长，我们只引前面的一部分："马呢／红色的马呢／绿色的马呢／红色的马呢／马呢／泥巴的马呢／铜的马呢／铁的马呢／金子的马呢／木头的马呢／木马木马木马呢／马呢／绿色的马呢／塑料的马呢／真的马呢／马呢／……"这首诗后面的形式与前面大致相同，结尾处也没有异峰突起。如果我们隐去作者姓名，向不明就里的读者解释说，这是一位小学生闹着玩儿时写的一篇习作，大概并不为过。即便我们考虑到作者是一位有些影响的青年诗人，想硬给这首诗赋予特殊的意义，也未免显得太牵强附会。

脱离了生活的坚实根基，纯粹的"诗歌探索"往往走进死胡同！

对于诗坛某些现状的困惑和对诗歌未来走向的迷茫，这是一个常常萦绕在人们心头的问题。幸运的是，中国的对外开放和经济改革已进入了一个新阶段。火热的生活为诗人们提供了丰厚的创作源泉。我们坚信诗坛会有更多的新人涌现和更多的优秀作品问世。

初次发表于1990年第5期《中国青年》

我深深地爱你们

时光,用它那只无形的手撕扯着日历,一页页,一张张;于是,一月、一季、一年,在生命匆匆行进的步履中永远消失了。只有那一个又一个关于诗的美丽故事,被深深镌刻在我的脑海深处,没有随着时光的流逝而淡忘。

在我工作的中国艺术研究院,我大概是信件最多的人之一,这些来信,绝大部分都是素不相识的读者写来的。几年下来,粗粗一算,竟已有了两千余封之多。从这些五彩缤纷的信封里,还滑出了许多令我终生难以忘怀的美丽"片段"……

近几年来,每当新年前后,我都能收到许多素不相识的读者寄来的贺年片。今年春节前后的一天,当我像往常一样剪开一封寄自四川的读者来信的时候,从抖开的信纸里滑下一张马年"四方联",面对着这张有些别致的礼物,我又一次被深深地感动了。我曾很喜欢集邮,我知道在今天搞到这样一张"四方联",虽然说不上有多么艰难,但也不像上街买一网兜水果那样容易。即便这位读者很轻易地搞到了许多张这样的"四方联",在新春之际把这样一份礼物送给素昧平生的我,也不能不使我感到人与人之间关系的温馨与美好,而与之完全相同的故事,在去年也曾发生过两次。

有一天,《追求》杂志社的一位编辑,转给我一封山西读者寄

给该刊主编的信。信的开头对《追求》杂志表示了由衷的喜爱和赞美,信的后半部分是关于我的:

"贵刊2期载汪国真小诗二首,尤使我感动。关于作者其人,他的生平,工作单位,及其他诗作等等情况,不知您能否委托属下给予本读者以知晓,不胜感激之至。

"请不要让我失望,此信不至于泥牛入海吧?!又盼!"

当我把目光扫向信的末尾,署名的地方赫然写着:山西省博物馆副馆长,×××。

我至今不知道这位省博物馆的副馆长是一位慈祥的老人,还是一位正直壮年的中年人,但对于年轻的我来说,他无疑是一位长者,在读完信的一刹那,一股热浪袭上了我的心头。这种超越年龄的真诚理解,使我油然生出一种"代沟"被填平了的感觉。

还有一位江苏读者的来信,让我看了真是忍俊不禁:"我叫王×,十八岁,是一个活泼、好动,又贪玩的女孩,业余时间喜欢读一些诗和散文,特别是您的,更是爱不释手。只要发现哪本杂志上有您的诗,便毫不犹豫地买下来,仔细阅读,然后在(再)抄在我心爱的日记本里……我想你有没有时间给我来信呢?我相信你会的,我很自信。如果你不给我来信,我会很遗憾、很失望、很不高兴、很恨你,以后再也不读您的诗了。"

面对这封有点"蛮不讲理"、充满孩子气的信,我不禁笑了。为了不使这位小读者"很遗憾、很失望、很不高兴",还很恨我,我很快给她写了一封复信。

而一封寄自中科院长春物理研究所的读者来信,几乎感动得让我落泪:"我的同学现在正在澳大利亚攻读博士学位,他来信向我介绍了您的诗,并嘱我看有没有集子,如有买一本给他寄去……"

我懂得,由于路途太遥远,远在海外的留学生是不会轻易托国内亲友寄物品的。而这位留学生托同学办的一件事,竟是买一本我的诗集，我读到这封来信时的激动心情是难以言表的。

"海内存知己，天涯若比邻"，这样的知己有一位，人生足矣，而我却幸福地拥有许多许多。

正是这一封封充满温馨、理解、期盼的读者来信，使我一次又一次获得了诗的激情与灵感，使我不敢随随便便地发表每一首诗，使我永远不敢懈怠和满足。对于众多的读者来信，我曾要求自己至少要复一封，即便我在努力这样做，也常常感到力不从心，每念及此，不禁对许多关心和爱护我的读者，顿生愧疚之心。当我的第一本诗集出版的时候，我想要对所有帮助和扶持我成长的编辑老师和给予我厚爱的广大读者说一句埋藏在我心底很久很久，交织着我的歉疚、惭愧和感激的话：我深深地爱你们。

初次发表于1990年7月11日《北京日报》

友人ABC（生活随笔）

一

A君现为某外事部门的官员，年轻、潇洒、干练。

一次，谈判之后，他陪同几位日本客人前往某大饭店的日本餐厅就餐，那里有他们事先预订的一个包间。

入乡随俗，进入房间之前是要脱去脚上的鞋子的。当A君很老练地脱下脚上那双油光锃亮的皮鞋的时候，他蓦然发现出现了一个令他极为尴尬的场面：原来，那双已穿了些日子的袜子，早晨还好好的，现在前头却已破了一个不大不小的洞。这若让客人发现了，未免太煞风景，有损他的光辉形象了。

A君急中生智，一改平时的谦谦君子风度，脱完鞋后，带头"蹿"进了包间。日本客人顿生疑窦，不知这位年轻的中国官员是饿急了，还是热心过了头，怕客人们到这会儿还会迷了路。

从那以后，我们这些熟悉A君的朋友都有了一个重要发现，A君的袜子总是比他的衣服显得高档而且簇新。

二

B君现在是中国文坛上一位颇有名气的青年作家。

一个冬日的早晨，B君起床后叠被扫床。突然，他发现睡了一晚的枕巾不见了。B君家中常常人来人往，枕头上光秃秃的没个枕巾算怎么回事，实在不雅。

B君床上床下找了个遍，也没有发现枕巾的踪迹。最后，他干脆把已经叠好的被子打开寻找，仍是"白云千载空悠悠"。B君抓耳挠腮，大惑不解。他清清楚楚地记得，昨晚睡觉前枕巾还在的呀，怎么睡了一个晚上就没了？尽管B君并不迷信，此时也不由想起了一个阿拉伯飞毯的故事。

带着千般困惑、万般不解，B君无可奈何地上班去了。

晚上，睡觉的时候，当B君脱下宽大的毛衣，从里面突然掉出一件东西，B君定睛一看，不禁悲喜交加，原来就是他找了一早晨的枕巾。

B君一向为人处世还算严谨，对此情景，他不由一脸的迷惘，一个人坐床上百思不得其解发愣道："这是我干的事吗？"

三

C君是我的一位搞摄影的好朋友。

一次，我要去中央芭蕾舞团办事，C君托我把几张他给中央芭蕾舞团一位著名的青年女演员的照片捎给她，因为我和那位女演员很熟，于是便欣然允诺。

在芭蕾舞团办完事以后，我径直去那位女演员的宿舍找她。她把照片逐一看过之后，未置一词。

"照得还不错吧。"我想给C君脸上贴金。

她思忖了一下，微微皱着眉头慢悠悠地对我说："他是不是很想让我自杀呀？"

见到C君，我把这位"白天鹅"的话如实奉告。C君闻言，立即露出一副"苦恼人的笑",说:"哪是她想自杀呀,她分明是想让我去自杀嘛。"

初次发表于1990年第7期《女友》,收录于《我心灵的诗韵——汪国真自选最新诗文集》(中国广播电视出版社,1991年)

我最喜欢的（生活随笔）*

我最喜欢的中国男演员：陈佩斯。

——"笑一笑十年少"，他的艺术魅力，已不知让我"少"了多少年了。

我最喜欢的中国女演员：顾永菲。

——她给我的印象，首先是善良，其次才是美和表演。

我最喜欢的外国男演员：格列高里·佩克。

——他那双富有表情的眸子，能够表明他想要说明的一切。

我最喜欢的外国女演员：英格丽·褒曼。

——她是完美的化身。

初次发表于1990年第7期《女友》

---

* 作者被《女友》杂志特邀为第一个专栏撰稿人，在该"精品屋"中，汪国真介绍了他的笔名是晓望、晓汪。

随感录

一

我从来不喜欢在背后说别人的坏话,这倒不是因为我有多么高尚。因为我知道,我在背后说别人的坏话,实际上就是鼓励别人在背后说我的坏话,我还没有可爱到喜欢别人在背后说我坏话的程度,因此,我不在背后说别人的坏话。

二

时下有些小伙子,总爱煞有介事地一副"深沉"样,我常常觉得这样子既很可爱,也很可笑,自然一点难道不好吗?

他们大概觉得这副模样一定很男子气的,其实并不尽然。善体人意的人寻思半天,可能会恍然大悟:"噢,这个小伙子是在玩深沉呢。"不那么善于领会的人没准顿生怜悯:"唉,这小伙子多可怜哪,失恋竟把个好端端的小伙子折磨成这等模样。"

三

有一些作者,时常感叹当代人的领悟能力太低,不能理解他的作品的深邃和巧妙,公然声称自己的作品是专门写给下个世纪的人看的,颇有一种不屑与当代人为伍的清高。我对这些具有如此超前意识的作者总是佩服得很。因为到了下个世纪,这样的作品不但具有伟大的现实意义,而且还具有深远的历史意义。除此之外,就"作品"本身而言,还更另有一层意义:在未来它是件"古董",在今天它是个"预言"。对于这样一部禁得起各种角度评价的不朽之作,怎么能不让人如捧圣书,肃然起敬呢?

唯一使我感到遗憾的是,这样的作者未免有失厚道。你把专给下个世纪人看的作品都写出来了,你让下个世纪的作家写什么?这不是存心砸人家的饭碗吗?

初次发表于1990年第9期《女友》,收录于《我心灵的诗韵——汪国真自选最新诗文集》(中国广播电视出版社,1991年)

对我影响最大的诗人

对我影响最大的外国男诗人：

普希金——从他那里，我学会了抒情。

对我影响最大的外国女诗人：

狄金森——从她那里，我学会了凝练。

对我影响最大的中国男诗人：

李商隐——从他那里，我学会了警策。

对我影响最大的中国女词人：

李清照——从她那里，我学会了清丽。

初次发表于1990年第9期《女友》

一本"手抄本"的诞生

今年3月中旬,从前与我并不相识的山东济宁日报社的李木生老师趁来北京出差之便,辗转找到我,他告诉我,他受人之托请我帮一个忙。我问他:"你请我帮什么忙呢?"

他从提包里取出一个笔记本,说:这是我们报社一个喜欢你的诗的叫王萍的女孩从全国各个报刊上摘抄的一整本你的诗,她想请你在这个本子上签个名字。当我看过这个笔记本后,被深深地感动了。于是,我怀着非常感动的心情在这个笔记本上签上我的名字,另外,我又特意为她复制了一盘我刚刚收到的黑龙江人民广播电台于今年2月份为我的诗所做的专题节目的磁带,请李木生老师转交给王萍。

大约在5月份,我收到了王萍寄来的信和一本她精心制作的我的手抄本诗集。这本诗集的内容完全和我签了字的笔记本一样,只是这本诗集不再是一个笔记本,而是用光洁的纸制成的。特别使我感叹不已的是,这本手抄本诗集的后面还有一页"版权页",版权页上出版社的署名是"梦幻出版社"。是的,这是一个女孩子纯真、善良而美丽的梦。

后来,当文化艺术出版社综合室主任许廷钧老师得知此事后,立即向出版社领导建议出版这本诗集:《年轻的思绪——汪国真诗抄》，这一建议得到了出版社领导的大力支持。他们非常乐意把这个美好的"梦幻"变成现实。

现在出版的这本诗集，除了为避免和我自己编选的诗作出现比较多的重复，对诗作做了适当的调换外，书名、序、十个栏目，全部都是王萍手抄本的原型。

在我整理这部手抄本的时候，曾有朋友对我说："你已是很有影响的青年诗人了，是否请个名家作序更合适？"我回答说："不论谁的序我都不想要，这本诗集我只想用王萍这个序。"是的，只为了这位我至今都未见过面的读者的这份纯真，这份真诚，这份理解，我也完全应该这样做。更何况，我认为这是一篇写得极好，极诚挚、极难得的序。

这就是一个手抄本的诞生经过，一个美好的梦幻变成现实的经过。

初次发表于1990年第11期《女友》

退　稿

几年前的一天，我饱含深情写下了一首诗。

这首诗，是我写诗以来最喜欢的一首。诗写完了，像往常一样，我又字斟句酌地改了两遍，在确信已经没有任何可以改动的地方之后，我把这首诗和前些天写的另外一首诗一起誊好，然后怀着极为虔诚的心情，把它寄给了一家最权威的文学刊物。在此之前，我已经把这家刊物发表过的诗歌反复研究读了，而我这两首诗，是在自己确信并不比别人的逊色之后，才斗胆寄出的。

过了一段时间，那家刊物回信了。当我怀着兴奋的心情用剪刀剪开信封之后，我所看到的并不是我希望看到的一张稿件采用通知单，而是我那颗交出去的"心"。

对于这家综合性的文学刊物来说，这是"完璧归赵"，而对于我来说，却是"全军覆没"。两首诗一首也没有用，那首饱含着我的追求、思索、情感的诗，也被无情地"枪毙"了。

我把退回来的两首诗反复看了几遍，在确信了这两首诗的价值之后，我又怀着一种"莫愁前路无知己"的心情，把它寄给了一家很有影响力的省一级的诗歌刊物。

我相信，这次一定会发表的。可是，不久以后，一纸退稿笺又宣判了这两首诗的死刑。

这两家刊物的编辑都很轻松、很礼貌地把门关上了，可是却把我给关外边了。

当我再三把这两首诗看过之后，我并没有像从前许多次接到退稿后为自己的作品感到羞惭和对编辑水平感到诚服，而是感到了一种知音难觅的怅惘。

于是，我又怀着一种难以言述的不平心情，把这两首诗寄给了我十分喜欢和信赖的一家青年刊物《追求》。这两首诗，很快便在1988年第2期《追求》发表了。我最喜欢的其中一首诗，很快被当年第10期《读者文摘》作为卷首语刊载，同一期的《青年文摘》也以显著位置转载了这首诗。仅仅两个月之后，这首诗又被中央电视台搬上屏幕，中央人民广播电台也应听众的要求多次播放了这首诗。这首诗现在已被译成了外文。

许许多多的读者就是从这首诗开始，知道了有一个喜欢写诗的青年人叫汪国真，这首诗也自然而然地成了这个喜欢写诗的青年人的代表作。

这首诗和一篇著名的小说同名，它有一个叫人热血沸腾的名字——《热爱生命》。

初次发表于1990年第12期《女友》，收录于《我心灵的诗韵——汪国真自选最新诗文集》（中国广播电视出版社，1991年）

情感误区

认识她的那次,知道了她很喜欢看书。我便对她说:"如果你愿意,有空来我这儿玩吧,我这儿有不少书和杂志。"

我给她留下了电话和地址,并暗暗祈祷上苍,希望有一天她能来找我,因为她是我喜欢的那种女孩。

大约过了半个月,她给我来了个电话,说:"我想到你的'阅览室'借几本杂志,欢迎吗?"

"当然欢迎……"当时高兴得声音都变了调。

她来了,比我第一次见到她时还动人。一双美丽的大眼睛神采飞扬,一头乌黑的披肩发似高山流水。

"呵,你的书真多。"她惊喜得一反往日的矜持。

……

我端来两杯沏好的咖啡,在淡淡的馨香里,我们聊了好多好多,也好兴奋好兴奋。那感觉就像我们啜饮的温馨可口的"雀巢"咖啡——味道好极了。

从那以后,每隔半个月,她都到我这儿来。还书,借书,聊天……渐渐地我们熟了。她的清纯、美丽和彼此交谈的默契,使我的心愈发变得躁动不安起来。终于,有一天,我鼓起勇气,扮演了一个近乎"傻小子"的角色。

没料到她却期期艾艾地说:"不……不!"

"怎么,你觉得我不行?"一向挺自信的我,竟冒出了这么掉价的话。

"不,不是。我……我没好好考虑过。"她说。

"那你好好考虑考虑,下次告诉我好吗?"

她点了点头。

事后,我有点后悔,觉得自己是不是毛躁了点。

大概,感情的事情总是不轻易结尾的。隔了半个月,她找我来了。寒暄过后,我又提起了上次那个话题。

"我考虑了……"她好像故意要做出一副轻松的样子,"我觉得我们还是和从前一样的好。"

"这就是结果吗?"

"……"她点了点头。

"那好吧!"我的心头升起了一股悲哀。

不知沉默了多久,她抬起头望着我,说:"我给你介绍个女孩好吗?"

"你讥笑我?"我的目光变得怨毒起来。

"不,真的。"迎着我的是一双坦诚的眼睛,"一个叫小C的女孩子,她很喜欢诗。前几天,她在抄一首你新发表的诗时,我告诉小C,我认识诗作者。"

"她很想见见你,如果你愿意,她想和你交个朋友。"

"……"

"好吧,我想认识一下也无妨。"看着她那冷若冰霜的样子,我觉得可不能让她太得意了。

……

我和小C认识了,这是个秀气、单纯的女孩子。见到她,容易让人联想起白雪、溜冰鞋和童话。

但不知怎的，每当我和小C在一起的时候，想着的却是她。我开始暗暗告诫自己：我不能和小C再接触下去了，否则会伤害一个无辜女孩子纯真的感情。

整整十天，我借故和小C没有见面。

有天我一上班，就接到了她的电话。

"你是不是想和我谈小C的事。"不知怎么的，我有这样一种感觉。

"你挺敏感的。"

"好吧，我愿意恭候。"

她来了，这是一场我完全没有意料到的谈话。

"你觉得小C怎么样？"她问。

"挺好的，和你说得差不多，只是感到能和她谈的东西不多。"

"可她的感情已经陷进去了。"

"是吗，这我可没料到，我们毕竟只见过三四次面。"

"你觉得你会喜欢上她吗？"

"这不好说，我们接触太少，不过我想前景不一定很光明。"

"噢。"她不再发问了。

"你好像有什么心事？"我问。

"没……没什么。"她矢口否认。但话语显得软弱无力。

"我希望我们能开诚布公地谈谈。"我凝视着她。

她低下了头，两只纤细的小手互相绞着，低声说："如果我说了，怕影响你和小C的感情。"

"什么？"我觉得她话里有话。

"你一定想知道吗？"

"是的，我很想知道。"

她轻轻地叹了口气："我喜欢你。"

"那你上次为什么拒绝？"我有点气愤了。

"那次你提得有点太突然了,我一点思想准备都没有。本来,我再到你那儿去的时候,会给你一个肯定的答复的,可是……"

"可是你还没再到我这儿来,小C就先向你提出想认识我了……"

"是的,小C是我最好的朋友,我不能拒绝她的要求,我心底里曾希望你不答应见她,我没想到你这么爽快就答应了。"

"上帝,你为什么要和我开这样的玩笑?"

我不由得攥紧拳头,喊了起来。

……

初次发表于1990年第12期《青年时代》

汪国真独白

1990年，上苍好像对我特别厚爱。

这一年的6月，北京学苑出版社以上门约稿的方式，主动出版了我的第一本诗集《汪国真抒情诗选——年轻的潮》，11月份，这本诗集已经第三次印刷，总印数达六万册。

这一年的8月，文化部文学艺术出版社又主动出版了我的第二本诗集《年轻的思绪——汪国真抒情诗抄》，第一版印了四万册，10月份已经第二次印刷，总印数达六万一千册。

这两本诗集的出版，为我赢得了打破近年来大陆个人诗集印数纪录、诗集发行量第一的荣誉。

1990年10—11月，短短的两个月内，著名作曲家谷建芬、获奖青年歌手杭宏、青年作曲家董兴东等，向我发出了在歌曲领域合作的邀请，这些作曲家和歌星的介入，为我的事业开辟了更加广阔的前景。

1990年下半年以来，在当今图书市场很不景气，出版一本文学书籍极为困难的条件下，中国青年出版社、国际文化出版公司、中国友谊出版公司、作家出版社、中国妇女出版社、群众出版社、文化艺术出版社、文采声像公司、浙江文艺出版社、山东人民出版社、天津新蕾出版社、陕西人民出版社、安徽文艺出版社等二十余家出版社都以极大的热情和非常诚恳的态度约组我的书稿。

1990年10月中旬开始,北京理工大学、北京第二外国语学院、中国人民公安大学、北京妇女干部管理学院、北京广播学院、中国人民大学、北京航空航天大学、北京大学、北京电影学院、北京科技大学、北京师范学院、北京化工学院、北京医科大学、北京外交学院等许多高校的学生会、团委、文学社邀请我去举办讲座。

1990年下半年,我成了许多人特别是青年人议论的话题。

我的经历,我的道路,我的成功都引起了人们很大的兴趣。

感谢《明日》杂志,热情地邀请我当专栏撰稿人,我很高兴将在这本杂志上告诉关心我的读者——《我的诗,我的路》。

初次发表于1991年第1期《明日》

我和年轻的朋友们

《传记文学》的编辑，约我写一篇有关我和我的年轻读者——我的年轻朋友们……的文章。我不知从何说起。因为要把那些令我终生难以忘怀的真实故事全部写出来，实在不是这篇几千字的短文所能包容的。于是，我选择了1990年下半年，我的两本诗集出版后，我所知道的几个真实而又在我的记忆中永难泯灭的故事……

1990年9月9日，是一个星期天。已经举办了几天的全国期刊展览在北京中国工艺美术馆闭幕。在那一天的上午，我应由我担任专栏撰稿人的陕西《女友》杂志之邀，前往中国工艺美术馆为读者签字。

由于我除了担任《女友》杂志的专栏撰稿人外，还应邀担任了《中国青年》《辽宁青年》这两家在青年中很有影响的杂志的专栏撰稿人，加之《追求》《知音》《读者文摘》《青年文摘》等这些发行量都很大的刊物也经常发表或转载我的文章，因此，喜欢看杂志的读者对我的名字并不太陌生。

非常能干的《女友》杂志的编辑们，在我签字的桌子上方挂了一个十分醒目的牌子：本刊专栏撰稿人青年诗人汪国真为读者签字。由于那是展览的最后一天，加上又是个星期天，展览大厅里人多得熙熙攘攘，摩肩接踵。

在我签字的地方，围上来了大批读者。那天，我带了几百本文化艺术出版社刚刚出版的我的诗集《年轻的思绪》，我在那儿签字，热心的《女友》杂志的编辑们帮助收钱和递出。书卖得很快，许多读者几本几本地买。当卖掉一大半的时候，挤上来一个女孩子，她说："我要二十本。"

"你要那么多干吗？"我奇怪地笑着问她。

"送人呗。"她那圆圆的脸上，满是纯真。

"书不多了。"坐在我身旁的《女友》杂志的一位编辑小声对我说。

"书不太多了，再说二十本也不好拿，十本怎么样？"我商量着对她说。

她想了想，又看了看周围很多等着买书的人，爽快地说："行，十本就十本吧。"她马上又补了一句，"不过，你可要都给我签上字呵。"

"那没问题。"我对她说。

看到有这么多读者，特别是青年读者喜欢我的诗，我感到既温暖又感动。

大约11点左右，我带去的书全卖光了，我又为读者在他们买的杂志上又签了一会儿字，便离开了展览厅，因为下午我还另有一个活动要参加。

而更使我感动的一幕，却发生在我走了以后。那天下午，我上午签字的地方，来了许多闻讯赶来的大学生。当他们得知我上午走掉了，而且下午不会再来的消息后，都非常失望。于是，他们集体在留言簿上写下了"汪国真，我们好想你"的留言。

当我从《女友》杂志的编辑那里听说这件事后，久久说不出一句话，我只觉得我的心在流泪，那是幸福的泪，也是感激的泪。这些大学生或许不知道，他们的这句话给了我多么巨大的震撼和欣慰；这些大学生或许不知道，他们的这句话足以鼓舞和砥砺我去更坚定、更执着地奋斗一辈子；他们或许还不知道，我的《感谢》一诗，就是在类似这样的心境下写出来的，是的——

  让我怎样感谢你
  当我走向你的时候
  我原想收获一缕春风
  你却给了我整个春天

  今年夏天，北京学苑出版社出版的我的第一本诗集《年轻的潮》在王府井新华书店销售。在这期间，我的一个朋友亲眼所见了如下一幕：
  那天，当我的诗集卖到只剩下最后一本已经弄脏了的"样品"的时候，同时来了三位年轻的姑娘，她们都是来买我的诗集的。诗集只剩下最后一本，三个人都要买，而且谁也没有退出这场竞争的意思。怎么办呢？其中一个姑娘说："这样吧，咱们抓阄，谁抓着了这本诗集归谁。"另外两个姑娘觉得这个建议还公平，都同意了她的建议。于是，在北京，在北京最大的王府井书店，三个风华正茂的女孩子为了买一本薄薄的诗集竟抓起阄来。她们找出一张纸条，把它撕成三截，在其中的一截上用钢笔点了一个墨点，然后把三截纸条都折叠封好，再把三个纸条放在其中一个女孩子的手里，合拢起双手摇动。"开奖"了，三个女孩子一人取了一个纸条，打开以后，抓有墨点的纸条的女孩子高兴地把书买走了。
  当我的朋友绘声绘色地向我描述当时的场景时，我仿佛是在听一个美丽的故事，而非常幸运的是，这个美好的故事与我有关。不论这本书是谁写的，我都会觉得这个故事是那么自然，那么清纯，那么生动，那么感人。曾有许多女孩子写信或当面问我，你的那些美好的诗篇都是怎么写出来的。其实，我的许多美丽的诗句都来源于生活中的美丽，正是过去生活中遇到的类似这样自然、清纯、生动、感人的故事，使我写出了这样的诗句——

> 总是从最普通的人们那里
> 我们得到了最美好的情感
> 风把飘落的日子吹远
> 只留下记忆在梦中轻眠

8月22日，按照原定计划由文化艺术出版社出版的我的第二本诗集《年轻的思绪》，应该从印刷厂拉到文化艺术出版社门市部。由于在此之前，文化艺术出版社已经做了许多宣传工作，把这本书的招贴画也提前好几天就贴到门市部门口了，因此，有不少读者和个体书摊的摊主都知道这本书22号到货。因此，22号那天来了不少买书的读者和提书的个体户。大部分人听说书没到，等了一会儿就走了。而有一个大学生模样的小伙子却在那里耐心地等。一个小时过去了，书没有到，这个小伙子还在那里等，两个小时过去了，书仍没有到，这个小伙子仍然站在外边，三个小时过去了，书还是没有到，小伙子还是不甘心，还站在门市部外边等。当小伙子已经在门市部外边等了三个多小时的时候，门市部的小郭忍不住再一次劝他："别等了，看来今天书是来不了了。"直到这时，他也觉得实在是没有希望了，才快快离去。

当文化艺术出版社门市部的小郭告诉我这件事的时候，我内心的感动真是难以言表。

今年8月下旬的一天，我应邀去北京石景山区图书馆参加一个诗歌座谈会，席间，一位北京 159 中学的学生对我说：您知道吗？当学苑书店来了您的第一本诗集的时候，我们班的同学一窝蜂似的跑出去买您的诗集，由于去的人太多，课间就那么十分钟，以致那天大家上下堂课的时候集体迟到，把老师气得够呛。你知道我们平时是挺守纪律的啊！稍停一下，他又补充说："就冲我们都这么喜欢您的诗，您也该为我们中学生写些东西。"

我所遇到的故事就是这样朴实无华，又是这样生动感人。下面是山东省巨野县第十二中学两位中学生于 1990 年 8 月 11 日写给我的一封信的节录：

"我是一位初三学生，虽然对诗还不怎么理解，可对诗的兴趣还是很浓的，得知你的诗选已出版时，我感到万分地高兴，又知你明年还准备出书，你的诗迷们怎能按捺住内心的激动呢？虽然说，这次北京学苑出版社没有给您要出版费，可明年的两本就很难说了，为了尽快见到你的诗作，我与我的好朋友吴艳秋商议了一下，决定把平时的零花钱拿出来送给你出书，我们也知道，这点钱实在是微不足道，可我们却有一片热心，真的，我们只是想尽快见到你的作品。"

这是山东的两位中学生在看了一篇《辽宁青年》介绍我的文章之后，根据文章中提到的我的地址，给我写的一封信，信内夹着他们省下来赠送我出书的五元七角钱。

而类似这样的事情，在我的诗集出版前、出版后我都遇到了太多太多。我常常感觉到普普通通的我，实在有些承受不了这些来自四面八方的爱，这种情意是这样纯洁、这样真挚、这样深厚，面对这千万读者的深情厚谊，我这样写下了自己的心声——

不要给我太多的情意

让我拿什么还你

感情的债是最重的呵
我无法报答又怎能忘记

我的一位朋友曾经对我说过一句非常中肯的话:"现在与其说是出版社在为你出诗集,不如说是读者为你出诗集。"

是的,如果没有千万读者的喜爱和呼声,在这个出书难、出诗集更难的年代,我的第一第二本诗集都是难于出版的。今天,当中国青年出版社、中国友谊出版公司、作家出版社、群众出版社、中国妇女出版社、浙江文艺出版社、山东人民出版社、陕西人民出版社……热情地向我组稿的时候,我更加感激成千上万把我推出来的普普通通的读者,我将永远是你们之中普通的一员,我的诗将永远用平等的姿态和你们交谈和对话。当朋友们和络绎不绝的读者由衷地表示喜爱我的诗的时候,我想说的却是——

总是觉得愧对
那些期待的眼睛
过去的一切
仿佛是一个极易
破碎的梦
  我只是把心灵的种子
  虔诚地撒在了大地上
不曾想 它们
  真的长成了树
  长成了一片风景

不要赞美我
那是由于

慷慨的阳光

温馨的雨

还有那微笑走来的

暖暖的风

初次发表于 1991 年第 1 期《传记文学》

她有一个响亮的名字

她是我最喜欢的作曲家。

我喜欢的作曲家很多，王酩、王立平、施光南、徐沛东、孟卫东、孟庆云都是。可我最喜欢的还是她。

我知道，我的一些诗作是可以谱曲的。我有一种感觉，她创作的旋律，与我的诗的风格最吻合。

无数次地想去找她，想把我的作品寄给她，想让那些我喜欢，很多读者也喜欢的诗作插上美丽的音乐翅膀飞翔起来。但我最终还是没有这样做。一任这种想法自生自灭。

我懂得，音乐创作需要灵气也需要激情。一个作曲家只有看到了自己喜欢的词作，才容易产生激情，唤起音乐的感觉。我很喜欢她的作品，可她喜欢我的作品吗？我不知道。

她一定很忙，我不愿因为自己的莽撞打扰了她。

等机会吧，我一直这样想。

大约在半年多前，一位朋友告诉我，听说她宣布退出乐坛，不再从事歌曲创作了。我的那位朋友，是在用漫不经心的口气说这件事，而我听到这个消息时，心头却不由一沉，一缕怅惘不禁袭上心头。

如果这个消息是真的，这无疑等于宣布，这一辈子，我创作的诗歌与她创作的旋律无缘。尽管我还可以像从前那样，沉浸在她创作的美妙旋律中遐想，但那永远都是她为别人创作的歌词所谱写的旋律。

唉，人生不如意事常八九。

1990年11月12日，对于我来说是一个值得纪念的日子。那一天，我怎么也没有想到能够收到她亲笔写给我的信。

她的字很熟练，也很漂亮，只是她的信写得很简短：

汪国真同志：你好！

　　多次读到你的诗，很喜欢，有新意。

　　前几天发现你写的文章，说是在中国艺术研究院，这样就写信给你。

　　期望能得到你的诗集。

　　我想，应该能合作几首。
　　　　　　　　　祝
秋安！

再下面是她的签名和她留给我的通信地址和家庭电话。

当我读到她的名字时，欣喜的心情真是难以言表。那个我不知憧憬了多少次的梦境，就这样在我毫无准备的情况下出现了。她竟喜欢我的诗！

我不由感到，我真是非常幸运的。

我不由再一次感觉，她真是青年人的朋友，她的心永远和我们年轻的心相通。

我一点也不怀疑，我的作品会凭借她那优美的旋律飞翔起来。

因为，她有一个响亮的名字——谷建芬。

初次发表于1991年第2期《女友》，收录于《我心灵的诗韵——汪国真自选最新诗文集》（中国广播电视出版社，1991年）

我最初的文学生涯

一

京广铁路是中国铁路交通中的一条大动脉。从北京往南，途经的大城市有石家庄、郑州、武汉、长沙，最后一站是广州。

我最初的文学生涯同京广线上的三个大城市有着密切的关系，这三个城市就是北京、广州和长沙。

我的处女作是在广州上大学的时候发表的，我的第一首引起读者强烈回响的诗是在长沙《年轻人》杂志发表的。我决心走诗歌创作的道路是由于北京的《青年文摘》转载了我的诗，这次转载，使我意识到了我是有能力写出为读者，特别是青年读者所喜爱的诗歌来的，也就是从那个时候起，我决定定向发展，不再写那些令我感到蹩脚的小说，而专心从事诗歌创作。

或许直到今天，刊发我处女作的《中国青年报》那位叫梁平的编辑，刊发我第一首有影响的诗作的《年轻人》杂志那位叫谢乐健的编辑，以及第一次转载了我的作品的《青年文摘》那位叫秦秀珍的老师都没有意识到，没有这三次机遇，当年一个喜欢写作、名叫汪国真的青年，至今还可能默默无闻，但就在他们的举手投足之间，便成全了一个年轻人未来的事业……

1978年10月,我从北京踏上了南行的列车。就是这次南行,完成了我人生旅途的一个重大转折——我从一个普普通通的年轻人,一跃成为令许多年轻人都羡慕的大学生。

暨南大学位于广州南郊,"文革"期间曾长期停办,1978年10月,暨南大学迎来了她复办后的第一批大学生。

暨南大学的校园是美丽的,波光潋滟的明湖,郁郁葱葱的桉树组成的林荫道,淡黄色的学生宿舍楼,外形很像蒙古包的造型别致的学生饭堂,以及在广东高校中最为漂亮的游泳池,这些都给我留下了深刻而美好的印象。

当时学校的董事长是廖承志,副董事长和董事则有霍英东、王宽诚、费彝民等知名人士,学校的校长是当时担任广东省副省长的杨康华。

一切仿佛在做梦一样,仅仅在半个月前,我还是一个常常被上夜班搞得疲惫不堪的年轻人,而今天当我置身于暨大校园里,望着南国处处一片生机勃勃的绿色,我感到了一种从未有过的清新和轻松。

让一切重新开始吧!我对自己说。

二

在全国有两所华侨大学:广东的暨南大学和福建泉州的华侨大学。

或许由于是侨校的缘故,学校的校舍在广东的高校中恐怕是最好的,也比较宽敞。本可以住八个人的房间,一般只安排六个,剩下两个铺位,用来放同学们的东西。由于我们系的辅导员余金水是个比较负责和尽职的老师,经常来宿舍检查卫生,因此,整个中文系男女生宿舍的内务都相当整洁。当然,这和房间相对宽松有很大关系。

我们同宿舍的六个同学,三位来自广东地区,另三位中,一位是山东的,一位是福建的,我是北京的。如今,其中一位广东的同学和福建的同学都已先后去了澳大利亚。

在我们八二届中文系的男生宿舍中,在我印象里,我们房间是唯一没有住进海外生的房间,其他房间都有海外来的同学穿插其中,这只是一种凑巧罢了。

在我的大学生涯中,我的各科成绩大概要算是中等略微靠上,算不上优秀,但也不至于太落后,就学习成绩来说,我是最不引人注目的。太优秀或太差劲儿,都容易引起同学们的注意。

我最引人注目的恐怕是答卷的速度。每次考试我差不多都是第一个交了考卷背起书包出门的,两堂课的答卷时间,我常常在半小时左右交卷,而且各科皆然。不论在当时还是现在,我都不是一个把分数看得很重的人,但我也不愿太丢面子,这样一种精神状态,决定了我既成不了优秀生也成不了劣等生。

我最大的嗜好就是跑图书馆和阅览室,看我喜欢看的图书和杂志。我不完全清楚整个中文系学生的借阅图书情况,但就我们宿舍来说,我恐怕是借阅图书和杂志最多最勤的一个。这种习惯,一直保持到我大学毕业,分配到中国艺术研究院工作后。

或许在我的许多大学老师和同学眼里,我是一个有个性的学生,却不是个将来能有大成就的学生,因为当时我的表现实在太一般了。

在我的诗歌于读者中引起强烈回响后,我曾在街上先后碰到两位中学同学,他们告诉我,他们都曾和我中学的老师议论过这件事,现在出了名的这个汪国真,是过去咱们班上的那个汪国真吗?

一位同学对老师说:"我觉得就是。"

老师半信半疑地说:"是吗?他在中学的成绩不错,但也不是特别起眼啊!"

客观地说,我在中学的成绩可以称得上优秀,因为那个时候我倒不是看重分数,而是好胜,这种好胜的心理支配着我取得了远远优于大学时代的成绩。如果中学老师都心有疑问,那么在我刚刚成名的时候,我的大学老师和同学们恐怕也会有这汪国真是不是那汪国真的疑惑。

三

我的老师们完全有理由对我今天的成功感到惊讶,只要看看我当初发表出来的作品的水平,就能够明白我当时会给老师们留下一种什么印象。

在我们进入暨南大学不久,系里的同学们自己搞了一份油印刊物《长歌》诗刊,由于这份刊物倾注了同学们的热情和心血,尽管它比公开出售的印刷质量最次的刊物还要差好几个档次,但同学们都很珍视这份刊物,也乐意把自己最得意的作品拿到刊物上发表。当时,我写了一组诗,叫《学校的一天》,这差不多是我当时能够写出来的最好的一组诗了,这组诗由五首小诗组成,这五首小诗分别是——晨练:天将晓 / 同学醒来早 / 打拳、做操、练长跑 / 锻炼身体好;早读:东方白 / 结伴读书来 / 书声琅琅传天外 / 壮志在胸怀;听课:讲坛上 / 人人凝神望 / 园丁辛勤育栋梁 / 新苗看茁壮;赛球:篮球场 / 气氛真紧张 / 龙腾虎跃传球忙 / 个个身手强;灯下:星光闪 / 同学坐桌前 / 今天灯下细描绘 / 明朝画一卷。

这组诗的稚嫩、直白和毫无文采可言是显而易见的,即便它出自一个中学生之手,也谈不上是一组好诗,我今天看到的许多初中生、高中生寄给我的习作,都远比这一组诗强。我万万没有想到的是,这组诗居然能够发表,而且是一下全部发表在全国最有影响的报纸之一《中国青年报》上。

1979年4月13日中午，我正在学校饭堂吃饭，系里的同学陈建平兴冲冲地告诉我："汪国真，你的诗在《中国青年报》发表了。""你别骗我了，我从来没有给中青报投过稿。"陈建平不久前刚在《广州日报》上发表了一首诗，我想这次他大概是拿我打趣呢。"真的，一点不骗你。"陈建平一脸正经，一点开玩笑的意思都没有。"是什么内容的？"我有点半信半疑了，脑海里瞬间闪过种种猜测。"好像是写校园生活的，是由几首小诗组成的。"陈建平说。我开始相信陈建平的话了，我知道自己写了这样一组诗。

当时学校为系里的学生订了几份报纸，男生宿舍订的是《南方日报》，女生宿舍是《中国青年报》，我要看到这张报纸必须得去女生宿舍找。于是，我跑到女生宿舍找到了报纸，匆匆浏览了一下，很快找到了印有我作品的那一版。

"我借去看一下。"在征得了女同学的同意之后，我怀着一种极其兴奋的心情跑出了女生宿舍楼。

"我的作品发表了！"手中拿着那张报纸，我还想对天空喊，对大地喊，对整个世界喊。

我最初的文学生涯便是从这组诗开始的，连我自己也没有想到的是，正是这组诗的作者，在十二年后，在中国大地上掀起了人们称之为"汪国真风潮"的热潮。

初次发表于1991年第2期《明日》，收录于《汪国真诗文集〔首版〕-散文》（内蒙古人民出版社，1996年）

面对春天的期待

我只是一个普普通通的作者,成千上万的读者却用他们的纯真、善良、真挚、热情,用他们年轻的心和手在1990年的中国大地上掀起了后来被新闻界和出版界称为的"汪国真热"。

我时常被年轻朋友的热情所感动,也正是他们的诚挚鼓励我,不敢有一刻的停歇和一丝的敷衍。

1991年3月14日,北京师大附中的七位同学来到我家,他们给我带来了三件弥足珍贵的礼物:当他们把一枚"北京师大附中"的校徽别在我胸前,我被他们这种把我看作朋友的接纳方式所感动,我没有理由不看重这枚看似普通的校徽;戴怡同学将她的一幅获过奖的摄影作品《早读》赠送给我,我知道,这是她最心爱之物,我把它摆在书柜里,尽管这样意义的赠物对于我已经收纳很多了,我却不能轻慢任何一份纯真的友情。最令我激动的是第三件礼物:一盘同学们自己制作的我的配乐诗朗诵磁带。在理查德·克莱德曼悠扬舒缓的钢琴曲伴奏下,一位女同学朗诵道:

"汪国真这个名字,在我们中学生小小的心田里占据了好大的位置,那幽雅、清新的诗和这个名字一起走进了我们的生活,给我们热情,教我们真诚,让我们微笑,要我们攀登。因为年轻才这样喜欢您的诗,因为年轻才细细品味这诗的意境,因为年轻才在诗中苦苦寻找自己的影子，因为年轻，也因为有了你的诗我们才认识了自己，认识了生活，从此我们不再孤独，风风雨雨，春花秋月，您一直在我们心中，因为有诗，才有了世界，因为有诗，世界才年轻，我们无时不在心中描摹您的画像，每读一首就画上动人的一笔，您可知道，这有多难，画不出时又停不下……"

在这样一段令我几乎感动得热泪盈眶的开场白之后，是同学们用真情朗诵的我的一首首诗作。可以说，这是我有生以来听到的最令我热血沸腾、心海难平的磁带。

面对许许多多像这样喜欢我的作品的读者朋友，我几乎无言表达我内心的感觉，我能说什么呢？

说感激吗？这样的真情岂是感激能够回敬的；说报答吗？这样的热情我又拿什么才能报答。

真的，面对春天的期待，我该付出怎样的爱？

也许，我所能做的，我完全应该的，就是永远成为你们中的普通一员，永远成为你们的朋友，永远、永远……

初次发表于1991年第9期《辽宁青年》

我永远是你们的……

真想回报你以温暖

我却不是太阳

真想回报你以雨水

我又不是云朵

　　《真想》

叫我说什么呢？说什么都是多余的。

半年来在花的海洋里，在歌的潮流中，在闪烁的摄像机下，我无数次地感受到你们——我亲爱的读者，给予我的整个春天。

一朵蓝色的浪花是大海的儿子，一株新苗的破土而出是太阳的种子。而我作为一个受你们欢迎的新诗人的出现，正是在你们的土壤里，吸吮你们的养料，被你们推出来的一朵小小的浪花。

尽管今天的我与昨天的我大不一样，但从本质上说仍然是昨天的我，仍然是一个在你们的土壤里，不断吸吮你们养料的跋涉者。正是从这个意义上说，我可以对历史，对未来豪迈地宣布，我永远是你们的……

今天，我只有奉献才是最好的回报，也只有奉献，才能跋涉，才能前进。现送给你们这本我的《我心灵的诗韵》仅是我一点小小的心意,望大家能够喜欢,那将是我最大的快乐。

1991年5月2日

收录于《我心灵的诗韵——汪国真自选最新诗文集》(中国广播电视出版社,1991年)

自己的素描

已经从事了几十年教育工作的父亲，原来一直希望我能够考取一所理工科大学，他一向固执地认为，那样的专业对国家的贡献会更直接、更巨大。但是他唯一的儿子最终还是"背叛"了他。当我终于成为恢复高考制度后第二批大学生中一员的时候，父亲对我考入的广东暨南大学中文系，真不知是庆幸还是遗憾。

我从小好像就不是个太乖的孩子。记得上幼儿园时，当我违反了纪律，幼儿园的阿姨让我一个人在楼道里罚站的时候，我就把门板擂得嘭嘭响，把手拍得又红又痛，吵得整个楼道的小朋友都不得安宁，直到阿姨拿我没辙了，终于放我一马，才算罢休。

许许多多认识我的人，常常想不到在我文静的外表下，会有一颗桀骜不驯的心。记得入学毕业参加工作没多久，我就和单位领导因工作上的事吵了一架，恼羞成怒之余，冲着顶头上司脱口而出："你芝麻大的官，露水大的前程，有什么了不起！"以致那天没在场的同事听说此事后，无不好奇地睁大眼睛问道："那是汪国真干的事吗？"

虽然当时勇气可嘉，事后也着实有些后怕，已经做好了卷铺盖走人的准备了。也还真算是碰上有涵养的领导了，竟然没有对我兴师问罪，给我穿上"小鞋"。这反倒更加深了我的自责和对那位领导的敬重。

这样的一种性格,同我今天创作的成功有着相当大的关系。使我能够比较多地保持自己的独立性,而不大容易跟随社会或文坛上各种时髦的潮流跑。

这样的一种性格,也使我不能对前些年港台作品风靡大陆的状况感到满意。我曾经说过这样的话:以大陆地域之辽阔,人口之众多,文化积淀之深厚,没有理由比不过港台作家,对于同是炎黄子孙的港台同胞,我们似乎没有必要过于"谦虚"和"客气"。

我的性格或许会影响我一生的道路,在它不成熟的时候,是一种缺憾;当它比较成熟的时候,往往能预示着一种成功。

收录于《我心灵的诗韵——汪国真自选最新诗文集》(中国广播电视出版社,1991年)

三言两语话音像

在文化消费领域中,"音像"是一个具有巨大发展潜力的市场。但在发展的同时,也逐渐暴露了一些问题。

据了解,凡属特别畅销的音像制品,常常不同程度地存在被盗版的现象。它反映了相当一部分出版单位急功近利;其次,它反映了针对这一现象所建立的法规和制度不够完善;再者,长期以来这股风没有被煞住,反映了对这一现象查处不力、惩治不严。联系到盗版风同样严重的图书市场,这不能不是一个应当引起有关方面严重关注的问题。

我个人亦是受害者之一。据了解,我现已出版的所有诗集几乎都被盗印过。一种是不法分子将我已出版的诗集按原样照相制版,出来的书其质量不忍目睹;另一种则是将我已出版的各种诗集,另外组合改名投放市场。现在四川、辽宁、上海、广西等许多地方出现的《年轻的梦恋》《梦中的期待》两本署着我名的诗集,就是未经我本人同意,却打着文化艺术出版社和中国文联出版公司的牌子,由一些不法分子私自印刷、出版,侵害我本人权益和消费者利益的非法出版物。而诗集中有的作品,根本不是我写的,但愿我是最后一个受害的作者。

就音像而言,港台作品一度风靡大陆。本来,以大陆地域文化积淀之深厚,是没有多少理由出现这一局面的。可这一局面出现了,而且持续的时间还相当地长。从海峡两岸文化交流上看,这是一件好事。但长时间的"一面倒"趋势,不能不引起我们的反思。我们不能不重新审视我们应有的优势以及存在的不足。

  我非常希望有更多的音像出版单位,能够更多地注重和组织出版大陆的音像制品;并创造更多机会凝聚大陆词曲作家与演员通力合作,创作出无愧于我们时代的"拳头"作品,根本上改变港台及海外作品"垄断"大陆的局面,并把大陆的优秀作品推向港台、推向世界。

初次发表于 1991 年 6 月 21 日《新闻出版报》

那个女孩喜欢海

——汪国真爱情自白

我从来不愿意写自己的恋爱经历,哪怕那经历中包含着些美丽的故事。可是当我在这一问题上几乎保持沉默的时候,我不能不感叹一些人想象力的丰富和杜撰情节的本领。尽管在我听到的关于我的许多传闻中似乎并没有恶意,但传闻毕竟不是事实。于是,我知道将来我必须写一本关于自己的书,而今天我所写的只是其中的一些片段……

我的老家在福建厦门,那是个靠海的美丽的地方。在我很小的时候,我便喜欢海,喜欢她的蔚蓝,喜欢她的浩瀚,喜欢她像一个巨大的摇篮孕育着生命和梦幻。

后来,我认识了她。她的气质、外貌、谈吐、风度都足以让我的心海泛起涟漪。在我们相识后的第一次长谈中我曾问过她·最喜欢大自然中的什么?

"海。"她简洁地回答。

她的回答使我感觉到了同她心灵的靠近。在那以后,我们有了许许多多关于海的谈话和故事。

当我们很熟悉了以后,她曾经对我说,她真想有一天能和我一同去看看海,去我的老家厦门,还有鼓浪屿,去听涛声,去拾贝壳,去月光下的沙滩漫步。当她说起这些的时候,一脸纯真,一脸梦幻，一脸向往，使你不由得想笑。是的，她是个很诗意的女孩。

即使在我们的日常交往中，她也常表现出这种诗意。

一天，我邀请她来我家做客，那时尽管我们已很熟了，却还没有熟到乐意向父母披露这一切的程度。因此，她来的那天下午，还是我父母上班的时候。

一壶我们彼此都喜欢的毛尖茶，足以把我们原本很默契的谈话发扬光大，我们谈了很多也谈了很久，在我的父母快下班回来的时候，我们才依依不舍地分手。

先回到家的是我那细致入微的母亲，她放好提包同我说的第一句话竟是："今天家里是不是来客人了？"

"没有呵。"母亲那显然是够不上百分之百憨厚的儿子，就是这样回答她老人家的。

我自以为很聪明，在她走了以后，我已把她喝剩的茶水全部倒掉，茶杯放回原处，甚至她坐过的沙发巾我也小心翼翼地拽平，刚刚，我还曾经为我的这些小把戏得意了好一阵呢。母亲没有理由知道今天来客人了。

"没有？你蒙不了我，我不但知道今天来客人了，而且知道那个客人是个女孩。"母亲大度地一笑，一脸自信，开始步步为营。

"真的没有。"当我说这句话的时候，自己都觉得心里发虚，底气不足。母亲一定是察觉什么了，究竟是什么，我不知道。

"好，那请我的儿子告诉我，这个纸船是谁叠的？"母亲从冰箱上拿起一只精巧的纸船。

"尴尬"是一种什么滋味，今天我算是尝到了。我那伟大的母亲，就是这么轻而易举地剥开她的儿子精心设计的"伪装"的。

我哑口无言，一副窘态。

于是，在那个星光璀璨的夜晚，我的笔下流出了一首诗——

  他长大了 / 认识了一个 / 喜欢叠纸船的女孩 / 那个女孩喜欢海 / 喜欢海岸金黄的沙滩 / 喜欢在黄昏里的沙滩漫步

  有一天 / 那个女孩漫步 / 漫进了他家的门口

  晚上，妈妈问他 / 是不是有个女孩子来过了 / 他回答说 / 没有，没有呵 / 妈妈一笑 / 问那个纸船是谁叠的

《叠纸船的女孩》

  我很喜欢和她聊天，我们在一起总有说不完的话题。当我们在一处幽雅的咖啡厅坐下来之后，谈话的时间常常是一个整天。

  当我把这种情景告诉我最好的朋友时，他们常常睁大了眼睛，一副不可思议的神情："这怎么可能呢？"

  我们在精神上是默契的，这种默契不但表现在谈话中，有许多时候彼此的交流是"尽在不言中"的。

  有一次，我和她准备去北海公园看荷兰花卉展览。

  因为她在一个坐班相当严格的机关工作，为了避免在门外等而被单位同事看到，我和她约好在公园的门内等。那天，我早到了十分钟，我一人坐在北海正门的不远处的一张绿色长椅上，一会儿，走过来一位很慈祥、很和善的老太太。她似乎很开朗，很健谈，她问我："你是大学生吧？"

  "是的。"我点了点头。

  "看得出来。你怎么没上课呀？"

  老太太好奇地问我。

  "噢，我已经毕业了。"

  "南方人？"

  "我的老家是南方，不过我是在北京长大的。"

  "在等女朋友？"

"是的。"我笑着对老人点了点头。

我们正聊着的时候,她来了。我站了起来,对那位老太太说:"那就是她。"

"我正和这位老同志聊天呢。"我对她说。

她很礼貌地笑着向那位老太太点点头。

老太太把我们打量了一下,很慈祥地说:"好,很好。"看得出来,老太太觉我们在一起是谐调的。

这时,我和她彼此微笑着对视了一下。我们彼此想说的,想表达的,都在这一瞬间的对视中完成了。

我们能够感觉到这种默契。

这种默契表现在生活的方方面面,我们从来不愿在公共场合对别人评头论足,但这并不妨碍我们用目光发表对许多事情的看法,诸如坐公共汽车看到别人吵架,在街上看到一个极可爱的小孩,在咖啡厅看到一对出色的恋人,我们都会用眼神发表自己的观点,对方也会用眼神表示这种赞同。这种精神上的默契无疑是一种惬意和享受,于是有了《沉默就是我们的语言》——

> 我们总是用心灵交谈/沉默就是我们的语言/那双眸子/表述着一切/在水为舟　在山为泉
>
> 最美丽的谈话是无声的/每一个会意的眼神/都会令人感慨万千/两颗心仿佛是一样的/不一样的　只是容颜

我们是谐调的,我们是默契的,我们之间还有许许多多难忘的故事和诗,但我们最终并没有走到一起,谈不上谁对谁错,古今中外,有许多美丽的故事留下来的不都是遗憾吗?

将来我会把这个故事详尽地写出来的,但并不是现在。我不会忘记这个故事,不会忘记她,因为我的许多诗就是为她写的,她是我生命过程中一段难以忘怀的记忆。当我想起大海的时候就会想起她,那个喜欢海的女孩;当我看到大海的时候就仿佛看到了她,那个喜欢海的女孩;当我记起我和她的故事的时候,我就记起我的另一首诗——

  如果不曾相逢／也许　心绪永远不会沉重／如果真的失之交臂／恐怕一生也不得轻松

  一个眼神／便足以让心海　掠过飓风／在贫瘠的土地上／更深地懂得风景

  一次远行／便足以憔悴一颗　羸弱的心／每望一眼秋水微澜／便恨不得　泪光盈盈

  死怎能不　从容不迫／爱又怎能　无动于衷／只要彼此爱过一次／就是无憾的人生

这首诗是我和她感情经历的注脚,它的名字叫作《只要彼此爱过一次》……

初次发表于1991年第6期《知音》

我的成名累

名人难当,只有当了名人以后方知道。没有成名以前,人更多地属于自己。成了名以后,往往便身不由己,这或许是当名人的一个悲哀。

人们常常看到的是名人所面对的掌声、鲜花和数不清的热烈目光。可是在这一切的背后,名人所面临的困惑、尴尬,那些说不清、道不明的伤害又有多少人了解呢?

高处有风光。高处不胜寒。

越来越发现自己愿意成功,却不愿意成名。可是在文学艺术上,仿佛只有成名才意味着成功。是啊,没有一盏阿拉伯神话故事中的阿拉丁神灯暗中庇佑着我,得到我想得到的,摒弃我不想得到的……

盗印诗集何处控

成名以来,曾经有很长一段时间觉得当名人难,当名人也易——如果像普通人一样当名人,当名人又有什么不易呢?现在想起来,当时的想法真是太简单了。

成名以来,给我最大伤害的恐怕要算是从今年3月份起,在全国许许多多城市陆续出现的我的诗集的盗印本,就我目力所及的已有《年轻的梦恋——汪国真诗集》《梦中的期待——汪国真抒情诗精选》《默默的情怀——汪国真诗文精选》等大量的我的诗文的盗印本。友人告诉我,实际上还不止这些。

为了招徕读者,这些盗印本中,有的在封面上冠以"最新"(实为最旧),有的在封面上冠以"精选"(实为胡编),还有的在内文中盗印我正式出版社出版的作品集上写的"致读者",伪造我的"亲笔"签名。经过了这样的伪装之后,这样的盗印本诗集具有了极大的欺骗性,你看,既有"致读者",又有"亲笔",怎么可能假呢?友人说,下面的盗印本没准还盗印你的照片了。

我说:"会吗?照片的制作工艺好像比较复杂呵。"

友人说:"怎么不会,钞票都能伪造,何况书了。"

我只听得脊背一阵阵发凉。

面对书摊上一些"乱七八糟"的我的诗集的盗印本,我不知道有多少读者在诅咒汪国真,怨恨汪国真,轻蔑汪国真了。

有一家不明真相的报纸,根据一本盗印本诗集,发表了一篇指责我的诗集错别字连篇,印刷粗糙的文章,题为《汪国真的悲哀》。是的,诗集被人盗印不算,又要遭受报纸的点名批评,我承认,我的确很悲哀。

何止是悲哀,下面的事还让我感到尴尬,感到酸楚。

今年6月9日,我返回广州参加我的母校暨南大学建校八十五周年校庆。一次在书摊上发现一本最新的盗印本诗集《默默的情怀——汪国真诗文精选》,这本书标价2.98元,当我准备买下来当作"证据"的时候,摊主告诉我这本书卖3.10元一本,自己花高价买的却是自己被盗印了的诗集,生活就是这样无情地和我开玩笑。

今年五六月间,我应邀在上海、沈阳、大连、宁波、武汉、广州和北京参加了一些社会活动，热心的读者们拿来让我签字的诗集中，相当一部分都是上述盗印本。当时我陷入了非常为难的境地：如果签了，无疑等于默认；如果不签，读者是排了很长队的。当时只觉得非常尴尬，非常难过，直签得心里一阵阵酸楚。签名签得心里发酸，我不知道有多少名人品尝过这种滋味。

受骗的不仅有一般读者，不少记者也被这些盗印本蒙在鼓里。在武汉时曾经采访过我的《湖北广播电视报》记者谈雯老师买的就是一本盗印本《梦中的期待》。

我现在时常感到困惑，对盗印本揭露多了，会影响到读者对正式出版的我的诗集的信任；如果揭露不够，读者还会继续受骗。真的，我不知道面对这些盗印本诗集该怎么办。

有人说，《著作权法》已经在今年 6 月 1 日实施了，你可以大胆地维护自己的权益，去告这些侵权的出版社。问题是，这些盗印本诗集里所标明的出版社、印刷厂、发行单位也都是被假冒了的。告他们？他们也是受害者。

我知道，如果我是一条在海上漂泊流浪的船，我就必须忍受浪涛的冲击和品味海水的苦涩。可是我一个人能划动的这条船的可能性毕竟很小很小，我不知道，这条船会被这突如其来的狂涛浊浪打翻吗？

读者来信难以复

今年五六月间先后去了上海、沈阳、大连、宁波、武汉、广州等城市，每个地方逗留三五天，累计起来大半个月时间没有了。后来还有广西、陕西、江苏、河南、天津、四川等许多地方向我发出了邀请。无奈，由于太忙，对于许多自己也特别想去的地方只好婉言谢绝。

6月6日应湖北《知音》杂志之约到了武汉，后又从武汉返回广州母校。15日回到北京时，办公桌上的读者来信已如小山，粗粗一算竟不下一千余封。

今年三四月以来，一些报刊开始了对我的作品的讨论，其中有些报刊发表了整版的批评文章。

从那个时候起，本来已经很多的读者来信更骤然增多，许许多多读者来信鼓励我，沿着自己的风格坚定不移地走下去，因为他们喜欢。

其实，正常的批评完全是件好事，有人写大块的文章帮助你分析作品的弱点和不足有什么不好？这样也有助于防止自己盲目乐观，避免在一片交口称赞中晕眩。

至于有些言辞激烈的文章也没有什么。

从来觉得时间和人心是最公正的，如果我的作品没有多少艺术价值，时间和人心自会很快将它淘汰，即便有再多的褒扬文章也无济于事。如果我的作品是有艺术魅力的，时间和人心自会将其挽留，即便有再多的贬低文章也没有用，关键在于作品本身。

我不相信有什么文章能够比时间和人心更有力量。

褒是一时，贬是一时，公道自在人心，时间证明价值。

平水起波澜。读者们的一份份真情真是难得，可是这上千封的读者来信却不由得让我发愁。即使五分钟回复一封读者来信，一个工作日不停地写，也只能写一百封，全部回复完要十余天，何况每天又有大量的新的读者来信涌来。面对这些热情洋溢、感情真挚的来信我常常只能报以无言，真是心有余而力不足，只好向万千读者道一声最普通的"谢谢"。在这声"谢谢"里有我的千言万语，起伏着我的心潮。

纷纷谣传向谁辩

成名之后,常常面临一种窘境。

同时几个地方邀请,没有分身术,只好应允其中一家。去了的地方皆大欢喜,婉谢的地方大都理解,但也免不了让人说怪话:汪国真其人如何傲慢狂妄,难请云云。

从来不敢自命不凡。有时欣慰,是因为我还能为朋友做些什么,当你读了我的诗,晴朗的微笑抹去了脸上的愁云;有时开心,是因为我在忙忙碌碌之后,织出一段美丽的文字,当你看了,感到生活多了些色彩。有时喜形于色,有时踌躇满志,都不是因为鲜花和掌声。

深知,自己不是天分极高的人,不是才华超群的人,不是修养很深的人。我知道,论天分,我在许许多多青年朋友之下;论才华,我在许许多多敏捷的作家之下;论修养,我在许许多多严谨的学者之下。

只是有时想想真是难办。一些社会活动不去参加,被人嘲之曰:架子大,狂妄;去得多了又被讽之曰:爱出风头。举手投足,都免不了遭人议论。

其实,名人首先是人,其次才是名人,能够让他们活得轻松点吗?

在中国,谣言大概是最能败坏一个人名誉的。有些谣传,搞得我的母校老师都为我扼腕叹息。

有一则传闻说,汪国真讲课便是"走穴",讲课费价码高得吓人,他讲课一张门票就要卖四十元,听得一些诗歌界前辈连连摇头叹息,大叹人心不古。

北京的高校我去了约三十所,在上海、沈阳、大连、宁波、武汉、广州也举办了一些讲座和其他社会活动，何曾有一次张口要钱，讨价还价来着。抱着这样的态度讲课，这样的课讲起来岂不全变了味？

中国成了名的人，几乎都曾被谣传困扰，尽管最后谣传得以澄清，可心灵受到的困扰和伤害却从没有人对此负责。

难道我们的社会就不能有一个宽容、和谐、与人为善的大环境吗？

乘着岁月的船，恍惚之间在诗歌的波涛上滑过了七个年头。留在身后的是发行量已超过一百万册的几种诗集和人们褒贬不一的议论。

一次郊游，友人问我："下一步你打算做什么？"

我指了指远方，那里有一座更高的山……

创作于1991年7月，初次发表于1991年第8期《广州文艺》

关于诗的随笔

我心中始终铭刻着一本杂志的名字叫《年轻人》,始终记得一个编辑的名字叫谢乐健。

1984年,我的第一首有影响的诗《我微笑着走向生活》就是由当时在《年轻人》杂志工作的与我素不相识的谢乐健编发的。

当年,我是一个普通的喜欢写诗的人,今天依然是。所不同的是有更多的读者熟悉了我,而岁月在我生命的年轮上,也更多地留下了几道印痕。

诗是什么?对于我来说是心灵的剖白。因此,力求自然,力求真实,力求晓畅。

诗人各有各的追求,各有各的风格。有的追求深奥,有的追求浅显,有的追求辞藻华丽,有的追求质朴自然,有的追求大气磅礴,有的追求意境幽远,有的重哲理,有的偏意象……大家彼此欣赏是件好事,不欣赏也无妨,但都应与人为善,彼此尊重。

诗人可以独处,可以交流,可以切磋,可以批评,建立一个和谐的创作和批评环境于大家都有利。

成名以来,对我伤害最大的当数盗版了,已知的至少已有《年轻的梦恋——汪国真诗集》《梦中的期待——汪国真抒情诗精选》《默默的情怀——汪国真诗文精选》等好几种。有的封面上被冠以

"最新"（实为最旧），有的被冠以"精选"（实为胡编），有的盗用我的"致读者"，还有的伪造我的"签名"，受骗者大骂上当，受害的我更是苦不堪言。

问我现在最渴望的是什么？两个字：宁静。

宁静地读书，宁静地写作，宁静地做自己喜欢做的事。

我想，以中国之大，不要说已经功成名就的文学前辈，即便是还没有被发现的比我更优秀的诗歌新人恐怕也不在少数。

"汪国真热"或迟或早都要过去，我以热切期待的心情盼望有更多文学新人的涌现。

初次发表于1991年8月18日《湖南日报》

永远拥有

什么是人心的温暖,经历了才知道;什么是难以泯灭的记忆,过去了才清楚。

1990年,是我生命年轮中最最难以忘怀的一年。就在这一年的春天,北京学苑出版社一位编辑部主任当教师的妻子,在教室里发现她的一些学生在抄东西。

"你们抄什么呢?"细心的女教师关切地问道。

"抄诗呢。"

"谁的诗?"

"汪国真的诗。"

"你们喜欢他的诗?"

"喜欢,北京许许多多的学生都喜欢。"

这些善良、可爱的学生,当时一点不会意识到,就是这次简短的对话,后来成全了一个喜欢写诗的青年人的梦。一个多月后,我的第一本诗集《年轻的潮》,就这样在那次对话的基础上问世了。

也是在这一年的春天,山东济宁日报社一位叫王萍的姑娘,将她几年来从各个报刊上摘抄的一整本我的诗,委托她的同事、来北京出差的李木生老师带来找我。她的愿望简单而淳朴:希望得到她喜欢的作者的签名。她也一点不会意识到，她的真诚，后来不仅感动了数不清的人，并且在无意中再一次成全了喜欢写诗的我的梦——这一年的8月，我的第二本诗集《年轻的思绪》，就在这本"手抄本"的基础上问世了。

我原来以为，当这本"手抄本"正式出版以后，这个故事也就基本结束了，然而，远远没有。我从再次来到北京出差的李木生老师那里获悉，当王萍注意到我从1990年开始，应邀陆续成为几家刊物的专栏撰稿人之后，她竟从微薄的工资中挤出钱来，自费订阅了这几本杂志，她的愿望还像从前那样纯真而质朴，只是想默默收集我的诗文。不仅如此，当她收到《年轻的思绪》编选费二百七十二元时，她一分也没动，并又默默立下一个心愿，用这笔钱做基数，加上自己不多的存款，逐步建立一个研究和评论汪国真诗文的奖励基金。

这就是中国大地上一个普通而不那么普通的女孩子的理想和梦。

人非草木，孰能无情。当我得知这一切时，我被感动得近乎说不出话来。

是的，一切语言和文字，在这样的真诚和善良面前，都会显得苍白无力。

还有许许多多令我刻骨铭心的往事，发生在大学生们中间。

1990年10月至12月，我陆续接到北京三十余所高校的邀请，并在12月底前，到过了其中的二十二所院校。我忘不了北京科技大学学生会外联部部长张勇同学告诉我的话：当科技大的同学们得知您11月29日晚七时到校进行诗歌讲座时，当天早饭后，同学们就开始用书本占座位，不到中午，偌大一个阶梯教室的几百个座位已全部占满。我也忘不了北京医科大学医学88-1班肖坤宏同学告诉我的话：同学们都很欢迎您来医大，12月12日晚办讲座，

12月11日中午，提前一天半就开始抢占座位了。我还忘不了北京师院中文系夏雨同学后来告诉我的话：您知道吗？因为那天人太多，太拥挤，您走了以后才发现，我们学校阶梯教室的许多桌椅被损坏……

是的，忘不了，永远也忘不了。忘不了同学们的热情和爽朗，忘不了同学们的真诚和善良，更忘不了同学们的敏捷、幽默和鼓励。

来自社会上的爱护，同样使我没齿不忘。文化艺术出版社门市部的小郭告诉我这样一件事：有位小伙子得知我的诗集《年轻的思绪》将在8月22日这天从印刷厂拉到，为了早点买到这本书，他竟一大早在出版社门外执着地站等了三个多小时；武汉一位女大学生来信对我说，她暑假来到北京，在王府井新华书店，她和另外两位互不相识的姑娘同时来到诗歌柜台，要买《年轻的潮》，因为只剩下最后一本，她们互不相让，最后以抓阄的方式，才决定了这本诗集的归属；山东省巨野县第十二中学的曹宇和吴艳秋两位同学，不但给我写来了热情洋溢的信，还在信中夹寄了五元七角钱，注明这是他们节省下来为了资助我早一点出书的捐款；而我非常喜爱和崇敬的作曲家谷建芬老师，从报纸上知道了我的单位后，给我写来了一封亲切、平易的信，邀请我同她合作……

哦，我素不相识的朋友们，你们给予我的已远远不只是一缕温馨，一股温暖，一份深情，你们给予我的是激励我永远不懈地进取和追求的勇气和力量。

我知道，我并不是天分极高的人，我并不是才华超群的人，我并不是修养很深的人。论天分，我在许许多多有为的青年之下；论才华，我在许许多多敏捷的作家之下；论修养，我在许许多多严谨的学者之下。

我之所以能够得到这么多读者的厚爱，是因为他们从我的诗文里感觉出我是用一颗真诚的心灵在同他们进行平等的对话，没有真诚，也就没有我的诗，也就没有读者对我的诗的喜爱。

永远追求真诚，永远拥有真诚，这是我深深的心愿。

初次发表于1991年第8期《知音》

黄昏里的琴声

那一把小提琴在黄昏里忧郁了很久,我的思绪在那一片感伤的氛围中驻足停留,不是为了聆听那没有情节的故事,因为那样的故事你我都有。

我是感叹音乐把忧郁也装饰得如此美丽,使人欲想责备命运却说不出口。风飘向阳台吹向后门,携着婉转的旋律在洒满宁静的屋中缓缓地流。

茉莉花开如满天星斗,为了这份温馨不知经历了多少无言的等候。见得花开却见不得花落,可是惧怕花落又岂是不栽花的理由。能让琴声如此忧郁的那一份感情便是茉莉花吧,花开使人喜花落使人愁。

窗外白杨树的叶片绿油油,在树下对弈的老人是否也像年轻人唱的那样跟着感觉走?虽然已经过了做梦的年龄可还是能抓住梦的手,在身边观棋不时咋咋呼呼的小孙子便是老人梦的尽头。老人们完全遗忘了琴声,因为此时一个已被将军,另一个正半翕着眼捋着花白胡子乐悠悠。哦,老人家:您老年轻的时候可也有琴声里的烦忧?

不远处丁香树旁,一个小姑娘正坐在小板凳上认真读着自己的未来。站在岁月甲板上的小姑娘,你看见了什么?是小岛是帆影是白鸥……

那一把小提琴在黄昏里忧郁了很久,我的思绪在那一片感伤的氛围中驻足停留。我欣赏那能够把痛苦也变得美丽的人,因为我还相信,在那一阵凄婉的旋律流淌之后,那位熟悉又陌生的小提琴手,一定会重新缓缓抬起曾经那样深低下的头。

初次发表于1991年秋《感悟人生》,收录于《汪国真诗文集〔首版〕-散文》(内蒙古人民出版社,1996年)

海边的遐思

一排排涌浪涤荡着心头的尘埃，灵感被浪涛击伤，裸露着一片苍白。时间满面晦暗，没有了往日的神气今日的风采，我的眼睛，久久驻扎在流逝的过去与遥远的未来。

翩飞的海鸥无忧无虑拍打船舷撞击胸口，如果飞翔便是价值便是愉悦，又何必向看着你的人解释表白？人类总觉得光阴苦短道路漫长，世世代代不知有多少英雄豪杰仰首问苍穹：生命为什么不能飞起来？

恋人们留恋沙滩仿佛当年战士钟情炮台，一枚枚在这里枯萎的贝壳，却烂漫在千里之外。瞧：人类有多贪心，来一趟海边却想捎走一个大海，可谁不是期望自己的视野里，总是满目葱茏一脉青黛？

妇女们平静地用银梭编织着海里惊心动魄的故事，搁浅岸边的斑驳古船，只能靠回忆享受出征的辉煌大海的澎湃。呜咽的螺号是波涛上最动人的音乐，蔚蓝的情愫穿过世纪之门响彻千秋万代。

身后的城市，仿佛是一座幕起又幕落的舞台，最出色的演员不在舞台上而在生活中，不知这是不是人生的幸事和艺术的悲哀。

看海与出海真是两种生活两种境界，一种是把眼睛给了海，一种是把生命给了海。

如果心胸不似海又怎样干海一样的事业,如果心胸真似海任何事业岂不又失去了光彩……

初次发表于1991年秋《感悟人生》,收录于《汪国真诗文集〔首版〕-散文》(内蒙古人民出版社,1996年)

文学需要不懈地探索

我与艾君相识近一年，虽然各自工作较忙，联系不是很多，但他的热情、正直和坦诚都给我留下了很深的印象。艾君是个只有二十几岁的小伙子，在这个年龄的文学青年最需要的是帮助和扶持。

我拜读了艾君诗集中所收录的近百首诗，感觉到同我所接触到的诗有些不一样。这些诗重写现象、心理，感情色彩浓，毫无粉饰，完全是青年人内心情感的自然流露，与青年人的生活贴得较近，读者从诗中可以看出：不同地位、处境、遭遇的人，所表露出来的心态、流露出来的情感是不相同的。诗中有不少诗句读起来朗朗上口，并且有一定启迪性。很值得青年人一读。例如：

安安谧谧生活在父母周围/也没见你有多快乐……《走出你的家》

人生的旅途/我追求的是善/我寻觅的是美……《一封情书》

既然选择了这条路/且不去埋怨那落寞的黄昏……《问一声故乡好》

坐在父母的太师椅上数星星/不如站在高山上视野开阔……《爱的条件》

从这些诗句都可看出艾君的诗中所揭示的深刻的人生哲理,以及青年人对人生的体验,对理想的追求。诗中道出了一代人的心声和心灵的和弦。这种作诗的技艺和方法,也许正是艾君所要进行探索的。

艾君对诗的探索能否成功,并非一两个名人的评价能够说明问题的,而最有发言权的应该是社会的广大读者。路是人走出来的,一切富有探索精神的诗人都会得到我的尊重,一切富有探索精神的作品我们都无理由轻易忽视。

社会需要发展,文学需要进步,都离不开创造和探索。在创造和探索的过程中,有成功也会有失败,这都不重要,重要的是不要失去创造、探索精神。任何新事物的成长过程都要经历艰难和曲折的。艾君在诗的创作上既然选择了一条创新、探索的路,就应该禁得住风雨袭击,去争取赢得最后的掌声。

我曾经多次在与青年人交谈中讲过:诗首先应该是青年人的,几乎没有青年人不曾喜欢过诗。艾君的诗为青年人而作,相信会拥有一批青年读者的。

艾君先生在《博览群书》杂志工作,这个工作对于开拓思路、启迪心智都是大有裨益的。希望艾君能充分利用现有的工作条件,多听取诸方面不同的见解,使自己的创作更加臻于成熟。这是我对艾君的深深希冀和祝愿。

(本文是作者为艾君《奇异的情思》一书所作的序,该书将由华艺出版社出版)

初次发表于1991年10月10日《文学报》

中州札记

1991年10月28日,我应《中州书林》之邀,到古城郑州参加"第五届全国图书'金钥匙'奖"颁奖大会,几天时间,所见所闻颇多,信手写下几则札记。

郑州的亚细亚商场国内外闻名,友人从郑州来信多有提及。今天有机会浏览了一下。给我印象最深的既不是商场颇为宏大的外观,也不是内部瑰丽的装潢,而是这个商场的风貌。首先,营业员在早晨开门迎接顾客时,站姿都相当规范,身体直立,双手交叉放在前面,面部表情和蔼。其次,在服务的时候,也没有看到有聚堆聊天或一副懒洋洋样子的。给我印象最深的是一楼进门处的一则"告示",大意是,若是营业员和顾客发生争执,顾客可向有关方面反映,并可得到三百元的奖金。我想,作为一个顾客,即便没有切身体验一下营业员的服务,这种走马观花的浏览,确也会有一种温馨在心头萦绕。

那天,应邀来到了河南经济广播电台直播室,印象中这已是我到过的第四个广播电台的直播室了。前三个分别是在北京、武汉和南京。主持人潘亚军小姐递给我一本她买的我的诗集《年轻的潮》给我看,扉页上有她用秀丽的钢笔字写成的这样一句话:"终于买到他的诗集,再不用手抄,收存两册,另册《年轻的风》。"潘小姐告诉我，她从1984、1985年间开始摘抄我的诗，第一首诗是《我微笑着走向生活》。望着主持人诗集扉页上的题字，我心中的愿望却正与她相反：我希望我新发表的诗词，你还有兴趣用手抄。

一天下午应邀到郑州大学演讲，由于来听的同学太多，下午没能讲成。同学们表现出的热情和真诚令人感动。令我感慨的还有会场上的一个条幅——欢迎你国真。不是汪国真，是"国真"，同学们是拿我当熟悉的朋友来对待的，这是这次来郑州我最难忘的一幕。

初次发表于1992年第1期《时代青年》

转念一想

人若常能保持心境平和，举止从容，便是一种成熟。

鲜花掌声易使人得意忘形，冷嘲热讽易使人萎靡颓丧，流言蜚语易使人愤懑忧伤，爱情失意易使人痛苦失落……

语云：宠辱不惊，看庭前花开花落；去留无意，望天上云卷云舒。要做到这般洒脱、淡泊委实不易，没有深厚的修养实在难为。

不过有一点我们是不难做到的，这便是：转念一想。

面对鲜花掌声，便想：与我才华相若甚至超我之上者何止一二，我能脱颖而出实是一种幸运，于是便宁静；面对冷嘲热讽，便想：这不正是从另一个方面肯定了自己存在的价值吗？于是便超脱；面对流言蜚语，便想：这不正是对自己心理承受能力的一次绝好锻炼吗？于是便释然；面对爱情失意，便想：既然失去的已难以挽回，总这样痛苦何益，谁又敢肯定属于自己的知音没在前边等待自己的到来呢，于是痛苦的情绪便缓和。

人生的路太长，也太不平坦，祸兮福所倚，福兮祸所伏。转念一想，就是能够以一种思辨的态度看待人生，这样，不论何时何地，我们在精神上就容易立于不败之地。

初次发表于1992年1月10日《大众日报》，收录于《汪国真诗文集〔首版〕- 散文》（内蒙古人民出版社，1996年）

往事如昨

往事如昨。昨夜的星辰已坠落,不坠的是挂在岁月脖子那串闪闪烁烁的记忆。仔细品味,那最亮的一颗竟是由痛苦磨砺而成,那最润泽的一颗则是因了爱情春风化雨般的浸润。如果说那串闪烁的记忆是一笔财富,那么,那些难以忘怀的经历则是这笔财富闪着不同光泽的内容。

在如昨的往事中,重要的并不在于得到过或失去过,重要的在于经历过。因为哭过,笑才灿烂;因为爱过,回忆才斑斓。如果说心像湖水,那么夏也是景致,冬也是景致。但不论表面上是碧波荡漾还是如镜寒彻,那湖的深处都不曾结冰。

过去的岁月总也不能忘怀,不能忘怀是因为我们自己走过来。纵使那脚步稚嫩,回首也感到亲切,因为那是真实;纵使走过的路上并没有鲜花开放,回想也感到留恋,因为那上面覆盖着自己生命的步履。

回首往事而又不沉湎往事,使我不仅有所感而且有所悟。既羡"青山遮不住,毕竟东流去",又何必总感伤"泪眼问花花不语,乱红飞过秋千去"。

往事如昨。当我怀着一种难以言状的心情捡拾起往事的片片落叶时,我发现自己真的长大了。

初次发表于1992年1月24日《大众日报》,收录于《汪国真诗文集〔首版〕- 散文》(内蒙古人民出版社,1996年)

关于诗歌的随想

我有一个愿望：在我年轻的时候，我是属于诗的；当我年老的时候，诗是属于我的。

有人问我：哪一首是我写得最好的诗？

我不会像球王贝利那样回答：是下一个。首先，我不想当蠢材，其次，如果真的每"下一个"都比从前好的诗人，那他一定是世界第一的诗人。

哪首是我写得最好的诗？等我再也不写诗的时候告诉你。

在文学样式中，诗是最不可译的，你可以译出它的意思，却很难译出它的神韵。

不论是谁，如果他写的诗是没有长久魅力的，时间和人心自然会很快将其淘汰，有再多的褒扬也没有用。如果他写的诗是有艺术价值的，时间和人心自然会将其挽留，有再多的贬低也无济于事。

我不相信，有什么文章能够比时间和人心更有力量。我想，不仅是诗歌，其他艺术也是这样。

表达同一个意思，一般人说三句，小说家说两句，而诗人只说一句。

自古以来，太优秀的诗，往往出自太忧郁的心。先逢绝境，后出绝唱。

我想，一个真正优秀的先锋诗人，他首先必得有扎实的传统文化根基。这就好像弓弦愈往后张，弓箭射得愈远。

　　对于诗人来说，诗歌是文学中的文学；对于一般人来说，诗歌是文学外的文学。

　　幸运的诗人，多有不幸的经历。

　　我从一首首美丽的诗篇中，常常读到的是一个个受着煎熬的灵魂。

　　灵感是风，在它所过之处，总会飘落些许美丽的诗的花瓣。

　　写诗和为人一样，贵在自然。

　　故弄玄虚的诗和装腔作势的人一样，令我感到厌恶。

　　语言，是思想的交流；诗歌，是灵魂的对话。

　　诗是属于青年的。如果身为青年而不喜欢诗，这真乃人生一大遗憾。

　　对我来说，读好诗如品香茗，不但解渴，而且惬意。

　　这个年头，好诗之所以很少的原因之一，或许不是因为诗人太少，而是因为诗人太多。

初次发表于1992年第1期《青春》

向着太阳走

生活覆盖了诗的浪漫，可是生活中又怎能没有诗？

从1984年起，我乘着岁月的船，在诗歌的波涛上已划行了整整七年。

七年，凝结着追求与失落的七年，浸满了欢乐与痛苦的七年，联结着过去与未来的七年。

在我的身后，是发行量已超过二百万册的诗集，在我的身前，仍是一条一眼望不到头的风飘雨洒的路。

七年，我用我的诗同千千万万读者进行心灵上的对话。七年的风雨，在我的脸上刻下了人生的沧桑，在我的心上刻下了永难磨灭的记忆。

最怀念未成名前那平静的日子，我可以在夜阑人静时，在灯下尽情挥洒我的所思所想、所爱所恨。当我那绵绵思绪变成铅字走向人群的时候，我便可以与那些素不相识的读者在心灵的深处相识、相知。

最经受锻炼的是成名后的这段时光。我必须学会从前不会或不擅长的东西，诸如演讲、应酬、接受记者采访等等，还要学会冷静地对待舆论界或褒或贬、或客观或不客观、或善意或不那么友善的品头论足。

最让我难以理解的是这样一件事：我应邀到过北京和外地几十所高校，不止在一所高校遇到过这样一张条子："汪老师，您有没有想过为中国夺得第一块诺贝尔文学奖章？"

我该怎么回答？"没想过"？这不是实话；"无可奉告"？一句外交辞令；说"这不是我目前考虑的问题"吗？大学生最不喜欢的是躲闪。

面对这些希望听到我心里话的学生们，我说："我想过，并愿意为此努力。"

后来，两位《人民日报》记者很客观地写进了专访。

没有想到的是，这样一句在特定环境下说的、不算什么过分的话，竟在以后掀起轩然大波，闹得满城风雨。我至今不知道这样的回答究竟有什么不妥，何况几十场演讲，面对数百个问题，我怎敢担保我的每一个回答都准确，都精彩，都不出错呢？

难道说一句真话，向高远的目标努力错了吗？难道在有着五千年悠久的文明、有着九百六十万平方公里土地的中国，连这样一句简简单单谈不上有多出格的话都不能接受和容纳吗？

最让我气愤的则是我的诗集大量被盗印。从 1991 年春季开始，仅仅半年多时间，我所见所闻自己的诗集的盗印本竟高达十二种之多，而且行销全国各地。

1991 年 5 月起，我先后应邀到上海、沈阳、大连、宁波、杭州、武汉、广州、南京、西安、郑州等地，所到之处，没有一个地方不被盗印本的阴影所笼罩。什么《梦中的期待——汪国真抒情诗精选》《年轻的梦恋——汪国真诗文精选》《默默的情怀——汪国真诗歌散文精选》，还有什么《女孩的伞》等等。这些盗印本有的假冒我的签名，有的伪造我的"致读者"，还有的连诗都不是我的。这些盗印书，给我的声誉造成了极坏的影响。

找出书的出版社，出版社说根本没出过，找印刷厂，印刷厂说根本没印过。原来，除了大部分作品还是真的以外，其余都是假冒的。我知道，我不是第一个有过这种遭遇的作者，但我希望我是最后一个。

最让我感动的是，当我的作品被众说纷纭的时候，全国各地的一些中青年翻译工作者，正在着手默默而执着地用不同的手、不同的语言翻译我的作品，从我陆续于近期收到的来信中得知，最多的已译完三本。如果说我出版的第一本、第二本诗集是由素不相识的读者推出来的话，那么有一天，我的诗真的跨出了国界，依然是这些陌生的朋友帮我走进了一个更广阔的世界。只是，我不知道自己的作品，能不辜负他们的辛勤努力吗？能吗？

1991年3月开始，全国许多报刊陆续刊出了对我诗作的批评与反批评文章，并在此后的几个月中形成高潮。那一段时间，本来已很多的读者来信骤然增多，许多读者来信鼓励我坚持自己的风格，因为他们喜欢。还有的在信中关切地询问我怎样对待这些争论。

我一向觉得，对于一个作者来说，只要正确对待，争论是件好事。争论是宣传，争论是思索，争论是成熟。

如果我的作品没有艺术魅力，时间和人心自然会很快将其淘汰，即使有再多的褒扬文章也没用。如果我的作品是有艺术价值的，时间和人心自然会将其挽留，有再多的贬低文章也无济于事。

我不相信，有什么文章能够比时间和人心更有力量。

我希望成功，但没有想到我的作品能引起"轰动"；我期待评论，但没有料到我的诗能引发如此大规模的"争论"。

"轰动"也罢，"争论"也罢，我都不会把它当作人生旅途上的包袱。我知道前面的路更坎坷，更漫长，我必须把心系于远方。

本来人生的路可以更平坦，只要我们不去攀登峰巅；本来人生的路可以更悠闲，只要我们不想争光。可是，谁又甘于平淡，甘于让生命失落在无声的岁月中间。只要有生命在，何惧山高路远——

没有比脚更长的路,没有比人更高的山。

1992年,我面对的是比从前更繁重的创作以及紧张的个人进修。瞻望未来,我不敢有丝毫满足与松懈,我想向自己和朋友们说的是:

> 走
>
> 不必回头
>
> 无须叮咛海浪
>
> 要把我们的脚印
>
> 尽量保留
>
> 走
>
> 不必回头
>
> 无须嘱咐礁石
>
> 记下我们的欢乐
>
> 我们的忧愁
>
> 走
>
> 向着太阳走
>
> 让自己去告诉后人吧
>
> 无论在什么地方
>
> 无论在什么时候
>
> 我们
>
> 从未停止过前进
>
> 从未放弃过追求

初次发表于1992年第1期《中国青年》

友情是相知

友情是相知。当你需要的时候,你还没有讲,友人已默默来到你的身边。他的眼睛和心都能读懂你,更会用手挽起你单薄的臂弯。因为有友情,在这个世界上你不会感到孤单。

当然,一个人也可以傲视苦难,在天地间挺立卓然。但是我们不得不承认,面对艰险与艰难,一个人的意志可以很坚强,但办法有限,力量也会有限。于是,友情像阳光,拂照你如拂照乍暖还寒时风中的花瓣。

友情常在顺境中结成,在逆境中经受考验,在岁月之河中流淌伸延。

有的朋友只能交一时,有的朋友可以交永远。交一时的朋友可能是终结于一场误会,对曾有过的误会不必埋怨,只需说声再见。交永远的朋友用不着发什么誓言,当穿过光阴的隧道之后,那一份真挚与执着,已足以感地动天。

挚友不必太多,人生得一知己足矣,何况有不止一个心灵上的伙伴?朋友可以很多,只要我们有一个共同的追求与心愿。

友情不受限制,它可以在长幼之间、同性之间、异性之间,甚至是异域之间。山隔不断,水隔不断,不是缠绵也浪漫。

只是相思情太浓，仅是相识意太淡，友情是相知，味甘境又远。

初次发表于1992年2月21日《大众日报》，收录于《汪国真诗文集〔首版〕-散文》（内蒙古人民出版社，1996年）

名人说名牌

就我个人来说，我并不是很在意服装的名牌与否，一件衣服穿在身上只要能做到自然合体，行云流水般将自我的风格显露于众人的目光之下，就可以算是最好的"名牌"了。

至于时下许多人对名牌的崇尚，本身无可厚非。名牌的吸引力在于两点。首先，它以质量取胜；其次，穿着名牌的人多少希望名牌能体现自身的价值、身份、地位、新潮的意识啊等等种种。

但是这种爱好本身是没有什么很大的意义的。如果活生生的人被死的衣服所束缚，那将是追求名牌者最大的失策。追求名牌者必须把握的尺度在于辨别名牌服装是否适于自己的特点：年龄、经济条件、身材、身份等等。

初次发表于1992年第4期《福建青年》

"写给下个世纪"

"我的作品是写给下一个世纪的。"当有一些人的作品不被世人理解或被世人冷落以后,他常常这样宣称。当然,这种说法还有一定的理由为依据。

比如,德国音乐家巴赫的作品在生前并没有太大的影响,他的作品真正被引起足够的重视是在他死后约六十年。荷兰画家凡·高的作品生前能卖到四百法郎,便已令这位艺术大师欣喜不已了,他何曾想过,在他死后才一百年,他的一幅画已经可以卖到数千万美元了。美国女诗人狄金森生前默默无闻,死后却赢得了巨大的声誉。这一切似乎都给上面这种说法提供了依据。

然而,此一时彼一时。随着时间的流逝,事物至少有两个方面已经发生了重大变化,第一,人们的欣赏水平和鉴赏能力已经有了很大的提高;第二,我们现在所处的是一个信息社会,这一点同过去相比,可以说有很大的不同。由于这两个原因,文学艺术中过去那种"遗珠之憾"的状况有了极大的改变。一种有价值的艺术品,在当时不为人们认识,到后来才被人们重视的情形过去就少,今天和以后会越来越少。

远的不说,单从 20 世纪中国文学已经走过的九十余年历程来看,有几多当时默默无闻、不为人知的作家和作品,到了死后其人其作品竟大放异彩、辉煌灿烂了呢？

如果我们勇于正视现实的话，不说全部，但恐怕几乎是全部不为当代人所喜爱和欣赏的作品，随着时间的流逝，其结果非但没有大放异彩，反而是被人淡忘。难道这种状况不是更接近事实吗？

再者，属于当代的作品就不能属于未来吗？贝多芬、李斯特、卢梭、泰戈尔、海明威等等，他们的作品难道不是既属于当时又属于未来了吗？

如果一件艺术品，既能属于当代又能属于未来，不是比仅仅只能属于未来更有意义吗？更何况，我们不能不承认的是，所谓"写给下一个世纪"更多的还只是一种良好的愿望，带有很强的"一厢情愿"的色彩。谁能保证，下一个世纪人们对这些作品不会表现出比这个世纪更大的冷漠呢？

初次发表于1992年3月29日《湖南日报》，收录于《汪国真诗文集〔首版〕－散文》（内蒙古人民出版社，1996年）

情在青山绿水间

都市的高楼一幢幢拔地而起，夜晚的霓虹仿佛一首首朦胧的夜曲，一扇扇窗户里面是一道道已解和未解的习题，小雨中的人们，有的打着伞，有的穿着风衣。为生活奔波忙碌的人们，早已学会了匆匆地来，匆匆地去。

都市的生活好吗？好是好，只是感觉好得并不惬意；都市的景色美吗？美是美，只是美得常常生出忧郁。

于是，想一踏那乡间的小路，看麦子黄，望油菜绿；于是，想穿越那山谷的小溪，听松林唱，闻杜鹃啼；于是，想到那内蒙古大草原，领略一望无际的云朵，一望无际的马蹄；于是，想到那天之涯、海之角，把心事诉与万里波涛，波涛万里……

住得久了，发现都市容得下我的身却容不下我的情；见得多了，才体验到最想见的仍是自然的清新与美丽……江南的箫，塞北的笛，让我心驰神往；青海高原的雄浑，漓江山水的秀丽，令我魂牵梦系。

都市，不是你不美好，只缘我的情在青山绿水间。

都市，我的心注定是你的叛逆。

初次发表于 1992 年 3 月 20 日《大众日报》

家，宁静的港湾

许多朋友到我这儿做客以后，常留下一句话："真羡慕你。""羡慕我什么？""羡慕你有一个和谐、融洽的家。"

是的，我有一个和谐、融洽的家。父亲的宽厚，母亲的关怀，妹妹的活泼，常如一缕温馨萦绕心头。

怎么能忘呢？小时候，最早是从父亲那里知道了陈子昂的《登幽州台歌》："前不见古人，后不见来者！念天地之悠悠，独怆然而涕下！"和李白的《静夜思》："床前明月光，疑是地上霜。举头望明月，低头思故乡。"……这些是我最初的文学启蒙。

怎么能忘呢？高考的时候，母亲揽下了一切家务：做饭、洗衣、整理房间，都是为了给我和妹妹腾出更多的时间复习功课，母亲那孱弱的肩膀，实在挑得人重太多。

怎么能忘呢？当我的作品写出来之后，妹妹常常是第一个读者，她虽是一个工科大学毕业生，也不见得能写出什么锦绣文章，但是她却有着不差的鉴赏力。她提出的意见，常常都为我后来所采纳。

于是，在我的笔下便流淌出了给父亲的诗："你的期待深深／我的步履匆匆"。给母亲的诗："我们也爱母亲／却和母亲爱我们不一样／我们的爱是溪流／母亲的爱是海洋"。给妹妹的诗："岁月，是一本书／我用整个身心在读／一年又一年／我读得幸福也很辛苦／有一天／妹妹对我说／这样生活／你会很快老的／我反驳她说／不,这不叫衰老／——叫成熟"。

就在这样一个和睦的家庭中,我长大了,成熟了,父亲、母亲、妹妹所给予我的,既是支撑我对事业追求的一股凝聚的力量,又是一片夏日的绿荫,使我轻松、清爽而又舒心。人们说,人生如同在大海航行,但我即便是一条很小很小的船,也毫不惧怕风浪的狰狞和远行的孤独。因为在我的身后有一个宁静的美丽的港湾……

初次发表于1992年3月4日《中国人口报》

春天,你慢点走

春天来了。

记得少年时,每当面对一个新的春天,心中便会升起抑止不住的欣喜。那金黄的迎春,粉红的桃花,嫩绿的柳叶,让我读出的却是股股温暖,种种慈祥,声声召唤。于是,便再也在屋子里待不住,向往着在春天的大地上遗失自己,让所有的人都找不回来。

不知何时,那少年时的浪漫,愈来愈为一种淡淡的若有所失的怅惘所代替。一种光阴似箭的紧迫感如潮似汐一浪一浪漫上心头。不管做了多少,收获了多少,总觉得没做的更多,要去耕耘的更多。回首再也拉不回来的岁月,不由想起了宋代词人张耒《秋蕊香》中的词句:"别离滋味浓于酒,著人瘦。此情不及墙东柳,春色年年如旧。"

是的,我看春色仍依旧,叹春色看我却非昨。我们能抓住恋人的手,可是有谁能抓住青春的手?青春,你太不够朋友!

人,能原谅很多对不起自己的人和事,但是很少有人能原谅最亲密的朋友的背叛。青春,恐怕是唯一背叛了我们,却让我们毫不记恨而又无比怀念的友人。青春,你何德何能,却降服了所有人的心。

春天又来了。

面对春天，人们会想起很多，忆起很多，憧憬很多，感叹很多。自有千言万语的我只想说一句发自心底的话：春天，你慢点走。

初次发表于1992年3月6日《大众日报》，收录于《汪国真诗文集〔首版〕-散文》（内蒙古人民出版社，1996年）

读文学史一得

——创作与思考随笔之一

历史总是惊人地相似,相似之处常常就是规律。

所以要读历史,很重要的一方面,是为了指导今天的实践。所以要读文学史,很重要的一方面,是为了指导今天的文学实践。

中国是一个诗的国度。秦文汉赋、唐诗宋词,唐代诗歌迄今为止仍在中国文学史上占据诗歌的高峰。唐历经二百九十年,初唐有王、杨、卢、骆"四杰",中唐有孟郊、贾岛、刘禹锡、柳宗元之秀,晚唐则有杜牧、李商隐、韦庄、司空图之风骚,自不待说更有李白、杜甫、白居易等一代大家。以二百九十年之长,诗人们生活的年代不尽相同。以风格来说,王勃、李白、杜甫、杜牧、李商隐的风格亦有差异,甚至是很大的差异。但有一点是相同的,他们的作品都传播并流传了。这是为什么?

在文体中,词与诗近。在文学史上,宋以词闻。宋历经三百二十年,北宋有晏殊、欧阳修、苏轼,南宋有李清照、陆游、辛弃疾。词人们也是生活年代不尽相同,风格亦有差异,但其作品也都传播并流传了。这又是为什么?

再以后,元、明、清等朝代的文学中,诗与词都未占据最重要的地位。

到了近代,传播并流传的有戴望舒、徐志摩等人的作品。戴、徐等人，距唐、宋年代甚远，作品的风貌、语言差异更大，但其作品也都传播并流传了。这又是为什么？

如果一个个孤立看，诗人们尽多不同。如果"串"起来看，我们可以发现，他们有以下几点基本是相同的：第一，表现上的通俗易懂；第二，情感上的引发广泛共鸣；第三，内容上的蕴含丰富。我们不妨举例来说明：

"海内存知己，天涯若比邻。"（初唐王勃）

"慈母手中线，游子身上衣，临行密密缝，意恐迟迟归。"（中唐孟郊）

"身无彩凤双飞翼，心有灵犀一点通。"（晚唐李商隐）

王勃、孟郊、李商隐生活的年代不同，诗风不同，但从这些脍炙人口的诗歌中，我们可以看到，它们确都具有通俗易懂、引发广泛共鸣、内蕴丰厚的特点，这样，我们大致就找出了一个带有规律性的东西。

探寻这样一个规律的重要意义在于：如果说过去的诗歌大凡具备以上三个特点，便基本能得以传播并流传，那么今天的作品，是不是依然也是这样呢？

初次发表于1992年4月19日《文学报》，收录于《汪国真诗文集〔首版〕-散文》（内蒙古人民出版社，1996年）

我喜欢出发

我喜欢出发。

凡是到达了的地方,都属于昨天。哪怕那山再青,那水再秀,那风再温柔。太深的流连便成了一种羁绊,绊住的不仅有双脚,还有未来。

怎么能不喜欢出发呢?没见过大山的巍峨,真是遗憾;见了大山的巍峨没见过大海的浩瀚,仍然遗憾;见了大海的浩瀚没见过大漠的广袤,依旧遗憾;见了大漠的广袤没见过森林的神秘,还是遗憾。世界上有不绝的风景,我有不老的心情。

我自然知道,大山有坎坷,大海有浪涛,大漠有风沙,森林有猛兽。即便这样,我依然喜欢。

打破生活的平静便是另一番景致,一种属于年轻的景致。真庆幸,我还没有老。即便真老了又怎么样,不是有句话叫老当益壮吗?

于是,我还想从大山那里学习深刻,我还想从大海那里学习勇敢,我还想从大漠那里学习沉着,我还想从森林那里学习机敏。我想学着品味一种缤纷的人生。

人能走多远?这话不是要问两脚而是要问志向;人能攀多高?这事不是要问双手而是要问意志。于是,我想用青春的热血给自己树起一个高远的目标。不仅是为了争取一种光荣,更是为了追求一种境界。目标实现了,便是光荣;目标实现不了,人生也会因这一路风雨跋涉变得丰富而充实;在我看来,这就是不虚此生。

是的,我喜欢出发,愿你也喜欢。

初次发表于1992年第4期《知音》,收录于《汪国真诗文集〔首版〕-散文》(内蒙古人民出版社,1996年)

流行与流传
——创作与思考随笔二

不论是自然还是社会，都是有其规律可循的。日月星辰的运行，动物、植物的生长，社会的发展和演进莫不如此。事物都是有规律的，文学艺术也不例外。

一般来说，只要认真研究一下曾经传播并流传下来的都是些什么样的作品，我们大致就可以知道，今天什么样的作品能够传播并流传。

显然，流行的作品不一定能够流传，以为流行的作品便是流传的作品，是幼稚的；流行的作品不一定不能流传，以为流行的作品就不能够流传，同样是幼稚的。例如，流行歌曲中的绝大部分，虽然能够流行，但却难以流传。宋代柳永的作品曾广为流行，以至被称为"凡有井水饮处，即能歌柳词"。这些作品，不仅当时很流行，而且流传了。柳永词《雨霖铃》中"多情自古伤离别，更那堪、冷落清秋节；今宵酒醒何处？杨柳岸、晓风残月"，《望海潮》中"东南形胜，三吴都会，钱塘自古繁华……有三秋桂子，十里荷花"，《蝶恋花·伫倚危楼风细细》中"衣带渐宽终不悔，为伊消得人憔悴"等，都是流传至今的脍炙人口的佳句。

那么，什么样的作品才是既能流行又能流传的作品呢？我以为，符合上文（"随笔之一"）谈到的三个条件（表现上的通俗易懂，情感上的引发广泛共鸣，内容上的蕴含丰富）的作品，基本就是既能传播又能流传的作品。什么样的作品只能流行不能流传呢？符合前两个条件而内涵不够丰厚的作品可以流行却难流传。

三毛散文、琼瑶小说、席慕蓉诗歌，都具有通俗易懂和引人共鸣的特点，所以，它们都流行了，这是已为现在的事实证明了的。唯一难以证明的就是，这些作品究竟能否流传，这需要时间。

既然事物都是有规律的，在没有时间来证明的情况下，我们对作品能否流传也并非毫无办法。找出"参照系"便是一个办法。我们不妨同已经流传下来的作品加以比较。例如，徐志摩的作品，可以说既传播又流传了，那么席慕蓉的作品已经传播了，能不能流传呢？我们只需同徐诗加以客观而不是主观的、认真而不是草率的、全面而不是个别的比较，便基本可以了然。如果通过比较，结论是席诗远在徐诗之下，那么，其作品流传的可能性就小；如果席诗与徐诗不相伯仲，那么席诗流传的程度就可能与徐诗大致相同；如果席诗远在徐诗之上，那么作品的流传基本便成定论，甚至流传的程度可以远胜徐诗。三毛散文、琼瑶小说都可以进行类似的比较。当然了，事物是复杂的，上面所说只是就一般情形而言。

初次发表于1992年5月14日《文学报》，收录于《汪国真诗文集〔首版〕- 散文》（内蒙古人民出版社，1996年）

有一份孤独

有一份孤独是在很久很久以前，雨打着芭蕉也打着心灵的屋檐。放飞的一只只白鸽子杳无音信，流动的思绪都撒落成满地纸钱。也曾有愤也曾有怨，到今日愤与怨都变成了遥想从前的温馨与羞惭。

有一份孤独是在很久很久以前，雪装扮着青松也装扮着期待的眼睑。一次次等待一次次落空，是那个轻盈的身影从未出现过，还是出现过又消失在眨眼之间？也曾有思也曾有念，所幸那一年的雪花没有飘落到今天。

有一份孤独是在很久很久以前，想了很长念了很远，峨眉山苍凉的钟声，钱塘江汹涌的呐喊，可惜总是与我无缘。那苍茫，那磅礴，恰似一首写不出又忘不了的诗篇。

有一份孤独是在很久很久以前，那时家远思念更远，说不清为何要负笈求学十里之外，总不会是为了南国红英满树的凤凰木和灿若云霞的木棉。

有一份孤独是在很久很久以前，很久很久以前的孤独都凝结在今日的字里行间，一份孤独便是一处景色，我把处处景色，连缀成记忆的珍珠串串……

初次发表于1992年5月15日《大众日报》，收录于《汪国真诗文集〔首版〕－散文》（内蒙古人民出版社，1996年）

生活随笔

奇异的电话

晚上，写字台上的电话铃响了。

"喂，您贵姓？"听筒里传来一个女孩子的声音。

"我姓汪。"

"噢，你是汪国真吧？"

"是呀，你是……"

"我是个学生，从别人那儿弄到的你的电话号码……我听说你去美国了呀。"

"你听谁说的？"

"好多人都这么说。"

"我真去美国了，你还能听到我的声音吗？"

"是呀，没去就好……"

接完这个颇奇异的电话，我思忖起来，这是今天人们的一种思维惯式吗？出了名的人就会出国，出了国的人就会在美国。

女孩,别打这把伞

《女孩子的伞》这本书的名字挺动听,可是在我的心里这本书的名字一点诗意也没有。皆因这本书名的右下方多了一行小字:汪国真的新诗,当我翻过这本一位细心的读者给我,让我一辨真伪的书之后,发现有90%的诗作者不姓汪。

我劝女孩子别打这把"伞",当心淋着。

名字变得"雀巢"了

不久前,一家刊物的要目上刊登了这样一条目录:汪国真给本刊的诗信。看过之后,被吓了一大跳,在我还不算太糊涂的脑子里,不记得近来曾给这家刊物写过诗寄过信。后来,情况弄清楚了,又一次被人"假冒"了。

以前,一直觉得父母给自己起的这个名字实在是太没味了,不知何时,这个名字变得"雀巢"了。

初次发表于1992年第5期《女友》

平凡的魅力

我不会蔑视平凡,因为我是平凡中的一员。我的心上印着普通人的愿望,眼睛里印着普通人的悲欢,我所探求的也是人们都在探求着的答案。

是的,我平凡,但却无须以你的深沉俯视我,即便我仰视什么,要看的也不是你尊贵的容颜,而是山的雄奇天的高远;是的,我平凡,但却无须以你的深刻轻视我,即便我聆听什么,要听的也不是你空洞的大话,而是林涛的喧响海洋的呼喊;是的,我平凡,但却无须以你的崇高揶揄我,即使我向往什么,也永不会是你的空中楼阁,而是泥土的芬芳晨曦的灿烂。当然,当那些真挚的熟悉的或陌生的朋友提醒或勉励我,不论说对了说错了我都会感到温暖。

孤芳自赏并不能代表美丽也不能说明绚烂,自以为不凡更不能象征英雄气概立地顶天。

我承认,我的确很平凡。平凡得像风像水像雪……然而,平凡并非没有自豪的理由,并非没有魅力可言。

风很平凡,如果吹在夏天;水很平凡,如果是沙漠中的一泓清泉;雪很平凡,如果飘落在冬日与春日之间……

我欣赏这样的平凡,我喜爱这样的平凡,我也想努力成为这样的平凡。

初次发表于1992年第6期《知音》,收录于《汪国真诗文集〔首版〕-散文》(内蒙古人民出版社,1996年)

雨的随想

有时,外面下着雨心却晴着;又有时,外面晴着心却下着雨。世界上许多东西在对比中让你品味。心晴的时候,雨也是晴;心雨的时候,晴也是雨。

不过,无论什么样的故事,一逢上下雨便难忘。雨有一种神奇:它能弥漫成一种情调,浸润成一种氛围,镌刻成一种忆记。当然,有时也能瓢泼成一种灾难。

春天的风沙,夏天的溽闷,秋天的干燥,都使人们祈盼着下雨。一场雨还能使空气清新许多,街道明亮许多,"春雨贵如油",对雨的渴盼不独农人有。

有雨的时候既没有太阳也没有月亮,人们却多不以为意。或许因为有雨的季节气候不冷,让太阳一边凉快会儿也好。有雨的夜晚则另有一番月夜所没有的韵味,有时不由让人想起李商隐"何当共剪西窗烛,却话巴山夜雨时"的名句。

在小雨中漫步,更有一番难得的惬意。听着雨水轻轻叩击大叶杨或梧桐树那阔大的叶片时沙沙的声响,那种滋润到心底的美妙,即便是理查德·克莱德曼钢琴下流淌出的《秋日的私语》般雅致的旋律也难以比拟。大自然鬼斧神工般的造化,真是无与伦比。

一对恋人走在小巷里,那情景再寻常不过。但下雨天手中魔术般多了一把淡蓝色的小伞，身上多了件米黄色的风衣，那效果便又截然不同了——一眼望去，雨中的年轻是一幅耐读的图画。

在北方，一年三百六十五天中，有雨的日子并不很多。于是若逢上一天，有雨如诗或者有诗如雨，便觉得奇好。

初次发表于1992年第6期《知音》，收录于《汪国真诗文集〔首版〕-散文》（内蒙古人民出版社，1996年）

有那么一个日子

有那么一个日子你我都记得很清,柳叶用鹅黄拍打青春的湖面,薄雾用手拍打心灵的窗棂。我们携手走上了一条弯弯的小径,山峦绿葱葱。山上的古亭装着八面的风,山下的游人是否已忘情?在高高的山顶我们望啊望,望白云悠悠小鸟声声。虽然青春与春天不是千载难逢,却又怎么忘得了这样一个日子,我们为大山的雄伟而感动,为生命的灿烂而感动。

有那么一个日子你我都记得很清,小船用双手拨开了层层碧波晶莹,我在船中你在船尾,水中的鱼儿哗啦跳进了船里,引来我们阵阵快乐的笑声。想把活蹦乱跳的鱼儿拍下来却忘了取下镜头盖,那胶片上的空白可是夏日的嘲笑,嘲笑我们太年轻。

有那么一个日子你我都记得很清,小雨淅淅沥沥洒在我的脸庞上,而你那尼龙小伞上的水珠滴滴答答落个不停。雨水不停,脚步不停,我们就这样不停地走在闪闪发亮的路面上,身后是一片渐远的迷蒙。

有那么一个日子你我都记得很清,在站台上我为你送行,南去的列车挟走了你也挟走了我的表情,把一路祝福送给你却没留下什么给自己,回去的路上满脚都是泥泞。

有那么一个日子你我都记得很清,我们终于准备结束一个梦开始一个现实。我们是彼此的钥匙和锁,我们在一起才有意义,不论在什么地方我们同行。

初次发表于1992年6月12日《大众日报》,收录于《汪国真诗文集〔首版〕-散文》(内蒙古人民出版社,1996年)

关于"纯诗"

——创作与思考随笔三

近两年，在文学中，诗歌成了热门话题。于是，流行诗歌及流行诗人，"纯诗"和"纯诗人"，也成了人们纷纷议论的对象。

"纯诗"这一概念最早是法国人瓦莱里在 1920 年为柳西恩·法布尔诗集《认识女神》所写的前言中第一次提出来的。用他后来的话说："几年以前，我曾在为一个朋友的一本书所写的前言中用了这个词，但当时我并没有赋予这个词以什么特别的意义，也没有预见到各种各样的关切诗歌的学者们会从中得出什么结论。"

其实，"纯诗"与"非纯诗"是很难划分的。

试问，古今中外成百上千的著名诗人中，如波德莱尔、庞德、艾略特、惠特曼、普希金、拜伦、海涅、布罗茨基、帕斯、李白、杜甫、白居易等等，谁的作品是"纯诗"？谁的又不是"纯诗"？

如果说，他们的作品都是"纯诗"，可是，正是这位"纯诗"概念的始作俑者瓦莱里先生说："创作一部完全排除非诗情成分的作品，我过去一直认为，并且现在也仍然认为这个目标是达不到的，任何诗歌只是一种企图接近这一纯理想境界的尝试。"

如果说，他们的作品都不是"纯诗"，那么，连这些"大师级"的诗人们都没有写出"纯诗"来，别人还有多少指望呢？

如果说，从诗歌的创作到完成的过程，摒弃任何功利主义色彩的诗歌就是"纯诗",那么,雨果、莎士比亚等都是功利色彩很浓的作家和诗人,他们的作品显然够不上"纯诗"。

如果说,创作过程中摒弃任何非诗因素的诗歌才是"纯诗",那么,聂鲁达、帕斯等的诗歌都具有相当强的政治色彩,显然也不是"纯诗"。

如果说,只能供极少数品位高的人欣赏的诗歌才是"纯诗",那么,拜伦的《恰尔德·哈罗尔德游记》"作品发表,风靡全英",显然仍不是"纯诗"。

如果说,读者越少的作品,便越是"纯诗",那么,只有自己一个人欣赏的作品读者最少,这样,会写诗的人,人人都可以宣布自己的作品是"纯诗"。

如果说,"纯诗"仅仅是相对"流行诗歌"而言,那么,不流行的诗歌岂不都成了"纯诗"?

所以,严格地说,并不存在什么"纯诗",如瓦莱里先生所说,"创作一部完全排除非诗情成分的作品……这个目标是达不到的。"

宽泛地说,"纯诗"即是非诗情因素少的诗。这样,也就容易理解那些假、大、空的诗和矫饰、做作、故弄玄虚的诗为什么无法走进人们的心灵,因为那些都是非诗情因素。

初次发表于1992年6月18日《文学报》,收录于《汪国真诗文集〔首版〕-散文》(内蒙古人民出版社,1996年)

蜀地散记两则

一

1991年,《人民日报》的两位记者采访我时,曾经提了这样一个问题:"目前你最想去的地方是哪儿?"

"泰山、成都、九寨沟。"当时我这样回答。

在书中在画中在梦中,这几个地方都给我留下了太深的印象。1993年5月30日至6月5日,我终于有幸应邀来到了成都。说起来,以前对从未到过的成都最具体的印象竟是武侯祠的一副对联。上大学时,一位来自四川的同学曾经给我们绘声绘色地背过成都武侯祠这样一副对联:

能攻心则反侧自消自古知兵非好战
不审时即宽严皆误后来治蜀要深思

那位同学还特别说明这是毛主席曾很看重的一副对联。当时感觉这副对联写得很好,便请那位同学写下来,后来不由把这副对联也背了下来,再以后在一本欣赏对联的书中又看到了这副对联,和那位同学写得一模一样。因为喜欢,我在一篇文章中还专门提到这副对联。5月31日到武侯祠参观，不由格外注意寻找这副对联。但当我在武侯祠看到清人赵藩这副对联的真迹时，不由吃了一惊，原来我所背下的这副对联竟错了两个字。正确的写法是"从古知兵非好战"而不是"自古"，是"不审势即宽严皆误"，而不是"不审时"，当时站在真迹面前不由嗟叹良久，这也可说是到成都的一个意外收获吧。

二

那一天准备乘船去看乐山大佛，大家在码头上等船。邀请单位的贾主编对大家说："大约等十几分钟船就会来，大家可以稍微活动一下，不要走远了。"离码头不远处有一个报摊，走快一点来回也就七八分钟的路，于是我便跑去报摊买报。待我匆匆赶回来时，船刚刚离开码头，船上同行的人看到我边招手边乐，我也觉得蛮有意思。一个人孤零零地站在那里，不由想起了一首歌的名字——"伤心小站"。

这是此次来成都的又一个小小插曲。

初次发表于1992年6月21日《四川日报》，收录于《江国真诗文集〔首版〕－散文》（内蒙古人民出版社，1996年）

走向远方

是男儿总要走向远方，走向远方是为了让生命更辉煌。走在崎岖不平的路上，年轻的眼眸里装着梦更装着思想。不论是孤独地走着还是结伴同行，让每一个脚印都坚实而有重量。

我们学着承受痛苦，学着把眼泪像珍珠一样收藏。把泪水都贮存在成功的那一天流，那一天，哪怕流它个大海汪洋。

我们学着对待误解，学着把生活的苦酒当成饮料一样慢慢品尝。不论生命历经多少委屈和艰辛，我们总是以一个朝气蓬勃的面孔，醒来在每一个早上。

我们学着对待流言。学着从容而冷静地面对世事沧桑，"卒然临之而不惊，无故加之而不怒"，这便是我们的大勇，我们的修养。

我们学着只争朝夕。人生苦短，道路漫长，我们走向并珍爱每一处风光，我们不停地走着，不停地走着的我们也成了一处风光。

走向远方，从少年到青年，从青年到老年，我们从星星成了夕阳……

初次发表于1992年6月26日《大众日报》，收录于《汪国真诗文集〔首版〕-散文》（内蒙古人民出版社，1996年）

无法忘却的往事

时间过得真快。

粗粗一算,我与《辽宁青年》相识、相知竟有四五年了。当我第一次给《辽宁青年》撰稿的时候,我还是个无名小卒,那时我只是一个在不很大的范围内有一点影响的青年作者,而那时的《辽宁青年》,却已是一本在读者中有着广泛影响,并多年雄踞同类刊物发行量第一的杂志了。

我至今搞不很清楚的是,那时根本用不着为稿源和发行量发愁的《辽宁青年》的编辑们怎么会注意到我。只记得大约是在1987年下半年的一天,我去上班,因为途中拐到另一个单位办了点事,到班上的时间已经快11点了。我的同事告诉我,曾经有两位《辽宁青年》的编辑来办公室找我约稿,并留下了便条。从便条上我得知,这两位编辑一位叫关庚寅,另一位叫佟叫竟。当时他们住在团中央招待所。想特别说明的是,团中央招待所距我所在的单位有一段不算短的距离,而从离我们单位最近的车站下车,到单位仍有一大段路好走。就是这样,为了办好《辽宁青年》,为找到我这样一个并没为太多人注意的普通作者,他们风尘仆仆地来了。他们的这种敬业精神和待人的诚恳、谦和深深打动了我。我最初就是从他们身上认识了《辽宁青年》和《辽宁青年》编辑们的素质。

那天晚上，在团中央招待所，我与《辽宁青年》两位编辑有了一次非常融洽的谈话，并从那个时候起，我成了《辽宁青年》的朋友和撰稿人。

由于我撰写的诗文更适合尹葆华编辑分管的栏目，而那次因故没能同来北京的尹葆华编辑也曾特别提到希望能组到我的稿，因此在后来的四年多时间里，我的稿件基本上都是由他编发的，在四年多的时间里，尹葆华编辑自始至终给了我盛情的帮助和理解，令我永远难忘。

1989年10月，应《辽宁青年》之邀，我和来自各地的《辽宁青年》的一些骨干作者来到了美丽的海滨城市大连参加笔会，我没有想到的是这一行不仅使我结识了《辽宁青年》的领导和绝大部分编辑，以及许多富有才华的朋友，而且奠定了后来我的事业长足发展的一个重要基础。在大连期间，尹葆华编辑和编辑室负责人叶晓林同我商量从1990年第一期开始为我开辟一个专栏"哲思短语"，这一设想得到了《辽宁青年》老总们几年来一贯的大力支持。那时，距后来新闻出版界所说的1990年5月兴起的"汪国真热"还整整相差八个月，而《辽宁青年》约组我的稿时距这个"热"更远在两年以上。

中国有一句称道人有眼力和高尚的话叫作"荐人于无名之时，助人于落寞之刻"。几年来，《辽宁青年》对待我就是这样做的。他们不仅在我的事业顺利的时候扶持我，而且在我前进道路上遇到些坎坷的时候，主动挺身而出帮助我。而这么多年来，《辽宁青年》扶持的岂止是一个我，帮助的又岂止是一个我，凡是认真读过这本杂志的人都能够感觉到《辽宁青年》编辑的同时代和青年一起跳动的滚烫的心。

《辽宁青年》在1989年10月做出的这一决定，不仅令当时并不太出名的我吃惊，当我从大连回来同家里人谈及此事，从事了一辈子教育工作的父亲沉思了片刻感激地只说了一句:"《辽宁青年》可真敢干。"是的,即便是我的父亲在当时对我是否有承担起一个专栏的能力也表示了怀疑。《辽宁青年》对我的信任从过去到今天都是巨大的。《辽宁青年》这个专栏,是我从事创作后主持的第一个专栏。

我无法忘却,在我追求的路上,《辽宁青年》曾给予了我巨大的帮助。

初次发表于1992年第14期《辽宁青年》,收录于《汪国真哲思短语》(辽宁人民出版社,1992年)

彼此的馈赠

　　流逝的日子像一片片凋零的枯叶与花瓣，渐去渐远的是青春的纯情与浪漫。不记得曾有多少雨飘在胸前风响在耳畔，只知道沧桑早已漫进了我的心爬上了我的脸。当一个人与追求同行，便坎坷是伴，磨难也是伴。

　　谁能说清，世上有多少苦衷想与人言难与人言。纵使你问心无愧，遇上疯长的流言蜚语又怎能不让你齿冷心寒？纵使你无意折绿挽红，那飘在身上的柳絮也可以成为故事，令传说烂漫谣言斑斓。无论你是兔跑还是龟行，也常有那无聊之人看你左也不顺眼右也不顺眼，甚至恨不能把你搞得桅断帆残。

　　于是，世上不知有多少颗心，羡慕鸟的自由，蝶的蹁跹，蓝天与白云的和睦与友善。

　　于是，世上不知有多少颗心，向往自然，渴望自然，走向自然。

　　人们呼唤爱，是因为世间还缺少温暖；人们呼唤理解，是因为不希望彼此的隔膜漫长得如那没有尽头的似水流年。没有谁奢望世界是一个美丽的花园，但人们有理由想念春天。

　　让我们彼此馈赠这样的礼物吧：夏天是风，冬天是炭。

　　　　初次发表于1992年7月17日《大众日报》，收录于《汪国真诗文集〔首版〕-散文》（内蒙古人民出版社，1996年）

也谈高雅

——创作与思考随笔四

贝多芬的作品响遏行云,经久不衰。

1827年3月29日,是这位音乐大师下葬的日子。在那一天,当地所有学校停课向这位伟人致哀,护送棺柩的群众达两万人之多。贝多芬的作品是那样高雅,但是它赢得了从普通群众到专家学者千百万人的喜爱。

何占豪、陈钢的小提琴协奏曲《梁山伯与祝英台》那优美、凄婉的旋律征服了从青年学生到耄耋老人几代人的心。没有谁怀疑,这是我国音乐史上一部高雅的杰作。

唐诗的高雅与隽永举世公认,但这并不妨碍它征服各个年龄和多种文化层次的读者。

由此看来,不少高雅的艺术对大众和专家学者都能产生难以抗拒的魅力。

法国作家普鲁斯特的长篇巨著《追忆似水年华》为法国文学界所推崇。这部作品不久前由我国文学翻译工作者全部译成。我的朋友、译者之一的许钧先生曾赠我该书。赠书之际,他曾对我说,即便在文化人中,也很少有人会耐着性子将这部书全部看完。坦率地说,我也是这其中之一,我只看了该书的一部分。据报载,出版该书的译林出版社诸多编辑中,只有一人通读过全书。凡此种种,可见有一些高雅的东西只对少数人有魅力。

从上面的情形我们可以看出，艺术的高雅可以有两种：一种是为人们普遍喜爱和欣赏的高雅，一种是只能赢得少数知音的高雅。

这样，如果指责不欣赏普鲁斯特这一类作品的人是不懂高雅，品位太低，那是有欠公允的。因为不欣赏和不喜欢普鲁斯特这一类作品的人，却完全可能欣赏和喜爱贝多芬、托尔斯泰以及和普鲁斯特同时代的罗曼·罗兰、契诃夫等等，谁能否认他们的作品也是一种高雅呢？

其实，即便是发出这种诘问的人，面对诸多高雅的艺术，也未必就没有偏爱。

即便是俞伯牙，也不能奢望人人都成为钟子期。人们不钟爱你的"高山流水"，并不表明人们不钟爱一切"高山流水"。

如果整天自诩自己的作品高雅，实际并不高雅，也没有多少价值，因而遭到了世人的冷落。于是，便指责人们素质低、不懂艺术，则不但显得无理，而且显得有些无聊了。

初次发表于1992年8月13日《文学报》，收录于《汪国真诗文集〔首版〕-散文》（内蒙古人民出版社，1996年）

不该陨落的青春*

我没有想到，一首《永恒的奥运》竟成了他的绝响——三十一岁，就熄灭了生命的全部光芒。青春本是不该陨落的啊！陨落了的青春，既让人惆怅，也让人悲凉。

我不敢想，你所有的音容笑貌都成了永远的昨日。昨日的桂花只能在记忆中散发馨香。

我不敢想，你所有的聪睿敏捷都成了记忆。记忆里，你横溢的才华不会再如奔涌的滚滚波浪。

我不敢想，你所有的豁达善良都成了不尽的缅怀。从此以后，举杯便觉少一人，落笔更思君文章。

我曾深深祈祷·善良的人们活着的都安康，逝去的都安详。可我该怎样祈祷你呢？是痛惜、是遗憾、是迷惘？是隐忍、是落泪、是悲怆？

这是怎么说？黄昏还没有来临，生命的太阳已经落下了山冈；这是怎么说？黑夜已经来临，却迟迟看不见刺穿夜幕的青春的烛光。

---

* 杨文勇，男，当代著名青年词作家，歌曲《永恒的奥运》词作者。1992年7月12日，在北京小汤山游泳时遇难，年仅三十一岁，此文专为悼念他而作。

生命陨落了，你的歌却不会陨落；呼吸停止了，仍然在人们心头间闪烁的是你的智慧和向往。

三十一岁，是逗号不是句号。究竟是谁弄错了标点，我该问大地，还是问上苍？

初次发表于1992年8月7日《大众日报》，收录于《汪国真诗文集〔首版〕－散文》（内蒙古人民出版社，1996年）

结伴同行

一

你的身影愈走愈远脚步愈来愈轻,细雨如纱笼罩着街景也笼罩着你的轻盈。我们每一次相送都如行进中的音节适可而止,彼此留下一些归途上的寂寞和回味乐曲会更动听。

能够很想送一个人这绝对值得庆幸,可知有几多相送心底里希望的却是少走一程再少一程。送别时的心情是一个证明,仿佛若想知道风小风大只需静静倾听一下屋檐下的风铃。

二

到了有水的地方便有了心情,更喜荷花指路双桨自由纵横。满岸柳叶满湖清风,我们打破了自然的宁静自然也打破了我们宁静的心灵。木桨在阳光下淌着水滴,水滴像笑出来的眼泪般晶莹透明。不错,生活并不像梦一样美好,可正是因为现实艰辛我们才奋力把船划向心中的憧憬。

三

走过水路又有山路,登高才能望远才不糊涂。这是我们的玩笑也是生活的真实,无论怎样有你相伴我就更不担忧那时而晴空万里时而风沙迷漫的旅途。上山有荆棘有坎坷有危险,可是山上也有野花有清泉有松鼠。相信吧,没有什么能阻挡年轻的脚步,当我们一同攀上那秋叶满坡的山麓,我们会从彼此的眼睛里读到两个字——幸福。

初次发表于1992年第8期《家庭》

勇往直前

流云在天边,行囊在眼前,有一条通往太阳的路无边又无沿。

路上绿草茵茵,有青春为伴;远方黄沙滚滚,同成熟相连。我们走着,用生命祭起心中的圣坛。

即使受了伤,也不让泪水遮盖住脸,把眼泪揩干净,我们要重绽三月的笑颜。

即使迷了路,也不把忧伤刻在额前,星星终会升起来的,我们也总会知道哪边是北哪边是南。

我们走着,一天又一天,听风传递着雨的消息,听雨敲打湖的鼓面。那岁月的缆绳,终会成为我们抛向空中的闪电。

我们走着,一年又一年,看冰雪沉默在冬天响亮在春天,看春天把冰雪消融在大地的字里行间。那季节的色彩,终会被我们泼洒成斑斓画卷。

我们把每一个日子过得寻常又不凡,让飞扬的思绪轻轻绾住微风中的紫罗兰。我们的眼睛很黑很亮,瞳孔里变幻闪烁的是晨曦和晚霞的迷人光焰。我们走过的足迹,将会风化成一个传说,一片风采,一句格言。

生活并不简单,我们勇往直前。

初次发表于1992年9月25日《大众日报》,收录于《汪国真诗文集〔首版〕-散文》(内蒙古人民出版社,1996年)

一番感慨

有时候总不免生出一番感慨,恨不能把那过去的稚拙和失误都推倒重来。像春风又一次吹绿田垄,也仿佛一支空灵的笔细心地为未来着色添彩。然而,这感慨的心情更提醒我,过去的便是存在,如岩石一样可以风化不可更改。

我也知道,我不能从此变得谨小慎微,遇事总是在夕阳晚照的滩涂上犹豫又犹豫,徘徊复徘徊。不是吗?能够迅跑的双腿最初即便是走,也会是扭扭歪歪,更何况路本来就坎坷不平,有时沙暴也会把路标推倒掩埋。

要去做的事情怎可指望人人理解、个个喝彩,那独行的滋味除了苦涩还应有豪迈。难道不是?那胆小怯懦之人,有谁敢一剑惊天,独往独来?

有时候真羡慕古人的洒脱与情怀,小舟一泊千万里,薄酒相品在楼台。是啊,人不能总在门窗里重复自己,走出门去近有山远有海,应让山海伴我度生涯。

走吧,告别过去向着未来,真愿能有这样一种景致:我为岁月增新绿,岁月为我添丰采。

初次发表于1992年10月16日《大众日报》,收录于《汪国真诗文集〔首版〕-散文》(内蒙古人民出版社,1996年)

我在俄罗斯当"倒爷"

1992年8月,由于一个偶然的机会,我有幸与上海的叶永烈、北京的张胜友诸位作家,到俄罗斯的布拉戈维申斯克市做了一日游,并且在那里亲身参加了以货易货的边境贸易活动。这次经历,给我留下了深刻的印象。

一

我们是从哈尔滨动身的,乘一个晚上的火车,就到了与俄罗斯接壤的我国边境城市黑河,与黑河隔岸相望的是俄罗斯的边境城市布拉戈维申斯克市。

我们在黑河待了一整天,浏览了当地的自由市场。这天,有几大轿车的俄罗斯人来黑河进行以货易货的贸易活动。他们带来的物品主要有呢子大衣、手表、毛皮帽子、狐皮、望远镜、电动剃须刀、镀银餐具等。黑河市民许多人都能用比较流利的俄语同对方讨价还价,而后来到了布拉戈维申斯克市,发现俄罗斯人很少能讲汉语的,大多只能借助手势来表达意思。我至今没有想明白这个问题,是中国人更聪明,还是俄语比汉语好学?

与当年我上中学时相比,如今卢布是大大贬值了。当年的比值大约是1∶2.7，而如今一百卢布只能换三点三元人民币。据说现在俄罗斯人的月平均收入大约是七百到八百卢布，这样的工资水平在中国恐怕得算特困户，不过俄罗斯现在工资低，物价也低，所以人们还能维持生计。

在黑河的活动，我们把它戏称为一次"热身"。但大部分人只限于了解情况，"君子动口不动手"，动手买东西、换东西的很少。喜欢研究和撰写历史人物的叶永烈老师，倒是在那里买了个镀铜的列宁塑像，花了二十元人民币。

为了第二天在布拉戈维申斯克市的一日游参加边贸活动，我们每个人准备了一大口袋俄罗斯人欢迎的衣物。其中包括每套价值三十点五元的十套"阿迪达斯"运动服，每盒三元的五盒短裤，每件二十四元的两件夹克衫，每件十二元的两件衬衫。准备归准备，对这些东西明天能否出手，我们不少人都心存疑窦。

二

第二天早晨，我们从黑河市海关上船，沿黑龙江溯流斜上，几分钟后就到了俄罗斯一方，岸边已有七辆大轿车等着接中国参加一日游和边贸活动的旅客。

七辆大轿车依次开动，每辆车上配一名俄方导游和一名中方导游。我们车上的俄方导游叫安娜，是一位四十岁左右的漂亮中年妇女。她不会说汉语，只能用俄语介绍沿途景观和建筑，而由中方导游为她翻译。

据介绍，布拉戈维申斯克市是个居民文化水准较高的城市，市里有多所大专院校，成年居民中受过中专以上教育的约占四分之一。

布拉戈维申斯克市是个美丽的城市，市内有大片大片的绿地，政府大楼、学校、商店等建筑都蛮气派，街道也很干净，整个城市给人一种和平、宁静、温馨的印象。

至少从外表上看，这个城市的居民住得不错。住宅主要有两种：一种是以木头为主要建筑材料的别墅，每幢面积约为一百五十至二百平方米；另一种就是与我国大同小异的单元楼，只是人均居住面积要比我国宽敞许多。

在市府大楼前的广场上，俄方为每辆车的旅客拍了集体照，发给每人一张。拍照的费用从每位旅客预付的四百五十元人民币边境费中支出。四百五十元人民币边境费的用途还包括往返的船费、游览市容的车费以及中、晚两餐等费用，另外，还从兑换成的卢布中发给每位旅客三百七十五卢布的零花钱。

照过集体照后，旅客分别用自己带的照相机互相拍照。这时，偶尔有路过的俄罗斯儿童，他们大都很漂亮、很可爱，人们纷纷把孩子拉过来同自己合影留念，这成了一日游中颇有意味的插曲。

三

旅游车载着大家到自然博物馆参观后，到了该市一家商场前的大广场，边境贸易就在这里进行。对于我们这行人来说，亲身参加以货易货的贸易，下海当"倒爷"，恐怕还是平生第一次。大家都满怀兴趣地跃跃欲试。

在下车之前，安娜提醒大家，这里小偷很多，务必注意防范。尽管她作了非常必要的提醒，大家也有所警惕，但在下车后的短短十几分钟里，我们当中还是有半数人遭遇不测。损失最惨重的是《中国妇女》杂志社的一位女记者，丢了一架价值六百元人民币的照相机、三百元人民币和一千多卢布。我也不幸丢失了一千多卢布和身份证。

对我来说，一千多卢布的损失倒不算太重，只不过相当于一两首诗的稿费钱，可身份证丢失了，补领起来颇费周折、很伤脑筋。这一来大大扫了我的兴致。没想到正当我没精打采地在广场转悠时，身份证突然又失而复得。原来小偷把身份证扔了，被当地警察捡到，交给了另一辆大轿车上的中方导游小姐，而这位导游小姐是我的诗作的读者，知道我这个人，找到我把身份证送还。我这才有了兴致参加边贸活动。

　　真正的贸易活动是在一个有人管理的大厅里展开的。大厅里有许多货架，摆放着各种各样的货物，供游客用东西去交换。

　　我用五套"阿迪达斯"运动服换了一架十六倍的望远镜（在北京它的售价为三百三十元人民币），用一套"阿迪达斯"运动服换了一副非常精致的国际象棋。另外，还换了两盒不锈钢餐具，其中一盒有刀、叉、勺共二十四把，银光灼灼，煞是好看。这几笔交易我都很满意。当然也有不如意的事，我用一套"阿迪达斯"运动服换回的一只手表，走了一天竟快了二十分钟，显然不经修理是不能用的。

　　经过一番交易，我们大多数人带去的东西全部换掉了。晚上，大家在"清仓查库"的时候，都在回味着这次特殊的经历呢。

初次发表于1992年10月6日《现代家庭报》

早点回家

每到天冷了,胡同口就来了个卖烤红薯的老头。老人穿着件老式黑棉袄,脸上一道道挺深的皱纹刻着岁月的沧桑,下巴上的胡子长得有点像用秃了的牙刷。老人烤的红薯很香,打老远就能闻到,不时有放学的学生和买盐打醋回来路过这儿的大娘称上一个两个。老人像个恪尽职守的士兵,差不多每天都是天黑了很久,才借着昏黄的路灯收拾家伙打道回府,即使下雪天也是如此。

有一对年轻的恋人,是这儿的老主顾。每一次路过这里,那个长着一双漂亮的丹凤眼的姑娘都会跑过来拣上两个最大的红薯叫老人称。

"大爷,您烤的红薯真香。"姑娘一边搓着双手一边说。

"只要喜欢吃就常来,姑娘。"老人乐了。

"大爷,每次路过您这儿我都来。"姑娘的声音很清脆、很好听,像柔和的手指弹着夜的琴弦。

一次路上,她的恋人对她说:"真没想到,你这么喜欢吃红薯,老这么吃也不腻?"

"哪儿呀，我是想让那位大爷早点回家。"姑娘笑了，笑声敲打着夜空。

初次发表于1992年12月13日《羊城晚报》，收录于《汪国真诗文集〔首版〕-散文》（内蒙古人民出版社，1996年）

走出喧嚣

真喜欢走出喧嚣，把摩肩接踵的街市和纷乱嘈杂的声浪都弃诸脑后抛到九霄。

真喜欢这山一弯，水一道，小河上的鸭子静静地漂。

真喜欢此刻这一片紫竹只属于我，这一把吉他只属于我，听脚下河水不停地流，像一首绵长而又动人的歌谣。

别问我此刻想些什么。应该告诉你的我不说你也已经知道；别问我此刻憧憬些什么，你知道的，我所钟情的只是很平凡的菡萏与萱草。

走出喧嚣，到处都是好景致，春有小雨似画图，冬有大雪如鹅毛，更有雨中和雪中的记忆如贝雕。

走出喧嚣，别让繁花迷乱了眼，两个小钱累弯了腰。男儿当与青山比雄奇，女儿当与绿水赛妖娆。

走出喧嚣，时光从腕上悄悄滑过，鸟儿从空中掠过落在了黄昏的树梢。那钓鱼人在河边钓的是鱼，我在河边钓的是景致，他收获了一分喜悦，我收获了十分美妙。

初次发表于1992年12月4日《大众日报》，收录于《汪国真诗文集〔首版〕－散文》(内蒙古人民出版社，1996年)

父母心

普天之下的父母都有望子成龙的共同心愿。于是，为了孩子大家都苦熬苦撑，殚精竭虑，多方经营，个个差不多都是俯首甘为孺子牛。更有一些孩子的家长全然不顾孩子的兴趣和条件，孩子没有音乐细胞的偏张罗着给买钢琴，孩子没有多少体育细胞的偏忙活着给找教练，孩子没有多少下棋细胞的偏念叨着托关系往少年宫送。

既为人父母，很多事情都是过来人，应知道强扭的瓜不甜。可事到临头，想的却是有枣没枣打一竿子再说，弄到后来，孩子一个个苦行僧一般，七八岁的年龄，恨不得有七八十岁的心境，本事没见长进多少，却一个劲儿地变老成。此情堪怜。

其实，是玉可成器，是木可成雕，是沙可成塔。因材施教，自自然然地，孩子不必吃太多不必要的苦头，效果也会理想得多。若要求沙成玉之光洁，木起沙之功效，玉如木般要成梁成材，那可真是勉为其难了。

初次发表于1993年1月14日《齐鲁晚报》，收录于《汪国真诗文集〔首版〕-散文》(内蒙古人民出版社，1996年)

文学，仍大有可为

商品经济的大潮，深刻地改变着人们的生活和观念，也冲击着往日被人们视为崇高和圣洁的文坛。面对这股大潮的冲击，有一些从事文学工作的人感到了茫然和一时找不到自己所处的位置，有的人则已经彻底"下海"了。

我觉得商品经济浪潮对文学形成的冲击，并不像有的人想的那么严重。这个问题可以从两个方面来说：从纵的方面来说，中国的五千年悠久文明，构成了悠久的文化传统和深厚的文化积淀，并由此形成了一种强大的文化上的惯性；从横的方面来说，中国是一个有着近十二亿人口的大国，根据国家统计局1990年10月30日发布的公告，我国具有大学（指大专以上）文化程度的有16124600余人，具有高中（含中专）文化程度的为91131500余人，具有初中以上文化程度的为两亿多人。在以上三种文化程度中，无论哪一种文化程度的人，作为独立的人群数字都是十分庞大的，这就构成了广阔的文化消费市场。由于有着上述的文化传统、积淀和惯性方面的原因，使得在今天商品经济快速发展的情况下，仍有相当多的人会执着地喜爱文学，仅这部分人构成的文化市场依然是十分庞大的。有着这样庞大的文化市场，轻言文学的危机就是没有充分根据的。关键在于作家要审时度势,随着时代的发展调整自己的视角和脚步。文学,仍然大有可为。

初次发表于1993年1月15日《大众日报》

一起出发

你对我说，你要携着歌声去浪迹天涯；你对我说，你会含着泪水捧起一簇簇浪花。我知道在你眼里白云永远是最时尚的衣裳，你所要追寻的不是缤纷的虹霓而是遥远的晚霞。

你用浪漫诠释风华，你用兰草一样的想象去擦亮晶莹的眼眸飘逸的长发。你想把自然都拥入心怀，把青春放逐给绿草红花白雪黄沙。

这一个夜晚你说了很多很多，很多很多的话语像屋檐上的融雪敲打着石板滴滴答答。大地阒无声迹，只有星星说话，对你的七分热情三分任性，我不知该用天空还是大地的语言回答。

真想和你一起走，你不必为这个季节枝叶还是那样繁茂感到惊讶；我又怎能匆匆地走，在这一片土地上，春天播下的种子刚刚开始发芽；不愿意你孤独地走，我这一颗心怎能分成两半，对远行的一叶白帆，是亲人谁能不牵挂？

等一等好吗？稍微等一等，我们一起出发……

初次发表于1993年1月7日《羊城晚报》，收录于《汪国真诗文集〔首版〕- 散文》(内蒙古人民出版社，1996年)

头上是片湛蓝的天

当我握住岁月和你的手,便再也无悔无怨。生命的渴望说来纷繁却也简单,就像一只飞翔了很久的鸽子,希冀着一片青色的屋檐。

你可知道,我曾无数次感慨:认识你真是一生的幸运,哪怕我们只曾拥有过一个夏天。对一个夏天的回忆,也足以让不息的流水汗颜。

只是分别有时又是那样难免,当我离去的时候,请不要让你的表情成为阻隔我远行的浩瀚水面。让我们的日子在等待中度过吧,等待熟悉又生疏的你我,在璀璨的星空中再一次重现。

不必说出来,我知道你有一个深深的心愿,让她在祷告中渐渐长大吧,美丽得就像月色里荷塘中微风吹拂着的睡莲。

我也有很多感觉要告诉你,那感觉就像群山那样安谧却又起伏连绵。不要以为,当我没有注视你,便是心中对你没有挂牵,就像不要以为河水一直流向远方,就表明对两岸没有眷恋。

我在憧憬中建造着一排栅栏,是为了把喧嚣挡在外边,那里是一片狭小又辽阔的天地,狭小,是因为只能容下我们两个人;辽阔,是因为头上是片湛蓝的天。

初次发表于1993年第2期《女友》,收录于《汪国真诗文集〔首版〕-散文》(内蒙古人民出版社,1996年)

随笔三则

伙 伴

现代人做事,合作是显得愈来愈重要了。要成就一项事业,一个人或精力或财力或经验或关系总有地方会显得不足,于是便需借助与人合作,彼此之间取长补短,共谋大业。

时常耳闻目睹有些人因择人不当,而为人所误、所骗、所害。没有把共谋发展的伙伴选择好,难免成事不足,败事有余。古人说:"丈夫不可轻失身于人,仕而弃之,则不忠,与同患难,则不智。"是很有道理的。

今人虽不动辄言忠,信义总还是要讲的,纵使今日,与朋友同甘苦、共患难亦属义不容辞。由此看来,为了避免日后局面尴尬,选择伙伴真需慎重。

气 度

古时两军对峙,一方深沟高墙,一方远道而来。远道而来者求速战速决不得,便在城外叫阵,百般怒骂,激城内的人出来较量。聪明的守将大都森严壁垒,懂得"避其锐气,击其惰归",任你叫骂，我不理不睬便是。也有那愚笨的武夫，受不得这一时之辱，又要逞一时之勇，大开城门，杀将出来，结果被敌军团团围住。要么丢了城池落荒而逃，要么连人带城尽落敌手。如此这般，又岂是大英雄所为？

也见有些现代人，在市面店铺，因些鸡毛蒜皮的小事而起摩擦，到后来要么彼此出口伤人，要么相互老拳伺候，自以为凛然得不得了，英武得不得了，让旁人仿佛置身于戏院之中，如此这般，又岂是大丈夫所为？

《三国演义》中，诸葛亮致曹子丹书中曰："窃谓夫为将者，能去能就，能柔能刚，能进能退，能弱能强……"

岂止为将，想男儿立身于世，若不能做到能屈能伸，气度恢宏，实在是枉为男儿了。

诚　实

从前有个国王因为没有儿子，便向全国宣布，要选择一个诚实的孩子作为他的义子。

接着，他拿来许多花的种子分给每一个孩子，并说：谁用这种子培育出的花朵最美丽，谁就将成为王位的继承人。

到了国王规定的日期，孩子们端来了一盆盆鲜花。这些鲜花姹紫嫣红，争奇斗艳。一盆赛一盆地鲜艳、美丽。在这么多孩子中，只有一个孩子拿出了一个无花的花盆。

他十分惭愧地告诉国王，他是如何精心培育这花的种子，而种子却不发芽。

国王笑了，拉着他的手对大家宣布道：这就是我的继承人，因为我给大家的花籽都是煮熟了的，怎么会开花呢？

这个故事，对心眼越来越活泛的现代人来说，寓意是深刻的，有一些小聪明其实是不聪明，诚实看似愚笨实在是大聪明呵。

初次发表于1993年第2期《女性研究》，收录于《汪国真诗文集〔首版〕-散文》（内蒙古人民出版社，1996年）

批　语

上大学的时候，我是一个成绩平平、充其量算是中上的学生。

我那时的老师都很好，恪尽职守，一丝不苟。印象很深的有这样一件事：

教我们古代汉语的老师叫赖江基，课讲得生动而明白。对他讲的课，我喜欢听；对他布置的作业，却疏于应付。

我们一个学生宿舍住六位同学，其中一位从广东梅县来的同学叫刘剑星。一次，我为了图省事，依葫芦画瓢照抄了他的古汉语作业。

几天以后，作业本发下来了。赖老师在刘剑星的作业上写了一行批语："刘剑星，你的作业为何同汪国真一模一样？"而我的作业本上，也写下了批语："汪国真，你的作业为何同刘剑星一模一样？"

短短的批语，认真、辛劳、负责，尽在不言之中。

老师，您还记得这一切吗？而我一旦想起，便感到愧疚和温暖。

初次发表于1993年3月2日《羊城晚报》，收录于《汪国真诗文集〔首版〕-散文》（内蒙古人民出版社，1996年）

走出孤独

有一种喜欢孤独的人，是因内心充盈。他不需要与人为伴、交流、与人出游，便能生活得自在、洒脱而有质量。他的生存方式是孤独的，而他的内心并不孤独。

还有一种孤独的人，是因为生活中曾受到伤害。他需要一个安静的地方，舔自己的伤口。当伤口愈合了以后，为了避免再受伤害，或者触碰到旧日的伤疤，便将自己封闭起来，走向了孤独。他的生存方式是孤独的，内心也是孤独的。

这些人的心，仿佛是潮湿了的柴火，需要友情或爱情的火烘干、点燃。否则，时间长了容易发生霉变。

我曾经在海边小住过一段时间，见过各色各样的石屋。那有人居住、有人管理、有人修葺的房屋总是那么充满生机与活力，显得整洁而明朗。

而那常年房门紧锁、缺乏修缮的房屋则显得冷清而凋敝。仿佛一个在深山里修行的无人注意的木讷僧人。

一个人要走出孤独，需要别人的力量，更需要自己的力量，这就是你得敞开窗扉，接受风的吹拂、雨的滋润、阳光的照耀。

如果说个人的存在，仿佛一幢幢不同的房屋耸立在大地之上，那么我希望你漂亮、大方、容光焕发。

在海边,这便是一处诱人的景色。

初次发表于1993年第4期《良友》,收录于《汪国真诗文集〔首版〕-散文》(内蒙古人民出版社,1996年)

读者的力量

在许多文学爱好者眼里，专家是有力量的，权威是有力量的，名人是有力量的。我不否认他们的想法有一定道理，可是，我想以亲身的体会告诉他们：读者的力量。

很久以来，对于诗歌作者和诗人来说，出一本诗集是极为困难的，由于诗集的征订印数一般都上不去，出版社大都把出版一本诗集视为畏途，在日益讲求经济效益的今天，哪家出版社愿意不断地出赔钱书呢？

几年以前，出版一本自己的诗集，这是我的愿望，也是我的困难。想不到的是，这个愿望和困难竟轻而易举地被几个学生解决了：北京学苑出版社一位编辑部主任的妻子是一所学校的老师，一次她在课堂上发现她的一些学生在传抄我发表在报刊上的作品，当她从这些学生口中了解到北京有许多学生都在进行这种传抄的时候，她把这一信息传达给了她的丈夫。这件事引起了她丈夫的注意和重视。几个月之后，我的第一本诗集《年轻的潮》问世了。从愿望到实现，靠的是读者的力量。

时间滑过了几个年头。前不久，我收到了我的诗集的日文版。这本日文版诗集是由哈尔滨医科大学从事外语教研的池学镇副教授翻译，一位叫作泉源省二的日本友人校对的，书中收入一百四十首已翻译成日文的我的诗作。我与池教授素不相识，至今未曾谋面。他在给我的信中告诉我，他很喜欢我的诗，因此把它翻译出来并介绍给日本读者。从诗集的中文版到日文版，靠的依然是读者的力量。所不同的是读者从学生变成了教授。

在我接到日文版诗集之前，台湾金安出版社在1993年1月下旬出版了我的诗文系列五卷本。我相信如果这家出版社不是预测到了我的作品会在台湾有相当的读者群，是不敢贸然出这样一个"系列"的。从海峡的这头走到海峡的那头，靠的实际上还是读者的力量。

类似这样的例子还有不少。今天，当一些素不相识的文学青年希望我为他们即将出版的作品集写序或评价文章的时候，我想特别告诉他们的是，写出一本读者从心底里喜欢和欣赏的书，胜过一串名人为你写赞语。

初次发表于1993年第10期《辽宁青年》，收录于《汪国真诗文集〔首版〕-散文》（内蒙古人民出版社，1996年）

文学会大萧条吗?

近一个时期来,不少从事和关心文学事业的人都在不同程度上表现了对文学前景的忧虑,人们在问:在商品经济大潮的强烈冲击下,文学会大萧条吗?我们说文学会受到较大的冲击,但却不会大萧条。那么,依据又是什么呢?

从纵的方面来说,中国是一个有着悠久文明的大国,从上古时期的古代神话,到后来的《诗经》、先秦诸子散文、汉代的辞赋和乐府民歌、南北朝的骈文和散文、唐代的诗歌、宋代诗词、元代戏曲、明清小说以及五四运动后的新文学,真可说是历史悠久、源远流长,这样悠长的文化形成了历史,形成了传统,形成了积淀,也形成了强大的惯性。这些,都是今天文学虽受到强烈冲击却不至于产生大萧条局面的纵的方面的原因。

从横的方面来说,中国是一个有着十二亿人口的大国,根据1990年10月30日国家统计局人口普查主要数据的公报(第一号)我们得知:大陆具有大学(指大专以上)文化程度的人为16124678人,具有高中(含中专)文化程度的为91131539人,二者之和约为1.0亿人。具有初中文化程度的人为264648676人,三者之和共约3.71亿人。我们可以看出,把这三部分人中的任何一部分独立地划分出来,其数字仍然是相当庞大的,更不待说两部分或三部分之和了，这三部分人是文化市场的主要消费者，尽管商品经济大潮的冲击会使其中的部分文学爱好者兴趣完全转移，其他文化形式也会带走部分读者，但由于有了第一个纵的方面的原因，保留下来的文学爱好者的数量仍是相当庞大的，这也是这些年来一些热点的小说、诗歌仍能保持很高发行量的原因所在。中国庞大的人口中喜爱文学的人们仍能形成庞大的文学作品消费市场，这是文学不会大萧条的横向方面的原因。

今日的中国文学，仿佛一棵根深叶茂的大树，猛烈袭来的风暴会把一些叶子吹落，树枝折断，却还不至于动摇她的根基。

从作家方面来说，如果你是从来不大重视读者的，那么读者的增减对你便无什么意义；如果你是重视读者的，那么面对这样一个庞大的文化素质并不低的文学消费市场，你的作品却无法征服相当的人群，那么只好自认晦气，是很难怨恨别人的。

文学不会大萧条，并不是说文学创作不需要从内容和形式上做一些革新和调整，文学应随着时代的发展而发展。在未来一个相当长的时期内什么样的文学作品会较受读者青睐呢？我以为主要是以下两种：

一是与经济生活密切相关且又写得生动的小说和长篇的纪实文学。它们因符合时代大潮流而受人们青睐。

二是短小、隽永、优美的散文、诗歌和随笔，它们因符合快节奏的生活而受人们青睐。

由于某个突发事件或偶然因素，也会构成一时的阅读热点，但一般来说，这样的阅读热点却不会太持久。

初次发表于1993年6月17日《文学报》，收录于《汪国真诗文集〔首版〕-散文》（内蒙古人民出版社，1996年）

买　书

世界上的书籍浩如烟海，买书、读书免不了要加以选择。对于千百年来已成定论的那些书籍，想买时便没有什么犹豫，买回来后翻开，亦很少生出悔意。经过千百年岁月的淘洗，仍为人们珍爱的书籍，大体是珍宝无疑。

对于近当代作家的作品则不尽然。名不见经传者的作品，亦有读了如品香茗的；名字如雷贯耳的作家的作品，亦有读了兴味索然的。何以如此？想来想去，发现人们对于近当代作家作品的评价有一种不成文的规律：对于死人的作品要比对活人的作品宽容；对于老者的作品要比对年轻人的作品宽容；对于外国人的作品要比对本国人的作品宽容；对于职位高的人的作品要比对职位低的人的作品宽容。所谓"为尊者讳""外来的和尚好念经""尊老爱幼"这些观念和意识，在相当大程度上左右着对人和作品的评价。因此，对于书籍的评价也就很难称得上都客观、公正。

因此，凡买近当代作家作品，不取名气，只按自己曾读过某位作家的作品后对其的印象来决定取舍。在书店，曾对着不少名家的作品视若无睹，不去问津，也有某一作家的同一部书竟买了两本的。例如，上海作家叶永烈是我喜欢的一位作家，其著作《历史选择了毛泽东》一书我便买了两本。第一次见到是在一本叫作《新苑》的杂志上，那一期《新苑》一次刊载了该书全文，因还没见到单行本出来，为先睹为快便买了一本，待单行本出来后，又买了一本收藏。当然，叶永烈是名家。

王鼎钧是台湾的一位作家，在大陆知名度不算甚高，偶尔在一本杂志上看到他的几篇短文，觉得颇有味道，便在书店、书摊常常留意，希冀有朝一日买一本他的著作。遗憾的是至今未曾得到。

对于书籍，心里自有一本账。对于大家趋之若鹜的书籍，有时均拒，有时亦不能免俗；对于不为人们重视的作品，有时轻视，有时亦奉为知己。

总之，用自己的脑子判断，少一点人云亦云。

初次发表于1993年7月24日《湖南日报》，收录于《汪国真诗文集〔首版〕-散文》（内蒙古人民出版社，1996年）

感受青春

不知有多少次写过关于青春的文字了。

记得曾写过关于青春的诗,关于青春的散文,关于青春的随笔,青春似乎是写不尽的,像大海的潮汐。

当不久前的一天,第一次用词来写青春的时候,不知为什么却隐隐感到了一丝苍凉,难道是因为青春将逝?

跨进青春这道门槛,仿佛只是一夜间的事,然后沉湎其间不知岁月之短长。当将要跨出这道门槛时,却是那么恋恋不舍,恨不得回首复回首。

那天,一首《如梦令》在一腔激情中竟不觉挟裹进了一丝悲怆。

自古青春难驻,
年少正好射虎。
妙手挽风华,
功就与君共祝。
起舞,起舞,
更有憧憬无数。

这里有对青春的赞美——年少正好射虎;有对青春易逝的感

慨——自古青春难驻；有希望挽住青春的愿望——妙手挽风华，还有许多许多……我对青春的很多感受都凝结在这首词里了，我知道，这样丰富的感受，十年前我是写不出来的，因为那时候对青春的感受是不完整的，不完整的东西便会留下遗憾。

今天，当我比较完整地把对青春的感受写出来时，我发现我的手已经快握不住青春了，这又是一种遗憾。

此时此刻，我深深地感觉到，青春可以无悔，却很难无憾啊！

初次发表于1993年第9期《青春潮》，收录于《汪国真诗文集〔首版〕-散文》（内蒙古人民出版社，1996年）

往事如烟

人生有无数次选择，选择有时候需要勇气。我开始写诗的时候，是诗坛沉寂的岁月。那是 1984 年到 1985 年间。那时揭竿而起的诗派多如牛毛。但是，却没有一派能自圆其诗而引起人们的瞩目。诸子百家千家如过眼烟云。

看到我不停地写诗、发表诗，我的一位朋友劝我说：不要写诗，现在没有人看诗，要写就写小说、散文或报告文学，写什么也比写诗强。我感谢他的好意，却没有照他说的那样去做。

我想问题在于：究竟是人们不喜欢诗了呢？还是诗人没有写出为人们喜欢的诗。显然，这是截然不同的两回事。我和我的朋友在这个问题上看法不同。他趋向于前一种意见，而我则趋向于后一种意见。

我的看法是有依据的，因为随着我的诗作不断地发表，我已不断地收到大量的读者来信。有一位大学二年级的学生在给我的信中这样写道："有一天我被一首题为《热爱生命》的诗所吸引，很久没有什么诗吸引我了。看了看作者：汪国真。又有一天，一首《怀想》死死地牵住了我的目光，竟隐隐地感动了，泪，也不知不觉地淌出了眼眶，落在了诗上，又看了看作者：汪国真……从您的一首首诗中认识了您，尽管不曾谋面，但我可以在我心灵的一隅与您相会……"

另一位学生这样写道:"……今天中午,我在书摊前流连,随手拿起了《女友》。没想到,我也不敢相信,竟然看见了你的联系地址,匆匆中我买下杂志,又匆匆中回到教室,又于匆匆中,提笔写下这封冒昧的信。

"汪国真,请原谅我直呼您名,我早就想大声问你:汪国真,我们为什么读不到你的作品集?为什么我们要在紧张的课余,匆匆抄下你的作品?而害得我们如无头的苍蝇,到处寻找你的笔踪,为你'出版'诗集?

"我不曾像今天这样激动。但是,我认识的许许多多人都在互问:'喂,你知不知道汪国真是否出版诗集?我想买一本。''哎,我这里抄有他的一首诗。'要知道,我和他们一样希望拥有你的作品集!"

我相信,任何一位作者读到这样至真至诚的来信都不会无动于衷,而这样的来信,后来竟然达到了几万封。

当我从事诗歌创作几年之后,机会来了。北京学苑出版社一位编辑部主任的妻子是一所学校的老师。有一天上课时她看到她的学生在课堂上互相传抄东西,下课后她问学生们:

"你们在课上抄什么?"

"抄诗。"学生们不好意思地回答。

"谁的诗?"女老师好奇地问。

"汪国真的诗。"

"你们喜欢他的诗?"

"不仅我们喜欢,社会上好多年轻人都在传抄他的诗。"

这一信息很快传到了女教师丈夫的耳朵里。不久,我的第一本诗集《年轻的潮》出版了,并由此引发了后来被舆论界称为"汪国真热"、"汪国真现象"和"汪国真文化现象"的景况出现。

今天,回过头去看,如果说在一条看不到希望的诗歌创作道路上跋涉是一种勇气的话,那么,这种勇气既来源于自信,也来源于无数读者那期待的目光。

初次发表于1993年第9期《平安》

没人比你好

一个人成功的因素真是很多：天时、地利、人和等等，都是。我们有时会有一种感觉，最有名的书法家，不一定是字写得最漂亮的；最有名的作家，不一定是最有才气的；最有名的歌手，不一定是歌唱得最好的。实际情形也是如此。明白了这种情形，没有成功的时候便不会自卑，知道自己不一定比别人差。成功的时候便不会傲慢，知道自己不一定比别人强。就像一句名言说的那样：没人比你好，你也不比别人强。

初次发表于1993年10月1日《常州晚报》，收录于《汪国真诗文集〔首版〕-散文》（内蒙古人民出版社，1996年）

给少年

我真羡慕少年,学什么都来得及,不像我们,总是感觉在被时间的鞭子拍打着走。

少年不要怕失败,没有多少人会讥笑一个少年的幼稚和失败。当你长大了,失败的滋味会比少年时代难受得多。

习惯的力量是非常强大的,所以凡事一旦养成了习惯是很难改的。少年时期,在很多事上正是养成习惯的时期。与其后来吃力地改变一种坏的习惯,不如在少年时代就养成一种好的习惯。

少年时代学东西,容易着急,容易改变兴趣,若能听从长辈的指导并在一个伙伴之间展开竞赛,将有助于改变这种状况。

少年成才,固然是件可喜可贺之事,却并不特别值得骄傲,当时南朝齐梁之际的才子江淹,六岁便能写诗,成名也很早。遗憾的是晚年没有取得什么成就。《梁书·江淹传》中说他:"晚年才思微退,时人皆谓之才尽。"江郎才尽的故事是发人深省的。

除在其一方面确有特别杰出、超常的天赋者外,少年时期偏科是不大适宜的,未来的创造和发展需要思路开阔,过早偏科则会限制自己的思路,这也就限制了自己的发展。

少年时期虽应以学习为主,却也应逐渐养成分析和判断的习惯。有许多时候能够提出新的问题比解决问题还重要。

少年时代，人的记忆力特别好，能够在这个时期多背诵一些文学中的精华，不仅对当时有益，对未来也是很有益处的。

少年，既是长知识也是长身体的时期，学习和娱乐不可偏废。在我看来，首先是身体好，其次才是学习好，俗语说，身体是本钱，一个人连本钱都没有了，还能干成什么事呢?

初次发表于1993年第11期《东方少年》

我当倒爷儿

8月15日，去俄罗斯的边境城市布拉戈维申斯克一日游。那天早晨，拎着个硕大的布袋，里面装满了用来易物的运动服、夹克、衬衫和短裤，拎着这么个"标志"，平日的些许斯文气怕是早已荡然无存了。

若说起"倒"，于我也可说是历史悠久了。早在二十多年前，就曾倒过毛主席纪念章和邮票，而且成绩斐然，不过早已"挂靴"不干了。今日重操旧业，好汉还有当年勇吗？

过了江，坐上由俄方提供的大巴士，开始了走马观花似的参观，第一站是布拉戈维申斯克市的广场，然后是该市的一个颇为恢宏的自然博物馆。当大巴士停在一个商场面前的空地的时候，聚集等候在那里的俄罗斯老少们便围拢了过来。我们下车之后，立即仿佛置身在"人民战争"的汪洋大海之中：俄罗斯人用半生不熟的俄式汉语喊出的"同志"之声如夏日蛙鸣般此起彼伏，不绝于耳。我很快注意到，进行这种易货交易的俄罗斯的成年人和老年人都很守规矩，而一些十五六岁的孩子却在中国人身上玩起了"魔术"，稍不留神，你身上的东西就会被一帮挤上来的小家伙给"顺"跑了。

不大会儿工夫，我们同行的人发现，不少人损失惨重，有的卢布丢了，有的包被划了好几刀，我也损失了一千多卢布和一块手表，最要命的是我发现我的身份证不见了。身份证于我来说太重要了，近年来经常在外边跑，乘飞机、住旅馆都得用身份证，真正的贸易市场还未到，我的兴致却已丢得差不多了。

离开商场，车向贸易市场开去，一路上想着身份证的事，我已没有多少心情观看窗外的景致。

贸易市场在一个很大的大厅内，秩序很好，俄罗斯人把他们的货物都摆放在柜台上。在浏览之际，另一个团的中方导游找到我："汪老师，您是不是丢东西了？"

听到导游小姐的话，我不由精神一振："是啊，我的身份证丢了。"

"您的身份证在我那儿呢，刚才一个俄罗斯警察在商场前面的空地上拾到交给我，我一看竟是您的。"

谢天谢地，导游小姐恰好是我的一位读者。

向导游小姐道过谢，我的兴致立即提高了不少，口袋中的货物纷纷出笼，换回了诸如望远镜、国际象棋、餐具等一堆东西。回北京后，一些朋友问我这趟边境贸易是赚了还是赔了，下面一个情节或许颇能说明问题：

有一天母亲对我说，她在北京前门看见我带回来的那个银色的钱夹了，那是我用1元人民币买下的。

"一定比我买回来的价钱贵不少吧？"我问。

"哪儿呀，和你买的那个一模一样，十块钱俩。"母亲说。

初次发表于1993年第37号《美化生活》，收录于《汪国真诗文集〔首版〕－散文》（内蒙古人民出版社，1996年）

与作曲家有缘

今年8月中旬的一天,和我相识近十年的《中国青年》杂志社的编辑王冰给我打了个电话,电话中说他们正在搞一盘歌带,基本是由《中国青年》杂志曾经宣传和介绍过的非歌唱界的各界知名人士来唱,他希望我能参加。由于王冰和《中国青年》杂志在我的成长过程中曾经给予我许多帮助,再加上演唱者基本都不是歌星,不需要很高的专业水平,我便爽快地答应了。

约好了时间,王冰在我要去的音棚所在地的胡同口等我。见了面后,王冰问我以前录过歌没有,我说没有,所以真怕唱砸了。

王冰说:"没关系,就当玩一把,再说负责音乐编配和指导的金巍很喜欢你的诗,这样你们很容易沟通和合作。"

"金巍?他是我的小学和中学同学呵。"我说。

"是吗?"王冰惊奇了,"他只说很喜欢你的作品,没说你们是同学呵。"

"他在小学和中学都是宣传队的,是学校里的'知名人士',所以我知道他。我在学校时太普通了,我们虽是同一个年级的,但却不是同一个班的,因此他不大可能知道我。"我解释道。

金巍这个名字,对于广大读者来说或许还相当陌生,但如果我说他就是那盘发行量突破五百万盒的《红太阳》歌带的编配和指挥,而且还是中央电视台几届青年歌手电视大奖赛现场乐队的指挥,也许很多人就有印象了。

进了音棚,王冰先给我俩做了介绍,然后对金巍说:"你们俩还是小学和中学同学呢。"

"是吗?"金巍惊奇极了。

"是呀……"我有点兴奋地向他数了一串小学和中学老师的名字。

"对对,我知道,知道……"金巍点着头。

接着,我们又谈起了一些小学和中学的往事,短暂的交谈,使我们彼此间的陌生感一下子消失了。这也使我刚才有些悬着的心踏实了不少。

金巍告诉我,今天第一个来音棚录音的是时装模特彭莉,我是第二个,在我之后则是北京电视台的节目主持人田歌。

然后,他帮我选了一首我会唱也比较适合我音域的歌曲《草原上升起不落的太阳》。

录歌,这对我来说真有点赶鸭子上架的感觉。忙了一个多小时,终于录完了。水平实在不敢说好,只是尽力而为罢了。让我聊以自慰的是,这盘带子要的就是这个特色,而不是多高的水准,否则怎么轮也轮不到找我来录歌。

录完音后,金巍拿出一个本子说:"你的作品很对我的感觉,因此有的已谱了曲。"说着他翻到一首已被他谱了曲的诗作《没有》。

"是你写的吧?"

我看了一下词的内容,"是我写的。"我说。

"忙完这段儿我去找你,上你那儿去找点词,最近我正在创作一批歌曲。"

"那好呵。"我说。

说来,我和作曲家们还是挺有缘分的。不仅仅是金巍在不是有

831

意合作的情况下为我的作品谱过曲,谷建芬、徐沛东、莎光、颂今等许多作曲家都在和金巍类似的情况下为我的作品谱过曲,这些作品有些已经在电视和广播中播出了,还有一些作品也将会陆续走向听众。我相信,缘分是一种最好的合作。

初次发表于 1993 年《XIN AN EVENING NEWS》

新年，你好！

总是在不知不觉中，新年踏着轻盈的脚步悄悄来到。新年的钟声在零点敲响，预示着即将到来的是一个崭新的清早。新年，你好！

北方，雪挂美丽地结在树梢，在一阵阵寒风里，跳起了晶莹的舞蹈。大街上，叫卖的老大爷和老大娘，举着那一串串糖葫芦，红红的像温暖的火苗，点燃了过往孩子们快乐的欢笑。新年，你好！

南国，海摇起来还是那么蓝，帆悬起来仍是那样高。快放假了，同学们的心，一半惦着期末的考试，一半已飞出校园，像天上的白云飘呵，飘。新年，你好！

朋友，我知道：在过去的一年里，你有那么多的忧郁，那么多的烦恼。那么，就让它像去年的秋叶永远飘落吧，再让岁月把它掩埋掉。在新的一年里，祝你好运，愿那好运像风，像光，像空气，令你挡也挡不住，逃也逃不掉。新年，你好！

朋友，我知道：在过去的一年里，你有那么多幸运，那么多欢笑。那么，就让它像去年留下来的种子，在新的一年里破土发芽，叶长得更绿，花开得更艳，果结得更好。新年，你好！

在这新的一年里，祝愿孩子们好：祝愿祖国的花朵，绽放出千般妩媚，万种妖娆；

在这新的一年里,祝愿年轻人好:祝愿早晨八九点钟的太阳,冲破层层乌云,身披霞光万道;

在这新的一年里,祝愿老人们好:祝愿晚霞如朝霞,一样迷人地火红,一样熊熊地燃烧;

在这新的一年里,祝愿我们的祖国好:愿祖国更加繁荣昌盛,前进的脚步如滚滚奔腾、不可阻遏的万里大潮……

新年,你好!

初次发表于1994年第1期《辽宁青年》,收录于《汪国真诗文集〔首版〕-散文》(内蒙古人民出版社,1996年)

不妨有一个榜样

榜样的力量是无穷的。今天，已经很少有人再提起这句话。今天的人们，似乎更看重个性的张扬，榜样算老几？但回顾自己走过的生活道路，似乎没少从榜样那里汲取经验和力量。当然，随着个人命运的变化起伏，各个时期心中的榜样也是不同的。

很小的时候，听故事和读书，都是为了满足自己的好奇心和兴趣，很少和个人生活产生什么联系。渐渐地，开始习惯于把自己读过的东西和自己的生活与命运联系起来，从中汲取智慧和力量。曾经给我印象最深的是那个几乎妇孺皆知的"铁杵磨成针"的故事。这个故事告诉我，一个人要办成几件事，就必须有恒心。不过，我最初用这个故事砥砺自己，却是用在了诸如玩弹球、拍烟盒这些孩子玩的游戏上（我小的时候，供孩子玩的东西和游艺场所极少，十岁左右的孩子经常玩的就是诸如弹球、拍烟盒等东西）。你别看这些玩意儿不起眼，玩起来也要靠技艺定输赢，为了能够少输多赢，我甚至做到了"夏练三伏，冬练三九"，经常夏天弄得满手满裤子都是土，冬天玩弹球手冻裂了口子仍乐此不疲。由于坚持不懈地勤学苦练，上述技艺水平大长，称得上"不俗"。而时间就这样被大把地荒废掉了，现在想起来，真是追悔莫及。不过，由此也养成了对自己特别想干成的事会坚持不懈地去努力的习惯。后来，把这种韧劲儿用到有益的事情上，自然获益匪浅。

小时候，还曾练过一阵毛笔书法，由于这不是自己当时最感兴趣的事，后来就中断了。当再后来自己又以很大的兴趣开始重新拾起这门艺术的时候，也曾为在一段时间内技艺没有明显长进而苦恼和焦躁，继而怀疑自己是否具有这方面的天赋。冷静下来后，有时便想起了在电视片中看过的残疾人书法家刘京生等人走过的道路。他们失去了双手，竟然用口、用脚都能写出漂亮的书法，难道双手健全的我还不能够吗？有此一想，信心便大增。

也许，一些特别聪慧和意志无比坚强的人不需要榜样，对于这个世界，他自身的智慧和力量都很够用了。但我得承认，我无法做到这点。当我遇到困惑和坎坷，不知如何做才好的时候，便想想在这方面的榜样们是怎样做的，这的确对我很有帮助。

初次发表于1994年1月7日《南方周末》，收录于《汪国真诗文集〔首版〕－散文》(内蒙古人民出版社，1996年)

随感录（1）

稳定是社会发展的保障，一个社会如果不稳定，怎么能够向前发展呢？不过，另一方面，一个社会如果不注意发展，又怎么能够真正稳定呢？

稳定就是不使矛盾激化，不使矛盾激化就需要疏导。春秋时，郑国大臣子产不毁乡校，就是因为他懂得疏导的重要性。

中外历史上，都有杰出的政治家和过渡性政治家之说。前者是斗争实践的产物，后者常是各派妥协的产物。前者是因为服从而使局面稳定，后者是为了稳定而需要各派达成妥协。

人类的和平时期真是太短暂了，这使得历史上最杰出的政治家往往也是最杰出的军队统帅。

谁若想发动战争，是不难找到借口的。没有借口，也可以制造一个，就像制造武器那样容易。

对于有价值的东西，不一定要什么都喜欢，却应什么都容纳。喜欢与否是兴趣问题，容纳与否是气度问题。

不能容纳不同意见、风格和流派的人，在无权的时候表现为狭隘，在有权的时候表现为专制。

懂得了鉴赏，也就懂得了汲取。懂得了哪些是有价值的瑰宝，哪些是金玉其外、败絮其中的赝品，也就懂得了收藏。

初次发表于1994年1月8日《珠海特区报》

开电视还是关电视

城市的夜晚是电视的夜晚。

从 1936 年 11 月，英国广播公司在伦敦的亚历山大宫建成第一座公共电视台到今天还不足六十年，夜晚的城市已被电视的海洋淹没了。海洋中还有多少小岛呢？

电视的"霸道"，简直是要电影去自杀，不过电影不会自杀，没有电视，恐怕还显不出来电影的"高贵"。

电视可以使你得到很多，也可以使你失去很多。前者叫会看电视，后者叫看电视。

主张关掉电视和观看电视的人，都可以为自己的主张列举出一大堆说得过去的理由，我想说的是，有自制力的人为什么要关掉电视呢？没有自制力的人为什么愿打开电视呢？

今天，可以说每一个时期人们议论的话题、关注的焦点、流行的服饰都与电视有着千丝万缕的联系。电视是个"贼"，偷走了人们的心。

如果把看电视的时间都用来做事情，不要说一件事情，二三件事情恐怕也能做得成。如果既想做事情，又不想放弃看电视怎么办呢？那就少做一件事。

电视主持人应该具有很高的文化素质的思路是对的，不过让大学教授去主持娱乐性的节目,这很可能弄成"大正确"下的"小错误"。

听音乐,我喜欢听名曲,这样既愉悦了心灵又了解了经典;学艺术,我喜欢练书法,这样既学到一门本领又锻炼了身体;看电视,我喜欢看历史剧,这样既得到了休息又增长了历史方面的知识。

初次发表于1994年2月《电视月刊》

随感录（2）

本身高雅的东西，不妨以通俗一些的方式来表现；本身通俗的东西，不妨以高雅一些的方式来表现。雅而又雅，很容易远离大众；俗而又俗，很容易降低格调。

通俗易懂的作品不一定是名著，名著一般却都是通俗易懂的。

批评是一种艺术。善批评者，既可以实现自己的初衷又可使对方欣然接受。战国时，淳于髡、邹忌谏齐威王的故事，可说是这方面两个成功的范例。

维护传统与反传统这是事物的两个方面。当然，要维护的不是一切传统，要反对的也不是一切传统。

摈弃旧的传统需要一个过程，企业一蹴而就是不现实的。例如某些旧传统窒息人性，但这只是对具有新思想和意识的人来说才是这样。对于没有意识到这一点的人来说是谈不上窒息不窒息的。而使人们都意识到这一点则需要时间——过程。

什么时候成为英雄是偶然的，什么人成为英雄则是必然的。时势能把英才造就成英雄，却不会把庸才造就成英雄。

理智有时确是很脆弱的，甚至不堪一击。特别是在面对强烈感情的时候，人是很难保持理智的。这个时候，不使理智的城堡陷落的有效办法，就是及时回避。

在一个竞争日趋激烈的社会中，胆识变得愈来愈重要了。在胆识上无法胜过别人，便很难在事业上胜过别人。有胆无识是愚鲁，有识无胆是怯懦。

初次发表于1994年2月19日《珠海特区报》

随感录（3）

　　许多人都曾有这样共同的经历：他为社会做出贡献的回报是自己受到伤害。当人们为了保护自己，不得不时时小心翼翼甚至甘居下游的时候，受损害的则是整个社会。

　　总好偏激的人多虚荣。他们无法靠真才实学引起人们的重视和注意，于是只有靠偏激和耸人听闻了。

　　研究既可以产生真知灼见，也可以产生夸夸其谈。真知灼见引导人在实践中取胜，夸夸其谈在实践中不堪一击。如果我们对中国的历史稍加考察和研究，不难发现：中国历史上大大小小的事情，常常误在那些自以为是、坐而论道、纸上谈兵的人手中。要命的是，从古至今这样的人都是层出不穷。

　　金钱是能够使人心里获得平衡的一个砝码。社会上有一些职业是人们不愿干的，为什么不愿干呢？重要的一个原因是钱给得还不够多。

　　倘若金钱能够唆使一个人去害人，那么更多的金钱则可以使这个人背叛他原来的主子。

　　一个真正的男人应该是坚强的，可是有生下来就坚强的男人吗？没有。最坚强的男人和最软弱的男人在刚出生的时候没有什么区别，都没出息，就知道哭。是什么使一个男人后来变得坚强了呢？最经常的原因是挫折和磨难。

　　采取重大的行动之前，应有充分的调查和准备。因为凡属重大的行动，都不宜或不易在中途改变或放弃。《礼记·中庸》中说："言前定则不跲。事前定则不困。行前定则不疚。道前定则不穷。"是非常有道理的。

初次发表于1994年4月16日《珠海特区报》

随感录（4）

死记硬背的知识，仍是别人的知识，大脑不过成了储存器；只有善于运用知识，知识才是自己的。

无知而行动是盲动，无知而跟从是盲从。

竞争可以更大程度地挖掘人的潜能，一个人的潜能究竟有多大，恐怕连他自己都不很清楚。把自己投入到有意义的竞争中去，会更明了这个问题，也会活得更有价值。

竞争不是赌博，它不能依靠侥幸。以赌博的心理参与竞争，赢的机会是少而又少了。

绘画是没有分行的诗，没有动作的舞蹈，没有声音的音乐。

一个画家画得最多的东西，要么是他最喜欢的东西，要么是他想借以扬名的东西。

事物总是不断运动和变化着的，清醒的人能够看到并适应这种变化，迂腐的人则只会墨守成规。如韩非在"郑人买履"中讥讽的那个郑人一样："宁信度，无自信也。"

没有从容难有清醒。生活中遇到些许风浪便乱了方寸的人，是不足与之言清醒的。想春秋时，大敌当前，曹刿从容论战，的确令人钦敬。

初次发表于1994年6月11日《珠海特区报》

随感录（5）

好的动机并不一定有好的效果。明智的行动就是把二者有机地统一起来。这就是生活的艺术。

行动与动机并不都是统一的。不妥当的行动可能出自善良的动机，看似正当的行动背后却可能隐藏着险恶的目的。人应能够不为表面现象所惑，善于通过分析和判断还事物的本来面目，便是睿智。

有了金钱是求发展还是求享受，这是大家和小家的一个分界，有眼光和无眼光的一个分界，有文化和没文化的一个分界。

钱更多的不是靠攒出来的而是靠"挣"出来的，有攒出来的富裕户，却没有攒出来的实业家。

《天鹅湖》《睡美人》和《胡桃夹子》，被称为古典芭蕾舞的三个里程碑，这三部芭蕾舞剧的作曲都是柴可夫斯基一人。这使我有一种感觉：往往是一部杰出的艺术品造就艺术家，许多部杰出的艺术品造就艺术大师。

舞厅舞之所以长盛不衰，除了它自身和其氛围构成的魅力外，恐怕还因为它是一个容易产生各种各样的故事的所在。

真正做到闻过则喜的人能有多少？也时常见有人闻过大喜，但那已不是己之过，而是他人之过了。

少干事自然少表现出弱点，不干事自然没有什么弱点让人可抓，不过，人往往正是由此变得平庸。

初次发表于 1994 年 7 月 23 日《珠海特区报》

长恨人心不如水

——人生随感录

世界上没有绝对完美的人,也没有绝对完美的艺术品。因此发现和欣赏别人的优点,便是一种聪明。

我们的古人都懂得"水至清则无鱼,人至察则无徒"的道理。可是,今天生活中有些人却总是对别人求全责备,或攻其一点,不及其余。这不是显得太没风度和太不明事理了吗?

风气不好,人与人之间的关系会淡漠、紧张。人们也会常常发出如唐代诗人刘禹锡所写的:"长恨人心不如水,等闲平地起波澜"的感叹。良好的风气,是人们深深期盼的。

人际关系的紧张,会使人感到压抑和窒息,宽松的环境才能使人心情舒畅地工作。有时候,人际关系的紧张只是由个别人造成的,就像俗话说的,一个耗子坏了一锅汤,但愿我们都别去做这样的"耗子"。

有了一个宽松的环境,人生便多了几处风景,多了几分唐代诗人王维《终南别业》诗中说的"行到水穷处,坐看云起时"那样的意境和恬适。

心胸狭小的人多烦恼,别人不能公正地对待他,会使其烦恼;自己的机遇不如人,也会使其烦恼。在生活中遇到些许不顺的事情,便会叫苦连天,仿若安徒生童话中那个豌豆上的公主。

一个人有了宽广的胸怀，他在生活中便多了理解，多了宽容，多了温和，多了宠辱不惊的气度。

忠告对谁来说都不是多余的，对于聪明人更不是多余的。聪明人有时更易铸成大错，因为他太相信自己的聪明了。

初次发表于1995年第5期《科学与生活》

只要努力

不久前，广州一家大报的编辑托人向我约稿，我回了一封信，表示了乐于效命之意。很快收到了那位编辑的回信。信写得很诚恳。他在信中客气地说，接到我的信，他感到喜出望外，能约到我的稿子他感到很高兴。

其实，这些话应该我来说的。我在广州上大学期间和大学毕业以后的很长一段时间内，都以在这家报纸上发表文章为畏途，我觉得太难了。不料几年之后，我不仅可以在上边发表文章，而且是编辑约的稿子。

由此感到，人只要肯于不断努力，境况常常是可以在几年、十几年间有很大改变的。反之，则如汉朝桓宽所云："辍者无功，耕怠者无获也。"

收录于《汪国真诗文集〔首版〕- 散文》（内蒙古人民出版社，1996年）

不能沾

我有一位同学，上学期间虽不是班上功课最好的，人却很聪明。毕业以后，几经调换，他来到一家公司工作。由于工作努力，很快担任了部门的领导职务，但是不久以后就出事了。由于贪污受贿方面的问题，他被送进了班房。

这不由使我想起了一则故事：一所房子里有一瓶打翻了的蜜糖，一群苍蝇闻到蜜糖的香味飞了过来，它们落在蜜糖上大吃起来，当它们吃饱喝足之后，想要飞走，这才发现脚已被蜜糖牢牢粘住，飞不起来了。苍蝇快断气时后悔不已地说：我们太傻了，为了一点蜜糖却把生命断送了。

生活之中，有些不该属于自己的好处是不能沾的。

沾了，就会因小失大，不但不能真正得到自己想要的，连原来属于自己的也会赔进去。

收录于《汪国真诗文集〔首版〕－散文》（内蒙古人民出版社，1996年）

少点牢骚

常见有些人发牢骚,牢骚的主题之一是抱怨自己的怀才不遇。

客观地说:怀才不遇者中有两种人,一种是确有真才实学者,一种是志大才疏、无自知之明者。不论是哪一种人,发牢骚都是没有多大用的。对于前一种人来说:"超俗拔萃之德不能立功于未竟之时",你再有本事,时机不到也是枉然;对于后一种人来说,则是:"不患人不知,惟患学不至"了。在这个竞争日趋激烈的社会里,一个人只要真有本事,早晚都会有用武之地的。

收录于《汪国真诗文集〔首版〕-散文》(内蒙古人民出版社,1996年)

怀念军服

我十几岁的时候,"文革"正搞得如火如荼。那时,最令人羡慕的职业是军人,最时髦的衣服是军装。曾经做过许多次参军的梦,十分遗憾,家里和亲戚中没有军人,不能为我参军提供方便。有的却是一堆在那个时代十分忌讳的海外关系,就凭这,当"八路"是绝对没戏了。退而求其次,那时能把自己装扮得像个"八路"亲属也是件令人神往的事。为了弄一套正儿八经的军装穿穿,我动了不少脑筋。

我的中学同学里,有不少军队干部的子女,看到他们天暖和的时候穿布军装,冷的时候穿将校呢军装的神气劲儿,把我和许多没有这种关系的同学羡煞得不行。

班里有一位和我很要好的男同学,父母都是军人。我曾经鼓足勇气向他表示我乐意用一套崭新的蓝色或灰色的老百姓穿的衣服去换他一套半新不旧的军服。我原想凭这种交换条件及我和他的友情,他会很爽快地答应这件于他来说并不太为难的事,没想到我刚结结巴巴把意思表达清楚了,便被他婉言谢绝了。以后,我逐渐搞明白了,问题并不在于我的衣服是新的,他的衣服是旧的,而在于若是我们这些老百姓都像了"八路"亲属,那么他们这些真正的"八路"亲属的优越感就无从表现出来了。

在经过相当长时间以后，非常理解我的心情的母亲，托一位在家乡县里水电局当局长的亲戚从军代表那儿换了一套崭新的军装给我。尽管这套衣服穿在那时还矮小的我身上长了许多、大了许多，但这依然是我最喜欢的一套衣服。由于经常穿，小时候又贪玩，衣服坏得很快，我深知再弄一套军装的艰难，于是这套渐渐洗得发白了的军装上添了一块又一块补丁。即便有了许多块补丁，我依然还是最喜欢穿这套衣服。这是我一生中穿过的补丁最多的一套衣服。

人要是走火入魔，那真算是没治了。

收录于《汪国真诗文集〔首版〕－散文》（内蒙古人民出版社，1996年）

我说电脑

现在很多作家都已改用电脑写作，我还没有。不是因为保守，也不是因为习惯用笔写作，而是因为电脑的优势还不能在我这里充分表现出来，实在是有些大材小用。

我写的东西，或诗或文都不很长，这样，誊写于我便不是件很费时和辛苦的事。我想，对于写长篇巨制的人来说，电脑一定是个好帮手。至于电脑打出来的文章的清晰、工整，恐怕是一流的硬笔书法家也难及的了。

当然，并非一点都没想过电脑写作，记得中国作协曾举办过两次会员换笔活动，我也曾跃跃欲试来着，无奈那个时候事情太多，加之用电脑写作于我又不是件很迫切的事，因此便搁置下来了。这一搁就是几年。

有这样一种说法，有三种本领当代人是应该学会的，这三种本领是：电脑、外语和开车。就一般知识分子而言，玩车当属高消费，娴熟地掌握一门外语也非一日之功，比较起来，电脑还是比较容易、比较实际的一种选择。

我想，再有一次换笔活动，我应该不会错过。

初次发表于1996年1月26日《文艺报》

旅　游

旅游，就是一个地方的人心甘情愿地把钱送到另一个地方。

到外地去旅游，可以更了解自己，不但了解自己的优点，也了解自己的不足。到国外去旅游，可以更了解自己的祖国，不但了解她的可爱，也了解她的缺憾。

旅游的意义之一在于：像巴比伦和庞贝古城这样的地方，能使人们更深地了解到什么叫历史，而像黄金海岸和美国航天博物馆这样的地方，能使人们更进一步地知道什么叫未来。而一个对历史和未来有更深层把握的人，也会更好地把握人生。

对普通人来说，在最适宜的时间去最适宜的旅游地点，未必有最宜人的效果。二者只取其一，往往更明智。一次处处不顺、疲惫不堪的旅游，真可说是糟糕透顶，与其说是旅游，不如说更像逃难。

从旅游学的角度来说，金钱、时间和体力是构成旅游的三大要素。可是很明显的是：一般来说，有充足的金钱和时间的人，往往没有体力；有体力的人，往往缺乏足够的时间和金钱。由此看来，远程旅游是很受条件限制的，近程旅游则会有更广阔的前景。

从一个地方出去旅游的人的多少，可以在某种程度上看出来这个地方的富裕程度和观念的开放程度。贫穷的地方的人因为贫穷，没有能力出去旅游；而富裕但观念保守的地方，出去旅游的人也不会太多。

在旅游中出现些有惊无险的事是别有一番滋味的，这既增添了戏剧性，也颇堪回味。

古人多有出游或羁旅时而作的诗作，在这类作品中，我最喜欢的是唐朝孟郊的《长安羁旅行》："十日一理发，每梳飞旅尘。三旬九过饮，每食唯旧贫。万物皆及时，独余不觉春。失名谁肯访，得意争相亲……潜歌归去来，事外风景真。"这真可说是因羁旅而得诗，因诗而一吐心中块垒。

收录于《汪国真旅游作品选集》（中国旅游出版社，1998年）

我的人生经历

引子·鲁豫有约

2002年3月9日上午10时。

我和香港凤凰卫视《鲁豫有约》节目主持人陈鲁豫在距北京天坛公园东门不远处的龙湖温泉大酒店咖啡厅见面,应邀接受她的采访。凤凰卫视驻京机构的五六个工作人员在一旁忙碌着。

在和陈鲁豫短暂的寒暄中,我发现和她还是校友。我们都毕业于北京实验中学。当然,她要比我晚毕业许多年。我于1968—1971年在这所学校就读。1971年12月初中毕业,跨出实验中学校门。那一年我只有十五岁。十五岁,白云和鲜花一样的年龄。尽管,那时候给国家和民族带来深重灾难的"文化大革命"还没有结束。但对于一个十五岁的孩子来说,依然是"少年不识愁滋味","少年心事当拿云"。

北京实验中学在"文化大革命"前叫"北京师范大学附属女子中学",简称"师大女附中","文革"中一度易名为"北京一五〇中学"。后来又改名为"北京师范大学附属实验中学",简称"实验中学"。这个名字一直沿用至今。

这所中学不论在"文化大革命"前,还是在改革开放的今天,都是赫赫有名的。"九天阊阖开宫殿，万国衣冠拜冕旒。"她至高无上的地位，大约没有一所中学能比。

这所中学"文革"前之所以有名，除了她雄厚的师资力量、高水平的教学之外，主要原因在于当时那些在校女孩子的家长都是我们年轻共和国的风云人物。这所学校当时主要招收"三高"家庭的女孩子。"三高"，即指高级干部、高级知识分子、高级民主人士。在"文革"前，十三级以上的干部被称为"高干"，十三级的干部，大约相当于今天副厅、局级，这个级别的干部若在地方绝对算个人物，但若在师大女附中学生的家长中，大约只是一座宝塔最底端的那部分。仅以中共领导人的孩子来说，据我所知，当时在师大女附中就读的就有毛泽东的女儿李讷，刘少奇的女儿刘婷婷，林彪的女儿林豆豆等。"一夕小敷山下梦，水如环佩月如襟。"其清绝高标，大抵如此。

改革开放以后，这所学校依然有着隆隆声誉。在很多年的高考中，高考升学率竟然达到了百分之百。自从"文化大革命"中男女合校后，从这所学校走出，后来有所成就的人士，有以谱写歌曲《血染的风采》《黄土高坡》闻名的作曲家苏越，有以写京味小说著称的作家刘一达，有常为江泽民、李鹏等党和国家领导人做翻译的女翻译朱彤，还有就是折桂2000年和2001年度华语最佳主持人的香港凤凰卫视主持人陈鲁豫。我相信，在实验中学多如过江之鲫的人才中，我所知道的还仅仅是沧海之一粟。"万壑树参天，千山响杜鹃"，从实验中学毕业的人才，已足以构成眼里清流绿满怀，千鸟啁啾万朵开的绮丽风景。

我至今仍深深感谢实验中学对我的培养，否则，我是断不可能在七年之后，以初中学历，在高考录取率仅为百分之四的惨烈竞争中脱颖而出，考上大学。多年以后，一首《感谢》融入了我对所有帮助过我的人的一份真挚情感。其中，就有我中学的老师们。

是的——

  让我怎样感谢你
  当我走向你的时候
  我原想收获一缕春风
  你却给了我整个春天

  让我怎样感谢你
  当我走向你的时候
  我原想捧起一簇浪花
  你却给了我整个海洋

  让我怎样感谢你
  当我走向你的时候
  我原想撷取一枚红叶
  你却给了我整个枫林

  让我怎样感谢你
  当我走向你的时候
  我原想亲吻一朵雪花
  你却给了我银色的世界

成了"文化符号"

  我喜欢看海，我可以久久地坐在沙滩边看近处浪花飞溅，望远处海鸥翱翔。

  我喜欢海的壮阔，海的品格，海的力量，海的变幻。海能让我流连忘返，思绪翻飞，我把对海的情感凝聚笔端，于是化成一篇《海边的遐思》：

  一排排涌浪涤荡着心头的尘埃，灵感被浪涛击伤，裸露着一片苍白。时间满面晦暗，没有了往日的神气今日的风采，我的眼睛，久久驻扎在流逝的过去与遥远的未来。

  翩飞的海鸥无忧无虑拍打船舷撞击胸口，如果飞翔便是价值便是愉悦，又何必向看着你的人解释表白。人类总觉着光阴苦短道路漫长，世世代代不知有多少英雄豪杰仰首问苍穹：生命为什么不能飞起来？

  恋人们留恋沙滩仿佛当年战士钟情炮台，一枚枚在这里枯萎的贝壳，却烂漫在千里之外。瞧：人类有多贪心，来一趟海边却想捎走一个大海，可谁不是期望自己的视野里，总是满目葱茏一脉青黛。

  妇女们平静地用银梭编织着海里惊心动魄的故事，搁浅岸边的斑驳古船，只有靠回忆享受出征的辉煌大海的澎湃。呜咽的螺号是波涛上最动人的音乐，蔚蓝的情愫穿过世纪之门响彻千秋万代。

  身后的城市，仿佛是一座幕起又幕落的舞台，最出色的演员不在舞台上而在生活中，不知这是不是人生的幸事和艺术的悲哀。

  看海与出海真是两种生活两种境界，一种是把眼睛给了海，一种是把生命给了海。

  如果心胸不似海又怎样干海一样的事业，如果心胸真似海任何事业岂不又失去了光彩……

后来，这篇《海边的遐思》和我的另外四篇短文，在2000年被收入到《全日制普通高级中学语文读本》一书中，换句话说，也就是在2000年后，每年有数百万的高一学生都会阅读到这篇《海边的遐思》和我的另外四篇短文。

我曾经问过凤凰卫视的编导吴穷小姐，中国各界的名人这么多，作家、诗人这么多，为什么偏偏要找我？她说，因为你是过去一个历史时期的"文化符号"。

> 是啊，过去——
> 　过去
> 　是什么
>
> 　过去是路
> 　留下蹒跚的脚步无数
>
> 　过去是雾
> 　近的迷蒙　远的清楚
>
> 　过去是湖
> 　回忆，是掠过湖面的白鹭
>
> 是啊，过去的岁月——
> 　过去的岁月
> 　总也难以忘怀
> 　不能忘怀
> 　是因为我们付出了爱

铃兰花开的时候
我们欢笑着跑过去
白毛风吹来的日子里
我们咬紧牙关挺过来

不论今天
我们在哪里相聚
或在哪里分手
忆及往昔
总忍不住
滚滚热泪　濡湿襟怀

我想,在"鲁豫有约"这个开办于2002年元月下旬的栏目中,不论是在我之前出现的毛阿敏、庄则栋、章含之、吴士弘、程琳、马胜利……还是在我之后,他们计划采访的范曾、宫雪花、王军霞……每个人过去的人生中都会有许多欢乐,许多沉重,许多感慨,许多心得。而我,当然也不会例外。"六朝旧事随流水,但寒烟衰草凝绿。"想起宋代王安石的这首《桂枝香》,不觉"别是一番滋味在心头"。

最初的文学生涯

回首往事,往事如昨。

往事如昨。昨夜的星辰已坠落,不坠的是挂在岁月脖子上那串闪闪烁烁的记忆。仔细品味,那最亮的一颗竟是由痛苦磨砺而成,那最润泽的一颗则是因了爱情春风化雨般的浸润。如果说那串闪烁的记忆是一笔财富,那么,那些难以忘怀的经历则是这笔财富闪着不同光泽的内容。

在如昨的往事中，重要的并不在于得到过或失去过，重要的在于经历过。因为哭过，笑才灿烂；因为爱过，回忆才斑斓。如果说心像湖水，那么夏也是景致，冬也是景致。但不论表面上是碧波荡漾还是如镜寒彻，那湖的深处都不曾结冰。

过去的岁月总也不能忘怀，不能忘怀是因为我们自己走过来。纵使那脚步稚嫩，回首也感到亲切，因为那是真实；纵使走过的路上并没有鲜花开放，回想也感到留恋，因为那上面覆盖着自己生命的步履。

回首往事而又不沉湎往事，使我不仅有所感而且有所悟。既羡"青山遮不住，毕竟东流去"，又何必总感伤"泪眼问花花不语，乱红飞过秋千去"。

往事如昨。当我怀着一种难以言状的心情捡拾起往事的片片落叶时，我发现自己真的长大了……

少年长成是男儿。

是男儿总要走向远方，走向远方是为了让生命更辉煌。走在崎岖不平的路上，年轻的眼眸里装着梦更装着思想。不论是孤独地走着，还是结伴同行，让每一个脚印都坚实而有重量。

哦，远方，是因为远方有一个文学的梦吗？

京广铁路是中国铁路交通中的一条大动脉。从北京往南，途经的大城市有石家庄、郑州、武汉、长沙，最后一站是广州。

我最初的文学生涯同京广线上的三个大城市有着密切的关系，这三个城市是广州、长沙和北京。

我的处女作是在广州上大学的时候发表的，我的第一首引起读者强烈回响的诗是在长沙《年轻人》杂志发表的。我决心走诗歌创作的道路是由于北京的《青年文摘》转载了我的诗，这次转载，使我意识到了我是有能力写出为读者，特别是青年读者所喜爱的诗歌来的，也就是从那个时候起，我决定定向发展，不再写那些令我感到蹩脚的小说，而专心从事诗歌创作。

或许直到今天，刊发我处女作的《中国青年报》那位叫梁平的编辑，刊发我第一首有影响的诗作的《年轻人》杂志那位叫谢乐健的编辑，以及第一次转载了我的作品的《青年文摘》那位叫秦秀珍的老师都没有意识到，没有这三次机遇，当年一个喜欢写作名叫汪国真的青年，至今还可能默默无闻，他们或许完全没有意识到，在他们的举手投足之间，便成全了一个年轻人未来的事业……"碧玉妆成一树高，万条垂下绿丝绦。不知细叶谁裁出，二月春风似剪刀。"在我心中，他们便是裁出一片风景的春风。

1978年10月，我从北京踏上了南行的列车。就是这次南行，完成了我人生旅途的一个重大转折。我从一个普普通通的年轻人，一跃成为令许多年轻人都羡慕的大学生。

暨南大学位于广州南郊，"文革"期间曾长期停办，1978年10月，暨南大学迎来了她复办后的第一批大学生。

暨南大学的校园是美丽的，波光潋滟的明湖，淡黄色的学生宿舍楼，外形很像蒙古包造型别致的学生饭堂，以及在广东高校中最为漂亮的游泳池，这些都给我留下了深刻而美好的印象。而给我印象最深的则是由郁郁葱葱的桉树组成的林荫小路，特别是在夏天，那种遮天蔽日的感觉真好。哦，怎能忘记呢，那校园的小路——

> 有幽雅的校园
> 就会有美丽的小路
> 有美丽的小路
> 就会有求索的脚步
>
> 忘却的事情很多很多

865

却忘不掉这条小路

记住的事情很多很多

小路却在记忆最深处

小路是条河

流向天涯

流向海角

小路是只船

驶向斑斓

驶向辉煌

2001年5月4日,我在家里观看中央电视台五四晚会,看到晚会主持人朗诵我多年前发表的这首小诗。是的,诗歌能够打动人心,便有了永久的生命力。

江上数峰青

在全国有两所华侨大学,广东的暨南大学和福建泉州的华侨大学。

或许由于是侨校的缘故,学校的校舍在广东的高校中恐怕是最好的,也比较宽敞。本可以住八个人的房间,一般只安排六个,剩下两个铺位,用来放同学们的东西。由于我们系的辅导员余金水是个比较负责和尽职的老师,经常来宿舍检查卫生,因此,整个中文系男女生宿舍的内务都相当整洁。当然,这和房间相对宽松有很大关系。

我们同宿舍的七位同学,三位来自广东,一位来自广西,一位来自山东,一位来自福建,而我来自北京。如今,来自福建的蔡少岩和来自广东的刘剑星已先后去澳大利亚发展。广西来的杜新现已是新华社广西分社的社长,广东来的张润深现已是深圳发展银行的副行长,另一位年龄最小的广东同学丘学强正在母校读博士学位,而山东来的贾益民则早已是教授并担任了暨南大学的副校长。

想想真是难得,同一宿舍的几位同学,个个都发展得那么好。遥想当年大学毕业时,但觉"曲终人不见",悠忽数年,放眼已是"江上数峰青。"

在我们八二届中文系的男生宿舍中,在我印象里,我们房间是唯一没有住进海外生的房间,其他房间都有海外来的同学穿插其中,这只是一种凑巧罢了。

在我的大学生涯中,我的各科成绩大概要算是中等略微靠上,算不上优秀,但也不至于太落后,就学习成绩来说,我是最不引人注目的。太优秀或太差劲儿,都容易引起同学们的注意。

我最引人注目的恐怕是答卷的速度。每次考试我差不多都是第一个交了考卷背起书包出门的,两堂课的答卷时间,我常常在半小时左右交卷,而且各科皆然。不论在当时还是现在,我都不是一个把分数看得很重的人,但我也不愿太丢面子,这样一种精神状态,决定了我既成不了优秀生也成不了劣等生。

我最大的嗜好就是跑图书馆和阅览室,看我喜欢看的图书和杂志。我不完全清楚整个中文系学生的借阅图书情况,但就我们宿舍来说,我恐怕是借阅图书和杂志最多最勤的一个。这种习惯,一直保持到我大学毕业,分配到中国艺术研究院工作后。那个时候,真想——

  用心灵追赶金色的时间
  用憧憬编织绚丽的花环

捧起庄严的书本
走向风
走向雨
走向大自然

思索在历史的沙滩
听大海弹奏如泣的慢板
摆动不懈的双脚
耸起巍峨的信念
让今日的宁静
掀起明天的狂涛巨澜

或许在我的许多大学老师和同学眼里，我是一个有个性的学生，却不是个将来能有大成就的学生，因为当时我的表现实在太一般了。

在我的诗歌于读者中引起强烈回响后，我曾在街上先后碰到两位中学同学，他们告诉我，他们都曾和我中学的老师议论过这件事，现在出了名的这个汪国真，是过去咱们班上的那个汪国真吗？

一位同学对老师说："我觉得就是。"

老师半信半疑地说："是吗？他在中学的成绩不错，但也不是特别起眼啊！"

客观地说，我在中学的成绩可以称得上优秀，因为那个时候我倒不是看重分数，而是好胜，这种好胜的心理支配着我取得了远远优于大学时代的成绩。如果中学老师都心有疑问，那么在我刚刚成名的时候，我的大学老师和同学们恐怕也会有"这个汪国真是不是那个汪国真"的疑惑。

天上掉馅饼

我的老师们完全有理由对我今天的成功感到惊讶,只要看看我当初发表出来的作品的水平,就能够明白我当时会给老师们留下一种什么印象。

在我进入暨南大学不久,系里的同学们自己搞了一份油印刊物《长歌》诗刊,由于这份刊物倾注了同学们的热情和心血,尽管它比公开出售的印刷质量最次的刊物还要差好几个档次,但同学们都很珍视这份刊物,也乐意把自己最得意的作品拿到刊物上发表。当时,我写了一组诗,叫《学校的一天》,这差不多是我当时能够写出来的最好的一组诗了,这组诗由五首小诗组成,这五首小诗分别是——晨练:天将晓/同学醒来早/打拳、做操、练长跑/锻炼身体好;早读:东方白/结伴读书来/书声琅琅传天外/壮志在胸怀;听课:讲坛上/人人凝神望/园丁辛勤育栋梁/新苗看茁壮;赛球:篮球场/气氛真紧张/龙腾虎跃传球忙/个个身手强;灯下:星光闪/同学坐桌前/今天灯下细描绘/明朝画一卷。

这组诗的稚嫩、直白和毫无文采可言是显而易见的,即便它出自一个中学生之手,也谈不上是一组好诗,我今天看到的许多初中生、高中生寄给我的习作,都远比这一组诗强。我万万没有想到的是,这组诗居然能够发表,而且是一下全部发表在全国最有影响的报纸之一《中国青年报》上。今天,我早已明白《中国青年报》来学校采访的记者,当初之所以从拿回去的《长歌》诗刊中选用了我的这组诗,并不是因为它的文采,而是因为这组诗比较真实地反映了当时大学生的生活。

1979年4月13日中午,我正在学校饭堂吃饭,系里的同学陈建平(现为香港特首董建华特别助理)兴冲冲地告诉我:"汪国真,你的诗在《中国青年报》发表了。""你别骗我了，我从来没有给中青报投过稿。"陈建平不久前刚在《广州日报》上发表了一首诗，我想这次他大概是拿我打趣呢。"真的，一点不骗你。"陈建平一脸正经，一点开玩笑的意思都没有。"是什么内容的？"我有点半信半疑了，脑海里瞬间闪过种种猜测。"好像是写校园生活的，是由几首小诗组成的。"陈建平说。我开始相信陈建平的话了，我知道自己写了这样一组诗。

当时学校为系里的学生订了几份报纸，男生宿舍订的是《南方日报》，女生宿舍是《中国青年报》，我要看到这张报纸必须得去女生宿舍找。于是，我跑到女生宿舍找到了报纸，匆匆浏览了一下，很快找到了印有我作品的那一版。

"我借去看一下。"在征得了女同学的同意之后，我怀着一种极其兴奋的心情跑出了女生宿舍楼。

"我的作品发表了！"手中拿着那张报纸，我很想对天空喊，对大地喊，对整个世界喊。"仰天大笑出门去，我辈岂是蓬蒿人。"李白之诗，仿佛是当时心境的写照。

我最初的文学生涯便是从这组诗开始的，连我自己也没有想到的是，正是这组诗的作者，在十二年后，在中国大地上掀起了人们称之的"汪国真风潮"。

家世絮语

我的祖籍是福建省的厦门市。

在人们的印象中，那是个美丽、干净、优雅的城市。"绣成安向春园里，引得黄莺下柳条。"厦门景色的秀丽，是可以巧夺天工的。

厦门市建市的历史并不长，据明万历《泉州府志》和清道光

《厦门志》记载，厦门在明洪武二十七年（公元1394年）由江夏侯周德兴筑，距今仅为六百余年。

厦门的第二次出现，是在1933年12月，当时的十九路军发动"闽变"，曾设立厦门市。可惜好景不长，这次设市仅存在了四十天。到了1935年，经当时的行政院批准，正式设立厦门市，这个名称沿用至今。

我记事后第一次回厦门老家，是在1976年的10月。那时候我在北京的一家工厂上班，十分辛苦。我随母亲乘火车先到广州看望从马来西亚回国的外祖父。在广州小住几天后，又乘长途汽车回厦门。记得从北京去往广州的路上，有一个小插曲有点意思。我和母亲在火车上时，一位坐在我们旁边和我母亲年龄相仿的女乘客问母亲："这是你弟弟吗？"

母亲笑着说："不是，这是我儿子。"

我搞不清楚，我当年怎么会那么显"老"。是生活的烟尘覆盖了青春本来的面目吗？

厦门真的很漂亮，今天的厦门建设得更漂亮，更不待说还有海浪、沙滩、船帆、白鸥……在我心中她是这样的一座小城——

　　小城在梦里
　　小城是故乡
　　小城的石径弯弯
　　小城的巷子长长

　　小城没有
　　烟囱长长的叹息
　　小城没有
　　声音汹涌的波浪

小城的旋律是潺潺的

小城的空气是蓝蓝的

小城是一位绣花女

小城是一个卖鱼郎

名字还不错

我的父亲汪振世，1929年就出生在厦门市郊区的后溪乡。1953年毕业于厦门大学教育学系。我的母亲李桂英，生于1934年。她与父亲同乡不同自然村，两村相距约四华里。1945年抗日战争胜利后，母亲才开始上小学，1955年于厦门集美初中毕业。父亲家有兄弟四人，姐姐三人，大哥年轻时赴菲律宾谋生，大嫂一家住香港，二哥和弟弟在家务农，三个姐姐出嫁邻村，均务农。母亲的养母家，有一个姐姐，四个弟弟，一个妹妹，其中有的从政，有的从教，有的从商。母亲的生母家，有两个哥哥，四个弟弟，一个妹妹，他们散居在马来西亚、新加坡、泰国、香港，均从事商业活动。1949年，一次偶然的机会，父亲与母亲相识，从此不断往来，相处很好，1955年在北京结婚。几十年来，父亲、母亲相濡以沫，感情融洽，既无须愁"身无彩凤双飞翼"，但只觉"心有灵犀一点通"。

1953年9月，父亲从厦门大学毕业后由国家统一分配来北京国家劳动部，从事技工教育工作，当时国家劳动部是在现在的西城区厂桥。我家就住在厂桥的延年胡同。1956年6月22日我就是在延年胡同附近的一家妇产医院出生的。1957年12月，我的妹妹汪玉华也出生了。我们兄妹两人由我母亲在家亲自养育。

当我躁动于母腹之时，父母亲就琢磨着给我起名字，预备好的都是男孩的名字。或许冥冥之中他们觉得第一个孩子注定会是一个男孩，抑或传统观念使他们特别期盼第一个是男孩，好使汪家的香火得以延续？而且一个男孩是不够的，父亲有一个理想的计划，最好有三个男孩子。父亲是个办事严谨，条理十分清晰的人，我并不觉得父亲有特别丰富的想象力，但在给孩子起名时，父亲是发挥了想象力并动了心思的。据父亲讲，我还没出生时，他已给未来的三个儿子起好了名字：汪国真、汪国善、汪国美。"国"字是按宗谱系列排的，"真善美"则是父母的一种美好心愿或是一种美好向往。

长大以后，很长一段时间我都认为自己的名字非常一般。人名中有"国"字和"真"字的太多了。但在我成名之后，许多熟悉和不那么熟悉的朋友都说我的名字起得好。为什么好？他们大都也说不出个所以然来，就是觉得感觉上好。直到有一天我和我所敬重的《今天是你的生日我的中国》词作者、电视剧《凯旋在子夜》原创、空军少将韩静霆大哥夫妇等几个朋友一起小聚时，韩静霆大哥说他的夫人王作勤大姐对人的姓名颇有研究。我问王作勤大姐我的名字起得怎么样？作勤大姐说："你的名字起得好。""为什么好？"我进一步问，作勤大姐说："汪国真这个名字反过来念就是'真国王'，所以我说你的名字起得好。"很有意思，活了几十年，我还是第一次听说和发现我的名字竟然可以这样解释。真是"一重帘外即天涯，何必暮云遮"。

据说，许多成功人士在成功之前曾苦苦挣扎而不得要领，后经高人指点改了名字便顺风顺水，虎跃龙腾起来。看来，我是可以"行不改名，坐不改姓"了。

妹妹的名字也有点说头，当时有一个和我父母关系很好的蓝爷爷，是一位高级工程师。他有一个比我和妹妹大许多的女儿叫蓝玉蕙，当妹妹快出生时，蓝爷爷对父母讲，如果是个女孩就叫玉华吧。妹妹名字中的"玉"字，就随了蓝爷爷的女儿。

不是盏省油的灯

　　随着国家劳动部由厂桥迁到东城区和平里,我们家也跟着搬到和平里五区一幢劳动部的机关干部家属楼居住。它西距地坛公园约三十米,北距劳动部机关所在地约一百米。我小时候就在这个小范围内活动着。到我三岁的那一年,父母亲就把我送到劳动部幼儿园全托。目的是让我去过集体生活,学会互助精神,增长知识,同时也可减轻母亲养育两个孩子的负担。

　　依稀记得我是那么不情愿去幼儿园,那时伤心至极,但觉,"云横秦岭家何在?"到了幼儿园门口,在父母面前又哭又闹,此时真是"雪拥蓝关马不前"。但是像所有的孩子一样,最后还是被父母和幼儿园的阿姨半吓半哄送了进去。

　　我们的幼儿园是一幢两层楼,它在劳动部机关办公楼最靠南的一幢,据说它原是苏联专家的家属宿舍。劳动部搬来和平里后,就把它改为我们的幼儿园。幼儿园的四周都种了树,并用竹篱笆围起来。这里空气清新,环境安静,我们就在这优美的小天地里生活着。

　　幼儿园的小朋友有几十个,分小班、中班和大班。我们的幼儿教师有五六个人,她们都是初中以上文化程度的年轻人。当时幼儿园的玩具少,主要是由教师带我们做游戏、唱歌、学画画,到大班时,还教我们认字、数数等。这就是我们在学龄前所受的教育。

　　在幼儿园,我是很淘气的,有一次与乔老师顶嘴,不听话,被她罚到门外去站,我不服气,就使劲地拍门和踢门,闹得大小班的老师都出来问是怎么回事,这时我还照旧拍门,乔老师没办法,还是让我进去了。说实在的,尽管我淘气,乔老师还是对我很好的。当我幼儿园毕业后进入小学时,她还特地托人向我父母要我的照片作为留念，我父母很快找了我的一张照片送给她。

在幼儿园，老师整天看着我们。而在星期六和星期天我们在家时，母亲忙于洗衣做饭，我就和我妹妹（1960年我妈去上班了，妹妹也进了劳动部幼儿园）跑到地坛公园玩。当时公园内供小孩玩的设备很少。只有一个秋千和两个木制的圆滚筒，要玩这些还得有大人帮扶着，我们自己玩只能用手推着转而已。在地坛公园的北面，是一大片的庄稼地，每到秋天，农民把地里的白薯收获完后，就有许多人去地里捡白薯。我和妹妹对此也很感兴趣，想试试看能不能捡到白薯，于是我们从家里拿着生炉子用的小铁铲去了，在地里两人轮流着挖，有时候也能挖出一两条小白薯，这时可把我们乐坏了。记得有一次我们又去挖白薯，因用劲过猛，把小铁铲弄断成两截了，傍晚回家时挨了我母亲一顿骂。因为没有挖的工具了，捡白薯只有待来年再去。

自从我妹妹也进了幼儿园，母亲去上班后，我们母子只有在星期六下班后和星期天见面。所以每到星期日，母亲总是做点好吃的给我们吃，同时她时刻都不放松对我们的教育。她认为，教育孩子应从幼小时抓紧抓好，不能漫不经心，更不能放任自流。因为小孩子可塑性很大，学坏很容易，一旦坏的习惯形成了，长大时就很难纠正了。为了教育好我们，她是颇费心思的。她说：父母两人，必须让小孩怕其中的一人。所谓怕，就是要听从教育，就是要听话，这样才能规范我们的行为，才能按照她的希望去引导。如果两个人都不怕，那就谈不上什么教育孩子了，我和妹妹最怕的是母亲，她平时很关心我们，很疼我们，但对我们的要求也很严格，如她对我们提出什么要求，而我们又能做到的，就必须按她的要求去做，否则她就翻脸狠斥我们。她还认为，教育孩子，父母的意见必须一致，否则孩子则无所适从。父亲因工作经常外出不在家，实际教育我们的责任是落在母亲身上。有时父亲在家时，在母亲教育我们时，父亲如有不同意见，从不在孩子面前说，待事后再和母亲商量改进的办法。在我们上小学以前，父母亲就是采取上述办法教育我们的，实践证明，效果还是不错的。

有一个温馨和谐的家，有钟爱自己的父母，有虽不富足但衣食无忧的物质生活，童年便是幸福的。父亲从大学的教育学系毕业，对子女的教育便显得"专业"。自然给予了我们空气和土壤，教育则是绿化，是为了使这片土壤蔚然成林。父亲对我们的教育不是采用"最有效的"，也不是被认为"最好的"，而是对子女最合适的教育方法。

"'文武'之道，一张一弛。"父亲拿捏得恰到好处。心灵于沃土中萌发，健康茁壮；性格在慈爱中养成，平和达观。父母对我们的教育，既不会使我感到压抑，也使我不敢放肆，这使我的性格宁静而开朗，细腻而不乏果断。在未来的人生道路上既不过分激烈也不会遇到挫折便十分颓唐。而这样一种性格后来直接影响到了我的诗歌创作、待人处事甚至是人生态度。许多年后，我创作的一首《热爱生命》，比较完整地展现了我的性格和对生活的态度。

诗云——

我不去想是否能够成功
既然选择了远方
便只顾风雨兼程

我不去想能否赢得爱情
既然钟情于玫瑰
就勇敢地吐露真诚

我不去想身后会不会袭来寒风冷雨

既然目标是地平线
留给世界的只能是背影

我不去想未来是平坦还是泥泞
只要热爱生命
一切，都在意料中

还有一首《山高路远》，大抵也是我性格和心灵的写照，诗云——

呼喊是爆发的沉默
沉默是无声的召唤
不论激越
还是宁静
我祈求
只要不是平淡

如果远方呼喊我
我就走向远方
如果大山召唤我
我就走向大山
双脚磨破
干脆再让夕阳涂抹小路
双手划烂
索性就让荆棘变成杜鹃
没有比脚更长的路
没有比人更高的山

不记得小时候挨过父亲的揍，却记得挨过几次母亲的揍。之所以记得，是因为一来母亲打孩子的数量有限，二来是因为母亲打孩子的"质量"很高。每次挨母亲揍的时候，只要父亲在，一般都在一旁默不作声，"我站在城楼观山景"。我至今不知父母之间是否有分工，欲达到父慈子孝，母严子规的教育效果，为此他们配合挺默契的，每当我犯了错误，一看母亲面部的表情由松弛而紧张，由和蔼而肃然，开始向我走过来的时候，便顿感"月落乌啼霜满天"，今天怕是要"江枫渔火对愁眠"了。

大约是在我六七岁的时候，我挨过母亲一次揍。起因是看到同楼的孩子玩滋水枪，很好玩，也很神气，于是我也想拥有一把，因为那时很少有孩子拥有这么"高档"的玩具，我知道即便我提出来，也肯定会被父母视为无理要求而加以拒绝。那时家里的钱都放在抽屉里，于是悄悄拿了十元钱去买了一把滋水枪和一架小飞机还有糖果什么的。我心里盘算着，抽屉里少了十块钱，父母一定知道，不过或许母亲会以为父亲拿去买烟抽了，父亲会以为母亲拿去买家用了，他们不会想到我头上的。玩具买回来后，免不了要在小伙伴面前"臭显"。有一天趁父母不在家，禁不住诱惑，忍不住拿出藏起来的玩具在家里玩了起来，不想却被回来的母亲撞上，母亲问我玩具是从哪儿来的，望着母亲一脸的严肃，不由心惊胆战，只好从实招来。招过之后，免不了被母亲"修理"了一番，那顿揍虽不致皮开肉绽，但已是哭爹喊娘，至今想起，记忆犹新。当然，母亲如此"关照"我的机会并不多。

后来我才知道，母亲之所以打孩子的数量有限，并不是因为怜悯她那宝贝儿子，而是怕把孩子打"皮"了，孩子一旦被打皮了，不再怕打，就不好管教了。不承想母亲打孩子竟然还有"理论"。

小时候所受的皮肉之苦，后来换来我写的哲思短语《家教》篇中不过二三百字的短语。在《家教》中写道："习惯的力量是强大的，家教就是培养习惯。仅此而言，家教也是太重要了。""父母教孩子似应有分工，一个担当严厉些的角色，一个担当仁慈些的角色。严厉使孩子有所忌，不致打小就任性胡为；仁慈使孩子心智茁壮成长，不致使性格压抑、扭曲。双方互为补充，相得益彰。""至少在表面上，教育子女时父母的意见应是一致的。否则，不要指望孩子会更听其中一个的话。弄不好，两人的话孩子都不听。一旦如此，教育也就难以进行了。""当孩子们在一起的时候，从他们的言谈举止中不难判断出其中的优劣。从表面上看这是孩子与孩子的比较，实际在很大程度上这是父母与父母的比较，或者说是家教与家教的比较。"

自作聪明挨"修理"

一千位母亲，便会有一千种爱；一千种爱，却都是一种情怀。一位母亲，她无法确切预知，她能否得到回报，能得到多少回报，她能确切知道的是：从她成为母亲那一天起，便将终生付出。

我庆幸我的童年是幸福的，我能够充分体验到父慈母爱这种温馨的亲情。这种亲情和关爱，表现在生活的方方面面、点点滴滴。

从前，家里有一台红星牌收音机，那是在1959年我三岁的时候买的。我童年的许多欢乐、许多回忆、许多梦幻都和这台收音机有关。母亲和我谈起过这台收音机的来历。

在我三岁那年，我们宿舍楼有一两个人家买了收音机。那时候收音机还是人们心目中的奢侈品。当别的人家在放收音机的时候，我忍不住好奇心去听，听了就不想回家，每次被父母叫回家的时候都恋恋不舍。那时只有我父亲一人工作，每月五十多元的工资，勉强够维持家庭生活，根本没有富余的钱去买收音机。可是为了我，母亲咬了咬牙,把自己的一个金手镯和一只金戒指都拿去卖了。那时卖金子很不值,一两金子才九十多元钱,总共卖了一两多,凑够了一百二十三元钱才买回了这台收音机。这台收音机一直用到1982年家里有了彩电才停止使用。我知道,在母亲的意识中这只金手镯和金戒指是家里准备应急用的,但为了我的童年能增添一点欢乐,母亲还是下狠心把它们卖了。当我逐渐长大以后,我从母亲处理家中无数大大小小的事情上,都能感受到母亲的无私和对子女的慈爱,尽管长大以后,我尽力去做得好一点,想能为母亲多做一点,但我仍深深感到——

  我们也爱母亲
  却和母亲爱我们不一样
  我们的爱是溪流
  母亲的爱是海洋

  芨芨草上的露珠
  又圆又亮
  那是太阳给予的光芒

  四月的日子
  半是烂漫　半是辉煌
  那是春风走过的地方

  我们的欢乐
  是母亲脸上的微笑
  我们的痛苦
  是母亲眼里深深的忧伤

我们可以走得很远很远

却总也走不出母亲心灵的广场

是的,我们的爱无法同母亲的爱相比,即使我们有远足的双脚高飞的翅膀,也走不出母亲那无边无沿心灵的广场。

当我从2002年起,着手为唐诗、宋词谱曲以后,在我已完成的第一批二十首唐诗歌曲中,就有唐代诗人孟郊的那首能唤起普天下儿女对母亲情感的《游子吟》。

"二王"战"二旋"

1963年9月,我七岁的时候,开始到离劳动部不远的和平里一小上学。因为在和平里一小仅待了半年,不记得有什么特别的事情发生。唯一的印象就是小学里的孩子比幼儿园的孩子好打架,以后想来,或许是因为学生的来源比幼儿园复杂得多。一年级的孩子,在小学中是最弱势的群体,好在劳动部干部的孩子在这所小学的不少,有许多还是高年级的,那时我们把不被人欺侮的希望都寄托在那些大孩子身上,他们也确实给了我们不少照顾。

1964年1月,父亲从劳动部调到教育部工作,当时的地址和现在一样,在西城区大木仓胡同35号大院。教育部大院原是清朝郑王府。郑亲王济尔哈朗是清太祖努尔哈赤之弟舒尔哈齐的儿子,自幼为太祖抚养,以军功著称,崇德元年四月,并以军功封为和硕郑亲王。当年的郑亲王府全部面积为八十余亩,房屋九百余间,为清代四大王府之一。郑亲王世袭罔替,共封袭十七位,在清代地位十分显赫。济尔哈朗曾与多尔衮一起辅佐幼主顺治皇帝,顺治五年被多尔衮革职。顺治八年,济尔哈朗与诸王追论多尔衮罪行,并削其爵。济尔哈朗的后代端华,即第十三代郑亲王是清末的一位重要人物。道光二十六年袭王爵，历任御前大臣、阅兵大臣、领侍卫内大臣等职，可谓权倾一时。咸丰帝临死时，遗诏称之为"赞襄政务王大臣"，与肃顺等人一起把持朝政，后被慈禧太后治罪处死。

清代在崇德元年定爵位九等，即亲王、郡王、贝勒、贝子、镇国公、辅国公、镇国将军、辅国将军、奉国将军。

顺治十年确定了袭封制度，即亲王、郡王一子袭封，其余诸子降封一级，贝勒以下子，并以此递降一等授封。从清代爵位的等级排列上可以看出，亲王是爵位中最高的一等。

郑王府在解放前一度曾为中国大学校舍，中国大学于1949年停办，解放后成为教育部机关所在地。教育部一部分干部的家属宿舍也在其中。

在我印象中，大院门口曾有两个很大很威武的石狮子，"文革"开始破"四旧"，人们在石狮旁边挖了两个深坑，把石狮子"活"埋了。现在想想，花了九牛二虎之力，无非是把地上文物变成了地下文物。减肥哪？大院里那时还有假山、长廊、花圃、鱼池，真是个"掬水月在手，弄花香满衣"的所在。长期生活在这样一个环境中，本身就有一种潜移默化的熏陶。遗憾的是现在的大院不复往日的优雅，早已面目全非。

随着父亲的工作调动，我也在小学的第二个学期转学到毗邻教育部大院的二龙路学校分校，家没有马上随迁。我在和平里上学时，每日从家里到学校来回也就四五百米的路程，生活的范围就这么小，一到二龙路学校分校上学后，便顿感北京真大，真热闹，特别是学校附近的西单一带，真是"车如流水马如龙"。

我刚刚转学到二龙路学校分校没几天，为了保卫自己，便拼死拼活跟别的孩子打了一架。

在我所在的一年级二班，我来之前，班里的同学便根据自己的"实力"排好了"座次"。班里有两个被称为"大王"和"二王"

的同学,都是靠拳头登上了"宝座",看我初来乍到,便想给我一个下马威,好把我收编在其"麾下",以供驱遣。

有一天,"二王"首先找碴挑衅,跟我动起了手。于情于理,本应是"外来的和尚好念经"。我不生事,已属十分难能可贵了,此时,岂再容本末倒置,由他胡作非为?上文说过,小时候,我本就不是一盏省油的灯,一想初来此地,人生地不熟,如果如此这般随随便便就让人"轻取"了,以后怕再没好日子过了。兵临城下,无暇多想,奋不顾身,舍生取义便是。一腔"豪气","欲与天公试比高"。因抱了破釜沉舟的决心,拳脚之间并未吃亏。言哀兵必胜,置之死地而后生就是这个道理。曾经,孩子们中间有一句口号:"一旋横、二旋愣、三旋打架不要命。""二王"哪里想得到我是"二旋",愣头青一般。硝烟一起,遂成"二王战二旋"之势。"二王"不过是别人封的;"二旋"却长在我自己头上,里外里根本不是一回事。心中有数,不依不饶,一味"撒野","二王"自称"王"以后,养尊处优,已成骄兵悍将,哪想到突然蹿出一匹"黑马",海鲜生猛,措手不及,不免有些晕头转向了。周围同学一看,打起来了,便把老师叫来。老师生把我们"拆开"。我等犹"难分难舍"。此役,虽未大获全胜,毕竟打出了"军威"。"二王"见没把我降服,觉得丢了面子,心有不甘,用眼死盯着我,一副秋后算账的样子。

第二天,下了课他们便带着一帮小兄弟来找我"手谈"。因我怕"二王"报复,"先机制敌",早和劳动部转学来的一帮孩子讲好了,所以一下课他们都来找我,其中一个还是五年级的大个子。"二王"一看这边"早已森严壁垒,更加众志成城",未免肝颤,乘兴而来,败兴而归,"无可奈何花落去"。此役终打出了我在班上的地位,确保了小学五个年头平安无事。

始终没搞明白的是,我到现在怎么还没出息成个军事家什么的,遥想七岁当年,便已雄姿英发,指挥若定,一派大将风度,一战定江山。

而现在想起"当年鏖战急",胸中都是"好汉不提当年勇"的感慨。有时不禁问自己的是,"廉颇老矣,尚能饭否?"

唉,英雄暮年,岁月不饶人。

相约星期日

我不大喜欢公开自己的感情经历。那些往事,就好像自家阳台上生长的花卉,为什么非要把她摆到大街上呢?

因此,我说出的是与感情经历有关的,而又并非埋藏在内心最深处的感情历程。

那是1984年的事了。我大学毕业差不多两年的时候,因为在单位从事《中国文艺年鉴》的编辑工作,我想粗通一下版式设计和绘画,这对工作有用,于是我去报名参加一个绘画学习班。学习班的地方是离我家不远处的一所中学。那是一个夏季的星期日,天蓝、云白、风清。"日暖桑麻光似泼,风来蒿艾气如薰。"我的心情也特别好,来到报名处的时候,蓦地眼前一闪,我看到排在我前面的是一个气质优雅、文静纯美的高个女孩子——

典雅如古琴
不知怎样的一颗心
才能弹

墙上的油画
已灿烂了几百年
精致得只如你的背影

仿佛为雨天和落叶而生
彳亍到哪里都让人感怀
走动着是泉水
凝神是竹

  我不由暗中祈祷,希望报名处的工作人员能把我和她编在一个班里。真是"老天有眼",不久,我的这个愿望得到了满足。

  照例"新生"入校,进了课堂都要点名,在老师点名的时候,我默默记住了她的名字。在这里就叫她清吧。

  上课的时候,学员们坐在一起画石膏像。在画的过程中,除了用心临摹面前的石膏像外,大家还互相观摩着。显然,清是有一定绘画功底的。这从她笔下临摹的作品上便可一目了然。这不由使我想起了一个词:秀外慧中。

  我是喜欢清的,但长期偏于传统的家庭教育和生活环境使我还不能立即做到像时下某些广告中说的那样"心动不如行动"。我能做的只是很留意地观察清。

  一天,到了上课的时间,清还没有来,课间休息的时候,一个女同学对旁人说,清的男朋友家里有事,她去帮忙……这不经意间听到的消息不由让我心中一沉,后面的话再也不想听下去了。

  偶然听到的这个消息,使当年的我对绘画突然没了兴趣。"横竹吹商,疏砧点月,好梦又随云远。"那个只去了几次的绘画班,我再也不去了。

  以后,飘飘洒洒的日子像落叶逐渐覆盖了这段记忆。只有在风儿乍起的时候,落叶下的那段记忆才偶尔浮现出来。清的容貌,清的声音逐渐淡去。

  时间滑过了六个年头,1990年10月一天的清晨,我从住的机关大院出来,正走在路上,突然看到一个似曾相识的身影骑着单车迎面驶来。当她骑过我身边的时候,我猛地反应过来,这不是清么?"众里寻她千百度,蓦然回首,那人却在灯火阑珊处。"我不由失声喊了出来:"清。"她转过头:"汪国真。"她边叫着我的名字,边从车上下来。

她记得我的名字?我不由一惊。我记得她是因为欣赏她,她给我的印象特别深刻。虽然不曾向她表白,但心里是有数的。

但她怎么会记得我的名字,那个绘画班我总共只去了几次。其他同学的名字早就忘光了,只记住了一个清。她竟会记住我的名字,1984年的时候我还默默无闻。

清的脸上仿佛挂着问号:"真奇怪,你还记得我。"

怎么能忘?"暮云过了,秋光老尽,故人千里。竟日空凝睇。"

"过去的事,甭提了。"我淡淡地回答,"是,我是记住了你的名字。当然,我记住你的名字是有原因的。真正让我奇怪的是你能记住我的名字。我想你早该把我忘掉了。"

清笑了:"把你的名字忘掉是不容易的。"

这……我一时语塞,不知说什么好。天下竟有这么蹊跷的事么?

这时,清的呼机响了。清看了一下,告诉我,她母亲病了,正在住院,她现在要去探视。传呼是她弟弟打来的,要她赶快去。于是,清给我留下了她的电话和地址,匆匆走了。

后来,清还是十分好奇地想知道我为什么会记住她的名字。

于是,我和清开始"相约星期日"。

初次发表于2002年6月13日—7月11日《中国社会报》,收录于《国真私语》(北岳文艺出版社,2004年8月)

谈谈《我喜欢出发》

大约是在 2000 年的下半年，在山西太原。一位朋友在聊天时告诉我，他正在读高一的女儿知道我到了太原，告诉他，我的文章在她课本里有，他们正在学。这是我第一次知道我的文章被选入全国性的语文教材中。此前，许多省编教材或辅导教材，我的作品多有收入。后来我在书店里买到了这本书。一段时间后，我收到出版社寄给我的样书和稿酬。我手里这本人民教育出版社出版的"全日制普通高级中学语文读本第一册"共收入了我的五篇短文，题目分别是:《雨的随想》《海边的遐思》《我喜欢出发》《平凡的魅力》《友情是相知》。其中，《我喜欢出发》，创作于 1993 年前后。20 世纪 90 年代初，正是我的诗集卖得火爆、诗名如日中天的时候。其时，我完全可以沿着已走顺的路走下去。但正是这个时候我开始减少诗歌创作，转向研习书法。曾经我的字写得很差，大学毕业时的论文还是自己写好后，请系里一个叫倪列怀的同学代为重新抄写一遍的。写诗出名后，我时常要参加繁多的社会活动，面对众多的热心读者。那个时候，为别人题字令我最感尴尬。为了不再有这种尴尬，写一手过得去的字成为我转向研习书法的一个重要原因。《我喜欢出发》这篇短文，就是在这样一种背景下创作出来的。

这篇文章所以能选入教材，我想除了文字方面的原因外，恐怕还和文章中表现出的一种强烈的超越自我、完善自我的精神有关。正是因为我喜欢出发，也才有了后来我在书法、绘画、作曲方面取得的成绩。不止一个记者问我，你在做过的每一个领域都称得上成功,下一步你打算做什么?我不知道我下一步还会做什么,但有一点我是知道的,那就是——我喜欢出发。

2004年2月6日于北京

初次发表于2004年第4期《中华文学选刊·少年写作精选》

音乐创作点滴

自近几年作曲以来,很少将创作过程付诸文字,应本书编辑之邀,把本书中由我作词作曲的几首歌写下少许说明文字,权当花絮吧。

一

《北武当,梦的家乡》这首歌是应山西北武当山风景区负责人刘乃顺先生之邀所作。这首歌也是山西电视台 2005 年春节晚会上的一个节目。

2003 年 7 月,我曾应乃顺先生之邀,去山西为北武当山题字。其时,我刚刚为一家单位写了一首舞曲,在开车上山的路上我们在车里听了那支曲子,乃顺先生非常喜欢。略作沉吟,他说·我帮你出个舞曲专辑吧。你回北京把曲目准备一下。我原以为乃顺先生不过随便说说,回京后就忙别的去了。有一天,乃顺先生给我打电话,问我曲谱准备得怎么样了,我才感到乃顺先生是认真的。在乃顺先生的大力帮助下,我的第一个音乐(舞曲)专辑《幸福的名字叫永远》于 2003 年 11 月由中国音乐家音像出版社出版。乃顺先生很喜欢我创作的音乐,2005 年春节的前两个月,我们共同创作了

《北武当,梦的家乡》的歌词,他邀我为之谱了曲。

二

云台山位于河南焦作,风景秀丽得像南方的山水。《青青云台山》这首歌为小调,旋律中用了升"4",是为了旋律行至此处更有韵味。从旋律来讲,此歌似更适宜民族唱法见长的歌手。不过以通俗唱法见长的歌手白雪唱来,别有韵味。在我认识的歌手中,白雪是交往较多的一位。这是一个为人大气,性格率真,对艺术很有追求的女孩。在我的作品中,她最喜欢的是她正准备唱的一首苏轼的《明月几时有》。由于邓丽君、王菲等人都唱过梁宏志先生作曲的版本,加之旋律优美,此歌流传甚广。我原不想再为之谱一曲"汪版",但有多位朋友说,你以从事文学为主,你的理解会有不同。于是,不揣冒昧,为苏轼的"明月几时有",又谱一曲。

三

我写歌比较多的是用二段式。这样旋律既能有明显变化又不至复杂。《锦绣河山》即是一首典型的二段式歌曲。歌者赵磊是洛阳的一个歌手,之所以选她,是因为她的声音条件合适。新人是需要帮助和扶持的。我乐于做这方面的工作。

四

《幸福的名字叫永远》,是一部四集电视连续剧《为了明天》的主题歌。制片人王亚平是我的朋友。他喜欢我的诗和书法,听说我在作曲就把活给了我。在此之前,我作曲的歌他一首没听过。我不知道他是不怕我烧他的钱还是他让钱烧的,反正事情就这么定了。他胆子大,我胆儿也不小。你想,有人主动给你交学费,你还老想着逃学,这是不是太不够朋友了?我哪能做出这么不仁义的事啊。于是,不知天高地厚的我,就斗胆把这首歌的词曲炮制出来了。不承想,瞎猫遇到死耗子。后来,连王亚平都逢人便说,这首歌是该剧的一大亮点。该剧男主角孟庆国,一个五十岁的汉子,第一次听到这首歌时,竟潸然泪下。他问周围的人:"这是谁作的曲?"有人回答:"汪国真。"他说:"不可能,汪国真是诗人啊。"对不起了,孟哥。老毛病犯了,上学时候我就经常逃课。今天,不过是故伎重演。

这首歌的演唱者赵俪是中国广播文工团的演员,伴唱是中国广播少儿合唱团。[1]

收录于《归来,汪国真》(北岳文艺出版社,2005 年)

---

[1] 指《归来,汪国真》。

感激让人哑口无言

有一些真相，许多年以后才能够洞悉；有一些执着，知道了就永远无法忘记。

今天，中央电视台《见证》栏目来采访。他们一共来了三个人，分别是张昱、小越和摄像小陶。听张昱说，在此之前，他们已经专程去了广州我的母校暨南大学，采访了部分留校和广州工作的同学。他们还去了山东济宁，采访了当年在各个报刊上手抄我的诗歌的读者王萍。他们还在北京采访了当年出版我的第一本诗集《年轻的潮》的编辑：当时任北京学苑出版社编辑室主任的孟光。在采访中，张昱告诉我两件事，让我感到震撼。一是孟光对着《见证》栏目的镜头说，当年《年轻的潮》一书至少印了六十万册。二是王萍托他们转交给我三厚本剪报，这些剪报是她这些年来一篇一篇从国内外各个报刊上剪下的关于我的消息、报道和评论。

很久以来，从种种迹象中，我知道了不少出版我诗集的出版社以及与我合作的书商为了自己的利益，对我隐瞒了真实的情况，由于都已经无从查起，也因为不愿在这个方面耗费精力，事情也都不了了之。应该感谢孟光，作为当事者，他最终毕竟告诉了我一个接近真实的数字。今天，我终于知道，加上数倍于正版的盗版，这本《年轻的潮》的实际印数至少约为两百万册。

尤其让我震撼的是张昱带给我的三大本剪报。这三大本剪报是一个普通读者日复一日、年复一年用心血做成。每篇文章都剪得细微工整，它不仅感动了我，显然也感动了编导。

张昱对我说："一个读者花了这么多时间和心血，剪了三大本剪报，这甚至可以说是她生命的一部分，现在她把这些剪报赠给了你，你有何感想？"

我说，感想太多太多，感动太多太多。我想起了我的一首诗：总是从最普通的人们那里／我们得到了最美好的情感／风把飘落的日子吹远／只留下记忆在梦中轻眠∥善良不是夜色里的松明／却总能把前途照亮　热血点燃／真诚不是春光里的花朵／却总能指示希望／把憧憬纺织成花篮∥往事总是很淡很淡　如缕如烟／却又令人难以忘怀／感激总是很深很深　如海如山／却又让人哑口无言。

是啊，哑口无言。哑口无言的我，用我的另一首诗作为回答：让我怎样感谢你／当我走向你的时候／我原想收获一缕春风／你却给了我整个春天∥让我怎样感谢你／当我走向你的时候／我原想捧起一簇浪花／你却给了我整个海洋∥让我怎样感谢你／当我走向你的时候／我原想撷取一枚红叶／你却给了我整个枫林∥让我怎样感谢你／当我走向你的时候／我原想亲吻一朵雪花／你却给了我银色的世界。

初次发表于2006年6月21日《河北青年报》

图书策划是一门学问

我认识力石缘于 2002 年我那本《汪国真新作选》的出版，这本书是朋友张宝瑞和要力石一起策划出版的，收录在由他们二位担任总策划的新华出版社"金蔷薇"丛书之中。为这本书，宝瑞、力石还陪我一起去了河北石家庄举办的新书发布活动，他们细致独到的策划，给我留下了深刻印象。

也正是那时，力石出版了他的第一本图书出版著作《谋划出书》。四年后，他又推出了《实用图书策划学》（中国书籍出版社），想来他是勤奋和善于思考的。

我并不研究策划学，但知道策划学是一门新兴的学科，对这门学科有兴趣，并致力于扎扎实实实践的人越来越多。当代社会，是一个知识经济的社会，人们的知识、智力、思路、策略对于个人和社会的成长发展，作用越发明显。大凡在社会上有影响的成功的活动，无不凝结着策划者的心血。能够把众人的成功过程总结出来，归纳成理性思维的，就是策划学的任务吧？

不过，正如力石在他的新书中所说，当今策划学主要研究的还是企业经营方面，而关于图书策划的专著至今还未见到。出版业内的人士也许把精力主要集中在了图书策划出版的实践中，使得畅销书好戏连台，对生活的影响颇大；但善于把这种策划活动进行理性总结的人还较少，力石是其中之一。他虽然从新闻行业进入出版行业时间不长，但在研究图书策划的经验和规律时，确实很用心。

更难能可贵的是，力石的这本《实用图书策划学》突出了实用性和可操作性，使得阅读本书的人能够在汲取理念、知识、观点的同时，又能真正从中学到真本事，学到实用的方法，而这对于实践性很强的图书策划业，是极具出版参考价值的。

我们可以从书中感觉到三个明显的特点：一是本书扑面而来的新鲜气息，它对于图书策划规律的总结都来源于当今前沿的策划活动，书中大量数字统计、知识点、案例、现象、方法和问题等都是鲜活的，现实存在的。我甚至注意到有的案例是图书付印前一个月的；二是这本书实用性强，空洞的大道理很少，阐述精练，留下篇幅多用于对实际例子的举证和分析，很多策划方法具有可操作性，对图书策划有兴趣的人士阅读后应该是"管用"的；三是这本书的语言风格娓娓道来，与那种规范但呆板的教科书式的语言风格不同，作者的语言是平实的、简练的，阅读这本书像是在听好朋友的一番谈话，相信这和力石原有的新闻记者的功底以及爱好散文写作有关。

读书的人越多，新书出得越多，参与图书策划的人就会越多，希望有志于研究图书策划学的人也会越多，这样就会推动图书策划迈向更高水平。

2006 年 10 月于北京

初次发表于 2007 年 1 月 20 日《光明日报》

失语时代的"亲密接触"

从1966年开始的历时十载的"文化大革命",无疑是中国当代社会经历的一场大灾难、大破坏。这场首先从文艺界发难的大灾难、大破坏给中国当代文学带来了空前浩劫。一时间,文坛陷入万马齐喑、百花凋零的悲惨境地。但那个时候,我们却庆幸我们人口的繁荣昌盛,于是漏网之"鱼"在所难免。于是,有了我们今天案头所见的《落花梦》。作家张宝瑞所著的《落花梦》是那个失语时代的叛逆作品。首先它在故事情节上一反"革命文学"套路,而是笔随性情、恣意而为,勾勒出一个光怪陆离的天国世界。金陵才子陈洪波前往东海寻找蓬莱仙境,却在凄清悲凉的落花楼进入梦境。他在落花楼巧遇落花仙子骆小枝,两人一见钟情,于是偕伴同游天国。在游历圣人国、颠倒国、美女国、诗客国、名利国等天国列国时,中国古代文化典籍中出现的以及中国历史上真实存在的帝王将相、隐者仙人、文人墨客、烈女荡妇、奸臣匪盗——出场,与陈、骆二人结下或敌或友的因缘,引发了一系列让人忍俊不禁、啼笑皆非的神怪故事。且不说整部小说情节上的荒诞离奇、跌宕多姿,单从人物设置上就不难发现该书与传统文学的密切关系。几乎所有古代文化名人、作品人物都能在此书中找到一席之地。我们诧异于作者古典文学功底之深同时,不禁感叹,文化禁锢时代竟能涉猎如此广泛的封建"毒草",这需要多么大的勇气和毅力。作者张宝瑞开始"落花梦"的创作时年仅十九岁,一个十九岁的青年,要想把中国浩瀚天边的古典文化浓缩到一个空间里,即便这是一个没有时空限制的独特环境,没有对文学的深度接触是绝对不可能做到的。在那个文化禁锢的年代,没有人敢把这么一本汇聚众多"毒草"的"毒物"昭之于众,但并不意味着人们因此而敬而远之。事实上它却成为那些深受文化饥渴之苦的青年重要的精神食粮。

《落花梦》不仅是作者张宝瑞在那个动乱年代不可言说的精神支柱,它更为众多文学爱好者提供了与文学"亲密接触"的桥梁。这是"失语"时代不可忽略的言说。

初次发表于2007年3月6日《中国图书商报》

诗人的学养

几年前,应邀参加一个诗歌笔会。那一次,与会的诗人大约有近百人。

会议期间,为了对赞助这次笔会的企事业单位有所交代,主办者要求每一位与会者都留下墨宝。

于是,一天下午,在一个大会议室里摆了十几张桌子,每张桌子上笔墨纸砚备齐。近百文人轮番挥毫上阵,那场面却也壮观。在所有人的字快写完的时候,我不经意中听到近旁几位参与这次会议报道的记者的议论。其中一位是这样说的:"如果光看这些字,没有人会想到写下这批字的人居然是诗人,太差了!"出于好奇,在人们写字的时候,我也大致浏览了一下。客观说,书法出众的人不能说没有,寥寥几人而已。写得还说得过去的也有一小部分。但相当多的人的字仿佛没有经过任何训练,歪七扭八,惨不忍睹。我以为,在社会分工日益精细的今天,诗人不一定同时要是书法家,也不一定要写一手很漂亮的字,但一些书法的基本训练还是必要的。宋代的苏轼和黄庭坚以诗闻名,而书法也非常了得。

论文采,大名鼎鼎的苏轼自不必说,黄庭坚也非等闲人物。黄的词与秦观齐名。陈师道在《后山诗话》中说:"今代词手,唯秦七,黄九尔,唐诸人不逮也。"苏和黄同时也是书法大家。宋代的书法四大家，苏黄米蔡中的"苏"和"黄"指的就是这二位。另二位则是米芾和蔡襄（也有一说为蔡京。因蔡京官声不佳，一般认为宋四家中的蔡是蔡襄）。

近些年来，诗人贬值，诗歌日益被边缘化，不能不说与诗人们的各方面修养不够、缺少优秀的诗篇问世毫无关系。

谈到诗人和现代派诗歌，有一位叫仲维光的论者说了这么一段话："现代派不是那么容易玩的。当然，由于现代派诗歌更加'专业'，更加是诗人自己的事情，一般民众很难理解诗人的感受，因此，往往远离它，不理它。这产生的负面结果是，那些什么都写不了的人都来玩弄'现代派'，因为只要不合语法、句法，谁都不懂似乎就是'现代派'。这致使那些所谓现代派的诗歌能够'唬'住一般民众，然而，语言不是碎玻璃，现代派诗歌不是万花筒，其结果除了现在谁也不看外，至多不过是与世推移，逐渐进入废纸堆而已。"话虽尖锐，但并非没有道理。

诗人们不应扮演那种眼高手低、志大才疏、夸夸其谈、一事无成的角色。不能总是本"欲穿花寻路／直入白云深处"，结果却无奈成"当年不肯嫁春风／无端却被秋风误"。

初次发表于2007年7月《作品》

就这样走上书法路

很少有人知道,作为一名文科学生,当年从事文学创作的我之所以没选择小说、散文等文学体裁,而选择了诗歌,原因之一是因为我的字不好。我想,我那一手惨不忍睹的字对于审阅我稿件的编辑来说简直是一种痛苦与煎熬,而诗歌字相对较少,一是我可以把这几个有限的字一笔一画尽量写好,再是可以在编辑还能忍受前把我的稿件看完,这样也就提高了作品发表的概率(事实证明我当年的决策还是英明的,呵呵)。甚至,我的大学毕业论文也是由系里一位字迹工整的同学代为誊写的(在此顺便对那位同学表示谢意)。

1990年,因为诗成名后,我的社会活动骤然增多,而在许多场合下,邀请单位都会请与会者签名、题字,每到这时我都感到了一种窘迫与尴尬,真是"楼影沉沉顿感伤心一片春"。这样的情形多了,我觉得这种状况必须改变,何况,书法本身就是中华民族优秀文化的一部分,而作为一个文人、一个在许多人眼里的文化名人,更应该把这种优秀的文化传承下来,不说要成为书法家,至少也要过得去吧。于是,从1993年起,我开始认真临帖,从欧阳询的楷书,到王羲之的行书,再到怀素的草书,一路走来,经过一个时期的练习,我的字终于有了很大改观,没料到的是竟然还得到了一些行家的认可,甚至还荣幸成为了国礼。写字也就从我的弱项变成了强项,算是无心插柳了。

回首走过的历程,我不由想起自己曾经写的诗句"没有比脚更长的路,没有比人更高的山",任何事情只要下定决心,坚定信念,持之以恒,就会获得丰厚的回报。写字也是这样。

初次发表于2008年5月28日《书法报》

让爱好使自己更健康

对我们来说,健康最重要。没有健康的身体,事业、金钱、权力的意义都会大打折扣,甚至变得毫无意义。而在生活中,越是损害健康的东西往往越具有诱惑力。除了拒绝诱惑、养成良好的习惯,培养有益的爱好十分必要。

一、培养对音乐的爱好。美国一位医学家曾对三十五位去世的音乐指挥家作过统计,他们的平均寿命高出一般人五岁。在欧洲也有类似的调查,常听音乐的人比很少接触音乐的人寿命长五至十岁。音乐对健康和长寿的作用,远远超出我们的想象。

中国古时音乐的音阶为五音,即宫、商、角、徵、羽,类似于今天简谱中的1、2、3、5、6。有专业文献指出,宫、商、角、徵、羽五音与人的五脏是相连的,音乐之声可对人体产生作用。如宫音雄体,益脾;商音清净,健肺;角音亲切,活肝;徵音轻快,养心;羽音柔润,补肾。据此,现代医学甚至用乐曲给人们开出"药方"。

的确,音乐常常能给我们的心灵带来宁静、清爽、辽阔、悠远等美好的感觉,这些我们能从古诗词的描写中感受到。如李白在《听蜀僧浚弹琴》里写道:"为我一挥手,如听万壑松。"从诗中可以看出,琴声带给李白的是万壑松鸣、涛声阵阵。听这样的琴声,怎不令人心旷神怡?如韩愈的《听颖师弹琴》中就有"浮云柳絮无根蒂，天地阔远随风扬"之句。从诗中可以看出，琴声带给韩愈的是浮想联翩、辽阔悠远。听这样的琴声，怎不令人心情舒展？音乐能给人带来很多美妙的感觉，经常浸润在这样一种氛围里，无疑对健康十分有益。

中国历史上，有关音乐的故事很多。孔子到齐国，听到韶乐，非常喜欢，欣赏了韶乐之后，三个月不知道肉的滋味。

宋代文学家欧阳修曾叙述过："予尝有幽忧之疾，退而闲居，不能治也，既而学琴于友人孙道滋，受宫声数引，久而乐之，不知其疾之在体也。"孙道滋是宋代名医，他用音乐治好了欧阳修的"幽忧之疾"。从上例可以看出，音乐能够提振精神，愉悦身心，舒缓情绪，从而促进健康。闲时，听听音乐，使身心得到放松，沉浸在优美的旋律中也是一种享受，无形中还增进了健康，何乐而不为呢？

说起来，爱音乐其实就是爱健康，爱健康其实就是爱生命。

二、培养对书画的爱好。书画家大多长寿，例如：唐代虞世南活了八十一岁、欧阳询活了八十四岁；元代王恽活了七十七岁、黄缙活了八十一岁；明代董其昌活了八十三岁、文征明活了八十九岁；清代刘墉活了八十六岁、阮元活了九十五岁。在过去"人生七十古来稀"的时代，这些名士都算得上是很高龄的了。习书画为什么能健身呢？我以为大致上有以下几个原因：

神闲气定，屏弃杂念。当开始习书作画时，会逐渐变得全神贯注，心无杂念，浮躁没有了，忧虑没有了，患得患失也没有了，人就会觉得从容、淡定、悠然。显然，这样一种精神状态比心浮气躁、瞻前顾后甚至忧心忡忡，对人的健康有益得多。作书画常能使人物我两忘，唐代书法家虞世南为了学习书法，曾把自己关在楼上，待学有所成才下楼。他写字写坏了的废笔，竟然装满了一大瓮。他白天习字，晚上还在被单上比比画画，时间长了，连被单也划穿了。汉代书法家钟繇，也有为了练字划破被单的经历。这样一种痴迷，在客观上达到了气功中"入静"的境界。

动静结合，刚柔相济。书画创作既要动脑也要动手，手脑并用，身体也要适当地运动，使得气息平缓，血脉通畅，其功效近于太极。长期坚持，自然可以强身健体。

回归自然，寄情山水。一般来说，习书作画的人更热爱自然。绘画写生，要时常把自己置身于大自然之中，在大自然中学习、观察、创作、运动，无形中心胸会变得豁达，身体会得到锻炼，自然也有利于健康和延年益寿。

爱书画也就会爱自然，爱自然也就会爱和谐。

音乐和书画，这是人生特别值得培养的两个爱好。

初次发表于2009年9月《家庭》

写给祖国母亲的信

——诗情源自对祖国母亲的真诚

亲爱的祖国母亲：

值此新中国六十华诞，不禁感慨万千。

1971年，我十五岁。由于上的是五年制实验小学，十五岁的我已经初中毕业了。那时，上高中的名额有限，一个初中毕业班只有四五个人能上高中，而我并不在此列。1971年12月，我被分配到北京仪器仪表修理厂成为一名学徒工，开×51立式铣床。当时上大学实行的是个人报名，单位推荐，而被推荐者以工农兵子弟为主，出身知识分子家庭的我上大学的希望十分渺茫。我当时感觉自己能看到的最好前景就是成为一名八级工——最高级别的技术工人。

1977年恢复高考，尽管我本来是想考理工科的，由于没有上过高中，感觉文科把握更大些，于是弃理从文，1978年，以初中学历考入暨南大学中文系。考上了大学，人生志向也有了重大改变。

记得那是1979年4月13日中午，我在学校饭堂吃饭，同学陈建平走过来对我说："汪国真，我看见《中国青年报》发表你的诗了。""别逗我乐了，我根本没投过稿。""真的，真的。"陈建平一脸正经。"诗是写什么内容的？""好像是写校园生活的。"我有点信了，自己确实写过这样一组诗。后来，我在1979年4月12日的

《中国青年报》上看到了我的诗,诗名是:《学校的一天》;署名是:暨南大学学生汪国真。这组诗是我发表的处女作,也是我从事创作的起点。几天后,我接到了《中国青年报》给我寄的样报和一封短信。信的大意是,汪国真同学,我们从你系学生编的刊物中选发了你的诗,希望继续给我们写稿。另寄去稿费二元,请查收。后来,我才知道是《中国青年报》记者曾来学校采访,他们从带回的学校提供的资料中选发了我的诗。

四年的大学生活一晃就过去了,1982年8月,我被分配到中国艺术研究院下属的文化艺术出版社担任《中国文艺年鉴》的编辑。我依旧热爱诗歌创作,但创作并不顺利,接退稿信是我很长一个时期的家常便饭,其他方面也没有什么起色。

"有一段时间/得意的时候很少/失意的时候很多/有许多美丽的渴望/转瞬都成了泡沫。于是,很多用来激励自己的诗歌诞生了:我微笑着走向生活/无论生活以什么方式回敬我;只要青春还在/我就不会悲哀/纵使黑夜吞噬了一切/太阳还可以重新回来;我不去想是否能够成功/既然选择了远方/便只顾风雨兼程;没有比脚更长的路/没有比人更高的山;既然今天没人识得星星一颗/那么明日何妨做皓月一轮;一世人生有炎凉/晨要担当/暮要担当/丈夫遇事似山冈,毁也端庄/誉也端庄;我们像一支响箭/一往无前地出征/我们出征/让生命和使命同行。那个时候,我也开始有了自己的感情生活,于是许多和感情有关的诗句也从笔尖流淌出来:你的身影是帆/我的目光是河流;不是不想爱/不是不去爱/怕只怕/爱也是一种伤害;展开又叠起的是你的字迹/展开却叠不起的是我的心绪;只要彼此爱过一次/就是无憾的人生。"类似这样的诗歌我写了很多。因为这些诗歌是我用真情写就,因为有太多的读者有相同的境遇或遭遇,于是,"与其说是读诗,不如说是在读自己的心声"。(读者语)在大学和中学校园、在军营、在年轻人聚集的地方这些诗歌迅速传播，人们自己抄，互相抄，渐渐形成声势。最先感受到这种热情的是杂志社，1990年初，《辽宁青年》《女友》等杂志几乎同时为我开设了专栏，我也分别是这两家杂志社的第一个专栏撰稿人。渐渐地，这股民间的热潮也为出版社知悉。1990年春的一天，学苑出版社通过我的同事李世耀找到我，说想给我出一本诗集，而且，会以最快的速度出版，给我最高的稿酬，会用最好的装帧。我自己也在出版社工作，当然知道出一本诗集是多么不容易。那时和今天一样，一般出诗集的办法有两种：一是自费；二是包销。学苑出版社给出的条件无疑是十分优厚的，何况人家还是主动找上门的。我没有理由不同意。但我还是有些纳闷：人家怎么会想起给我出诗集？一见到时任学苑出版社编辑部主任的孟光和副主任曾胡，我就把自己的疑问说了出来。"是这样，孟光的爱人是当英语老师的，有一天她讲课，发现有些学生在打小抄，就把学生抄东西的本子没收了，拿回来一看，是你的手抄本诗集。后来，我们做了一些调查，发现这个现象不仅这所学校有，而是相当普遍，很多读者在找你的书。"曾胡解释。

就这样，出版协议很快签好。几天之后，我把书稿交给了学苑出版社。二十三天后，我的第一本诗集《年轻的潮》正式出版。

以《年轻的潮》的出版为发端，很快在全国掀起了热潮，媒体后来称之为"汪国真现象"。这个现象至少创造了两个纪录：个人新诗诗集发行量最高纪录；从1990—2009年，个人诗集连续二十年被盗版纪录。

亲爱的祖国母亲，我的诗歌之所以能打动这么多的人，就是因为这里面倾注了我对祖国母亲您的真情！

初次发表于2009年10月2日《北京晚报》，收录于《青春在路上——汪国真新诗精选》（新华出版社，2015年4月）

大木仓胡同 35 号大院里的"百鸡宴"

1964年1月,父亲从劳动部调到教育部工作,当时教育部的地址跟今天一样,在西城区大木仓胡同35号。我从七岁多到大学毕业后很长一段时间里,都和父母一起住在教育部机关大院里。

教育部大院原是清朝郑王府。郑亲王济尔哈朗是清太祖努尔哈赤之弟舒尔哈齐的儿子,自幼为太祖抚养,以军功著称,并以军功封为和硕郑亲王。当年的郑亲王府全部面积为八十余亩,房屋九百余间,为清代四大王府之一。

郑王府在新中国成立前一度为中国大学校舍,中国大学于1949年停办,新中国成立后成为教育部机关所在地。教育部一部分干部的家属宿舍也在其中。

作为教育口最高的管理机关,教育部所属的各类学校,几十年来培养国家栋梁、政军精英无数,而大院里成长起来的数百子弟,有大"出息"的却不多。记得我小时候,心气甚高,觉得如要为官,即便当不了宰相,起码也得弄个枢密副使之类的干干。及稍长,知为官之不易,生怕副使没干上,到头来熬个副科就告老还乡、贻笑大方。于是,早早就断了这方面的念想。

在大院里长大,儿时印象最深的是"百鸡宴"。那是"文革"期间某日清晨,教育部大院里的许多养鸡户一觉醒来,忽然发现自己家笼子里养的鸡不见了。由于丢鸡的人家挺多，一时人心惶惶，议论纷纷，最终惊动了教育部保卫处。保卫处陈处长如临大敌，亲率若干要员明察暗访，很快真相大白。原来，大院里一帮比我们大一些的孩子，大概是样板戏《智取威虎山》看多了，为了给他们的头儿过十六或十七"大寿"，学着样板戏里的座山雕，要搞什么百鸡宴。他们的策划是这样的：鸡是一定要吃的，宴是一定要摆的，寿是一定要贺的，至于丢了鸡的，让养鸡户以为是黄鼠狼来给鸡拜年了，因为当时大院里平房甚多，还有假山、花圃等。孩子们的计划自以为周全，其实是百密一疏，他们也不想想，得多少黄鼠狼倾巢出动，吹响集结号，才能闹出这么大动静。果如此，堂堂教育部大院岂不真成了"鼠"辈横行了。事情弄明白了，因为当事人全是孩子，此事又纯属偷鸡摸狗，并未对人民生命财产构成重大损失，保卫处对他们的顽劣表示了强烈不满，批评训诫了一番，也就不了了之了，可当时却把我等晚辈羡慕得蠢蠢欲动，恨不得早生几年，拉帮入伙。

我记忆中，让大院里的孩子露脸的还是20世纪"文革"刚刚结束时恢复的高考。刚恢复高考那两年，录取率奇低。许多想上大学的人和应届高中生，甚至知难而退，干脆不参加高考。我居住的教育部大院里，和我年龄相当的孩子的父母几乎都是知识分子。在这样的氛围中，环境对升学产生很大的压力，几乎所有的孩子都要考大学，很少有人例外。值得庆幸和骄傲的是，大院里和我一起参加高考的伙伴全部录取。"金榜题名"，我们决定小聚一餐庆贺庆贺。于是，一行十四人浩浩荡荡开赴西四的砂锅居。

这顿给彼此饯行的饭我们吃得特别开心，服务的女孩子对我们客客气气、彬彬有礼，让我们受宠若惊，大为感动。大家决定联名写一封表扬信。这封表扬信未见得写得如何文采飞扬，但署名却着实吸引眼球。我们署的是北京大学某某、清华大学某某、中国科技大学某某……一共列了十几所名校。我所考入的暨南大学在其中算是一般的,但也贵为"一本"。一封普通的表扬信上列了十几所名校的名字,拿到表扬信,那些女孩子高兴得花枝乱颤。

我们欢乐,我们兴奋,我们对未来充满憧憬。我们那时哪里曾细想,一条一眼望不到头、起伏不平的人生之路才刚刚在我们面前展开。

初次发表于2009年12月1日《北京晚报》,收录于《胡同寻故》(北京出版社,2010年10月)

武清漫步

1994年4月,我曾经应邀到新加坡访问。这个位于东南亚的岛国的整洁、秀丽、有秩序给我留下了深刻的印象。

时隔二十年,2014年4月,当我应朋友之邀来到武清的时候,到访新加坡时的感觉不由油然而生。只是这里似乎路更宽、花更繁、树更茂,这不禁使我大为惊异。在北方,竟然还有这样一块地方。在京、津、冀的城区中,武清是我看到的最美的城区。

武清是天津的一个区,位于天津市西北部。它的北边与北京市通州区和河北省廊坊市香河县接壤。武清地名的由来,据《郡县释名》的解释:"武清取武功廓清之义也。"从北京南站乘城际高铁到武清只需要二十三分钟。二十三分钟是什么概念?大约一张报纸还没翻完,一个饭局菜还没上齐呢。

难得的是武清有湖,湖名:天鹅湖。据介绍,天鹅湖水面积六百亩,而北京北海公园的水面面积是五百八十五亩。在一个区里,有一片比北海公园水面还大的湖泊,想想都令人神往。

看到武清的天鹅湖,不禁想起自己曾写过的一首诗《小湖秋色》:秋色里的小湖,小湖里的秋色。岸在水里小憩,水在岸上漾波。风来也婆娑,风去也婆娑。湖边稀垂柳,湖中鱼儿多。小湖什么都说了,小湖什么都没说。天鹅湖,你荡漾的微波在向我们诉说着什么?

对于外乡人来说,武清最有名的恐怕要数佛罗伦萨小镇。我最开始知道意大利的佛罗伦萨是因为文艺复兴,佛罗伦萨是欧洲文艺复兴运动的发祥地。而我知道文艺复兴,则是因为它和达·芬奇、米开朗琪罗、提香、薄伽丘等一连串如雷贯耳的名字连在一起。并且我一直很喜欢提香的画作并羡慕他的高寿。他的作品《圣母升天》《花神》《天上的爱与人间的爱》《乌尔比诺的维纳斯》都堪称神品。而在他生活的那个年代,能活到九十九岁(也有一说是八十六岁)更是几近神话。

我并不是一个喜欢逛商场的人。我平时去商场都是直奔主题,买了自己要买的东西,立刻走人。到了佛罗伦萨小镇却有不同。倘徉在充满异国情调的小镇里,看着姿态迥异、五彩斑斓的建筑和琳琅满目的商品,放松心态,心随横穿小镇的河水游走,便如读诗、赏画、观景。

折返途中,一路上吹来的清风都带着几分水汽、含糅着几分绿意。友人与我讲,此地叫京津高村科技创新园,在武清的最西北部,走出去就是北京。我并不是一个精通经济或产业的人,但来到京津高村科技创新园,看到它像婴孩一样满是娇宠地紧贴在首都怀中、感受着首都的脉搏与体温,这真是一片神奇的土地,满眼尽是无限的生机和期盼。作为一个不喜欢在外吃饭和饮酒的人,仍不由自主地在此用了便餐,席间感受的满是随意、舒适与惬意,因为自己用的不是便饭而是浓浓的乡情,饮的不是红酒而是真挚的情感,这感觉又真又浓又烈,不知不觉我沉醉了……

在武清逗留的时间很短,却对武清由衷地有几分喜爱。或许因为:

走进武清便是走进自然风光,便是走进异域风情,便是走进心旷神怡,便是走进一片充满希望的土地。

从此，我记住了武清。为什么会记住呢？遗忘是因为无视，铭刻是因为唯一。

初次发表于2014年6月11日《人民日报》，收录于《青春在路上——汪国真新诗精选》（新华出版社，2015年4月）

小说卷

意　外（微型小说）

机工车间的张威，是个好学的小伙子。上至天文，下至地理，远到盘古开天，近到辛亥革命，他都知道不少。每到上夜班吃夜班饭的时候，他周围常围着一群姑娘小伙听他高谈阔论。当他看到姑娘小伙有时听得入了迷，向他投来傻子一样的目光时，兴致更高，谈兴更浓，心里别提多惬意了。最近，张威又考上了电视大学。知道吗？电大！一毕业就能拿到相当于大专的文凭啊。小伙子甭提多神气了。走起路来身子板直直的，脖梗子挺挺的，脚底下嗖嗖的。这也难怪，人逢喜事精神爽嘛。

这一天，张威到女工宿舍去找女朋友小赵。他在外边轻轻敲了两下门。

"请进。"屋里传来一个姑娘的声音。

张威推门进去，小赵不在。只见一个梳着两把小刷子的陌生姑娘，正坐在椅子上看一本英语课本。

"我找小赵。"张威向姑娘浮起一个笑脸。

"您坐着等一下，她一会儿就回来。"姑娘很客气，说完又低下头去看书。

"teacher，teacher，desk，desk……"姑娘一遍又一遍轻轻地念着外语单词。

"您这么好学,应该去考电大。"张威搭讪着说,心里涌动着一股自豪。

"我不能考……"姑娘抬起头淡淡一笑。

"咳,这有什么不能,您年龄不大,又这么好学,搭上一年半载笃定能考上。"张威鼓励着说。

"……谢谢。"姑娘笑着点了点头。

"刚开始我也以为考电大有多难,可是……"张威准备来个现身说法。

"张威。"小赵不知什么时候推门进来。

"什么时候来的?"小赵一边向墙上挂着拎包,一边向张威投去动人的一瞥。

"刚到一会儿。"张威心里甜甜的。

"你们聊什么呢?"

"我看这姑娘挺好学的,正鼓励她报考电视大学呢。"

"哈哈哈……"小赵笑得喘不过气来,好半晌,小赵止住了笑,说,"我给你介绍一下,这是新分到咱们厂的大学生,王玲……"

"……大学生?"张威的脸涨成了猪肝色,随即露出了疑惑的神情。

"你看人家多用功,正自学第二外国语呢。"

"啊?!……"张威一脸尴尬,呆呆地立在那儿。

初次发表于1984年第3期《希望》

三 "吹"（讽刺小说）

一

"小丽，你年龄不小了，个人问题还是抓紧解决吧。"

"妈，我今天不是又去见了吗？！"

"结果怎么样啊？"

"没成！就见这一面，我就把他吹了。"

"怎么又是见一面就吹了？"

"那个小伙子工作还可以，是个工厂的技术员；个头也不错，足有一米八。可就是眼睛太小了，就那么一道缝，跟个小耗子眼似的，没劲儿。"

"唉，如果别的条件都好，眼睛稍微小一点，我看也可以啦。"

"哟，那哪成啊！人的相貌好坏，全在眼睛上了。眼睛是心灵的窗户嘛，他那扇窗户那么小，我怎么看得清他的心灵呀。将来结婚过日子，他算计我，我都不知道。再说，您没看见，舞台上眼睛小的差不多都是奸臣吗？！您不知道，我们厂有帮小姑娘嘴可损着哪。我可不能让那帮'刻薄嘴'议论我：哟，小丽那个男朋友，怎么长得跟个奸臣似的呀。这多丢脸啊！"

"你又不是西施，人家各方面条件好的小伙子怕又看不上你了。

你都二十四了,挑到什么时候算个头哟!"

"妈,您别着急呀,'好女不愁嫁'。咱不找就不找,要找就找个'盖'的给您瞧。"

"那……那你就接着再找吧。"

"妈,您可别这么愁眉苦脸的……这多影响我的情绪啊。您没见广告牌上写着:'车到山前必有路,有路必有丰田车。'这找朋友也一样,时候到了,朋友自然就有啦。"

二

"小丽,你今天又去见了?"

"见了。"

"怎么样?"

"遗憾,真是太遗憾了!这回我犹豫了半天,还是把他给吹了。"

"既然吹了,你还遗憾什么?"

"这个小伙子工作真不错,是个机关干部,看他那精明能干的样子,兴许还挺有前途。尤其他那双眼睛,真是太迷人了,又大又亮,就跟《天鹅湖》里的王子差不多。"

"这不是蛮好的吗?"

"是呀,我也这么觉着。就为这些我才犹豫了半天,要不我也不会遗憾啦。"

"说了半天,你到底遗憾个什么哟。"

"这个小伙子样样都好,就是个头矮了点。"

"他有多高?总不见得比你矮吧。"

"比我当然高多了,身高一米七四点五。"

"哟,这不是蛮高的吗,比你爸还高六厘米哪。"

"高什么呀,您不知道北京的女孩子找朋友现在都兴大高个吗？高高大大，威风凛凛，走出去多帅呀！"

"可我觉得，一米七四点五确实不矮了。"

"妈，您这就'老外'了不是。您可不知道现在姑娘的眼光，我们厂那帮小姑娘说了，一米七五以下的小伙子，都跟个'地出溜'似的，不像个男子汉。"

"哟，有那么严重吗？零点五公分有多少？还不够一根小拇指头粗细，就这丁点尺寸，成了划分是不是男子汉的分水岭、分界线？这不明摆着是胡说八道吗。"

"妈，您别冲我说呀。是别人这样说的呗。"

"小丽，你知道拿破仑吗？"

"听说过，好像是外国的一个大人物。"

"你知道拿破仑有多高吗？"

"人家外国人一般都高，他又那么伟大，还不得有个一米八〇、一米八五的。"

"这你就说错了，拿破仑才一米六八，可人家统帅了整个法国军队。"

"是吗？这么矮呀！这我可没想到。不过，拿破仑倒真是个男子汉！可我今天见的那一位并不是拿破仑嘛。"

"我也没说他是，我就是想告诉你，像不像男子汉可不是看身材高低。"

"您说的倒也是，就算是这样吧。可我们厂的那帮小姑娘还有话哪。她们说了：一米七五以下的男同志都是'半残废'，我又不比人家缺鼻子少眼的，找个'半残废'算怎么回子事呀。"

"哟，我的宝贝闺女，你可别说得那么可怕。你哥哥、弟弟可都不够一米七五，你爸还不够一米七〇哪。你这么轻飘飘的一句话，他们爷仨也没遇上车撞马碾的，一下子就都成'半残废'啦。你这不是造孽嘛。以后你说话可得小心点，他们知道你这么作践他们，咱家这日子还有法过吗？"

"妈，你别多心呀。我这不是跟您说得清清楚楚，这不是我说的，是别人告诉我的吗。……对了，您刚才提拿破仑一米六八干什么？"

"我不过是随便说说罢了。"

"妈，我一向挺孝敬您的不是？您可别咒我呀。您是不是也想让我找个一米六八的小伙子？"

"要依我的意见，只要人好，一米六八配你也挺合适的，你不才一米六〇吗。"

"妈，您别这么说，我害怕。我们厂那帮小姑娘说，一米七〇以下的小伙子都是'全残废'。我又不缺胳膊短腿的，要真找个'全残废'还不如一个人过哪。"

"哎呀，要像你这么挑挑拣拣的可难啦。"

"可不，要不凭我的条件能到现在还没朋友？不过，我们厂师傅又要给我介绍一个，没准这回就成了哪。"

三

"小丽，今天见着了吗？"

"见着了。"

"这回成了吧？"

"成什么呀，我又把他给'黄'了。"

"怎么又'黄'啦？人家都说，青春之树常绿，你怎么老是黄呀，你什么时候才能让妈高兴高兴，也给妈'绿'一次呀！"

"绿什么呀，今天白搭了半天工夫不说，还白浪费了我半天表情。"

"怎么回事，这小伙子又是哪出毛病啦？"

"您听我慢慢讲。今天一见面,那个小伙子给我的第一印象还真不错。要个有个,要盘有盘,工作在航天工业部哪。当时,我心里头别提多高兴啦。说句不见外的话,我还真担心人家看不上咱哪。我们同事都说我笑的时候最好看,一笑俩酒窝,挺迷人的。可是,从说第一句话开始,我就冲他笑。我们谈了三个半小时,我就笑了二百一十分钟,这腮帮子现在还有点酸哪。这小伙子还真行,挺爱好文学的,唐诗宋词的就跟我聊上了。浑身还透着那么几分才气,我当然也不示弱了,把过去学的东西都倒腾出来了,我们越聊越投机,慢慢的,我还真有点喜欢上他了。可快到分手的时候,我才听出点味,他那工作根本不是那么回事。"

"怎么,他不是在航天工业部工作吗?"

"在倒是在,可他是在航天工业部下边的一个局下边的一个厂下边的一个车间开刨床的。"

"噢,这么说,他是个工人啦?"

"可不是吗。当时我甭提多气啦,我一个堂堂中专毕业的厂医,哪看得上他呀,他一个小工人,竟想攀高枝,那能有他的戏吗,当时我就又把他给吹啦。……"

四

"小丽,你今天又约上了吗?"

"约上了。"

"我听张叔叔说,他这回给你介绍的这个小伙子真是百里挑一,这回该满意了吧。"

"满意倒是挺满意,这小伙子不但人长得好,还准备考出国研究生呢。"

"哎呀,谢天谢地,这回可算成啦。"

"成什么呀,我们又吹啦。"

"你简直要气死我,你爸有烟瘾,你该不是也吹上瘾了吧。你们一个'吸'、一个'吹'的,这日子还怎么过啊……你不是说挺满意的吗?"

"我没说不满意呀。"

"这不就得了,满意就交吧,你还嫌人家什么?"

"我没嫌人家……"

"你没嫌人家,怎么又和人家吹,该不是神经出什么毛病了吧?"

"妈!您说的这是什么呀。我没嫌人家,可……可人家嫌我啦。"

"怎么,还有人敢嫌你?"

"可不是嘛,人家给我介绍了四十多个对象,这还是第一个敢嫌我的人哪……"

"他嫌你什么?"

"其实也没都嫌……他对张叔叔说,我长得不错,谈吐也可以,就是显得太老了点。……就他这句话,把我对他的好印象全给说没啦。他这么大个人,也太不会体贴人了,也太不懂女同志的心了……他这一句话,说得我多难受呀,我这里现在还伤心哪……妈,还是您公道,您说我老吗?"

"……"

初次发表于 1984 年第 5 期《漓江》

丹 樱（小说）

嘈杂声停止了。帷幕中间拉开了一条缝隙，穿着文雅、素洁的女报幕员轻捷地走了出来。她用标准的普通话报幕："欢迎新同学文艺晚会现在开始！"台下响起了热烈的掌声。

"第一个节目：大合唱……"

节目一个个地演下去。最初的几个节目都是我们这些二三年级的学生精心排演的。最后的几个节目轮到新生表演了，我们都把期待的目光投向了舞台。

"下一个节目，女声独唱。演唱者：光学系一年级新生——刘丹樱。""刘丹樱？"我不觉心头一动，脑中闪现出一个女孩子的形象。难道是她？我焦灼地等待她出现在舞台上。

天鹅绒的帷幕徐徐拉开，一个身材颀长的姑娘轻盈地走上舞台。她走到麦克风前，深深地向台下的观众鞠了一躬。这特别的礼貌立刻引来了一阵热烈的掌声。当她抬起头来的时候，我看清楚了她的面容：细而长的眉毛，泉水般清澈的眼睛，红润小巧的嘴唇……

"呵，是她！一点不错，是她——刘丹樱。"我欢喜极了。

她开始演唱了，她唱的歌叫《祖国情思》。

……

捧起一把祖国的泥土啊，情无限，

喝上一口家乡的井水啊，蜜般甜。

祖国的山水草木呵，

紧连着海外赤子的心……

泪水从她那顾盼生辉的眼睛里缓缓流淌下来。歌声、泪珠灌进了我的心，掀开心中记忆的屏障，往事历历，如在眼前。

60年代中期，我的爸爸在北京的一个研究所里当党委书记，妈妈在所里做人事工作。一天，家里来了客人。一位三十多岁、穿着西服打着领带的叔叔领着一个穿浅黄色衣裙的小姑娘来到我们家。爸爸、妈妈热情地迎了上去，同他亲切地握手，真像多年不见的老朋友。那位小姑娘则恭敬地依次向爸爸、妈妈和我深深地鞠躬。她礼貌而稚气的神态，使大家很欢喜。

爸爸、妈妈和叔叔有工作要谈，我便负责招待小客人。我给她倒了水，拿了糖果，端放在她的面前。她腼腆有礼地向我道谢："谢谢姐姐。"我赶忙打断了她的话："先不要叫姐姐，我们俩还不知谁大呢？"

"我十岁。"她很快告诉我。

"呵，我们俩一样。你几月出生的？"

"八月。"

"噢，比我小六个月。"看来，这个姐姐果真是我当了。

我把糖果和水杯又稍微向她面前推了推。

"以前我可没见过你。"我尽量做得像个姐姐的样子。

"我跟我爸爸、妈妈刚从日本回来。"

"你叫什么名字？"

"丹樱。牡丹的丹，樱花的樱。"

"丹樱，多好听的名字！"

"不，我爸爸说，给我起这个名字不是为了好听，而是为了纪念。"

"纪念？"

"是的。我爸爸说，我在日本出生，樱花是日本的象征。我是中国人，牡丹是中国人民喜爱的花，要我永远记住伟大的祖国，不忘日本人民。"说到这里，丹樱换上一种我们那种年龄的人少有的严肃神情说，"我爸爸在日本是很有名望的光学专家，但他说，我们是中国人，要把自己的知识贡献给祖国，使祖国早日富强起来。今年10月1日，我们从东京机场起飞回国，在飞机上，爸爸高兴得像个小孩，对着我和妈妈大声朗诵唐诗'独在异乡为异客，每逢佳节倍思亲'，接着说，今天适逢国庆佳节，我们就要回到祖国母亲的怀抱了！"

多少年过去了，丹樱这一席话至今还留在我的心间。

后来，丹樱的爸爸在我爸爸所在的研究所里当了副所长，工作很有成绩。丹樱和我则成了同班同学。她功课好，懂礼貌；性格活泼，能歌善舞。老师和同学们都很喜欢她，大家选她当班里的文娱委员。她经常唱的一支歌就是："孔雀，孔雀真美丽，穿着一身花花衣……"这首歌，她唱得连我也会了。一天夜里，我还梦见丹樱变成了一只美丽的孔雀……

一次，电影制片厂到我们学校拍摄反映学生生活的纪录片，学校挑选丹樱作为拍摄对象之一。丹樱知道了这件事后，来到校长室，诚恳地说："校长，我不能拍电影。我学习成绩并不太好。我想，要建设一个富强的国家，像我这样的学习成绩是不行的。"电影拍成时，丹樱虽然没上银幕，但她的话被引进了解说词。这给大家留下了深刻的印象。

1966年，正当我们在祖国怀抱里、在党的关怀下健康成长的时候，一场大浩劫开始了。

我爸爸在一个早上突然成了"叛徒"和"走资派"。不久，丹樱的爸爸也被关进了"牛棚"，据说他有特务嫌疑。

面对突如其来的变化，我迷惘、痛苦、惶然不知所措。而这种打击对丹樱来说不是会显得更大吗？在她那幼稚和纯洁的心灵里，祖国是这样美，怎么受得了这种命运的打击。有一天她抽泣着对我说："萍萍姐姐，我爸爸怎么会是特务呢？不！他是好人！他爱祖国，他为祖国建设出力，还要我好好学习，将来为祖国服务。他是好人！我爸爸是好人！"她不再抽泣了，而是大声地呼喊起来，我也参加了这种呼喊。阵阵凛冽西北风刮来，使我们这两个女孩子的呼声变得十分弱小、低微。

爸妈到干校，我要跟着去了。我和丹樱分手了。眼泪相向，默默无言。最后，还是丹樱咬了咬牙，说："姐姐请珍重。常来信。"

桃花开了又谢，谢了又开。转眼已经是1975年，我和丹樱都已是充满青春气息的姑娘了。一天，我接到了丹樱的一封信，她告诉我，自从邓副主席主持中央工作以后，落实了知识分子政策，她爸爸的问题已经弄清楚：所谓"特嫌"完全是假的。但她又告诉我，爸爸、妈妈决定申请到日本长期居住。她也必须跟着走。最近就要启程。

信，戛然而止。我似乎看到她没有写到信上的话。这是些什么话呢？我又不能说清楚。我像丢失了最宝贵的什么东西，无限惆怅和懊恼。

我怎么也想不到，今天，丹樱又出现在我的面前。

晚会结束了，我怀着抑制不住的激动来到了后台。

"丹樱！"我放开嗓子喊了她一声。她掉转过头，用她那美丽的眼睛注视着我——先是愣住，接着她跳起，奔过来，扑向我，紧紧拥抱着我。

"呵，姐姐！萍萍姐姐……"眼泪代替了语言，她那滚烫的泪珠滴在我的肩头。而我的泪珠也已把她的一片衬衫打湿。

一弯皓月向大地洒下了一片银辉。美丽的校园一片静谧。我和丹樱沿着长长的林荫道慢慢地走着，细细地交谈。她向我倾诉着离开祖国时的失望，回到日本以后的生活，以及粉碎"四人帮"给她们一家以及广大海外华侨带来的欢欣和希望。

"……你为什么出国后不给我写信呢？"我问她。

"萍萍姐姐，原谅我吧。你知道，那时我是多么想给你写信呵，但又怕给你们带来麻烦。"

我望着她深情的眼睛，完全理解她的心。

"现在好了，我们又在一起了。"丹樱感慨地说。

"可是，将来你毕业后又回日本，我们又只能在信中见面了。"

"回日本？我为什么要回日本呢？"她像是看陌生人一样望着我，声调也提高了。

"怎么，你不准备回去了？"

她严肃地点了点头。

"难道你不觉得……"我欲言又止。

"你是说，我们国家现在生活水平太低是吗？萍萍姐姐，俗话说得好：孩子不嫌娘丑。中国人是聪明、勤劳的，祖国一定会富强起来的。"她用低缓的语调亲切地说。

我赞赏她这番话，但我心中仍有一些隐隐的忧虑，我说："生活给我们这些天真的人的教训够深刻了。当年，你爸爸……"

丹樱理解了我没说完的话。她把头微微昂起，用手理了理被夜风吹乱的几根头发，说："萍萍姐姐，我是这样想的：我国人民已经从那场大悲剧中学到了怎样去防止再发生那样的悲剧。因此，我不会再有我爸爸那种遭遇了。你说是吗？萍萍姐姐。我记得我爸爸在送我回国时跟我说了很多话，其中有这句古语：'殷忧启圣，多难兴邦'。祖国一定会由我们建设得富强起来的！"

丹樱，你说得多好啊！

初次发表于 1980 年 1 月 20 日《广东侨报》

图书在版编目（CIP）数据

风雨兼程：汪国真诗文全集Ⅱ/汪国真著.—北京：作家出版社，2023.1
　ISBN 978-7-5212-2090-2

Ⅰ.①风… Ⅱ.①汪… Ⅲ.①诗集—中国—当代②散文集—中国—当代 Ⅳ.① I217.2

中国版本图书馆 CIP 数据核字（2022）第 206818 号

风雨兼程：汪国真诗文全集Ⅱ

作　　者	汪国真
主　　编	汪玉华
责任编辑	秦　悦
装帧设计	刘十佳
封面画像	汪玉华
书名题字	彭评选
出版发行	作家出版社有限公司
社　　址	北京农展馆南里 10 号　　邮　编：100125
电话传真	86-10-65067186（发行中心及邮购部）
	86-10-65004079（总编室）

E-mail:zuojia @ zuojia.net.cn
http://www.zuojiachubanshe.com

印　　刷	河北京平诚乾印刷有限公司
成品尺寸	142×210
字　　数	724 千
印　　张	29.5
版　　次	2023 年 1 月第 1 版
印　　次	2023 年 1 月第 1 次印刷
ISBN 978-7-5212-2090-2	
定　　价	148.00 元

作家版图书，版权所有，侵权必究。
作家版图书，印装错误可随时退换。